国家哲学社会科学成果文库
NATIONAL ACHIEVEMENTS LIBRARY
OF PHILOSOPHY AND SOCIAL SCIENCES

命名文化视域下
中国古代小说研究

程国赋　著

中华书局
ZHONGHUA BOOK COMPANY

图书在版编目(CIP)数据

命名文化视域下中国古代小说研究/程国赋著. —北京:中华
书局,2023.9
(国家哲学社会科学成果文库)
ISBN 978-7-101-16267-7

Ⅰ.命… Ⅱ.程… Ⅲ.古典小说–小说研究–中国
Ⅳ.I207.41

中国国家版本馆 CIP 数据核字(2023)第 117992 号

书　　名	命名文化视域下中国古代小说研究
著　　者	程国赋
丛 书 名	国家哲学社会科学成果文库
责任编辑	吴爱兰
责任印制	陈丽娜
出版发行	中华书局
	(北京市丰台区太平桥西里 38 号　100073)
	http://www.zhbc.com.cn
	E-mail:zhbc@zhbc.com.cn
印　　刷	天津善印科技有限公司
版　　次	2023 年 9 月第 1 版
	2023 年 9 月第 1 次印刷
规　　格	开本/710×1000 毫米　1/16
	印张 31½　插页 2　字数 464 千字
印　　数	1-2000 册
国际书号	ISBN 978-7-101-16267-7
定　　价	178.00 元

《国家哲学社会科学成果文库》
出版说明

为充分发挥哲学社会科学优秀成果和优秀人才的示范引领作用，促进我国哲学社会科学繁荣发展，自 2010 年始设立《国家哲学社会科学成果文库》。入选成果经同行专家严格评审，反映新时代中国特色社会主义理论和实践创新，代表当前相关学科领域前沿水平。按照"统一标识、统一风格、统一版式、统一标准"的总体要求组织出版。

全国哲学社会科学工作办公室

2023 年 3 月

目　录

Contents

绪　论

　　小说命名是中国古代小说创作最直观、最明显的外在形式之一，是作家艺术构思的重要组成部分，也是文学创作的重要内容之一。清初金圣叹《读第五才子书法》指出："题目是作书第一件事。只要题目好，便书也作得好。"[①] 小说命名之中凝聚着不同时代的思想、文化内涵与小说作家丰富多样的文学观念，古代小说命名与读者群体、小说传播之间关系密切，透过中国古代小说命名，可以考察古代小说观念的变迁。

　　为集中论述，本书提到的中国古代小说命名主要包括以下几个方面：1. 小说书名、单篇小说篇名或小说集名称。2. 小说作品人物命名。3. 小说作品中的地名。4. 小说中茶名、酒名、花名、药名等物名。5. 官职名称等。

　　本书试图就中国古代小说的命名问题加以阐述，从特定的角度考察古代小说发生、发展及演进的历程和规律。

一、命名文化的历史渊源及其发展演变

　　何谓命名文化？简而言之，就是通过特定的语言形式，根据人或事物的形态、特征、风格、内涵等加以命名，体现丰富的民族文化意蕴。命名文化是中国传统文化的重要组成部分，具有悠久的历史。老子在《道德经》第二十五章中指出："有物混成，先天地生，寂兮寥兮，独立而不改，周行而不殆，可以为天下母。吾不知其名，字之曰道，强为之名曰大。"[②] 老子提到，

---

①［清］金圣叹《读第五才子书法》，《第五才子书：水浒》卷首，线装书局 2007 年版，第 31 页。
②［春秋］老子《道德经》，四部要籍注疏丛刊本《老子》，中华书局 1998 年版，第 10 页。

宇宙万物"先天地生",本无名字,为便于称谓,人们根据"物"的形状、属性等而确定其名、字。老子"字之曰道,强为之名曰大"的思想在一定程度上揭示出中国古代命名文化的渊源和特性,对后来命名文化的发展产生深远的影响。人或事物的名称不仅是一种符号,而且蕴藏着丰富的文化底蕴,与特定社会、时代的文化背景、风俗民情、语言习惯、社会心理、价值取向等都有着相当密切的关联,我国古代命名文化具有鲜明的中国特色和中国元素。

早在春秋战国时期,就存在名实之争。"名"是指概念、名称、形式,"实"是指内容、本质,《论语·子路》篇指出:"子路曰:'卫君待子而为政,子将奚先?'子曰:'必也正名乎!……名不正,则言不顺;言不顺,则事不成。'"①孔子强调"正名"的重要性,名分不正,说话就不会顺理成章,就办不成事情。荀子云:"故王者之制名,名定而实辨,道行而志通,则慎率名而一焉。"②荀子认为,统治者制定事物的名称,名称确定了,事物的本质就可以辨别清楚,就可以进行沟通,将民众统一到"名"即思想、名称上来,可见荀子对"名"的重视,主张"名定而实辨"。尹文子指出:"大道无形,称器有名。名也者,正形者也。形正由名,则名不可差。故仲尼云'必也正名乎!名不正,则言不顺'也……形以定名,名以定事,事以验名。"③尹文子进一步发挥孔子的"正名"思想,强调必先定名,进而辨别事物,事物的成功与否又可以检验其名。庄子对名与实的关系则有自己的看法,他在《庄子·内篇·逍遥游》中声称:"许由曰:'子治天下,天下既已治也,而我犹代子,吾将为名乎?名者,实之宾也,吾将为宾乎?鹪鹩巢于深林,不过一枝;偃(按:即鼹)鼠饮河,不过满腹。'"④庄子指出:"名者,实之宾也。""实"是根本,"名"是"实"的附属物,是次要的。

随着时代的发展,"名"的概念、内涵发生显著的变化,一个突出的表现就是被赋予更多的伦理道德和社会教化的成分。汉代董仲舒《春秋繁露》卷

---

① [春秋] 孔子原著,杨伯峻译注《论语译注》,中华书局 2007 年版,第 184 页。
② [清] 王先谦《荀子集解》,中华书局 1988 年版、2013 年版,第 489 页。
③ [战国] 尹文子《尹文子》,《文津阁四库全书》子部杂家类,第 280 册第 121—122 页。
④ [清] 郭庆藩撰,王孝鱼点校《庄子集释》,中华书局 1961 年版。

十《深察名号第三十五》云：

> 治天下之端，在审辨大；辨大之端，在深察名号。名者，大理之首章也，录其首章之意，以窥其中之事，则是非可知，逆顺自著，其几通于天地矣。是非之正，取之逆顺；逆顺之正，取之名号；名号之正，取之天地；天地为名号之大义也。①

董仲舒主张深察王号、君号，教化百姓，治理国家。汉武帝采纳董仲舒"罢黜百家，独尊儒术"的思想，以孔子"正名"思想作为基础，强调"以名为教"。什么是"以名为教"呢？庞朴《中国的名家》一书认为："就是把适合某种需要的观念和规范立为名分，定为名目，号为名节，制为功名，以此来进行教化。"②汉武帝"以名为教"思想的实质就是以儒家伦理道德规范对百姓进行教化。清初顾炎武所撰《日知录》卷十三《名教》篇对汉代以名为治的思想给予肯定，他指出："汉人以名为治，故人材盛；今人以法为治，故人材衰。"③

先秦的名实之争以及汉代"以名为教"的思想往往强调"名"的重要性，构成中国古代命名文化重要的组成部分。我们考察古代命名文化的历史渊源及其发展演变历程可以看出，这一文化发展变迁过程中被附加上很多政治、伦理、道德的成分，这一因素对中国古代小说命名产生广泛而深远的影响。

中国古代命名文化包含的范围很广，姓氏文化是其中重要的组成部分。先秦史官编撰的《世本》卷下有《氏姓》篇，对帝王氏姓、侯国氏姓、卿大夫氏姓等作了广泛的辑录④，宋代郑樵《通志》卷二十五《氏族略·序》指出："凡言姓氏者，皆本《世本》、《公子谱》二书，二书皆本《左传》。然左

---

① [汉] 董仲舒原著，苏舆撰，钟哲义证《春秋繁露义证》，中华书局 2019 年版，第 251—252 页。
② 参见庞朴《中国的名家》，中国国际广播出版社 2010 年版，第 6 页。
③ [清] 顾炎武原著，黄汝成集释，栾保群、吕宗力校点《日知录集释》，上海古籍出版社 2006 年版，第 769 页。
④ [先秦] 佚名《世本》，《丛书集成初编》据《问经堂丛书》本排印，中华书局 1985 年版。

氏所明者，因生赐姓，胙土命氏，及以字，以谥，以官，以邑五者而已。"①
《世本》成为历代讨论姓氏最早的源头之一。关于姓的来源，东汉许慎《说文解字》第十二下云："姓，人所生也。古之神圣母感天而生子，故称天子。从女，从生，生亦声。《春秋传》曰：天子因生以赐姓。"②姓字从女，从生，其字形结构不仅表明人来自母体，而且表明来源于母系社会群婚制度。

古人的姓与其宗族、血缘关系密不可分。随着社会的发展，由姓分化出氏、号等多种称呼，东汉班固《白虎通义》卷下《姓名》篇称：

> 人所以有姓者何？所以崇恩爱，厚亲亲，远禽兽，别婚姻也……所以有氏者何？所以贵功德，贱伎力。或氏其官，或氏其事，闻其氏即可知其所以勉人为善也……人必有名何？所以吐情自纪，尊事人者也……人所以有字何？冠德名功，敬成人也。③

班固将姓、氏、名、字等不同的称呼分别加以解释，姓与血缘有关，而氏则从姓分化而来，姓与氏的划分主要是要区别婚姻、贵贱、伦理，宋代郑樵《通志》卷二十五《氏族略·序》指出：

> 三代之前，姓氏分而为二。男子称氏，妇人称姓。氏所以别贵贱，贵者有氏，贱者有名无氏。今南方诸蛮，此道犹存……姓可呼为氏，氏不可呼为姓。姓所以别婚姻，故有同姓、异姓、庶姓之别。氏同姓不同者，婚姻可通；姓同氏不同者，婚姻不可通。三代之后，姓氏合而为一，皆所以别婚姻，而以地望明贵贱。④

战国以后，尤其到了秦并六国以后，姓与氏逐渐合而为一，清初顾炎武

---

① ［宋］郑樵《通志》，中华书局 1987 年版，第 439 页。
② ［汉］许慎《说文解字》，中华书局 1963 年版，第 258 页。
③ ［汉］班固《白虎通义》，上海古籍出版社 1992 年版，第 54—56 页。
④ ［宋］郑樵《通志》，中华书局 1987 年版，第 439 页。

《日知录》卷二十三《姓》认为"言姓者，本于五帝，见于《春秋》者得二十有二"，所谓二十二个姓，即：妫、姒、子、姬、风、嬴、己、任、姞、祁、芈、曹、妘、董、姜、偃、归、曼、熊、隗、漆、允。顾炎武认为："自战国以下之人，以氏为姓，而五姓以来之姓亡矣。"① 他认为："姓、氏之称，自太史公（司马迁）始混而为一，《本纪》于秦始皇则曰姓赵氏，于汉高祖则曰姓刘氏。"② 除姓、氏以外，古人还有字、号等，有学者认为："字是周代的产物。周人以避讳来敬事神明，既讳名不称，须命字来代替，这才是加字的主要原因……字之外还有号……古人讳名，呼名唐突不敬，因立字以尊名，字是专给人呼的，呼字表示客气尊重，更立号以尊字，把号呼得格外响亮便表示特别客气特别尊重……号有二种，其一是人号，其二是自号。称号的开始，必起于他人对自己的称谓，是为人号；继之而自立别字，是为自号。"③

中国古代关于姓氏文化的阐述很多，这里不再一一列举。现当代学者也有不少关于姓名文化的论述，杨坤明《中国姓名学》于 1931 年在福建厦门出版，首次提出"姓名学"概念；袁业裕根据日本人田崎仁义的《王道天下之研究》部分内容编译《中国古代氏姓制度研究》（商务印书馆 1936 年版），较为全面地叙述关于姓氏发生的观点；钱锺书在《管锥编》第 2 册"《老子》王弼注"条曾阐述名与字的功能：

> 字取有意，名求传实；意义可了（meaningful），字之职志也；真实不虚（truthful），名之祈向也。因字会意，文从理顺，而控名责实，又无征不信，"虚名"、"华词"、"空文"、"浪语"之目，所由起也。"名"之与"字"，殊功异趣，岂可混为一谈耶？④

① ［清］顾炎武原著，黄汝成集释，栾保群、吕宗力校点《日知录集释》，上海古籍出版社 2006 年版，第 1275—1276 页。

② ［清］顾炎武原著，黄汝成集释，栾保群、吕宗力校点《日知录集释》，上海古籍出版社 2006 年版，第 1279 页。

③ ［马来西亚］萧遥天《中国人名的研究》，国际文化出版公司 1987 年版，第 93—94 页。

④ 参见钱锺书《管锥编》第 2 册"《老子》王弼注"条，中华书局 1979 年版，第 405 页。

　　钱先生认为名与字是不一样的，取名以求真实，而字中含有多层寓意，名与字功能不尽相同，不能混为一谈。饶宗颐在为萧遥天所撰《中国人名的研究》一书作序时指出：

　　　　人是历史舞台上的角色，人名是他们的标志，离开了人名，一部二十四史，真是无从说起！因此，人名的形容亦是治史的一把钥匙。在西方正盛行 Terminology（术语），作为治学的引导，人名的探讨，亦属它的范围，自然是当务之急。我个人主张在史学上应该开辟二门专门研究，一是人名学，一是地名学，双轨并进，对于治史将有极大的裨益。①

　　饶宗颐先生对中国古代历史上的命名文化给予高度重视，认为可以开展人名学和地名学两门专门性研究，以弥补以往史学研究之不足。饶先生的眼光可谓相当独到，命名学不仅是研究古代历史的一把钥匙，同时也是研究中国古代文学的独特视角。

　　西方学者关于命名有着精彩的论述，例如德国学者恩斯特·卡西尔撰《语言与神话》一书，他认为在人类的神话原型思维中，姓名是一个人身份乃至性命的象征："名称，当它被视为一种真正的实体存在，视为构成其负载者整体的一部分时，它的地位甚至多多少少要高于附属性私人财产。这样，名称本身便与灵魂、肉体同属一列了。"②姓名学（Onomastics）在国外已经发展成为一门专门性学科。

　　包括姓氏文化在内的命名文化是中国传统文化中必不可少的一部分，它对中国古代社会、历史、文化、文学均产生重要的影响。孔子强调"正名"的重要性，荀子对"名"给予足够的重视，董仲舒主张深察王号、君号，教化百姓，治理国家，在此基础上，以孔子"正名"思想为基础，强调"以名为教"。命名文化的发展、演变历程中，被赋予更多的伦理道德和社会教化的成分。中国古代的姓氏文化与宗族、血缘、婚姻、贵贱、伦理等关系密切，

————————

① 饶宗颐《中国人名的研究·序言》，萧遥天《中国人名的研究》卷首，国际文化出版公司1987年版。
② ［德］恩斯特·卡西尔著，于晓等译《语言与神话》，生活·读书·新知三联书店1988年版，第73页。

这些文化因素对中国古代小说的创作主旨、思想倾向、题材内容、人物形象塑造、小说情节结构等均产生广泛而深远的影响。笔者试述如下：

中国命名文化尤其是姓氏文化中，体现中华传统文化的宗亲思想、血缘观念和集体意识，这对古代小说命名尤其是小说人物命名带来影响；

古代小说命名集中体现人物的外貌、身份、地位、性格、形象，体现不同时代的文化内涵、审美趣味和精神风貌，这些都是和传统的命名文化一脉相承的；

古代小说创作中普遍存在的人物绰号反映出古人的幽默、乐观意识或展现批判精神；

古代小说命名强调劝诫，强调社会教化，体现儒家伦理道德思想，注重写实，这些更是传统的命名文化精神内涵的鲜明体现；

古代小说作品尤其是写情小说中经常出现的女性叠字法命名的现象与古代独特的命名文化有着密切的关系，揭示出古代女性特定的社会地位；

古代小说创作中以数字法命名的情况很多，从"一""二""三"到"百""千""万"等数字时常出现于小说命名中，尤其是在小说书名中，体现中国传统的命名文化与儒家文化、道家文化、出版文化的综合影响；

中国古代重视避讳，包括避国讳、避家讳、避圣讳等，这在古代命名文化中得以充分体现。就小说创作和流传来看，古代小说命名体现丰富多样的避讳文化；

民俗文化、科举文化等等是中国传统文化的重要组成部分，古代命名文化中也具有浓郁的民俗文化内涵和科举文化精神，这些在古代小说命名中有着集中体现。

概而言之，古代命名文化内涵丰富、复杂多样，中国古代小说创作、流传与命名文化之间具有密切的联系。本书立足于小说文本，考察古代小说命名的特点、方法、命名现象与小说创作、小说读者之间的关系，分析命名现象所揭示的文学观念、文化内涵、广告意义等等，试图从命名文化着手，探讨中国古代小说创作的内在规律与演变历程。

二、相关概念的界定

在展开论述之前，有必要对本书的研究对象、相关概念加以界定如下：

（一）时间界定。本书研究中国古代小说命名，自先秦至 1911 年辛亥革命为止，包括古代、近代小说。

（二）文体界定。从小说文体而言，包括文言小说和白话小说。

（三）本书提到的小说命名主要包括以下几方面内容：

1. 小说书名、单篇小说篇名或小说集、小说丛书名称（如《太平广记》《古今说海》《稗海》等等）。

2. 小说作品人物命名。

3. 小说作品中地名（如《三国演义》第六十三回《诸葛亮痛哭庞统　张翼德义释严颜》提到"落凤坡"①）。

4. 物名。小说中茶名（如《金瓶梅》第二十三回《玉箫观风赛月房　金莲窃听藏春坞》提到"六安茶"、第七十二回《王三官拜西门庆为义父　应伯爵替李铭释冤》提到"六安雀舌芽茶"②、《红楼梦》第五回《游幻境指迷十二钗　饮仙醪曲演红楼梦》提到茶名"千红一窟"、第四十一回《栊翠庵茶品梅花雪　怡红院劫遇母蝗虫》提到"六安茶""老君眉"、第六十三回《寿怡红群芳开夜宴　死金丹独艳理亲丧》提到山东泰山附近所产的"女儿茶"等③）、酒名（如《红楼梦》第五回《游幻境指迷十二钗　饮仙醪曲演红楼梦》提到酒名"万艳同杯"等④）、花名（如《红楼梦》第六十三回《寿怡红群芳开夜宴　死金丹独艳理亲丧》中宝玉与众丫头所占杏花、桃花等各种花名⑤）、药名（清代江洪《草木春秋》以药名作为小说人物命名，比如，汉皇为刘寄奴，狼主为巴豆、大黄，其他还有女贞仙、威灵仙、决明子、覆盆

---

① 参见［明］罗贯中《三国演义》，人民文学出版社 1953 年版，第 543 页。

② 参见［明］兰陵笑笑生《金瓶梅》，东大图书有限公司 1979 年版，第 190 页、第 706 页。

③ 参见［清］曹雪芹、高鹗《红楼梦》，人民文学出版社 1982 年版，第 82—83 页、第 568 页、第 887 页。

④ 参见［清］曹雪芹、高鹗《红楼梦》，人民文学出版社 1982 年版，第 83 页。

⑤ 参见［清］曹雪芹、高鹗《红楼梦》，人民文学出版社 1982 年版，第 889—894 页。

子、石斛、黄蓍等等①）等。

5.古代小说中官职名称等。

6.中国古代小说流传过程中后人追加或更改书名的改名现象也纳入本书的研究对象。

7.本书研究不包括对诸如历史演义、神魔小说、公案小说等小说类型、流派命名的分析；不包括对古代小说文体如演义、传奇、志怪等词语的分析。

8.从语言形式来看，本书着眼于汉语小说命名研究，少数民族作家以汉语创作或被翻译成汉语的中国古代小说作品以及评论著作（如撰写《续夷坚志》的金元之际鲜卑族后裔、作家元好问、清代撰《〈新译红楼梦〉回批》的蒙古族学者哈斯宝等等），作为本书的研究对象。中国古代小说的其他语言翻译问题，包括汉语以外的英语、法语、德语、俄语、日语等等以及国内维吾尔语、蒙古语等语言翻译，一般不作为本书的研究对象。

三、学术价值及创新之处

关于本书的学术价值及其创新之处，笔者从以下两个方面加以阐述：

（一）学术价值

1.本书属于跨学科、跨文化的综合研究和交叉研究。中国古代小说命名研究涉及文学、语言、历史、哲学、艺术、宗教、伦理、经济、民俗等多种学科，属于交叉研究与综合研究。开展古代小说命名研究，从命名文化的视角研究中国古代小说，有助于拓展古代小说研究的视野和方法。

2.开展古代小说命名研究，有助于从特定角度了解中国古代不同时期政治、经济、历史、文化、宗教等发展状况、特点及其内涵。

3.中国古代小说命名具有很好的文献史料价值，通过小说命名有助于了解古代小说的作者和版本，了解小说创作时间，例如，《汉书·艺文志》著录的十五家小说均已散佚，书名是我们了解这些小说的重要依据之一；又如，

---

① ［清］江洪《草木春秋》，《古本小说集成》据山东大学图书馆藏本影印《草木春秋》本。

宋元说话没有现存文本，《醉翁谈录》《青琐高议》等书保存的书名为我们提供了重要线索，通过现存宋元文献中有关小说书名、人物命名可知已经散佚的宋元话本的文献情况，程毅中辑注《宋元小说家话本集》（齐鲁书社 2000 年版）根据《醉翁谈录》等书著录的小说名称辑录宋元小说家话本，例如，西安市文物管理委员会发现元刊本残页《红白蜘蛛》，程毅中根据罗烨《醉翁谈录》甲集卷一《小说开辟》所举小说篇目灵怪类有《红蜘蛛》一种，推断当即元刊《红白蜘蛛》。他还推断，《醉翁谈录》甲集卷一《小说开辟》公案类著录《三现身》即《警世通言》卷十三《三现身包龙图断冤》，《宝文堂书目》子杂类著录之《山亭儿》、《也是园书目》宋人词话中之《小亭儿》即兼善堂刊《警世通言》卷三十七《万秀娘仇报山亭儿》；据《宝文堂书目》子杂类著录、《醉翁谈录》甲集卷一《小说开辟》杆棒门著录之《拦路虎》，程毅中论证清平山堂所刻《拦路虎传》，当为现存宋代小说家话本中最接近原貌的一个标本。据《醉翁谈录》甲集卷一《小说开辟》提及"赵正激恼京师"话本，推断《古今小说》卷三十六《宋四公大闹禁魂张》为宋元话本；据兼善堂刊本《警世通言》第八卷《崔待诏生死冤家》原注："宋人小说题作《碾玉观音》"推断此篇为宋元话本；据兼善堂刊本《警世通言》第十四卷《一窟鬼癞道人除怪》原注"宋人小说，旧名《西山一窟鬼》"推断此篇为宋元话本；根据兼善堂刊本《警世通言》第十九卷《崔衙内白鹞招妖》原注"古本作《定山三怪》，又云《新罗白鹞》"推断此篇为宋元话本；据兼善堂刊本《醒世恒言》第三十三卷《十五贯戏言成巧祸》原注"宋本作《错斩崔宁》"，推断此篇为宋元话本；根据《醉翁谈录》甲集卷一《小说开辟》神仙门《种叟神记》、《宝文堂书目》子杂类、《也是园书目》宋人词话类推断《古今小说》第三十三卷《张古老种瓜娶文女》为宋元话本；根据《宝文堂书目》《也是园书目》宋人词话类著录推断《清平山堂话本》辑录的《西湖三塔记》为宋元话本；根据《宝文堂书目》《也是园书目》宋人词话类著录推断《清平山堂话本》辑录的《简帖和尚》为宋元话本；根据《宝文堂书目》著录，推断《清平山堂话本》辑录的《柳耆卿诗酒玩江楼记》为宋元话本，等等。

明清小说命名同样具有很好的文献史料价值，通过《水浒传》《西游记》、

"三言二拍"、《红楼梦》等小说名著成书之前相关故事中人物命名、书名，可以考知古代小说成书过程、人物形象的演变等，如根据《醉翁谈录·小说开辟》《宣和遗事》《水浒传》《大唐三藏取经诗话》中有关小说人物命名可以考证《水浒传》《西游记》等小说中人物形象的演变历程，例如，根据其中猴行者命名可以考察孙悟空形象的变迁；又如孙立，《醉翁谈录》记载其最早的绰号叫"石头"，在龚圣与《宋江三十六人赞》和《大宋宣和遗事》中，孙立的绰号变成"病尉迟"，据此可以看出《水浒传》孙立这一人物绰号、形象的演变情况；根据《风月宝鉴》《情僧录》《石头记》《红楼梦》等几种书名可以考察《红楼梦》命名的演变及其寓意，可以说，包括小说书名、人物命名等在内的古代小说命名为我们辑录古代小说作品、考察小说成书时代、小说人物形象演变等等提供了丰富的文献史料。

通过小说地名也可以考证小说作者、版本，例如，刘世德《〈红楼梦〉版本探微》（华东师范大学出版社 2003 年版）探讨不同版本中人名、地名出现的差异；王连洲对《金瓶梅》临清地名进行考证，参见《〈金瓶梅〉临清地名考》（第四届全国《金瓶梅》学术研讨会会议论文，1990 年，山东省临清市）、《〈金瓶梅〉临清地名续考》（收入吉林大学中国文化研究所编《金瓶梅艺术世界》，吉林大学出版社 1991 年版），据此认为《金瓶梅》创作背景是山东临清。

通过官职名同样可以考察小说的创作时间，如"总兵"等官职，《水浒传》第五十回《吴学究双用连环计 宋公明三打祝家庄》云："孙立答道：'总兵府行下文书，对调我来此间郓州守把城池，提防梁山泊强寇。'……栾廷玉引孙立等上到厅上相见。讲礼已毕，便对祝朝奉说道：'我这个贤弟孙立，绰号病尉迟，任登州兵马提辖。今奉总兵府对调他来镇守此间郓州。'"[①]《封神演义》第十八回《子牙谏主隐磻溪》提到总兵张凤、第十九回《伯邑考进贡赎罪》提到"守关总兵韩荣命开关"，根据"总兵"一职可以考证为明代所作[②]。明代罗懋登《三宝太监西洋记通俗演义》卷十一第五十三回《王明计进

---

① ［明］施耐庵、罗贯中《水浒传》，人民文学出版社 1975 年版，第 696 页、第 697 页。
② ［明］许仲琳《封神演义》，人民文学出版社 1973 年版，第 165 页、第 168 页。

番总府　王明计取番天书》提到明朝武职官及其待遇①，由此均可考察小说的创作年代。

通过小说命名可以考察前人影响的痕迹，例如，明代罗懋登《三宝太监西洋记通俗演义》卷十四第六十七回《金眼王敦请三仙　三大仙各显仙术》提到"金角大仙""银角大仙"，表明《三宝太监西洋记通俗演义》的创作显然受到《西游记》的影响②。

总的看来，古代小说命名具有很好的文献史料价值，值得我们予以高度重视，开展充分的研究。

4.通过小说命名可以考察不同时代的文化内涵和文学观念。唐传奇《霍小玉传》叙述书生李益与霍小玉的爱情故事，我们根据小说中"霍王小女"小玉的描述可知，小玉姓李，与李益同姓，结合唐代同姓不婚的文化现象，我们认为霍小玉并非霍王小女，而是妓女假托高门③；古代小说命名蕴藏着丰富的文学观念，小说书名中补史说、劝戒说、娱乐说、真情说等几种创作观念得以充分体现，与此同时，古代小说命名与民俗文化、科举文化、避讳文化、出版文化等关系密切，通过小说命名可以考察中国古代不同时期特定的文化背景与民族文化心理。

5.开展古代小说命名研究，有助于加深对小说作品的认识与理解，有助于更好地认识古代小说创作及其传播的内在规律及其发展历程。

（二）创新之处

1.关于中国古代小说的命名，前人曾出版几部专著，发表过一些单篇论文，还有几篇硕士论文，总的看来，主要集中在《水浒传》《金瓶梅》《红楼梦》等有限的几部小说名著中，对于名著以外的其他中国古代小说作品很少涉及。

值得关注的是，2020年，李小龙在生活·读书·新知三联书店出版《必

---

① ［明］罗懋登《三宝太监西洋记通俗演义》，上海古籍出版社1985年版，第680页。

② ［明］罗懋登《三宝太监西洋记通俗演义》，上海古籍出版社1985年版，第861页。

③ 参照拙著《唐五代小说的文化阐释》第五章《唐五代小说与婚恋思想》第六节《同姓不婚》，人民文学出版社2002年版，第177页。

也正名——中国古代小说书名研究》，全书共分七章，从中国古代小说命名的渊源与分化，文言小说集命名例考，文言小说单篇作品命名例考，演义体与传、记体命名格局的建立，世情小说命名的试探与独立，小说命名的共时性研究，中西小说命名方式比较与互译七个方面进行论述，是近年来出现的有关中国古代小说命名研究的一部力作。该书文献资料翔实，论述充分，对一些古代小说重要的个案如《燕丹子》《世说新语》《异闻集》《三国演义》《水浒传》《西游记》《金瓶梅》《聊斋志异》《红楼梦》等加以深入分析。书中提出一些作者个人新见，如，对中国古代白话小说三字名经典地位的探究、从中西小说命名方式比较与互译的角度进行探讨等。不过，此书主要是研究中国古代小说书名，对于书名以外的人物命名、地名、官职名、动植物名称等未予关注。另外，对个案的分析较多，有关中国古代小说命名的整体论述、命名文化与中国古代小说的关系等方面还需要拓展和加强。

从中国古代小说命名研究的整体来看，从文学观念、文化内涵、读者与市场等视角开展中国古代小说命名研究的成果很少，且不成体系，从这一角度而言，本书具有较好的开拓意义，可以弥补这一研究领域存在的不足之处。

2.本书力争在细读小说文本以及小说评点、序跋等相关史料的基础上开展理论研究，以文献的勾辑、整理作为研究的基础，从小说正文、序跋、凡例、识语、笔记、正史、评点等大量文献材料中搜集其中蕴藏的小说命名材料并加以辨析，并参照国内外馆藏的相关小说文本及研究资料，试图在文献材料方面做到全面、具体、准确，力争做到文献整理与理论研究的结合。

3.本书结合中国古代的社会、经济、政治、文化等等，作多方面发掘，试图全面、具体、深入地把握古代小说命名的时代特征及其内在规律。

4.本书在具体论述过程中提出一些较为新颖的观点，例如，第五章、第六章《中国古代小说命名的方法》对于寓意法、谐音法、叠字法、数字法等古代小说命名方法加以归纳、总结；第七章《中国古代小说命名的特点》第一节《小说书名呈现复合式命名结构》对中国古代小说书名 A+B 的复合式命名结构加以归类、阐述；第九章《中国古代小说改名现象》专论古代小说创作、流传过程中的改名现象；第八章、第十章、第十一章分别就中国古代小说命名所体现的文学观念、文化内涵、读者与古代小说命名的关系等加以阐述，提出个人较为独到的看法，试图弥补学术研究的不足之处。

四、前人研究状况评述

关于中国古代小说命名，学术界出现不少研究成果，笔者经统计发现，20世纪以来，截止到2022年12月，有关古代小说命名研究的专著共4部，即：盛巽昌《水浒绰号黑白谭》（上海辞书出版社2002年版）、翟胜健《〈红楼梦〉人物姓名之谜》（学海出版社2003年版）、赤飞《红楼梦人物姓名谈》（新华出版社2007年版）、李小龙《必也正名——中国古代小说书名研究》（生活·读书·新知三联书店2020年版）。发表论文共388篇（含专著中的有关章节），另有专论古代小说命名的硕士论文8篇（不含专论古代小说名称翻译的学位论文），即：任永安《古代通俗小说命名研究》（河南大学2008届硕士论文）、邓进《〈红楼梦〉女性命名研究》（西南大学2009届硕士论文）、李静《〈水浒全传〉人物绰号研究》（山东大学2010届硕士论文）、唐江涛《才子佳人小说题名研究》（暨南大学2011届硕士论文）、叶姝《魏晋南北朝志怪小说神、怪、人名研究》（暨南大学2011届硕士论文）、赵丽玲《明清小说作品命名方式研究》（广州大学2012届硕士论文）、宗立东《古代小说命名因素研究》（黑龙江大学2014届硕士论文）、张泽如《明清话本小说书名研究》（宁夏大学2018届硕士论文）。

为全面考察20世纪以来古代小说命名的学术研究史，笔者从古代小说命名整体、《水浒传》命名、《金瓶梅》命名、《红楼梦》命名、明清其他小说命名五个方面加以评述，并就古代小说命名研究的特点与不足进行阐述[①]。

（一）关于古代小说命名的整体研究，20世纪以来，学界作了多方面的考察，试述如下：

---

① 这里需要说明两个问题：1. 本文以20世纪以来有关中国古代小说命名研究为主，适当兼顾20世纪以前的相关研究成果。2. 研究综述部分涉及的著作、论文比较多，为论述方便，除古籍以外，现当代研究著作的出版社、出版时间以及论文的发表期刊、发表时间统一放在正文中间，不再作页下注释。

首先，关于明代以前小说命名的研究。吴勇《观世音名号与六朝志怪小说》（载《江汉论坛》2007 年第 8 期）探讨六朝志怪小说中观世音名号的变化，认为这反映了观音信仰的普及与流行，也是观音普门示现特质的最好注脚。姚娟《从〈说苑〉看〈汉志〉"小说家"命名》（载《殷都学刊》2008 年第 3 期）认为《汉书·艺文志》中"小说家"借用小说作为这一流派的命名，更多地得到了《说苑》等说体文的启示。叶姝《魏晋南北朝志怪小说神、怪、人名研究》（暨南大学 2011 届硕士论文）主要从语言文字学的角度开展研究。魏晋南北朝志怪小说数量多且内容丰富，口语色彩浓，保存有大量的俗语词和名物词。作为专名研究的一种，对魏晋南北朝时期志怪小说神、怪、人名进行的研究，可以揭示出文化思想、社会环境对语言的影响。通过考察其得名之由、词义特征、结构类型、变化原因，我们对这一时期的风俗习惯、民族接触、宗教发展以及人们的生活状态、认知水平将有更深入的认识。梁瑜霞《史传传统对唐人小说的影响——兼论唐人小说以"传"、"记"命名现象》（载《唐都学刊》1998 年第 4 期）认为唐人小说多以"传""记"命名，"传"偏受史传、"记"偏受志怪的影响。程国赋、廖华《唐五代小说的命名艺术》（载《安徽大学学报》2012 年第 1 期）对唐五代小说命名的结构进行解读，并分析唐五代小说命名的特点。刘红旗《论宋传奇小说命名的史传意识》（载《江苏教育学院学报》2009 年第 1 期）认为宋传奇小说的命名颇受史传叙事的影响，具有明显的拟史倾向，其间又有虚构色彩。王齐洲《〈汉书·艺文志〉著录"说"类小说书目提要》（载《天中学刊》2022 年第 6 期）认为"说"类小说为《汉志》著录小说之主体，也是《汉志》小说之正格，其篇目数量最多，故有深入研究之必要。王文为《汉志》著录之《伊尹说》《鬻子说》《黄帝说》《封禅方说》《虞初周说》5 部"说"类小说撰写提要，即是对《汉志》"说"类小说研究的初步结论，旨在为进一步研究《汉志》"说"类小说者提供参考。

其次，关于明清时期小说命名的整体研究。傅憎享《小说人名比较小议》（载《红楼梦学刊》1994 年第 1 辑）就《水浒传》《金瓶梅》《红楼梦》等小说名著人物命名的类型、特点、方法作简要分析。赵丽玲《明清小说作品命名方式研究》（广州大学 2012 届硕士论文）通过对明清时期通俗小说作品进行分类，对其命名方式加以分析，进而研究这一时期小说作品命名的方法和特点，探讨其命名产生的原因。拙文《论明清小说书名的广告意义》（载《暨南学报》2016 年第 10 期）认为，在小说出版业相当发达的明清时期，小说创作、流传呈现明显的广告色彩，这在小说书名上得以充分体现。论文主要从五个方面探讨明清小说书名的广告意义，分析小说作家的广告手段，以"奇""异""怪""艳""才子""才子书"等词语为小说命名，在小说书名中增加序号，借助名家进行宣传，或在书名中增加修饰语等等，并通过考察明清小说书名的广告意义，探寻商品经济发展给小说创作、流传所带来的深刻影响，考察明清小说发生、发展的真实历程及其演变规律。拙文《论明清小说书名所体现的文学观念》（载《文艺理论研究》2017 年第 3 期），蔡亚平、程国赋《论读者与明清小说命名的关系》（载《社会科学研究》2017 年第 6期），拙文《论明清通俗小说书名的命名特点》（载《南京大学学报》2018 年第 3 期），拙文《明清小说命名的方法及其启示》（载《光明日报》2018 年 11月 6 日）分别就明清小说书名所体现的文学观念、读者与明清小说命名的关系、明清通俗小说书名的命名特点、方法及其启示等问题加以阐述。

有学者针对这一时期不同小说名著的命名加以整体考察，苏兴《"四大奇书"名称的确立与演变》（收入《苏兴学术文选》，上海古籍出版社 2011 年版）对《三国演义》《水浒传》《西游记》《金瓶梅》等"四大奇书"名称的演变历程进行探讨。王绍良《〈金瓶梅〉〈红楼梦〉〈儒林外史〉谐音寓意比较》（载《上饶师专学报》1997 年第 4 期）就《金瓶梅》《红楼梦》《儒林外史》等小说以人名谐音寓意的情况加以比较论述。马瑞芳《从〈聊斋志异〉到〈红楼梦〉》（山东教育出版社 2004 年版）就《聊斋志异》与《红楼梦》人物命名加以比较，探求两部名著在人物命名上的异同之处。

有些学者就明清不同流派的小说命名进行探讨，方东耀《明清人情小说的命名及其范围》（载《南京师大学报》1985 年第 4 期）就明清时代人情派小说的命名及其范围进行考察。罗书华《章回小说的命名和前称》（载《明清小说研究》1999 年第 2 期）论述章回小说的命名历程，归纳章回小说的性质和特点。楼含松《论历史演义的命名及其界定》（载《浙江社会科学》2000 年第 5 期）辨析"历史小说""讲史小说""历史演义"等名称的来源和内涵，并对"历史演义"这一小说类型的总体特征作了归纳。吴微、周晓琳《古代小说书名与公案小说发展之研究》（载《鸡西大学学报》2009 年第 4 期）分析公案故事和公案小说的命名。张慧强、李延年、张立娟《试论"艳情小说"的命名和文学价值》（载《作家》2010 年第 10 期）认为学界尚未见到对"艳情小说"这一概念的内涵和外延的科学界定，将其称为"猥亵小说"似更加合理。张泽如《明清话本小说书名研究》（宁夏大学 2018 届硕士论文）探讨明清话本小说书名类型及命名演变方式、命名影响因素、书名内涵、书名的近代延续及当代启示等。

有些学者对晚明和晚清的小说命名现象加以分析。于淑敏《人名符号：中国近代小说的文化考察》（载《河南大学学报》1989 年第 2 期）以近代小说中的人名符号作为研究的一个切入口，运用符号学文化学的研究方法，一方面破译出近代人名符号的文化内涵，从而描述近代小说家在这一文化背景下作出的审美选择，另一方面，也可以突破传统的社会历史学的批评方法，给近代文学研究以新的视角。陈文新、毛伟丽《略论晚明白话小说"托名"现象》（载《明清小说研究》2006 年第 4 期）对晚明白话小说"托名"现象进行分析。孙轶旻《晚清新小说人物命名初探》（载《上海师范大学学报》2002 年第 4 期）对晚清新小说的人物命名进行探讨，认为人物命名的目的在新小说中可分为三类：一为讽刺人物，二为表现主旨，三为构造情节。陈大康、张泽如《中西互置与古今交叠：近代小说书名的编撰策略》（载《编辑之友》2022 年第 2 期）认为，近代小说书名的编撰较为复杂，呈现有翻译小说拟传统中式书名、本土自著小说反趋向拟西式书名的中西互置特征。古代小说书名的体字（按：指在小说书名之末加上合于此书文体特点的文体标识用字，简称为"体字"）与广告性词语也被近代小说书名所摄取，"古"与"今"交叠，其具体应用情况较古代又有所不同。传播载体的变化、标示的出现、篇幅的缩减以及白话写作的推进等都是编撰策略生成的重要因素。近代小说书名编撰策略显示出的继承性、过渡性与开创性，反映了时代转型期文学的复杂面貌，具有鲜明的近代风格，是独属于近代小说的时代文学印记。

最后，关于古代小说命名的宏观论述。任永安《古代通俗小说命名研究》（河南大学 2008 届硕士论文）探讨古代通俗小说的命名方式，从小说命名与创作、传播、接受等角度分析影响古代小说命名的因素，并总结其命名特点，即审美性、时代性、类聚性。任明华《古代小说选本命名的理论批评价值》（载《文艺理论研究》2008 年第 1 期）认为中国古代小说选本的命名体现小说选本的内容、题材特点和选者的主旨与小说观念，具有重要的理论批评价值。李杰《略论中国古代白话小说人物绰号的文化意义》（载《读书与评论》2008 年第 2 期）阐述古代白话小说中的人物绰号的文化意义，认为体现反传统的命名原则和平民意识的觉醒。拙文《论中国古代小说命名的文体意义》（载《明清小说研究》2011 年第 2 期）选择《汉书·艺文志》所著录的小说、唐传奇以及明清通俗小说的命名三个方面，就不同时期的小说命名与小说文体的关系进行论述。拙文《中国古代小说命名刍议》（载《文艺研究》2011 年第 11 期）对古代小说命名的总体特征加以归纳，论述古代小说命名所揭示的小说观念，探讨小说命名的广告意义，分析读者与古代小说命名之间的相互影响。邓宇英《论中国古代白话小说的命名艺术》（载《名作欣赏》2011 年第 29 期）指出白话小说书名中体现了作者创作主旨及强烈的情感、概括了小说的内容、体现了小说劝惩及娱乐功能三个方面。宗立东《古代小说命名因素研究》（黑龙江大学 2014 届硕士论文）以"创作——传播"模式作为参照系，以创作、传播中对小说命名产生影响的具体因素为切入点，辅之以对古代社会，尤其是对古代小说产生重要影响的政治、文化、思潮等多个侧面为观照点进行论述。李小龙《必也正名——中国古代小说书名研究》（生活·读书·新知三联书店 2020 年版）是近年来有关中国古代小说命名研究的一部力作，全书除绪论外，分为七章，分别为中国古代小说命名的渊源与分化，文言小说集命名例考，文言小说单篇作品命名例考，演义体与传、记体命名格局的建立，世情小说命名的试探与独立，小说命名的共时性研究，中西小说命名方式比较与互译，对古代文言小说、白话小说的命名尤其是一些重要的小说名著如《世说新语》《聊斋志异》《子不语》《燕丹子》《异闻集》

《虬髯客传》《三国演义》《水浒传》《西游记》《金瓶梅》《红楼梦》加以探讨，最后一章将中西小说命名方式加以比较，颇具特色。李小龙《中西方叙事艺术视野中的小说命名研究》（载《西华师范大学学报（哲学社会科学版）》2020 年第 3 期）从中西方叙事艺术的视野考察古代小说命名。宗立东《教化观念对古代小说命名的影响》（载《湖州师范学院学报》2021 年第 3 期）探讨教化观念对古代小说命名所带来的深刻影响。顾克勇《试论邸报与"明末清初时事小说"的创作及命名》（载《明清小说研究》2021 年第 2 期）认为邸报与明末清初时事小说关系紧密。明末清初时事小说依赖邸报问世，邸报是不可或缺的条件。明末清初时事小说这一名称虽为研究者接受，但实有不妥。且和晚清"时事小说"有诸多不同，为与之区分，作者认为明末清初时事小说这一名称应改称为邸报小说。

（二）关于《水浒传》的命名，学界较为关注，研究成果主要集中在以下几个方面：

首先，关于《水浒传》书名的寓意。晚清燕南尚生《新评水浒传》借阐发《水浒传》书名之义，宣扬君主立宪①。罗尔纲《水浒真义考》（载《文史》第 15 辑）认为《水浒传》书名取自《诗·大雅·绵》："《水浒传》以'水浒'为书名，借周朝在岐山开基建国的典故，表明梁山泊与宋皇朝对立，建树新政权。"王利器《〈水浒〉释名》（载《社会科学研究》1985 年第 3 期）也认为书名出自《诗·大雅·绵》，宋江三十六人小说之以《水浒》为名，正影射周家"率西水浒"之图王霸。王氏对《水浒传》三大系统的名称分别加以论述。对于罗、王二位先生的看法，杜贵晨《〈水浒传〉名义考辨》（载《明清小说研究》1990 年第 2 期）提出不同见解，他认为，《水浒传》书名的寓意，应有以下四个方面：一、以宋江等百零八人被逼上梁山，拟之于古公亶父被迫迁岐，表示对压迫者的憎恨和对人民"反贪官"起义的同情；二、以宋江等人暂居水泊，专等招安，拟之于古公亶父迁岐前后都臣服于商，颂扬宋江等人"不反皇帝"的忠义；三、把宋江等人的活动地拟之于古

---

① 燕南尚生《新评水浒传》，收入朱一玄、刘毓忱编《水浒传资料汇编》，南开大学出版社 2002 年版，第 349 页。

公亶父迁岐所循之"西水浒",暗示宋江等人上梁山是走向"忠义"的道路；四、概括水泊梁山的地理形势。李万生《"水浒"书名及相关问题》（载《云梦学刊》2005 年第 6 期）也持类似观点，认为作者施耐庵对宋江等人的结局无限的哀惋浩叹，其以水浒名书的用意十分深刻委婉。

其次，关于《水浒传》人物绰号的研究。清代程穆衡《水浒传注略》，为《水浒传》的词语作注，对小说中一些人物绰号也加以注释 ①。鲁迅在《五论文人相轻——明术》一文中对《水浒》绰号评价不高，认为梁山好汉的诨名（绰号）不过着眼于形体，并不能提契人物的全般。余嘉锡《宋江三十六人考实》（载《辅仁学志》1939 年第 8 卷第 2 期）对《宣和遗事》、龚圣与《宋江三十六人赞》、《水浒传》、郎瑛《七修类稿》中所载宋江三十六人及其绰号进行考辨，认为《宣和遗事》、元代水浒戏中的宋江故事皆出于话本，并明确揭示宋江三十六人绰号来源于"宋人俗语"。陆澹安《说部卮言》（上海锦绣文章出版社 2009 年版）比较《水浒传》人物绰号的由来，并对呼保义、病关索、浪里白条（也写作"浪里白跳"）、天目将、旱地忽律、白花蛇、毛头星、活闪婆等绰号进行重点探讨。何心《水浒研究》（上海文艺联合出版社 1954 年版）第八章《三十六人传说的参差》一章考察《宣和遗事》《癸辛杂识》《水浒传》中宋江三十六人姓名诨号的演变。第九章《浑号的研究》一章考证呼保义、病关索、旱地忽律等绰号的来源。王利器《水浒英雄的绰号》（载《新建设》1954 年 4、5 月号）认为《水浒》英雄的绰号有其历史意义和社会基础作为依据条件，对呼保义、玉麒麟加以重点考察，并对从形体、性情、才能、军器等来起的绰号、水浒英雄绰号的影响进行研究。丁一《读〈水浒〉英雄的绰号》（载《新建设》1955 年第 6 期）对王利器观点提出不同意见，认为把"呼保义"解释为宋江希求受招安、被封保义郎，不能自圆其说。

杨世洪《试论〈水浒〉人物绰号的美学意义》（载《华中师范大学学报》1982 年第 4 期）从中华民族审美心理、审美旨趣角度，探讨了《水浒》人物

---

① [清] 程穆衡《水浒传注略》，收入朱一玄、刘毓忱编《水浒传资料汇编》，南开大学出版社 2002 年版，第 376—431 页。

绰号所体现的美学意义。曲家源《水浒一百单八将绰号考释（上、下）》（载《松辽学刊》1984 年第 1—2 期）将一百零八将的绰号分为八类，论述细致，新见较多。汪远平《论〈水浒〉的人物绰号》（载《江汉论坛》1985 年第 6 期）总结《水浒》绰号的取名方式和类型。李葆嘉《〈水浒〉一百零八将绰号绎释》（载《明清小说研究》1991 年第 3 期）逐个探究《水浒》绰号的含义，并从修辞角度进行分类分析。朱奕、王尔龄《〈水浒〉人物绰号材源考论》（载《天津师范大学学报》1997 年第 2 期）就《水浒传》沿用《大宋宣和遗事》所载宋江等三十六人绰号的情况加以阐述，同时对《水浒》中出自作者新创的绰号加以分类论述。邓骏捷《论〈水浒传〉中性格类绰号》（载《许昌师专学报》1999 年第 2 期）重点阐述呼保义宋江等 15 位好汉的“性格类绰号”，考察绰号与性格的关系。杨子华《〈水浒〉人物绰号与杭州方言民俗》（载《郧阳师范高等专科学校学报》2003 年第 4 期）从宗教、传说、相扑、纹身、服饰等方面详细分析了《水浒传》的人物绰号与宋元时期杭州方言民俗的渊源关系，从而证明了古代杭州民间文化对《水浒传》创作的影响。杨子华《〈水浒〉绰号趣谈》（载《菏泽学院学报》2006 年第 3 期）就《水浒传》中浪子、一丈青、花和尚、白日鼠、病关索、病尉迟、鬼脸儿、浪里白跳等绰号进行分析。朱国伟《〈水浒传〉中几个难解绰号索解》（载《菏泽学院学报》2007 年第 6 期）对《水浒传》中几位难解的人物绰号如呼保义、旱地忽律、病关索等加以辨析。吴越《〈水浒传〉中的绰号》（收入《吴越品水浒（品事篇）》，东方出版社 2008 年版）对一百零八将及其他人的绰号加以分析。宁稼雨《趣谈水浒传人物绰号》（载《国学》2010 年第 10 期）、《水浒闲谭》（中国文史出版社 2009 年版）均对《水浒传》中的人物绰号加以探讨。潘冬《绰号的意识形态意义研究——以〈水浒传〉中 108 将绰号为例》（载《黑龙江教育学院学报》2011 年第 8 期）从批评语言学视角研究《水浒传》中一百零八将的绰号。

　　关于《水浒传》人物绰号的研究出现 1 部专著和 1 篇硕士论文，即：盛巽昌《水浒绰号黑白谭》（上海辞书出版社 2002 年版）以《水浒传》先后出场人物为线索，结合史实典故、民间故事、宋元杂剧、暗语切口、社会风情等，揭示一百零八将和其他艺术形象的名号来历或典故形象。李静《〈水浒全传〉人物绰号研究》（山东大学 2010 届硕士论文）从语言文字学的角度对《水浒全传》的绰号进行分析。

有关《水浒》人物绰号研究，在一百零八将之中，有几个人物受到较多关注：

1. 宋江。余嘉锡《宋江三十六人考实》一文首提宋江绰号"呼保义"乃"自呼保义"之说。李拓之《呼保义考——纪念水浒故事流传八百三十年》（载《光明日报》1953 年 3 月 27 日）认为"'呼保义'就是'有眼不识真天子'的意思"，"当时流行此语，成为人民要求真天子出现的一种愿望"。美国浦安迪《中国叙事学》（北京大学出版社 1996 年版）认为宋江的绰号呼保义、及时雨、孝义黑三郎都有反讽意味。作者指出，这些浑名反映了关于宋江的历史资料及其事迹传说之繁杂。杨凯《简论宋江的绰号及其文化意义》（载《宝鸡文理学院学报》2012 年第 5 期）结合小说分析宋江所使用的孝义黑三郎、呼保义、及时雨三个绰号的含义，由此探讨宋江形象所蕴含的浓厚的忠君思想。

2. 一丈青。余嘉锡《宋江三十六人考实》认为："盖青为春色，一丈青者以喻春色之浓耳。是必闾里浪子相传俚语，以此指目男子妇人之年少美色者。"严敦易《水浒传的演变》（作家出版社 1957 年版）认为："一丈喻其长，青则是指一身花绣的颜色。"李葆嘉《〈水浒〉一百零八将绰号绎释》（载《明清小说研究》1991 年第 3 期）认为："以一丈青为绰号，既以一头尖可刺人喻其性格泼辣难惹，又以其细长喻其身材颀长。扈三娘绰号一丈青兼表其个性与外形。"石麟《释"一丈青"》（载《明清小说研究》1995 年第 3 期）认为"一丈青"意思是"英姿飒爽，颀长美貌"。曲家源《水浒传新论》（中国和平出版社 1995 年版）指出："'一丈青'是说扈三娘身材很高。"袁世硕《读余嘉锡撰〈宋江三十六人考实〉札记二则》（载《济宁师专学报》1999 年第 4 期）："我觉得龚开赞燕青用了'一丈青'三字，是指他遍体雕青，有一身美观的花绣。"日本学者佐竹靖彦撰《梁山泊——〈水浒传〉一〇八名豪杰》（中华书局 2005 年版）第八章《美女与刺青》对"一丈青"进行较为详细分析，认为一丈青指细长之物。胡斌《"一丈青"考》（载《中华文化论坛》2007 年第 1 期）指出："'一丈青'最确切、最原始的含义，应该是指人物身材'长大'，并非某位好汉固定的绰号。"刘洪强《"一丈青"含义试析》（载《三明学院学报》2009 年第 1 期）认为"一丈青"本意是"泼辣、悍勇"的意思。

3. 镇关西。何心《水浒研究》根据元明杂剧《梁山泊李逵负荆》中鲁智深有个绰号叫作"镇关西"，认为"镇关西"是鲁智深未出家时的浑号。王孟蒙《鲁智深绰号质疑》（载《张家口大学学报》1994 年第 1 期）对此表示质疑，认为鲁智深未出家时没有绰号。

4. 有关《水浒传》其他人物绰号的研究。龚维英《石秀绰号考释》（载《明清小说研究》1988 年第 1 期）认为，石秀绰号并非"拼命三郎"，而是"拼命二郎"。林斤澜《论武松没有绰号》（载《读书》1991 年第 11 期）认为武松没有绰号。胡以存《谁该是短命二郎——试从绰号变更管窥阮氏三雄亲缘关系的变迁》（载《黄石理工学院学报》2009 年第 1 期）认为早期的水浒故事中，阮小二的绰号是"短命二郎"，到了今本《水浒传》，阮小五被当作排行第二的"短命二郎"。

最后，关于《水浒传》其他命名的研究。陆澹安《说部卮言》（上海锦绣文章出版社 2009 年版）、吴越《吴越品水浒（品事篇）》（东方出版社 2008 年版）对《水浒传》的地名、官职及称呼、星名等进行研究。

（三）关于《金瓶梅》命名的研究，主要集中在以下几个方面：

1. 关于《金瓶梅》书名的研究。主要有以下几种主要说法：

（1）一般认为书名是由潘金莲、李瓶儿、庞春梅三位女性姓名中各取一字组合而成。明代袁中道《游居柿录》、东吴弄珠客《金瓶梅序》、鲁迅《中国小说的历史的变迁》第五讲《明小说之两大主潮》均持此说。这一说法较为流行。郭世谦《从〈金瓶梅〉命名论金、瓶、梅在小说中的作用》（载《丝路学刊》1994 年第 2 期）认为《金瓶梅》以"金、瓶、梅"命名，也正因为潘金莲、李瓶儿、庞春梅三人的活动，推动了情节开展。张锦池《从〈金瓶梅词话〉的命名说开去——〈金瓶梅〉主体结构和主题思想论纲》（载《北方论丛》1999 年第 5 期）认为作者以"金瓶梅"三字作为小说的书名，其美学上的用意别具匠心。以"金"兴，以"瓶"盛，以"梅"衰，谱写西门庆这一恶霸、商人、官僚、地主家族的兴衰史，从而再现作者对世态人情的观照。孟昭连《漫话金瓶梅》（河北人民出版社 2000 年版）认为从象征的意义去理解，《金瓶梅》书名不仅指三淫妇，还可以扩大到一切被男性玩弄的女性。詹丹、孙逊《漫说金瓶梅》（人民文学出版社 2007 年版）认为《金瓶梅》将三位女性的姓名各取一字连缀而成，在时间维度上有着先后相继的意义，潘金莲、李瓶儿、庞春梅这三个人就代表着书中各自为中心的一段故事，同时，其三人连同西门庆等其他人也构成一个错综复杂的网状关系。陈桂声《〈金瓶梅〉的书名》（收入《金瓶梅闲谭》，中国文史出版社 2009 年版）认为小说以三个女性姓名各取一字为名，意在通过三人的悲剧"更多地揭示出黑暗社会中的人生真谛……体现作者的创作意图"。徐景洲《〈金瓶梅〉书名别议》（收入《读破金瓶梅》，浙江古籍出版社 2011 年版）认为潘金莲、李瓶儿、庞春梅三个女人最能满足西门庆淫欲，小说从她们姓名中各取一字作为书名，最能揭示西门庆的淫棍本质，最能体现小说"色戒"主旨。

（2）认为《金瓶梅》书名寄托着作者末世之感。清代张竹坡《〈金瓶梅〉寓意说》认为："然则何以有瓶、梅哉？瓶因庆生也。盖云贪欲嗜恶，百骸枯尽，瓶之罄矣。特特撰出瓶儿，直令千古风流人同声一哭。""至于梅，又因瓶而生。何则？瓶里梅花，春光无几。则瓶罄喻骨髓暗枯，瓶梅又喻衰朽在即。"[①]

（3）认为《金瓶梅》书名是作者自喻。清代张竹坡《批评第一奇书金瓶梅读法》认为："金、瓶、梅三字连贯者，是作者自喻。"[②]

（4）认为书名含有象征意义，其中"金"为金子，代指钱财、富贵；瓶即酒瓶，代指酒；梅即梅花，代指女色。冯文楼《由色生情 自色悟空——〈金瓶梅〉书名试释》（载《明清小说研究》2002 年第 3 期）认为，《金瓶梅》的书名不仅是三个人名的组合，而是对"财"与"色"的贪恋与追求，因为"金瓶"加"梅花"，恰是财与色的象征。杨春泉《〈金瓶梅〉书名的理解

---

① [清] 张竹坡《〈金瓶梅〉寓意说》，《会评会校本金瓶梅》附录，中华书局 1998 年版，第 1483 页。
② [清] 张竹坡《批评第一奇书金瓶梅读法》，《会评会校本金瓶梅》附录，中华书局 1998 年版，第 1513 页。

及英译问题》〔载《时代文学》（上半月）2011年第12期〕认为，金瓶乃富贵之象征，梅喻指美色，书名寓含财色二字，则是西门庆丑恶灵魂最为精妙的概括。

（5）认为《金瓶梅》书名寓示着金瓶插着梅花。清代顾公燮《销夏闲记》卷上记载，明朝太仓王忬家藏《清明上河图》，严世蕃强行索求，王忬无奈之下请名家临摹，送上摹本，最终被严世蕃识破，借机害死王忬。王忬之子王世贞痛父冤死，立志报仇。一天，严世蕃问王世贞有没有好看的小说，王世贞看到金瓶中插有梅花，便以《金瓶梅》回应①。鲁歌、马征《金瓶梅书名辨识》（载《云南民族学院学报》1987年第4期）认为："作者用'金瓶梅'作书名……为人们创造了一个立体的意境，那便是金瓶中插有梅花的生动景象……（表明）女子实不过是有权势、有金钱的男人们的玩物。"

（6）认为作者采取谐音法，"金瓶梅"即为"金瓶霉"。李金坤《〈金瓶梅〉书名寓意探微》（载《古典文学知识》2005年第3期）认为以"梅"谐音为"霉"，如此"金瓶梅"则为"金瓶霉"，以此凸显出16世纪资本主义萌芽时期的中国社会的创作意图。

（7）认为《金瓶梅》书名具有性象征意义。王意如、许蔚《解码金瓶梅》（上海辞书出版社2009年版）认为花瓶细颈中空，很像子宫，因此是女性性器官的象征；而梅则是男性性器官的象征。

2. 关于《金瓶梅》人物命名与地名研究。

张鸿魁《金瓶梅语音研究》（齐鲁书社1996年版）从训诂学角度对《金瓶梅》人物命名加以考证。沈晓静《〈金瓶梅〉人物名的文化蕴涵》（载《学海》1999年第3期）探讨《金瓶梅》人物命名的文化内涵。杨连民《一字寓褒贬——也谈〈金瓶梅〉的取名艺术》（载《聊城师范学院学报》2000年第5期）对《金瓶梅》中的人名进行分类论述。

傅憎享《〈金瓶梅〉旧诗寻源》（载《辽宁大学学报》1990年第4期）、马征《孟玉楼的号有什么讲究》（收入《〈金瓶梅〉之谜》，中国广播电视出版社

①〔清〕顾公燮《销夏闲记》，据孙毓修编《涵芬楼秘笈》本《销夏闲记摘抄》，北京图书馆出版社2000年版，第2册第634—636页。

2006 年版）对孟玉楼之号"玉楼"出处加以考证。徐景洲《应伯爵姓名多寓意》（收入《读破金瓶梅》，浙江古籍出版社 2011 年版）认为应伯爵姓名暗含着"白吃""大吃""硬吃""应该吃"等寓意。马征《〈金瓶梅〉采用历史人物人名之谜》（收入《〈金瓶梅〉之谜》，中国广播电视出版社 2006 年版）对《金瓶梅》采用的历史人物如孟昌龄、郓王、蔡攸之子等人名等加以考证，有助于进一步揭示《金瓶梅》丰富的文化内涵。

王连洲对《金瓶梅》临清地名进行考证，参见《〈金瓶梅〉临清地名考》（第四届全国《金瓶梅》学术研讨会会议论文，1990 年，山东省临清市）、《〈金瓶梅〉临清地名续考》（收入吉林大学中国文化研究所编《金瓶梅艺术世界》，吉林大学出版社 1991 年版）等论文。

（四）在明清小说名著之中，关于《红楼梦》命名的研究最为突出，研究成果最多，主要集中在以下几个方面：

1. 关于《红楼梦》书名的研究。

关于《红楼梦》五个书名的研究，清代脂砚斋最早论及，乾隆十九年（1754），他在《石头记》甲戌本的"凡例"中指出《红楼梦》几种书名的演变[①]。吴世昌《红楼梦探源外编》（上海古籍出版社 1980 年版）认为："我们不妨假定这五本书名即暗示雪芹在'增删五次'的过程中五个不同的版本。"周祜昌、周汝昌《石头记鉴真》（书目文献出版社 1985 年版）将《红楼梦》五个书名分为"虚""实"两类——《石头记》《红楼梦》是实名；《情僧录》则与《风月宝鉴》《金陵十二钗》同类，属于虚名。刘梦溪《论〈红楼梦〉的书名及其演变》（收入《红楼梦新论》，中国社会科学出版社 1982 年版）认为曹雪芹与脂砚斋等对《红楼梦》书名存在不同的看法，体现了"对《红楼梦》政治主题的不同看法"。日本学者伊藤漱平《有关〈红楼梦〉的题名问题》（收入胡文彬、周雷编《红学世界》，北京出版社 1984 年版）对《石头记》《情僧录》《金陵十二钗》及《脂砚斋重评石头记》等几种书名加以分析。王蒙《红楼启示录》（生活·读书·新知三联书店 1991 年版）以为《石头记》的名称

---

① ［清］脂砚斋《石头记凡例》，［清］曹雪芹《脂砚斋甲戌抄阅重评石头记》卷首，沈阳出版社 2005 年版。

比《红楼梦》好，至于《情僧录》《风月宝鉴》《金陵十二钗》云云，就透出俗气来了。朱淡文《红楼梦论源》（江苏古籍出版社 1992 年版）认为："实际上是作者每增删一次，就增加一个题名，它们所题的是同一部小说在不同创作阶段的稿本，乃作者增删小说的雪鸿之迹。"俞晓红《从〈红楼梦〉题名的变迁看作品的主题倾向》（载《学语文》2003 年第 3 期）对《红楼梦》的五个题名进行简要考察，由此探讨作品的主题倾向。宋子俊《〈红楼梦〉同书异名的历史文化内涵及其旨义》（载《中国古代小说戏剧研究丛刊》2005 年）对《红楼梦》五个书名的历史文化内涵及其本旨加以探讨。李永建《从〈红楼梦〉的几个题名透视其内在意蕴》（载《淮北煤炭师范学院学报》2006 年第 1 期）用以经解经的方法，以《红楼梦》的几个题名为切入点就其多层丰富的内蕴进行还原式的观照和解读。

在上述五个书名之中，何为本名？存在着三种观点：第一种意见认为《红楼梦》是本名，俞平伯撰《红楼梦研究》（复旦大学出版社 2004 年版），其中《红楼梦正名》一文认为《红楼梦》是包括一切的大名，是人世间、社会上流传的称呼，其他种种异名只是局部的书中的名目。第二种意见认为《石头记》是本名，蓉生《红楼梦书名漫议》（载《成都师专学报》1988 年第 3 期）、黄立新《漫谈〈红楼梦〉的本名》（载《上海大学学报》1991 年第 4 期）坚持此说。第三种意见认为《风月宝鉴》是本名，林冠夫《〈红楼梦〉的本名和异名》（收入《红楼梦纵横谈》，文化艺术出版社 2004 年版）持此观点。

关于《红楼梦》这一书名的解读，清代梦觉主人《红楼梦序》说过："红楼富女，诗证香山；悟幻庄周，梦归蝴蝶。作是书者藉以命名，为之《红楼梦》焉。"① 俞平伯《红楼心解——读〈红楼梦〉随笔》（陕西师范大学出版社 2005 年版）认为，就虚者言之，"红"字是书中点睛处，为书主人宝玉有爱红之病而住在怡红院，曹雪芹披阅增删《石头记》则于悼红轩。红楼即朱门。他怀疑"红楼"即《红楼梦》中天香楼。胡小伟《红楼梦与石头记题名

---

① ［清］梦觉主人《红楼梦序》，一粟编《红楼梦资料汇编》，中华书局 1964 年版，第 28 页。

问题辨析》（收入《红楼梦研究集刊》第 6 辑，上海古籍出版社 1981 年版）对《红楼梦》一名给予充分肯定，认为"'红楼'乃'富室闺阁'，照应十二钗和怡红公子，着一'梦'字，亦富禅机，真可说味外有旨，天趣盎然"。吴汝煜为《唐诗大辞典》（江苏古籍出版社 1990 年版）撰写《蔡京小传》，他认为，《全唐诗》卷四百七十二收有唐代蔡京的七律《咏子规》，其中"惊破红楼梦里心"为小说《红楼梦》取为书名。赵戎《惊破红楼梦里心——〈红楼梦〉书名新解》（载《桂林师范高等专科学校学报》2006 年第 2 期），刘红红《"沉酣一梦终须醒，冤孽偿清好收场"——论〈红楼梦〉书名的合理性》（载《晋中学院学报》2007 年第 6 期），周黎岩《论"红楼梦"题名》（载《学理论》2009 年第 30 期），严孟春、朱东根《楼有几重，情有几多，梦有几许——从"红楼梦"题名看〈红楼梦〉题旨》（载《江苏科技大学学报》2011 年第 4 期）等文也对《红楼梦》书名进行探讨。

关于《石头记》这一书名，严中《〈石头记〉书名解——兼谈"大石"和"通灵宝玉"的原型》（载《南京社会科学》1995 年第 2 期）认为："《石头记》是'自譬石头（城）所记之事也'，故可称'石头城记'。而《石头记》中所写的'大石'的'原型'即是石头城上最具代表性的'鬼脸石'，'小石'的'原型'即是石头城所产的'雨花石'。"严中《石头城与〈石头记〉》（载《红楼梦学刊》2002 年第 1 辑）进一步阐明这一观点。马瑞芳《论甲戌本凡例为曹雪芹所作》（载《红楼梦学刊》2003 年第 4 辑）认为"《石头记》书名也是曹雪芹确定，非脂砚斋捉刀"。张志《论"石头记"题名》（载《红楼梦学刊》2004 年第 2 辑）认为"石头记"题名是作者曹雪芹和批者脂砚斋都喜爱的书名，它具有丰富的蕴涵，与"石能言""石头城""石不转"和"望夫石""三生石""女娲炼石""灵石"及"石头生人"等典故有关。作者同意王蒙"《石头记》的名称比《红楼梦》好"的观点。

关于《情僧录》这一书名，徐乃为《"情僧录"非〈石头记〉异名辨》（收入《红楼三论》，中华书局 2005 年版）认为《情僧录》不是《石头记》的异名，而是小说《石头记》（《红楼梦》）本体中叙述的一个书名，是小说内容中的一个有机体，与小说外在的书名并不相关。

2.《红楼梦》人物命名的研究。

清代脂砚斋在评点《石头记》之际已指出小说命名的寓意，如，甄士隐的"甄"是谐"真"，贾雨村的"贾"是谐"假"，"封肃"是谐"风俗"，严老爷的"严"是谐"炎"，霍启的"霍"是谐"祸"，单聘仁的"单"是谐"善"，薛蟠的"薛"是谐"雪"等等①。赵冈《红楼梦里的人名》（载台湾《联合报》1978 年 1 月 31 日）认为《红楼梦》中人物的命名遵守两个原则，第一是以人名暗隐具有特殊含义的字；第二是把配角人物如丫鬟书童配成一套。傅继馥《〈红楼梦〉人物命名的艺术》（载《红楼梦学刊》1980 年第 2 辑）主要依据《红楼梦》庚辰本，认为《红楼梦》的人物命名体现寓褒于贬或寓贬于褒的方法，小说作者通过命名正面表现人物的性格和命运。王绍良《略论〈红楼梦〉人物姓名之间的关连关系——兼评脂批有关人名批语的不足》（载《中州学刊》1989 年第 1 期）就脂批元春、迎春、探春、惜春"四春"与随侍的琴棋书画四婢之间定名机巧的比较说明入手，认为《红楼梦》作者通过四婢的巧妙定名概括"四春"特定的命运遭遇和个人经历。陈诏《〈红楼梦〉人名考辨》（载《红楼梦学刊》1990 年第 4 辑）将《红楼梦》的人物命名划分为四类：根据生活原型命名、暗示书中人物复杂关系的命名、寄寓爱憎褒贬的命名、暗示命运遭遇的命名等。倪春元、徐乃为《〈红楼梦〉人物姓名的语言艺术》（载《南通师专学报》1994 年第 3 期）、胡文炜《〈红楼梦〉命名欣赏》（收入《〈红楼梦〉欣赏与探索》，北京图书馆出版社 2006 年版）考察贾府几代人的命名所蕴藏的文化内涵和富贫轮回观念。李作凡《〈红楼梦〉人名中双关语的妙用》（载《抚州师专学报》1995 年第 3 期）就《红楼梦》中诸多人名以双关语谐音的现象加以探讨。

除此以外，吴义发、吴斌卡《〈红楼梦〉谐音法的巧用、妙用与作用》（载《甘肃社会科学》2000 年第 4 期）、程建忠《匠心独运　含蕴丰富——浅谈〈红楼梦〉的命名艺术》（载《成都大学学报》2009 年第 2 期）、尹永芳《"红楼"人物名字解读》（载《陕西师范大学学报》2006 年第 35 卷专辑）、

---

① 参见［清］脂砚斋评点《石头记》，［清］曹雪芹《脂砚斋甲戌抄阅重评石头记》，沈阳出版社 2005 年版。

邓进《〈红楼梦〉女性命名研究》（西南大学 2009 届硕士论文）等数十篇论文均对《红楼梦》人物命名加以探讨。

关于《红楼梦》命名与中国文化的关系之研究。胡文彬《〈红楼梦〉与中国姓名文化》（载《红楼梦学刊》1997 年第 3 辑）就《红楼梦》中的姓氏及其隐喻性加以阐述，对《红楼梦》人物的命名艺术进行探讨，总结其特点，论述较为全面。雷光高《从〈红楼梦〉看中国的姓名文化》（载《北方文学》2019 年第 29 期），针对《红楼梦》文本中人物的命名，探讨了其中所蕴含的中国姓名文化，从而领略中国汉字的魅力，领略其中所包含的社会文化。

关于《红楼梦》书中具体人物命名的研究，笔者概括如下：

（1）贾宝玉。据周伦等选编《周汝昌〈红楼〉内外续〈红楼〉》（东方出版社 2005 年版），周汝昌认为贾宝玉实名贾瑛，并对"瑛"的涵义加以解读。张晓琦《宝玉等人命名与康熙帝位关系考》（载《龙江社会科学》1996 年第 1 期）认为宝玉原型为顺治之位的合法继承人。宝钗、黛玉都是隐写宝玉与帝位关系的。徐乃为《宝玉、黛玉、宝钗之人名内蕴揭解》（收入《红楼三论》，中华书局 2005 年版）认为黛玉、宝钗之人名揭示两人互补兼美的形象内涵，代表中华女性，三个姓名揭示三人之间的婚恋悲剧。

（2）林黛玉。清代张其信《红楼梦偶评》认为："命名之意，宝、黛二人各分宝玉之一字，后面曲文，宝、黛为首……明明以宝、黛二人作主。"[1]洪秋蕃《红楼梦抉隐》认为黛玉之名意在待宝玉也："何为黛玉？待宝玉也，谓惟宝玉是待，非宝玉不嫁也。"[2]徐乃为《黛玉初名代玉考辨》（收入《红楼三论》，中华书局 2005 年版）认为黛玉初名代玉，寓意因谢世而被替代的"玉"。

（3）薛宝钗。清代洪秋蕃《红楼梦抉隐》认为："薛，雪也，有阴冷之象。林遇雪，则无欣欣向荣之兆，而有萧萧就萎之忧。"又认为："宝钗者何？宝差也。谓贾母、王夫人以宝钗为宝，识见差谬也，贬之也。"[3]张新之《红

---

①［清］张其信《红楼梦偶评》，收入一粟编《红楼梦资料汇编》，中华书局 1964 年版，第 216 页。
②［清］洪秋蕃《红楼梦抉隐》，收入一粟编《红楼梦资料汇编》，中华书局 1964 年版，第 238 页。
③［清］洪秋蕃《红楼梦抉隐》，收入一粟编《红楼梦资料汇编》，中华书局 1964 年版，第 239 页。

楼梦回批》第四回《薄命女偏逢薄命郎　葫芦僧乱判葫芦案》回评云："钗，差也，差错也，迹其生平所用心，无非铸成一错。又钗从金，一玉之匹，一玉之敌也。"[①]吴世昌《红楼梦探源外编》（上海古籍出版社1980年版）通过分析大量古代诗词中以"宝钗"寓意"分离"的事例阐述"宝钗"命名的含义。霍胜健《薛宝钗姓名新解》（载《红楼梦学刊》1998年第2辑）对薛宝钗姓名进行解读，认为"薛"字之本义，乃生长在"高燥"之地的一种蒿草。"雪"系其谐音，并非本义。"宝钗"系一种"石草"，全称"金钗石斛"，可入药，而不是一件嵌有金玉珠宝的首饰。宋淇《薛与雪》〔收入《〈红楼梦〉识要——宋淇红学论集》（中国书店2000年版）〕认为："雪所代表的是纯洁、冰冷（宝钗对宝玉的感情远较黛玉为含蓄而收敛），一旦春暖花开即溶化无踪。这也暗示宝钗乃'薄命司'中人物，虽然得嫁宝玉，可是宝玉有了娇妻美婢，却仍'悬崖撒手'出家，到头来还是一场空。"

　　（4）王熙凤。清代话石主人《红楼梦精义》认为王熙凤姓名寓意"趋奉也"[②]，洪秋蕃《红楼梦抉隐》也认为："熙，希也；凤，奉也，谓凤姐为人专以希意旨工趋奉也。"[③]陈诏《〈红楼梦〉人名考辨》（载《红楼梦学刊》1980年第4辑）认为王熙凤之"凤"繁体字"鳳"拆开是"凡鸟"二字，表明曹雪芹对惯于弄权的凤姐深含贬义。李劼《历史文化的全息图像》（东方出版中心1995年版）认为，王熙凤谐音"稀凤"，意谓一个鲜见的具有男性阳刚之气的强硬女子。

　　（5）史湘云。洪秋蕃《红楼梦抉隐》称："湘上闲云，故湘云以名。"[④]寿鹏飞《红楼说丛》（收入《红楼梦研究稀见资料汇编》，人民文学出版社2001年版）认为："史湘云者，作者自喻，寓史笔之意也，故姓史。史笔宜直，故湘云一生，心直口快。直道寡偶，故湘云早寡。直笔无虑触时忌，不能畅所欲言，故湘云口吃。又湘云叔名史鼎，寓鼎革之义，著者自言为鼎革

---

① ［清］张新之《红楼梦回批》，收入《红楼梦（三家评本）》，上海古籍出版社1988年版，第63页。
② ［清］话石主人《红楼梦精义》，收入一粟编《红楼梦资料汇编》，中华书局1964年版，第180—181页。
③ ［清］洪秋蕃《红楼梦抉隐》，收入一粟编《红楼梦资料汇编》，中华书局1964年版，第240页。
④ ［清］洪秋蕃《红楼梦抉隐》，收入一粟编《红楼梦资料汇编》，中华书局1964年版，第240页。

后之野史氏也。"陈邦炎《〈梅溪词〉与史湘云》（收入《红楼梦研究集刊》第3辑，1980年）认为史湘云命名出自史达祖《寿楼春·寻春服感念》一词。

（6）关于袭人的命名，清代姚燮《红楼梦总评》指出："花袭人者，为花贱人也。命名之意，在在有因。"[①]陈其泰在《红楼梦回评》第七十七回《俏丫鬟抱屈夭风流　美优伶斩情归水月》中评曰："兵法，掩其不备曰袭。衣裳，掩而不开曰袭。文辞，剽窃他人曰袭。袭人之名，作者殆兼取三者之义乎？"[②]吴世昌《红楼梦探源外编》（上海古籍出版社1980年版）称："'袭人'者，乘人不备时暗中对人的袭击也。"李劼《历史文化的全息图像》（东方出版中心1995年版）认为："袭人的特点是以温柔暗中伤人，所以叫做花袭人。"张锦池《红楼梦考论》（黑龙江教育出版社1998年版）认为："盖'花袭人'者，于'似桂如兰'的'花'气中偷'袭'无辜之'人'，奸而近人情者也。"林冠夫《袭人的名字》（收入《红楼梦纵横谈》，文化艺术出版社2004年版）认为袭人名字出自屈原《九歌·少司命》和卢照邻《长安古意》。刘伯茹、邓天中《从贾宝玉对袭人的重命名看袭人》（载《浙江学刊》2007年第4期）认为从贾宝玉对袭人的重命名可以看到一个美丽贤惠的"花珍珠"到工于心计、背后算人的"袭人"的异化过程。

（7）紫鹃。周策纵《红楼梦案——周策纵论红楼梦》（文化艺术出版社2005年版）认为紫鹃名字出自唐代诗人蔡京《咏子规》。孔令彬《从人物命名看袭人与紫鹃形象的平面设计及其文化意蕴》（载《红楼梦学刊》1999年第4辑）认为紫鹃的命名更多表现了作者对林黛玉的形象性格命运的构思；紫鹃与雪雁两个丫头的命名又恰含蕴了黛玉思归的愿望和终不得归的悲剧结局。阮素芳《试论紫鹃命名取义多层能指的文化意蕴》（载《红楼梦学刊》2008年第4辑）认为黛玉的丫环紫鹃的名字体现多层文化意蕴，从而使读者能从一个新的角度——丫环"紫鹃"名字所赋予的文化意蕴中更清楚地认识黛玉的

---

①［清］姚燮《红楼梦总评》，收入朱一玄编《红楼梦资料汇编》，南开大学出版社2001年版，第666页。

②［清］陈其泰《红楼梦回评》，收入朱一玄编《红楼梦资料汇编》，南开大学出版社2001年版，第745页。

悲剧命运。

（8）秦可卿。最早对秦可卿命名作出解释的是脂砚斋，他在《石头记》评点中以为"秦"谐"情"字①，清人王希廉在《红楼梦》第五回《贾宝玉神游太虚境 警幻仙曲演红楼梦》回评中指出："秦者，情也，命名取氏，具有深意。"②20世纪40年代，王昆仑《红楼梦人物论》（国际文化出版社1948年版）从文本出发，提出作者对秦可卿持贬斥的态度，故秦可卿命名的谐音当为"情可轻"。张锦池《论秦可卿》（载《红楼梦研究集刊》第6辑，1981年）认为曹雪芹出于立意的需要，以为"秦氏"谐"情字"，把秦可卿作为"情"的幻身。许德成、田玉衡《秦可卿与秦钟》（载《红楼梦学刊》1985年第1辑）认为秦可卿是曹雪芹写情的虚幻性人物，作者为她命名是把她当作钗、黛的合影。陈敬夫《情海情天幻情身——略论秦可卿形象的被误解》（载《吉首大学学报》1985年第4期）认为曹雪芹把"秦氏"谐为"情死"。林春分《秦可卿别论》（载《苏州大学学报》1989年第1期）认为秦可卿是情种之魁首，意淫之向导。他认为秦可卿即"情可倾"之谐音。严安政《"兼美"审美理想的失败——论曹雪芹对秦可卿的塑造及其他》（载《红楼梦学刊》1995年第4辑）认为秦可卿的谐音为"情可亲"。刘上生《走进曹雪芹——〈红楼梦〉心理新诠》（湖南师范大学出版社1997年版）认为秦可卿的谐音为"秦可亲"。俞晓红《红楼梦意象的文化阐释》（安徽人民出版社2006年版）认为秦可卿是"情可情"意义的寄托，代表了小说中所有施情于可情之人的爱情故事的共同特征。詹丹《红楼情榜》（山东画报出版社2004年版）认为曹雪芹把情当作到达清凉之地的必由之路，提出曹雪芹在秦可卿身上寄寓了佛家启人觉悟的思想。杜世杰《红楼梦考释》（中国文学出版社1995年版）认为秦可卿的谐音当为"秦可矜"和"清可卿"，秦指朱明，可矜是悯，秦可矜即明愍帝。"秦可卿"谐音"清可卿"，"清"指清朝，"可"是可人，"卿"是爱卿，清可卿即清主的爱卿董妃。

---

① ［清］曹雪芹《脂砚斋甲戌抄阅重评石头记》，沈阳出版社2005年版。
② ［清］王希廉《红楼梦》第五回回评，收入朱一玄编《红楼梦资料汇编》，南开大学出版社2001年版，第588页。

（9）晴雯。清代二知道人《红楼梦说梦》认为："晴雯者，情文也……情文相生。"①诸联《红楼评梦》也认为"晴雯言其情文相生也"②。

（10）贾政。清代哈斯宝《〈新译红楼梦〉回批》第九回《西厢记妙词通戏语　牡丹亭艳曲警芳心》回批认为："贾政真是'假正'。"③洪秋蕃《红楼梦抉隐》称："政者，正也，所以正人之不正。然必自率以正，而后能正人之不正。贾政内不能刑于妻妾，外不能驾驭豪奴，徒知严厉于其冢子，是谓道之以政，非率之以正也，故不曰正而曰政。又政，真也，谓贾政乃真有其人。"④俞平伯《读〈红楼梦〉随笔——贾政》（收入《红楼梦研究参考资料选辑》第2辑，人民文学出版社1973年版）认为："贾政，假正也，假正经的意思。"

（11）贾雨村。脂砚斋甲戌本评点称："雨村者，村言粗语也。言以村粗之言，演出一段假话也。"⑤哈斯宝《〈新译红楼梦〉回批》第一回《甄士隐梦幻识通灵　贾雨村风尘怀闺秀》回批认为贾雨村"就是'村假语'，又可释为'假语存'"⑥。

（12）甄士隐。脂砚斋甲戌本评点称："（甄士隐）托言将真事隐去也。"⑦

（13）尤氏。清代二知道人所撰《红楼梦说梦》认为："尤氏者，以其人为尤物也。"⑧涂瀛《红楼梦论赞》称："人之美者曰尤，然不曰美人而曰尤物，其为不祥可知。尤氏见于书，已在徐娘半老之会，然风情固不薄也。设鸡皮未皱，更复何如！氏之曰尤，盖比于夏姬也。"⑨

（14）李纨。清代诸联《红楼评梦》称："纨则言其完节也。"⑩洪秋蕃《红

①［清］二知道人《红楼梦说梦》，收入一粟编《红楼梦资料汇编》，中华书局1964年版，第97页。

②［清］诸联《红楼评梦》，收入一粟编《红楼梦资料汇编》，中华书局1964年版，第117页。

③［清］哈斯宝撰，亦邻真译《〈新译红楼梦〉回批》，内蒙古人民出版社1979年版，第46页。

④［清］洪秋蕃《红楼梦抉隐》，收入一粟编《红楼梦资料汇编》，中华书局1964年版，第239页。

⑤［清］脂砚斋甲戌本评，［清］曹雪芹《脂砚斋甲戌抄阅重评石头记》卷首，沈阳出版社2005年版，第23页。

⑥［清］哈斯宝撰，亦邻真译《〈新译红楼梦〉回批》，内蒙古人民出版社1979年版，第27页。

⑦［清］脂砚斋甲戌本评，［清］曹雪芹《脂砚斋甲戌抄阅重评石头记》卷首，沈阳出版社2005年版，第16页。

⑧［清］二知道人《红楼梦说梦》，收入一粟编《红楼梦资料汇编》，中华书局1964年版，第95页。

⑨［清］涂瀛《红楼梦论赞》，收入一粟编《红楼梦资料汇编》，中华书局1964年版，第134页。

⑩［清］诸联《红楼评梦》，收入一粟编《红楼梦资料汇编》，中华书局1964年版，第117页。

楼梦抉隐》认为："纨，扇也，李纨少寡，如秋扇之见捐。然有令德，能奉扬仁风，李花白如缟素，故氏李。"①邱世亮《红楼梦影射雍正篡位论》（学生书局 1981 年版）认为："李纨居于裁判地位，所以字'宫裁'即宫廷裁判。"

（15）香菱（原名甄英莲）。清代诸联《红楼评梦》称："香菱不在园中，言与香为邻也。"②解盦居士《石头臆说》称："（甄士隐）其女名英莲者，谓其真应怜也。"③洪秋蕃《红楼梦抉隐》称："高士之女，辱于青衣，属于俗子，其遇应怜，故曰英莲。"④傅继馥《明清小说的思想与艺术》（安徽人民出版社 1984 年版）认为："'英莲'与'香菱'两个名字之间的转化关系，表示不幸贯穿了人物的两段生活。"袁锦贵《〈红楼梦〉中香菱的三个名字》（载《南京师范大学文学院学报》2009 年第 1 期）认为香菱有三个名字："英莲""香菱""秋菱"。三个名字代表三个阶段：情爱——情空（幻缘）——逝去。刘铄《红楼梦真相》（齐鲁书社 2010 年版）认为："香菱改名秋菱，这暗示南明历史告终，明王朝不复存在了。"

（16）秦钟。涂瀛撰《红楼梦论赞》认为秦钟寓意"情种"⑤。解盦居士《石头臆说》称：秦钟寓意"情所钟也"⑥。杜世杰《红楼梦悲金悼玉实考》（1971 年自印本）认为："秦钟即秦终……形容明亡也。"

另外，陈建平《〈红楼梦〉中茶名寓意》（收入《红楼臆论》，天津社会科学院出版社 2008 年版）就六安茶、老君眉、枫露茶、暹罗茶、女儿红等茶名的寓意进行探讨。李小龙《〈红楼梦〉人物命名与〈百家姓〉》（载《文史知识》2021 年第 11 期）关注到曹雪芹拟名时最常取资的是当时孩童需熟诵的《百家姓》。

（五）关于明清时期其他小说作品命名的研究，笔者试总结如下：

1. 关于《三国演义》命名的研究。丘振声《刘备的称号》（收入《三国

---

① ［清］洪秋蕃《红楼梦抉隐》，收入一粟编《红楼梦资料汇编》，中华书局 1964 年版，第 240 页。
② ［清］诸联《红楼评梦》，收入一粟编《红楼梦资料汇编》，中华书局 1964 年版，第 117 页。
③ ［清］解盦居士《石头臆说》，收入一粟编《红楼梦资料汇编》，中华书局 1964 年版，第 185 页。
④ ［清］洪秋蕃《红楼梦抉隐》，收入一粟编《红楼梦资料汇编》，中华书局 1964 年版，第 241 页。
⑤ ［清］涂瀛《红楼梦论赞》，收入一粟编《红楼梦资料汇编》，中华书局 1964 年版，第 141 页。
⑥ ［清］解盦居士《石头臆说》，收入一粟编《红楼梦资料汇编》，中华书局 1964 年版，第 189 页。

演义纵横谈》，漓江出版社 1983 年版）认为，在《三国演义》中，刘备是称号最多的人物。他的政敌们称他为"卖屦小儿"，是鄙视他的低下出身；"刘皇叔"是刘备最得意的称号，是他用来与曹操相对抗的一个法宝，也是《三国演义》定刘备为正统的一个依据。刘世德《刘世德话三国》（中华书局 2007 年版）探讨《三国演义》8 个书名的优劣短长，就阿斗、貂蝉的姓名进行分析。

2. 关于《西游记》命名的研究。石钟扬《性格的命运——中国古典小说审美论》（安徽教育出版社 1998 年版）就《西游记》中孙悟空的几个名号：美猴王、孙悟空、弼马温、齐天大圣（孙大圣）、孙行者、斗战胜佛等演变及其文化底蕴加以解读。靳青万《从谐音指义看〈西游记〉的反皇思想》（载《中国人民大学学报》1998 年第 6 期）认为《西游记》孙悟空师兄弟的姓名显现出一组很有趣的谐音词：孙勿恐、朱无能、杀无敬。其意为：儿孙们不要害怕，朱明皇帝是无能的家伙，要杀他而不要敬他。杨世英《〈西游记〉人物命名浅探》（载《湖北广播电视大学学报》1999 年第 1 期）认为孙悟空与猪八戒的命名隐含着一定的寓意。不过作者认为"猪"与"朱"同音，由此推断"猪"是用以代表明朝那个时代，猪八戒的一言一行、所作所为，正是吴承恩对朱氏王朝强烈的讽刺。

赵仲邑《悟空可能不姓孙》（载《随笔丛刊》第 1 集，1979 年）、钟扬《孙悟空释名》（载《阜阳师范学院学报》1993 年第 1 期）、赵秀亭《猴王姓孙的来历》（载《语文月刊》1993 年第 6 期）对孙悟空的姓名进行分析。李洪武《论"孙悟空"名字的佛教内涵》（载《运城学院学报》2003 年第 6 期）对"孙悟空"名字的佛教内涵加以探讨。

3. 关于才子佳人小说命名研究。鲁迅《中国小说史略》（北新书局 1932 年版，上海古籍出版社 1998 年版）云："《金瓶梅》、《玉娇李》等既为世所艳称，学步者纷起，而一面又生异流，人物事状皆不同，惟书名尚多蹈袭，如《玉娇梨》、《平山冷燕》等皆是也。"李梦生《中国禁毁小说百话》（增订本）（上海书店出版社 2006 年版）指出，《娇红记》始取书中二位女性娇娘、飞红的名字作书名，这样的取名法，自从《金瓶梅》袭用后，被后来的才子佳人小说普遍使用。苏建新《中国才子佳人小说演变史》（社会科学文献出版社

2006 年版）第四章《才子佳人小说考辨》第四节《清初才子佳人小说命名》统计清初才子佳人小说 40 篇命名情况。唐江涛《才子佳人小说题名研究》（暨南大学 2011 届硕士论文）分析才子佳人小说题名产生类型化与多样化的特点，并探讨其特点的形成原因。

4. 关于《聊斋志异》命名的研究。马瑞芳《论聊斋人物命名规律》（载《文史哲》1992 年第 4 期）认为《聊斋志异》命名体现理念性、感形性（按：指《聊斋志异》为佳丽贤媛命名，从诗意化入手，偏于柔美，清丽脱俗）、调侃性；《聊斋》别出心裁的命名艺术也带来特有构思法，姓氏对情节起重要的、决定性作用。胡渐逵《〈聊斋志异〉人物命名索寓》（载《蒲松龄研究》1995 年纪念专号）认为人物命名体现人物的身份、性格、品行，寄托作者的寓意。赵述先《〈聊斋〉的命名艺术》（载《东方论坛》1996 年第 1 期）将《聊斋》的命名分为以下几种：拆字命名、颠倒词序、谐音命名、循名求似、引经据典。王瑾《从〈聊斋志异〉的篇目命名看蒲松龄的小说文体》（载《明清小说研究》2019 年第 3 期）认为，从《聊斋志异》的篇章命名情况，可发现蒲松龄对小说虚构特征的认识、对小说类型的把握，以及男性第三人称叙事视角，这些都显示了蒲松龄的小说文体之自觉意识。

在《聊斋志异》中，《婴宁》篇的命名受到较多关注，赵伯陶《〈婴宁〉的命名及其蕴涵》（载《明清小说研究》1995 年第 1 期）认为"婴宁"一词出自《庄子·大宗师》，"婴宁"凝聚着作者理想女性之内蕴，即"扰动外表下的安宁"的意思。赵文对《婴宁》的命名及其蕴涵的分析相当细致、深入。袁行霈主编的《中国文学史》（高等教育出版社 1999 年版）第四卷也指出"婴宁"命名涵义源自《庄子·大宗师》，作者极力赞美婴宁的天真，正寄寓着对老庄人生哲学中所崇尚的复归自然天性的向往。陈屈亮《〈婴宁〉人物命名考辨》（载《巢湖学院学报》2012 年第 5 期）考辨婴宁的命名并非传统的法家式的"婴逆鳞"说和道家式的"撄宁"说，而是出自《晋书·王衍传》之俗语"宁馨儿"三个字。

5. 关于《金云翘传》命名的研究。袁林清《〈金云翘传〉的取名艺术与作者的思想倾向》（载《怀化师专学报》1991 年第 4 期）对《金云翘传》中人物命名分三类进行考察，阐述《金云翘传》的作者及其思想倾向。

　　6. 关于《歧路灯》命名的研究。李延年《〈歧路灯〉人物命名的独到匠心及其文化意蕴初探》（载《古典文学知识》2011 年第 3 期）对《歧路灯》的人物命名艺术进行分类，并归纳《歧路灯》在人物取姓命名方面的特色。

　　7. 关于《镜花缘》命名的研究。李剑国、占骁勇《才女名号解》（收入《〈镜花缘〉丛谈》，南开大学出版社 2004 年版）对才女的名号寓意加以解读；王勇《玩·镜花》（广西人民出版社 2007 年版）一书对百花仙女的名号，唐敖、林之洋、多九公的名字，《镜花缘》中的药名进行阐述。

　　（六）我们在上文提到，截止到 2022 年 12 月，20 世纪以来有关古代小说命名研究的专著共有 4 部，论文 388 篇（专著中论及古代小说命名的，视作一篇论文），另有硕士论文 8 篇。除专著以外，单篇论文（含专著中的章节）加上硕士论文，合计 396 部（篇）。现将 20 世纪以来有关明清小说命名研究的论文列表如下：

研究内容＼年代	古代小说整体	明前小说	明清小说整体	三国志演义	水浒传	西游记	金瓶梅	聊斋志异	镜花缘	红楼梦	明清其他单部小说	近代小说	合计
20 世纪 10 年代													0
20 年代					1		1						2
30 年代					1								1
40 年代										1			1
50 年代					5								5
60 年代													0
70 年代					1	1				5			7
80 年代			1	1	9		1			22		1	35
90 年代	5	1	1		15	8	7	4		30	2		73
2000—2009	11	7	7	1	34	5	13		6	93	2	1	180
2010—2022	12	5	14		15		4	7		28	3	4	92
合计	28	13	23	2	81	14	26	11	6	179	7	6	396

　　总的看来，20 世纪以来学术界关于中国古代小说命名的研究呈现以下几

个方面的特点：

1. 相关研究呈现明显的阶段性特征。由上表可知，20 世纪以来古代小说命名研究可分为三个时期：

第一时期，低潮期。20 世纪 10 年代至 70 年代，自 1900 年到 1979 年，共 80 年时间，只有研究论文 16 篇，占所有论文总数 396 篇的 4%，平均每年只有 0.2 篇，其中，20 世纪 10 年代、60 年代，没有出现研究论文，说明古代小说的命名没有受到学术界足够的关注。不过，在有限的 16 篇文章中，多篇论文的学术质量很高，如：余嘉锡《宋江三十六人考实》（载《辅仁学志》1939 年第 8 卷第 2 期）对宋江三十六人及其绰号进行考辨，王昆仑《红楼梦人物论》（国际文化出版社 1948 年版）、何心《水浒研究》（上海文艺联合出版社 1954 年版）、严敦易《水浒传的演变》（作家出版社 1957 年版）、俞平伯《红楼梦研究》（人民文学出版社 1973 年版）之中有关小说命名的论述均具有很强的创新意义和学术价值。

第二时期，平稳期。20 世纪 80 年代至 90 年代，自 1980 年到 1999 年，共 20 年时间，80 年代出现论文 35 篇，90 年代共 73 篇，合计 108 篇，占所有论文总数 396 篇的近 27.3%，平均每年 5.4 篇，可以说处在平稳发展的研究阶段。

第三时期，快速发展期。进入 21 世纪以来，古代小说命名研究论文激增，自 2000 年到 2022 年 12 月，共 23 年左右的时间，出现论文 272 篇，占所有论文总数 396 篇的近 68.7%，平均每年超过 11.8 篇，另外，有关古代小说命名的 4 部专著和专论古代小说命名的 8 篇硕士论文均出现于这一时期，可以说，这一课题受到学术界的高度重视，促使这一课题研究不断走向全面、深入。

2. 不同小说作品、不同地区研究呈现很不均衡的状态。从上表可知，在古代小说名著中，最受关注的无疑是《红楼梦》，共有 179 篇论文，占所有论文总数 396 篇的 45.2%，另有 2 部专著；其次是《水浒传》，共有论文 81 篇，占论文总数的 20.5%，另有 1 部专著；再次是《金瓶梅》，共有论文 26 篇，占论文总数近 6.6%；排在第四的是《西游记》，共有论文 14 篇，占论文总数的

3.5%，其他小说名著如《聊斋志异》11 篇，《三国志演义》《镜花缘》等不足 10 篇，尤其是《三国志演义》，作为深受读者和学术界重视的小说名著，有关其命名研究的论文只有 2 篇，与其他名著相差甚远，这与小说题材有着密切的关系，作为历史演义，《三国志演义》的人物姓名基本来源于史实，作者创作、加工的余地不大，所以相关研究论文也很少。

除单篇小说名著命名的研究以外，综合研究的论文数量也较多，其中关于古代小说整体研究的论文 28 篇，关于明前小说命名研究的 13 篇，关于明清小说整体研究的论文 23 篇，合计 64 篇，占所有论文总数的近 16.2%，说明古代小说命名研究中较多采用宏观视角。

就研究区域而言，同样存在不够均衡的问题，大陆地区相关研究成果较多，而港台及海外有关古代小说命名的研究论著较少，我们以大陆地区受到很多关注的《红楼梦》命名为例，根据台湾师范大学国文研究所陈怡君《石头渡海——近三十年台湾地区研究〈红楼梦〉之硕博论文述要》(载《红楼梦学刊》2007 年第 1 辑) 附录"近三十年台湾地区《红楼梦》相关硕博论文一览表"统计，1975 年—2005 年，台湾地区有关《红楼梦》研究的硕博论文共有 55 篇，没有 1 篇专论《红楼梦》的命名问题。

3. 研究论文的质量良莠不齐。在有关研究论文中，出现一些高质量的论文，例如：余嘉锡《宋江三十六人考实》、何心《水浒研究》、王利器《水浒英雄的绰号》、傅继馥《〈红楼梦〉人物命名的艺术》、马瑞芳《论聊斋人物命名规律》、胡文彬《红楼梦与中国姓名文化》、张锦池《从〈金瓶梅词话〉的命名说开去——〈金瓶梅〉主体结构和主题思想论纲》等等，上述论文从不同的视角对古代小说命名加以研究，提出不少新颖、独到的观点。与此同时，也有不少论文论述简略，只是对小说作品的书名、人物命名简单介绍，没有多少学术价值。

4. 研究方法多样。有些论文采取比较的研究视角，例如，傅憎享《小说人名比较小议》就《水浒传》《金瓶梅》《红楼梦》等名著人物命名的类型、特点、方法进行分析；王绍良《〈金瓶梅〉〈红楼梦〉〈儒林外史〉谐音寓意比较》、马瑞芳《从〈聊斋志异〉到〈红楼梦〉》(山东教育出版社 2004 年版)、

《巧夺天工的人物命名》（载《文史知识》2007 年第 10 期）均采取比较研究的方法，通过比较说明自己的观点，较有说服力。

有些论文利用多学科知识，多角度、全方位地开展研究，例如，胡文彬《〈红楼梦〉与中国姓名文化》运用文化学视角、方法研究《红楼梦》的命名艺术[①]；有些论文运用语言学、民俗学等知识开展研究，如：杨子华《〈水浒〉人物绰号与杭州方言民俗》，高晓《〈红楼梦〉人物命名的词汇分类及其文化意蕴》（载《牡丹江师范学院学报》2006 年第 5 期），谭姗燕、黄曙光《〈红楼梦〉中的语音隐喻》（载《牡丹江教育学院学报》2008 年第 2 期），李静《〈水浒全传〉人物绰号研究》，潘冬《绰号的意识形态意义研究——以〈水浒传〉中 108 将绰号为例》等等，较具特色。

笔者认为，20 世纪以来古代小说命名研究也存在诸多不足之处，试述如下：

1. 个案研究方面出现一些论文，尤其是对《红楼梦》《水浒传》《金瓶梅》等少数名著关注较多，其中对《红楼梦》命名的研究论文最多，而对其他小说名著很少关注；就文体而言，对世情小说、英雄传奇小说等题材、流派的小说作品关注较多，而对其他小说流派关注较少，比如，关于话本小说命名的研究论文数量很少；有关古代小说整体研究的论文 64 篇，占所有论文总数的近 16.2%，数量较多，但总的看来，缺乏宏观、全面而具有深度的论述，至今没有出现 1 篇以此作为选题的博士论文，在此领域存在较大的深入探讨的学术空间。

2. 相比而言，学术界对古代小说作品中人物命名的探讨较多，而对小说篇名、小说集的命名等论述较少。

3. 前期研究成果多结合小说文本进行分析，很少结合古代社会、政治、经济、文化等多方面的状况，结合古代小说文体发展、演变的历程进行深入阐述。

----

① 20 世纪 80 年代以来尤其是进入 21 世纪以来，古代文学研究中文化学方法得到广泛运用，这在古代小说研究中也相当突出，参照蔡亚平、程国赋《论近十年来古代小说研究中文化学方法的运用——以 2000—2012 年小说论著和博士论文为中心》，载《明清小说研究》2013 年第 3 期。

4. 关于古代小说命名的学术研究史探讨较少。张黎蕾《秦可卿命名阐释史述论》（载《河南教育学院学报》2009 年第 6 期）、刘天振《20 世纪以来〈水浒传〉人物绰号研究述略》（载《水浒争鸣》第 11 辑，2009 年）、高淮生《红楼梦题名研究论略》（载《咸阳师范学院学报》2009 年第 1 期）、王开元《〈红楼梦〉姓名文化研究综述》（载《文教资料》2012 年第 32 期）、拙文《元明清小说命名研究的世纪考察》（载《社会科学研究》2014 年第 4 期）就《红楼梦》《水浒传》等名著乃至于古代小说命名的学术史加以概括、总结，但总的看来，缺乏更多的学术史考察。

5. 个别论文不免带有索隐之嫌，或在论述过程中出现望文生义的现象，例如，刊载于《中国人民大学学报》1998 年第 6 期的《从谐音指义看〈西游记〉的反皇思想》、刊载于《龙江社会科学》1996 年第 1 期的《宝玉等人命名与康熙帝位关系考》一文均有索隐之嫌；刊载于《牡丹江教育学院学报》2008 年第 2 期的《〈红楼梦〉中的语音隐喻》认为潇湘馆隐喻"消香馆"、怡红院隐喻"遗红怨"、蘅芜院隐喻"恨无缘"、梨香院隐喻"离乡怨"，这些观点还值得商榷。又如，刊载于《南京师范大学文学院学报》2009 年第 1 期的短文《〈红楼梦〉中香菱的三个名字》一文认为英莲一名隐寓其与宝玉情爱，香菱隐寓生平遭际及与宝玉情爱的虚幻，这一结论也值得商榷。

6. 个别论文带有一定的时代印记，如刊载于《浙江师院》1976 年第 1 期的《从"绰号"和"星宿"看〈水浒〉作者的感情》一文较为明显。

7. 跨学科、大数据视野下开展中国古代小说命名研究的实践还比较少，值得一提的是熊丹、陆勤、罗凤珠、石定栩、赵天成《基于语料库的明清小说人名与称谓研究》（载《中文信息学报》2015 年第 1 期）在这方面作了很好的尝试，由香港理工大学、台湾元智大学等几位研究者从命名实体识别和资讯提取的角度出发，在对《三国演义》《水浒传》《金瓶梅》和《红楼梦》4 部明清古典小说的语料库进行标注的前提下，建构了姓名、字号和称谓作为命名实体的分类及标注系统。人名和称谓总体上分为单一型和复合型，根据复合型的内部组成元素和组合方式，将其进一步分为固定式、同位式、附属嵌套式、灵活嵌套式。结合语料库的完整数据统计，该文对各类型人名和称谓进行了比较分析，并分别展示了 4 部名著在人名、称谓使用上的特点。不过，从目前研究的状况来看，这方面的研究成果还比较少。

综上所述，笔者对有关古代小说命名研究的情况加以总结，分中国古代小说命名整体、《水浒传》命名、《金瓶梅》命名、《红楼梦》命名、明清时期其他小说命名五个方面就 20 世纪以来有关古代小说命名研究的情况加以评述，并在计量统计的基础上，总结 20 世纪以来有关古代小说命名研究的特点以及存在的不足之处，希望为新世纪的相关研究提供必要的参考与借鉴。

五、研究方法及框架设计

（一）本书采取以下研究方法：

1. 材料整理与理论研究相结合。本书力争在对相关材料进行细致整理、勾勒、辨析的基础上进行理论研究，力争做到史料与理论相结合。

2. 比较研究的方法。本书开展多种多样的比较研究，将不同时代、不同小说文体的小说命名进行比较，通过比较阐述古代小说命名的特点。

3. 微观研究与宏观研究相结合。既关注对单个作品命名进行个案研究，也注重对古代小说命名的整体特点与规律进行宏观论述，以微观研究作为本书研究的切入点和研究基础，将微观考察与宏观论述相结合。

4. 计量统计的方法，通过对相关文献的统计、分析，列出图表，说明自己的观点。

（二）本书的框架设计

绪论。阐述命名文化的历史渊源及其发展演变，就本书的研究对象、相关概念进行界定，分析本书的学术价值与创新之处，并对前人研究状况加以归纳、总结，分析其特点、取得的成就以及存在的不足之处。

第一章《宋前小说命名考察》。本章分先唐、唐五代等两个阶段，在文献数据统计的基础上，对不同时期小说命名的方法、规律、演进趋势等进行阐述，其中对《汉书·艺文志》著录的十五家小说书名所体现的文体特征、唐前小说命名的特点加以重点考察，提出一些比较新颖的见解。

第二章《宋元（含辽金）小说命名》。从文言小说和话本小说两个方面对宋元（含辽金）小说命名的情况加以统计，并总结其特点和规律。

第三章《明清小说命名与小说创作》。本章分五节，分别从小说命名与人物外貌、身份、地位，人物性格、形象，人物特长、技艺、能力、职业，小说命名象征小说人物的命运，小说命名与小说情节、结构等方面，结合明清小说文本尤其是《水浒传》《金瓶梅》、"三言""二拍"、《聊斋志异》《醒世姻缘传》《红楼梦》等小说名著，探讨小说命名在人物形象刻画、性格塑造方面的重要作用，阐述小说命名与小说情节结构之间的密切联系。

第四章《明清小说命名的广告意义》。本章分五节，分析明清小说以"奇""异""怪""艳"等为小说命名、以"才子"和"才子书"命名小说、在小说命名中增加序号、在小说书名中借助名家宣传小说、小说编刊者在书名中增加修饰语等现象，从商品经济、出版文化的角度分析明清小说命名。学术界关于明清小说创作的广告意义，曾经出现过研究论文，不过从小说命名的角度极少有人论述，从这一角度而言，本章具有一定的创新意义。

第五章、第六章《中国古代小说命名的方法》。关于古代小说命名的方法，是本书研究的重点之一，因内容较多，所以分上、下两章，重点考察寓意法、谐音法、叠字法、数字法、引经据典法等命名方法，并对拆字法、讽刺法、摘录诗词法、因梦而命名、慕古人姓名而取名等其他命名方法进行简要论述，结合古代小说命名实践，在前人研究的基础上，将文献资料与理论归纳相结合，对中国古代小说命名方法作了较为系统、全面的论述。

第七章《中国古代小说命名的特点》。本章分四节，对小说书名所呈现的复合式命名结构进行分析，阐释古代小说一书而多名的现象，考察小说命名所呈现的时代特征，论述小说命名中部分字词频繁使用的现象，在对古代小说命名加以整体考察、宏观把握的基础上，通过对小说文本以及相关资料进行爬梳、抉剔，总结、归纳古代小说命名的特点。

第八章《中国古代小说命名与文学观念》。古代小说创作观念复杂多样，蕴涵于小说文本、序跋、凡例、识语、评点等等中间，我们通过小说命名这一独特的视角对此进行考察。本章论述不求面面俱到，而是选择重点加以论述，考察小说命名所体现的补史说、劝戒说、娱乐说、真情说等小说观念，从这一独特的视角提出一些新颖的观点。

第九章《中国古代小说改名现象》。本章对古代小说命名中比较独特而又相当普遍的改名现象进行个案分析，从小说人物改名和更改小说书名两方面阐述，探讨改名现象与作者创作心态、小说产生的社会背景、文化思潮、经济状况、读者需求等等之间的密切联系，试图透过小说改名这一独特的文学现象和文化现象考察古代小说的发展轨迹和演变历程。

第十章《中国古代小说命名的文化内涵》。小说创作离不开特定的时代精神和文化背景，小说命名体现鲜明的时代特色和文化意蕴，中国传统文化的内涵非常丰富，本章也是有选择、有重点地进行论述，专门阐述古代小说命名与民俗文化、科举文化、避讳文化、出版文化等等之间的关系。

第十一章《读者与中国古代小说命名》。本章共分三节。读者是中国古代小说创作、传播过程中的重要因素，本章借鉴西方接受美学的观点，探讨读者与小说命名之间的相互影响，分析小说命名与读者心理、读者与小说续书、仿作命名的关系，探寻读者与市场对古代小说创作、流传所起到的巨大推动作用。

第一章
宋前小说命名考察

迄今为止，学术界关于中国古代小说命名的研究主要集中于《水浒传》《金瓶梅》《红楼梦》等少数几部小说名著，名著以外的其他小说则很少受到学界关注，尤其是有关明代以前的小说命名，研究论文很少。在有限的几篇论文之中，主要讨论《汉书·艺文志》小说家类著录的小说、《世说新语》、唐代传奇等的命名，对明代以前小说命名的整体状况、特点则未加总结、阐述①，本章分以下两个部分，即先唐小说命名、唐五代小说命名，对宋代以前小说命名状况及其特点进行具体论述。

第一节　先唐小说命名

本章所列先唐小说命名，主要依据《隋书·经籍志》《旧唐书·经籍志》《新唐书·艺文志》《太平御览》《崇文总目》《宋史·艺文志》等书记载。《汉书·艺文志》著录的十五家小说是现存的中国古代小说目录之始，所以我们首先考察《汉志》著录的十五家小说书名所体现的文体特征，并根据先唐小说命名实践，结合先唐社会状况与文化背景，分析先唐小说命名的特点。

---

① 这里作以下几点说明：1. 本章在对宋代以前小说命名进行整体观照的基础上，根据刘世德主编《中国古代小说百科全书》(中国大百科全书出版社 1998 年版)、李剑国辑释《唐前志怪小说辑释》(修订本，上海古籍出版社 2011 年版)、宁稼雨《中国文言小说总目提要》(齐鲁书社 1996 年版)等书进行数据统计。2. 本章所统计的小说名称，不排除个别作品在其流传过程中其命名为后人添加的情况。

一、《汉书·艺文志》著录的十五家小说书名所体现的文体特征

东汉班固在西汉刘向、刘歆父子所撰《七略》的基础上编成《汉书·艺文志》，他在《诸子略》小说家类著录了 15 种小说作品，具体篇目以及班固、颜师古、应劭等人的简短注文如下：

《伊尹说》二十七篇（其语浅薄，似依托也。）

《鬻子说》十九篇（后世所加。）

《周考》七十六篇（考周事也。）

《青史子》五十七篇（古史官记事也。）

《师旷》六篇（见《春秋》，其言浅薄，本与此同，似因托之。）

《务成子》十一篇（称尧问，非古语。）

《宋子》十八篇（孙卿道：宋子，其言黄老意。）

《天乙》三篇（天乙谓汤，其言非殷时，皆依托也。）

《黄帝说》四十篇（迂诞依托。）

《封禅方说》十八篇（武帝时。）

《待诏臣饶心术》二十五篇（武帝时。师古曰："刘向《别录》云：'饶，齐人也，不知其姓，武帝时待诏，作书名曰《心术》也。'"）

《待诏臣安成未央术》一篇（应劭曰："道家也，好养生事，为未央之术。"）

《臣寿周纪》七篇（项国圉人，宣帝时。）

《虞初周说》九百四十三篇〔河南人，武帝时以方士侍郎，（号）黄车使者。应劭曰："其说以《周书》为本。"师古曰："《史记》云：虞初，洛阳人，即张衡《西京赋》'小说九百，本自虞初'者也。"〕

《百家》百三十九卷。

以上小说出自先秦至汉代，共 15 种，合计 1390 篇 ①。笔者根据小说命名

---

① 班固统计为 1380 篇，误，实为 1390 篇。参见《汉书》卷三十《艺文志第十》，中华书局 1962 年版，第 1744—1745 页。

以及班固、颜师古、应劭等人注文，从以下两个方面阐述早期小说命名的文体特征。

（一）《汉书·艺文志》著录的小说命名与子、史关系紧密。鲁迅《中国小说史略》第一篇《史家对于小说之著录及论述》在罗列以上15家小说之后指出："诸书大抵或托古人，或记古事，托人者似子而浅薄，记事者近史而悠缪者也。"①诚如鲁迅所言，《汉书·艺文志》小说家类所著录的小说体现出"似子"或"近史"的性质。我们从小说命名可以推断，《伊尹说》《鬻子说》《师旷》《务成子》《宋子》等类似于先秦诸子著作，这些小说直接将人名嵌入小说命名之中，与先秦诸子《庄子》《孟子》《荀子》《韩非子》等命名方式相当接近，而《周考》《青史子》《臣寿周纪》等命名则接近于史书，如《周考》，班固注称："考周事也。"又如《青史子》，班固注称："古史官记事也。"这些小说命名反映出早期小说对子书、史书的模仿与依赖，它们与子书、史书的取材、创作手法、创作风格等相当接近，甚至可以说是子、史的附庸。上述15种小说不少存在假托的现象，例如，班固认为《伊尹说》"其语浅薄，似依托也"，认为《鬻子说》乃"后世所加"，怀疑《师旷》是"似因托之"，认为《天乙》《黄帝说》皆"依托"之小说。不管这些小说命名、创作是否为后人假托，至少可以说明到班固生活的东汉时期，小说取材、创作徜徉于子、史之间，距离文体独立的路途还非常遥远。

（二）与说体文关系密切。值得我们注意的是，在《汉书·艺文志》著录的15家小说之中，《伊尹说》《鬻子说》《黄帝说》《封禅方说》《虞初周说》5种小说共1047篇，皆以"说"命名，占《汉书·艺文志》所著录的15种小说、1390篇的75.3%，这一比例相当可观。"说"是一种独特的文体，西晋陆机《文赋》已把"说"作为诗、赋、碑、诔、铭、箴、颂、论、奏、说十种文体之一，南朝梁刘勰《文心雕龙》卷四《论说》指出：

　　说者，悦也；兑为口舌，故言资悦怿；过悦必伪，故舜惊谗说。

---

① 鲁迅《中国小说史略》，上海古籍出版社1998年版，第2—3页。

说之善者，伊尹以论味隆殷，太公以辨钓兴周，及烛武行而纾郑，端木出而存鲁，亦其美也。

暨战国争雄，辨士云涌；从横参谋，长短角势；转丸骋其巧辞，飞钳伏其精术。一人之辨，重于九鼎之宝；三寸之舌，强于百万之师。六印磊落以佩，五都隐赈而封。至汉定秦楚，辨士弭节。郦君既毙于齐镬，蒯子几入乎汉鼎。虽复陆贾籍甚，张释傅会，杜钦文辨，楼护唇舌，颉颃万乘之阶，抵噓公卿之席，并顺风以托势，莫能逆波而溯洄矣。

夫说贵抚会，弛张相随，不专缓颊，亦在刀笔。范雎之言事，李斯之止逐客，并烦情入机，动言中务，虽批逆鳞，而功成计合，此上书之善说也。至于邹阳之说吴梁，喻巧而理至，故虽危而无咎矣。敬通之说鲍邓，事缓而文繁，所以历骋而罕遇也。

凡说之枢要，必使时利而义贞；进有契于成务，退无阻于荣身。自非谲敌，则唯忠与信。披肝胆以献主，飞文敏以济辞，此说之本也。①

刘勰认为，说体文主要是春秋战国时期辩士们的言辞，这种说法不免缩小了说体文的内涵，但他指出："说者，悦也；兑为口舌，故言资悦怿；过悦必伪，故舜惊谗说。"揭示出说体文的渊源及特点；他认为"说贵抚会，弛张相随，不专缓颊，亦在刀笔""顺情入机，动言中务""喻巧而理至""事缓而文繁"，这在一定程度上概括出说体文的特征。王齐洲先生指出：

先秦后期诸子在言说中已经有把"说"作为文体概念使用的倾向。下面略举几例为证：

《庄子·天下》："惠施不辞而应，不虑而对，遍为万物说，说而不休，多而无已，犹以为寡，益之以怪。以反人为实而欲以胜人为名，是以与众不适也。"

《荀子·正论》："今子宋子严然而好说，聚人徒，立师学，成文

---

① [南朝梁] 刘勰原著，詹锳义证《文心雕龙义证》，上海古籍出版社1989年版，第707—719页。

曲，然而说不免于以至治为至乱也，岂不过甚矣哉！"①

战国中后期出现不少以"说"冠名的作品，如《墨子》之《经说》、《列子》之《说符》、《庄子》之《说剑》、《韩非子》之《说林》《八说》《内储说》《外储说》等等，这表明当时说体文已经存在并流行。在《汉书·艺文志》所著录的小说中，以"说"命名者占75.3%，充分体现出先秦说体文对小说创作的影响之深。

二、唐前小说命名的特点

唐代以前，包括汉魏南北朝时期，是中国古代小说发展的初期，跨越的时代很长，涉及的作家作品很多，总的看来，这一时期的小说命名呈现以下几个特点：

（一）以"异""怪"为名的先唐小说作品很多。

首先考察以"异"命名的小说。明代胡应麟《少室山房笔丛》卷三十六《二酉缀遗》通过对明代之前的小说进行不完全统计之后认为，有60种左右小说以"异"为名，他指出：

> 幼尝戏辑诸小说为《百家异苑》，今录其序云：自汉人驾名东方朔作《神异经》，而魏文《列异传》继之，六朝、唐、宋凡小说以"异"名者甚众，考《太平御览》、《广记》及曾氏、陶氏诸编，有《述异记》二卷、《甄异录》三卷、《广异记》一卷、《旌异记》十五卷、《古异传》三卷、《近异录》二卷、《独异志》十卷、《纂异记》一卷、《灵异记》十卷、《乘异记》三卷、《祥异记》一卷、《续异记》一卷、《集异记》三卷、《博异志》三卷、《括异志》一卷、《纪异录》一卷、《祖异记》一卷、《采异记》

---

① 参照王齐洲《说体文的产生及其对中国传统小说观念的影响》，收入《稗官与才人——中国古代小说考论》，岳麓书社2010年版，第103页。

一卷、《撼异记》一卷、《贤异录》一卷，此外如异苑、异闻、异述、异诫诸集，大概近六十家，而李翱《卓异记》、陶谷《清异录》之类弗与焉。①

　　胡应麟在此列举了很多以"异"为名的小说，不过他是以明代以前的小说作为考察对象，就汉魏南北朝而言，笔者初步统计以"异"命名的小说如下：

　　汉代，旧题东方朔撰《神异经》，东汉陈寔《异闻记》。

　　魏晋时期，题魏文帝曹丕撰《列异传》，三国佚名《神异传》，魏晋佚名《异说》，晋代陆氏《异林》、王浮《神异记》、戴祚《甄异传》、佚名《怪异志》。

　　南北朝时期，南朝宋齐谐《异记》，南朝宋刘敬叔《异苑》，南朝刘质《近异录》，南朝宋袁王寿《古异传》，南朝宋郭季产《集异记》，南朝齐祖冲之《述异记》，南朝梁任昉《述异记》、萧绎《仙异传》、佚名《祥异记》，南朝佚名《稽神异苑》、佚名《续异记》、佚名《异苑拾遗》，约南朝陈时佚名《录异传》，南北朝佚名《续异苑》，北朝佚名《妖异记》。

　　隋朝侯白《旌异记》，勾台符《岷山异事》，佚名《益部集异记》，许善心、崔晴《灵异记》。

　　唐前佚名《物异志》，佚名《虚异志》，佚名《异类传》。

　　经过笔者统计，唐朝以前以"异"命名的小说至少有 31 部。

　　以"怪"命名的小说，笔者初步统计如下：

　　晋代，曹毗《曹毗志怪》，殖氏《志怪记》，佚名《志怪》，佚名《志怪集》，许氏《许氏志怪》，佚名《杂鬼神志怪》，佚名《怪异志》，孔约《孔氏志怪》，祖台之《志怪》。

　　南北朝，萧绎《金楼子》卷五《志怪》篇，佚名《神怪录》，佚名《志怪录》，佚名《志怪传》。

　　疑隋朝佚名《八朝穷怪录》（简称《穷怪录》）。

　　以上自晋代至隋朝以"怪"命名的小说至少有 14 种。

---

① ［明］胡应麟《少室山房笔丛》，上海书店出版社 2001 年版，第 363—364 页。

好奇尚怪是古代小说作家共同的审美特征，先唐小说作家也不例外，以"异"和"怪"为名体现出小说作家的审美趣味和题材选择。不过，这类小说在描摹神鬼怪异的同时，也在一定程度上关注时事，例如，题魏文帝曹丕撰《列异传》，《隋书》卷三十三《经籍二》称此书"序鬼物奇怪之事"①，其中一些小说篇章也揭露了当时的社会现实，如小说《三王冢》揭露楚王对百姓的迫害，并表现百姓的反抗精神；另外，我们注意到，在唐前小说作品中很少以"奇"命名，这与唐代以后一直到明清时期大量的小说作品在书名中嵌入"奇"字甚至以"奇书""第一奇书"招揽读者的做法截然不同。

（二）先唐小说命名中体现鲜明的时代气息。

先说秦汉时期，这一时期方术盛行。方术一词，在秦汉文献中多次出现，《庄子·天下》称："天下之治方术者多矣。"成玄英疏称："方，道也。自轩顼已下，迄于尧舜，治道艺术，方法甚多。"②《史记》卷六《秦始皇本纪》称："（秦始皇）悉召文学方术士甚众，欲以兴太平，方士欲炼以求奇药。"③《后汉书》卷八十二《方术列传》专门为方士设立列传④，秦始皇、汉武帝均喜欢神仙方士，《后汉书》卷八十二上《方术列传》称："汉自武帝颇好方术，天下怀协道艺之士，莫不负策抵掌，顺风而届焉。"⑤在小说命名中体现很强的方士气息，早在战国时佚名撰《方士传》，前文所列《汉书·艺文志》著录的《封禅方说》，班固原注云"武帝时"⑥，余嘉锡撰《小说家出于稗官说》一文称："此《封禅方说》，盖即当时诸儒及方士所言封禅事也，然武帝本信方士之说，以为封禅可以不死，而诸儒顾牵拘于诗书，故武帝遂罢不用。疑此十八篇，皆方士之言，所谓封禅致怪物与神通，故其书名曰《方说》。方者方术也，犹之李少君之祠灶谷道却老方，齐人少翁之鬼神方云尔。"⑦《汉

① ［唐］魏徵等《隋书》，中华书局 1973 年版，第 982 页。
② ［清］郭庆藩撰，王孝鱼点校《庄子集释》，中华书局 1961 年版，第 1065 页。
③ ［汉］司马迁《史记》，中华书局 1959 年版，第 258 页。
④ ［南朝宋］范晔《后汉书》，中华书局 1965 年版。
⑤ ［南朝宋］范晔《后汉书》，中华书局 1965 年版，第 2705 页。
⑥ ［汉］班固《汉书》，中华书局 1962 年版，第 1744 页。
⑦ 余嘉锡《小说家出于稗官说》，收入《余嘉锡论学杂著》，中华书局 1963 年版，第 276 页。

志》著录的《待诏臣安成未央术》，应劭称："道家也，好养生事，为未央之术。"① 余嘉锡指出："所谓待诏臣安者，盖方士也。"②《汉志》著录的《虞初周说》，班固原注云："河南人，武帝时以方士侍郎，（号）黄车使者。"应劭注曰："其说以《周书》为本。"颜师古曰："《史记》云：虞初，洛阳人，即张衡《西京赋》'小说九百，本自虞初'者也。"③ 可见秦汉时崇尚方术的时代风气在小说命名中有着较为鲜明的体现。

再看南北朝至隋朝。考察这一时期的小说作品书名，与佛、道二教关系密切，笔者试作统计如下：

1. 与佛教相关的小说命名，例如，晋代谢敷《观世音应验记》，南朝宋傅亮《观世音应验记》，南朝宋张演《续观世音应验记》，南朝宋刘义庆《宣验记》，南朝齐陆杲《系观世音应验记》，南朝齐萧子良《冥验记》，南朝朱君台《征应集》，南朝梁王琰《冥祥记》，南朝梁王曼颖《补续冥祥记》。

南北朝佚名《因果记》。

北朝颜之推《集灵记》《冤魂志》。

隋朝释净辩《感应传》，佚名《观世音感应传》。

以上共计 14 篇。

2. 再看与神仙道教相关的小说命名。

题汉代刘向《列仙传》，题后汉郭宪《洞冥记》，郭宪《汉武帝别国洞冥记序》称："况汉武帝明俊特异之主，东方朔因滑稽浮诞以匡谏，洞心于道教，使冥迹之奥昭然显著。"④ 提到命名寓意与道教有关，南宋晁公武《郡斋读书志》卷九引郭宪《洞冥记》自序声称此书取名意在"洞心于道，教使冥迹之奥昭然显著，故曰'洞冥'"⑤。汉代佚名《神仙传》。

晋代葛洪《神仙传》。

---

① ［汉］班固《汉书》，中华书局 1962 年版，第 1744—1745 页。

② 余嘉锡《小说家出于稗官说》，收入《余嘉锡论学杂著》，中华书局 1963 年版，第 276 页。

③ ［汉］班固《汉书》，中华书局 1962 年版，第 1745 页。

④ ［汉］郭宪《汉武帝别国洞冥记序》，收入丁锡根编著《中国历代小说序跋集》，人民文学出版社 1996 年版，第 34 页。

⑤ ［宋］晁公武撰，孙猛校证《郡斋读书志校证》，上海古籍出版社 2011 年版，第 363 页。

南朝佚名《桂阳列仙传》，南朝梁刘之遴《神录》，南朝梁颜协《晋仙传》，南朝梁萧绎《仙异传》，南朝梁萧绎《研神记》，南朝梁陶弘景《周氏冥通记》，南朝梁江禄《列仙传》，南朝佚名《稽神异苑》。

唐前朱思祖《说仙传》，佚名《神鬼传》，佚名《集仙传》。

以上共计 15 篇。

为什么这一时期很多小说书名与佛、道二教关系密切呢？很显然，这与当时佛、道盛行的风气有着密不可分的关系。萧齐时，"（竟陵王萧）子良与文惠太子同好释氏，甚相友悌。子良敬信尤笃，数与邸园营斋戒，大集朝臣众僧，至于赋食行水，或躬亲其事……"① 崇佛之风到梁武帝萧衍时达到鼎盛，天监三年（504）四月八日，梁武帝亲率僧俗两万人，在重云殿宣布放弃道教，信奉佛教，据《梁书》卷三《武帝本纪下》记载，梁武帝亲自参与佛典的翻译工作，"笃信正法，尤长释典，制《涅槃》、《大品》、《净品》、《三慧》诸经义记，复数百卷。听览余闲，即于重云殿及同泰寺讲说，名僧硕学、四部听众常万余人"②。据唐李延寿《南史》卷七十《循吏传·郭祖深传》记载，梁代，"都下（按：即建康）佛寺五百余所，穷极宏丽。僧尼十余万，资产丰沃。所在郡县，不可胜言"③。北朝始于公元 439 年魏太武帝拓跋焘统一北方，终于隋文帝 581 年建国，《魏书》卷一百一十四《释老志》称："魏先建国于玄朔，风俗淳一，无为以自守，与西域殊绝，莫能往来。故浮屠三教，未之得闻，或闻之而未之信也。"④ 北魏帝王多信佛，道武帝拓跋珪"好黄老，颇览佛经"⑤。据唐法琳《辩正论》卷三《十代奉佛》记载，孝文帝"善谈庄老，尤敦释义"⑥。隋文帝杨坚称帝以后，大兴佛法，"开皇元年，高祖普诏天下，仍听出家，仍令计口出钱，营造经像。而京师及并州、相州、洛州等诸大都邑之处，并官写一切经，置于寺内；而又别写，藏于秘

---

① ［南朝梁］萧子显《南齐书》，中华书局 1972 年版，第 700 页。

② ［唐］姚思廉《梁书》，中华书局 1973 年版，第 96 页。

③ ［唐］李延寿《南史》，中华书局 1975 年版，第 1721 页。

④ ［北齐］魏收《魏书》，中华书局 1974 年版，第 3030 页。

⑤ ［北齐］魏收《魏书》，中华书局 1974 年版，第 3030 页。

⑥ ［唐］法琳《辩正论》，《中华大藏经》（汉文部分）第 62 册，中华书局 1993 年版，第 498 页。

阁。天下之人，从风而靡，竞相景慕，民间佛经，多于六经数十百倍"①。唐代释道宣《续高僧传》卷十《隋彭城崇圣道场靖嵩传》记载："开皇十年，敕僚庶等有乐出家者，并听。时新度之僧，乃有五十余万。"②隋炀帝杨广也很崇佛，唐法琳《辩正论》卷三称，有隋一代，"隋普六茹杨氏二君三十七年，寺有三千九百八十五所，度僧尼二十三万六千二百人，译经二十六人八十二部。然有隋建国，佛教会昌，文帝创启灵仪祯瑞重沓，炀帝嗣膺宝历兴建弥多"③。

综上可知，南北朝时帝王多信奉佛、道二教，梁武帝、隋文帝、隋炀帝等崇信佛教，北魏道武帝、孝文帝等既信佛教，又信奉道教，明宋濂等撰《元史》卷二百〇二《释老》称："释、老之教，行乎中国也，千数百年，而其盛衰，每系乎时君之好恶。"④帝王对佛、道二教的大力提倡有力推动了佛、道二教在南北朝至隋朝的盛行。一些小说作者也信奉宗教，以《宣验记》作者刘义庆为例，他袭封临川王，唐代法琳《辩正论》卷三《十代奉佛》指出："宋世诸王并怀文操（按：即藻），大习佛经。每月六斋，自持八戒。笃习文雅，义庆最优。"⑤

南北朝至隋朝佛、道二教流行，对现实中世人的命名带来一定的影响，赵翼《廿二史札记》卷十五"元魏时人多以神将为名"篇云：

> 北朝时人多有以神将为名者。魏北地王世子名钟葵。元叉本名夜叉，其弟罗本名罗刹。孝文时又有奄人高菩萨；尔朱荣子，一名叉罗，一名文殊。梁萧渊藻小名迦叶。隋时汉王谅反，其将有乔钟葵。隋末有贼帅宋金刚。唐武后时，岭南讨击使上二阉儿，一曰金刚，一曰力士，即高力士也。⑥

① [唐]魏徵等《隋书》卷三十五《经籍四》，中华书局1973年版，第1099页。
② [唐]释道宣《续高僧传》，中华书局2014年版，第338—339页。
③ [唐]法琳《辩正论》，《中华大藏经》（汉文部分）第62册，中华书局1993年版，第502页。
④ [明]宋濂等《元史》，中华书局1976年版，第4517页。
⑤ [唐]法琳《辩正论》，《中华大藏经》（汉文部分）第62册，中华书局1993年版，第494页。
⑥ [清]赵翼《廿二史札记》，《丛书集成初编》据《史学丛书》本排印，中华书局1985年版，第287—288页。

赵翼所举的名字，都与佛教有关（钟葵即钟馗），而且以佛教人名或术语为名的人，北方、南方都有，如萧渊藻即为南方人。据吕叔湘《南北朝人名与佛教》一文的统计，从晋到隋见于正史纪传所录之人名中，与佛教有关的人名不胜枚举，人名直接袭用佛教人名或术语者有以下 36 个：瞿昙、悉达、菩提、菩萨、罗汉、弥陀、文殊（师利）、普贤、药王、罗侯（罗云）、迦叶、目连、须拔、须陀、须达、难陀、耶输、舍利、槃陀、薄居罗（居罗、俱罗）、毗罗、勒叉、提婆、修罗、夜叉、罗刹、伽陀、沙罗、摩诃（摩诃衍）、毗卢、陀罗尼、婆罗门、沙门、沙弥、三藏、三宝①。同样的，受道教的流派之一五斗米道的影响，当时人取名多用"之"字。陈寅恪撰《天师道与滨海地域之关系》一文指出："六朝人最重家讳，而'之'、'道'等字则在不避之列，所以然之故虽不能详知，要是与宗教信仰有关。"②因此，"之"字在世家大族的取名之中被广泛运用。另外，与道家关系密切的"道""玄""真"等字也在人名中被广泛运用，何晓明《中国姓名史》云："魏晋崇尚老、庄，'玄学'意味浓郁的道、玄、真等字，在人名中多得惊人。"③

南北朝至隋朝佛、道二教盛行给小说创作也带来深远的影响，鲁迅《中国小说史略》第六篇《六朝之鬼神志怪书（下）》指出："释氏辅教之书，《隋志》著录九家，在子部及史部，今惟颜之推《冤魂志》存，引经史以证报应，已开混合儒释之端矣，而余则俱佚。遗文之可考见者，有宋刘义庆《宣验记》，齐王琰《冥祥记》，隋颜之推《集灵记》，侯白《旌异记》四种，大抵记经像之显效，明应验之实有，以震耸世俗，使生敬信之心，顾后世则或视为小说。"④鲁迅列举了一些深受佛教影响的小说作品，称之为"释氏辅教之书"。正因为如此，所以在南北朝至隋代的小说中出现很多与佛、道二教有关的书名。

（三）先唐小说尤其是魏晋至南朝时以"语"命名较多，与当时清谈风

---

① 吕叔湘《南北朝人名与佛教》，载《中国语文》1988 年第 4 期。

② 陈寅恪《天师道与滨海地域之关系》，收入《金明馆丛稿初编》，生活·读书·新知三联书店 2001 年版，第 9 页。

③ 何晓明《中国姓名史》，武汉大学出版社 2012 年版，第 12 页。

④ 鲁迅《中国小说史略》，上海古籍出版社 1998 年版，第 32 页。

气有关，笔者初步统计如下：

西晋郭颁《魏晋世语》，东晋疑孙盛《杂语》，东晋裴启《语林》。

南朝宋刘义庆《世说新语》，南朝梁顾协《琐语》，南朝梁刘霁《释俗语》。

南北朝佚名《杂对语》，佚名《要用对语》。

以上以"语"嵌入小说书名的至少有 8 种。

两汉选拔官吏的方式主要有两种，即察举和征辟。察举又称荐举，由州、郡地方长官考察、选拔人才；征辟包括皇帝征聘和公府、州郡辟除等方式。魏文帝曹丕接受尚书令陈群的建议，在察举制基础上于黄初元年（220）开始实行"九品中正制"，在各郡设置中正，又在各州设置大中正，按照家世、道德、才能等标准评议人物。两汉的察举制度和魏晋南北朝时期的九品中正制都相当重视社会舆论，"清议"之风正是在东汉中期以来的察举制等选举制度基础上兴起的，所谓"清议"主要指臧否人物、议论时政，对人物、时政给予客观、公正的评价，如晋陈寿《三国志·吴志·张温传》指出："（暨）艳性狷厉，好为清议，见时郎署混浊淆杂，多非其人，欲臧否区别，贤愚异贯。弹射百僚，核选三署，率皆贬高就下，降损数等，其守故者十未能一。"[1] 后来，议论人物、评价政治得失往往带来政治迫害、打压，文人士大夫为了避祸，吸收老庄和佛教思想，在这种情况下，由"清议"演变为"清谈"，也称"清言"或"玄言"，以老庄思想解释儒家经义，不涉时政，专谈玄理。清谈风气在魏晋时期非常流行，《世说新语·文学》篇第三十一条曾经记载孙盛与殷浩辩论的场景："孙安国往殷中军许共论，往反精苦，客主无间。左右进食，冷而复暖者数四。彼我奋掷麈尾，悉脱落满餐饭中。宾主遂至莫忘食。殷乃语孙曰：'卿莫作强口马，我当穿卿鼻！'孙曰：'卿不见决鼻牛，人当穿卿颊！'"[2] 小说中提到的麈尾，是魏晋清谈时常常用来拂秽清暑、显示身份的一种道具。孙盛与殷浩辩论之际，猛力挥动麈尾，以至于麈尾"悉脱落满餐饭中"，宾主二人"遂至莫忘食"。通过这一记载可见魏晋清谈、辩论之热烈状况。《世说新语》的《言语》篇和《文学》篇形象、生动地再现

---

① [晋] 陈寿《三国志》，中华书局 1959 年版，第 1330 页。

② [南朝宋] 刘义庆原著，徐震堮校笺《世说新语校笺》，中华书局 1984 年版，上册第 119 页。

了当时的清谈之风。

如上所列，魏晋南北朝时期包括《世说新语》在内至少有 8 种小说以"语"嵌入小说书名，在一定程度上体现了清谈风气对小说命名的影响。

第二节　唐五代小说命名

唐五代小说以其丰富而奇特的想象、高超的叙事技巧、生动传神的人物塑造、"文备众体"的形式在中国古代小说史上具有独特的地位和影响。本节主要探讨唐五代小说的命名艺术，论述唐五代小说命名与史学传统、古代小说文体的独立趋势、民间传闻、文人生活习尚、"好奇"的审美心理等等之间的密切联系，从特定的视角探寻唐五代小说文体独立的进程，并由此考察唐五代的时代风气以及文人的生活状态。

一、唐五代小说命名与史学传统

以"传""外传""记""纪""志""录"等与史传相关的词语作为小说名称，这在唐五代小说命名中是相当普遍的，笔者主要依据汪辟疆校录《唐人小说》所录篇目的正文部分，同时参照程毅中《唐代小说史话》（文化艺术出版社 1990 年版）、拙著《唐代小说嬗变研究》（广东人民出版社 1997 年版），从单篇传奇和小说集两个方面进行统计如下：

以"传"命名的有 25 种：《补江总白猿传》《邺侯家传》（《邺侯外传》）《崔少玄传》《高力士外传》《欧阳詹传》《任氏传》《柳毅传》《柳氏传》《霍小玉传》《南柯太守传》《谢小娥传》《庐江冯媪传》《李娃传》《东城老父传》《长恨歌传》《莺莺传》《冯燕传》《无双传》《上清传》《虬髯客传》《杨娼传》《灵应传》《阴德传》《仙传拾遗》《续神仙传》。

以"记"或"纪"命名的 21 种：《古镜记》《梁四公记》《冥报记》《广异记》《枕中记》《离魂记》《三梦记》《通幽记》《周秦行纪》《秦梦记》《秀师

言记》《纪闻》《河东记》《集异记》《纂异记》《大唐奇事记》《原化记》《兰亭记》《大业拾遗记》《耳目记》《扬州梦记》。

以"志"命名的 4 种：《辨疑志》《博异志》《独异志》《宣室志》。

以"录"命名的 15 种：《定命录》《异梦录》《龙城录》《玄怪录》《续玄怪录》《冥音录》《会昌解颐录》《明皇杂录》《东阳夜怪录》《潇湘录》《剧谈录》《刘宾客嘉话录》《闻奇录》《续定命录》《稽神录》。

通过以上初步统计可以看出，很多唐五代小说以"传""外传""记""纪""志""录"等与史传相关的词语命名，从中可以看出史学传统影响的痕迹。众所周知，《史记》作者司马迁不仅继承了汉代以前的史学传统，而且创建了纪传体的史书体裁。《史记》一百三十篇中，本纪十二篇，表十篇，书八篇，世家三十篇，列传七十篇（包括《太史公自序》）。班固的《汉书》体例与此大致相同，只是将"书"改成"志"，去掉"世家"，共有十二本纪、八表、十志和七十列传。这种以人物传记为中心的史书编写体制不仅影响于史学，也影响于文学。在上述针对唐五代小说命名的不完全统计中，以"传""记""纪""志""录"引入小说篇名者达 65 种之多，还有些唐五代小说直接以"史""史补""阙史""逸史""传信"等词语命名，如《唐国史补》《唐阙史》《逸史》《开天传信记》等，这些均可以视作唐五代小说受史学传统影响的直接证据之一。

刘勰《文心雕龙·史传》云："古者左史记言，右史书事。"① 古代的史官将真实记载历史事实、言行当作自己神圣的职责，唐五代小说的命名也体现出小说作家的拟史意识，他们记载自己亲耳所闻、亲眼所见的人或事，有言必录，有事必记，并突出真实的原则。与此同时，这类小说在一定程度上也继承了史家春秋笔法和褒贬精神，注重劝戒，注重小说创作与现实的关系，以《唐国史补》为例，作者李肇在《唐国史补序》中声称："昔刘𫘧集小说，涉南北朝至开元，著为《传记》。予自开元至长庆间撰《国史补》，虑史氏或阙则补之意，续《传记》而有不为。言报应，叙鬼神，征梦卜，近帷箔，悉

---

① ［南朝梁］刘勰原著，詹锳义证《文心雕龙义证》，上海古籍出版社 1989 年版，第 560 页。

去之；纪事实，探物理，辨疑惑，示劝戒，采风俗，助谈笑，则书之。"① 强调小说创作补史的功能，突出小说"示劝戒"的作用。清代纪昀等《钦定四库全书总目·唐国史补》列举具体事例指明小说补史之阙、有助于风教的作用：

> 《唐国史补》三卷……论张巡则取李翰之《传》，所记左震、李汧、李虔、颜真卿、阳城、归登、郑细、孔戣、田布、邹待征妻、元载女诸事，皆有裨于风教。又如李舟天堂地狱之说，杨氏、穆氏兄弟宾客之辨，皆有名理。末卷说诸典故，及下马陵、相府莲义，亦资考据。②

《唐阙史》《开天传信记》等书也是如此，明代吴岫《阙史跋》云："《阙史》二卷。凡史载必朝庙典故，职员政绩，虽滥及闾阎，亦关风化。参寥子名曰《阙史》，而事涉琐细，非笔载之急，史云乎哉。"③ 唐代郑綮《开天传信记自序》亦云："窃以国朝故事，莫盛于开元、天宝之际。服膺简策，管窥王业，参于听闻，或有阙焉。承平之盛，不可殒坠。辄因步领之暇，搜求遗逸，传于必信，名曰《开天传信记》。"④ 一方面，强调小说内容真实可信，另一方面，注重小说"风化"之功用。

二、唐五代小说命名体现古代小说文体的独立趋势

在中国古代小说史上，唐五代小说处在承上启下的重要时期，在它发展、演变的历程中，子、史的影响不可低估，与此同时，唐五代小说的出现标志着古代小说文体的独立。我们从小说命名来看，比如，牛僧孺《玄怪录·元无有》讲述唐代宝应年间，有位元无有仲春末独行于维扬郊野，正值

---

① ［唐］李肇《唐国史补序》，《唐国史补》卷首，上海古籍出版社 1979 年版。
② ［清］纪昀等《钦定四库全书总目》卷一百四十子部小说家类，中华书局 1997 年版，第 1837 页。
③ ［明］吴岫《阙史跋》，《铁琴铜剑楼藏书题跋集录》卷三，上海古籍出版社 1985 年版，第 207 页。
④ ［唐］郑綮《开天传信记自序》，《文津阁四库全书》子部，商务印书馆 2005 年版，第 347 册第 217 页。

天晚，风雨大至，元无有遇见四人聚谈吟诗，等到天亮以后才发现这四人原来是"故杵、烛台、水桶、破铛"四物所变。作者将这篇传奇中的主人公取名为"元无有"，明确向读者表明：这是一篇有意虚构的作品，体现出唐代小说作家创作主体意识的觉醒。除此以外，《东阳夜怪录》将小说主人公取名为"成自虚"，同样表明虚构之意。明代胡应麟《少室山房笔丛》卷三十六《二酉缀遗中》指出："凡变异之谈，盛于六朝，然多是传录舛讹，未必尽幻设语。至唐人乃作意好奇，假小说以寄笔端。"[1]鲁迅《中国小说史略》第八篇《唐之传奇文（上）》也指出："（唐人）始有意为小说。"[2]所谓"作意好奇""有意为小说"，其重要内涵之一就在于唐五代小说作家主体意识的增强，他们有意识地采取虚构、夸张、想象等文学手段进行创作，逐步摆脱了史学的束缚，元无有、成自虚等小说人物命名正是唐人"有意为小说"的集中体现，体现了古代小说文体的独立趋势。

三、唐五代小说命名与民间传闻的关系

很多唐五代小说以"闻""见闻""传闻""新闻""旧闻"等与传闻有关的词语为名，如《纪闻》《洽闻记》《封氏闻见记》《次柳氏旧闻》《皮氏见闻录》《王氏见闻集》《南楚新闻》《玉泉子闻见录》《闻奇录》《异闻集》《纪闻谈》等，这些小说的命名反映出唐五代小说独特的创作方法之一，即根据传闻而创作。

古代小说自它产生的初期开始便与民间传闻结下不解之缘，班固《汉书》卷三十《艺文志第十》明确指出小说多系"街谈巷语，道听途说者之所造也"[3]。唐五代小说的产生、发展与民间传闻同样关系紧密，以狐怪传闻为例，唐代社会流传的相关传闻成为此类小说创作的重要题材来源。《太平

---

① ［明］胡应麟《少室山房笔丛》卷三十六《二酉缀遗中》，上海书店出版社 2001 年版，第 371 页。
② 鲁迅《中国小说史略》，上海古籍出版社 1998 年版，第 44 页。
③ ［汉］班固《汉书》，中华书局 1962 年版，第 1745 页。

广记》卷四百四十七所引《朝野佥载·狐神》指出："唐初已来，百姓多事狐神，房中祭祀以乞恩，食饮与人同之，事者非一主。当时有谚曰：'无狐魅，不成村。'"①《太平广记》卷四百四十七至四百五十五"狐"类作品共48篇，绝大多数是唐人所作，这些作品是与当时"无狐魅，不成村"等普遍流行的狐怪传闻密切联系的。中唐时李德裕在《次柳氏旧闻》的自序中指出："彼（按：指高力士）皆目睹，非出传闻，信而有征，可为实录。"②李德裕把"实录"与"传闻"相提并论，意在强调《次柳氏旧闻》一书都是高力士亲眼所见，告诉《次柳氏旧闻》的作者而被作者记载下来的，真实可信，不是据道听途说而创作的。李德裕这段话实际上也从侧面透露出当时小说创作领域根据传闻而创作的情况较为普遍。

唐五代小说正是在糅合民间传闻、历史史实等基础上，运用虚构、想象、夸张等艺术手段，"作意好奇"，由此出现了接近于现代小说观念的作品，实现了小说文体的独立。

四、唐五代小说命名与唐五代文人生活习尚的关系

不少唐五代小说以"说""语""话""议""言""谈"等与谈谑、说话风气相关的词语命名，如《隋唐嘉话》《刘宾客嘉话录》《大唐新语》《玉堂闲话》《戎幕闲谈》《剧谈录》《桂苑丛谈》《灌畦暇语》《云溪友议》《唐摭言》《广摭言》《北梦琐言》《庐山远公话》等等。

唐代文士生活在政治比较开明、思想比较开放的唐帝国之间，对于未来充满信心，呈现出乐观、开朗、外向的性格，喜欢交友、交游、聚会、宴饮，如《集异记》卷二《王涣之》（按：实为唐代诗人王之涣，此处是小说

---

① ［宋］李昉等编《太平广记》，中华书局1961年版，第9册第3658页。
② ［唐］李德裕《次柳氏旧闻自序》，《文津阁四库全书》子部，商务印书馆2005年版，第344册第437页。

之误写）就记录了几位诗人旗亭饮酒、闲谈的生活场景①。《任氏传》结尾也提到，作者沈既济与金吾将军裴冀、京兆少尹孙成等人"浮颍涉淮，方舟沿流，昼燕（按：同'宴'）夜话，各征其异说"②。

文士游览途中、宴饮之际，喜欢叙说带有新奇情节的故事，即为"说话"。社会上流传的名人趣事、琐记轶闻是文士们"说话"的一个重要内容。唐朝很多小说就是当时文士说话之风的产物，如《莺莺传》结尾提到："贞元岁九月，执事李公垂宿于予靖安里第，语及于是。（按：指崔莺莺、张生之事）"③因而成篇。上面提到的《任氏传》也是如此，沈既济与裴冀、孙成等人"昼燕夜话"的时候，"众君子闻任氏之事，共深叹骇，因请既济传之，以志异云"。《长恨歌传》记载，陈鸿与白乐天、王质夫三人"暇日相携游仙游寺，话及此事（按：指唐玄宗、杨贵妃之事），相与感叹"④。陈鸿因而创作《长恨歌传》。《冯燕传》结尾也提到："余（按：作者沈亚之自称）尚太史言，而又好叙谊事。其（按：指相国贾耽）宾党耳目之所闻见，而谓余道元和中外郎刘元鼎语余以冯燕事，得传焉。"⑤"话""语""谈""议""录"等与说话有关的词语直接体现在唐人小说集的命名上面，充分体现了唐代文人喜欢交友、交游、聚会、宴饮等生活习尚。

五、唐五代小说命名与"好奇"的审美心理有关

唐五代小说以"奇""怪""异"等命名的现象相当普遍，晚唐裴铏将自己创作的小说集取名为《传奇》，清梁绍壬《两般秋雨盦随笔》卷一《小说传奇》指出："《传奇》者，裴铏著小说，多奇异，可以传示，故号《传奇》。

①［唐］薛用弱《集异记》，中华书局1980年版，第11—12页。
②［唐］沈既济《任氏传》，《太平广记》，中华书局1961年版，第3697页。
③［唐］元稹《莺莺传》，《太平广记》，中华书局1961年版，第4017页。
④［唐］陈鸿《长恨歌传》，张友鹤注《唐宋传奇选》，人民文学出版社1997年版，第132页。
⑤［唐］沈亚之《冯燕传》，参见程国赋注评《唐宋传奇》，凤凰出版社2011年版，第136页。

而今之传奇则曲本矣。"① 胡应麟《少室山房笔丛》卷三十六《二酉缀遗中》
指出："幼尝戏辑诸小说,为《百家异苑》……大概近六十家。"② 胡应麟列
举的一些小说如《广异记》《独异志》《纂异记》《集异记》《博异志》《卓
异记》等皆为唐代小说,除此以外,如《闻奇录》《灵怪集》《玄怪录》《续
玄怪录》《异闻集》《陆氏集异记》《岭表录异》《录异记》等唐代小说也以
"奇""怪""异"等命名。

唐五代小说以"奇""怪""异"等命名的现象体现出时人"好奇"的审
美心理。唐人普遍好奇,如《唐国史补》卷中称"韩愈好奇"③,杜甫《渼陂
行》一诗指出:"岑参兄弟皆好奇。"④ "好奇"的心理推动了唐五代小说的兴
起与发展,唐人作家有意识地在作品中记录鬼神怪异之事,如李公佐在《南
柯太守传》中自称:"稽神语怪,事涉非经。"⑤ 沈亚之也说他所撰《湘中怨
辞》是"事本怪媚"⑥。不仅作家好奇,而且读者也喜欢传播、阅读奇异之
事,为满足读者的需要,唐人作家也写了不少神怪作品,正如晁公武《郡斋
读书志》卷十三在《乾𦠆子》条所言:"序谓语怪以悦宾,无异𦠆味之适口,
故以乾𦠆命篇。"⑦

综上所述,笔者对唐五代小说的命名艺术进行探讨,阐述唐五代小说命
名的特点,试图从特定的视角考察唐五代小说的艺术成就以及小说文体独立
的进程。

本章分先唐小说命名、唐五代小说命名两个部分,对宋代以前小说命名
状况及其特点加以阐述,由此可知,宋代小说命名继承并发扬中国传统的命名
文化的精神内涵,体现鲜明的时代特色和现实精神、审美趣味,与此同时,通
过宋代以前小说命名实践,我们可以考察古代小说文体发展、演进的历程。

---

① [清] 梁绍壬《两般秋雨盦随笔》,《续修四库全书》子部小说家类,上海古籍出版社 2002 年版,第
1263 册第 36 页。
② [明] 胡应麟《少室山房笔丛》,上海书店出版社 2001 年版,第 363—364 页。
③ [唐] 李肇《唐国史补》,上海古籍出版社 1957 年版,第 38 页。
④ [唐] 杜甫《渼陂行》,收入萧涤非主编《杜甫全集校注》卷二,人民文学出版社 2014 年版,第 443 页。
⑤ [唐] 李公佐《南柯太守传》,《太平广记》,中华书局 1961 年版,第 3915 页。
⑥ [唐] 沈亚之《湘中怨辞》,参见程国赋注评《唐宋传奇》,凤凰出版社 2011 年版,第 129 页。
⑦ [宋] 晁公武撰,孙猛校证《郡斋读书志校证》,上海古籍出版社 2011 年版,第 568 页。

第二章
宋元（含辽金）小说命名

　　入宋以后，小说艺术在继承前人的基础上产生了显著的变化，一方面，文言小说承袭传统小说尤其是唐代文言小说创作的模式、方法、题材，不过宋代文言小说创作与前代相比，较多地体现通俗化、写实化的倾向，注重说理和议论，另一方面，在唐末五代说话之风的基础上，宋元时期说话风气兴盛，话本小说迅速发展，元代在说书艺人讲史、说经的基础上刊印平话，可以说宋元时期在小说平民化、通俗化进程上产生质的飞跃，明代绿天馆主人《古今小说序》评唐宋小说时指出："大抵唐人选言，入于文心；宋人通俗，谐于里耳。天下之文心少而里耳多，则小说之资于选言者少，而资于通俗者多。"①绿天馆主人指出宋代小说尚俗的特点。鲁迅《中国小说的历史的变迁》第四讲《宋人之"说话"及其影响》也认为："其时（按：指宋代）社会上却另有一种平民底小说，代之而兴了。这类作品，不但体裁不同，文章上也起了改革，用的是白话，所以实在是小说史上的一大变迁。因为当时一般士大夫，虽然都讲理学，鄙视小说，而一般人民，是仍要娱乐的；平民的小说之起来，正是无足怪讶的事。"②本节主要从小说命名的角度考察宋元（含辽金）时期小说继承与演变的轨迹与发展历程③。

---

　　① [明]绿天馆主人《古今小说序》，《喻世明言》卷首，人民文学出版社1958年版。
　　② 鲁迅《中国小说的历史的变迁》，收入《鲁迅全集》第九卷《中国小说史略》附录，人民文学出版社1981年版，第319—320页。
　　③ 因辽金时期小说创作数量较少，题材选择、创作风格、特点与宋元小说有较多的相似性，所以一并论述。

第一节 文言小说命名 ①

宋元时期的文言小说命名从总体上来看继承了古代文言小说的命名方式、特点，在对宋元文言小说加以整体观照的基础上，笔者认为，宋元文言小说命名至少体现两个特征：一是以"传""记""志""录"等词语命名的现象非常普遍，二是在小说书名中嵌入"话""谈""议""语""说"等词语的情况相当多，下面，笔者分别进行阐述。

（一）以"传""记""志""录"等词语命名现象考察。因文言小说作品数量众多，其类型丰富多样，笔者参照宁稼雨《中国文言小说总目提要》，分志怪、传奇、杂俎、志人、谐谑五种类型，分别进行数据统计并加以论述。

表一　宋元传奇类小说以"传""记""纪""志""录"等命名

时代	以"传"命名	以"记"或"纪"命名	以"志"命名	以"录"命名
宋	佚名《梅妃传》、乐史《杨太真外传》、乐史《绿珠传》、乐史《李白外传》、乐史《唐滕王外传》、荆伯珍《神告传》、钱易《乌衣传》、曾致尧《绿珠传》、佚名《王榭传》、秦醇《赵飞燕别传》（或题《赵后别传》）、张亢《郎君神传》、佚名《书仙传》、沈辽《任社娘传》、	佚名《开河记》、佚名《迷楼记》、佚名《海山记》、秦醇《骊山记》、秦醇《温泉记》、秦醇《谭意歌记》、钱易《越娘记》、柳师尹《王幼玉记》、张实《流红记》、苏轼《子姑神记》、苏辙《梦仙记》、张齐贤《洛阳搢绅旧闻记》、丘濬《孙氏记》、杜默《用城	薛季宣《志过》	曹衍《湖湘灵怪实录》、佚名《魏大谏见异录》、佚名《玄宗遗录》、陆元光《回仙录》、王山《笔奁录》、佚名《续树萱录》、李献民编《云斋广录》、佚名《大禹治水玄奥录》、佚名《屠牛阴报录》、佚名《贤异录》、佚名《李氏还魂录》、王明清《投辖录》（兼有

---

① 关于宋元文言小说命名的统计，特作如下说明：1. 本节主要根据刘世德主编《中国古代小说百科全书》（中国大百科全书出版社 1998 年版）、李剑国《宋代志怪传奇叙录》（南开大学出版社 1997 年版）、宁稼雨《中国文言小说总目提要》（齐鲁书社 1996 年版）等书进行统计，同时参照萧相恺《宋元小说史》（浙江古籍出版社 1997 年版）、程毅中《宋元小说研究》（江苏古籍出版社 1998 年版）等书。2. 一部小说涉及不同类别的词语，如张洎《贾氏谈录》涉及"谈""录"两个关键词，重复归入两类进行统计。3. 同一部小说集，既有志怪，又有传奇，如吴淑《江淮异人录》，放在某一类之中，不作重复统计。

时代	以"传"命名	以"记"或"纪"命名	以"志"命名	以"录"命名
宋	胡微之《芙蓉城传》（或题《王子高芙蓉城传》）、佚名《女仙传》、王拱辰《张佛子传》、庞觉《希夷先生传》、萧氏《孝猿传》、夏噩《王魁传》、崔公度《陈明远再生传》、吕夏卿《淮阴节妇传》、佚名《鸳鸯灯传》、秦观《柳鬼传》、廖子孟《黄靖国再生传》、佚名《戴花道人传》、舒亶《天宫院记》、黄裳《燕华仙传》、佚名《虎僧传》、王纲《猩猩传》、陈鹄《曾亨仲传》、郑总《罗浮仙人传》、吴可《张文规传》、刘望之《毛烈传》、耿延禧《林灵素传》、佚名《李师师外传》、朱渊《王排岸女孙传》、佚名《则天外传》、佚名《杨贵妃遗事》、佚名《陕西于仙姑传》、赵鼎《林灵蘁传》、王禹锡《海陵三仙传》、魏良臣《黄法师醮记》、赵彦成《飞猴传》、钟将之《义娼传》、岳珂《义骉传》、裴端夫《红衣虯女传》、	记》、陈光道《蔡筝娘记》、佚名《灵惠治水记》、崔公度《金华神记》、穆度《异梦记》、佚名《玉华侍郎记》、余嗣《出神记》、陈世材《乱汉道人记》、郭端友《感梦记》、郑超《入冥记》、李注《李冰治水记》、佚名《北窗记异》、何恴《何恴入冥记》、苕川子《苕川子所记三事》、晁公遡《高俊入冥记》、关耆孙《解三娘记》、秦绛《黄十翁入冥记》		志怪小说）、廉布《清尊录》、康誉之《昨梦录》、罗烨《醉翁谈录》、王简《疑仙录》、陆维则《海神灵应录》

续表

时代	以"传"命名	以"记"或"纪"命名	以"志"命名	以"录"命名
宋	佚名《柳胜传》、吴操《蒋子文传》			
辽				王鼎《焚椒录》
元	佚名《紫竹小传》、佚名《姚月华小传》、元末明初陶宗仪《名姬传》	宋远《娇红记》、佚名《绿窗纪事》		郑禧《春梦录》

表二　宋元志怪类小说以"传""记""纪""志""录"等命名

时代	以"传"命名	以"记"或"纪"命名	以"志"命名	以"录"命名
宋	曾寓《鬼神传》	乐史《总仙记》、吴淑《异僧记》、佚名《搜神总记》、张君房《乘异记》、刘敞《三异记》、秦再思《洛中纪异》（又题《洛中纪异录》）、吕南公《测幽记》、宋汴《采异记》、王辅《峡山神异记》、佚名《穷神记》、僧惠汾《异事记》、姚氏《姚氏纪异》、佚名《数术记》、佚名《宝椟记》、佚名《哀异记》	陈彭年《志异》、钱易《洞微志》、聂田《祖异志》、佚名《蜀异志》、张师正《括异志》（一题《括异记》）、张师正《志怪集》、佚名《广物志》、李石《续博物志》、洪迈《夷坚志》、王质《夷坚别志》、陈星编辑《夷坚志类编》、郭象《睽车志》、鲁应龙《闲窗括异志》、僧庭藻《续北齐还冤志》	陈篆《葆光录》、吴淑《江淮异人录》（其中包含传奇作品）、夏侯六珏《奇应录》、曹希达《孝感义闻录》、刘振《通籍录异》、张君房《科名定分录》、王蕃《褒善录》、沈括《清夜录》、李象先《禁杀录》、毕仲询《幕府燕闲录》、岑象求《吉凶影响录》、周明寂《劝善录》、佚名《劝善录拾遗》、王古《劝善录》、佚名《唐宋科名分定录》、欧阳邦基《劝戒别录》、佚名《异人录》、尹国钧《古今前定录》、马纯《陶朱新录》、佚名《闻善录》、刘名世《梦兆录》、王铚《续清夜录》、

续表

时代	以"传"命名	以"记"或"纪"命名	以"志"命名	以"录"命名
宋				李元纲《厚德录》、曾槽《信笔录》、王日休《劝戒录》、卞洪《劝戒录》、李昌龄《乐善录》、令狐皞如《历代神异感应录》、董家亨《录异戒》、杨牧《近异录》、佚名《心应录》、佚名《劝善录》、王有大《南墅闲居录》、佚名《异闻录》、佚名《阴戒录》、佚名《因果录》、孔偁《宣靖妖化录》、曹勋《宣政杂录》、李孟传《记异录》、江敦（一作惇）教《影响录》、詹省远《梦应录》
金			元好问《续夷坚志》	
元		郭凤霄《江湖纪闻》	佚名《湖海异闻夷坚志续编》	吾丘衍《闲居录》、佚名《异闻总录》

表三 宋元杂俎类小说以"史""传""记""纪""志""录"等命名

时代	以"史"命名	以"记"或"纪"命名	以"志"命名	以"录"命名
宋	王得臣《麈史》、林思《史遗》	李昉编《太平广记》、乐史《续唐卓异记》、乐史《广卓异记》、佚名《游山行记》、范镇《东斋记》（即《东斋记事》）、祖士衡《西斋话记》、陈致雍《海物异名记》、佚名《枕中记》、王遵	卢藏《范阳家志》、苏轼《东坡志林》、张耒《明道杂志》、吕大辨《稗官志》、唐稷《砚冈笔志》、朱翌《鄞川志》、曾敏行《独醒杂志》、王明清《玉照新志》、费衮《梁溪漫志》、周辉《清波杂	佚名（一说陶谷）《清异录》、陶岳《货泉录》、李畋《该闻录》、乐史《小名录》、赵瞻《西山别录》、庞元英《南斋杂录》、释文莹《湘山野录》、释文莹《续湘山野录》、佚名《东坡问

续表

时代	以"史"命名	以"记"或"纪"命名	以"志"命名	以"录"命名
宋		《北山记事》、王巩《甲申杂记》、佚名《曾公南游记》、王铚《默记》、宋代王子融《百一纪》、李复圭《纪闻》、何薳《春渚纪闻》、龚明之《中吴纪闻》、姚迥《随园纪述》	志》、周煇《清波别志》	答录》、黄伯思《石渠录》、赵令畤《侯鲭录》、石公弼《台省因话录》、王巩《闻见近录》、王巩《随手杂录》、佚名《延漏录》、温革《琐碎录》、晁迈《纪谈录》、吴曾《能改斋漫录》、洪炎（一作洪刍、洪遂）《侍儿小名录》、王铚编辑《补侍儿小名录》、董弅《侍儿小名录拾遗》、温豫编辑《续补侍儿小名录》、朱胜非《秀水闲居录》、张邦基《墨庄漫录》、佚名《漫叟见闻录》、王寓《思远笔录》、王明清《挥麈录》、罗邵《会计新录》
元		林坤《诚斋杂记》、熊太谷《冀越集记》、孔齐《至正直记》	龙辅、常阳《女红余志》	陈世崇《随隐漫录》、张霙《继潜录》、唐元《见闻录》、元末明初陶宗仪《辍耕录》

表四　宋元志人类以"史""传""记""纪""志""录"等命名

时代	以"史"命名	以"记"或"纪"命名	以"志"命名	以"录"命名
宋	詹玠《唐宋遗史》、佚名《史话》、岳珂《桯史》、沈徵《谐史》	司马光《涑水纪闻》、吴处厚《青箱杂记》、王绩《补炉记》、曾纡《南游记	江休复《江邻几杂志》、曾巩《曾南丰杂志》、苏辙《龙川略志》、苏辙《龙川	张泊《贾氏谈录》、丁谓《晋公谈录》、苏耆《闲谈录》、王曾《王文正笔录》、

续表

时代	以"史"命名	以"记"或"纪"命名	以"志"命名	以"录"命名
宋		旧》、陆游《老学庵笔记》、佚名《苇航纪谈》、佚名《朝野遗记》	别志》、钱缅《钱氏私志》	张师正《倦游杂录》、欧阳修《归田录》、朱定国《归田后录》、王辟之《渑水燕谈录》、张舜民《南迁录》、孙宗鉴《东皋杂录》、魏泰《东轩笔录》、范公偁《过庭录》、曾慥《高斋漫录》、邵伯温《邵氏闻见录》、邵博《邵氏闻见后录》、叶绍翁《四朝闻见录》、俞文豹《清夜录》、杨士逵《儆戒录》、周密《澄怀录》
金			刘祁《归潜志》	
元	仇远《稗史》、佚名《三朝野史》	李有《古杭杂记》	陆友《砚北杂志》	郑元祐《遂昌杂录》、佚名《隽永录》

表五　宋元谐谑类小说以"录"等命名

时代	以"录"命名
宋	佚名《启颜录》、吕本中《轩渠录》、朱晖《绝倒录》
元	何中《支颐录》、鞭然子《拊掌录》

笔者试对以上五份表格统计如下：

表一中，宋代传奇类小说以"传"命名的共有48篇，以"记"或"纪"命名的共30篇，以"志"命名的1篇，以"录"等命名的17篇；辽代以"录"命名的1篇；元代以"传"命名的3篇，以"记"或"纪"命名的2篇，以"录"命名的1篇，合计103篇。

表二中，宋代志怪小说以"传"命名的1篇，以"记"或"纪"命名的15篇，以"志"命名的14篇，以"录"命名的41篇；金代以"志"命名的

1篇；元代以"纪"命名的1篇，以"志"命名的1篇，以"录"命名的2篇，合计76篇。

表三中，宋代杂俎类小说以"史"命名的2篇，以"记"或"纪"命名的17篇，以"志"命名的11篇，以"录"命名的28篇；元代以"记"或"纪"命名的3篇，以"志"命名的1篇，以"录"命名的4篇，合计66篇。

表四中，宋代志人小说以"史"命名的4篇，以"记"或"纪"命名的7篇，以"志"命名的5篇，以"录"命名的19篇；金代以"志"命名的1篇，元代以"史"命名的2篇，以"记"或"纪"命名的1篇，以"志"命名的1篇，以"录"命名的2篇，合计42篇。

表五中，宋代谐谑类小说以"录"命名的3篇，元代以"录"命名的2篇，合计5篇。

通过以上统计可以看出，宋元文言小说以"传""记""纪""志""录"等词语命名的现象非常普遍，合计292篇，主要集中在宋代，其中，宋代相关的小说作品共263篇，占所有同类小说的90%。上述小说主要体现以下几个方面的特点：

1.强调小说的真实性和知识性。我们在前文提到，受《史记》《汉书》等正史的影响，中国古代很多小说以"传""记""纪""志""录"等词语命名，在题材选择、创作内容、审美倾向等多方面追求"信实"的原则，鲁迅《中国小说史略》第十一篇《宋之志怪及传奇文》在评徐铉五代时所撰《稽神录》时指出："然其文平实简率，既失六朝志怪之古质，复无唐人传奇之缠绵，当宋之初，志怪又欲以'可信'见长，而此道于是不复振也。"[1] 宋元文言小说作家有意识地模仿史书创作方法，在小说创作中强调"实录"、注重写实、追求真实可信的情况相当明显，强调小说的知识性以及文献考证价值，以小说创作弥补史书记载之不足，鲁迅《中国小说史略》第十一篇《宋之志怪及传奇文》评洪迈所撰《夷坚志》时指出："（洪）迈在朝敢于谠言，又广见洽闻，多所著述，考订辨证，并越常流。"[2] 也有些小说虽然存在不少与史

---

① 鲁迅《中国小说史略》，上海古籍出版社1998年版，第64页。

② 鲁迅《中国小说史略》，上海古籍出版社1998年版，第66页。

实不合之处，如《梅妃传》《李师师外传》中情节多系虚构，但也以"传"或"外传"为名。

2. 宋元文言小说以"传""记""纪""志""录"等词语命名还体现出借鉴史家劝戒意识和褒贬精神，以小说创作进行劝戒，如北宋乐史所撰《绿珠传》结尾称：

> 绿珠之没已数百年矣，诗人尚咏之不已，其故何哉？盖一婢子，不知书，而能感主恩，愤不顾身，其志烈懔懔，诚足使后人仰慕歌咏也。至有享厚禄，盗高位，亡仁义之性，怀反复之情，暮四朝三，惟利是务，节操反不若一妇人，岂不愧哉！今为此传，非徒述美丽，窒祸源，且欲惩戒辜恩背义之类也。①

乐史是一位史官，借鉴史书编撰手法，以绿珠之事迹讽刺批判世上"辜恩背义"之行径，阐发劝戒主旨。鲁迅《中国小说史略》第十一篇《宋之志怪及传奇文》对此指出："篇末垂诫，亦如唐人，而增其严冷，则宋人积习如是也。"②例如，乐史在所撰《杨太真外传》结尾称："史臣曰：夫礼者，定尊卑，理家国。君不君，何以享国？父不父，何以正家？有一于此，未或不亡。唐明皇之一误，贻天下之羞，所以禄山叛乱，指罪三人。今为外传，非徒拾杨妃之故事，且惩祸阶而已。"③又如佚名所撰《梅妃传》结尾称：

> 赞曰："明皇自为潞州别驾，以豪伟闻，驰骋犬马鄠、杜之间，与侠少游。用此起支庶，践尊位，五十余年，享天下之奉，穷极奢侈，子孙百数，其阅万方美色众矣。晚得杨氏，变易三纲，浊乱四海，身废国辱，思之不少悔。是固有以中其心，满其欲矣。江妃者，后先其间，以色为所深嫉，则其当人主者，又可知矣。议者谓或覆宗，或非命，均

---

① ［宋］乐史《绿珠传》，参见程国赋注评《唐宋传奇》，凤凰出版社 2011 年版，第 222 页。
② 鲁迅《中国小说史略》，上海古籍出版社 1998 年版，第 67 页。
③ ［宋］乐史《杨太真外传》，参见程国赋注评《唐宋传奇》，凤凰出版社 2011 年版，第 239 页。

其媚忌自取。殊不知明皇耄而怯忕忍，至一日杀三子，如轻断蝼蚁之命。奔窜而归，受制昏逆，四顾嫔嫱，斩亡俱尽，穷独苟活，天下哀之。《传》曰：'以其所不爱及其所爱。'盖天所以酬之也。报复之理，毫发不差，是岂特两女子之罪哉？"①

作者在小说结尾发表长篇议论，使小说的主题得以升华。作者有力地批判了唐玄宗穷极奢侈、荒淫享乐的生活，他认为，唐玄宗是给国家带来灾祸的根源。这些劝戒观点虽不免带有浓郁的说教意味，但是有一定的积极意义，其批评的矛头不是停留在"女色祸国"之上："报复之理，毫发不差，是岂特两女子之罪哉？"而是对国家的最高统治者加以鞭挞、揭露。

3. 上述小说虽然具有较强的模仿史书痕迹，但是我们也应该看到，有些小说作家逐步摆脱史书的影响，注重小说自身的特性，注重人物形象的塑造和小说情节的刻画，较为典型的是元代宋远所撰小说《娇红记》。《娇红记》的命名系从小说中两位女性王娇娘、侍女飞红名字中各取一字而成，小说中男女主人公分别为娇娘和申纯，小说为什么不以这两个主人公作为小说名称，而以娇娘和丫头飞红作为小说书名呢？主要是因为飞红虽然身为丫头、地位低，但她在小说情节发展中起到重要作用，冯梦龙增编《增补批点图像燕居笔记》卷下之六《娇红传》题解云：

> 娇娘为申纯死，申（纯）娘缢，传不名娇申而名娇红者，何故？盖娇之遇申也，唯红是碍；继而得申也，亦唯红是猜；及娇之拒申，申之要誓，娇之不敢肆意，申之不得不归者，皆以红之故也。况红又救申于鬼魅，又许聘于舅前，又遣申以见娇之危病，又办治合葬事，以完娇之志乎？故曰娇红，言无红无以成娇之局也。②

通过冯梦龙之语足见飞红这一形象在小说情节发展中的重要作用，《娇

---

① [宋] 佚名《梅妃传》，张友鹤选注《唐宋传奇选》，人民文学出版社 1997 年版，第 293—294 页。
② [明] 冯梦龙增编，余公仁批补《增补批点图像燕居笔记》，《古本小说集成》据原刻本影印，第 2073 页。

红记》从飞红姓名中取一字嵌入小说书名之中，正是因为考虑到这个人物在小说情节中的重要作用，小说作者相当注重小说命名与小说情节的关系，重视对娇娘和丫头飞红这两个女性人物形象的塑造，所以在小说书名中加以体现，其取名方式独特，对《金瓶梅》的书名带来直接影响，并进而影响到后世的才子佳人小说命名。

（二）宋元时期文言小说以"话""谈""议""语""说"等词语命名，试列表如下：

时代	类型 志怪	传奇	杂俎	志人	谐谑
宋	耿焕（或作景焕）《野人闲话》、黄休复《茅亭客话》、景焕《牧竖闲谈》、吴淑《秘阁闲谈》、佚名《续野人闲话》、上官融《友会谈丛》、佚名《翰苑名谈》、张君房《缙绅脞说》、佚名《说异集》、李泳《兰泽野语》、武允蹈《稗说》、顾文荐《船窗夜话》、佚名《随斋说异》	刘斧辑纂《青琐高议》（兼含志怪小说）、罗烨《醉翁谈录》、皇都风月主人编辑《绿窗新话》、佚名《摭青杂说》	王陶《谈渊》、刘斧《翰府名谈》、佚名《孔氏谈苑》、刘延世录《孙公谈圃》、张舜民《张芸叟杂说》、沈括《梦溪笔谈》、佚名《渔樵闲话》、陈师道《后山谈丛》、朱彧《萍州可谈》、晁载之《谈助》、晁载之《续谈助》、释惠洪《冷斋夜话》、晁迈《纪谈录》、陈正敏《剑溪野语》、徐度《南窗纪谈》、陈善《窗间纪闻》、陈善《扪虱新话》、董弅《闲燕常谈》、叶梦得《避暑录话》、叶梦得《石林燕语》、唐恪《铁围山丛	张洎《贾氏谈录》、丘昶《宾朋宴语》、邵思《野说》、丁谓《晋公谈录》、潘若冲《郡阁雅言》、苏耆《闲谈录》、王君玉《国老谈苑》、宋庠《杨文公谈苑》、张君房《潮说》、田况《儒林公议》、王辟之《渑水燕谈录》、释文莹《玉壶清话》、佚名《谈薮》、孔平仲《续世说》、佚名《衣冠嘉话》、高晦叟《珍席放谈》、王谠《唐语林》、道山先生《道山清话》、佚名《史话》、佚名《文酒清话》、蔡绦《铁围山丛	佚名《醉翁滑稽风月笑谈》、南阳德长《戏语集说》、佚名《林下笑谈》

时代\类型	志怪	传奇	杂俎	志人	谐谑
宋			《古今广说》、周密《齐东野语》、王应龙《翠屏笔谈》、章世卿《广说》、赵辟公《杂说》、欧靖《宴闲谈柄》、佚名《迎宾佳话》、佚名《和平谈选士》	谈》、陈长方《步里客谈》、李昼《南北史续世说》、方岳《深雪偶谈》	
金			杨云翼《积年杂说》、王庭筠《丛语》		
元			李治《泛说》、王恽《玉堂嘉话》、张枢《林下窃议》、俞琰《席上腐谈》、徐显《广客谈》、吾丘衍《山中新语》、元末明初陶宗仪《说郛》	尤玘《万柳溪边旧话》、盛如梓《庶斋老学丛谈》、杨瑀《山居新语》（或称《山居新话》）、姚桐寿《乐郊私语》	

笔者试对上述表格统计如下：

上述表格中，宋代志怪类小说以"话""谈""议""语""说"等词语命名的共有 13 篇，传奇类小说共有 4 篇，杂俎类小说共有 28 篇，志人类小说共有 24 篇，谐谑类小说共有 3 篇。

金代以"说""语"等词语命名的杂俎小说共有 2 篇。

元代以"说""语"等词语命名的杂俎小说共 7 篇，志人小说 4 篇。

以上合计 85 篇，其中宋代共 72 篇，占有所有相关作品的 85% 左右。

宋元文言小说命名中出现上述现象在一定程度上与这一时期尤其是宋代文人的生活习尚和社会风气有关。宋太祖赵匡胤有感于晚唐五代藩镇割据、社会动荡不安的状况，所以在建国以后，长期实行重文偃武的政策，宋代是文人群体相当发达的时期，文人常常聚会、聊天，小说故事因其情节新奇、曲折成为文人们聚会时谈论的内容之一，北宋初年吴淑《江淮异人录》卷下《耿先生》称："耿先生者，江表将校耿谦之女也……古者神仙，多晦迹混俗，先生岂其人乎! 余顷在江南，常闻其事，而宫掖秘奥，说者多有异同。及江表平，今在京师，尝诣徐率更游，游即义祖孙也，宫中之事，悉能知之。因就其事，备为余言。"①作者在这里提到"说者多异同"，这与唐传奇《离魂记》的结尾所言"（作者陈）玄祐少常闻此说，而多异同"较为相似，说明江淮异人之一耿先生的事迹在当时社会上流传较广，产生各种各样的传闻，作者吴淑根据徐游所述，将这件事记载下来。吴淑还撰写《秘阁闲谈》一书，以"谈"作为小说书名，晁公武《郡斋读书志》评云："皇朝吴淑撰。记秘阁同僚燕谈。"②可见是记载"秘阁同僚燕谈"之事。南宋张邦基《墨庄漫录》卷二云："建炎改元，予闲居扬州里庐，因阅《太平广记》，每遇予兄子章家夜集，谈《记》中异事，以供笑语。"③张邦基记载在自己兄长家谈论《太平广记》，以新奇、怪异的小说故事作为聊天的内容，以供娱乐。南宋王明清《投辖录序》记载夜谈鬼神的情形："夜漏既深，互谈所睹，皆侧耳耸听，使妇辈敛足，稚子不敢左顾，童仆颜变于外，则坐客忻忻，怡怡忘倦，神跃色扬。"④由以上几条材料可知，与唐代比较相似的是，宋代文人聚会聊天、说故事较为常见，《五朝小说·宋人百家小说》桃源居士序评宋代小说时称："唯宋则出士大夫手，非公余纂录，即林下闲谭，所述皆生平父兄师友相与谈说，或履历见闻，疑误考证，故一语一笑，想见先辈风流。其事可补正史之亡，裨掌故之阙。"⑤我们通过以上统计数字可以看出，宋元文言小说以

---

① ［宋］吴淑《江淮异人录》，《文津阁四库全书》子部小说家类，第 347 册第 241—242 页。

② 晁公武《郡斋读书志》卷十三误将《秘阁闲谈》题作《秘阁雅谈》，参见 ［宋］晁公武撰，孙猛校证《郡斋读书志校证》，上海古籍出版社 2011 年版，第 583 页。

③ ［宋］张邦基撰，孔凡礼点校《墨庄漫录》，中华书局 2002 年版，第 56 页。

④ ［宋］王明清《投辖录序》，《投辖录》卷首，上海古籍出版社 1991 年版。

⑤ 《五朝小说·宋人百家小说》桃源居士序，上海扫叶山房 1926 年石印《五朝小说大观》本。

"话""谈""议""语""说"等与说话、谈论相关的词语命名的现象相当普遍，这与宋代文人的社会生活习尚和社会风气有着较为密切的关系。

宋元文言小说命名体现的特征丰富多样，除以上谈到的几点之外，还表现在其他方面，例如：宋代曾敏行《独醒杂志》的命名意在"行独醒之志，著书自乐"，正如清代鲍廷博《鲍廷博题跋集》卷一所言："浮云居士（曾敏行）蕴用世之才，行独醒之志，著书自乐，以全其天，可谓贤已。所著《杂志》十卷，词简而事该，识高而论卓，同时诸贤品题备矣。"[1]宋代陈善撰《扪虱新话》八卷，其小说命名表明不受束缚，自成一家。扪虱，即捉虱子。唐代徐坚《初学记》卷五《华山第五》引崔鸿《前燕录》云："王猛隐华山，桓温入关，猛被褐而诣之，一面说当代之事，扪虱而言，旁若无人。"[2]后人以"扪虱"表明放达随性、无拘无束。作者陈善在小说中行文自由，没有顾忌，这在小说书名《扪虱新话》中得以充分体现。

第二节　宋元话本小说命名

根据现存的文献来看，"话本"一词最早出现于唐代《韩擒虎话本》，小说末尾称："画本既终，并无抄略。"对其中"画本"一词，学术界有不同的理解，程毅中《宋元小说研究》第八章《说话与话本》第四节《话本的编写》认为："多数敦煌学者都认为'画本'即'话本'之讹，因为原卷并没有画，而且说'并无抄略'，当然是指文字而言。"[3]这一观点值得商榷，唐末吉师老《看蜀女转昭君变》记载蜀女讲述王昭君出塞的故事时称："画卷开时塞外云。"[4]意思是蜀女讲述之际，打开画卷呈现给观众欣赏，这表明变文与变相是两相结合的，《韩擒虎话本》中提到"画本"应与此相类。敦煌话本中有一

---

①［清］鲍廷博撰，周生杰、季秋华辑《鲍廷博题跋集》，浙江古籍出版社 2012 年版，第 17 页。

②［唐］徐坚《初学记》卷五《华山第五》，中华书局 1962 年版，第 100 页。

③程毅中《宋元小说研究》，江苏古籍出版社 1998 年版，第 238 页。

④［唐］吉师老《看蜀女转昭君变》，收入《全唐诗》卷七百七十四集部总集类，中华书局 1960 年版，第 8771 页。

些以"话""话本"命名，如《庐山远公话》《韩擒虎话本》《叶净能话》《秋胡话本》等，说明与"说话"关系密切。

在继承和发展唐五代说话艺术的基础上，宋元时期说话风气持续兴盛，据孟元老《东京梦华录》卷五《京瓦伎艺》条记载，说话包括小说、商迷、合生、说诨话、说三分、说《五代史》等[①]，吴自牧《梦粱录》卷二十《小说讲经史》认为："说话者谓之'舌辩'，虽有四家数，各有门庭。"他认为说话分小说、谈经、说参请、讲史书、说诨经、商迷等多种[②]，灌圃耐得翁《都城纪胜》，其中"瓦舍众伎"条明确指出："说话有四家：一者小说，谓之银字儿，如烟粉、灵怪、传奇。说公案，皆是搏刀赶棒及发迹变泰之事。说铁骑儿，谓士马金鼓之事。说经，谓演说佛书。说参请，谓宾主参禅悟道等事。讲史书，讲说前代书史文传、兴废争战之事。"[③]一般认为，话本即说话艺人的底本。现存的宋元话本小说主要保存在《清平山堂话本》以及"三言"等书之中。元代书坊在宋元说话基础上刊印多种平话，很多已经散佚，现存甚少，只有九种，分别是：《新刊全相平话武王伐纣书》《吴越春秋连像平话》《新刊全相平话乐毅图齐七国春秋后集》《新刊秦并六国平话》《新刊平话前汉书续集》《新刊全相平话三国志》《薛仁贵征辽事略》《五代史平话》《宣和遗事》。宋元时期的"说经"话本现存的只有《大唐三藏取经诗话》和保存在朝鲜《朴通事谚解》一书中的元刊《西游记平话》[④]。

关于宋元话本的命名，学术界很少予以关注。因现存文本材料很少，加上"三言"收录的宋元话本多经冯梦龙改造，未必是宋元原貌，笔者根据现存话本作品，简要归纳为以下两个方面：

1. 宋元话本命名体现平民化、市井化的特点。我们根据宋代罗烨《醉翁谈录》、明代晁瑮《宝文堂书目》、冯梦龙所编"三言"以及清代钱曾《也是

①［宋］孟元老《东京梦华录》，参见伊永文撰《东京梦华录笺注》，中华书局2006年版，下册第461—462页。

②［宋］吴自牧《梦粱录》，浙江人民出版社1980年版，第196页。

③［宋］灌圃耐得翁《都城纪胜》，文化艺术出版社1998年版，第86页。

④关于宋元话本小说，可参照程毅中辑《宋元小说家话本集》，齐鲁书社2000年版。元代讲史平话《三分事略》，实际上是与《三国志平话》是同一书在不同时间刊刻的两个刻本，所以不再单列。

园书目》等书可知，宋元话本命名中，平民化、市井化的特点相当突出，例如，宋代罗烨所撰《醉翁谈录》甲集卷一《舌耕叙引·小说开辟》著录《铁瓮儿》《大槐王》《铁车记》《葫芦儿》《巴蕉扇》《八怪国》《推车鬼》《灰骨匣》《呼猿洞》《青脚狼》《刁六十》《钱榆骂海》《王魁负心》《石头孙立》《姜女寻夫》《忧小十》《驴垛儿》《大烧灯》《火枕笼》《八角井》《药巴子》《独行虎》《铁秤槌》《圣手二郎》《大虎头》《十条龙》《青面兽》《季铁铃》《陶铁僧》《赖五郎》《燕四马八》《花和尚》《武行者》《梅大郎》《拦路虎》《五郎为僧》《粉合儿》《村邻亲》《皮箧袋》《骊山老母》《红线盗印》《丑女报恩》等皆为宋话本，明代晁瑮《宝文堂书目》著录宋话本《灯花婆婆》《种瓜张老》《错斩崔宁》、元代话本《简帖和尚》《快嘴李翠莲记》，《醒世恒言》卷十四《闹樊楼多情周胜仙》，一般认为是宋话本，除"三言"等保留一些文本以外，基本无存。

我们从以上命名可以看出，其中"刁六十""石头孙立""陶铁僧""赖五郎""花和尚"等属于人物称呼，元代话本《快嘴李翠莲记》中，以"快嘴"为李翠莲取名，体现了这一女性聪明、爽直、率真、我行我素的形象[1]。"葫芦儿""芭蕉扇""药巴子"等应是使用的物品，《大烧灯》记载民间风俗，《旧唐书》卷九《玄宗本纪下》称："（开元）二十八年春正月，两京路及城中苑内种果树。癸巳，幸温泉宫。庚子，至自温泉宫。壬寅，以望日御勤政楼宴群臣，连夜烧灯，会大雪而罢，因命自今常以二月望日夜为之。"[2]宋代蔡绦《铁围山丛谈》卷一云："国朝上元节烧灯盛于前代，为彩山峻极而对峙于端门。"[3]《碾玉观音》讲述咸安郡王府绣女璩秀秀与碾玉工崔宁相恋，其中"碾玉"是指市民从事的职业，有些小说从篇名可知讲述平民百姓感兴趣的话题，如《石头孙立》《青面兽》《王魁负心》《五郎为僧》分别是叙述《水浒

---

① 关于《快嘴李翠莲记》的成书年代，有不同的说法，叶德均认为是明代作品，参见《戏曲小说丛考》卷下《宋元明讲唱文学》五《诗赞系讲唱文学（下）》，中华书局 1979 年版，第 674 页。胡士莹《话本小说概论》第九章《元代的说书与话本》第四节《元代的话本》认为"当为元代的作品"，中华书局 1980 年版，第 291 页。此从胡士莹之说。

② ［后晋］刘昫等《旧唐书》卷九《玄宗本纪下》，中华书局 1975 年版，第 212 页。

③ ［宋］蔡绦《铁围山丛谈》，中华书局 1983 年版，第 17 页。

传》、王魁、杨家将等故事，综而言之，在宋元话本命名之中，平民化、市井化的特点相当明显。

2.元刊平话的命名体现出对读者和市场的重视。《宣和遗事》有"前集""后集""续集"，《五代史平话》有"前集""后集"的称呼，已体现小说续书、仿作的意识，现存《新刊平话前汉书续集》《新刊全相平话乐毅图齐七国春秋后集》等就是"前集"的续作；《新刊全相平话武王伐纣书》《吴越春秋连像平话》《新刊全相平话乐毅图齐七国春秋后集》《新刊全相平话三国志》以"连像"或"全相"等词语嵌入小说书名，表明对小说插图的重视，我们知道，小说插图是小说编刊者吸引读者、市场的重要手段之一，元刊平话命名中嵌入"连像"或"全相"等词语，说明小说编刊者对读者和市场相当重视。

综上所述，本章分文言小说和话本小说两个方面，对宋元（含辽金）小说命名加以阐述，在文献统计的基础上，归纳宋元（含辽金）时期不同小说文体的命名特点，使我们对这一时期小说命名情况有着整体把握与理解，并作为考察明清时期小说命名的前提与参照。

第三章
明清小说命名与小说创作

明清小说命名与小说创作的关系相当密切，小说命名揭示小说人物的外貌、身份、地位，表现人物的性格、形象，交代人物的特长、技艺、能力、职业，象征人物的命运。与此同时，小说命名与小说情节结构之间有着紧密的联系，这在人物绰号上体现得尤为突出。

在中国命名文化史上，绰号渊源已久，清代赵翼《陔余丛考》卷三十八《混号》篇称："世俗轻薄子，互相品目，辄有混号。《吕氏春秋·简选篇》夏桀号'移大牺'，谓其多力，能推牛倒也，此为混号之始。"①《周礼·春官·大祝》即有"辨六号"之说："辨六号，一曰神号，二曰鬼号，三曰示号，四曰牲号，五曰粢号，六曰币号。"②春秋战国时期，秦缪公用五张羖（黑公羊）皮将百里奚从楚国赎回，"授之国政，号曰五羖大夫"③。"五羖大夫"就是秦国人给百里奚起的绰号。汉代郅都为酷吏，世人称之为"苍鹰"④，汉代贾逵身高头长，被称为"贾长头"，《东观汉记》卷十八《贾逵传》云："贾逵字景伯，长八尺二寸，能讲《左氏》及五经本文，以大小夏侯尚书教授，京师为之语曰：'问事不休贾长头。'"⑤汉代杨震字伯起，因为博学，也被人称作"关西孔子杨伯起"⑥。

---

① ［清］赵翼《陔余丛考》，中华书局 1963 年版，第 840 页。
② 参见徐正英、常佩雨译注《周礼》，中华书局 2014 年版，第 529 页。
③ ［汉］司马迁《史记》卷五《秦本纪》，中华书局 1959 年版，第 186 页。
④ 分别参照《史记》卷一百二十二《酷吏列传》，中华书局 1959 年版，第 3133 页。
⑤ ［汉］班固等《东观汉记》，《丛书集成初编》据聚珍版丛书本排印，第 166 页。
⑥ ［南朝宋］范晔《后汉书》，中华书局 1965 年版，第 1759 页。

汉朝末年农民起义军中曾有很多绰号，《后汉书》卷七十一《朱隽列传》称："自黄巾贼后，复有黑山、黄龙、白波、左校、郭大贤、于氐根、青牛角、张白骑、刘石、左髭丈八、平汉、大计、司隶、掾哉、雷公、浮云、飞燕、白雀、杨凤、于毒、五鹿、李大目、白绕、畦固、苦哂之徒，并起山谷间，不可胜数。其大声者称雷公，骑白马者为张白骑，轻便者言飞燕，多髭者号于氐根，大眼者为大目，如此称号，各有所因。大者二三万，小者六七千。"①三国时将领许褚被称为"虎痴"，《三国志》卷十八《许褚传》记载："军中以（许）褚力如虎而痴，故号曰虎痴；是以（马）超问虎侯，至今天下称焉，皆谓其姓名也。"②在中国命名文化史上，类似这样的事例屡见不鲜。

中国古代命名文化中绰号的命名形式、特点也被古代小说作家所继承，并在此基础上发扬光大。在古代小说创作中，小说命名尤其是人物绰号体现作家的艺术构思与创作过程，与小说人物性格、形象的刻画以及情节结构均有着密切的关系，鲁迅《五论文人相轻——明术》指出："创作难，就是给人起一个称号或诨名也不易。"③可见在人物命名方面，不少作家费尽心思。本章试从以下五个方面阐述明清小说命名与小说创作之间的密切联系。

第一节　小说命名与人物外貌、身份、地位

古代小说作家往往紧扣人物的外貌特征、身份、地位给小说人物进行命名，《水浒传》一百零八将的绰号尤为突出，下面我们结合《水浒传》以及明清小说作品对此加以具体论述。

---

① ［南朝宋］范晔《后汉书》，中华书局 1965 年版，第 2310—2311 页。
② ［晋］陈寿《三国志》，中华书局 1959 年版，第 543 页。
③ 鲁迅《五论文人相轻——明术》，收入《鲁迅全集》第六卷，人民文学出版社 1981 年版，第 384 页。

一、绰号与小说人物外貌

1.肤色。《水浒传》中宋江绰号"黑三郎"或称"孝义黑三郎"、李逵绰号"黑旋风"均与其肤黑有关，《水浒传》第十八回《美髯公智稳插翅虎　宋公明私放晁天王》称：

> 那押司姓宋名江，表字公明，排行第三，祖居郓城县宋家村人氏。为他面黑身矮，人都唤他做黑宋江；又且于家大孝，为人仗义疏财，人皆称他做孝义黑三郎。①

宋江肤色黑，《水浒传》对此多次加以描写，例如，《水浒传》第三十八回《及时雨会神行太保　黑旋风斗浪里白跳》，李逵第一次见到宋江，小说描写道："李逵看着宋江，问戴宗道：'哥哥，这黑汉子是谁？'……李逵道：'莫不是山东及时雨黑宋江？'……宋江便道：'我便是山东黑宋江。'"②宋江绰号"黑三郎"，正是与其肤黑有关。李逵绰号"黑旋风"，其中"黑"一词也是因为李逵肤色黑。早在元代，康进之所撰杂剧《李逵负荆》第一折，李逵出场时自称："人见我生得黑，起个绰号，叫俺做'黑旋风'。"③《水浒传》第三十八回《及时雨会神行太保　黑旋风斗浪里白跳》，李逵第一次在小说中出现，小说提到李逵的绰号："本身一个异名，唤做黑旋风李逵。他乡中都叫他做李铁牛。"④

《水浒传》中郑天寿、孟康、张顺等人则是因肤白而被人起的绰号，请看以下三条材料：

其一，《水浒传》第三十二回《武行者醉打孔亮　锦毛虎义释宋江》云："这个好汉祖贯浙西苏州人氏，姓郑，双名天寿。为他生得白净俊俏，人都

---

① ［明］施耐庵、罗贯中《水浒传》，人民文学出版社 1975 年版，第 229 页。
② ［明］施耐庵、罗贯中《水浒传》，人民文学出版社 1975 年版，第 514 页。
③ ［元］康进之撰杂剧《李逵负荆》，《元曲选》，中华书局 1958 年版，第 1519 页。
④ ［明］施耐庵、罗贯中《水浒传》，人民文学出版社 1975 年版，第 514 页。

号他做白面郎君。"①

其二,《水浒传》第四十四回《锦豹子小径逢戴宗　病关索长街遇石秀》云:"邓飞道:'我这兄弟姓孟名康……因他长大白净,人都见他一身好肉体,起他一个绰号,叫他做玉幡竿孟康。'"②

其三,《水浒传》第三十七回《没遮拦追赶及时雨　船火儿大闹浔阳江》记载:"(张顺)浑身雪练也似一身白肉,汉得四五十里水面,水底下伏得七日七夜,水里行一似一根白条,更兼一身好武艺,因此人起他一个名,唤做浪里白跳张顺。"③

2.五官。包括眼、鼻、耳、眉、口在内的五官是作家为小说人物取绰号的一个重要依据,这在《水浒传》中相当明显,豹子头林冲、金眼彪施恩、青眼虎李云、火眼狻猊邓飞、鬼脸儿杜兴、扑天雕李应等人都是因五官尤其是因为眼部特征而得绰号,《水浒传》第七回《花和尚倒拔垂杨柳　豹子头误入白虎堂》如此描写林冲"那官人生的豹头环眼,燕颔虎须,八尺长短身材,三十四五年纪",故号为豹子头④。林冲因"豹头环眼"而被称为豹子头;《水浒传》第四十三回《假李逵剪径劫单人　黑旋风沂岭杀四虎》描写都头李云:"面阔眉浓须鬓赤,双睛碧绿似番人。沂水县中青眼虎,豪杰都头是李云。"⑤李云因"双睛碧绿似番人"而被称为"青眼虎";《水浒传》第四十四回《锦豹子小径逢戴宗　病关索长街遇石秀》中,邓飞因为"双睛红赤,江湖上人都唤他做火眼狻猊"⑥;《水浒传》第四十七回《扑天雕双修生死书　宋公明一打祝家庄》中,李应被称为"扑天雕"是因为"鹊眼鹰睛头似虎,燕颔猿臂狼腰"⑦。杜兴被人称为"鬼脸儿","因为他面颜生得粗莽"⑧,五官粗糙、丑陋。

---

① [明] 施耐庵、罗贯中《水浒传》,人民文学出版社 1975 年版,第 434 页。
② [明] 施耐庵、罗贯中《水浒传》,人民文学出版社 1975 年版,第 613 页。
③ [明] 施耐庵、罗贯中《水浒传》,人民文学出版社 1975 年版,第 505 页。
④ [明] 施耐庵、罗贯中《水浒传》,人民文学出版社 1975 年版,第 99 页。
⑤ [明] 施耐庵、罗贯中《水浒传》,人民文学出版社 1975 年版,第 603 页。
⑥ [明] 施耐庵、罗贯中《水浒传》,人民文学出版社 1975 年版,第 612 页。
⑦ [明] 施耐庵、罗贯中《水浒传》,人民文学出版社 1975 年版,第 657 页。
⑧ [明] 施耐庵、罗贯中《水浒传》,人民文学出版社 1975 年版,第 655 页。

通过《水浒传》以外的其他明清小说人物绰号也常常可以看到依据五官特征而命名的现象，例如，《儿女英雄传》中一些江湖人物的绰号同样显示十足的个性，第二十一回《回头向善买犊卖刀　隐语双关借弓留砚》记载：

> 闲话少说。却说牤牛山的海马周得胜、截江獭李茂、避水猵韩勇三个，这日闲暇无事，正约了癞象岭的金大鼻子金大力、窆小眼儿窆云光，野猪林的黑金刚郝武、一篓油谢标，雄鸡渡的草上飞吕万程、叫五更董方亮，在牤牛山山寨一同宴会。①

在以上人物绰号中，金大鼻子金大力、窆小眼儿窆云光等人的绰号无疑与其五官有关。《三宝太监西洋记通俗演义》根据五官特征为三宝太监等人所经历的国家命名，卷十六第八十回《番王宠任百里雁　王爷计擒百里雁》云：

> （夜不收）去了一日，却来回话。元帅道："是个甚么国？"夜不收道："是个银眼国。"元帅道："怎么叫做银眼国？"夜不收道："这一国的君民人等，两只眼都是白的，没有乌珠，眼白似银，故此叫做银眼国。"元帅道："似此说来，却不是个有眼无珠？"夜不收道："若不是有眼无珠，怎么不来迎接二位元帅？"元帅道："可看见么？"夜不收道："白眼上就有些瞳人，一样是这等看见。"元帅道："前日那金眼国，眼可像金子么？"夜不收道："虽不像金子，到底是黄的。"②

很显然，金眼国、银眼国都是根据该国国民的眼部特征而命名的，作者在命名之际，还包括一定的寓意，银眼国国民两只眼都是白的，没有乌珠，作者借夜不收之口讽刺他们是"有眼无珠"，没有眼光，处事不当。

3.头发、胡须。《水浒传》第十三回《急先锋东郭争功　青面兽北京斗武》如此描写朱仝："这马兵都头姓朱名仝，身长八尺四五，有一部虎须髯，

① ［清］文康《儿女英雄传》，上海古籍出版社1991年版，第244页。
② ［明］罗懋登《三宝太监西洋记通俗演义》，上海古籍出版社1985年版，第1026页。

长一尺五寸，面如重枣，目若朗星，似关云长模样，满县人都称他做美髯公。"①朱仝因其"虎须髯"而被称为"美髯公"，锦毛虎燕顺、金毛犬段景住、紫髯伯皇甫端的绰号是因其"赤发黄须"或"碧眼黄须"，请看以下三条材料：

《水浒传》第三十二回《武行者醉打孔亮　锦毛虎义释宋江》云："看那大王时，生得如何？但见：赤发黄须双眼圆，臂长腰阔气冲天。江湖称作锦毛虎，好汉原来却姓燕。那个好汉祖贯山东莱州人氏，姓燕名顺，别号锦毛虎。"②

《水浒传》第六十回《公孙胜芒砀山降魔　晁天王曾头市中箭》云："那汉答道：'小人姓段，双名景住。人见小弟赤发黄须，都呼小人为金毛犬。'"③

《水浒传》第七十回《没羽箭飞石打英雄　宋公明弃粮擒壮士》云："（皇甫端）原是幽州人氏。为他碧眼黄须，貌若番人，以此人称为紫髯伯。"④

以上四位水浒好汉均是因其头发、胡须的颜色而被人取的绰号。

4. 生理特征。《水浒传》中刘唐、杨志等人的绰号是因为他们身上有胎记，《水浒传》第十四回《赤发鬼醉卧灵官殿　晁天王认义东溪村》云："那汉道：'小人姓刘名唐，祖贯东潞州人氏。因这鬓边有这搭朱砂记，人都唤小人做赤发鬼。'"⑤《水浒传》第十二回《梁山泊林冲落草　汴京城杨志卖刀》云："（杨志）面皮上老大一搭青记，腮边微露些少赤须。"⑥故称青面兽。《水浒传》第五十四回《入云龙斗法破高廉　黑旋风探穴救柴进》中，汤隆因为浑身有麻点，被人称作金钱豹子⑦。第七十回《没羽箭飞石打英雄　宋公明弃粮擒壮士》中，丁得孙由于"双腮连项露疤痕"所以被称为"中箭虎"⑧。第四十九回《解珍解宝双越狱　孙立孙新大劫牢》中，邹润由于"脑后天生瘤

① [明]施耐庵、罗贯中《水浒传》，人民文学出版社 1975 年版，第 172 页。
② [明]施耐庵、罗贯中《水浒传》，人民文学出版社 1975 年版，第 433—434 页。
③ [明]施耐庵、罗贯中《水浒传》，人民文学出版社 1975 年版，第 832 页。
④ [明]施耐庵、罗贯中《水浒传》，人民文学出版社 1975 年版，第 971 页。
⑤ [明]施耐庵、罗贯中《水浒传》，人民文学出版社 1975 年版，第 178 页。
⑥ [明]施耐庵、罗贯中《水浒传》，人民文学出版社 1975 年版，第 153 页。
⑦ [明]施耐庵、罗贯中《水浒传》，人民文学出版社 1975 年版，第 753 页。
⑧ [明]施耐庵、罗贯中《水浒传》，人民文学出版社 1975 年版，第 964 页。

一个",所以人称"独角龙"①。

有些小说人物命名跟其生理缺陷有关,清代菊畦子辑《醒梦骈言》第三回《呆秀才志诚求偶　俏佳人感激许身》记载:"明朝嘉靖年间,苏州吴县学里有个秀才,姓孙名寅,号志唐。你道他为什么取这个名号?只因他生来右手有六个指头,像当年唐伯虎一般,众人要取笑他,替他取这个名号。他从幼没了父母,未曾命名,自己想道:'唐伯虎是本处有名的才子,如得他来,有何不美。'因此依了众人所取,却不道被他们作弄。"②苏州吴县县学秀才孙寅,被人取个名号为"志唐",是因为他的生理缺陷,孙寅的右手有六个指头,像当年唐伯虎一般,于是别人如此称呼他,以此取乐。

5. 身高。《水浒传》中武大郎、王英等人因为个子矮而得绰号,《水浒传》第二十四回《王婆贪贿说风情　郓哥不忿闹茶肆》云:"这武大郎身不满五尺,面目生得狰狞,头脑可笑,清河县人见他生得短矮,起他一个诨名,叫做'三寸丁谷树皮'。"③《水浒传》第三十二回《武行者醉打孔亮　锦毛虎义释宋江》云:"左边一个五短身材,一双光眼。怎生打扮?但见:驼褐衲袄锦绣补,形貌峥嵘性粗卤。贪财好色最强梁,放火杀人王矮虎。这个好汉祖贯两淮人氏,姓王名英。为他五短身材,江湖上叫他做矮脚虎。"④扈三娘的绰号"一丈青"为何意,有不同的说法,清代程穆衡《水浒传注略》称:"《梦粱录》:官妓有一丈白、杨三妈等名,知宋时多有此等称谓,盖皆甚言其长也。"⑤程穆衡推断身高因素是"一丈青"绰号的由来,可备一说。

6. 胖瘦。《水浒传》中通臂猿侯健的绰号是因为其体形瘦,《水浒传》第四十一回《宋江智取无为军　张顺活捉黄文炳》称:"这人姓侯名健,祖居洪都人氏……人都见他瘦,因此唤他做通臂猿。"⑥

①［明］施耐庵、罗贯中《水浒传》,人民文学出版社1975年版,第688页。
②［清］菊畦子辑《醒梦骈言》,中华书局2000年版,第30页。
③［明］施耐庵、罗贯中《水浒传》,人民文学出版社1975年版,第306—307页。
④［明］施耐庵、罗贯中《水浒传》,人民文学出版社1975年版,第434页。
⑤［清］程穆衡《水浒传注略》,收入朱一玄、刘毓忱编《水浒传资料汇编》,南开大学出版社2002年版,第415页。
⑥［明］施耐庵、罗贯中《水浒传》,人民文学出版社1975年版,第562页。

　　7.纹身。这也是《水浒传》为梁山泊好汉取名的依据之一,《水浒传》第二回《王教头私走延安府　九纹龙大闹史家村》借史太公之口介绍史进:"老汉的儿子从小不务农业,只爱刺枪使棒。母亲说他不得,呕气死了。老汉只得随他性子,不知使了多少钱财,投师父教他。又请高手匠人,与他刺了这身花绣,肩臂胸膛总有九条龙,满县人口顺,都叫他做九纹龙史进。"[①] "纹身"也称"文身",唐时已盛行此俗,段成式《酉阳杂俎》卷八《黥》称:"上都街肆恶少,率髠而肤札,备众物形状……今京兆尹薛公元赏,上三日,令里长潜捕,约三十余人,悉杖杀,尸于市。市人有点青者,皆炙灭之。"[②] 宋代庄绰《鸡肋编》卷下云:"车驾渡江,韩、刘诸军皆征戍在外,独张俊一军常从行在,择卒之少壮长大者,自臀而下,文刺至足,谓之花腿。京师旧日浮浪辈以此为夸。"[③] 高承《事物纪原》卷八《岁时风俗部·文身》称:"今世俗皆文身,作鱼龙飞仙鬼神等像,或为花卉文字。"[④] 南宋胡仔《苕溪渔隐丛话》后集卷十二《刘梦得》称:"盖断发文身之俗,习水而好战,古有其风。"[⑤] 宋代孟元老《东京梦华录》卷七《文身》条引用宋话本《万秀娘仇报山亭儿》《郑节使立功神臂弓》、周去非《岭外代答》、洪迈《夷坚志》等材料,说明"文身"之风在古代流行[⑥]。《水浒传》中,除史进以纹身而得绰号以外,鲁智深、龚旺也是如此,《水浒传》中花和尚鲁智深之"花"指其刺绣,第十七回《花和尚单打二龙山　青面兽双夺宝珠寺》中鲁智深自称:"人见洒家背上有花绣,都叫俺做花和尚鲁智深。"[⑦] 龚旺绰号"花项虎",《水浒传》第七十回《没羽箭飞石打英雄　宋公明弃粮擒壮士》介绍:"(张清)手下两员副将:一个唤做花项虎龚旺,浑身上刺着虎斑,脖项上吞着虎头。"[⑧] 鲁智深在背上刺有花绣,龚旺则是浑身上下刺着虎斑,故有花和尚、花项虎

①〔明〕施耐庵、罗贯中《水浒传》,人民文学出版社 1975 年版,第 27 页。
②〔唐〕段成式《酉阳杂俎》,中华书局 1981 年版,第 76 页。
③〔宋〕庄绰《鸡肋编》,中华书局 1983 年版,第 92 页。
④〔宋〕高承《事物纪原》,《文津阁四库全书》子部类书类,第 305 册第 324 页。
⑤〔宋〕胡仔纂集,廖德明校点《苕溪渔隐丛话》,人民文学出版社 1962 年版,第 92 页。
⑥〔宋〕孟元老著,伊永文笺注《东京梦华录笺注》,中华书局 2006 年版,第 699—704 页。
⑦〔明〕施耐庵、罗贯中《水浒传》,人民文学出版社 1975 年版,第 216 页。
⑧〔明〕施耐庵、罗贯中《水浒传》,人民文学出版社 1975 年版,第 963 页。

之称。

8.穿戴习惯。蔡庆绰号"一枝花",是因其穿戴习惯而命名的,《水浒传》第六十二回《放冷箭燕青救主　劫法场石秀跳楼》称:

> 傍边立着一个嫡亲兄弟,姓蔡名庆。亦有诗为证:押狱丛中称蔡庆,眉浓眼大性刚强,茜红衫上描鹦鹉,茶褐衣中绣木香。曲曲领沿深染皂,飘飘博带浅涂黄。金环灿烂头巾小,一朵花枝插鬓傍。这个小押狱蔡庆,生来爱带一枝花,河北人氏顺口都叫他做一枝花蔡庆。①

以上我们从肤色、五官、头发和胡须、生理特征、身高、胖瘦、纹身、穿戴习惯八个方面,以《水浒传》等小说作品的命名为例,阐述了绰号与小说人物外貌之间的密切联系,由此可知,人物外貌是作家为小说命名尤其为小说人物命名的重要参考和依据。

二、小说命名与人物的身份、地位

小说命名有助于揭示人物的身份、地位。以明末话本小说为例,《二刻拍案惊奇》第四卷《青楼市探人踪　红花场假鬼闹》中帮闲之辈被取名为"游好闲","名守",谐音游手好闲②,作者直接通过人物命名揭示其身份。清代小说中不乏其例,胡渐逵《〈聊斋志异〉人物命名索寓》一文指出:

> 在《聊斋》中,有些人物的姓名寓有人物的身份之意。如《金和尚》中的金和尚,仅只名义上是个和尚而已,实际上,正如他的姓所标明的,他是一个以投机取巧而暴发致富的金融大王,他满身散发着薰天的铜臭,满脑子充塞着金钱万能的思想,他因所掠夺的金钱特多而过着

---

① [明] 施耐庵、罗贯中《水浒传》,人民文学出版社 1975 年版,第 865 页。
② [明] 凌濛初《二刻拍案惊奇》,人民文学出版社 1996 年版,第 77 页。

纸醉金迷的生活。他无恶不作，为所欲为，"即千里外呼吸亦可通，以此
挟方面短长"。他为何会有如此广大的神通？就因为他有的是金钱，所以，
"金"这个姓，既名副其实地揭示了金和尚这个富豪权贵的特殊身份、生
活和神通，同时，又深刻地暴露了封建社会那种"有钱能使鬼推磨"的
黑暗现实。①

此文讨论《聊斋志异·金和尚》中金和尚这一人物所寄寓的人物身份之
意，有一定的道理。王基《帮闲箴片论——从应伯爵到夏逢若》指出：

> "兔儿丝"者，一种草本植物，常寄生在豆科作物上，它的丝状茎
> 有吸取其他植物养料的器官。夏逢若得"兔儿丝"的这一雅号，是说他
> 是如同"兔儿丝"一般的寄生者。他把自己的生命依附于豪门大族有钱有
> 势的人物身上，他不事生产，专靠打秋风、敲竹杠、抽头钱为生，他有
> 一套"粘"与"缠"的寄生本领，像"兔儿丝"一般挨着就粘，粘得又紧
> 又牢，攀缘而上无秧不粘，一道又一道，缠得层层叠叠，几乎成为主体
> 不可分割的一部分。谭绍闻离不了夏逢若，到后来又摆脱不了夏逢若。②

"兔儿丝"是一种寄生性植物，粘性很强，以此作为像夏逢若这类依附
于豪门大族有钱有势的人物绰号，相当恰切。

《红楼梦》作者很好地通过人物命名揭示人物的身份、地位、形象，
以贾宝玉为例，他在小说中有几个绰号："怡红公子""绛洞花主""富贵闲
人""无事忙"等。第三十七回《秋爽斋偶结海棠社　蘅芜苑夜拟菊花题》云：

> 宝玉道："我呢？你们也替我想一个。"宝钗笑道："你的号早有了，
> '无事忙'三字恰当的很。"李纨道："你还是你的旧号'绛洞花主'就
> 好。"宝玉笑道："小时候干的营生，还提他作什么。"探春道："你的号多

---

① 胡渐逵《〈聊斋志异〉人物命名索寓》，载《蒲松龄研究》1995年纪念专号。
② 王基《帮闲箴片论——从应伯爵到夏逢若》，载《河南师范大学学报》1993年第6期。

的很，又起什么。我们爱叫你什么，你就答应着就是了。"宝钗道："还得我送你个号罢。有最俗的一个号，却于你最当。天下难得的是富贵，又难得的是闲散，这两样再不能兼有，不想你兼有了，就叫你'富贵闲人'也罢了。"宝玉笑道："当不起，当不起，倒是随你们混叫去罢。"①

王夫人也给宝玉起了一个绰号即"混世魔王"，《红楼梦》第三回《贾雨村夤缘复旧职　林黛玉抛父进京都》指出："王夫人因说：'……我有一个孽根祸胎，是家里的'混世魔王'。"②这几个绰号在一起表现出贾宝玉作为富家子弟富贵、清闲、优雅的身份、形象。

《红楼梦》中刘姥姥被林黛玉称作"母蝗虫"，第四十二回《蘅芜君兰言解疑癖　潇湘子雅谑补余香》称："林黛玉忙笑道：'可是呢，都是他一句话。他是那一门子的姥姥，直叫他是个'母蝗虫'就是了。"林黛玉还让惜春把蝗虫画在大观园图之中，起名为"携蝗大嚼图"③，讽刺刘姥姥笨拙、粗俗、饭量大，突出刘姥姥村妇的身份、形象，同时也反映出林黛玉的聪明与尖刻。

《红楼梦》中丫鬟、婢女命名往往衬托主人的身份、地位。贾母的几个丫鬟，取名鸳鸯、鹦鹉、琥珀、珍珠、玛瑙，这些都是非常珍贵的珠宝或禽类，表明贾母很高的家族地位。贾府四位小姐的丫鬟命名也突出贾府小姐的身份，元春的使女名抱琴，迎春的使女称司棋，探春的使女叫侍书，惜春的使女为入画，加在一起为"琴棋书画"，说明这贾府几位小姐出身于钟鸣鼎食之家，长于书香门第，受到良好的文化教育。

明清小说中的人物命名往往有助于提高人物的身份、地位，以《三国志演义》中刘备为例，他出身寒微，后来当过豫州牧，被人称为"刘使君"，又被世人称为"刘皇叔"，对此，曹操、孙权集团都不予承认，第三十六回《玄德用计袭樊城　元直走马荐诸葛》中，曹操说："沛郡小辈（按：刘备住小

---

① ［清］曹雪芹、高鹗《红楼梦》，人民文学出版社1982年版，第501—502页。

② ［清］曹雪芹、高鹗《红楼梦》，人民文学出版社1982年版，第46页。

③ ［清］曹雪芹、高鹗《红楼梦》，人民文学出版社1982年版，第584页。

沛），妄称'皇叔'，全无信义，所谓外君子而内小人者也。"①第四十三回《诸葛亮舌战群儒　鲁子敬力排众议》中，孙权谋士也指出："刘豫州虽云中山靖王苗裔，却无可稽考，眼见只是织席贩屦之夫耳，何足与曹操抗衡哉！"②虽然"刘皇叔"的称号不被曹、孙集团认可，但刘备很喜欢这一称号，因为这个称号将他与汉朝皇室挂钩，可以抬高自己的身份、地位。在《西游记》中，孙悟空出身猴子，曾担任养马官，被称作"弼马温"，在前往西天取经的道路上，各路妖怪提起这一称呼，孙悟空很生气，他自称"齐天大圣"，也是以此突出自己的身份、地位。类似这样的情况在明清小说创作中屡见不鲜。

第二节　小说命名与人物性格、形象

　　成功刻画人物性格、塑造人物形象是作家在从事小说创作过程中最重要的任务之一，小说命名是我们考察小说人物性格、形象的一个独特窗口，在人物性格刻画方面，小说人物命名具有很好的概括力，下面我们结合明清小说命名实践，分明代和清代两部分分别加以论述。

一、明代小说

　　（一）章回小说。以《水浒传》为例，其中很多人物命名与其性格、形象密切相关。宋江一个人就有"孝义黑三郎""及时雨""呼保义"三个绰号，《水浒传》第十八回《美髯公智稳插翅虎　宋公明私放晁天王》称：

　　　　那押司姓宋名江，表字公明……于家大孝，为人仗义疏财，人皆称他做孝义黑三郎。上有父亲在堂，母亲丧早。下有一个兄弟，唤做铁扇

---

　　① ［明］罗贯中《三国演义》，人民文学出版社1953年，第316页。
　　② ［明］罗贯中《三国演义》，人民文学出版社1953年，第376页。

子宋清，自和他父亲宋太公在村中务农，守些田园过活。这宋江自在郓城县做押司。他刀笔精通，吏道纯熟，更兼爱习枪棒，学得武艺多般。平生只好结识江湖上好汉：但有人来投奔他的，若高若低，无有不纳，便留在庄上馆谷，终日追陪，并无厌倦；若要起身，尽力资助。端的是挥霍，视金似土。人问他求钱物，亦不推托。且好做方便，每每排难解纷，只是赒全人性命。如常散施棺材药饵，济人贫苦，赒人之急，扶人之困。以此山东、河北闻名，都称他做及时雨，却把他比的做天上下的及时雨一般，能救万物。曾有一首《临江仙》赞宋江好处：

起自花村刀笔吏，英灵上应天星。疏财仗义更多能。事亲行孝敬，待士有声名。济弱扶倾心慷慨，高名冰月双清，及时甘雨四方称。山东呼保义，豪杰宋公明。①

"孝义黑三郎"的绰号反映宋江的孝顺；"及时雨"的绰号体现他的乐于助人、仁爱宽厚、豪爽大方；关于"呼保义"这一绰号的含义，存在不同的看法。宋末周密《癸辛杂识续集》卷上引用龚圣与《宋江三十六人赞》云："呼保义宋江，不假称王，而呼保义。岂若狂草，专犯讳忌。"②程穆衡在《水浒传注略》中解释"呼保义"一词时指出："《辍耕录》：武正八品曰保义校尉，从八品曰保义副将。言吏员未授职，已呼之为保义。及宋时相呼曰保义，仍亦通称，如员外之类。"③保义校尉、保义副尉等均为官职名称，自金朝开始设置。《水浒传》称宋江为"呼保义"，"保义"是保义郎的简称，《水浒传》第九十回《五台山宋江参禅　双林渡燕青射雁》就提到："且加宋江为保义郎。"④"呼保义"到底何意呢？龚圣与《宋江三十六人赞》称"呼保义宋江，不假称王，而呼保义"，元代佚名杂剧《梁山七虎闹铜台》第五折中，宋

① ［明］施耐庵、罗贯中《水浒传》，人民文学出版社 1975 年版，第 229 页。
② ［宋］周密撰，吴企明点校《癸辛杂识》，中华书局 1988 年版，第 145 页。
③ ［清］程穆衡《水浒传注略》，朱一玄、刘毓忱编《水浒传资料汇编》，南开大学出版社 2002 年版，第394 页。
④ ［明］施耐庵、罗贯中《水浒传》，人民文学出版社 1975 年版，第 1231 页。

江自称："安邦护国称保义，替天行道显忠良。"① 结合《水浒传》小说文本来看，"呼保义"绰号应是呼众保义，笼络、聚集好汉，替天行道，忠君护国，这一绰号体现宋江忠君、包容、谦让的形象特征，这也导致他后来积极推动招安、归顺朝廷之举。宋江的上述三个绰号很好地揭示出这一重要小说人物的性格特征。

再看《水浒传》中的李逵，据宋代周密《癸辛杂识续集》卷上记载，在龚圣与《宋江三十六人赞》中已出现"黑旋风李逵"，黑是指其肤色，我们在前文已经分析过。旋风是指宋金时代的旋风炮，《三朝北盟会编》卷六十六记载："金人攻东水门，矢石飞注如雨，或以磨磐及礴碌绊之，为旋风炮。"② 点着就可以发炮，象征着李逵风风火火的性格。李逵又号铁牛，《水浒传》第三十八回《及时雨会神行太保　黑旋风斗浪里白跳》称："本身一个异名，唤做黑旋风李逵。他乡中都叫他做李铁牛。"③ 铁牛，比喻性格刚直，清代昭梿《啸亭杂录》卷七《顾总河》称："每大事，侃侃正论，不避利害，人以'铁牛'呼之。鄂文端曰：'是真为铁汉也。'"④ "铁牛"这一绰号表明李逵性格的刚直不阿、不畏权贵。

除宋江、李逵以外，《水浒传》中的很多人物绰号均与其性格、形象有关：

高俅养子高衙内绰号花花太岁，《水浒传》第七回《花和尚倒拔垂杨柳　豹子头误入白虎堂》称："那厮在东京倚势豪强，专一爱淫垢人家妻女。京师人惧怕他权势，谁敢与他争口，叫他做花花太岁。"⑤ 高衙内贪淫好色，为所欲为，无恶不作，因此被称为"花花太岁"。

孙定并非梁山泊一百零八将之一，小说也刻画这一次要人物正直、好善的形象，他绰号孙佛儿，《水浒传》第八回《林教头刺配沧州道　鲁智深大闹野猪林》中，林冲被高衙内陷害入狱以后，"正值有个当案孔目，姓孙名定，为人最鲠直，十分好善，只要周全人，因此人都唤做孙佛儿。他明知道这件事，

---

①《梁山七虎闹铜台》，收入《孤本元明杂剧》第24册，中国戏剧出版社1958年版。

②［宋］徐梦莘《三朝北盟会编》，《文津阁四库全书》史部纪事本末类，第121册第605页。

③［明］施耐庵、罗贯中《水浒传》，人民文学出版社1975年版，第514页。

④［清］昭梿《啸亭杂录》，中华书局1980年版，第197页。

⑤［明］施耐庵、罗贯中《水浒传》，人民文学出版社1975年版，第100页。

转转宛宛，在府上说知就里，禀道：'此事果是屈了林冲，只可周全他。'"①

小旋风柴进待人和气，仗义疏财，救助过林冲、武松、宋江等人。我们在上文提到，旋风是指宋金时代的旋风炮，盛巽昌《水浒传补证本》认为，"小旋风"的"小"并不是"大小"之小，而应作"肖"，是相仿、相似的意思。"小旋风"是说柴进行事泼辣，有如旋风②。

朱贵绰号旱地忽律，"旱地忽律"一指鳄鱼，一指有剧毒的四脚蛇，无论指哪一种，都是很凶狠的动物。朱贵在《水浒传》第十一回《朱贵水亭施号箭 林冲雪夜上梁山》刚出场时自称："小人是王头领手下耳目。小人姓朱名贵……山寨里教小弟在此间开酒店为名，专一探听往来客商经过。但有财帛者，便去山寨里报知。但是孤单客人到此，无财帛的放他过去；有财帛的来到这里，轻则蒙汗药麻翻，重则登时结果，将精肉片为靶子，肥肉煎油点灯。"③通过其自叙，可见其行事凶残，"旱地忽律"这一绰号体现了朱贵的性格和形象。

急先锋索超，《水浒传》第十三回《急先锋东郭争功 青面兽北京斗武》称："为是他性急，撮盐入火，为国家面上只要争气，当先厮杀，以此人都叫他做急先锋。"④

孔亮绰号独火星，《水浒传》第三十二回《武行者醉打孔亮 锦毛虎义释宋江》称："因他性急，好与人厮闹，到处叫他做独火星孔亮。"⑤

霹雳火秦明，《水浒传》第三十四回《镇三山大闹青州道 霹雳火夜走瓦砾场》称："因他性格急躁，声若雷霆，以此人都呼他做霹雳火秦明。"⑥

李立绰号催命判官，《水浒传》第三十六回《梁山泊吴用举戴宗 揭阳岭宋江逢李俊》称："赤色虬须乱撒，红丝虎眼睁圆。揭岭杀人魔祟，酆都催命

① [明]施耐庵、罗贯中《水浒传》，人民文学出版社 1975 年版，第 109 页。
② 盛巽昌《水浒传补证本》，上海人民出版社 2010 年版，第 82 页。
③ [明]施耐庵、罗贯中《水浒传》，人民文学出版社 1975 年版，第 146 页。
④ [明]施耐庵、罗贯中《水浒传》，人民文学出版社 1975 年版，第 166 页。
⑤ [明]施耐庵、罗贯中《水浒传》，人民文学出版社 1975 年版，第 429 页。
⑥ [明]施耐庵、罗贯中《水浒传》，人民文学出版社 1975 年版，第 457 页。

判官。"① 我们从《水浒传》对李立的描写可知，他面相凶狠，开设酒店，用蒙汗药麻倒客人，谋财害命，杀人如麻，故称之"催命判官"。

穆弘绰号没遮拦，管束不住，《水浒传》第三十七回《没遮拦追赶及时雨　船火儿大闹浔阳江》称，他武艺高强，性情刚烈，和兄弟穆春在江州揭阳镇上横行霸道②。

黄文炳与其胞兄黄文烨性格、为人迥异，分别被人起绰号为"黄蜂刺"和"黄佛子"，《水浒传》第四十一回《宋江智取无为军　张顺活捉黄文炳》云：

> 侯健道："……这黄文炳有个嫡亲哥哥，唤做黄文烨，与这文炳是一母所生二子。这黄文烨平生只是行善事，修桥补路，塑佛斋僧，扶危济困，救拔贫苦，那无为军城中都叫他黄佛子。这黄文炳虽是罢闲通判，心里只要害人。胜如己者妒之，不如己者害之。只是行歹事，无为军都叫他做黄蜂刺。"③

朱富绰号笑面虎，在《水浒传》第四十三回《假李逵剪径劫单人　黑旋风沂岭杀四虎》中，他与哥哥一起救助李逵，并说服师傅李云一起上梁山。朱富平时面带微笑，看上去和蔼可亲，但足智多谋，善使暗器。

裴宣绰号铁面孔目，《水浒传》第四十四回《锦豹子小径逢戴宗　病关索长街遇石秀》称："原是本府六案孔目出身，极好刀笔。为人忠直聪明，分毫不肯苟且，本处人都称他铁面孔目。"④

石秀绰号拼命三郎，《水浒传》第四十四回《锦豹子小径逢戴宗　病关索长街遇石秀》中，石秀自称："平生性直，路见不平，便要去舍命相助，以此都唤小人做拼命三郎。"小说描写道："身似山中猛虎，性如火上浇油。心雄

---

① [明] 施耐庵、罗贯中《水浒传》，人民文学出版社1975年版，第489页。
② [明] 施耐庵、罗贯中《水浒传》，人民文学出版社1975年版，第507页。
③ [明] 施耐庵、罗贯中《水浒传》，人民文学出版社1975年版，第562页。
④ [明] 施耐庵、罗贯中《水浒传》，人民文学出版社1975年版，第613页。

胆大有机谋，到处逢人搭救。全仗一条杆棒，只凭两个拳头。掀天声价满皇州，拼命三郎石秀。"①

　　《金瓶梅》中不少人物命名同样与其性格、形象有关，第九回《西门庆计娶潘金莲　武都头误打李外传》提到李外传："专一在县在府，绰揽些公事，往来听气儿撰钱使。若有两家告状的，他便卖串儿；或是官吏打点，他便两下里打背。因此县中就起了他个浑名，叫做李（里）外传。"②李外传靠着在县衙揽些公事，"往来听气儿撰些钱使"，别人打官司或者行贿官员，他从中传话、帮忙打点，取名"外传"名符其实。西门庆在《金瓶梅》中，连自己在内，共有结义十兄弟，其中多人的姓名、绰号与其性格、形象相关，例如，《金瓶梅》第十一回《潘金莲激打孙雪娥　西门庆梳笼李桂姐》称，应伯爵"是个泼落户出身，一分儿家财都阙没了，专一跟着富家子弟帮阙贴食，在院中玩耍，浑名叫做应花子"。应伯爵谐音"白嚼"，就是胡乱说话、瞎说，绰号"应花子"讽刺应伯爵如乞丐一般讨吃讨喝蹭玩；又如吴典恩、孙寡嘴，"第三名唤吴典恩，乃本县阴阳生，因事革退，专一在县前与官吏保债，以此与西门庆来往。第四名孙天化，绰号孙寡嘴。年纪五十余岁，专在院中闯寡门、与小娘传书寄柬、勾引子弟，讨风流钱过日子"。吴典恩谐音"无点恩"，在小说中恩将仇报；第八名是常时节，谐音"常时借"，第九个姓名白来创，谐音"白来撞"，骗吃骗喝③。韩道国在《金瓶梅》中有两个绰号，绰号"韩盗国"是讽刺他言过其实、说谎骗人；绰号"韩一摇"是指他投靠西门庆之后，仗着主子的势力，招摇过市④。《金瓶梅》第四十八回《曾御史参劾提刑官　蔡太师奏行七件事》中县丞狄斯彬"为人刚而且方，不要钱，问事糊突，人都号他做狄混"⑤。狄斯彬绰号"狄混"显然与其办事能力、风格有关。

　　（二）话本小说。宋元时期说话之风兴盛，在说话艺人底本的基础上

---

① ［明］施耐庵、罗贯中《水浒传》，人民文学出版社1975年版，第619页。
② ［明］兰陵笑笑生《金瓶梅》，东大图书有限公司1979年版，第72—73页。
③ 以上所引均参见［明］兰陵笑笑生《金瓶梅》，东大图书有限公司1979年版，第84页。
④ ［明］兰陵笑笑生《金瓶梅》，东大图书有限公司1979年版，第282—283页。
⑤ ［明］兰陵笑笑生《金瓶梅》，东大图书有限公司1979年版，第417页。

产生很多话本小说。明代后期文人兴起模拟话本小说创作的热潮，以"三言""二拍"作为典范之作，形成话本小说流派，一直延续到清代中后期，成为中国古代小说创作整体中一个重要的组成部分。与《水浒传》《金瓶梅》等章回小说一样，话本小说人物命名与其性格、形象之间也有着紧密的联系。先看"三言"。《警世通言》第五卷《吕大郎还金完骨肉》，富翁金钟非常吝啬，"因此乡里起他一个异名，叫做金冷水，又叫金剥皮"①。"金冷水""金剥皮"这一绰号入木三分地刻画了金钟吝啬的个性。《警世通言》第十二卷《范鳅儿双镜重圆》叙南宋建炎年间，民不聊生，建州范汝为被逼造反：

> 范汝为遂据了建州城，自称元帅，分兵四出抄掠。范氏门中子弟，都受伪号，做领兵官将。汝为族中有个侄儿名唤范希周，年二十三岁，自小习得一件本事，能识水性，伏得在水底三四昼夜，因此起个异名唤做范鳅儿。原是读书君子，功名未就，被范汝为所逼，——凡族人不肯从他为乱者，先将斩首示众。——希周贪了性命，不得已而从之。虽在"贼"中，专以方便救人为务，不做劫掠勾当。贼党见他凡事畏缩，就他鳅儿的外号，改做"范盲鳅"，是笑他无用的意思。②

范希周本是读书人，兵荒马乱之中，不得已为盗，他有个绰号"范鳅儿"是因为他水性好；被人起个绰号"范盲鳅"，意思是嘲笑他凡事畏缩、无用，实质上体现他的内心和品行，他以读书人自居，以方便救人为务，不愿做杀人、抢劫之事。《警世通言》卷二十五《桂员外途穷忏悔》中骗子被取名为"尤滑稽"，作者以"滑稽"一词为此类人物命名，形容此人巧言令色、滑稽可笑；热心救人的人物被取名为"施济"，"济"即救人之苦的意思③。《醒世恒言》第二十卷《张廷秀逃生救父》，江西木匠张权被强盗诬告入狱，遭到严刑拷打，家庭经受巨变，张廷秀兄弟去狱中看望父亲，此时遇到好心人

---

① ［明］冯梦龙编《警世通言》，人民文学出版社 1956 年版，第 53 页。
② ［明］冯梦龙编《警世通言》，人民文学出版社 1956 年版，第 166 页。
③ ［明］冯梦龙编《警世通言》，人民文学出版社 1956 年版，第 406 页。

相救：

> 旁边有一人名唤种义，昔年因路见不平，打死人命，问绞在监。见他父子如此哭泣，心中甚不过意。便道："你们父子且勿悲啼。我种义平生热肠仗义，故此遭了人命。昨日见你进来，只道真是强盗，不在心上。谁想有此冤枉！我种义岂忍坐视！二位小官人放心回去读书。今后令尊早晚酒食，我自支持，不必送来。棒疮目下虽凶，料必不至伤身。其余监中一应使用，有我在量他决不敢来要你银子。等待新按院按临，那时去伸冤，必然有个生路。"①

小说作家为重义之人取名为"种义"，谐音"重义"，其人之豪爽、仗义，我们从他的姓名就可见一斑。《醒世恒言》卷三十五《徐老仆义愤成家》提到："锦沙村有个晏大户，家私豪富，田产广多，单生一子名为世保，取世守其业的意思。谁知这晏世保，专于嫖赌，把那老头儿活活气死。合村的人道他是个败子，将晏世保三字，顺口改为献世保。"②败家子被取名为"献世保"，谐音"现世宝"，整天同一伙无赖子弟、帮闲吃喝玩乐，败完家产，"献世保"一名相当符合败家子的形象。

再看"二拍"，其中有不少作品的人物命名揭示其性格、品行，刻画其形象特征。《拍案惊奇》卷一《转运汉遇巧洞庭红　波斯胡指破鼍龙壳》中热心帮助文若虚的商人被人取绰号为"张识货"："元来这个张大，名唤张乘运，专一做海外生意，眼里认得奇珍异宝，又且秉性爽慨，肯扶持好人，所以乡里起他一个混名，叫'张识货'。"③卷二《姚滴珠避羞惹羞　郑月娥将错就错》提到一个无赖："这地方有一个专一做不好事的光棍，名唤汪锡，绰号'雪里蛆'，是个冻饿不怕的意思。"④蛆虫，蝇类的幼虫，在小说中借以比

---

① [明] 冯梦龙编《醒世恒言》，人民文学出版社 1956 年版，第 432—433 页。
② [明] 冯梦龙编《醒世恒言》，人民文学出版社 1956 年版，第 782 页。
③ [明] 凌濛初《拍案惊奇》，人民文学出版社 1991 年版，第 8 页。
④ [明] 凌濛初《拍案惊奇》，人民文学出版社 1991 年版，第 30—31 页。

喻卑鄙无耻之徒，汪锡绰号"雪里蛆"，专干坏事，冻饿不怕，恶性不改。第二十二卷《钱多处白丁横带　运退时刺史当艄》则刻画一个与官场打交道，充当卖官鬻爵中间人的商人角色：

> 元来那个大商姓张，名全，混名"张多宝"。在京都开几处解典库，又有几所缣段铺，专一放官吏债，打大头脑的。至于居间说事，买官鬻爵，只要他一口担当，事无不成。也有叫他做"张多保"的，只为凡事多是他保得过，所以如此称呼。满京人无不认得他的，郭七郎到京，一问便着。①

张全绰号"张多宝"是因为他家财万贯；绰号"张多保"是因为他参与官场的卖官鬻爵行径，此人做的是不光彩之举，不过，"只要他一口担当，事无不成"，其中不乏一些豪气，反映此人性格中也有着讲信用、敢担当的因素。

《二刻拍案惊奇》卷四《青楼市探人踪　红花场假鬼闹》描写杨巡道："因这巡道又贪又酷，又不让体面，恼着他性子，眼里不认得人。不拘甚么事由，匾打侧卓，一味倒边。还亏一件好处，是要银子；除了银子，再无药医的。有名叫做'杨疯子'，是惹不得的意思。"②杨巡道既贪婪，又心狠手毒，故号"杨疯子"。

二、清代小说

首先考察文言小说。关于清代创作成就最为突出的文言小说作品《聊斋志异》，胡渐逵《〈聊斋志异〉人物命名索寓》一文指出：

---

① [明]凌濛初《拍案惊奇》，人民文学出版社1991年版，第390页。
② [明]凌濛初《二刻拍案惊奇》，人民文学出版社1996年版，第74页。

在《聊斋》中，有些人物的名字寓有人物的性格之意。如《张诚》中的张诚，就是个诚实敦厚的人。《崔猛》中的崔猛，原是个"喜雪不平"、"抑强扶弱，不避怨嫌"的勇猛之士，但他的字却又叫"勿猛"，这是为什么呢？这是由于他的老师见他常因勇猛而闯祸，所以用"勿猛"这个字告诫他不要猛。经过长期曲折的磨炼，崔猛后来果然"力改前行"，而不猛了。而《婴宁》中的婴宁的性格，则正如她的名字所显示的那样，象婴儿般地天真纯洁……这里还应特别提出的是《席方平》中的席方平这个人物，他的名字是充分表现了他的性格的。席方平在冥府为父伸冤，连遭城隍、郡司、冥王的种种残酷迫害，然而他却不惧刀锯炮烙，不贪富贵荣华，百折不挠地和黑暗势力作坚决的斗争，真是"大冤未伸，寸心不死"，直至取得最后胜利，他的气息（与"席"谐音）方才平静下来，所以，席方平这个名字，充分显示了这个人物敢于坚持斗争，不到取得彻底胜利，决不善罢甘休的顽强性格。

在《聊斋》中，有些人物的名字寓有人物的品行之意。如《翩翩》中罗子浮这个名字，就寓有浮荡子之意……又如《蕙芳》中的马二混这个名字……混同"浑"，即朴实无华之意，这正是劳动人民的可贵之处。马二混为人"朴讷诚笃"，真可谓名实相符，这表明他保持了劳动人民的这一本色，而这正是蕙芳爱他，并放心委身于他的缘由。[①]

胡渐逵还分析了《霍女》中的霍女、《邵九娘》中的邵九娘、《乔女》中的乔女等人物命名与其品行的关系，虽然有些分析不免有索隐之嫌，但总的来看有一定的道理。

其次考察章回小说。《醒世姻缘传》第十七回《病疟汉心虚见鬼　黩货吏褫职还乡》云：

却说那快手曹铭虽是个衙役，原来是一个大通家，绰号叫做"曹钻

---

① 胡渐逵《〈聊斋志异〉人物命名索寓》，载《蒲松龄研究》1995 年纪念专号。

天"，京中这些势要的权门多与他往来相识。又亏不尽晁源害病，出不来胡乱管事，没人掣得他肘，凭他寻了个妥当的门路，他自己认了指官诓骗的五六百两赃，问了个充军。①

小说塑造了一个靠钻营权贵发财的衙役曹铭形象，绰号"曹钻天"，正是对这一形象的真实写照。《醒世姻缘传》第七十二回《狄员外自造生坟　薛素姐伙游远庙》云：

> 这侯、张两个道婆伙内，有一个程氏，原是卖棺材程思仁的女儿，叫是程大姐。其母孙氏。这孙氏少年时节有好几分的颜色，即四十以后还是个可共的半老佳人，身上做的是那不明不白的勾当，口里说的是那正大光明的言语。依着他辣燥性气，真是人看也不敢看他一眼，莫说敢勾引他。街里上人认透了他的行径，都替他起了个绰号，叫是"熟鸭子"。②

孙氏被人起绰号"熟鸭子"，不仅体现其辣燥的性格，而且反映其口是心非、言行不一、好色淫荡的形象。《歧路灯》中有位忠实的仆人，作者为之取名"王中"，他忠心耿耿、尽心尽力、毫无保留地辅助主人谭孝移、谭绍闻父子，可谓名实相符。李百川《绿野仙踪》第六十六回《老腐儒论文招嫌怨　二侍女夺水起争端》刻画了一个书呆子形象：

> 他素日有个知己朋友叫做温而厉，也是本城中一个老秀才，经年家以教学度日。其处己接物和齐贡生一般，只有一件比贡生灵透些，还知道爱钱。一县人都厌他，惟贡生与他至厚。他又有个外号，叫"温大全"，一生将一部《朱子大全》苦读，每逢院试，做出来的文章和讲书也差不多。虽考不上一等、二等，却也放不了他四等、五等，皆因他

---

① ［明］西周生《醒世姻缘传》，上海古籍出版社 1981 年版，第 252 页。
② ［明］西周生《醒世姻缘传》，上海古籍出版社 1981 年版，第 1024 页。

明白题故也。①

老秀才温而厉绰号"温大全"，因为一生将一部《朱子大全》苦读，迂腐、贪财、不通世务。

小说命名与人物性格、形象的关系在《红楼梦》中得以集中体现，例如薛蟠绰号"薛大呆子""呆霸王"，《红楼梦》第四回《薄命女偏逢薄命郎　葫芦僧乱判葫芦案》云：

> 门子道："……这薛公子的混名人称'呆霸王'，最是天下第一个弄性尚气的人，而且使钱如土。"……且说那买了英莲打死冯渊的薛公子，亦系金陵人氏，本是书香继世之家。只是如今这薛公子幼年丧父，寡母又怜他是个独根孤种，未免溺爱纵容，遂至老大无成，且家中有百万之富，现领着内帑钱粮，采办杂料。这薛公子学名薛蟠，表字文起，五岁上就性情奢侈，言语傲慢。虽也上过学，不过略识几字，终日惟有斗鸡走马，游山玩水而已。虽是皇商，一应经济世事，全然不知，不过赖祖父之旧情分，户部挂虚名，支领钱粮，其余事体，自有伙计老家人等措办。"②

薛蟠从小被母亲溺爱纵容，遂成纨绔子弟，好色贪淫，横行霸道，奢侈浪费，言语傲慢，不学无术，强夺英莲，打死无辜的冯渊。关于薛蟠的不学无术，《红楼梦》中有处细节，小说第二十六回《蜂腰桥设言传心事　潇湘馆春困发幽情》记载，薛蟠对宝玉说看见一张落款"庚黄"的春宫画：

> 宝玉听说，心下猜疑道："古今字画也都见过些，那里有过'庚黄'？"想了半天，不觉笑将起来，命人取过笔来，在手心里写了两个字，又问薛蟠道："你看真了是'庚黄'？"薛蟠道："怎么看不真！"宝玉将

① ［清］李百川《绿野仙踪》，人民文学出版社1987年版，第658—659页。
② ［清］曹雪芹、高鹗《红楼梦》，人民文学出版社1982年版，第61—62页、第64页。

手一撒，与他看道："别是这两个字吧。其实与'庚黄'相去不远。"众人
都看时，原来是"唐寅"两个字，都笑道："想必是这两字，大爷一时眼花
了也未可知。"薛蟠只觉得没意思，笑道："谁知他'糖银''果银'的。"①

薛蟠胸无点墨，将明代著名画家唐寅认成"庚黄"，闹出笑话，称之"薛
大呆子""呆霸王"与其性格、形象相当贴切。

《红楼梦》第七回《送宫花贾琏戏熙凤　宴宁府宝玉会秦钟》称，薛宝
钗所服之药名为"冷香丸"②，清代邹弢《三借庐赘谈》卷十一《许伯谦》对
此评论称：

> 宝钗以争一宝玉，致矫揉其性。林以刚，我以柔；林以显，我以暗，
> 所谓大奸不奸，大盗不盗也。书中讥宝钗处，如：丸曰冷香，言非热心
> 人也；水亭扑蝶，欲下之结怨于林也；借衣金钏，欲上之疑忌于林也。
> 此皆其大作用处。③

邹弢认为宝钗刻意隐藏个性，实为极有城府之辈，未免带有妄断之嫌。
我们从薛宝钗所服之药取名"冷香丸"来看，表明了薛宝钗性格中"冷"的
一面，冷静、清高而冷漠。

王熙凤的绰号很多，贾母称她为凤辣子、泼皮破落户、猴儿等，刻画出
她泼辣好强、善于奉承、机智伶俐的性格。有些仆人为她起绰号为夜叉星、
醋缸、醋瓮、巡海夜叉、阎王老婆等等，反映出她性格中的另一面，对待下
人刻薄、严厉、心胸狭窄。另外，像迎春绰号"二木头"，表明老实、善良、
软弱；探春绰号"玫瑰花"，说明她有识见、有才华，敢想敢做；夏金桂绰
号"河东狮"，表明嫉妒凶残，不贤惠；孙绍祖绰号"中山狼"，讽刺其忘恩
负义的行径；贾芸母舅取名卜世仁，谐音"不是人"，《红楼梦》第二十四回

①［清］曹雪芹、高鹗《红楼梦》，人民文学出版社 1982 年版，第 368—369 页。
②［清］曹雪芹、高鹗《红楼梦》，人民文学出版社 1982 年版，第 109 页。
③［清］邹弢《三借庐赘谈》，《续修四库全书》子部小说家类，第 1263 册第 748 页。

《醉金刚轻财尚义侠　痴女儿遗帕惹相思》原句"便一径往他母舅卜世仁家来"，脂砚斋批注称："既云不是人，如何肯共事，想芸哥此来空了。"[1]贾政门客詹光、单聘仁分别谐音"沾光""善骗人"，《红楼梦》第八回《比通灵金莺微露意　探宝钗黛玉半含酸》云："（宝玉）偏顶头遇见了门下清客相公詹光、单聘仁二人走来。"[2]脂砚斋批注："妙，盖沾光之意。更妙，盖善于骗人之意。"[3]卜世仁、詹光、单聘仁等人物命名入木三分地刻画了这些人物的性格、形象，深刻揭示出世态人情和帮闲嘴脸。晚清石玉昆述《三侠五义》第五回《墨斗剖明皮熊犯案　乌盆诉苦别古鸣冤》提到一个小人物："且说小沙窝内有一老者姓张，行三，为人梗直，好行侠义，因此人都称他为'别古'。与众不同谓之'别'，不合时宜谓之'古'。"[4]张三原是以砍柴为生的老人，被称为"别古"，热心救人，仗义直言，他得知刘世昌被赵大所害，尸骨烧成乌盆，张别古为刘世昌仗义鸣冤，使冤情得雪。

最后考察清代话本小说。以清代酌元亭主人所编《照世杯》为例，其中《百和坊将无作有》篇记载：

> 且说明朝叔季年间，有一个积年在场外说嘴的童生，他姓欧，单名醉，自号滁山。少年时有些临机应变的聪明，道听途说的学问，每逢考较，府县一般高高的挂着；到了提学衙门，就像铁门槛再爬不进这一层。自家虽在孙山之外，脾味却喜骂人。从案首直数到案末，说某小子一字不识，某富家多金夤缘，某乡绅自荐子弟，某官府开报神童。一时便有许多同类，你唱我和，竟成了大党。时人题他一个总名，叫做"童世界"；又起欧滁山绰号，叫做"童妖"。[5]

①［清］曹雪芹、高鹗《红楼梦》第二十四回《醉金刚轻财尚义侠　痴女儿遗帕惹相思》脂砚斋批注，朱一玄编《红楼梦资料汇编》，南开大学出版社 2001 年版，第 372 页。

②［清］曹雪芹、高鹗《红楼梦》，人民文学出版社 1982 年版，第 121 页。

③［清］曹雪芹《脂砚斋甲戌抄阅重评石头记》，沈阳出版社 2005 年版，第 225 页。

④［清］石玉昆述《三侠五义》，中华书局 1996 年版，第 36 页。

⑤［清］酌元亭主人编《照世杯》，上海古籍出版社 1956 年版，第 25 页。

童生欧醉有些小聪明，但是总过不了提学衙门这一关，多年仍是童生，故被绰号为"童世界"；他喜欢造谣生事，搬弄是非，又被称作"童妖"，这一绰号反映了此人性格。清代菊畦子辑《醒梦骈言》第三回《呆秀才志诚求偶　俏佳人感激许身》云：

> 明朝嘉靖年间，苏州吴县学里有个秀才，姓孙名寅，号志唐……他性情迂阔，动不动引出前贤古圣来，那孔夫子的头皮也不知道被他牵了多少。他的老实，有人骗他说，明日太阳从西边起来，他就认真向着西方守日头出。因此众人又起他个丑名，叫做孙呆。那孙呆也有时知道被人愚弄，却不计较。①

秀才孙寅老实、迂阔，别人给他取名称他"孙呆"，这个绰号揭示出孙寅书呆子的形象。类似这样的小说人物命名在话本小说中不乏其例。

我们在上文分别结合明代和清代文言小说、章回小说、话本小说创作实践，通过一些具体的例证阐述明清小说人物命名与人物性格、形象之间的紧密联系。小说创作的重要任务之一在于刻画人物性格，成功塑造人物形象，小说命名在这一方面也起到有益的作用。

第三节　小说命名与人物特长、技艺、能力、职业

明清小说命名与人物的特长、技艺、能力、职业等之间也有着一定的关联，这在《水浒传》的人物绰号之中有着集中体现，以下按照《水浒传》回目先后，就相关水浒人物的命名加以阐述。

《水浒传》第二回《王教头私走延安府　九纹龙大闹史家村》称，高毬因踢得好脚气毬而被称作高毬，后来改名高俅②。

---

① ［清］菊畦子辑《醒梦骈言》，中华书局 2000 年版，第 30 页。
② ［明］施耐庵、罗贯中《水浒传》，人民文学出版社 1975 年版，第 16 页。

《水浒传》第二回《王教头私走延安府　九纹龙大闹史家村》称，朱武因"广有谋略"，人称"神机军师"①。

《水浒传》第十三回《急先锋东郭争功　青面兽北京斗武》称，雷横绰号"插翅虎"，"为他膂力过人，能跳二三丈阔涧，满县人都称他做插翅虎"②。

《水浒传》第十四回《赤发鬼醉卧灵官殿　晁天王认义东溪村》称，吴用绰号"智多星"，《水浒传》作者称赞他："万卷经书曾读过，平生机巧心灵，六韬三略究来精。胸中藏战将，腹内隐雄兵。谋略敢欺诸葛亮，陈平岂敌才能，略施小计鬼神惊。名称吴学究，人号智多星。"③

《水浒传》第十五回《吴学究说三阮撞筹　公孙胜应七星聚义》记载，公孙胜"因为学得一家道术，亦能呼风唤雨，驾雾腾云"，所以江湖上都称他为"入云龙"④。

《水浒传》第十七回《花和尚单打二龙山　青面兽双夺宝珠寺》记载，曹正祖代屠户出身，"杀得好牲口，挑筋剐骨，开剥推剥，因此被人唤做操刀鬼曹正"⑤。

《水浒传》第三十六回《梁山泊吴用举戴宗　揭阳岭宋江逢李俊》称，戴宗有道术，一日能行八百里，所以"人都唤他做神行太保"⑥。

《水浒传》第三十六回《梁山泊吴用举戴宗　揭阳岭宋江逢李俊》称，李俊因能识水性，被称为"混江龙"⑦。

《水浒传》第三十六回《梁山泊吴用举戴宗　揭阳岭宋江逢李俊》称，童威、童猛兄弟俩会水，能驾船，分别被称为"出洞蛟"和"翻江蜃"⑧，早年在浔阳江上贩卖私盐，归顺梁山后，担任水军头领。

《水浒传》第三十七回《没遮拦追赶及时雨　船火儿大闹浔阳江》称，

① ［明］施耐庵、罗贯中《水浒传》，人民文学出版社 1975 年版，第 30 页。
② ［明］施耐庵、罗贯中《水浒传》，人民文学出版社 1975 年版，第 172 页。
③ ［明］施耐庵、罗贯中《水浒传》，人民文学出版社 1975 年版，第 180—181 页。
④ ［明］施耐庵、罗贯中《水浒传》，人民文学出版社 1975 年版，第 195 页。
⑤ ［明］施耐庵、罗贯中《水浒传》，人民文学出版社 1975 年版，第 213 页。
⑥ ［明］施耐庵、罗贯中《水浒传》，人民文学出版社 1975 年版，第 488—489 页。
⑦ ［明］施耐庵、罗贯中《水浒传》，人民文学出版社 1975 年版，第 492—493 页。
⑧ ［明］施耐庵、罗贯中《水浒传》，人民文学出版社 1975 年版，第 492—493 页。

张横绰号"船火儿",即"船伙儿",在船上做事的伙计,这一绰号点明了张横的职业①。

我们在前文说到,据《水浒传》第三十八回《及时雨会神行太保 黑旋风斗浪里白跳》描写,张顺肤白,故被称为"浪里白跳",起这个绰号,还有一个原因是张顺的水性好,所以有此称呼②。

《水浒传》第三十九回《浔阳楼宋江吟反诗 梁山泊戴宗传假信》称,萧让因会写诸家字体,因而得到"圣手书生"的美名③。

《水浒传》第三十九回《浔阳楼宋江吟反诗 梁山泊戴宗传假信》称,金大坚擅长雕刻,"开得好石碑文,剔得好图书玉石印记"而被称作"玉臂匠"④。

我们在上文提到,根据《水浒传》第四十一回《宋江智取无为军 张顺活捉黄文炳》描写,侯健因为体形瘦,被称为"通臂猿",这一绰号还有另外一层含义,那就是他的针线功夫好,"江湖上人称他第一手裁缝,端的是飞针走线"⑤。形容侯健穿针引线,像猴子一样灵活。

《水浒传》第四十一回《宋江智取无为军 张顺活捉黄文炳》记载,蒋敬由于"精通书算,积万累千,纤毫不差",所以被人唤作"神算子",算子即今之算盘⑥。

《水浒传》第四十六回《病关索大闹翠屏山 拼命三火烧祝家庄》称,时迁被称为"鼓上蚤","一地里做些飞檐走壁,跳篱骗马的勾当……怎见得时迁的好处? 有诗为证:骨软身躯健,眉浓眼目鲜。形容如怪族,行步似飞仙。夜静穿墙过,更深绕屋悬。偷营高手客,鼓上蚤时迁"⑦。这一绰号形容时迁如鼓上跳蚤一般,身材瘦小、灵活,飞檐走壁,干着神偷的勾当。

---

① [明] 施耐庵、罗贯中《水浒传》,人民文学出版社 1975 年版,第 505 页。
② [明] 施耐庵、罗贯中《水浒传》,人民文学出版社 1975 年版,第 523 页。
③ [明] 施耐庵、罗贯中《水浒传》,人民文学出版社 1975 年版,第 542 页。
④ [明] 施耐庵、罗贯中《水浒传》,人民文学出版社 1975 年版,第 542—543 页。
⑤ [明] 施耐庵、罗贯中《水浒传》,人民文学出版社 1975 年版,第 562 页。
⑥ [明] 施耐庵、罗贯中《水浒传》,人民文学出版社 1975 年版,第 571 页。
⑦ [明] 施耐庵、罗贯中《水浒传》,人民文学出版社 1975 年版,第 649 页。

《水浒传》第四十七回《扑天雕双修生死书　宋公明一打祝家庄》描写道，李应被称为"扑天雕"是因为"鹘眼鹰睛头似虎，燕颔猿臂狼腰"。除了眼部特征以外，李应的武艺超群，"能使一条浑铁点钢枪，背藏飞刀五口，百步取人，神出鬼没"①。这也是他被称作"扑天雕"的原因之一。

《水浒传》第五十五回《高太尉大兴三路兵　呼延灼摆布连环马》称，凌振"是宋朝盛世第一个砲手，人都呼他是轰天雷"②。凌振善于制造火砲，名闻天下。

《水浒传》第六十二回《放冷箭燕青救主　劫法场石秀跳楼》称，蔡福本来是两院押狱兼行刑刽子手，因为他行刑"手段高强，人呼他为铁臂膊"③。

《水浒传》第六十五回《托塔天王梦中显圣　浪里白跳水上报冤》称，安道全治病"手到病除"④，医术高明，人称"神医"。

《水浒传》第六十五回《托塔天王梦中显圣　浪里白跳水上报冤》称，王定六"因为走跳的快"，所以被称为"活闪婆"⑤。

《水浒传》第六十七回《宋江赏马步三军　关胜降水火二将》称，魏定国作战善用火攻，被称为"神火将军"⑥。

《水浒传》第六十七回《宋江赏马步三军　关胜降水火二将》称，单廷珪打仗善用水攻，被称为"圣水将军"⑦。

《水浒传》第七十回《没羽箭飞石打英雄　宋公明弃粮擒壮士》称，张清"善会飞石打人，百发百中，人呼为没羽箭"⑧。

除《水浒传》以外，明清其他小说中也存在着人物命名与其特长、技艺、能力、职业等有关的现象，明代罗懋登《三宝太监西洋记通俗演义》卷

---

① [明] 施耐庵、罗贯中《水浒传》，人民文学出版社 1975 年版，第 656—657 页。
② [明] 施耐庵、罗贯中《水浒传》，人民文学出版社 1975 年版，第 773 页。
③ [明] 施耐庵、罗贯中《水浒传》，人民文学出版社 1975 年版，第 865 页。
④ [明] 施耐庵、罗贯中《水浒传》，人民文学出版社 1975 年版，第 903 页。
⑤ [明] 施耐庵、罗贯中《水浒传》，人民文学出版社 1975 年版，第 906 页。
⑥ [明] 施耐庵、罗贯中《水浒传》，人民文学出版社 1975 年版，第 929 页。
⑦ [明] 施耐庵、罗贯中《水浒传》，人民文学出版社 1975 年版，第 929 页。
⑧ [明] 施耐庵、罗贯中《水浒传》，人民文学出版社 1975 年版，第 963 页。

十九第九十一回《阎罗王寄书国师　阎罗王相赠五将》云：

> 却说阎罗王站在后殿上，听知外面一往一来，细问细答，阎君长叹一
> 口气，说道："这都是仗了佛爷爷的佛力无边，就欺负上我门（按：门，
> 应为"们"）哩！"道犹未了，只见内殿之中闪出一位老者，寿高八百，
> 鹤发童颜，一手一根拄杖，一手一挂数珠儿，走近前来，问说道："是个
> 甚么佛爷爷？在哪里？"阎君起头一看，原来是个椒房之亲、岳宗泰岱，
> 名字叫做个过天星。怎有这个亲？怎有这个名字？只因他一日走地府一
> 遍，一夜走天堂一遍，脚似流星，故此叫做个过天星。①

"过天星"之所以被人取这个名字，是因为他行走能力强，"脚似流星"，
故而得名。《警世通言》卷十七《钝秀才一朝交泰》提到算命店有个张先生，
号称"铁口"，他给书生马德称算命说："只嫌二十二岁交这运不好，官煞重
重，为祸不小。不但破家，亦防伤命。若过得三十一岁，后来到有五十年荣
华。只怕一丈阔的水缺，双脚跳不过去。"②张先生之言后来一一应验，"铁
口"之称果然名不虚传。《醒世姻缘传》第五十五回《狄员外饔飧食店　童奶
奶怂恿疱人》云：

> 狄员外袖了文书，同狄周回到下处，往那院里谢了童奶奶费心。又
> 叫过那丫头替童奶奶磕了头。又与狄员外、狄希陈都磕头相见。童奶奶
> 道："爷还替他起个名字，好叫他。"狄员外道："你家里叫你甚么？"他说：
> "我家里叫是调羹。"童奶奶笑道："这到也名称其实的哩。"狄员外道：
> "这'调羹'就好，不消又另起名字。"③

狄员外买个丫头，在家中做饭，"调羹"即勺子，南方人称之"调羹"，北

---

① ［明］罗懋登《三宝太监西洋记通俗演义》，上海古籍出版社 1985 年版，第 1170 页。
② ［明］冯梦龙编《警世通言》，人民文学出版社 1956 年版，第 243 页。
③ ［明］西周生《醒世姻缘传》，上海古籍出版社 1981 年版，第 802 页。

方人称之勺子或汤匙，是一种餐具，小说作者为丫头取这个名字，正是考虑其特长与职业。

第四节 小说命名象征小说人物的命运

在明清以前的小说作品中，作者以小说命名象征小说人物命运的现象并不少见，以唐代小说《朝野佥载》为例，《类说》卷四十《白蜡明经》云："张鷟号青钱学士，以其万选万中。时有明经董万举九上不第，号白蜡明经，与鷟为对。"①张鷟是小说集《朝野佥载》的作者，关于张鷟号"青钱学士"之事，《新唐书》卷一百六十一《张荐传》曾明确记载："（张鷟）调露初，登进士第。考功员外郎骞味道见所对，称天下无双。授岐王府参军。八以制举皆甲科，再调长安尉，迁鸿胪丞。四参选，判策为铨府最。员外郎员半千数为公卿称'鷟文辞犹青铜钱，万选万中'，时号鷟'青钱学士'。"②张鷟才华横溢，文笔优美，科场得意，犹如成色上等的青铜钱一样很受欢迎，张鷟获得"青钱学士"的美名表明他科场得意的命运，相比之下，董万运气不佳，在明经考试中，九考不中，被称为"白蜡明经"，白蜡指光秃空白，比喻科场屡试不中。

明清时期小说创作中以人物命名象征其命运的现象不乏其例，《水浒传》第四十二回《还道村受三卷天书 宋公明遇九天玄女》，宋江在玄女庙中遇到玄女指点：

娘娘法旨道："宋星主，传汝三卷天书，汝可替天行道，为主全忠仗义，为臣辅国安民。去邪归正，他日功成果满，作为上卿。吾有四句天言，汝当记取，终身佩受，勿忘于心，勿泄于世。"宋江再拜："愿受天言，臣不敢轻泄于世人。"娘娘法旨道："遇宿重重喜，逢高不是凶。北幽

---

① ［宋］曾慥《类说》，《文津阁四库全书》子部杂家类，第 289 册第 381 页。
② ［宋］欧阳修、宋祁《新唐书》，中华书局 1975 年版，第 4979 页。

南至睦，两处见奇功。"宋江听毕，再拜谨受。^①

　　玄女娘娘告诉宋江今后的命运，其中有一句"遇宿重重喜"，"宿"是指《水浒传》第五十九回《吴用赚金铃吊挂　宋江闹西岳华山》中在宋徽宗朝担任殿前太尉的宿元景^②，他反对派兵攻打梁山泊，力主招安，并最终促成此事。"宿"字命名寓示宋江等人招安的命运、结局。

　　"三言""二拍"中有一些人物命名象征人物命运的事例，《警世通言》卷十七《钝秀才一朝交泰》描写书生马德称出生于官宦之门，后来家道衰落，生活穷困，命运坎坷，事事不顺：

　　　　各处传说，从此京中起他一个异名，叫做："钝秀才。"凡钝秀才街上过去，家家闭户，处处关门。但是早行遇着钝秀才的一日没采：做买卖的折本，寻人的不遇，告官的理输，讨债的不是厮打定是厮骂，就是小学生上学也被先生打几下手心。有此数项，把他做妖物相看。倘然狭路相逢，一个个吐口涎沫，叫句吉利方走。可怜马德称衣冠之胄，饱学之才，今日时运不利，弄得日无饱餐，夜无安宿。^③

　　马德称落魄之际，被称为"钝秀才"，钝指刀口不锋利、不快，比喻不顺利，"钝秀才"一名象征着马德称在家道衰败之后的命运与生活经历。《拍案惊奇》卷一《转运汉遇巧洞庭红　波斯胡指破鼍龙壳》中，文若虚时运不济，"看见别人经商图利的，时常获利几倍，便也思量做些生意，却又百做百不着……频年做事，大概如此。不但自己折本，但是搭他做伴，连伙计也弄坏了。故此人起他一个混名，叫做'倒运汉'。不数年，把个家事干圆洁净了，连妻子也不曾娶得"^④。文若虚在发迹之前被称为"倒运汉"，发迹之后成为

　　①［明］施耐庵、罗贯中《水浒传》，人民文学出版社 1975 年版，第 583 页。
　　②［明］施耐庵、罗贯中《水浒传》，人民文学出版社 1975 年版，第 819 页。
　　③［明］冯梦龙编《警世通言》，人民文学出版社 1956 年版，第 249 页。
　　④［明］凌濛初《拍案惊奇》，人民文学出版社 1991 年版，第 6—7 页。

"转运汉"，从"倒运汉"到"转运汉"，这一名称的变化寓示着文若虚人生命运的转变轨迹。

以命名象征人物命运的现象在《红楼梦》中得到相当集中的体现，《红楼梦》第一回《甄士隐梦幻识通灵　贾雨村风尘怀闺秀》提到甄士隐之女英莲："（甄士隐）只有一女，乳名唤作英莲。"甲戌本《石头记》在此句之后有侧评云："设云应怜（即怜字）也。"①《红楼梦》第七回《送宫花贾琏戏熙凤　宴宁府宝玉会秦钟》云："说着便叫香菱。"甲戌本在此有句夹评云："二字仍从'莲'上起来。盖'英莲'者'应怜'也，'香菱'者亦'相怜'之意。此是改名之'英莲'也。"②无论是"英莲"（应怜）还是"香菱"（相怜），都昭示着女主人公一生不幸的命运，她四岁时被拐走，先是被卖给金陵公子冯渊，后来被纨绔子弟薛蟠抢去做小妾，备受正妻夏金桂虐待，最后难产而死。因为英莲而被薛蟠打死的冯渊，其姓名同样寓示其不幸的命运，冯渊谐音"逢冤"，《红楼梦》第四回《薄命女偏逢薄命郎　葫芦僧乱判葫芦案》云："这个被打之死鬼，乃是本地一个小乡绅之子，名唤冯渊。"③甲戌侧评云："真真是冤孽相逢。"④相比之下，甄家的丫头娇杏就很幸运，《红楼梦》第二回云："因看见娇杏那丫头买线。"甲戌本侧评云："侥幸也。托言当日丫头回顾，故有今日，亦不过偶然侥幸耳，非真实得尘中英杰也。非近日小说中满纸红拂、紫烟之可比。"⑤清代王希廉《红楼梦》第一回《贾夫人仙逝扬州城　冷子兴演说荣国府》回评云："娇杏者，侥幸也。贾雨村之罢官得馆，因馆而复得官，如娇杏之由婢而妾，由妾而正：皆侥幸也。"⑥

《红楼梦》中的地名、人名同样寓示着女性的命运，《红楼梦》第一回《甄士隐梦幻识通灵　贾雨村风尘怀闺秀》提到："曹雪芹于悼红轩中披阅

①参照［清］曹雪芹《脂砚斋甲戌抄阅重评石头记》，沈阳出版社2005年版，第17页。
②参照［清］曹雪芹《脂砚斋甲戌抄阅重评石头记》，沈阳出版社2005年版，第196页。
③［清］曹雪芹、高鹗《红楼梦》，人民文学出版社1982年版，第60页。
④参照［清］曹雪芹《脂砚斋甲戌抄阅重评石头记》，沈阳出版社2005年版，第105页。
⑤参照［清］曹雪芹《脂砚斋甲戌抄阅重评石头记》，沈阳出版社2005年版，第42页。
⑥［清］王希廉《红楼梦》第一回回评，收入朱一玄编《红楼梦资料汇编》，南开大学出版社2001年版，第586页。

十载，增删五次，纂成目录，分出章回，则题曰《金陵十二钗》。"① 在性别问题上，红是作为女性的代表，悼红轩无疑代表着小说作者对女性命运的感慨。贾府四位小姐——元春、迎春、探春、惜春的名字连在一起，寓意"原应叹息"，《红楼梦》第二回《贾夫人仙逝扬州城　冷子兴演说荣国府》原文云："只可惜他家几个姊妹都是少有的。"甲戌本侧评称："实点一笔。余谓作者必有。"原文："元春。"甲戌侧评："原也。"原文："迎春。"甲戌侧评云："应也。"原文："探春。"甲戌侧评："叹也。"原文："惜春。"甲戌侧评："息也。"② 同样表明作者对女性命运的深深感慨，表明作者对元春、迎春、探春、惜春几位女性所代表的美的毁灭的深深叹息，正如清代哈斯宝《〈新译红楼梦〉回批》第十六回《史太君两宴大观园　金鸳鸯三宣牙牌令》回批所云：

> 贤哲之士该细读细想，本回特地着墨写探春是何道理？元春即春初，迎春言迎接春天，探春是春日的探试者，惜春是春日的惋惜者。本书开头之际，荣宁二府初春早已过去，作者暗中写迎春季节，现在已到兴盛的板眼上，自当特地着墨写探春了。岂不见后来荣宁二府冷落，三春皆去，唯有一个惜春剩下来惋惜春天。写探春，特地着墨在何处？就在"烟云闲骨格，泉石野生涯"这副对联上。③

林黛玉被称为"潇湘妃子"，这一称号揭示出她的人生命运。《红楼梦》第三十七回《秋爽斋偶结海棠社　蘅芜苑夜拟菊花题》，林黛玉、探春等人起诗社：

> 探春因笑道："你别忙中使巧话来骂人，我已替你想了个极当的美号了。"又向众人道："当日娥皇、女英洒泪在竹上成斑，故今斑竹又名湘妃竹。如今他（按：指林黛玉）住的是潇湘馆，他又爱哭，将来他想林姐

---

① [清] 曹雪芹、高鹗《红楼梦》，人民文学出版社1982年版，第6页。
② 参照 [清] 曹雪芹《脂砚斋甲戌抄阅重评石头记》，沈阳出版社2005年版，第61页。
③ [清] 哈斯宝撰，亦邻真译《〈新译红楼梦〉回批》，内蒙古人民出版社1979年版，第65页。

夫，那些竹子也是要变成斑竹的。以后都叫他作'潇湘妃子'就完了。"①

娥皇、女英是帝舜的两位妻子，舜死后，二人寻找丈夫，泪水洒在青竹上，生出斑斑点点，变成南方的"斑竹"，也称"潇湘竹""湘妃竹"，娥皇、女英思念丈夫，痛不欲生，双双跳入湘江，变成湘江女神。以"潇湘妃子"称呼林黛玉，一方面象征她对爱情的忠贞不渝，另一方面也预示着她因爱而亡、凄凉不幸的命运和境遇。林黛玉的两个丫鬟紫鹃和雪雁之名，也象征着其主人不幸的命运，解盦居士《石头臆说》云："婢名紫鹃、雪雁者，以喻黛玉一生苦境也。盖鹃本啼红，而乃至于紫，苦已极矣，而又似飞鸿踏雪，偶留爪印，不能自主夫西东也。"②紫鹃，即子鹃、杜鹃、子规，名字出自唐代诗人蔡京《咏子规》："千年冤魄化为禽，永逐悲风叫远林。愁血滴花春艳死，月明飘浪冷光沉。凝成紫塞风前泪，惊破红楼梦里心。肠断楚词归不得，剑门迢递蜀江深。"③在蔡京《咏子规》中，出现"红楼梦"之词。在中国传统文化中，杜鹃啼血的故事影响深远，《华阳国志》卷三云："后有王曰杜宇，教民务农，一号杜主……七国称王，杜宇称帝，号曰望帝……其相开明决玉垒山以除水害，帝遂委以政事，法尧舜禅受之义，遂禅位于开明，帝升西山隐焉。时适二月，子鹃鸟鸣，故蜀人悲子鹃鸟鸣也。"④白居易《琵琶行》云："其间旦暮闻何物，杜鹃啼血猿哀鸣。"⑤古代文学作品中，杜鹃常常作为"悲"的意象而存在。古代小说丫鬟的名字多称"梅香"，如《喻世明言》卷四《闲云庵阮三偿宿冤债》："衙内小姐玉兰……料得夜深，众人都睡了，忙唤梅香，轻移莲步，直至大门边。听了一回，情不能已。有个心腹的梅香，名曰碧云，小姐低低分付道：'你替我去街上看甚人吹唱。'"⑥可见"梅香"往往是对丫鬟的通称，《红楼梦》作者独具一格，在丫鬟的取名上均有体现，

---

① ［清］曹雪芹、高鹗《红楼梦》，人民文学出版社 1982 年版，第 501 页。
② ［清］解盦居士《石头臆说》，收入一粟编《红楼梦资料汇编》，中华书局 1964 年版，第 188 页。
③ ［唐］蔡京《咏子规》，《全唐诗》卷四百七十二，中华书局 1960 年版，第 5363 页。
④ ［晋］常璩《华阳国志》，《丛书集成初编》，第 3187 册第 27—28 页。
⑤ ［唐］白居易《琵琶行》，收入《全唐诗》，中华书局 1960 年版，第 435 卷第 4822 页。
⑥ ［明］冯梦龙编《喻世明言》，人民文学出版社 1958 年版，第 87 页。

鲁迅《中国小说的历史的变迁》第六讲《清小说之四派及其末流》指出："总之自有《红楼梦》出来以后，传统的思想和写法都打破了。"① 我们从小说人物命名的角度来看，鲁迅先生的论述很有道理。

《红楼梦》中的其他女性命名也常常揭示其命运，以袭人为例，其命名预示着她的命运，《红楼梦》第五回《游幻境指迷十二钗　饮仙醪曲演红楼梦》云："宝玉看了，又见后面画着一簇鲜花，一床破席，也有几句言词，写道是：枉自温柔和顺，空云似桂如兰。堪羡优伶有福，谁知公子无缘。"② 袭人姓花，"袭"与"席"谐音，这里提到的"鲜花""破席"，预示着其名"花袭人"，"席"谐音"袭"，"破席"表明袭人虽与宝玉曾试云雨，但后来嫁给戏子蒋玉菡的命运。又如，巧姐之名与其后来的命运相合，《红楼梦》第四十二回《蘅芜君兰言解疑癖　潇湘子雅谑补余音》提到刘姥姥为巧姐取名一事：

> 凤姐儿笑道："到底是你们有年纪的人经历的多。我这大姐儿时常肯病，也不知是个什么原故。"刘姥姥道："这也有的事。富贵人家养的孩子多太娇嫩，自然禁不得一些儿委曲；再他小人儿家，过于尊贵了，也禁不起。以后姑奶奶少疼他些就好了。"凤姐儿道："这也有理。我想起来，他还没个名字，你就给他起个名字。一则借借你的寿；二则你们是庄家人，不怕你恼，到底贫苦些，你贫苦人起个名字，只怕压的住他。"刘姥姥听说，便想了一想，笑道："不知他几时生的？"凤姐儿道："正是生日的日子不好呢，可巧是七月初七日。"刘姥姥忙笑道："这个正好，就叫他是巧哥儿。这叫作'以毒攻毒，以火攻火'的法子。姑奶奶定要依我这名字，他必长命百岁。日后大了，各人成家立业，或一时有不遂心的事，必然是遇难成祥，逢凶化吉，却从这'巧'字上来。"③

---

① 鲁迅《中国小说的历史的变迁》，收入《鲁迅全集》第九卷，人民文学出版社 1981 年版，第 338 页。
② ［清］曹雪芹、高鹗《红楼梦》，人民文学出版社 1982 年版，第 77 页。
③ ［清］曹雪芹、高鹗《红楼梦》，人民文学出版社 1982 年版，第 577 页。

贾府败落以后，巧姐险些被其舅王仁等人卖给外藩王爷，幸遇刘姥姥、平儿、王夫人相救，可见"巧姐"之名与《红楼梦》第一百十八回《记微嫌舅兄欺弱女　惊谜语妻妾谏痴人》巧姐命运之"巧"相互呼应，清代王希廉在《红楼梦》第四十二回《蘅芜君兰言解疑癖　潇湘子雅谑补余音》回评中指出："刘老老（按：即刘姥姥）取名'巧姐'，既补出巧姐生日，又说'逢凶化吉，遇难成祥'，直伏一百十八回中事。"① 指出"巧姐"一名与其后来的命运、人生经历相合。

第五节　小说命名与小说情节、结构

在中国小说发展史上，小说命名与小说情节、结构之间也有着较为密切的关系，小说命名或预示小说情节、结局，或交代小说情节线索，或概括小说的情节内容，或在小说结构中起到重要作用，对此，笔者从以下两个方面加以阐述。

一、小说命名与小说情节

早在唐人传奇的创作中，就曾经出现过通过小说命名预示情节发展的现象，以《谢小娥传》为例，这篇小说讲述谢小娥为父亲和丈夫复仇的故事，小娥父亲和丈夫被强盗杀害以后，先后给小娥托梦，跟她讲了十二字谜语，其中含有仇人的姓名在内："初父之死也，小娥梦父谓曰：'杀我者，车中猴，门东草。'又数日，复梦其夫谓曰：'杀我者，禾中走，一日夫。'"谢小娥遇到李公佐为她释梦，李公佐指出："若然者，吾审详矣。杀汝父是申兰，杀汝夫是申春。且'车中猴'，车字，去上下各一画，是'申'字；又'申'属

---

① ［清］王希廉《红楼梦》第四十二回回评，收入朱一玄编《红楼梦资料汇编》，南开大学出版社2001年版，第614页。

猴，故曰'车中猴'。'草'下有'门'，'门'中有'东'，乃'兰'字也。又
'禾中走'是穿田过，亦是'申'字也；'一日夫'者，'夫'上更一画，下有
'日'，是'春'字也。杀汝父是申兰，杀汝夫是申春，足可明矣。"①《谢小
娥传》中，含有申兰、申春名字的谜语成为全文情节发展的关键环节，谢小
娥依靠这些线索为父亲和丈夫复仇。

在古代小说命名史上，有一种独特的现象，那就是从小说人物姓名中各
取一字成为小说的书名，受元代《娇红记》书名的影响，《金瓶梅》同样以小
说中重要的三位女性潘金莲、李瓶儿、庞春梅姓名作为小说书名，不少才子
佳人小说的命名也是如此，如《平山冷燕》等等，显示出作家对小说命名的
高度重视，以人物姓名作为小说书名，以此概括小说情节发展的重要内容和
关键环节。

明代周游编辑《开辟衍绎》一书，小说为什么要以"开辟"为名呢？王
黉在《开辟衍绎叙》中对此加以阐发：

> 《开辟衍绎》者，古未有是书。今刻行之以公宇内。名之开辟者何？
> 譬喻云尔。如盘古氏者，首开辟也；天、地、人三皇，次开辟也；伏
> 羲、神农、黄帝、尧、舜，又开辟也；夏禹继五帝而王，又一开辟也；
> 商汤放桀灭夏，又一开辟也。周文三分天下有其二以服事殷，武王克纣
> 伐罪吊民，则有《列国志》，是又一开辟也。汉高定秦楚之乱，光武灭莽
> 中兴，则有《西东汉传》，是又一开辟也。又有《三国志》、《两晋传》、
> 《南北史》。隋杨坚混一南北，唐太宗平隋之乱，则有《隋唐传》，是又
> 一开辟也。宋祖定五代之乱，则有《南北宋传》，是又一开辟也。其间
> 又有《水浒传》、《岳王传》。我太祖一统华夏，则有《英烈传》，是又一
> 大开辟也。②

《开辟衍绎》以"开辟"为名，实际上揭示出这部小说的情节内容，正

---

① [唐] 李公佐《谢小娥传》，《太平广记》卷四百九十一引，中华书局 1961 年版，第 4030—4031 页。
② [明] 王黉《开辟衍绎叙》，《古本小说集成》据明崇祯麟瑞堂刊本影印《开辟衍绎通俗志传》卷首。

如王黉序言所云，包括盘古开天地以及三皇五帝、夏、商、周、汉直到明朝的历史故事，演述历史变革之事，故以"开辟"为名。

明代小说中还出现利用人物之名破案，以人物命名推动情节发展的事例，例如，《拍案惊奇》第三十三卷《张员外义抚螟蛉子　包龙图智赚合同文》，张员外女婿女儿不孝顺，张员外娶了鲁氏之女为偏房，将儿子取名为"一飞"，众人都称他为张一郎。又过了一二年，张老患病，沉重不起。将及危急之际，写下遗书二纸。将一纸付与鲁氏，道："我只为女婿外甥不孝，故此娶你做个偏房。天可怜见，生得此子。本待把家私尽付与他，争奈他年纪幼小，你又是个女人，不能支持门户，不得不与女婿管理。我若明明说破，他年要归我儿，又恐怕他每暗生毒计。而今我这遗书中暗藏哑谜，你可紧紧收藏，且待我儿成人之日，从公告理。倘遇着廉明官府，自有主张。"鲁氏依言，收藏过了。张老便叫人请女儿、女婿来，嘱付了几句，就把一纸遗书与他。女婿接过看道："张一非我子也，家财尽与我婿，外人不得争占。"女婿看过，大喜，就交付妻子收好。鲁氏抚养儿子渐渐长成，因忆遗言，带了遗书，领了儿子去告状，遇到一个新知县，大有能声，鲁氏说道："（张员外）临死之时，说书中暗藏哑谜。"那知县把书看了又看，忽然会意，便叫人唤将张老的女儿、女婿、众亲眷们及地方父老都来。知县对那女婿说道："你妇翁真是个聪明的人。若不是这遗书，家私险被你占了。待我读与你听：'张一非，我子也，家财尽与。我婿外人，不得争占'，你道怎么把'飞'字写做'非'字？只恐怕舅子年幼，你见了此书，生心谋害，故此用这机关。如今被我识出，家财自然是你舅子的。再有何说？"当下举笔，把遗书圈断，家财全部判还张一飞，众人拱服而散，这时大家才晓得张老取名之时，就有心机了①。张老为保护孤儿寡母，巧设计谋，在人物命名上做文章，知县通过人物命名得知张老心思，公正断案，在这篇话本小说中，张老为弱子取名"张一飞"，在遗言中巧妙利用姓名的谐音，保护了弱子的合法权利。

《红楼梦》中也存在很多命名与小说情节关系密切的情况，《红楼梦》第

---

① ［明］凌濛初《拍案惊奇》，人民文学出版社 1991 年版，第 582—583 页。

一回《甄士隐梦幻识通灵　贾雨村风尘怀闺秀》以甄士隐家人"霍启"之名预示丢失甄家之女英莲之情节，甲戌本《石头记》第一回原文"士隐命家人霍启抱了英莲去看社火花灯"，侧评云："妙！祸起也。此因事而命名。"①　又如对于冷子兴和贾雨村这两个人物在小说情节、结构中的作用，清代哈斯宝《〈新译红楼梦〉回批》第二回《贾夫人仙逝扬州城　冷子兴演说荣国府》评语称："演说荣国府，为何必定要由冷子兴来说？故事由真到假，便由冷到热。冷子兴就是'冷自兴'，由冷而兴。'冷自兴'晓得荣国府的全豹，说得明白，所以预先就写雨村知道冷子兴是个'有作为大本领的人'……文章的妙义如此之深，叫我怎能不啧啧称赞呢！"②　按哈斯宝的解释，"冷子兴"就是"冷自兴"，表明故事由真到假，小说情节的发展由冷到热，有着循序渐进的过程，哈斯宝之言可备一说。

　　除明清小说的人名和书名以外，小说中的地名、植物名等也往往预示着情节的发展，例如，清代王应奎《柳南随笔》卷五称："《三国志·庞统传》云：'先主进围洛县，统率众攻城，为流矢所中，卒。'按：统致命处在鹿头山下，今其墓尚存。而通俗《三国演义》载，统进兵至此，勒马问其地，知为落凤坡，惊曰：'吾道号凤坡，此处有落凤坡，其不利于吾乎？'落凤坡之称，盖小说家妆点之词，而后人遂以名其地。所谓俗语不实，流为丹青者，此类是也。"③　王应奎《柳南随笔》卷五所言庞统之语在《三国演义》第六十三回《诸葛亮痛哭庞统　张翼德义释严颜》之中，"落凤坡"这一地名预示着庞统在此地遇到埋伏因而丧命的情节。

　　明清小说中还存在一些以植物命名预示小说情节发展的现象，例如，清代张竹坡《金瓶梅》回评对此有多处阐发，《金瓶梅》第七十二回《潘金莲抠打如意儿　王三官义拜西门庆》张竹坡回评云："四盆花：红白梅花，为弄一得双之春梅作照；茉莉者，不利也；辛夷者，新姨也，盖不利金莲也。"④

　　① 甲戌本《石头记》第一回评语，参见［清］曹雪芹《脂砚斋甲戌抄阅重评石头记》，沈阳出版社 2005 年版，第 30 页。
　　② ［清］哈斯宝撰，亦邻真译《〈新译红楼梦〉回批》，内蒙古人民出版社 1979 年版，第 29 页。
　　③ ［清］王应奎《柳南随笔》，中华书局 1983 年版，第 104 页。
　　④ ［清］张竹坡《金瓶梅》第七十二回回评，《会评会校本金瓶梅》附录，中华书局 1998 年版，第 1005 页。

《金瓶梅》第七十六回《春梅姐娇撒西门庆　画童儿哭躲温葵轩》张竹坡回评云：

> 上文七十二回内，安郎中送来一盆红梅、一盆白梅、一盆茉莉、一盆辛夷，看着亦谓闲闲一礼而已；六十回内，红梅花对白梅花，亦不过闲闲一令而已。不知作者一路隐隐显显，草蛇灰线写来，盖为春梅洗发，言莲、杏、月、桂俱已飘零，而瓶断簪折，琴书俱冷，一段春光，端的总在梅花也，此回乃特笔为春梅一写。金莲与月娘淘气，而春梅撒娇，虽祸起春梅，而不为金莲写，特为春梅写，亦花各有时。金莲，乃一谢时之芰荷，故不如当春之梅萼，是故写春梅，而不写金莲也。但为写春梅，亦有两样笔墨。为其将有出头之日，为春梅计，则守备府中固春梅扬眉吐气之处，是此处写其撒娇，盖为春梅抬身分也。若云为西门庆计，则金屋梅花，深注金瓶，一旦瓶坠金井，而梅花亦狼籍东风，眼见为敬济所揉拧，是此处一写，又为梅花伤心，且为西门伤心也。故玉箫调里吹彻江城，瓶已沉矣，而水岂复能温乎？是用接写温秀才之去也。[①]

《金瓶梅》第七十七回《西门庆踏雪访爱月　贲四嫂带水战情郎》张竹坡回评云："杨姑娘死者，杨去而李开，玉楼之去，机已伏矣。"[②] 我们从张竹坡的分析可以看出，《金瓶梅》多处通过植物命名预埋情节线索，揭示小说情节发展的历程。

在明清小说作品中，取名、改名本身也构成小说情节的一部分，《红楼梦》中存在很多这类情节，第三回《贾雨村夤缘复旧职　林黛玉抛父进京都》，宝玉因珍珠姓花，取"花气袭人知骤暖"的诗意，把她改名为袭人[③]；第二十七回《滴翠亭杨妃戏彩蝶　埋香冢飞燕泣残红》，王熙凤为红玉改名为

---

① 〔清〕张竹坡《金瓶梅》第七十六回回评，《会评会校本金瓶梅》附录，中华书局1998年版，第1096页。

② 〔清〕张竹坡《金瓶梅》第七十七回回评，《会评会校本金瓶梅》附录，中华书局1998年版，第1125页。

③ 〔清〕曹雪芹、高鹗《红楼梦》，人民文学出版社1982年版，第53页。

小红，"凤姐听说，将眉一皱，把头一回，说道：'讨人嫌的很！得了玉的益似的，你也玉，我也玉。'"①宝钗为英莲改名香菱，夏金桂不满，为之改名为"秋菱"，参见本书第九章《中国古代小说改名现象》第一节《小说人物改名》有关论述。

另外，我们有时可以透过小说命名解读小说情节，以《水浒传》鲁智深绰号"镇关西"为例，从绰号这一角度解读他打死郑屠的情节，《水浒传》第三回《史大郎夜走华阴县 鲁提辖拳打镇关西》描写道："（鲁达）看着这郑屠道：'洒家始投老种经略相公，做到关西五路廉访使，也不枉了叫做镇关西。你是个卖肉的操刀屠户，狗一般的人，也叫做'镇关西'！"②元代康进之撰杂剧《梁山泊李逵负荆》中，李逵唱词提到："谁不知你是镇关西鲁智深，离五台山才落草。"③从杂剧可知，鲁智深原先绰号是"镇关西"，而不是《水浒传》中的绰号"花和尚"。郑屠是一个卖肉的操刀屠户，欺负民女，也有一个与鲁智深一样的"镇关西"绰号，这让鲁智深火上浇油，一气之下，打死了这个恶霸。

二、小说命名与小说结构

小说命名与小说结构之间关系密切，对此，笔者从以下两个方面进行阐述：

（一）明清小说以"榜"命名与小说结构。"榜"就是封建社会科举考试后张榜公布的名单，"榜"式结构就是小说中通过张榜或揭榜的形式，把小说中的主要人物按一个标准或范围进行归类，放在小说的开头或正文中间，或放在结尾，"榜"式结构是古代小说比较常见的一种形式④，明清小说以"榜"命名的情况比较多，"榜"式结构相当普遍，例如《封神演义》最后以

---

① [清] 曹雪芹、高鹗《红楼梦》，人民文学出版社 1982 年版，第 379 页。
② [明] 施耐庵、罗贯中《水浒传》，人民文学出版社 1975 年版，第 47 页。
③ [元] 康进之《梁山泊李逵负荆》杂剧，《元曲选》，中华书局 1958 年版，第 4 册第 1527 页。
④ 参照孙逊、宋莉华《"榜"与中国古代小说结构》，载《学术月刊》1999 年第 11 期；胡海义《科举文化与明清小说研究》第四章《科举文化与明清小说艺术》，暨南大学 2009 届博士论文。

姜子牙公布"封神榜"作为结束，这些"榜"式结构受到榜、题名录等科举考试的直接影响，参见本书第十章《中国古代小说命名的文化内涵》第二节《小说命名与科举文化》，这里不再作重复论述。

（二）才子佳人小说命名与小说结构。清初文坛上兴起才子佳人创作的热潮，才子佳人小说在结构模式的处理上有一个显著特点，那就是才子佳人的爱情婚姻历尽波折，小人拨乱，有些才子佳人小说则通过命名的方式体现这一结构模式，清初天花藏主人所撰《飞花咏小传》的书名即为一例，天花藏主人《飞花咏小传序》指出：

> 孰知颠沛者，正天心之作合其团圆也。最苦者，流离也，而孰知流离者，正造物之婉转其相逢也……金不炼，不知其坚；檀不焚，不知其香；才子佳人，不经一番磨折，何以知其才之愈出愈奇，而情之至死不变耶！故花不飞，安能有飞花之咏？不能有前题之飞花咏，又安能有后之和飞花咏耶！不有前后之题和飞花咏，又安能有相见联吟之飞花咏耶？惟有此前后联吟之飞花咏，而后才慕色如胶，色眷才似漆，虽至百折千磨，而其才更胜，其情转深，方成飞花咏之为千秋佳话也。譬之春而花香柳媚，喻诸秋而月白天青，岂不较析之即克之呆斧柯，鼓之即调之痴琴瑟，而更饶展转反侧之情态耶？[①]

天花藏主人在序言中认为，花不飞，不会有飞花之咏；有此前后联吟的飞花咏，才子佳人才会藉此增进了解，沟通感情，所以说"飞花咏"构成小说结构的重要组成部分，与之类似的才子佳人小说还有很多，例如，《绣球缘》的命名，柳存仁编著《伦敦所见中国小说书目提要》云："全书以明万历间为背景，叙朱能与黄素娟才子佳人式的结合。所谓绣球缘，是因素娟投水遇救，为张居正在舟中拾得，居正平倭，'计划尽是此女暗中指点，至得成功。又将功劳让于（居正）……（居正）爱他才德兼优，遂收她为育女，替

---

① ［清］天花藏主人《飞花咏小传序》，据清初刊本，收入丁锡根编著《中国历代小说序跋集》，人民文学出版社 1996 年版，第 1247—1248 页。

他择婿，彩球掷中朱能。'（第二十九回云）"①朱能和素娟以抛彩球的方式结合；又如清初《玉支玑》，书生长孙肖以玉支玑为聘礼，与退职的管侍郎之女管彤秀小姐订婚；徐震《合浦珠》中，书生钱九畹凭借合浦珠而娶小姐范梦珠；清初《燕子笺》小说根据阮大铖同名传奇改编，叙述唐朝才子霍都梁与妓女华行云、尚书之女郦飞云的爱情故事，燕子所衔之图在小说结构中占据重要地位；类似的才子佳人小说作品还有《赛红丝》《白圭志》等等，在这些小说中，绣球、玉支玑、合浦珠、燕子笺、红丝、白圭等成为小说情节结构的重要组成部分，我们称之为"小说之眼"，这些"小说之眼"的设置使小说结构更加谨严。作者对这些"小说之眼"相当重视，直接将其嵌入书名之中。

综上所述，我们从五个方面就明清小说命名与小说创作的关系加以阐述。小说命名是小说创作的组成部分，与此同时，小说命名与人物外貌、身份、地位、人物性格、形象、人物特长、技艺、能力、职业、人物命运、情节、结构等等之间也存在着密切的联系，对此进行探讨，有助于我们从特定视角考察明清小说发生、发展的真实历程与内在规律。

---

① 柳存仁编著《伦敦所见中国小说书目提要》，书目文献出版社 1982 年版，第 243 页。

第四章
明清小说命名的广告意义

明清时期小说出版市场竞争激烈，书坊主为了吸引读者注意、占有图书市场，采用丰富多样的广告手段，小说命名是他们进行广告宣传而采取的重要方法之一。

对于一部小说而言，书名位于卷首，首先印入读者的眼帘，容易受到读者关注。书坊主充分意识到这一点，他们想方设法在书名上做文章，利用小说书名进行广告宣传，晚清徐念慈《余之小说观·小说之题名》云："不嫌其（按：指小说）奇突而谲诡也，东西所出者岁以千数，有短至一二字者、有多至成句者、有以人名者、有以地名者、有以一物名者、有以一事名者、有以所处之境地名者，种种方面，总以动人之注意为宗旨。"① 可见吸引读者的注意力是小说编刊者的动机和目的。在明清小说刊印本中，以"奇""异""怪""艳"等作为书名的现象相当普遍，或将"才子"字样嵌入书名，以"才子书"招揽读者，或在小说命名中增加序号，或借助名家宣传小说，或在书名中增加修饰语。本章主要从以下五个方面对此加以阐述。

第一节　以"奇""异""怪""艳"等为小说命名

以"奇""异""怪""艳"等词语命名，这是古代小说创作中相当常见的命名方式之一。在中国小说发展史上，这些词语的运用并非全是出自

---

① ［清］徐念慈《余之小说观》，光绪三十四年（1908）发表于《小说林》第 9 期，上海书店 1980 年复印本，第 6 页。

广告宣传的需要，尤其是在宋代之前，商业发展对小说创作、传播的影响不太显著，在这种情况下，上述词语更多地代表小说的题材选择、创作倾向、审美趣味，魏晋南北朝小说普遍以"怪""异"等命名，唐宋小说多以"奇""异""怪"等命名，清人梁绍壬《两般秋雨盦随笔》卷一《小说传奇》篇分析唐代传奇集《传奇》的命名时指出："《传奇》者，裴铏著小说，多奇异，而可传示，故号《传奇》。"①

　　明清时期，随着商业经济的迅速发展，小说生产过程中商品因素日益突出，"奇""异""怪""艳"等词语所体现的广告意义越来越显著，以"奇""异""怪""艳"命名小说，可以满足读者的好奇心理，吸引读者注意，《水浒传》第三十六回《没遮拦追赶及时雨　船火儿夜闹浔阳江》写宋江浔阳江遇险，金圣叹评语称："此篇节节生奇，层层追险。节节生奇，奇不尽不止；层层追险，险不绝必追。"②清代寄生氏嘉庆二十四年（1819）撰《争春园全传叙》云："人不奇不传，事不奇不传，其人其事俱奇，无奇文以演说之亦不传。"③清代卢联珠亦称："书之所贵者奇也。《易》备六经之体，而韩昌黎以'奇'括之。至子史百家，隶骚坛，列艺苑者，靡不争胜于奇。下逮稗官野史，统目之为传奇，盖奇则传，不奇则不传，书之所贵者奇也。"④寄生氏、卢联珠等人说得很清楚，在古典小说传播过程中，"奇则传，不奇则不传"，小说情节是否新奇在一定程度上直接决定了小说的流传，影响到小说的发行、销售，所以小说编刊者在书名上标注"奇""异""怪""艳"等字眼，藉此进行广告宣传，吸引读者注意力。

一、以"奇"命名

　　明清小说中以"奇"命名的现象非常普遍，以"三言""二拍"的选本为

---

① ［清］梁绍壬《两般秋雨盦随笔》，《续修四库全书》子部小说家类，第 1263 册第 36 页。
② 参见金圣叹《批点水浒传》第三十六回回前评，《第五才子书：水浒》，线装书局 2007 年版，第 458 页。
③ ［清］寄生氏《争春园全传叙》，《争春园》卷首，《古本小说集成》据复旦大学图书馆藏清刊本影印。
④ ［清］卢联珠《第一快活奇书序》，《如意君传》，上海文记书局排印本。

例，拙著《三言二拍传播研究》经过统计得出结论，自明末至晚清共出现 14 种"三言""二拍"选本，其中将"奇"嵌入书名的就有 9 种，即《今古奇观》别本《二刻拍案惊奇》《今古传奇》《警世奇观》《幻缘奇遇小说》《海内奇谈》《二奇合传》《今古奇闻》《续今古奇观》，占"三言""二拍"选本总数的 64.3%①。

明清时期有些小说作品直接以"奇书"命名，宣扬"奇书效应"，永乐十八年（1420）曾棨为《剪灯余话》作序时提到："迩日必得奇书也。"② 万历三十四年（1606）余邵鱼曾说过："自《三国》、《水浒传》外，奇书不复多见。"③ 有些小说则直接以"奇书"为名，如《群英杰后宋奇书》《增评西游证道奇书》等。"奇书"之名是小说编撰者、出版者为了扩大小说销售而采取的广告手段。

明末清初出现"四大奇书"之说，明末笑花主人《今古奇观序》以小说《水浒》《三国》和传奇《琵琶》《西厢》"号四大书"④，署名明代万历年间雁宕山樵所作、实撰于清初的《水浒后传序》云："不谓是传（按：指《水浒后传》）而兼四大奇书之长也！"⑤ 提出"四大奇书"之说，不过此序是以《南华》《西厢》《楞严》《离骚》为四大奇书。将《三国志演义》《水浒传》《西游记》《金瓶梅》四部章回小说称为"四大奇书"始于何时？由何人提出？清初李渔云："尝闻吴郡冯子犹赏称宇内四大奇书，曰《三国》、《水浒》、《西游》及《金瓶梅》四种。余亦喜其赏称为近是。"⑥ 清代李海观《歧路灯自序》云："古有四大奇书之目，曰左，曰骚，曰庄，曰迁。迨于后世，则坊佣袭四大

---

① 参照拙著《三言二拍传播研究》第二章《三言二拍的选本》，中国社会科学出版社 2006 年版，第 42 页。

② ［明］曾棨《剪灯余话序》，《剪灯新话》附《剪灯余话》卷首，上海古籍出版社 1981 年版。

③ ［明］余邵鱼《题全像列国志传引》，丁锡根编著《中国历代小说序跋集》，人民文学出版社 1996 年版，第 861 页。

④ ［明］笑花主人《今古奇观序》，《今古奇观》卷首，《古本小说集成》据上海图书馆藏本影印。

⑤ ［清］雁宕山樵《水浒后传序》，《古本小说集成》据华东师范大学藏绍裕堂刊本影印《水浒后传》卷首。

⑥ ［清］李渔《三国志演义序》，《李渔全集》第十卷《李笠翁批阅三国志》卷首，浙江古籍出版社 1991 年版。

奇书之名，而以《三国志》、《水浒》、《西游》、《金瓶梅》冒之。"① 由此可知，以《三国志演义》《水浒》《西游》《金瓶梅》作为"四大奇书"之专称，应始于冯梦龙。冯氏于 1646 年去世，在小说编撰与传播方面，他与苏州书坊天许斋、嘉会堂之间的密切合作主要在明末。值得我们注意的是，李海观在自序中提到"坊佣袭四大奇书之名"，所谓"坊佣"就是工作、生活在书坊之中，以编书、刻书为生者，包括书坊主在内，可见"四大奇书"之说应是在明末由冯梦龙与编书先生等人提出的，他们利用"四大奇书"的称号为小说名著进行广告宣传，是书坊及其合作者（"坊佣"）为扩大小说发行而采取的广告手段，提出此说的很可能就是苏州书坊②。

除"四大奇书"之外，还有"三大奇书"的说法。清代西湖钓史《续金瓶梅集序》云："今天下小说如林，独推三大奇书曰《水浒》、《西游》、《金瓶梅》者，何以称？夫《西游》阐心而证道于魔，《水浒》戒侠而崇义于盗，《金瓶梅》惩淫而炫情于色，此皆显言之，夸言之，放言之，而其旨则在以隐，以刺，以止之间。"③

明末以后，"四大奇书"甚至"奇书"之名逐渐成为《三国》《水浒》《西游》《金瓶梅》的专称。因为"四大奇书"在社会上影响深远，所以书坊也借"四大奇书"效应招徕读者，钓璜轩康熙刻《女仙外史》一百回，全名为《新刻逸田叟女仙外史大奇书》，清代将《三国志演义》与《水浒传》合刊，命名为《汉宋奇书》。有些小说以"四大奇书"作为参照系，如明佚名《新刻续编三国志引》云："大抵观是书者，宜作小说而览，毋执正史而观，虽不能比翼奇书，亦有感追踪前传，以解世间一时之通畅，并豁人世之感怀君子云。"④ 明烟霞外史《韩湘子叙》称："有《三国志》之森严，《水浒传》之奇变，无《西游记》之谑虐，《金瓶梅》之亵淫。谓非龙门兰台之遗文不可也？

---

① ［清］李海观《歧路灯自序》，《古本小说集成》据上海图书馆藏清抄本影印《歧路灯》卷首。
② 参照拙著《明代书坊与小说研究》第四章《明代坊刻小说的编辑与广告发行》，中华书局 2008 年版，第 135—136 页。
③ ［清］西湖钓史《续金瓶梅集序》，《古本小说集成》据顺治十七年原刻本影印《续金瓶梅》卷首。
④ ［明］佚名《新刻续编三国志引》，《古本小说集成》据上海图书馆藏本影印《三国志后传》卷首。

工竟杀青，简堪缥绿，国门悬赏，洛邑蜚声。"①借"四大奇书"效应对天启三年（1623）九如堂所刊《韩湘子全传》大加称赞，以此扩大《韩湘子全传》一书的影响。

二、以"异""怪"为名

明代胡应麟《少室山房笔丛》卷三十六《二酉缀遗》通过对明代之前的小说进行不完全统计之后认为，有60种左右小说以"异"为名②，明清时期以"异""怪"为名的小说较为常见，尤其是在文言小说创作之中，例如，明代杨仪《高坡异纂》、薛朝选《外史志异》、祝允明《志怪录》、《语怪编》；清代尹庆兰《萤窗异草》、许仲元《三异笔谈》等等。最有名的是清代蒲松龄《聊斋志异》，清代高珩《聊斋志异序》云："志而曰异，明其不同于常也。"③明代东山主人《云合奇踪序》云："（杂史、小说中）谶谣神鬼，不无荒诞，殆亦以世俗好怪喜新，姑以是动人耳目。"④因为世俗"好怪喜新"，"不同于常"的奇异之事能引起观众和读者的兴趣，所以说书者、小说编刊者在历史史实的基础上，增加了神鬼怪异的描写，甚至在小说书名中直接标明"异""怪"等字样，以此动人耳目，吸引听众与读者。

三、以"艳"命名

明代题王世贞辑《艳异编》、佚名《续艳异编》等小说选本直接以"艳"命名，陆采辑《虞初志》虽然没有将"艳"字嵌入书名，但是刊刻者钟人杰

---

① ［明］烟霞外史《韩湘子叙》，《古本小说集成》据九如堂本影印《韩湘子全传》卷首。
② ［明］胡应麟《少室山房笔丛》，上海书店出版社2001年版，第363—364页。
③ ［清］高珩《聊斋志异序》，张友鹤《聊斋志异会校会注会评本》卷首，上海古籍出版社1962年版。
④ ［明］东山主人《云合奇踪序》，据清致和堂刊《云合奇踪》卷首。

在其所撰《新校虞初志题语》中声称："稗官家自《夷坚》、《广记》以下，有《虞初志》，简帙不多，最为绣艳，纸贵长安久矣。"①把《虞初志》亦归为"绣艳"之作。这些选本所提到的"艳"，虽有艳遇之含义在内，但是并非如后来艳情小说之"艳"，即包括情欲的成分。笔者认为，文言短篇小说选本所说的"艳"有两重含义：一是指男女恋情的真切、自然、可歌可泣，二是指多选女性题材的小说，故以"艳"相称。明清时期以"艳"命名的小说也不乏其例，例如，明代题王世贞辑《艳异编》、佚名《续艳异编》、吴大震辑《广艳异编》、西湖渔隐主人编《艳镜》（即《欢喜冤家》）、齐东野人编《隋炀帝艳史》，明末清初江海主人编《艳婚野史》，康熙时紫宙轩刻《春灯闹奇遇艳史》，清代佚名《艳芳配》等等。

近代小说命名方式五花八门，但是也有一些以"奇""异""怪""艳"等命名，如《案中奇缘》《暗杀奇案报仇恨》《海上名妓四大金刚奇书》《海天奇遇》《巴黎五大奇案》《盗窟奇缘》（译本）、《古今志异》、《怪岛之一夜》（译本）、《怪梦》《艳异新编》《艳情小史》等，笔者据陈大康先生《中国近代小说编年史》（人民文学出版社 2014 年版）进行初步统计得出结论：近代以"奇"命名的小说作品共有 124 种，以"异"命名的 14 种，以"怪"命名的 18 种，以"艳"命名的 6 种，尤其是以"奇"命名的近代小说屡见不鲜，体现了近代小说作家和读者好奇的审美趣味和审美特征，书商以"奇"等字样作为小说书名，意在迎合读者和市场，扩大小说宣传。晚清宣统元年至三年（1909—1911），虫天子编撰与女性相关的大型专题性丛书《香艳丛书》（上海国学扶轮社印行）还以"艳"为小说书名。

除"奇""异""怪""艳"等字样以外，近代小说还增加了一些具有同类性质的词语，如"秘密""怪现状"等，例如《巴黎秘密案》（译本）、《巴黎秘密小史》（译本）、《巴黎之秘密》（译本）、《福晋与杨小楼之秘密》《公主之秘密》《梅花秘密》《最近嫖界秘密史》《龙华会之怪现状》《官场怪现状》《二十年目睹之怪现状》等等，使用"秘密""怪现状"等词语，其目的与在

---

① ［明］钟人杰《新校虞初志题语》，题［明］汤显祖辑《虞初志》卷首，《四库全书存目丛书》子部第246 册，据清华大学图书馆藏明刊本影印。

小说书名中增加"奇""异""怪""艳"等一样，具有广告宣传的功效。

第二节　以"才子"和"才子书"命名小说

明清小说作家、小说刊印者常常将"才子"字样嵌入书名，以"才子书"招揽读者，宣传小说作品。从目前文献来看，这种做法始于明末金圣叹，他将自己所评的《庄子》《离骚》《史记》、杜甫律诗、《水浒传》《西厢记》称为六才子书，其中影响最大的是《水浒传》，名之为《第五才子书水浒传》。金圣叹这种做法被后人所仿效，作为广告宣传、获取利润的手段之一，清代董含《三冈识略》卷九"才子书"条云：

> 吴人有金圣叹者，著《才子书》，杀青列书肆中，凡《左》、《孟》、《史》、《汉》，下及传奇小说，俱有评语，其言夸诞不经，谐辞俚句，连篇累牍，纵其胸臆，以之评经史，恐未有当也。即以《西厢》一书言之……乃圣叹恣一己之私见，本无所解，自谓别出手眼，寻章摘句，琐碎割裂，观其前所列八十余条，谓"自有天地，即有此妙文，上可追配《风》、《雅》，贯串马、《庄》"，或证之以禅语，或拟之于制作，忽而吴歌，忽而经典，杂乱不伦。且曰："读圣叹所批《西厢记》，是圣叹文字，不是《西厢》文字。"直欲窃为己有，噫，可谓迂而愚矣！其终以笔舌贾祸也，宜哉！乃有脱胎于此，而得盛名获厚利者，实为识者所鄙也。①

董含对金圣叹所著"才子书"不以为然，他举金评《西厢记》为例，认为金圣叹"恣一己之私见"，违背《西厢记》原旨，并认为金评《左》《孟》《史》《汉》以及传奇小说"夸诞不经"、评语不当。同时，董含也揭示出后代小说编刊者对金圣叹的模仿行为，"乃有脱胎于此，而得盛名获厚利者"，以

---

① ［清］董含《三冈识略》卷九，收入王利器辑录《元明清三代禁毁小说戏曲史料》（增订本），上海古籍出版社 1981 年版，第 215—216 页。

"才子"和"才子书"命名小说，牟取利润。清初天花藏主人将《玉娇梨》和《平山冷燕》合刊，取名《天花藏合刻七才子书》，其中《玉娇梨》有三位才子佳人：苏友白、白红玉、卢梦梨，《平山冷燕》有四位才子佳人即平如衡、山黛、冷绛雪、燕白颔，故名之为"七才子"；清代鸳湖烟水散人将自己所撰小说命名为《女才子书》，又名《女才子》《女才子集》《美人书》《闺秀佳话》等，记载明代至清初十七位佳人、才女的故事；清代署烟霞散人编《凤凰池》，全称《新编凤凰池续四才子书》有意模仿四才子书《平山冷燕》，故以"续四才子书"名之；大德堂乾隆十五年（1750）刻《绣像女才子书》十二卷，乾隆以后出现"十才子书"之说，分别为《三国志演义》《好逑传》《玉娇梨》《平山冷燕》《水浒传》《西厢记》《琵琶记》《白圭志》《斩鬼志》《驻春园》，包括八部小说和两部戏曲作品，等等。

　　在明清刊印的小说之中，以"才子""才子书"命名的作品屡见不鲜。我们就取名"才子书"的小说作品来看，以写情小说和女性题材为主。另外，在这些小说尤其是才子佳人小说作品中，充分表明对青年男女"才"的重视，清代荻岸山人编次《平山冷燕》第一回《太平世才星降瑞　圣明朝白燕呈祥》回前评云："此书欲写平、山、冷、燕之才。"[①]《平山冷燕》第八回《争礼论才惊宰相　代题应旨动佳人》通过才女冷绛雪之口，专门有一段关于"才"的论述，认为天、地、人称之"三才"，"以天而论，风云雪月发亘古之光华；以地而论，草木山川结千秋之秀润。此固阴阳二气之良能，而昭著其才于乾坤者也。虽穷日夜，语之而不能尽"。就人之才而言，"圣人有圣人之才，天子有天子之才，贤人有贤人之才，宰相有宰相之才，英雄豪杰有英雄豪杰之才，学士大夫有学士大夫之才"。她认为文人之才、诗人之才"谓出之性，性诚有之，而非性之所能尽该；谓出之学，学诚有之，而又非学之所能必至"[②]。将才与性情、学识等相联系，冷绛雪关于"才"的一段论述反映了清初人们关于才学的看法，这与清初提倡经世致用、"崇实黜虚"的实学思潮有着密切的联系。同时，清初"才子书"重视才学的倾向对乾隆以后《镜

---

　　①［清］荻岸山人编次《平山冷燕》，中华书局2000年版，第1页。
　　②参见［清］荻岸山人编次《平山冷燕》，中华书局2000年版，第72—73页。

花缘》等才学小说产生了一定的影响。

清代刘一明《西游原旨读法》曾就"才子书"与"神仙书"的区别加以说明："《西游》，神仙之书也，与才子之书不同。才子之书论世道，似真而实假；神仙之书谈天道，似假而实真。才子之书尚其文，词华而理浅；神仙之书尚其意，言淡而理深。"① 在刘一明看来，所谓"才子书"，关注现实，真幻相参；注重修饰文词，通俗易懂，与"神仙书"差异较大。梁启超《小说丛话》则从继承与创新的角度对"才子"进行解释：

> 　　金圣叹定五才子书，一、《离骚经》，二、《南华经》，三、《史记》，四、《杜诗》，五、《水浒传》，六、《西厢记》。所谓才子者，谓其自成一家言，别开生面，不傍人门户，而又别于圣贤书者也。圣叹满腹不平之气，于《水浒》、《西厢》二书之批语中，可略见一班（按：即斑）。今人误以为《三国演义》为第一才子书，又谬托为圣叹所批，士大夫亦往往多信之，诚不解也。②

梁启超认为，所谓"才子书"重在独创，别开生面，自成一家之言。我们不排除在古代小说命名中"才子"一词所蕴藏的题材内容、创作手法、创新程度等方面的内涵，不过，"才子书"一词的广告意义也是相当明显的，对此，晚清邱炜萲《金圣叹批小说说》说得很清楚：

> 　　坊间因仍《三国志演义》为"第一才子书"，而凑出《好逑传》、《平山冷燕》、《白圭志》、《花笺记》各下乘陋劣小说，硬加分贴为"第二才子书"、"第三才子书"，以下除却五才《水浒》，六才《西厢》，还依圣叹旧号外，一直排下，到至第十才子，无理取闹。设圣叹见之，当自悔不该为作

---

① ［清］刘一明《西游原旨读法》，《古本小说集成》据清刊本影印《西游原旨》卷首。
② ［清］梁启超《小说丛话》，载《新小说》第八号，光绪二十九年（1903）八月十五日，上海书店1980 年复印本，第 4 页。

俑之始，使毛、施、关、王四位真才子共起"何曾比余于是"之叹也。①

邱炜菱对《好逑传》《平山冷燕》《白圭志》《花笺记》等小说标注"才子书"的做法不以为然，他认为这些作品与《三国演义》无法相提并论。小说编刊者在书名上标明"才子书"无非是为了扩大宣传，促进销路。清代杭世骏《飞龙全传序》指出："《飞龙全传》一卷，予观其布置井井，衍说处亦极有理，毫无鄙词俚句，贻笑大方，洵特出于外间小说之上、而足与才子等书并传不朽。"② 杭世骏在序言中就借助"才子书"宣传《飞龙全传》，希望此书"足以与才子等书并传不朽"。

第三节　在小说命名中增加序号

明清小说作家经常使用"第一""第二"等序号为小说命名，体现较为明显的广告意识。清代石华《镜花缘序》云："坊肆所行杂书，妄题为第几才子，其所描写，不过浑敦穷奇面目。即或阐扬盛节，点缀闲情，又类土饭尘羹，味同嚼蜡。余尝目为'不才子'，似非过论。"③ 石华对"坊肆所行杂书，妄题为第几才子"的做法提出批评，目之为"不才子"，但是这条材料也从侧面表明清代小说出版市场中"妄题为第几才子"的现象比较普遍。小说编刊者不仅以"奇书""才子书"招揽读者，有些作者、刊印者还加上"第一""第二"等序号，其目的在于广告宣传。

一、号称"第一奇书""第一才子书"

皋鹤草堂康熙三十四年（1695）刊刻《金瓶梅》时命名为《皋鹤堂批评

---

① ［清］邱炜菱《菽园赘谈》卷七，厦门大学出版社 2018 年版，第 443 页。
② ［清］杭世骏《飞龙全传序》，《古本小说集成》据清芥子园刊本影印《飞龙全传》卷首。
③ ［清］石华《镜花缘序》，《古本小说集成》据复旦大学图书馆藏本影印《镜花缘》卷首。

第一奇书金瓶梅》，光绪年间香港刊闲云山人序本《金瓶梅》，改名为《第一奇书钟情传》，为删节本。清代夏敬渠所撰《野叟曝言》的凡例声称："原本编次，以'奋武揆文，天下无双正士；熔经铸史，人间第一奇书'二十字，分为二十卷……为古今说部所不能仿佛，诚不愧'第一奇书'之目。"①将《野叟曝言》称为古今小说中"第一奇书"，显然是为了宣传的需要，上海申报馆、佛镇英文堂光绪八年（1882）均铅印《第一奇书野叟曝言》二十卷一百五十四回。又如，清代陈天池撰《如意君传》，全称《第一快活奇书如意君传》，又称《第一快活奇书》《第一快活书》等，清代徐璈道光庚子年（1840）撰《第一快活奇书序》云：

> 己亥四月，于午亭山村得晤陈子天池，既以所著《第一快活书》丐政。初读之快活奇；读半更快活更奇；读竟始末，快活且无一小不快活之罅可摘者，愈见奇奇。盖天下竞言著述矣：圣经贤传，注解精赅，奇；剿袭雷同，不奇。子史杂集，汗牛充栋，皆欲争妙，奇；佶屈聱牙，腐滥庸弱，不奇。稗官如《红楼梦》者，艳称时尚，情隐事新，奇；卒读令人不快，不奇。《聊斋》辞炼意渊，奇；鬼狐甚惑世，不奇。《西游》幻，《水浒》侠，《西厢》荡，《镜花缘》浮，固各逞奇；抑皆有所呲议，不尽奇。奇莫奇此《第一快活书》者。②

徐璈对陈天池《如意君传》评价很高，认为这部小说堪称"第一奇书"，其奇妙之处甚至超过《西游记》《水浒传》《西厢记》《镜花缘》《聊斋志异》《红楼梦》等名著。我们暂且不论徐氏之评是否恰当，从小说书名以及这篇序言中可以看出小说借助"第一快活奇书""第一快活书"等字样以扩大影响的目的。清代江陵渔隐撰《云钟雁全传》，全称《云钟雁三闹太平庄全传》，又名《大明奇侠传》，清代张佩芝光绪甲午年（1894）撰《大明奇侠传序》同样以

---

①《野叟曝言》凡例，《野叟曝言》卷首，人民文学出版社1997年版。

②［清］徐璈《第一快活奇书序》，收入丁锡根编著《中国历代小说序跋集》，人民文学出版社1996年版，第1579—1580页。

"第一"称赞这部小说："此书久已脍炙人口，兹经名手绘图，宿儒详校，乃稗官野史中第一快心醒目之奇编也。"①张佩芝将《云钟雁全传》称为"稗官野史中第一快活醒目之奇编"，评价甚高。小说编刊者争相以"第一"或"第一奇书"为小说命名，清代小说陈朗《雪月梅传》又名《第一奇书》，清代佚名《宋太祖三下南唐》又名《第一侠义奇女传》，清代佚名《莲子瓶演义》又名《第一奇书莲子瓶》《后唐奇书莲子瓶传》。晚清时期，在小说编撰、刊印过程中，此风不减。佚名编者将《肉蒲团》情节重新组合，编成抄本《天下第一绝妙奇书》，佚名《欢喜缘》，目录页题《第一奇书欢喜缘》，上海进步书局光绪十九年（1893）石印《绣像绘图第一奇女传》十二卷六十六回，上海广益书局光绪二十六年（1900）石印《绣像第一侠义奇女传》四卷五十二回，均以"第一奇书""第一奇女"等字样相标榜。

　　以"第一才子书"等字样招揽读者的小说作品也不少见，清代许时庚《三国志演义补例》云："是书（按：指《绘图增像第一才子书》）为本朝国初吴郡金圣叹先生加增外评，称为《第一才子书》，是后以讹传讹，竟将《三国志演义》原名淹没不彰，坊间俗刻，竟刊称为《第一才子书》，未免舍本逐末。"②《三国志演义》经金圣叹评点并称为《第一才子书》之后，竟将《三国志演义》的原名湮没不闻，可见，"才子书"之名影响深远。在小说出版市场，不少书坊主以"第一才子书"为名，例如清顺治刻《第一才子书古本三国志》六十卷一百二十回、清代经纶堂刻《绣像第一才子书》十九卷等等。有些小说既称"奇书"又称"才子书"，如清代《雪月梅》又名《镜湖才子书》《孝义雪月梅》《儿女浓情传》《第一奇书》，上海书局光绪三十年（1904）石印《绘图第一情书听月楼全传》四卷二十回。无论是取名"才子书"还是"第一奇书""第一情书"，其促销的目的都是一致的。

---

①［清］张佩芝《大明奇侠传序》，收入丁锡根编著《中国历代小说序跋集》，人民文学出版社 1996 年版，第 1598 页。
②［清］许时庚《三国志演义补例》，收入丁锡根编著《中国历代小说序跋集》，人民文学出版社 1996 年版，第 908 页。

二、号称"第二""二刻""第二奇书""第二才子书"等

《今古奇观》一名《喻世明言二刻》，清代吴郡宝翰楼刊刻《喻世明言二刻》四十卷；《石点头》又名《醒世第二奇书》，澳门知新书局光绪二十一年（1895）、上海文宜书局光绪二十二年（1896）均石印《绣像醒世第二奇书》，清代小说《林兰香》一名"第二奇书"，上海熔经阁1917年还曾经石印《绘图第二奇书》八卷六十四回，上海锦章书局1928年石印《第二奇书林兰香》八卷六十四回，《好逑传》又名《第二才子好逑传》。

三、其他序号

《金瓶梅》乾隆乙卯本取名《四大奇书第四种》，清代吴兴于茹川撰《玉瓶梅》全名《绣像第六奇书玉瓶梅》，上海文宜书局光绪二十二年（1896）石印《五续今古奇观石点头》十四卷、光绪二十三年（1897）石印《欢喜三续今古奇观》四卷、光绪二十三年（1897）石印《案中奇缘第四奇书》十二回，标名"三续""五续""第四奇书"等字样吸引读者。

有些小说编刊者在"才子书"之前加上序号，贯华堂崇祯十四年（1641）刻《第五才子书施耐庵水浒传》七十五卷七十回，清代黄叔瑛于雍正十二年（1734）撰《三国演义序》指出："院本之有《西厢》，稗官之有《水浒》，其来旧矣。一经圣叹点定，推为'第五才子'、'第六才子'，遂成锦心绣口，绝世妙文；学士家无不交口称奇，较之从前俗刻，奚翅（按：即啻）什佰过之。"[1] 清代王韬光绪十四年（1888）撰《水浒传序》也指出："《水浒传》一书，世传出施耐庵手，其殆有寓意存其间乎，抑将以自寄其慨喟也？其书初犹未甚知名，自经金圣叹品评，置之第五才子之列，而名乃大噪。"[2] 通过黄

---

① ［清］黄叔瑛《三国演义序》，收入丁锡根编著《中国历代小说序跋集》，人民文学出版社1996年版，第905页。

② ［清］王韬《水浒传序》，收入丁锡根编著《中国历代小说序跋集》，人民文学出版社1996年版，第1501—1502页。

叔瑛和王韬的序言记载可知，《水浒传》经金圣叹评点之后，以"第五才子"命名，立即产生巨大的社会影响，可见小说命名与小说评点一样，有助于提高小说的知名度，在小说出版市场的竞争方面处于优势地位。明清时期在小说书名中增加序号的事例很多，例如，芥子园雍正三年（1725）刻《绣像第五才子书水浒传》七十五卷七十回，雍正十二年（1734）刻《第五才子书水浒传》七十五卷，嘉庆十年（1805）补余轩刊《白圭志》，题为《第八才子书白圭志》，咸丰九年（1859）右文堂刊本题《第十才子书白圭志》，同文堂康熙五年（1666）刻《第九才子书斩鬼传》十回、莞尔堂光绪十二年（1886）刻《莞尔堂第九才子书斩鬼传》四卷十回，清代《驻春园》又名《第十才子书》，上海熔经阁1920年石印《绣像第十才子驻春园》四卷二十四回、1920年石印《第九才子书捉鬼传》四卷十回等等。

在小说书名中增加序号，比较典型的事例莫过于晚清上海校经书局刊印的小说作品，该书局光绪三十一年（1905）石印《新刻再续彭公案》四卷八十一回，又石印《五续彭公案》《六续彭公案》《七续彭公案》《八续彭公案》《九续彭公案》《十续彭公案》；在《济公传》的刊印上更是如此，从晚清石印《绣像四续济公传》四卷四十回一直到1926年石印《绘图新编四十续济公传》四卷四十回，共刊印书名带有序号的《济公传》续书三十七种，在中国小说刊印史上相当罕见。

第四节　在小说书名中借助名家宣传小说

假托是古代小说的传统之一，如题为汉代小说的《神异经》《十洲记》托名东方朔所作，《搜神后记》托名东晋陶潜所作，类似的例子在古代小说发展史上屡见不鲜。明清时期小说创作、流传过程中普遍存在托名现象，这与当时出版市场竞争激烈的状况有着密切的关系。小说编刊者在小说书名中假托名家创作、评点，充分体现小说的广告功能。

在小说书名中假托名家创作、评点的现象在明代尤为突出。杨守敬《日本访书志补·文章正宗》篇云："明代书估好假托名人批评以射利。"①利用名人效应，在小说书名之前加上名人"评注""批评""评释"等字样，这种做法相当常见，崇祯时刊《二刻英雄谱》封面题"名公批点"，陈君敬存仁堂崇祯刻《新镌国朝名公神断详情公案》八卷，刘太华明德堂明代刻《新镌国朝名公神断详情公案》八卷，王昆源三槐堂明刻《新刻名公神断明镜公案》七卷，均借"名公"以宣传。在明代坊刊小说的序跋中间，往往出现"敦请名士""敦请名贤"参与编刊的词语，如天许斋所刊《古今小说》识语云："本斋购得古今名人演义一百二十种。"明佚名《重刊杭州考证三国志传序》声称："本堂敦请名贤重加考证，刻传天下，盖亦与人为善之心也。收书君子其尚识之。"②

　　明代被假托最多的名人当数李贽。李贽所著之书很受欢迎，因而书坊所刊刻的传奇小说，多假托为李贽评点。明代陈继儒《国朝名公诗选》卷六《李贽》也曾指出坊间假托李贽的现象：

　　　　李贽……所著有《藏书》、《说书》、《焚书》等集，板刻于长洲黄氏，人争购之，吴下纸价几贵。以故坊间诸家文集，多假卓吾先生选集之名，下至传奇小说，无不称为卓吾批阅也。惟《坡仙集》及《水浒传叙》属先生手笔，至于《水浒传》中细评，亦属后人所托者耳。③

　　明末盛于斯《休庵影语·西游记误》指出："近日《续藏书》，貌李卓吾，更是可笑。若卓老止于如此，亦不成其为卓吾也。又若《四书眼》、《四书评》、批点《西游》、《水浒》等书，皆称李卓吾，其实皆叶文通笔也。"④叶

　　①杨守敬《日本访书志补·文章正宗》，《日本访书志》附刊本，辽宁教育出版社2003年版，第26页。
　　②〔明〕佚名《重刊杭州考证三国志传序》，收入丁锡根编著《中国历代小说序跋集》，人民文学出版社1996年版，第892页。
　　③〔明〕陈继儒《国朝名公诗选》，据天启间刊本。
　　④〔明〕盛于斯《休庵影语·西游记误》，开明书店1931年版，第37页。据周亮工《赖古堂集》卷十八《盛此公传》，盛于斯卒于周亮工考中进士之前，而周亮工成进士在崇祯十三年（1640）春，所以盛于斯应卒于崇祯十三年之前，当为明人，参见周亮工《赖古堂集》，上海古籍出版社1979年版，第694—702页。朱一玄、刘毓忱编《水浒传资料汇编》以为清人，参见其书第305—306页（南开大学出版社2002年版），误。

昼曾经假托李贽之名进行创作，明代钱希言《戏瑕》卷三《赝籍》指出："比来盛行温陵李贽书，则有梁溪人叶阳开名昼者，刻画摹仿，次第勒成，托于温陵之名以行。"①清代周亮工《因树屋书影》卷一亦云："叶文通，名昼，无锡人……当温陵《焚》、《藏书》盛行时，坊间种种借温陵之名以行者，如《四书》第一评、第二评，《水浒传》、《琵琶》、《拜月》诸评，皆出文通手。"②更多的假托者则不知其姓名，正如清代毛宗岗《三国志演义》凡例所云："俗本谬托李卓吾先生批阅，而究竟不知出自何人之手。"③清代李葆恂《旧学庵笔记·古本水浒》云："向阅金圣叹所评《水浒传》，首载耐庵一序，极似金氏手笔，心窃疑之。后得明刊本，乃果无此篇，始信老眼无花。此本当刻于天启末年，正李卓吾身后名盛之时，故备载李氏伪评。"④李葆恂既指出金圣叹假托施耐庵之名为小说作序，又点明小说中题为李贽的评点是"伪评"。

陈继儒曾指出李贽被人托名的情况，他自己在世时或身后也因"盛名倾江南"而被坊间假托⑤，万历四十三年（1615）苏州龚绍山刊刻《新镌陈眉公先生批评列国志传》，实际评点者为朱篁，但书名署"陈眉公先生批评"，该书识语煞有其事地宣称："本坊新镌《春秋列国志传批评》，皆出自陈眉公手阅，删繁补缺而正讹谬，精工绘像，灿烂可观。"陈继儒在当时名气很大，假托陈继儒评点，可以扩大小说的知名度。对于此类托名现象，陈继儒也深恶痛绝，他曾经指出："余著述不如辰玉（按：指王衡）远甚，忽为吴儿窃姓名，庞杂百出，悬赝书于国门。"⑥

除李、陈二人之外，明代书坊在出版小说评点本时，喜欢假托的名人还

①［明］钱希言《戏瑕》卷三《赝籍》，《续修四库全书》子部杂家类据明刻本影印，第1143册第588—589页。

②［清］周亮工《因树屋书影》，收入《周亮工全集》，凤凰出版社2008年版，第3册第105—106页。

③［清］毛宗岗《三国志演义》凡例，毛本《三国演义》卷首，上海古籍出版社1989年版。

④［清］李葆恂《旧学庵笔记·古本水浒》，收入朱一玄、刘毓忱编《水浒传资料汇编》，南开大学出版社2002年版，第138页。

⑤［明］沈德符《万历野获编》卷二十三《山人·山人愚妄》，中华书局1959年版，第587页。

⑥［明］陈继儒《王太史辰玉集叙》，收入王衡《缑山先生集》，《四库全书存目丛书》集部别集类，据吉林省图书馆所藏明万历刊本影印，第178册第557页。

有钟惺、杨慎、徐渭、汤显祖诸人，多为文坛名人或社会名流。假托李卓吾评点的小说有《李卓吾先生批评三国志》《李卓吾批评忠义水浒全传》《李卓吾先生批评西游记》《镌李卓吾批点残唐五代史演义传》《武穆精忠传》《七十二朝人物演义》《绣榻野史》等；假托陈继儒评点的有《新镌陈眉公先生批评春秋列国志传》《新镌国朝名公神断陈眉公详情公案》等；假托钟惺评点的有《钟伯敬先生批评三国志》《新刻钟伯敬先生批评封神演义》《钟伯敬先生批评水浒忠义传》等；假托杨慎评点的有《隋唐两朝志传》等；假托徐渭评点的有《新刊徐文长先生评唐传演义》等；假托汤显祖评点的有《云合奇踪》《玉茗堂摘评王弇州艳异编》《新镌玉茗堂批评按鉴参补南北宋志传》等等。从明代小说刊刻的角度来看，小说评点体现明显的广告效应，它是一种由广告演变而来的小说批评方式。书坊出于广告宣传的目的设置评点甚至假托名人点评，这是推动小说评点形成与发展的重要原因之一。

相比之下，清代小说创作、评点中假托名家的现象不像明代那么突出，但在不同时期也不同程度地存在。小说编刊者沿袭明代假托李贽、陈继儒、汤显祖等人之风，刊刻明代托名之作，例如，康熙吴郡绿荫堂刻《李卓吾先生批评三国志》一百二十回，致和堂康熙十七年（1678）刻《新镌陈眉公批点按鉴参补出像南宋志传》、刻《绣像京本云合奇踪玉茗堂英烈全传》十卷八十回，四雪草堂康熙三十四年（1695）刻《新刻钟伯敬先生批评封神演义》十九卷一百回，茂选楼乾隆四十七年（1782）刻《新刻钟伯敬先生批评封神演义》二十卷一百回，等等。

明末清初一些著名的小说、戏曲作家、理论家如冯梦龙、李渔等人常常成为清代小说编刊者假托的对象，清代雍正间刊本《二刻醒世恒言》卷首题"墨憨斋遗稿"，并题名为《二刻醒世恒言》，就借冯梦龙《醒世恒言》之名，扩大小说的影响；佚名选辑《警世选言》托名为李渔所编，全题为《李笠翁先生汇辑警世选言》。李渔是清代著名的戏曲作家、戏曲理论家，托名李渔所编，可以提高小说的身价。显然，这些都是书商所为，目的在于谋利。

明清小说书名中普遍存在的假托名家现象体现很强的广告色彩，标注名家会受到读者更多的关注，明代盛于斯《休庵影语·西游记误》指出："读者又矮人观场，见某老先生名讳，不问好歹，即捧诵之。"①矮人观场，指矮个子在人群中看戏，看不清戏台上的演出情况，这里比喻有些读者没眼光、不明真相。明清小说编刊者在小说创作、刊刻过程中，利用读者这种独特心理，假托名家以求获取高额利润。

第五节　在小说书名中增加修饰语

　　明清时期小说编刊者经常在书名中增加修饰语，这在通俗小说的创作、流传过程中体现得尤为显著，例如，建阳熊冲宇种德堂万历刻《三国志传》，全名为《新刻汤学士校正古本按鉴演义全像通俗三国志传》，共21字。东观阁嘉庆十六年（1811）刊《红楼梦》全名为《新增批评绣像红楼梦》，清代文英堂刊《列国志传》全名为《新刻京本春秋五霸七雄全像列国志传》。笔者考察明清小说的全名，经过统计可知，具有广告意义的常用词语包括以下内容：

　　新刊、新刻、新镌、新锲、新编、新纂、新订、新说、新增、新选、新辑、簇新、异说、鼎锲、精镌、精编、精选、精订、重镌、重订、重编、按鉴、参采史鉴、参补、通俗、演义、京本、古本、秘本、原本、真本、官板、大字、名公、音释、音诠、注释、增注、评释、旁训、插增、增补、增订、补遗、校正、考订、补订、订正、绣像、补相（像）、全相（像）、全图、出相（像）、图像、增像、绘图、评点、评林、题评、批评、批点、评定、评论、圈点、增评等。

　　我们试对上述词语解读可知，新刊、新刻、新镌、新锲、新编、新纂、新订、新说、新增、新选、新辑、簇新、异说、鼎锲、精镌、精编、精选、精订、重镌、重订、重编等属于刊印时间和刊印质量、内容的范畴，按鉴、参采史鉴、参补、通俗、演义属于编创方式与创作倾向的内容，京本、古本、秘本、原本、真本、官板表明稿件来源，大字一词属于印刷装帧形式内容，其余的词语均指小说的编辑工作，包括编辑者的身份（名公）、注释（音

　　　　① ［明］盛于斯《休庵影语》，开明书店1931年版，第37页。

注、人名、地名注等）、章节增删、校勘、插图、评点诸问题。

上述具有广告意义的词语，最常见、使用频率最高的当数新刊、新刻、新镌、新锲等带有"新"的词语，到了近代，在此基础上出现一些变化，一些小说使用"最新""最近"等词语，如《最新女界鬼蜮记》《最新学堂现形记》《最近女界现形记》《最近女界秘密史》《最近社会秘密史》《最近官场秘密史》《最近上海秘密史》《绘图奇情小说最新多宝龟》《最近社会龌龊史》《最近嫖界秘密史》等，所表达的内涵与新刊、新刻、新镌、新锲等词语相同或相似，均强调小说刊印、发表的时间以及所描写的题材内容之"新"，以吸引读者。

在明清时期小说刊刻史上，有些词语的运用从最初的含义到涂抹浓厚的广告色彩，往往存在着演变的过程，比如，"京本"一词并非明清时人们所发明，南宋尤袤《遂初堂书目》即有《京本太平广记》一书，明清小说刊印中使用"京本"至少有两重意义，一是借此躲避清代的文字高压政策，王利器辑录《元明清三代禁毁小说戏曲史料》"前言"指出："明清两代，通行本小说戏曲，往往有'京本'或'本衙藏板'等字样……由于小说戏曲经常遭到无理的禁毁，书坊乃借'京本'等字样为伪装，其意若曰，这是官方批准或官坊发兑的书，这样便可达到公开出售、广泛传播的目的了。"[1]另外一层意义就在于利用"京本"之名进行广告宣传，对此，王利器有不同的看法，他认为明清小说戏曲标注"京本"并非"是书坊借此以广招徕"[2]，实际上，在出版市场竞争激烈的情况下，书坊这类做法不仅存在于清代文字高压的政策之下，而且在明代出版市场管理相对宽松的情况下依然存在，这在福建建阳书坊所刻小说中尤为明显，郑振铎《西谛书话》指出："闽中书贾为什么要加上'京本'二字于其所刊书之上呢？其作用大约不外于表明这部书并不是乡土的产物，而是'京国'传来的善本名作，以期广引顾客的罢。"[3]

---

[1] 王利器辑录《元明清三代禁毁小说戏曲史料》(增订本)，上海古籍出版社1981年版，第29页。
[2] 王利器辑录《元明清三代禁毁小说戏曲史料》(增订本)，上海古籍出版社1981年版，第29页。
[3] 郑振铎《西谛书话》，生活·读书·新知三联书店1983年版，第144页。

　　明清小说刊印所言"京本"之"京"指两京（北京、南京），就小说而言，应主要指南京。作为明代小说、戏曲的刊刻中心之一，南京以其稿源丰富、刊刻书籍质量精美而著称，成为小说刊刻重要的稿源渠道之一。"京本"一词的本义并无广告意味，久而久之，这一词语由早期的稿件来源转变为广告宣传词语，尤其是建阳书坊常常冒其名刊刻小说，建阳余季岳明末刊《盘古至唐虞传》，在封面即直接声称"金陵原梓"。建阳郑以桢宝善堂万历刻《新镌校正京本大字音释圈点三国志演义》，封面题："李卓吾先生评释圈点《三国志》，金陵国学原板，宝善堂梓。"朱仁斋与耕堂万历二十二年（1594）刻《包龙图判百家公案》第五十八回《决戮五鼠闹东京》云："此段公案，名《五鼠闹东京》，又名《断出假仁宗》，世有二说不同，此得之京本所刊，未知孰是，随人所传。"①这里就强调在"世有二说不同"的情况下，选择"京本"作为依据。由此可见，"京本"原意在于书坊刊刻小说对包括北京、南京在内的两京刊本尤其是南京刊本的依赖和借鉴，但是逐步演变为书坊吹嘘自己稿源、显示小说正宗地位并藉此扩大小说影响、带有广告宣传性质的词语。明清书坊刊印的小说作品标注"京本"的很多，例如：

　　万历十六年（1588）余世腾克勤斋刻熊大木编《京本通俗演义按鉴全汉志传》十二卷一一八则，万历十六年（1588）杨先春刻熊大木《京本通俗演义按鉴全汉志传》十二卷，万历二十二年（1594）余象斗双峰堂刻题罗贯中编辑《京本增补校正全像忠义水浒志传评林》二十五卷一百〇四回，朱仁斋与耕堂万历二十二年（1594）刻《新刊京本通俗演义全像百家公案全传》十卷一百回，熊清波诚德堂万历二十四年（1596）刻《新刊京本补遗通俗演义三国全传》二十卷，福建郑世容万历三十年（1602）刻《新镌京本校正通俗演义按鉴三国志传》二十卷，郑少垣万历三十三年（1605）刻《新刊京本校正通俗演义按鉴三国志传》二十卷，万历杨先春刻吴承恩撰、华阳洞天主人校《鼎锲京本全像西游记》二十卷一百回，建阳杨起元（闽斋）万历三十一年（1603）刻吴承恩《鼎锲京本全像西游记》二十卷一百回，经纶堂同治

---

① 《包龙图判百家公案》，《古本小说集成》据朱仁斋与耕堂万历二十二年刻本影印《包龙图判百家公案》，第332页。

十一年（1872）刻《新刻按鉴演义京本三国英雄志传》，清代大文堂刻《新刻按鉴演义京本三国英雄志传》六卷，清代文富堂刻《绣像京本云合奇踪玉茗英烈传》十卷八十回，等等，均在书名中标注"京本"。

又如，"官板"一词，原意是指根据"官方的底本翻刻"①，后来同样演变为书坊主宣扬自己稿件质量的广告用语，如明代熊云滨重修世德堂刻《新刻出像官版大字西游记》，金陵荣寿堂万历刻《新刻出像官版大字西游记》二十卷一百回，启德堂雍正十二年（1734）序刻《官板大字全像批评三国志》一百二十回，郁文堂雍正十二年（1734）序刻《官板大字全像批评三国志》二十四卷一百二十回等等，均通过标注"官板"进行广告宣传。

在明清小说编刊者为小说书名所增加的修饰语之中，绣像、补相（像）、全相（像）、全图、出相（像）、图像、增像、绘图等皆指小说插图，评点、评林、题评、批评、批点、评定、评论、圈点、增评等指小说评点，插图和评点是明清小说编刊者为吸引读者而采取的两种主要手段，明代余象斗在重刊其族叔余邵鱼《列国志传》时就增加了插图和评点，并借此宣传自己的双峰堂刊本："谨依古板校正批点无讹。三台馆刻《列国》一书，乃先族叔翁余邵鱼按鉴演义纂集，惟板一副，重刊数次，其板蒙旧，象斗校正重刻，全像批断，以便海内君子一览，买者须认双峰堂为记。"②"全像"与"批断"，即插图与评点，是余象斗在重刊《列国志传》时增加的两个重要内容，目的在于照顾读者的阅读习惯与兴趣，"以便海内君子一览"。金陵书坊主周曰校万历十九年（1591）刊刻《三国志通俗演义》，全称为《新刊校正出像古本大字音释三国志传通俗演义》，其"识语"声称：

　　是书也，刻已数种，悉皆伪舛，茫昧鱼鲁，观者莫辨，予深憾焉。辄购求古本，敦请名士按鉴参考，再三雠校。俾句读有圈点，难字有音

---

① 陈大康《明代小说史》第五编《明末的小说创作》第十五章《文人的参与与小说理论的总结》第一节《明末小说创作的舆论环境》，上海文艺出版社 2000 年版，第 539 页。

② ［明］余象斗《按鉴演义全像列国评林》识语，丁锡根编著《中国历代小说序跋集》，人民文学出版社 1996 年版，第 860 页。

注，地里有释义，典故有考证，缺略有增补，节目有全像。如牗之启明，标之示准。此编此传，士君子抚养心目俱融，自无留难，诚与诸刻大不侔矣。①

周曰校在古本《三国志通俗演义》的基础上加了"圈点""全像"等内容之后，强调自己所刊"诚与诸刻大不侔矣"，可见插图和评点是书坊主招揽读者的重要手段，在小说书名中加上有关小说插图、评点的修饰语，可以起到很好的广告宣传的功用。

在商品经济相当发达的明清时期，随着小说出版业的兴盛，古代小说命名的广告意义愈益突出，小说编刊者重视市场与读者需求，重视广告宣传，这在小说书名之中体现得非常明显。笔者主要从以"奇""异""怪""艳"等为小说命名、以"才子"和"才子书"命名小说、在小说命名中增加序号、在小说书名中借助名家进行宣传、小说编刊者在书名中增加修饰语五个方面对明清小说命名的广告意义进行归纳、阐述，以此探讨商品经济发展给小说创作、流传所带来的深刻影响。

---

① ［明］周曰校万历十九年刊刻《三国志通俗演义》识语，据北京大学图书馆藏明万历刊本。

第五章
中国古代小说命名的方法（上）

中国古代小说的命名方法丰富多样，不同时期、不同作家采取的小说命名方法各不相同，笔者在考察古代小说创作实践的基础上，总结为以下几种命名方法，即寓意法、谐音法、叠字法、数字法、引经据典法、拆字法、讽刺法、摘录诗词法、因梦而命名法、慕古人姓名而取名法等等。因为篇幅较多，分为两章加以论述。

第一节　寓意法

在中国古代文学发展史上，历来具有寓意寄托的传统。孟子、庄子、荀子、韩非子等先秦诸子大量运用寓言的形式，如"螳螂捕蝉，黄雀在后""守株待兔""滥竽充数"等等，这些寓言故事虽然是夹在议论文中的例证，篇幅短小，情节简单，主要是为了说明道理或论点、作为它们的附属品而存在①，但是读者可通过生动形象的寓言故事领悟深刻的生活哲理和处世原则；屈原《离骚》多处采用寓意寄托的手法，以香草、美人比喻忠臣、贤士，以恶草臭物比喻奸佞小人，以男女感情比喻君臣关系，一部《离骚》可以说是充满寓意的文学经典。

在古代小说创作领域，寓意法的运用相当普遍。唐代李肇《唐国史补》卷

---

① 参见董乃斌《中国古典小说的文体独立》第五章第一节，中国社会科学出版社 1994 年版，第 170—171 页。

下记载："沈既济撰《枕中记》，庄生寓言之类。"①宋代洪迈《夷坚乙志序》指出："逮干宝之《搜神》、奇章公之《玄怪》、谷神子之《博异》、《河东》之记、《宣室》之志、《稽神》之录，皆不能无寓言于其间。"②李肇、洪迈均认为，在《搜神记》《枕中记》《玄怪录》《博异志》《河东记》《宣室志》《稽神录》等宋前小说集或单篇作品中，普遍存在"寓言"式创作笔法，例如，《枕中记》借助卢生梦中的经历、梦前梦后心理的微妙变化，体现封建士子积极用世的思想，同时对热衷仕途的文士又有所规诲；《南柯太守传》作者站在屈居下僚、才能和抱负得不到施展的封建士子的立场上，对那些无才无德、凭借某种关系夤缘高升的新贵大僚加以讽刺、鞭挞，揭露当时官场的黑暗、政治的险恶；《任氏传》赞扬狐女任氏"遇暴不失节，徇人以至死"的品行，突出任氏的忠贞而多情；《李娃传》着重表现李娃"操烈之品格"；《谢小娥传》歌颂小娥的贞节和孝道；《虬髯客传》着力宣扬封建正统、真命天子③，采取"寓言"式笔法创作的小说作品里，创作主体的情感相当浓郁，创作的目的性比较明确，作者通过小说作品表达对于社会、人生的态度与看法。

　　古代很多小说作品的寓意深远，丰富而多样，这在包括小说书名、人物命名等在内的小说命名之中表现得尤为显著，清代张竹坡评点《金瓶梅》时指出："稗官者，寓言也……《金瓶》一部，有名人物不下百数，为之寻端竟委，大半皆属寓言。"④清代张新之《红楼梦读法》揭示《红楼梦》人物命名的寓意法：

　　　　是书名姓，无大无小，无巨无细，皆有寓意。甄士隐、贾雨村自揭出矣，其余则令读者自得。有正用，有反用。有庄言，有戏言，有照应全部，有隐括本回，有即此一事而信手拈来，从无随口杂凑者，可谓妙

①［唐］李肇《唐国史补》，上海古籍出版社1957年版，第55页。
②［宋］洪迈《夷坚乙志序》，《夷坚志》，中华书局1981年版，第185页。
③参照拙文《唐代小说创作方法的整体观照》，载《暨南学报》1997年第3期。
④［清］张竹坡《〈金瓶梅〉寓意说》，《会评会校本金瓶梅》，中华书局1998年版，第1483页。

手灵心，指麾如意。①

清代王梦阮《红楼梦索引提要》云："书中最重命名之义，一僮一婢，姓名皆具精心。"②小说命名中的寓意法不仅体现于《西游记》《金瓶梅》《红楼梦》等几部经典名著中，而且在其他小说作品中也随处可见。

从寓意法角度探讨中国古代小说命名，前人很少涉及。本书在对古代小说进行整体观照的基础上，从宣扬宗教、强化儒家伦理道德、寄寓遗民思想，以及借小说自寓等几个方面重点阐释古代小说寓意法命名的内涵，并就其总体特点加以归纳、总结。

一、古代小说作者善于通过命名的形式加强宗教宣传

此类小说作品的命名体现浓郁的宗教色彩，这是古代小说寓意说的重要内容之一。借小说命名宣扬宗教，渊源已久，旧本题后汉郭宪所撰小说《洞冥记》的命名就包含很深的道教寓意，南宋晁公武《郡斋读书志》卷九引郭宪《洞冥记自序》声称此书取名意在"洞心于道，教使冥迹之奥昭然显著，故曰'洞冥'"③。古代小说命名寓含宗教意味的很多，笔者下面从佛教和道教两方面加以阐述。

（一）宣扬佛教理论。

佛教《大乘本生心地观经》认为："一切诸法，皆由心生。"心是万物的本原，外在事物如梦中幻境，均不存在。因此佛教注重人的本性本心的修养，希望世人摈弃尘念，清心灭欲，将人从各种功利和欲望中解脱出来，使人回归到其本心本性，这在《西游记》一书的命名中得到鲜明的体现，明清时期

---

① ［清］张新之《红楼梦读法》，收入朱一玄编《红楼梦资料汇编》，南开大学出版社2001年版，第703页。
② ［清］王梦阮《红楼梦索引提要》，收入一粟编《红楼梦资料汇编》，中华书局1964年版，第295页。
③ ［宋］晁公武撰，孙猛校证《郡斋读书志校证》，上海古籍出版社2011年版，第363页。

不少学者对《西游记》命名蕴藏的佛理加以阐释，署名明代李贽撰《批点西游记序》指出：

> 不曰东游，而曰西游，何也？东方无佛无经，西方有佛与经耳。西方何以独有佛与经也？东生方也，心生种种魔生。西灭地也，心灭种种魔灭。然后有佛，有佛然后有经耳。然则东独无魔乎？曰：已说心生种种魔生矣。生则不灭，所以独有魔无佛耳。无佛则无经……此所以不曰东游，而曰西游也。批评中随地而见此意，职须读者具眼耳。①

魔生魔灭均源于本心，所以本心的修养显得尤为重要。明代谢肇淛《五杂组》卷十五认为：

> 《西游记》曼衍虚诞，而其纵横变化，以猿为心之神，以猪为意之驰，其始之放纵，上天下地莫能禁制，而归于紧箍一咒，能使心猿驯伏，至死靡他，盖亦求放心之喻，非浪作也。②

谢肇淛指出《西游记》寓意在于"求放心之喻"，非随意之作，放纵本心，则莫能禁制，唯有修身养性才能成佛。

《西游记》又名《西游释厄传》，清代张书绅于乾隆十三年（1748）撰《新说西游记总批》对"释厄"之名进行解读：

> 《西游》又名《释厄传》者何也？诚见夫世人逐日奔波，徒事无益，竭尽心力，虚度浮生，甚至伤风败俗，灭理犯法，以致身陷罪孽，岂非大厄耶？作者悲悯于此，委曲开明，多方点化，必欲其尽归于正道，不

---

① ［明］李贽《批点西游记序》，收入朱一玄、刘毓忱编《西游记资料汇编》，南开大学出版社2002年版，第226页。
② ［明］谢肇淛《五杂组》，上海书店出版社2001年版，第312页。

使之覆蹈于前愆，非"释厄"而何？①

张书绅认为，世人为名利奔波烦心，甚至由此身陷罪孽，《西游记》作者创作此书，取名"释厄"，意在使世人摆脱苦难，归于正道。与此同时，张书绅《新说西游记总批》还指出：

> 《西游记》当名"遏欲传"……《南华》、《庄子》是喻言，一部《西游》，亦是喻言。故其言近而指远也。读之不在于能解，全贵乎能悟，惟悟而后解也……名为"消魔传"，信不诬也。②

张书绅明确揭示《西游记》作为"喻言"的性质，"其言近而指远"，包含很深的寓意。《西游记》之名无论是"释厄"，还是"遏欲"或名"消魔"，均表明希望世人消除杂念，清心灭欲，修身养性。

《西游记》命名的寓意不仅体现于书名中，而且体现于小说人物命名之中。以孙悟空名字为例，孙悟空本无名无姓，《西游记》第一回《灵根育孕源流出　心性修持大道生》末尾祖师为他起名"孙悟空"：

> 祖师笑道："你身躯虽是鄙陋，却象个食松果的猢狲。我与你就身上取个姓氏，意思教你姓'猢'，猢字去了个兽傍，乃是个古月。古者，老也；月者，阴也。老阴不能化育，教你姓'狲'倒好。狲字去了兽傍，乃是个子系。子者，儿男也；系者，婴细也。正合婴儿之本论。教你姓'孙'罢。"猴王听说，满心欢喜，朝上叩头道："好！好！好！今日方知姓也。万望师父慈悲！既然有姓，再乞赐个名字，却好呼唤。"祖师道："我门中有十二个字，分派起名，到你乃第十辈之小徒矣。"猴王道："那

---

① ［清］张书绅《新说西游记总批》，《古本小说集成》据上海古籍出版社藏本影印《新说西游记》卷首。

② ［清］张书绅《新说西游记总批》，《古本小说集成》据上海古籍出版社藏本影印《新说西游记》卷首。

十二个字？"祖师道："乃广、大、智、慧、真、如、性、海、颖、悟、圆、觉十二字。排到你，正当'悟'字。与你起个法名叫做'孙悟空'好么？"猴王笑道："好！好！好！自今就叫做孙悟空也！"①

作者评论称："鸿蒙初辟原无姓，打破顽空须悟空。"在小说作品中，孙悟空获得了一系列的名号：石猴、美猴王、孙悟空、弼马温、齐天大圣（孙大圣）、孙行者等等。《西游记》第一百回《径回东土　五圣成真》，孙悟空保护唐僧赴西天取经，历经九九八十一难，终至西天，成得正果，如来授孙悟空为"斗战胜佛"，如来说："孙悟空，汝因大闹天宫，吾以甚深法力，压在五行山下。幸天灾满足，归于释教；且喜汝隐恶扬善，在途中炼魔降怪有功，全终全始。加升大职正果，汝为斗战胜佛。"自最初的"石猴"之名，到"孙悟空"，再到最后"斗战胜佛"，小说作者正是通过这一系列名号的变化，宣扬佛教，表明佛法无边。

在《西游记》一些次要人物的命名上也体现宗佛之旨。《西游记》第十四回《心猿归正　六贼无踪》，唐僧与孙悟空师徒路遇强盗：

> 那人道："你是不知，我说与你听：一个唤做眼看喜，一个唤做耳听怒，一个唤做鼻嗅爱，一个唤作舌尝思，一个唤作意见欲，一个唤作身本忧。"悟空笑道："原来是六个毛贼！你却不认得我这出家人是你的主人公，你倒来挡路。把那打劫的珍宝拿出来，我与你作七分儿均分，饶了你罢！"那贼闻言，喜的喜，怒的怒，爱的爱，思的思，欲的欲，忧的忧，一齐上前乱嚷道："这和尚无礼！你的东西全然没有，转来和我等要分东西！"②

这六个强盗分别取名"眼看喜""耳听怒""鼻嗅爱""舌尝思""意见欲""身本忧"，眼、耳、鼻、舌、身、意是佛家所说的"六根"，佛教把消除

---

① ［明］吴承恩《西游记》，人民文学出版社 1955 年版，第 14 页。
② ［明］吴承恩《西游记》，人民文学出版社 1955 年版，第 180 页。

欲念、远离烦恼称为"六根清净"，《西游记》作者借六个强盗的名字希望世人摈弃"喜""怒""爱""思""欲""忧"等各种杂念，做到六根清净，无忧无虑。

《西游记》续书《西游补》的命名继承了原著的寓意，小说叙述孙悟空"三调芭蕉扇"之后，被鲭鱼精所迷，进入虚幻的梦境，撞入自称为小月王的妖怪所幻造的"青青世界"。何谓"青青世界"？明代静啸斋主人《西游补答问》称：

> 问：《西游》不阙，何以补也？曰：《西游》之补，盖在火焰芭蕉之后，洗心扫塔之先也。大圣计调芭蕉，清凉火焰，力遏之而已矣。四万八千年俱是情根团结，悟通大道，必先空破情根；空破情根，必先走入情内；走入情内，见得世界情根之虚，然后走出情外，认得道根之实。[①]

所谓"青青世界"象征着世间各种情感、各种欲望杂念，只有空破情根、消除欲念，才能"认得道根之实"。对此，明代嶷如居士《西游补序》说得更为直接：

> 补《西游》，意言何寄？作者偶以三调芭蕉扇后，火焰清凉，寓言重言，以见情魔团结，形现无端，随其梦境迷离，一枕子幻出大千世界……一堕青青世界，必至万镜皆迷。踏空凿天，皆由陈玄奘做杀青大将军，一念惊悸而生。是为"噩梦"……约言六梦，以尽三世。为佛、为魔、为仙、为凡、为异类种种，所造诸缘，皆从无始以来认定不受轮回、不受劫运者，已是轮回、已是劫运。若自作，若他人作，有何差别？夫心外心，镜中镜，奚啻石火电光，转眼已尽。今观十六回中，客尘为据，主帅无叛，一叶泛泛，谁为津岸？夫情觉索情，梦觉索梦者，了不可得尔。阅是《补》者，暂为火焰中一散清凉，冷然善也。[②]

---

① ［明］静啸斋主人《西游补答问》，《西游补》卷首，上海古籍出版社1983年版。
② ［明］嶷如居士《西游补序》，《西游补》卷首，上海古籍出版社1983年版。

《西游补》作者董说中年在苏州灵岩寺出家为僧，法名南潜，他借《西游补》之创作寓含佛教宗旨。嶷如居士认为此书寓意深远，世间万物，包括各种情感皆为幻境，"一堕青青世界，必至万镜皆迷"。作者以"青"喻"情"，唐僧陈玄奘化身为"杀青大将军"，"杀青"，实为"杀情"，指破除一切情缘，跳出梦幻的世俗之境，从此不再受轮回、劫运之苦。

清代陈天池撰《如意君传》，又名《无恨天》，其命名同样具有佛教色彩。清代刘作霖道光二十八年（1848）撰《无恨天传奇序》云："书以十余年始成，题之曰《如意君传》，又曰《第一快活奇书》，予未阅其书，闻其名而不喜，嫌其直率而少蕴蓄。"于是取佛书"离恨天"之义，改名《无恨天》①。

我们从古代小说命名实践来看，在宣扬佛教清心灭欲的观念之中，以色空观最为突出，试以《红楼梦》为例，从人物命名与书名、茶名与地名两个方面加以阐述。

第一，《红楼梦》之人物命名与书名。《红楼梦》第一回《甄士隐梦幻识通灵　贾雨村风尘怀闺秀》云：

> 空空道人听如此话，思忖半晌，将这《石头记》再检阅一遍，因见上面虽有些指奸责佞、贬恶诛邪之语，亦非伤时骂世之旨；及至君仁臣良、父慈子孝，凡伦常所关之处，皆是称功颂德，眷眷无穷，实非别书之可比。虽其中大旨谈情，亦不过实录其事，又非假拟妄称，一味淫邀艳约、私订偷盟之可比。因毫不干涉时世，方从头至尾抄录回来，问世传奇。从此空空道人因空见色，由色生情，传情入色，自色悟空，遂易名为情僧，改《石头记》为《情僧录》。东鲁孔梅溪则题曰《风月宝鉴》。后因曹雪芹于悼红轩中披阅十载，增删五次，纂成目录，分出章回，则题曰《金陵十二钗》。②

---

① [清] 刘作霖《无恨天传奇序》，收入丁锡根编著《中国历代小说序跋集》，人民文学出版社 1996 年版，第 1586—1587 页。

② [清] 曹雪芹、高鹗《红楼梦》，人民文学出版社 1982 年版，第 6 页。

"空空道人"是作者假托的小说人物，另外，像警幻仙姑之名也都体现出"因空见色，由色生情，传情入色，自色悟空"的色空观念。

《红楼梦》一书有着多种名称，其中《红楼梦》《情僧录》《风月宝鉴》等体现鲜明的色空观，清代梦觉主人《红楼梦序》云："辞传闺秀而涉于幻者，故是书以梦名也。夫梦曰红楼，乃巨家大室儿女之情，事有真不真耳。红楼富女，诗证香山；悟幻庄周，梦归蝴蝶。作是书者藉以命名，为之《红楼梦》焉。"[①]梦觉主人阐明《红楼梦》一书命名所寓含的深意："红楼富女，诗证香山；悟幻庄周，梦归蝴蝶。"富贵、情爱到头来都是一场梦幻一场空，这正是作者藉以命名为《红楼梦》的深意。

《石头记》被改名《情僧录》，后来再改为《风月宝鉴》，其寓意在于"因空见色，由色生情，传情入色，自色悟空"。清代王希廉《红楼梦回评》第一回《甄士隐梦幻识通灵　贾雨村风尘怀闺秀》对《情僧录》和《风月宝鉴》命名之寓意加以阐释：

> 开卷第一回是一段，而一段之中又分三小段。自第一句起，至"提醒阅者之意"句止为第一段，说亲见盛衰，因而作书之意。自"看官你道"句起，至"看官请听"句止为第二段，是代石头说一生亲历境界，实叙其事，并非捏造，以见"空即是色，色即是空"之意。故借空空道人抄写得来。自"按那石上书云"句起至末为第三段，提出"真""假"二字。以甄士隐之梦境出家引起宝玉，以英莲引起十二金钗，以贾雨村引起全部叙述……情僧者，情生也；情僧缘者，因情生缘也。风月宝鉴者，即因色悟空也。金陵十二钗，情缘之所由生也。[②]

在《红楼梦》第十二回《王熙凤毒设相思局　贾天祥正照风月鉴》，叙及贾瑞之事，王希廉在回评中就《风月宝鉴》之名再加阐述：

---

① ［清］梦觉主人《红楼梦序》，一粟编《红楼梦资料汇编》，中华书局1964年版，第28页。

② ［清］王希廉《红楼梦回评》，收入朱一玄编《红楼梦资料汇编》，南开大学出版社2001年版，第585页。

跛足道人忽然而来，取给风月宝鉴，回照第一回内所叙书名。贾瑞因此丧生，好色者当发深省。背面是骷髅，正面是凤姐。美人即骷髅，骷髅即美人。所谓"色即是空，空即是色"也。①

王希廉认为"情僧录"和"风月宝鉴"二名体现明显的色空思想，"色即是空，空即是色"，这正是《红楼梦》几种书名的真实寓意所在。清末魏秀仁《花月痕》指出《红楼梦》人物命名与色空观的关系，其小说第二十五回《影中影快谈红楼梦　恨里恨高咏绮怀诗》云："痴珠道：'……你且说《红楼梦》大旨是讲什么？'采秋道：'我是将个'空'字立定全部主脑。'……痴珠随说道：'色即是空，空即是色。'便敲着桌子朗吟道：'银字筝调心字香，英雄底事不柔肠？我来一切观空处，也要天花作道场。《采莲曲》里猜怜子，丛桂开时又见君。何必摇鞭背花去？十年心已定香薰。'"②这说明后人已领悟出《红楼梦》命名方面体现的色空思想。

第二，茶名、地名。《红楼梦》中茶名"千红一窟""万艳同杯"寓含着色空观。甲戌本《石头记》第五回指出："此茶名曰'千红一窟。'"甲戌侧评云："隐'哭'字。"第五回云："因名为'万艳同杯'。"甲戌侧评云："与'千红一窟'一对，隐'悲'字。"③清代评论家王希廉在《红楼梦回评》第五回《贾宝玉神游太虚境　警幻仙曲演红楼梦》回评中指出："茶名'千红一窟'，酒名'万艳同杯'，言目前虽有千红万艳，日后总归杯（抔）土一穴。同是点化语，不是赞仙家茶酒。"④

《红楼梦》中的地名同样富有寓意，清代方玉润《星烈日记》卷七十云：

（咸丰十年十二月二十八日）雨。阅《红楼梦》传奇。今日雨未

---

① ［清］王希廉《红楼梦回评》，收入朱一玄编《红楼梦资料汇编》，南开大学出版社2001年版，第594页。

② ［清］魏秀仁《花月痕》，中华书局1996年版，第172—173页。

③ ［清］曹雪芹《脂砚斋甲戌抄阅重评石头记》，沈阳出版社2005年版，第143页、第144页。

④ ［清］王希廉《红楼梦回评》，收入朱一玄编《红楼梦资料汇编》，南开大学出版社2001年版，第589页。

止，不能出门，案有《红楼梦》一书，乃取阅之。大旨亦黄粱梦之义，特拈出一情字作主，遂别开出一情色世界，亦天地间自有之境，曰太虚幻境，曰孽海情天，以及痴情、结怨、朝啼、暮哭、春感、秋悲、薄命诸司，虽设创名，却有真意。又天曰离恨，海曰灌愁，山曰放春，洞曰遣香，债曰眼泪，无不确有所见。盖人生为一情字所缠，即涉无数幻境也。[①]

方玉润就《红楼梦》中多种地名寓意进行阐释，他认为"人生为一情字所缠，即涉无数幻境也"，《红楼梦》命名的实质就是宣扬色空观念[②]。

（二）借助小说命名宣扬道教理论。

第一，通过小说书名表达钦慕仙道的思想。我们在上文提到，《枕中记》是运用寓意法创作的唐人传奇，这篇小说的命名体现明显的道教思想。汪辟疆校录《唐人小说》在评述沈既济的《枕中记》时就指出："唐时佛道思想，遍播士流，故文学受其感化，篇什尤多。"[③]小说中的卢生在经历黄粱一梦之后，尽悟"宠辱之道，穷达之运，得丧之理，死生之情"，抛弃梦前的功利思想，人生观变得消极、低沉，道教影响的痕迹相当明显。

明代邓志谟创作的三部道教小说同样借助小说命名宣扬道教理论。作者为三部小说分别取名《许旌阳得道擒蛟铁树记》《唐代吕纯阳得道飞剑记》《五代萨真人得道咒枣记》（简称为《铁树记》《飞剑记》《咒枣记》）直接将晋朝许逊、唐朝吕纯阳、五代萨真人三位道教著名人物的姓名嵌入小说书名之中，邓志谟《豫章铁树记引》称：

> 许都仙，江南人也。厥祖累世阴德，都仙以西晋初诞，溯其自，盖玉洞仙降世，岂梦熊梦马者说哉！都仙幼颖异，长举孝廉，擢旌阳县令，

---

① ［清］方玉润《星烈日记》，收入朱一玄编《红楼梦资料汇编》，南开大学出版社 2001 年版，第828 页。

② 还有些小说作品通过书名宣扬因果报应、劝人积善行德，如明末小说《石点头》、清初小说《醉醒石》、清代《善恶图全传》等，参见本书第八章《中国古代小说命名与文学观念》第二节《小说命名与劝戒说》。

③ 汪辟疆校录《唐人小说》，上海古籍出版社 1978 年版，第 39 页。

赫有政声。惟以五胡并乱，遂解簪绅，皭然不染。既归，适蛟螭肆害，将举豫章而汇之。若然，则民而鱼也，都仙乃远投谌母，传以汉兰公玄谱，歼灭殆尽，镇以铁树，俾洪州地脉，奠安若磐石然，厥功懋矣！康宁间，合宅上升，则许氏之阴功有报，而玉洞之仙谱为无失者。我明距晋世虽多历，而都仙屡出护国，是当代之铁树，奕叶且重光矣！予为之作记，匪妄匪妄！①

小说《铁树记》歌颂许逊以铁树镇蛟、救国护民的功绩，并称赞"部仙屡出护国，是当代之铁树，奕叶且重光矣！"以"铁树"一词称赞道教神仙，大力弘扬道教。《飞剑记》《咒枣记》分别记载吕纯阳、萨真人的事迹，表达同样的寓意，飞剑是得道之人所持之物，咒枣则是古代道士、方士等人对着枣念咒，希望祛邪治病，这些名称均含有浓郁的道教色彩，邓志谟《咒枣记》序称："余暇日考《搜神》一集，慕萨君之油然仁风，撅其遗事，演以《咒枣记》，'咒枣'云者，举法术一事赅其余也。"②邓氏倾慕萨真人等神仙，希望通过小说创作对他们的事迹加以宣传。清代潘昶所撰《金莲仙史》演绎全真教人物的事迹，其《金莲仙史序》针对世事有感而发：

今且世事浇漓，人生轻薄。见奢华淫说，则似糖似蜜；闻正真义理，则如隙如仇。故邪妄益多，正气日耗。凡有聪慧者皆以笔墨上求精，仕宦者尽在名利中着意。由是则国风衰，民心离，安得不败乎？今见秉忠直之心、立刚毅之志者，鲜矣；以道义上留心、性命中着脚者，更鲜矣。

嗟乎！世间个个争名夺利，人人爱酒迷花，谁知乐极终有悲来，福尽即便祸至。不行八德，位立三台，终是小人；不修十善，富有天下，死作穷鬼。生图非义之名，死堕无间之狱，惟有臭名遗流万世，毕竟与我有何益乎？聪明达人，静自思之，急速改邪归正，悔往修来，毋使身

---

① [明] 邓志谟《豫章铁树记引》，《古本小说集成》据万历癸卯初刻本影印《铁树记》卷首。
② [明] 邓志谟《萨真人咒枣记引》，《古本小说集成》据建阳萃庆堂刻本影印《咒枣记》卷首。

沉苦海，汩没沉沦矣。

世俗之人追名逐利，沉迷苦海而不自知、不自拔，潘昶担心"世衰道微，去圣日远。凡有真志者，不得其门而入，尽被傍门野教诱惑；无夙根者，以虚情幻境上认真，酒色财气中取乐，蜗角争名，蝇头夺利"，所以他指出："岂知光阴有限，转瞬无常，幻梦觉时，事事非真；傀儡收处，般般是假；苦海无边，回头是岸矣。"[①] 希望世人及时醒悟，由此创作小说《金莲仙史》：

> 余见旧本《七真传》，非独道义全无，言辞紊乱，兼且诸真始末出典、仙迹一无所考，犹恐曳害后世，以假认真。因是遍阅鉴史宝诰，搜寻语录丹、经，集成是书，共记四卷二十四回。其中以重阳所度七朵金莲为重，名之曰《金莲仙史》。厥中事事有证，语语无虚，乃登天之宝筏，渡世之慈航也。惟愿有志于道者宜细细静玩，不可当作小书世文而论。果能达此书中意义，道德之门可入，修真之路可寻矣。学者当效丘、白二祖之苦志坚心，勇猛精进，修持道业，何愁德之不立、道之不成哉？是为序。[②]

潘昶在上述长篇序言中说得很明确，《金莲仙史》一书编撰"乃登天之宝筏，渡世之慈航也"，他希望世人通过阅读可入道德之门，可寻修真之路。清代常宝光绪三十四年（1908）撰《金莲仙史跋》也揭示出此书命名的崇道之旨：

> 《史》中所载仙踪道迹，不但一志苦修，尤须积功累行，言之极详。惟精微玄妙之处，在阅者各人自己心领神会，所谓可意授而不可以言传。虽云分派，实则同源。三宝五行，尤为切要。以言乎易，大道本平常，不在炫奇矜异；以言乎难，如转石上山，愈高愈险，跬步颠沛，前

---

① 以上所引参见［清］潘昶《金莲仙史序》，《古本小说集成》据光绪三十四年翼化堂本影印《金莲仙史》卷首。

② 参见［清］潘昶《金莲仙史序》，《古本小说集成》据光绪三十四年翼化堂本影印《金莲仙史》卷首。

功尽弃。世人果能不忽其易则经久，不畏其难则坚定，庶几可与谈玄。

戊甲秋火道人以此《史》见授，嘱为梓行于世。予受而读之，觉妙绪泉涌，络绎不绝，有功于黄冠者流实非浅鲜。爰付梨枣，以供众觉，为后学之梯航。①

常宝希望读者领悟《金莲仙史》一书寓含的深意，坚定修道的信念。

第二，通过小说作品人物命名宣传道教理论，较为突出的是清代李百川所撰《绿野仙踪》，其中主人公冷于冰的命名寓意深远。《绿野仙踪》第一回《陆都管辅孤忠幼主　冷于冰下第产麟儿》介绍冷于冰的身世：

且说明朝嘉靖年间，直隶广平府成安县有一绅士，姓冷，名松，字后凋。其高祖冷谦，深明道术，在洪武时天下知名，亦周颠、张三丰之流亚也。其祖冷延年，精通岐黄，兼能针灸，远近有神仙之誉。由此发家，广置田产生意，遂成富户。他父冷时雪，弃旧学，得进士第，仕至太常寺正卿，生冷松兄妹二人。

冷于冰的高祖"深明道术"，祖父"远近有神仙之誉"，冷于冰出生以后，他父亲为之取名"冷于冰"，关于取名的寓意，其父说道：

"冷于冰"三字比"冷冰"二字更冷，他将来长大成人，自可顾名思义。且此三字刺目之至，断非仕途人所宜。就是家居，少接交几个朋友勾引他混闹，也是好的。我再与他起个字，若必定再拈住冷于冰三字做关合，又未免冷上添冷了，可号为"不华"，亦黜华浮尚实之意也。②

祖父为孙子取名"冷于冰"，希望他秉性正直，洁身自好，注重个体修养。冷于冰没有辜负祖父的期望，他科举失利之后，远走他乡，访仙问道，

<hr />

① 参见［清］常宝《金莲仙史跋》，《古本小说集成》据光绪三十四年冀化堂本影印《金莲仙史》卷末。
② ［清］李百川《绿野仙踪》，人民文学出版社1987年版，第2—3页。

修炼成仙。从此扬善惩恶，救民于水火。《绿野仙踪》侯定超序对"冷于冰"一名也做了进一步的解读：

　　人也而有冷于冰名，何也？缘人藐然中处，参乎两仪，为万物灵。顾乃慌乱迷惑，忘其所始，丧其所归，至不得与无情木石，有知鹿豕，守贞葆和，终其天年者，总由一热字摆脱不出耳。热者一念，分为千歧万径，如恒河沙数，不可纪极，而缘其督者，气也，财也，色也，酒之为害，尚在三者之末。盖气者，人所生；财者，生所养；色则人与生相续于无穷者也，何害？曰：害在于热。气热则嗔，财热则贪，色热则淫，至于嗔、贪、淫，则必慌乱迷惑，忘其所始，丧其所归，求能守贞葆和，以终天年者，其诸有几？如此书中，人之有朱文魁也，贼之有师尚诏也，妓女之有金钟儿也，物之有妖蝎也，狐之有赛飞琼也，鱼之有广信夫人也：为嗔为贪为淫，各守其一，以极其余。无论举世视同秦越，即父子、兄弟、夫妻，至掉臂而不相顾。何者？一热则无不冷矣。[①]

　　侯定超认为"冷"与"热"相对，所谓"热"即热衷功名利禄，热衷酒色财气。侯氏认为，"冷于冰"之名与道教关系密切，他在乾隆三十六年（1771）所撰序中指出：

　　三家村学究读《绿野仙踪》，见冷于冰名，犹然慕之曰："道在是矣。"彼乌知之！夫天下之大冷人，即天下之大热人也。自来神圣贤人，皆具一片热肠。然曰淡，曰无欲，又曰欲立立人，欲达达人，淡然无欲者，冷也。欲立欲达者，热也。然则神圣贤人，其于酒色财气乎？曰：非也。夫神圣贤人，一喜一怒，必与民同准；一人之性，使天下各遂其性。若必无之而后为神圣贤人，则是冷于冰不应有妻子，不应有财产，不应归故里。今观其赈灾黎，荡妖氛，藉林岱、文炜以平巨寇，假应

---

① ［清］侯定超《绿野仙踪序》，《绿野仙踪》，人民文学出版社 1987 年版，第 815—816 页。

龙、林润以诛权奸，脱董玮、沈襄于桎梏，摄金珠米粟于海舶，设幻境醒同人之梦，分丹药玉弟子之成，彼其于家、于国、于天下何如也？故曰：天下之大冷人，天下之大热人也。可知热由于心，冷亦由心。善为热心者，必先能为冷心。心之聚散，如冰凝释于水，乃可以平嗔、欲、贪之横行，而调气、色、财之正矩。是则先以冷濯热，存心其要矣。以故际利害切身之场而不惧，遇万钟千驷之富而不顾，处皎日同穴之欢而不染，到此方毫无挂碍，始能为冷，始能为热，始可以守真葆和，与天地终始，而道成矣……持心之要，莫妙于冷，莫妙于冷于冰，此作者命名之意，至深至切。庄子曰："形固可使如槁木，心固可使如死灰。"冷之谓也。张子曰："聚亦吾体，散亦吾体。"冷于冰之谓也。①

　　侯定超认为，所谓"冷"在于"无欲"，在于远离酒色财气，"持心之要，莫妙于冷，莫妙于冷于冰"，这正是作者命名的真实意图。

　　（三）宣扬宗教，同时掺入儒家伦理观念，显示儒佛道的结合。

　　明末方汝浩（即清溪道人）撰《新编扫魅敦伦东度记》，又名《续证道书东游记》，简称《东度记》，世裕堂主人崇祯乙亥年（1635）撰《扫魅敦伦东度记序》云：

　　　　昔人撰《西游》，借金公木母、意马心猿之义。而此记，借酒色财气、逞邪弄怪之谈。一魅恣，则以一伦扫。扫魅还伦，尽归实理。人曰圣僧之教不言，予曰道人说魅扫魅。观者有感，愿为忠良，愿为孝友。莫谓天道人伦不孚，试看善人获福。至于编中，征诸通载者一，矢谈无稽者九。总皆描写人情，发明因果，以期砭世。勿谓设于牛鬼蛇神之诞，信为劝善之一助云。②

　　清代佚名《阅〈东度记〉八法》也指出：

---

① ［清］侯定超《绿野仙踪序》，《绿野仙踪》，人民文学出版社 1987 年版，第 816—817 页。
② ［明］世裕堂主人《扫魅敦伦东度记序》，《东度记》卷首，上海古籍出版社 1996 年版。

不厌伦理正道，便是忠孝传家。任其铺叙错综，只顾本来题目。莫云僧道玄言，实关纲常正理。虽说荒唐不经，却有禅家宗旨。尊者教本无言，暂借师徒发奥。中间妖魔邪魅，不过装饰闹观。总来直关风化，不避高明指摘。若能提警善心，便遂作记鄙意。①

《东度记》描写晋朝达摩东度的故事，作者取名"扫魅敦伦"，既充满神怪色彩，又充分反映明代的社会现实，强化儒家伦理道德思想，清代世裕堂主人《续证道书东游记序》指出此书："扫魅还伦，尽归实理。""观者有感，愿为忠良，愿为孝友。"清代佚名《阅〈东游记〉题词》认为："莫云僧道玄言，实关纲常正理。虽说荒唐不经，却有禅家宗旨。"皆揭示出此书命名意在调和儒佛的创作倾向。

明代罗懋登《三宝太监西洋记通俗演义》中，国师金碧峰、道士张天师协助郑和等人完成下西洋的壮举，体现佛道结合。又如明代余象斗编《南游记》，又名《华光天王南游志传》《五显灵官大帝华光天王传》，明代谢肇淛《五杂组》指出小说之名富含寓意："华光小说，则皆五行生剋之理，火之炽也，亦上天下地莫之扑灭，而真武以水制之，始归正道。其他诸传记之寓言者，亦皆有可采。"②据贾二强考证："五显是始见于宋代民间的一路神道，在相当长的一个时期里曾广为流传。华光是佛家的一位菩萨，时见于佛典之中。"③作者将道教之神和佛家菩萨置于书名之中，同样反映出佛道结合的趋势。

二、古代小说善于借助小说命名宣扬儒家伦理道德规范

忠孝节义是古代小说命名寓意说的一个重要组成部分，《水浒传》中改"聚义厅"为"忠义堂"，李卓吾在容与堂刊本《水浒传》卷六十第六十回

---

① [清] 佚名《阅〈东度记〉八法》，《东度记》卷首，上海古籍出版社 1996 年版。
② [明] 谢肇淛《五杂组》，上海书店出版社 2001 年版，第 312 页。
③ 参见贾二强《说五显灵官和华光天王》，载《中国典籍与文化》2002 年第 3 期。

《公孙胜芒砀山降魔　晁天王曾头市中箭》中评曰："改聚义厅为忠义堂，是梁山泊第一关节，不可草草看过。"①宋江改聚义厅为忠义堂是《水浒传》情节的重要转折点，李卓吾评点提醒读者"不可草草看过"。清代观鉴我斋《儿女英雄传序》探讨《水浒传》作者改"聚义厅"为"忠义堂"的原因："施耐庵见元臣之失臣道，予盗贼以愧朝臣，意在教忠，本平治以立言也。"②很显然，改名为"忠义堂"，作者藉以突出"忠义"的主旨，《水浒传》第八十一回《燕青月夜遇道君　戴宗定计赚萧让》，宋江派戴宗、燕青带上闻焕章给宿元景太尉的书信，前往东京，希望有机会接受朝廷招安，燕青当面向宋徽宗表达希望接受招安的愿望，提到"忠义堂"：

> 燕青奏道："宋江这伙，旗上大书'替天行道'，堂设'忠义'为名，不敢侵占州府，不肯扰害良民，单杀贪官污吏，谗佞之人。只是早望招安，愿与国家出力。"③

"聚义厅"与"忠义堂"，堂名虽然只有两字之差，寓意相距甚远。也有不少小说直接把"忠""奸"等字眼嵌入小说，如明末时事小说《魏忠贤小说斥奸书》《辽海丹忠录》，明代吴越草莽臣在《魏忠贤小说斥奸书自叙》中认为：

> （此书创作）唯次其奸状，传之海隅，以易称功颂德者之口；更次其奸之负畜，以著我圣天子之英明。神于除奸，诸臣工之忠鲠；勇于击奸，俾奸谀之徒缩舌，知奸之不可为，则犹之持一疏而叩阙下也。是则予立言之意。④

---

① 《明容与堂刻水浒传》，上海人民出版社 1975 年据明容与堂刊本影印。

② ［清］观鉴我斋《儿女英雄传序》，《古本小说集成》据光绪四年聚珍堂刊本影印《儿女英雄传》卷首。

③ ［明］施耐庵、罗贯中《水浒传》，人民文学出版社 1975 年版，第 1113 页。

④ ［明］吴越草莽臣《魏忠贤小说斥奸书自叙》，《古本小说集成》据崇祯元年峥霄馆刊本影印《魏忠贤小说斥奸书》卷首。

明末佚名所撰时事小说《梼杌闲评》揭露宦官魏忠贤的行径，虽没有以"忠""奸"命名，但取名"梼杌"，亦有寓意，《辞海》云："梼杌，古代传说中的怪兽名，常用以比喻恶人。"作者以"梼杌"鞭挞奸臣魏忠贤之流。

《金瓶梅》是一部寓意很深的小说，小说以"孝哥""爱姐"作结，寓含孝义和仁爱的儒家之旨。清代张竹坡《竹坡闲话》云："《金瓶梅》，何为而有此书也哉？曰：此仁人志士、孝子悌弟不得于时，上不能问诸天，下不能告诸人，悲愤呜唈，而作秽言以泄其愤也……我何以知作者必仁人志士、孝子悌弟哉？我见作者之以孝哥结也。"①在《金瓶梅》第一百回《韩爱姐路遇二捣鬼　普静师幻化孝哥儿》的回评中，张竹坡再次对"孝哥"一名的寓意加以阐释：

> 此回为万壑归源之海也……以捣鬼、孝哥结者，孝弟乃为仁之本也。幻化孝哥，永锡尔类也……西门复变孝哥，孝哥复化西门，总言此身虚假，惟天性不变。其所以为天性至命者，孝而已矣。呜呼！结至孝字至矣哉！大矣哉！凡有小说，复敢之与（按：即与之）争衡也乎？故周贫磨镜一回，乃是大地同一孝思，而共照于民胞物与之内也……第一回弟兄哥嫂，以弟字起，一百回幻化孝哥，以孝字结，始悟此书，一部奸淫情事，俱是孝子悌弟穷途之泪。夫以孝、弟起结之书，谓之淫书，此人真是不孝弟。噫！今而后三复斯义，方使作者以前千百年，以后千百年，诸为人子弟者，知作者为孝、弟说法于浊世也。②

张竹坡认为，《金瓶梅》以"孝哥"作结，表明作者意在宣传志士孝子悌弟，宣扬孝道。《金瓶梅》中"爱姐"命名也有深刻的寓意，张竹坡《金瓶梅读法》云："《金瓶梅》是部改过的书，观其以爱姐结便知。盖欲以三年之

---

①〔清〕张竹坡《竹坡闲话》，《会评会校本金瓶梅》，中华书局1998年版，第1480页。

②〔清〕张竹坡《金瓶梅》第一百回回评，《会评会校本金瓶梅》，中华书局1998年版，第1449—1451页。

艾，治七年之病也。"① 在《金瓶梅》第九十八回《陈敬济临清逢旧识　韩爱姐翠馆遇情郎》的回评中，张竹坡称：

> 上文已大段结束。此回以下，复蛇足爱姐何？盖作者又为世之不改过者劝也，言如敬济经历霜雪，备尝甘苦，已当知改过，乃依然照旧行径；贪财爱色，故爱姐来，而金道复来看敬济，言其饮酒宿娼，绝不改过也。虽有数年之艾在前，其如不肯灸何？故爱姐，艾也，生于五月五日可知也。②

在《金瓶梅》第九十九回《刘二醉骂王六儿　张胜窃听陈敬济》的回评中，张竹坡又指出：

> 此回乃完陈敬济一人之案。其取祸被杀，总是不肯改过，故用以艾灸之，则爱姐乃所以守节也。且欲一部内之各色人等皆改过，故又以爱姐结于此，且下及于一百回。总之作者著此一书，以为好色贪财之病，下一大大火艾也。③

《金瓶梅》中，爱姐生于农历五月五日，这一天被称为恶日，民间举行插菖蒲、艾叶等活动以驱鬼、避疫，所以张竹坡认为，"爱姐"的"爱"音同"艾"，"作者著此一书，以为好色贪财之病，下一大大火艾也"。与此同时，以"爱姐"作结还有另外一层寓意，那就是通过爱姐为陈敬济守节的行为，作为西门庆等人贪淫的对照，歌颂仁爱和节义。

除《水浒传》《金瓶梅》以外，还有很多小说的命名宣扬儒家伦理道德观念，例如，《醒世恒言》第三十卷《李汧公穷邸遇侠客》，房德忘恩负义，要谋害曾经救他一命的李勉，得到家人路信相救，"路信"一名自有寓意；明代陆

---

①［清］张竹坡《金瓶梅读法》，《会评会校本金瓶梅》，中华书局 1998 年版，第 1509 页。
②［清］张竹坡《金瓶梅》第九十八回回评，《会评会校本金瓶梅》，中华书局 1998 年版，第 1424 页。
③［清］张竹坡《金瓶梅》第九十九回回评，《会评会校本金瓶梅》，中华书局 1998 年版，第 1437 页。

人龙《型世言》第九回《淫妇背夫遭诛　侠士蒙恩得宥》中，作者为仿效唐代冯燕义行的男子取名为"耿埴"，寓意"耿直"①；明代梅鼎祚《青泥莲花记》，以"青泥莲花"之名比喻历代娼妓之中也有节行，实为难得②；清代小说《世无匹》中，干白虹行侠仗义，清代学憨主人《世无匹题辞》云：

> 请观其命名曰《世无匹》，标其人干白虹，彼所寄托，已约略可睹矣，又何庸询其人之有与无，并其事之虚与实哉！虽然，览其首尾，意在言外，吾得以两言断之曰：有干白虹，而天下事何不可为，有干白虹，天下正复多事，赖有恩怨释然。一瓢长醉假语，可以化有事为无事，总风云万变，仍是长空无际。即书中伦常交至，祸福感召，又能惩创逸志，感发善心，殊有风人之旨寓乎间，此书之有裨于世道人心不少。即曰稗官野史，亦何不可家弦而户诵。③

学憨主人分析《世无匹》书名以及人名"干白虹"的寓意，正是作者寄托之所在，作家借这些小说命名歌颂诚信、节义、耿直，"有裨于世道人心"。相反，对那些负心、负义的行径则予以鞭挞，比较典型的是明代文言小说《中山狼传》，明代何良俊《四友斋丛说》卷十五云："李空同与韩贯道草疏，极为切直。刘瑾切齿，必欲置之于死。赖康浒西营救而脱。后浒西得罪，空同议论稍过严刻，马中锡作《中山狼传》以诋之。"④明代李诩《戒庵老人漫笔》卷八《中山狼传》云："《中山狼传》，马左都中锡撰，刺李空同悖德康对山脱刘瑾之害耳。"⑤清代钮琇《觚剩续编》卷一《言觚·玉剑诋》亦云："马中锡撰《中山狼传》以刺献吉。"⑥中山狼的典故出自春秋时期东郭先生误

① ［明］陆人龙《型世言》，中华书局1993年版，第65页。
② ［明］梅鼎祚《青泥莲花记》，《四库全书存目丛书》子部小说家类，据万历三十年鹿角山房刊本影印，第253册。
③ ［清］学憨主人《世无匹题辞》，《古本小说集成》据金阊黄金屋本影印《世无匹》卷首。
④ ［明］何良俊《四友斋丛说》，中华书局1959年版，第126页。
⑤ ［明］李诩《戒庵老人漫笔》，中华书局1982年版，第324—325页。
⑥ ［清］钮琇《觚剩续编》，《觚剩》附录，上海古籍出版社1986年版，第173页。

救中山狼的典故，讽刺恩将仇报、忘恩负义之人。康海（西安府武功县人，即今陕西省武功县武功镇浒西庄人）对李梦阳（字献吉，号空同）有救命之恩，而李梦阳负之。马中锡撰文言小说《中山狼传》，明代康海、汪廷讷、陈与郊都创作同名杂剧，这一题材在当时影响很大，到清代《红楼梦》中也将贾迎春的丈夫、忘恩负义的小人孙绍祖称为"中山狼"，其寓意均在于鞭挞负心、负义的行径。

借助小说命名宣扬"情"与"礼"的结合，强调社会教化，也是明清小说命名的寓意内涵之一。明末冯梦龙提出著名的"情教"观，他在署名詹詹外史所作的《情史叙》中指出："《六经》皆以情教也。"① 在署名龙子犹所作的《情史叙》中又说："我欲立情教，教诲诸众生。"② 冯梦龙所说的"情"不仅指男女之情，而且指人间的各种情感；他提出"情教"，既提倡真情，又主张不逾越儒家伦理道德规范，在明末清初的才子佳人小说命名中也显示出这种命名趋势，清代名教中人编《好逑传》，书名取《诗经·周南·关雎》"窈窕淑女，君子好逑"之意，寓示才子铁中玉与佳人水冰心相爱而不逾越礼教的行为。清维风老人《好逑传叙》分析"好逑"之意：

　　自生人以来，凡偕伉俪，莫非匹偶。乃《诗》独于寤寐之君子，窈窕之淑女，称艳之曰"好逑"，斯何谓哉？……爱伦常甚于爱美色，重廉耻过于重婚姻。是以恩有为恩，不敢媚恩而辱体；情有为情，何忍恣情以愧心？未尝不爱，爱之至而敬生焉；未尝不亲，亲之极而私绝焉。甚至恭勤饮食如大宾，告诫衾裯为良友，伉俪至此，风斯美矣。此其所以为"好逑"而《诗》独咏之哉！

　　嗟嗟！人心本自天心，既知好色，夫岂不好名义？特汩没深而无由醒悟，沉沦久而不知兴起，诚于此而寓目焉，必骇然惊喜曰："名义之乐乃尔，何禽兽为？"则兹一编当与《关雎》同读已。③

---

① 署名詹詹外史《情史叙》，《古本小说集成》据明刊本影印《情史》卷首。
② 署名龙子犹《情史叙》，《古本小说集成》据明刊本影印《情史》卷首。
③ ［清］维风老人《好逑传叙》，《好逑传》卷首，华夏出版社1995年版。

爱伦常重于爱美色，重廉耻道德超过重婚姻，将礼教置于情感之上，做到"情"与"礼"的结合，清初才子佳人小说《醒风流》《飞花艳想》的命名也表达同样的寓意，清代崔市道人《醒风流奇传》称："是编也，当作正心论读。世之逞风流者，观此必惕然警醒，归于老成，其功不小。"①清初樵云山人（即刘璋）《飞花艳想序》云：

> 花必欲飞，不飞不足夺目；想必欲艳，不艳不足娱情，必也。无花不飞，无想不艳，亦无花不艳，无想不飞，方足以开人心花，益人心想，以为文士案头之一助。
>
> ……阅兹传者，如逢名花，目前艳媚，虽桃秾李白，而清香胜之。如生奇想，天际飞来，虽水穷山尽，而幻景出之，如逢才子佳人，笑言相对。虽才为司马，慧似文君，而风流都雅却又过之。此《飞花艳想》之所由作也。
>
> 虽然，花飞矣，想艳矣，亦花艳矣，想飞矣，不归于忠孝节义之谈，而止及饮食男女之事，是何异于日用山海珍馐，而废家常茶饭也，是何异于日阅稗官野史，而废四书五经也。其可乎！若兹传者，权必归经，邪必归正。花飞而笔自存，想艳而文自正。令人读之犹见河洲窈窕之遗风。则是书一出，谓之阅稗官野史也可，即谓之读四书五经也亦可。②

作者刘璋在序言中主张将男女风情与忠孝节义相结合，"令人读之犹见河洲窈窕之遗风"。

古代很多小说命名体现宣扬教化之寓意，如明代吴还初撰《新刻郭青螺六省听讼录新民公案》，此书卷首《新民录引》云："将以明者新之民，而以新者效之君。"教化百姓以效忠君王。"新民公案"一名取义于《周书·康诰》，

---

① ［清］崔市道人《醒风流序》，《醒风流》卷首，春风文艺出版社1981年版。
② ［清］刘璋《飞花艳想序》，《古本小说集成》据上海图书馆藏本影印《飞花艳想》卷末。

意即地方官审理案件应以教化为重 ①。清代褚人获（字稼轩）撰《坚瓠集》，清人毛际可撰《坚瓠丁集序》云：

> 稼轩褚先生以坚瓠名其书，且不敢自比于庄叟五石之瓠，以示其无用。然人徒知有用之为用，而不知无用之为用。极之而大，《易》所谓"潜龙勿用"，道家所谓"外其身而身存"，皆由此推焉耳。先生负俊才，历落不偶，无志用世，遂覃思撰述，而于有明一代纂辑特备，至昭代六十余年，耳目所及，尤不遗余力焉。大旨主于维风教、示劝惩，博物洽闻，阐幽探赜，下逮闾巷歌谣，闺阁怀思之细，无不取之秘籍，先后问世，其所锓初集，即以余灯谜诗列之卷首。②

清代俞万春创作《荡寇志》，作者仇视以宋江为首的一百零八将，叙述宋江等人被张叔夜剿灭的故事，消除《水浒传》带来的影响，其命名"荡寇"寓意正在于此。清代东篱山人咸丰七年（1857）作《重刻荡寇志叙》云：

> 善哉，俞仲华先生之《荡寇志》乎！因耐庵《水浒传》体其微义，畅发伟词，十分五光，层见叠出，总以忠奸两路，划开到底，其间脉络贯通，前后文回环照，而成败倚伏，鬼神亦若有默运之机，此不独足悦人目，并足感人心也。余见其原刊大板，逐卷详恭，觉虽小说，实有关世道人心。志曰《荡寇》，诚非虚语。顾特恐传之难遍也，爰校其舛讹，重付剞劂，宛成袖珍，俾行者易纳巾箱，居亦便于检阅，流传遍览，咸知忠义非可伪托，盗贼断无善终，即误入歧途者，亦凛然思，翻然悔，转邪就正，熙熙然共享太平之乐也，岂不休哉！③

---

① 参照徐朔方《古本小说集成·新民公案》前言，《古本小说集成》据日本延享元年（1744）甲子抄本影印《新民公案》卷首。

② ［清］毛际可《坚瓠丁集序》，《坚瓠集》，上海古籍出版社 2012 年版，第 1 册第 247 页。

③ ［清］东篱山人《重刻荡寇志叙》，收入丁锡根编著《中国历代小说序跋集》，人民文学出版社 1996 年版，第 1521—1522 页。

另外，《三侠五义》中包拯命名寓意救国救民，清代石玉昆述《三侠五义》第三回《金龙寺英雄初救难　隐逸村狐狸三报恩》云："且说当下开馆，节文已毕，宁老先生入了师位……遂乃给包公起了官印一个'拯'字，取意将来可拯民于水火之中；起字'文正'，取其意'文'与'正'，岂不是'政'字么？言其将来理国政，必为治世良臣之意。"① 九尾龟是传说中的神龟，晚清张春帆以此为名创作小说《九尾龟》，作者以此戒风月，故在小说第十五回《曲辫子坐轿出风头　红倌人有心敲竹杠》中作者声称"在下这前半部小说，原名叫做《嫖界醒世小说》"②，意在借助小说宣扬教化。

三、古代一些小说作品借助于命名表达遗民思想

元徐天佑《吴越春秋音注》十卷，元大德十年（1306）绍兴路儒学刊本。清代莫友芝《宋元旧本书经眼录》附录卷一指出："《吴越春秋》，元徐天佑注本，大德三年十二月刊，其十卷末题衔云：'前文林郎、国子监书库官徐天佑音注。'考元《百官志》，无国子监书库之名，《万姓统谱》称天佑进士第，德祐二年以国子监书库召不赴云云。德祐为宋瀛国公年号，知天佑本宋末人，入元不仕，刻《音注》时追题宋官，故云'前'，'前'者，谓前朝也。是书又有明万历丙戌武林冯念祖卧龙山房翻刻本，亦佳，此犹元刻，但非初刻耳。'"③ 徐天佑为宋末人，"入元不仕"，编刊《吴越春秋音注》时"追题宋官"，以此表达自己对宋朝的怀念和忠贞，表达自己的遗民思想。

明末盛于斯认为成书于元末明初的《水浒传》寄寓宋代遗民思想，他在《休庵影语·总批水浒传》中指出，施耐庵创作《水浒传》，富含寓意，其中"更有一段苦心，惟叶文通略识其意"。叶文通，即叶昼，字文通。盛于斯认为历来《水浒传》的读者、评论者之中，只有叶昼"略识其意"，盛氏所言是

① ［清］石玉昆述《三侠五义》，中华书局1996年版，第16页。
② ［清］张春帆《九尾龟》，《古本小说集成》据上海图书馆藏本影印，第82页。
③ ［清］莫友芝《宋元旧本书经眼录》，中华书局2008年版，第126—127页。

什么寓意呢?《休庵影语·总批水浒传》云:

> 耐庵,元人也,而心忠于宋。其立言有本,故不觉淋漓婉转,刻画如生。其称宋江者,宋与宋同文,故以宋江为之首。其谋主曰吴用者,吴与无同音,言宋家辅相之臣,无用以至败亡了。奸臣必称蔡京、童贯、杨戬、高俅者,诛元凶也。首称破大辽者,即所以破金、元也。称平河北、定淮西者,所以吐宋家恹恹不振之气也。征江南方腊,而皇秀大半死亡者,宋家偷安江左,赵家一块肉,终于此也。宋公明葬楚州,而神游蓼儿洼者,死不忍忘故土也。
>
> 林冲之杀白衣秀士王伦者,王伦与王伦同名,伦首附秦桧倡成和义,杀之,所以雪愤也。晁天王不得其死者,君子恶乱始,所以戒后世也。宋江等之生始于洪信走魔者,盖指道君信任左道,首开祸乱也。其命意大率如此。①

盛于斯就《水浒传》人物命名的寓意进行解读,认为其中包含作者的遗民思想,处身于元朝,而忠心于宋。宋江之姓寓示宋朝,吴用之姓名表明宋朝将相无能,王伦与奸臣同名,杀之以雪愤,宋公明葬楚州,而神游蓼儿洼,说明不忘故土。盛于斯之言可备一说。我们在上文提到,董说的《西游补》带有尊崇佛教之寓意,不过,关于《西游补》蕴藏的寓意,还有另外一种说法,认为此书寄托遗民思想②。

---

① [明]盛于斯《休庵影语》,开明书店1931年版,第34—35页。
② 关于《西游补》表达遗民思想之事,《缺名笔记》云:"近时刊行之《新西游记》,即董说之《西游补》也。说为吴兴南浔人,字若雨,明之遗民也。中年而后,独皈净域,有《丰草庵杂著》十种。先生当鼎革后,目击时变,腥膻遍地。书中所云青青世界及杀青大将军等,颇寓微意。其尤显者,鲭鱼指平西而言,苏、湖方言,'吴'、'鱼'二字,并读若'痕'。又倒挂天山,凿开天口等词,亦影射吴字;且逆数历日,孤臣心事,于无可奈何之日,犹冀天地之旋转。全书以牡丹始,以桃花终,花王世界,不宜异种羼人,轻薄之桃花,虽能乘时献媚,亦终于逐逝水之流耳。此作者立言之本旨也。"(据蒋瑞藻《小说考证》卷二转录,上海古籍出版社1984年版,第61页)《缺名笔记》作者认为,《西游补》是董说在明亡以后作为明遗民身份所作,小说中"鲭鱼"一名实指明末被封为平西伯,后来引清兵入关的吴三桂,书中所云青青世界及杀青大将军等,颇寓微意。黄人《小说小话》也表达与《缺名笔记》类似的观点,认为《西游补》"以火焰山寓朱明",大禹之戮防风,始皇之逐匈奴,都是汉民族摧伏异族的代表,这种观点不免有穿凿索隐之嫌。

　　明末清初张岱（号陶庵）在明朝灭亡以后，撰笔记小说集《陶庵梦忆》，以"梦忆"来追忆明王朝，例如卷八《琅嬛福地》自记陶庵之梦。清朝立国之初，时代的剧变在知识分子的心灵中烙下深深的印记，有的怀报故国之思，抒写愤懑慷慨之情；有的则幽怨、消沉，沉迷于神仙道化，正如清初邹式金在其《杂剧三集》的小引中所言："迩来世变沧桑，人多怀感，或抑郁幽忧，抒其禾黍铜驼之怨；或愤懑激烈，写其击壶弹铗之思；或月露风云，寄其饮醇近妇之情；或蛇神牛鬼，发其问天游仙之梦。"[1] 作为一位明朝遗民，亡国之后，张岱有着难以名状、难以言说的悲伤，只能像《琅嬛福地》一样通过梦境寄托对故国的哀思。清代伍崇曜咸丰壬子（1852）跋云：

　　　　右《陶庵梦忆》八卷，明张岱撰。按，岱字宗子，山阴人。考邵廷采《思复堂集·明遗民传》，称其尝辑明一代遗事为《石匮藏书》，谷应泰作《纪事本末》，以五百金购请，慨然予之。又称明季稗史罕见全书，惟谈迁编年、张岱列传具有本末，应泰并采之以成《纪事》。则《明史纪事本末》固多得自宗子《石匮藏书》暨列传也。阮文达《国朝文苑传稿》略同……昔孟元老撰《梦华录》，吴自牧撰《梦粱录》，均于地老天荒沧桑而后，不胜身世之感，兹编实与之同。虽间涉游戏三昧，而奇情壮采，议论风生，笔墨横姿，几令读者心目俱眩，亦异才也。[2]

　　伍崇曜跋中提到两部笔记，其中，孟元老《东京梦华录》是一部靖康之变以后，追忆北宋都城汴京风俗人情的笔记，吴自牧《梦粱录》自序称：

　　　　昔人卧一炊顷，而平生事业扬历皆遍，及觉则依然故吾，始知其为梦也，因谓之"黄粱梦"。矧时异事殊，城池苑囿之富，风俗人物之盛，焉保其常如畴昔哉！缅怀往事，殆犹梦也，名曰《梦粱录》云。脱有遗

阙，识者幸改正之，毋哂。①

　　此序提到"时异事殊""缅怀往事，殆犹梦也"，由此推断此书当作于元军攻破临安城之后，作者怀着对故国、乡土的怀念创作《梦粱录》。伍崇曜认为张岱《陶庵梦忆》所表达的遗民思想与孟元老《东京梦华录》、吴自牧《梦粱录》有异曲同工之妙。张岱对故国的哀思不仅体现于笔记小说，而且出现在他的其他作品之中，他搜集、整理有明一代遗事编为《石匮藏书》，具有很高的史料价值，成为后来谷应泰作《明朝纪事本末》取材的蓝本；他创作的小品文集《西湖梦寻》追记昔日西湖的胜况，从而寄托遗民思想，《四库全书总目》卷七十六《西湖梦寻》条云："国朝张岱撰……是编乃于杭州兵燹之后，追记旧游。"②《西湖梦寻》查继佐序称："张陶庵作《西湖梦寻》，以西湖园亭桃柳、箫鼓楼船，皆残缺失次，故欲梦中寻之，以复当年旧观也。"③李长祥序称："甲申三月，一梦跷蹊，三十年来若魇若呓，未得即醒，傍人且将升屋唤之，犹恐魂之不返，何暇寻梦中所有，且寻昔日梦中之所有哉！张陶庵见西湖残破，而思蓬榻于徐，惟旧梦是保，自谓计之得矣。吾谓陶庵惟知旧梦，而不知新梦。"④与《陶庵梦忆》一样，《西湖梦寻》也是张岱通过追梦的形式表达遗民哀思。

　　入清以后，明朝的遗民利用手中的笔抒写亡国之痛，鞭挞明朝的降将、叛臣，直接或间接地表达反清复明的心愿，王夫之根据唐传奇《谢小娥传》和《拍案惊奇》卷十九《李公佐巧解梦中言　谢小娥智擒船上盗》改编成《龙舟会》杂剧。在这部戏曲中，作者鲜明地表达反清复明思想，谢小娥的父亲在唐人传奇中有姓无名，其丈夫为"段居贞"，王夫之则给谢小娥的父亲取名"谢皇恩"，给谢小娥的丈夫取名"段不降"，目的就在于讽刺、鞭挞那些背叛朱明朝廷、投靠新朝的降将、降臣。在杂剧的第一折，王夫之借小孤

①〔宋〕吴自牧《梦粱录》自序，《梦粱录》卷首，浙江人民出版社1980年版。
②〔清〕纪昀等《钦定四库全书总目》，中华书局1997年版，第1030页。
③〔清〕查继佐《西湖梦寻序》，《西湖梦寻》，中华书局2007年版，第116页。
④〔清〕李长祥《西湖梦寻序》，《西湖梦寻》，中华书局2007年版，第118页。

神女之口云："谢皇恩女儿小娥，虽巾帼之流，有丈夫之气，不似大唐国一伙骗纱帽的小乞儿，拼着他贞元皇帝投奔无路，则他可以替他父亲、丈夫报冤，则索隐用天机。"作者通过一个柔弱女子谢小娥为父、夫报仇的行为，有力反衬出明朝降将、降臣的贪生怕死、自私自利，两者之间形成强烈的对比。

清初遗民思想在小说创作中同样有着充分的体现。清代《女仙外史》作者吕熊曾明确提出此书的取名原因，刘廷玑《女仙外史品题》对此有所记载：

> 岁辛巳（按：康熙四十年，即 1701），余之任江西学使，八月望夜，维舟龙游，而逸田叟（按：吕熊号逸田）从玉山来请见。杯酒道故，因问叟："向者何为？"叟对以将作《女仙外史》。余叩其大旨，曰："尝读《明史》，至逊国靖难之际，不禁泫然流涕，故夫忠臣义士与孝子烈媛，湮灭无闻者，思所以表彰之，其奸邪叛逆者，思所以黜罚之，以自释其胸怀之哽喳。"①

吕熊，苏州府昆山县人，出生于明末，吕熊的父亲吕天裕是一个颇具民族气节的爱国志士："以国变故，命熊业医，毋就试。"②父辈的熏陶以及目睹清兵在江南的种种暴行，使吕熊坚定了反清复明的信念，他有感于明代"忠臣义士与孝子烈媛"事迹湮灭无闻，希望通过创作《女仙外史》以"褒显忠节，诛殛叛佞"③，补充《明史》记载之不足，并由此抒发个人情怀。他在此书第十九回《女元帅起义勤王　众义士齐心杀贼》肯定唐赛儿率义兵勤王的行为，在清初特定的历史环境下，这种描写就被赋予了特殊的时代内涵。《女仙外史》第一百回《忠臣义士万古流芳　烈媛贞姑千秋表节》陈奕禧回评曾对《女仙外史》的创作主旨予以揭示："（吕熊）作《外史》者，自贬其才以

---

① ［清］刘廷玑《女仙外史品题》，《在园杂志》，中华书局 2005 年版，第 188 页。
② 《昆山新阳合志》卷二十五《人物·文苑》，乾隆十六年刻本，第 17 页。
③ 《女仙外史》第一回《西王母瑶池开宴　天狼星月殿求姻》，百花文艺出版社 1985 年版。

为小说，自卑其名曰'外史'，而隐寓其大旨焉。"① 可见吕熊创作《女仙外史》的"大旨"在其小说命名中得到集中体现。

正因为如此，在清代道光二十四年（1844）、同治七年（1868）数次查禁《女仙外史》，清人周召《双桥随笔》卷二指出："文人之笔，有离经畔（按：同'叛'）道而启人以诞妄邪淫之习者，如《女仙》、《剑侠》、《述异》、《搜神》、《灵鬼》、《暌车》、《北里》、《平康》、《比红儿》、《小名录》之类是也。"②《女仙外史》虽然是被列为"淫词小说"而禁毁，实际上禁毁此书的深层原因则是它所隐含的反清复明思想。

清初陈忱托名古宋遗民创作《水浒后传》，卷首署名雁宕山樵作于万历戊申（1608）的序言，小说中还印有"元人遗本"字样，貌似元明时期所作。实际上这些都是作者为躲避清初统治集团的迫害、打击而作的"伪装"，清代俞樾根据沈登瀛《南浔备志》考定为陈忱于清初所作，寄寓遗民思想。雁宕山樵在《水浒后传》卷首的序言中抒发出作者的遗民心态：

> 嗟乎！我知古宋遗民之心矣。穷愁潦倒，满腹牢骚，胸中块磊，无酒可浇，故借此残局而著成之也。然肝肠如雪，意气如云，秉志忠贞，不甘阿附，傲慢寓谦和，隐讽兼规正，名言成串，触处为奇，又非□（按：原字模糊不清）然如许伯哭世、刘四骂人而已。③

清初一些小说借宋金冲突表达反清复明思想，例如钱彩的《说岳全传》颂扬岳飞抵抗金兵入侵的行为，"内有指斥金人语，且词内多涉荒诞"④。歌颂南宋将领岳飞抵抗金兵入侵的爱国行为，鞭挞、丑化金人，倡导民族气节。作为与辽金一样的少数民族，清朝统治者很害怕《说岳全传》这类的小说戏

---

① 参见《女仙外史》第一百回《忠臣义士万古流芳　烈媛贞姑千秋表节》陈奕禧回末总评，《女仙外史》卷末，《古本小说集成》据复旦大学图书馆所藏钧璜轩本影印。

② ［清］周召《双桥随笔》，《文津阁四库全书》子部儒家类，商务印书馆 2005 年版，第 240 册第 495 页。

③ 署名雁宕山樵《水浒后传序》，《古本小说集成》据绍裕堂刊本影印《水浒后传》卷首。

④ 参雷梦辰《清代各省禁书汇考·江西省》，北京图书馆出版社 1989 年版，第 110 页。

曲作品，因此对此加以禁止。乾隆皇帝于四十五年（1780）十一月禁毁戏曲时指出："至南宋与金朝关涉词曲，外间剧本往往有扮演过当以致失实者，流传久远，无识之徒或至转以剧本为真，殊有关系，亦当一体饬查。"①

四、以小说命名自寓个人的人生经历、爱好、生活境遇

小说作品往往是作家思想、情感、生活经历的真实写照，通过小说命名自寓个人的人生经历，表达自己对社会、现实的看法，这种现象在古代小说命名中较为常见。元代睦州人姚桐寿撰《乐郊私语》一卷。姚桐寿曾担任余干教授，解官归里后记载平日见闻。乐郊、乐土，出自《诗·魏风·硕鼠》："逝将去女，适彼乐郊。"②姚桐寿至正年间曾经流寓海盐，时逢江南骚乱，而海盐免遭战乱，姚氏得以从容著书，正如他在自序中所言："凡耳目之所睹记，有触于中，辑为条载，数年不觉丛聚成帙，私为之叹曰：'天下土崩，余犹得拈弄笔墨如此，海上真我之乐郊也。'遂题之曰《乐郊私语》，以就正于后之博达君子云。至正癸卯春三月桐江钓叟姚桐寿乐年叙。"③正因为如此，姚桐寿为此书取名为《乐郊私语》。这一书名正是作者流寓海盐的一段人生经历的真实写照。

《草木子》是明初叶子奇撰写的一部文言小说集，涉及的内容很广。叶子奇，字世杰，一名琦，号静斋，浙江龙泉人，为当时浙西有名的学者，洪武年间曾担任岳州巴陵县（今湖南岳阳市）主簿，后因事牵连无辜下狱，在狱中撰《草木子》一书。叶子奇在《草木子自序》中交代事情发生的经过以及为自己的著作取名为"草木子"的原因：

---

① 《高宗实录》卷一千一百一十八，《清实录》，中华书局1986年版，第22册第939页。

② 参见周振甫《诗经译注》卷三《国风·魏风·硕鼠》，中华书局2010年版，第145页。

③ ［元］姚桐寿《乐郊私语自序》，周光培编《历代笔记小说集成·元代笔记小说》，河北教育出版社1995年版，第1册第547页。

　　洪武戊午（按：即洪武十一年，1378）春，有司以令甲于二月望致祭于城隍神。未祭，群吏于后窃饮猪脑酒，县学生发其事。吏惧，浼众为之言，别生复言于分臬。予适至学，亦以株连而就逮。幽忧于狱，恐一旦身先朝露，与草木同腐，实切悲之。因思虞卿以穷愁而著书，左丘以失明，厥有《国语》；马迁以腐刑，厥有《史记》，是皆因愤难以摅其思志，庶几托空言存名于天地之间也。圄中独坐，闲而无事，见有旧签簿烂碎，遂以瓦研墨，遇有所得，即书之。日积月累，忽然满卷。然其字画模糊，略辨而已。及事得释，归而续成之，因号曰《草木子》。①

　　叶子奇见闻甚广，知识渊博，他入狱以后，担心身遭不测，"与草木同腐"，所以将所著笔记取名为"草木子"。根据《草木子》一书正德刻本序，叶子奇别号"草木子"②，因此此书命名也是按作者字号命名。取名"草木子"，与"左丘以失明，厥有《国语》；马迁以腐刑，厥有《史记》"一样，实为感慨而作，感慨个人的命运如草木一样微不足道、生命那么短暂。

　　明代王世贞撰《觚不觚录》二卷。王世贞，字元美，自号凤洲，又号弇州山人，嘉靖进士，官刑部主事，工于诗文，有《弇山堂别集》。此书专记明代典章制度，尤详于今昔之沿革，其中关于朝野之轶闻，往往可资考据。《觚不觚录》之书名出自《论语·雍也》："子曰：觚不觚，觚哉觚哉！"③觚，古代盛酒的容器，上圆下方，有棱，后来被改成圆形，没有棱角，所以孔子说："觚不觚。"孔子发出这一感慨，更多的是因为有感于当时"君不君，臣不臣，父不父，子不子"的社会状况，认为是名实不符，应当正名，做到名正言顺。王世贞为自己所撰小说取名为《觚不觚录》，实际上是借孔子之言，表达自己对社会、现实的不满，寄寓个人的情感，《四库全书总目》在著录此书时指出："（《觚不觚录》）自序谓'伤觚之不复旧觚'，盖感一代风气之升降

---

① ［明］叶子奇《草木子自序》，《草木子》卷首，中华书局 1959 年版。
② 据《草木子》一书正德刻本序，《草木子》，中华书局 1959 年版，第 95 页。
③《论语·雍也》，参见［宋］朱熹《四书章句集注》，《文津阁四库全书》经部四书类，第 68 册第 447 页。

也……盖（王）世贞弱冠入仕，晚成是书，阅历既深，见闻皆确，非他人之稗贩耳食者可比。故所叙录，有足备史家甄择者焉。"①由此可见王世贞创作《觚不觚录》之主旨。

清代小说创作中以小说命名自寓的现象比较常见②，吴敬梓《儒林外史》以杜少卿自寓，金和同治八年（1869）撰《儒林外史跋》云："书中杜少卿乃先生自况。"③同治十三年（1874）齐省堂增订本《儒林外史》例言第五则云："原书不著作者姓名，近阅上元金君和跋语，谓系全椒吴敏轩征君敬梓所著，杜少卿即征君自况，散财，移居，辞荐，建祠，皆实事也。"④徐珂编撰《清稗类钞·著述类·著书自述身世》云："小说家多好以自身所经过之历史为著述之资料，如《儒林外史》中之杜少卿，即著者吴敬梓征君之自寓也。"⑤杜少卿是作者着力描写的重点人物之一，他不像一般的封建士子一样积极投身于科举考试，而是拒绝科举，蔑视礼教，轻财尚义。吴敬梓的人生经历、性格与杜少卿有着很多相似之处，同样辞却征辟，同样蔑视礼教，作者借杜少卿这一人物自寓个人的人生经历、生活境遇。

曹雪芹以《红楼梦》自寓人生经历，甲戌本《石头记》凡例称："《红楼梦》旨意，是书题名极多……又曰《石头记》，是自譬石头所记之事也。"⑥《石头记》书名寄寓着作者个人及家庭在石头城（即金陵）的经历，清代周春《红楼梦约评》云："开卷云'说此《石头记》一书'者，盖金陵城吴名石头城，两字双关。"⑦清代王希廉《红楼梦回评》第一回《甄士隐梦幻识通灵　贾雨村风尘怀闺秀》亦云："'石头记'者，缘宁、荣二府在石头城内

①［清］纪昀等《钦定四库全书总目》，中华书局1997年版，第1870页。

②清代不少作家以小说自寓，王进驹曾就乾隆时期自况性长篇小说进行研究，参见《乾隆时期自况性长篇小说研究》，中国社会科学出版社2006年版。笔者主要从小说命名的角度加以阐述。

③［清］金和《儒林外史跋》，《儒林外史》，上海古籍出版社2010年版，第690页。

④据齐省堂刊本《儒林外史》例言，《儒林外史》，上海古籍出版社2010年版，第694页。

⑤徐珂编撰《清稗类钞》，中华书局1984年版，第8册第3765页。

⑥甲戌本《石头记》凡例，参见［清］曹雪芹《脂砚斋甲戌抄阅重评石头记》卷首，沈阳出版社2005年版。

⑦［清］周春《红楼梦约评》，收入朱一玄编《红楼梦资料汇编》，南开大学出版社2001年版，第567页。

也。"① 脂砚斋评本多处提到 "真有是事，经过见过" "真有是语" "作者与余实实经过" 等语，证明《红楼梦》所叙之事多为自己和小说作者亲身经历。

乾隆年间夏敬渠撰《野叟曝言》，其书名和人物命名均体现自寓倾向。首先考察其书名。野叟，指村野老人。《野叟曝言》之命名使用《列子》卷七《杨朱》中 "负暄献曝" 的故事："昔者宋国有田夫，常衣缊黂，仅以过冬。暨春东作，自曝于日，不知天下之有广厦隩室，绵纩狐貉。顾谓其妻曰：'负日之暄，人莫知者，以献吾君，将有重赏。'"② 这则寓意中宋国农夫欲以 "冬日负暄" 求赏于君王。作者郁郁不得志，以野叟献曝而自寓，意谓自己像宋国田夫一样 "自曝于日"，作此清谈之言，正如《野叟曝言》凡例所言："作是书者，抱负不凡，未得黼黻，休明至老，经猷莫展，故成此一百五十余回洋洋洒洒文字，题名曰《野叟曝言》，亦自谓野老无事，曝日清谈耳。"③ 不过，在 "野老无事，曝日清谈" 的同时，作者犹如宋国田夫一样不忘君王，忠心可鉴："是书之叙事说理，谈经论史，教孝劝忠，运筹决策，艺之兵、诗、医、算，情之喜、怒、哀、惧，讲道学、辟邪说、描春态、纵谐谑，无一不臻顶壁一层。"④

清代屠绅撰《蟫史》。蟫，即 "衣鱼"，一种体长而扁的昆虫，俗名 "蠹鱼"，是蚀衣服、书籍的蛀虫。屠绅酷爱读书，所以他撰写的小说《蟫史》中，以 "蟫" 自喻。清代署名杜陵男子在《蟫史序》中指出：

> 《蟫史》一书，磊砢山房主人所撰也。主人少矜吐凤之才，长擅斋龙之藻。字传科蚪，奇古能摹；雅注虫鱼，纤微必录；百家备采，勤如酿蜜之蜂；一线能穿，巧似贯珠之蚁。生来结习，长耽邺架之书；诡道前身，本是羽陵之蠹。钻研既久，穿穴弥工。笔墨通灵，似食惯神仙之字；心思结撰，遂衍成稗史之编……子独不见夫蟫乎？坠粉残编之内者，

---

① ［清］王希廉《红楼梦》第一回回评，收入朱一玄《红楼梦资料汇编》，南开大学出版社 2001 年版，第 585 页。

② 传［战国］列御寇《列子》，文学古籍刊行社 1956 年版，第 15—16 页。

③《野叟曝言》凡例，《野叟曝言》卷首，人民文学出版社 1997 年版。

④《野叟曝言》凡例，《野叟曝言》卷首，人民文学出版社 1997 年版。

蛴螬也；含灵积卷之中者，脉望也。常则觅生活于故纸，变则化臭腐为
神奇。子安得执其常以疑其变乎哉？①

杜陵男子在序言中对屠绅的才华、爱好读书的生活习惯以及撰写《蟫
史》之旨作了很好的揭示。

晚清陈康祺撰史料笔记《郎潜纪闻》四十二卷，分初笔、二笔、三笔，
合计四十二卷，记载清代政治、经济、文苑、典制、社会习俗等方面的轶事
逸闻，虽然从严格意义上来说，并非小说，但是也可以作为我们探讨小说命
名的补充。陈康祺，浙江鄞县人，同治十年（1871）进士，官至刑部员外
郎。这部笔记同样是作者的一部自寓之作，光绪六年（1880）冬，陈康祺在
《郎潜纪闻初笔》的自序中指出：“《郎潜纪闻》者，余官西曹时纪述掌故之
书也。”②西曹是刑部的别称，此书即作者担任刑部员外郎时所作。“郎潜”
二字，意思是老于郎署，比喻为担任官职，久未升迁，这一典故出自汉代张
衡《思玄赋》：“尉庞眉而郎潜兮，逮三叶而遘武。”③这里指的是汉代颜驷之
事，据《汉武故事》记载：“上（按：指汉武帝）至郎署，见一老翁，须鬓皓
白，衣服不整。上问曰：‘公何时为郎，何其老也？’对曰：‘臣姓颜名驷，江都
人也，以文帝时为郎。’上问曰：‘何其老而不遇也？’驷曰：‘文帝好文而臣好
武，景帝好老而臣尚少，陛下好少而臣已老，是以三世不遇。故老于郎署。’上
感其言，擢拜会稽都尉。”④颜驷在汉文帝时为郎，经历文帝、景帝、武帝三
朝，均未得到升迁。武帝因而提拔他为会稽都尉。陈康祺以“郎潜”为自己撰
写的小说取名，也借此表达自己仕途蹭蹬的命运和人生经历，含有自寓之意。

其次考察其人物命名。《野叟曝言》描写明代苏州府吴江县文武双全的士
子文素臣（名白）的一生功绩，以“奋武揆文，天下无双正士；熔经铸史，
人间第一奇书”二十字分为二十卷。小说主人公文素臣是作者自寓，黄人

---

① ［清］杜陵男子《蟫史序》，《蟫史》卷首，人民文学出版社 1992 年版。
② ［清］陈康祺撰，晋石点校《郎潜纪闻初笔二笔三笔》，《郎潜纪闻初笔》，中华书局 1984 年版，第 3 页。
③ ［汉］张衡《思玄赋》，收入费振刚、胡双宝、宗明华辑校《全汉赋》，北京大学出版社 1993 年版，第
395 页。
④ 《汉武故事》，收入鲁迅《古小说钩沉》，齐鲁书社 1997 年版，第 217—218 页。

《小说小话》指出："《野叟曝言》，作者江阴夏某（名二铭，著有《种玉堂集》，亦多偏驳。此书原缺数回，未刊，不知何人补全，先后词气多不贯)，文白即其自命，盖析夏字为姓名也。"①黄人揭示出小说作者夏敬渠利用拆字的形式，从姓氏"夏"中拆出文、白二字作为《野叟曝言》主人公的姓名。文白官至尚书、宰相，娶二妻四妾，富贵至极。很显然，作者夏敬渠晚年撰写这部小说，意在借文白的人生境遇抒发自己的人生感慨，表达自己建功立业、出将入相的梦想。清代乾、嘉年间的文人屠绅（号磊砢山人）所撰《蟫史》，鲁迅撰《中国小说史略》第二十五篇《清之以小说见才学者》云："书中有桑蠋生，盖作者自寓，其言有云：'予，甲子生也。'与绅生年正同。"②

晚清时期，以小说命名而自寓的现象较为常见，清代魏秀仁撰《花月痕》，其咸丰戊午年即咸丰八年（1858）撰《花月痕后序》云：

> 嗟乎！《花月痕》胡为而命名也？作者曰：余固为痕而言之也，非为"花"、"月"而言之也……夫所谓痕者，花有之，花不得而有之，月有之，月不得而有之者也。何谓不得而有之也？开而必落者，花之质固然也，自人有不欲落之之心，而花之痕遂长在矣；圆而必缺者，月之体亦固然也，自人有不欲缺之之心，而月之痕遂长在矣。③

《花月痕》是一部以妓女为描写重点的长篇小说，叙述韩荷生与妓女杜采秋、韦痴珠与妓女刘秋痕两对青年男女的爱情故事。韩荷生成就功名，杜采秋被封一品夫人；韦痴珠则怀才不遇，郁郁而终，刘秋痕自缢殉情。林家溱《花月痕考证》云："韦痴珠为先生之自况。韦者魏也，先生少字痴珠。"④"韦"与"魏"音同，且作者"少字痴珠"，韦痴珠与作者坎坷遭遇相似，故以此自寓。至于韩荷生，林家溱认为也是作者藉以自况，表达作者在

①《小说林》第6期，清光绪三十三年（1907），上海书店1980年复印本，第25页。
②鲁迅《中国小说史略》，上海古籍出版社1998年版，第175页。
③［清］魏秀仁《花月痕后序》，《花月痕》，中华书局1996年版，第363页。
④林家溱《花月痕考证》，《花月痕》附录，人民文学出版社1982年版，第440页。

现实中不能实现的梦想：

> 韦、韩两氏，皆先生持以自比，韩魏并称，韦者，韩之半也。韦痴珠一生传略，如先生自身之经历，故韦中举人，而不成进士，坎坷之遇，与先生相仿。韩荷生则先生假定为得意后之魏子安，文武全才，又福慧双修，为中兴名臣。采秋则先生理想中之美人也。想见先生下笔之时，一面描写穷愁潦倒之书生，一面又描写不可一世之英雄，其胸中之块垒，为何如也？①

鲁迅《中国小说史略》第二十六篇《清之狭邪小说》也认为韩、韦二生均为作者自寓："设穷达两途，各拟想其所能至，穷或类韦，达当如韩，故虽自寓一己，亦遂离而二之矣。"②成书于光绪四年（1878）的《青楼梦》，邱炜蒉《菽园赘谈·续小说闲评》认为"《青楼梦》出近时苏州一俞姓者手笔，即此小说中所叙之金挹香其人，而邹拜林即其好友邹翰飞，尝著《三借庐赘谈》者也。此书专为自己写照，事实半从附会"③。《谭瀛室随笔》指出："《九尾龟》小说之出现，又后于《繁华梦》，所记亦皆上海近三十年青楼之事……书为常州张春帆君所撰……亦即张君以之自况也。"④可见在晚清以小说命名自寓的现象较之以前更为普遍。

五、小说命名其他寓意内涵

古代小说命名的寓意呈现复杂多样的状况，除以上我们重点论述的四种寓意以外，还体现各种各样的寓意内涵，试举数例：

---

① 林家溱《花月痕考证·全书索隐》，《花月痕》附录，人民文学出版社 1982 年版。
② 鲁迅《中国小说史略》，上海古籍出版社 1998 年版，第 188 页。
③ 收入阿英编《晚清文学丛钞·小说戏曲研究卷》卷四《客云庐小说话》卷一，中华书局 1960 年版，第 399—400 页。
④ 佚名《谭瀛室随笔》，收入朱一玄编《明清小说资料选编》，南开大学出版社 2006 年版，第 707 页。

例一，明代文言小说选集《文苑楂橘》中"楂橘"一词出自《庄子·天运第十四》："其犹柤梨橘柚邪！其味相反而皆可于口。"①

例二，明代梅鼎祚撰《青泥莲花记》十三卷。是书记娼妓之可取者，分为记禅、记玄、记忠、记义、记孝、记节、记从七门，又附记藻、记用、记豪、记遇、记戒外编五门。作者为小说取名《青泥莲花记》，意思是这些妓女虽处身于风尘，但是品性可贵，如莲花般出淤泥而不染。梅鼎祚在《青泥莲花记序》中指出：

> （《青泥莲花记》）首以禅玄，经以节义，要以皈从，若忠若孝，则君臣父子之道备矣。外编非是记本指，即参女士之目，撍彤管之遗，弗贵也。其命名受于鸠摩，其取义假诸女史，盖因权显实，即众生兼摄；缘机逗药，庶诸苦易瘳。故谈言可以解纷，无关庄论；神道鬷之设教，旁赞圣谟。观者毋董以录烟花于南部，志狎游于北里而已。②

梅鼎祚从弟梅诞生万历壬寅春（即万历三十年，1602）在校订此书时也指出：

> 是记寓维风于谐末，奏大雅于曲终。昔司马长卿赋词艳冶，咸归讽劝，苏子瞻嬉笑怒骂，无非文章，殆为似之。暇日校授《梓人传》，传诸同好，虽愧康乐，疆中之和，不作伯喈帐内之秘耳。③

《四库全书总目》卷一百四十四子部五十四小说家类存目"《青泥莲花记》"条指出："自谓'寓维风于谐末，奏大雅于曲终'。然狭斜之游，人情易溺。惩戒尚不可挽回，鼎祚乃捃摭琐闻，谓冶荡之中亦有节行，使倚门者得

---

① ［战国］庄子原著，［清］郭庆藩辑，王孝鱼整理《庄子集释》，中华书局1961年版，第514页。
② ［明］梅鼎祚《青泥莲花记序》，《四库全书存目丛书》子部，第253册第724页。
③ ［明］梅诞生《青泥莲花记序》，《四库全书存目丛书》子部，第253册第731页。

以藉口、狎邪者弥为倾心。虽意主善善从长，实则劝百而讽一矣。"①《四库全书总目》编者对梅鼎祚《青泥莲花记》的寓意加以揭示，同时也指出此书的劝戒效果有限。

例三，明代吴敬所编辑《国色天香》。"国色天香"一词本来是形容颜色和香气不同于一般花卉的牡丹花，后来用以形容女性的美丽。吴敬所为自己编辑的小说取名为《国色天香》，"盖珍之也。吾知悦耳目者，舍兹其奚辞！"②

例四，清代《二度梅奇说》以梅开二度比喻梅家再兴。

例五，清代钮琇撰《觚剩》八卷，记明末清初年间的杂事，作者按照所到的地方不同而记载见闻，分为吴觚、燕觚、豫觚、秦觚、粤觚及续编之言觚、人觚、事觚、物觚四类。钮琇《自序》云："粲花宾至，快雄辩之当筵；话雨人归，喜华笺之在箧。于是倾觚授简，抄以小胥，因而别地稽时，汇为全帙。"③觚，简策。汉人史游《急就篇》："急就奇觚与众异。"颜师古注："觚者，学书之牍，或以记事，削木为之，盖简属也。孔子叹觚即此之谓。其形或六面，或八面，皆可书。觚者，棱也。以有棱角，故谓之觚。"④钮琇以《觚剩》为小说取名，意思是小说记载的内容是正史之余的野史之类。

例六，清代刘鹗撰《老残游记》。老残是小说中一个走方郎中，作者以老残为名，比喻清朝"棋局已残"：

> 吾人生今之时，有身世之感情，有家国之感情，有社会之感情，有种教之感情。其感情愈深者，其哭泣愈痛：此鸿都百炼生所以有《老残游记》之作也。
>
> 棋局已残，吾人将老，欲不哭泣也得乎？吾知海内千芳，人间万艳，必有与吾同哭同悲者焉！⑤

①［清］纪昀等《钦定四库全书总目》，中华书局 1997 年版，第 1921 页。
②［明］谢友可《刻公余胜览国色天香序》，《古本小说集成》据万卷楼万历刊本影印《国色天香》卷首。
③［清］钮琇《觚剩序》，《续修四库全书》子部杂家类，第 1177 册第 2 页。
④［汉］史游《急就篇》及颜师古注，《文津阁四库全书》经部小学类，第 76 册第 487 页。
⑤［清］刘鹗《老残游记自叙》，《老残游记》卷首，人民文学出版社 1957 年版。

《老残游记》之寓意就在于作者深知清朝大厦将倾，企图寻找一条"补残"之路挽救残局。

在古代小说创作中，寓意法命名非常普遍，甚至在同一部小说作品中蕴藏多种寓意，《金瓶梅》《红楼梦》等小说名著尤其如此。

值得指出的是，古代小说寓意法命名也存在很随意的情况，甚至在一些小说名著中也不例外，如《西游记》中唐僧乳名的命名就比较随意，附录《陈光蕊赴任逢灾　江流僧复仇报本》中，长老"取个乳名，叫做江流，托人抚养"①。

这种随意命名的小说作品往往寓意较浅，例如《醒世恒言》第十八卷《施润泽滩阙遇友》提到薄有寿之名，寓意老汉无福消受财产，没有多少深刻的寓意。

以上我们从宗教宣传、宣扬忠孝节义等儒家伦理道德规范、表达遗民思想、以小说命名自寓四个方面阐述古代小说寓意法命名的内涵，由此可以看出，古代小说寓意法命名继承了先秦诸子的寓言精神和中国古代文学寓意寄托的传统，并在此基础上发扬光大，在小说创作中得到充分的运用。

第二节　谐音法

谐音是汉民族语言文化中常用的修辞方式，有着悠久的历史渊源。《周礼·地官·保氏》列举周代用来教育贵族子弟的"六艺"，其中有"六书"："六艺：一曰五礼，二曰六乐，三曰五射，四曰五驭，五曰六书，六曰九数。"②但未指出"六书"的具体内容。东汉许慎《说文解字叙》认为六书分别为指事、象形、形声、会意、转注和假借，其中，"假借者，本无其字，依声托事，'令'、'长'是也"③。假借法常常借助谐音进行假借，可以说属于六书之一的假借是汉民族语言文化中的谐音现象产生的重要渊源。

① ［明］吴承恩《西游记》，人民文学出版社 1955 年版，第 104 页。
② 《周礼》卷十四，《周礼注疏》，北京大学出版社 1999 年版，第 352 页。
③ ［汉］许慎《说文解字》，中华书局 1963 年版，第 314 页。

　　谐音作为汉语的一种修辞方式，逐渐演变成为独特的民族文化现象。早在先秦文学作品中就已出现谐音现象，例如，《诗经》卷一《召南·摽有梅》云：“摽有梅，其实七兮。求我庶士，迨其吉兮。摽有梅，其实三兮。求我庶士，迨其今兮。摽有梅，顷筐塈之。求我庶士，迨其谓之。”① 这首诗中的“梅”谐“媒”，女子思春，心情迫切，希望有位媒人帮自己成全美满的婚姻。《诗经》卷四《小雅·采薇》云：“昔我往矣，杨柳依依。”② 这里的“柳”谐音“留”，说明青年男女分别之际依依不舍的情景。唐代刘禹锡《竹枝词》云：“东边日出西边雨，道是无晴却有晴。”③ 以“晴”谐音“情”，也是很著名的谐音现象，类似的例子在古代文学作品中屡见不鲜。

　　古代小说作品中存在不少以谐音命名的情况，比如，唐代牛僧孺《玄怪录·元无有》篇以“元无有”人名谐音“原无有”，《东阳夜怪录》中“成自虚”谐音“诚自虚”，通过命名反映唐代小说作家的虚构意识，反映小说文体的独立④，明清小说作品中普遍存在谐音现象，这在小说命名中也有着充分的体现。对此，学术界曾出现数篇研究论文⑤，这些论文对古代小说的谐音法命名的方法、内涵、主旨等问题做了一些探讨，但也存在一些不足之处，主要体现在：一、上述论文主要针对《金瓶梅》《西游记》《红楼梦》等有限的几部名著进行论述，对其他小说作品很少分析。二、个别论文在论述过程中存在牵强附会的索隐现象。有鉴于此，笔者在对古代小说进行整体观照的基础上，通过文本阅读，搜集相关资料，从以下几个方面加以阐述。

---

① 参见周振甫《诗经译注》卷三《国风·召南·摽有梅》，中华书局 2010 年版，第 26—27 页。

② 参见周振甫《诗经译注》卷四《小雅·采薇》，中华书局 2010 年版，第 227 页。

③ 卞孝萱校订《刘禹锡集》，中华书局 1990 年版，第 364 页。

④ 参照程国赋、廖华《唐五代小说的命名艺术》，载《安徽大学学报》2012 年第 1 期。

⑤ 专论性文章如许锡强《〈红楼梦〉人物谐音命名法》，载《阅读与写作》1995 年第 4 期；王绍良《〈金瓶梅〉〈红楼梦〉〈儒林外史〉谐音寓意比较》，载《上饶师专学报》1997 年第 4 期；靳青万《从谐音指义看〈西游记〉的反皇思想》，载《中国人民大学学报》1998 年第 6 期；周伟《都云作者痴，谁解其中味——〈红楼梦〉中的谐音姓名》，载《文史知识》1998 年第 12 期；吴义发、吴斌卡《〈红楼梦〉谐音法的巧用、妙用与作用》，载《甘肃社会科学》2000 年第 4 期；孔昭琪《〈红楼梦〉的谐音双关》，载《泰山学院学报》2004 年第 5 期；黄红梅《红楼梦中的谐音名》，载《写作》2008 年第 8 期。另外，有几篇论述古代小说命名的文章提及谐音法命名，如赵述先《〈聊斋〉的命名艺术》，载《东方论坛》1996 年第 1 期。

一、古代小说谐音法命名体现强烈的讽世精神

通过小说命名揭示社会现实，这在《金瓶梅》中尤为突出。《金瓶梅》深刻揭示了明代中晚期的社会现实和人情世态，小说命名也是我们认识、理解这部名著讽世精神的一个独特窗口。

《金瓶梅》刻画的主要人物西门庆号"四泉"，关于"四泉"之号及其来源，《金瓶梅》第三十六回《翟谦寄书寻女子　西门庆结交蔡状元》，西门庆提到自己"贱号四泉"①，《金瓶梅》第五十一回《月娘听演金刚科　桂姐躲住西门宅》中，西门庆对此曾做过解释，他对黄主事说："学生贱号四泉，因小庄有四眼井之说。"②实际上，作者为西门庆取号为"四泉"并非像西门庆所说的那样简单。鲁迅《中国小说史略》第十九篇《明之人情小说（上）》指出："（《金瓶梅》）作者之于世情，盖诚极洞达，凡所形容，或条畅，或曲折，或刻露而尽相，或幽伏而含讥，或一时并写两面，使之相形，变幻之情，随在显见。"③作为明末著名的讽世小说，作者取"四泉"之号同样寓含讽世精神。"泉"谐音为"全"，"四泉"即"四全"，象征着西门庆酒色财气四全。《金瓶梅》开篇就有"四贪词"，揭示酒色财气之祸害，作为全篇的主旨，以此劝戒世人。小说结尾，西门庆遗腹子孝哥出家，目的是为其父赎罪，普静禅师为孝哥取法名"明悟"，张竹坡夹批云："酒色财气，不净不能明，不明又安能悟？既然明悟，又安能不孝弟？"④张竹坡说得很清楚，只有去掉"酒色财气"才能做到"明悟"。《金瓶梅》中的西门庆就是"酒色财气"的化身，所以作者为他取号"四泉"。"酒色财气"一词，其中酒、色、财三字，出自南朝宋范晔《后汉书》卷五十四《杨秉传》："尝从容言曰：'我有三不惑：酒、色、财也。'"⑤元代马致远《黄粱梦》第四折称："一梦中十八年，见了酒色

①［明］兰陵笑笑生《金瓶梅》，东大图书有限公司 1979 年版，第 315 页。
②［明］兰陵笑笑生《金瓶梅》，东大图书有限公司 1979 年版，第 455 页。
③鲁迅《中国小说史略》，上海古籍出版社 1998 年版，第 126 页。
④《金瓶梅》第一百回《韩爱姐路遇二捣鬼　普静师幻度孝哥儿》张竹坡评语，参见秦修容整理《会评会校本金瓶梅》，中华书局 1998 年版，第 1466 页。
⑤［南朝宋］范晔《后汉书》，中华书局 1965 年版，第 1775 页。

财气，人我是非，贪嗔痴爱，风霜雨雪。"① 明代中后期，世风奢靡，淫风盛行，万历时张翰《松窗梦语》卷七云："人情以放荡为快，世风以侈靡相高，虽逾制犯禁，不知忌也。"② 酒色财气之风甚浓，万历时期评事雒于仁曾向皇帝进酒色财气四箴③，崇祯时即空观主人《拍案惊奇自序》云："近世承平日久，民佚志淫。"④ 明末冯梦龙编《警世通言》卷十一《苏知县罗衫再合》以一阕《西江月》词批评酒色财气：

　　酒是烧身消焰，色为割肉钢刀。财多招忌损人苗，气是无烟火药。四件将来合就，相当不欠分毫。劝君莫恋最为高，才是修身正道。⑤

　　成书并盛行于明代万历、崇祯年间的《金瓶梅》正是通过塑造西门庆这样一个集酒色财气于一身的典型人物，通过为他取"四泉"之号，深入刻画明代中晚期的社会现实和人情世态的。

　　《金瓶梅》除"四泉"之号外，一些帮闲人物的谐音法命名也体现了讽世精神。应伯爵是《金瓶梅》中最重要的帮闲人物，谐音"白嚼"，所谓"白嚼"就是胡乱说话、瞎说，应伯爵不仅跟着西门庆白吃白喝，而且贪财，《金瓶梅》第三十三回《陈经济失钥罚唱　韩道国纵妇争锋》，应伯爵贪心昧银 30 两⑥；第三十四回《书童儿因宠揽事　平安儿含愤戳舌》，应伯爵靠着西门庆，帮人打官司、说情，收银 40 两⑦。小说第十一回《潘金莲激打孙雪娥　西门庆梳笼李桂姐》交代应伯爵外号"应花子"，"是个泼落户出身，一分儿家财都阚没了，专一跟着富家子弟，帮阚贴食，在院中玩耍，诨名叫做'应花子'"⑧。"应花子"外号讽刺应伯爵如乞丐一般讨吃讨喝蹭玩。他陪西门庆

① ［元］马致远《黄粱梦》杂剧，《元曲选》，中华书局 1958 年版，第 2 册第 793 页。
② ［明］张翰《松窗梦语》，中华书局 1985 年版，第 139 页。
③ ［清］张廷玉等《明史》卷二百三十四《雒于仁传》，中华书局 1974 年版，第 6100—6102 页。
④ ［明］即空观主人《拍案惊奇自序》，《拍案惊奇》卷首，尚友堂崇祯元年刊。
⑤ ［明］冯梦龙编《警世通言》，人民文学出版社 1956 年版，第 132 页。
⑥ ［明］兰陵笑笑生《金瓶梅》，东大图书有限公司 1979 年版，第 277 页。
⑦ ［明］兰陵笑笑生《金瓶梅》，东大图书有限公司 1979 年版，第 290 页。
⑧ ［明］兰陵笑笑生《金瓶梅》，东大图书有限公司 1979 年版，第 84 页。

等人吃喝嫖赌，出入于妓院，善于插科打诨，逢场作戏。"应花子"之外号与谐音"白嚼"一起揭示帮闲人物应伯爵的嘴脸。

《金瓶梅》中的吴典恩，谐音"无点恩"，作者通过这个帮闲人物的塑造谴责那些忘恩负义的行径。吴典恩是西门庆周围的十个帮闲人物之一，《金瓶梅》第十一回《潘金莲激打孙雪娥　西门庆梳笼李桂姐》称："本县阴阳生，因事革退，专一在县前与官吏保债，以此与西门庆来往。"①《金瓶梅》第三十回《来保押送生辰担　西门庆生子加官》，西门庆派来保和吴典恩到蔡京太师府送厚礼，蔡太师高兴之余，要赏他们二人，蔡太师问吴典恩是何人，"来保才待说是伙计，那吴主管向前道：'小的是西门庆舅子，名唤吴典恩。'"蔡太师听说他是"西门庆舅子"，便赏他做清河县驿丞②。《金瓶梅》第三十一回《琴童藏壶觑玉箫　门庆开宴吃喜酒》，吴典恩托应伯爵找西门庆借一百两银子上任，西门庆给予资助，不要利息③。吴典恩假称西门庆的亲眷，靠着西门庆做了官，并得到西门庆的经济支持，但是在西门庆死后却恩将仇报，作者借"看官"之口评曰："看官听说：后来西门庆死了，家中时败势衰，吴月娘守寡，把小玉配与玳安为妻。家中平安儿小厮，又偷盗出解当库头面，在南瓦子里宿娼。被吴驿丞拿住，痛刑拷打，教他指攀月娘与玳安有奸，要罗织月娘出官，恩将仇报……正是：'不结子花休要种，无义之人不可交。'"④吴典恩后来受到周守备的惩戒，以儆其负义行径⑤。

除应伯爵、吴典恩外，《金瓶梅》中其他帮闲人物的命名也充斥着现实批判精神。例如，会中十友之八常时节，谐音"常时借"；第九人白来创，谐音"白来闯"⑥，《金瓶梅》第三十四回《书童儿因宠揽事　平安儿含愤戳舌》，帮闲之辈取名"车淡"（谐音"扯淡"）、"管世宽"（谐音"管事宽"）、"游守""郝

---

① ［明］兰陵笑笑生《金瓶梅》，东大图书有限公司1979年版，第84页。
② ［明］兰陵笑笑生《金瓶梅》，东大图书有限公司1979年版，第251页。
③ ［明］兰陵笑笑生《金瓶梅》，东大图书有限公司1979年版，第257—259页。
④ ［明］兰陵笑笑生《金瓶梅》，东大图书有限公司1979年版，第259页。
⑤ ［明］兰陵笑笑生《金瓶梅》第九十五回《平安偷盗解当物　薛嫂乔计说人情》，东大图书有限公司1979年版，第963—964页。
⑥ ［明］兰陵笑笑生《金瓶梅》第十一回《潘金莲激打孙雪娥　西门庆梳笼李桂姐》，东大图书有限公司1979年版，第84页。

闲"（谐音"游手好闲"）等①，这些谐音入木三分地刻画出小说中帮闲人物喜欢占人便宜、惹是生非、游手好闲的形象，具有很强的讽世意味。欣欣子《金瓶梅词话序》称："窃谓兰陵笑笑生作《金瓶梅传》，寄意于时俗，盖有谓也。"②弄珠客《金瓶梅序》认为："《金瓶梅》……盖为世戒，非为世劝也。"③我们从《金瓶梅》的谐音法命名可以深刻感受到这部小说名著的劝世精神。

话本小说的命名体现同样如此，《二刻拍案惊奇》第四卷《青楼市探人踪　红花场假鬼闹》中，作者为帮闲之辈取名"游好闲"：

> 只见前面一个人摇摆将来，见张贡生带了一伙家人东张西觑，料他是个要嫖的勤儿，没个帮的人，所以迟疑，便上前问道："老先生定是贵足，如何踏此贱地？"……那人笑容可掬道："若果有兴，小子当为引路。"张贡生正投着机，问道："老兄高姓贵表？"那人道："小子姓游，名守，号好闲，此间路数最熟。敢问老先生仙乡上姓？"④

云南张贡生因讨债到成都，想找妓院一游，但对当地的情况不熟悉，正在迟疑之际，帮闲游守（号好闲）介绍他逛妓院。作者为这个帮闲取名"游守"，号好闲，谐音"游手好闲"，其意不言自明。明代陆人龙《型世言》第十五回《灵台山老仆守义　合溪县败子回头》也刻画了一些帮闲形象，浪子沈刚"又勾引几个破落户财主，到小平康与他结十弟兄：一个好穿的姓廉名丽，一个好吃的姓田名伯盈，一个好嫖的姓曹名日移，一个好赌的姓管名缺，一个好玩耍的姓游名逸，一个贪懒的姓安名所好，一个好歌唱的姓侯名亮，连沈刚、花（纹）、甘（矗）共十人"⑤。这些帮闲姓名分别为廉丽、田伯盈、曹日移、管缺、游逸、侯亮等，其名与他们帮闲之事穿、吃、阒、赌、玩、唱等相符，其中多用谐音法命名，如曹日移谐音"操日移"，侯亮谐

---

① ［明］兰陵笑笑生《金瓶梅》，东大图书有限公司1979年版，第289页。
② ［明］欣欣子《金瓶梅词话序》，《金瓶梅》卷首，东大图书有限公司1979年版。
③ ［明］弄珠客《金瓶梅序》，《金瓶梅》卷首，东大图书有限公司1979年版。
④ ［明］凌濛初《二刻拍案惊奇》，人民文学出版社1996年版，第77页。
⑤ ［明］陆人龙《型世言》，中华书局1993年版，第209页。

音"喉亮"。在这些帮闲的引诱下，浪子沈刚败尽家产。

清代酌元亭主人编《照世杯·百和坊将无作有》通过人物命名谐音讽刺那些厚颜无耻、到处打秋风的游客：

> 游客有四种熬他不得的去处：不识羞的厚脸，惯撒泼的鸟嘴，会做作的乔样，弄虚头的辣手。世上尊其名曰游客。我道：游者，流也；客者，民也。虽内中贤愚不等，但抽丰一途，最好纳污藏垢。假秀才、假名士、假乡绅、假公子、假书帖，光棍作为，无所不至。今日流在这里，明日流在那里，扰害地方，侵渔官府。①

小说以"游客"谐音"流客"，这些人打着秀才、名士、乡绅、公子的名号四处游走，骗人钱财，当面阿谀奉承，背后"捏禁拿讹"，被当时的官场、社会所厌弃："歉的带坏好的，怪不得当事们见了游客一张拜帖，攒着头，跌着脚，如生人遇着勾死鬼一般害怕。若是礼单上有一把诗扇，就像见了大黄巴豆，遇着头疼，吃着泄肚的。就是衙役们晓得这一班是惹厌不讨好的怪物，连传帖相见，也要勤措纸包。"②作者对明清时期"游客"这一时弊的揭露相当深刻。

近代小说通过谐音法命名以讽世的现象也相当普遍，例如，《马屁世界》之钟华谐音"中华"，《宦海升沉录》中康无谓谐音"康无为"，借以影射康有为，《老残游记》中第四、五、六回中的曹州知府玉贤号称"清官"，滥施酷刑，草菅人命，使用十二架站笼，迫害很多无辜的百姓致死③。玉贤之名既采用反讽法，又采用谐音法，"玉贤"与"毓贤"谐音，讽刺晚清著名酷吏毓贤，《清史稿》卷四百六十五《毓贤传》称，毓贤"善制盗，不惮斩戮"④。《清史列传》卷六十二《毓贤传》称，毓贤"果于杀戮，捕务是其所长"⑤。《老

---

① [清] 酌元亭主人编《照世杯》，上海古籍出版社 1956 年版，第 27 页。
② [清] 酌元亭主人编《照世杯》，上海古籍出版社 1956 年版，第 27 页。
③ [清] 刘鹗《老残游记》，人民文学出版社 1957 年版。
④ 《清史稿》，中华书局 1976 年版。
⑤ 《清史列传》，中华书局 1987 年版，第 4875 页。

残游记》第十六、十七回描写的齐河县知县刚弼则谐音"刚愎"，此人同样号称"清官"，但为人刚愎自用，生性残忍。刘鹗在小说中采取谐音法命名，通过玉贤、刚弼这两个所谓"清官"形象的塑造"摘发所谓清官者之可恨，或尤甚于赃官，言人所未尝言"①。晚清曾朴所撰《孽海花》成功刻画了当时的末世文人和官僚士大夫，"并写当时达官名士模样，亦极淋漓"②。书中描写的人物，其姓名多用谐音法，如黎石衣即李苦衣，唐常肃即康长素，吕莘芳即李经芳，匡次芳即汪芝房，缪寄坪即廖季平，成伯怡即盛伯熙，闻韵高即文芸阁，荀子佩即沈子培，汪莲孙即王廉生。采用部分谐音的，如金文青即洪文卿，潘八瀛即潘伯寅，李纯客治民即李莼客慈铭，庄小燕即张樵野，等等③。作者借助谐音法命名，真实、生动地揭示晚清的社会现实和士人的生活状况，体现强烈的现实批判精神。

二、与人物外貌、举止、身份、性格关系密切

关于古代小说作品谐音法命名与人物外貌、举止、身份、性格之间的关系，笔者分以下两个方面来谈。

（一）与人物外貌、举止、身份的关系。吴承恩《西游记》开头提及孙悟空的命名源于其猴子的身份、外貌，小说第一回《灵根育孕源流出　心性修持大道生》指出："祖师笑道：'你身躯虽是鄙陋，却像个食松果的猢狲。我与你就身上取个姓氏……教你姓"狲"倒好。狲字去了兽旁，乃是个子系。子者儿男也，系者婴细也，正合婴儿之本论，教你姓"孙"罢。'"④孙悟空之

---

① 鲁迅《中国小说史略》第二十八篇《清末之谴责小说》，上海古籍出版社1998年版，第211页。
② 鲁迅《中国小说史略》第二十八篇《清末之谴责小说》，上海古籍出版社1998年版，第213页。
③ 参见朱积孝《古人名字的影射与暗合趣谈》，载《西北民族大学学报》1990年第4期。
④ ［明］吴承恩《西游记》，人民文学出版社1955年版，第14页。关于《西游记》的作者问题，一直存在争议。金代元初道士邱处机尝西行，其弟子李志常撰《长春真人西游记》，记述其事迹。后人因此误以邱处机为小说《西游记》的作者，清初汪象旭评点《西游记》为百回本《西游证道书》，认为小说作者为邱处机。清初吴玉搢在明代天启年间《淮安府志》卷十九《艺文志》一《淮贤文目》中发现吴承恩曾撰《西游记》。此后，丁晏、阮葵生、焦循、鲁迅等均以吴承恩为小说《西游记》的作者，不过，迄今对此尚无定论。

姓"孙"与其身份猢狲之"狲"谐音，祖师借此为孙悟空取名。《西游记》第八回《我佛造经传极乐　观音奉旨上长安》，观音菩萨指身为姓，为八戒取名"猪悟能"①。《金瓶梅》中韩道国绰号"韩一摇"，"摇"字与其字"希尧"的"尧"谐音，这一绰号源于韩道国的举止，《金瓶梅》第三十三回《陈经济失钥罚唱　韩道国纵妇争锋》称：

> 且说西门庆新搭的开绒线铺伙计，也不是守本分的人。姓韩，名道国，字希尧，乃是破落户韩光头的儿子。如今跌落下来，替了大爷的差使，亦在郓王府做校尉。见在县东街牛皮小巷居住……自从西门庆家做了买卖，手里财帛从容，新做了几件虼蜋皮，在街上虚飘说诈。搠着肩膊儿，就摇摆起来。人见了，不叫他个韩希尧，只叫他做韩一摇。②

称韩道国为"一摇"是讽刺他的举止，走路摇摇摆摆、大大咧咧，借着主子西门庆之势，招摇过市。《封神演义》第八十九回《纣王敲骨剖孕妇》至九十二回《杨戬哪吒收七怪》描写梅山有七怪，分别是猿、猪、牛、狗、羊、蛇和蜈蚣七种畜类修炼而成，幻为人形，妖法无边。七怪多以谐音命名，如袁洪（猿）、朱子真（猪）、杨显（山羊）、吴龙（蜈蚣）等等③。

古代小说作品谐音法命名与人物外貌、举止、身份的密切关系在《聊斋志异》中得到集中体现，例如，"狐"与"胡"谐音，作者就在狐变化的人物姓氏上冠以"胡"字以示暗射，像《胡氏》《胡大姑》《胡四姐》和《胡四相公》等篇就是如此④。早在唐代，就出现以"狐""胡"相互谐音的现象，《旧唐书》卷一百〇四指出：

> （安）禄山以（安）思顺恶（哥舒）翰，尝衔之，至是忽谓翰曰：

---

① [明] 吴承恩《西游记》，人民文学出版社 1955 年版，第 97 页。
② [明] 兰陵笑笑生《金瓶梅》，东大图书有限公司 1979 年版，第 282—283 页。
③ 《封神演义》，人民文学出版社 1973 年版。
④ 参见胡渐逵《〈聊斋志异〉人物命名索寓》，载《蒲松龄研究》1995 年纪念专号。

"我父是胡，母是突厥；公父是突厥，母是胡，与公族类同，何不相亲乎？"（哥舒）翰应之曰："古人云：野狐向窟嗥，不祥，以其忘本也，敢不尽心焉！"禄山以为讥其胡也。①

作为胡人和突厥族后裔的安禄山被哥舒翰讥讽为"野狐"，安禄山也认为哥舒翰称"野狐"，是以"狐"讥其胡人身份。不仅在正史之中出现这种谐音情况，唐人传奇中也是如此，狐化作人，常以胡为姓，如《太平广记》卷四百四十九《广异记·李元恭》云："狐遂见形为少年，自称胡郎。"②明代李昌祺《剪灯余话》卷三《胡媚娘传》中狐狸化为女子，自称杭州人胡媚娘③。

《聊斋志异》中除了以"狐""胡"相互谐音的现象以外，还存在多种谐音命名情况，有论者曾指出："谐音命名。《聊斋》人物命名，多含深意，其中谐音命名，是惯用的方法之一……《聊斋》中几处以'青'字为少女命名，青、情谐音，明指青，暗指情。《青凤》、《青娥》、《青梅》都在故事情节里突出一个情字。"④

（二）古代小说作品谐音法命名与人物性格关系紧密。先看明代小说，我们在上文说到，韩道国绰号"韩一摇"，小说中他还有另一个绰号"韩盗国"："其人性本虚飘，言过其实，巧于词色，善于言谈。许人钱如捉影捕风，骗人财如探囊取物。因此街上人见他是般说谎，顺口叫他做韩盗国。"⑤这一绰号通过谐音揭示韩道国花言巧语、欺蒙拐骗的性格。明代陆人龙《型世言》第九回《淫妇背夫遭诛　侠士蒙恩得宥》，作者为仿效唐代冯燕义行的男子取名为"耿埴"，谐音"耿直"。明朝永乐年间宛平人耿埴"生来性地聪明，意气刚直，又且风流倜傥"⑥。户部长班董文的妻子邓氏为人风流，

---

① ［后晋］刘昫等《旧唐书》，中华书局 1975 年版，第 3213 页。
② 《太平广记》，中华书局 1961 年版，第 3671—3672 页。
③ ［明］李昌祺《剪灯余话》，《剪灯新话》附录，上海古籍出版社 1981 年版，第 226 页。
④ 参见赵述先《〈聊斋〉的命名艺术》，载《东方论坛》1996 年第 1 期。
⑤ ［明］兰陵笑笑生《金瓶梅》第三十三回《陈经济失钥罚唱　韩道国纵妇争锋》，东大图书有限公司 1979 年版，第 282—283 页。
⑥ ［明］陆人龙《型世言》，中华书局 1993 年版，第 65 页。

看上耿埴，两人偷情之际，耿埴发现董文对妻子极其恩爱，而邓氏恣情凌辱
丈夫，耿埴忿其不义，杀死邓氏，官府错抓仆人白大，耿埴不愿他人代其受
过，在白大临刑时，耿埴主动自首①。有的小说通过谐音命名揭露人物贪腐的
性格，例如，《禅真后史》第十五回《跃金鲤孝子葬亲　筑高坛真人发檄》，县
官简仁号"五泉"，莅任不上月余，肆恶无极。百姓解释他的"五泉"之号是：

> 一曰全征，凡本年一应钱粮等项，尽行征收；二曰全刑，凡用刑
> 杖，亲较筹目，数出于口，一下不饶，用刑时吊打拶夹一套，不拘罪之
> 轻重，一例施行；三曰全情，凡词讼必听人情，乡里亲族缙绅交往者，
> 盈塞宾馆，书刺积满案头，不拘是非曲直，人情到者即胜……四曰全收，
> 凡馈送之礼无有不收……五曰全听，凡词讼差拨之事，或人情或财物，先
> 已停妥，他自随风倒舵的审发去了……故有"五泉"之号。②

县官简仁绰号"五泉"，是无恶不作、五毒俱全的"五全"。作者通过这
一人物命名的谐音揭露官员贪婪的嘴脸。明代西周生《醒世姻缘传》善于利
用谐音法命名刻画人物，小说塑造了晁氏家族中几个泼皮无赖的恶人，晁源
的族弟取名"晁思才"，谐音"思财"；族孙取名"晁无晏"，谐音"（贪得）无
厌"。眼见晁源死了，以为晁夫人便成了绝户，这伙人便趁火打劫，瓜分晁氏
家产③。这两个恶人后来都遭到报应，晁无晏死后，家产被续弦郭氏盗走④；
晁思才成了绝户⑤。作者在塑造恶人晁思才、晁无晏的同时，采取对比的手法
刻画晁家族人中一位忠厚者的形象，小说第五十三回《欺绝户本妇盗财　逞

---

① ［明］陆人龙《型世言》，中华书局1993年版，第69—76页。"耿埴"一名，既含寓意，同时又采取
谐音法命名，特作说明。

② 《禅真后史》，《古本小说集成》据浙江图书馆藏金阊梓本影印，第338—340页。

③ ［明］西周生《醒世姻缘传》第二十回《晁大舍回家托梦　徐大尹过路除凶》，上海古籍出版社1981
年版，第294页。

④ 参见《醒世姻缘传》第五十三回《欺绝户本妇盗财　逞英雄遭人捆打》、第五十七回《孤儿将死遇恩
人　凶老祷神逢恶报》，上海古籍出版社1981年版。

⑤ 参见《醒世姻缘传》第五十七回《孤儿将死遇恩人　凶老祷神逢恶报》，上海古籍出版社1981年版，
第827页。

英雄遭人捆打》描写晁近仁"为人也还忠厚，行事也还有些良心"。"晁近仁"谐音"近人"，他尚有人性，晁夫人托他做事，他竭力尽心。"若数晁家的好人，也便只有他一个"①，与晁思才、晁无晏的性格、为人截然不同。

再看清代小说中谐音法命名现象。清初小说《金云翘传》多处运用谐音命名的方法，秀才金重才貌双全，与王翠翘自小两情相悦，私订终身，后突遇变故，翠翘因遭父难，卖身救父，受尽折磨。金重考中进士，赴任福建南平县尹，虽遵翠翘之命娶其妹翠云，但对翠翘痴心不改，最终经历悲欢离合，以大团圆结局。"金重"谐音"情种"，表明金重对爱情的执着、坚定；县衙终事谐音"忠实"，他救人于危难，不贪钱财，体现忠厚诚实的性格特征；总督府使者华仁谐音"滑人"，意谓奸滑之人；总督府所属将领取名"卜济""裘饶"谐音"不济""求饶"，在与倭寇作战时，落荒而逃，叩头求饶，"卜济""裘饶"等人物命名揭露出明朝将领昏庸无能、贪生怕死的形象。清代佚名《生花梦》第一集第二回《老书生临江附异梦　小秀才旅店得奇闻》正话中恶霸屠明命谐音"屠民命"，外号"屠一门"②，由姓名可知是草菅人命之辈。《儒林外史》的人物命名多采取谐音法，例如王仁（忘仁）、王德（忘德）、卜诚（不诚）、卜信（不信）、权勿用（全无用）、虞有德（寓有德）等等。《儒林外史》第三十二回《杜少卿平居豪举　娄焕文临去遗言》云，臧荼（蓼斋）找杜少卿借三百两银子补廪，"杜少卿醉了，问道：'臧三哥，我且问你：你定要这廪生做甚么？'臧蓼斋道：'你那里知道！廪生，一来中的多，中了就做官。'"清凉布褐在此批评道："臧荼，可以图赃矣。"③通过清凉布褐的评语揭示出臧荼一名的谐音之意。

《红楼梦》是一部广泛运用谐音法命名的小说名著，从其地名来看，《红楼梦》第一回《甄士隐梦幻识通灵　贾雨村风尘怀闺秀》提到女娲氏炼石补天时，遗弃一块在大荒山青埂峰下，《红楼梦》第一百二十回《甄士隐详说太

---

① 参见《醒世姻缘传》第五十三回《欺绝户本妇盗财　逞英雄遭人捆打》，上海古籍出版社1981年版，第764—765页。

② ［清］佚名《生花梦》，《中国古代孤本小说》第1册，春风文艺出版社1995年版，第38页。

③ ［清］吴敬梓著，清凉布褐批评《儒林外史》，新世界出版社2002年版，第354页。

虚情　贾雨村归结红楼梦》再次提到"青埂峰","青埂峰"谐音"情根",脂砚斋在《红楼梦》第一回批云:"妙,自谓落堕情根,故无补天之用。"①

《红楼梦》作者普遍运用谐音法于作品的人物命名之中,小说主要人物贾政谐音"假正"或"假正经",清代哈斯宝《〈新译红楼梦〉回批》第九回《西厢记妙词通戏语　牡丹亭艳曲警芳心》对此解释道:

> 宝玉起了个叫"袭人"的名字,贾政既然斥责,也就罢了,为何又说"不用改"?宝玉若确实有过,理当必改,倘若无过,则不应斥责。有云:不知则已,知过必改。既知其过又予姑息,已是不屑一评的了。本回里写出贾政对母假孝顺,假正经便在此处现形。而今又姑息子过,怎能脱逃亲爱而辟之嫌?这是他不能齐家的明证。贾政真是"假正"。②

哈斯宝批评贾政对儿子"既知其过又予姑息",对母亲是"假孝顺",贾政就是"假正""假正经",虚伪有余,教子无方。《红楼梦》描写的一位女性主人公薛宝钗的命名也揭示了其性格特征。薛宝钗的薛姓谐音"雪",《红楼梦》第五回《贾宝玉神游太虚境　警幻仙曲演红楼梦》,贾宝玉梦游太虚幻境,在薄命司里看到"金陵十二钗"正、副册、又副册等,其中薛宝钗的判词是:"金簪雪里埋。"这句判词预示着她最终的命运。与此同时,薛姓谐音"雪",加上薛宝钗吃的药名"冷香丸",表明其性格中"冷"的一面,沉着、冷静、清高、孤傲而冷漠。

《红楼梦》中次要人物谐音法命名与其性格同样关系密切,秦钟谐音"情种",贾蔷谐音"假墙",贾芸母舅卜世仁谐音"不是人",清客詹光谐音"沾光"、单聘仁谐音"善骗人",管家吴新登谐音"无星戥",靖藏眉批云:"沾光、善骗人、无星戥皆随事生情,调侃世人。余亦受过此骗,阅此一

---

①《脂砚斋评石头记》第一回,线装书局 2013 年版。
②［清］哈斯宝撰,亦邻真译《〈新译红楼梦〉回批》,内蒙古人民出版社 1979 年版,第 46 页。

笑。"①王熙凤哥哥王仁谐音"忘仁"，不仁不义②。王仁（忘仁）一名准确地揭示出此人的性格特征。

三、古代小说谐音法命名在小说情节发展中起到重要作用

清代李汝珍《镜花缘》前半部描写唐敖、林久洋、多九公等人海外游历的经过，途经三十多个国家，唐敖之名谐音"遨游"之"遨"，主要象征着小说主人公游历海外的情节。《聊斋志异》中出现以"霍"谐音"祸"的现象，赵述先《〈聊斋〉的命名艺术》一文指出："《聊斋》中凡涉及霍姓的男女主人公，常常影射一个'祸'字。《霍生》中的霍生，性格轻佻，曾造谣中伤一个同学的妻子，逼死人命，遭到了冥罚。嘴角两边，生出一对疙瘩，痛不可忍，隐含霍生因轻薄而导致'祸生'。"③

以谐音法命名揭示小说作品的情节，在《红楼梦》中得到鲜明体现，笔者从以下两个方面来谈：

首先，地名谐音。《红楼梦》第一回《甄士隐梦幻识通灵　贾雨村风尘怀闺秀》提到贾雨村未发迹之前，寄住在葫芦庙内，第四回《薄命女偏逢薄命郎　葫芦僧判断葫芦案》再次提到葫芦庙的一个小沙弥做了应天府的门子，在贾雨村断案时给予提醒。葫芦，脂砚斋在这一回评曰："'葫芦'字样起，'葫芦'字样结，盖云一部书皆系葫芦提之意也，此亦系寓意处。"④葫芦提，也写作"葫芦蹄""葫芦题"，意思是糊涂。"葫芦"谐音"糊涂"，贾雨村为巴结贾府、王府，徇私枉法，胡乱判断了此案，让杀死冯渊的薛蟠逍遥法外。"葫芦庙"地名与贾雨村糊涂断案的情节相互印证。

---

① 参照朱一玄编《红楼梦资料汇编》，南开大学出版社 2001 年版，第 194 页。
② 参照［清］曹雪芹、高鹗《红楼梦》第一〇一回《大观园月夜感幽魂　散花寺神签惊异兆》，第 1416—1417 页；第一一四回《王熙凤历幻返金陵　甄应嘉蒙恩还玉阙》，人民文学出版社 1982 年版，第 1562—1563 页。
③ 赵述先《〈聊斋〉的命名艺术》，载《东方论坛》1996 年第 1 期。
④ 参照朱一玄编《红楼梦资料汇编》，南开大学出版社 2001 年版，第 146 页。

其次,《红楼梦》的人物命名谐音。甄士隐、贾雨村、甄应嘉等人物命名象征着小说的整体情节设置。《红楼梦》第一回《甄士隐梦幻识通灵　贾雨村风尘怀闺秀》提到甄士隐、贾雨村两人谐音法命名情况:

> 此开卷第一回也。作者自云:因曾历过一番梦幻之后,故将真事隐去,而借"通灵"之说,撰此《石头记》一书也。故曰"甄士隐"云云。但书中所记何事何人? 自又云:"今风尘碌碌,一事无成,忽念及当日所有之女子,一一细考较去,觉其行止见识皆出于我之上。何我堂堂须眉,诚不若彼裙钗哉? 实愧则有余,悔又无益之大无可如何之日也! 当此,则自欲将已往所赖天恩祖德,锦衣纨袴之时,饫甘餍肥之日,背父兄教育之恩,负师友规训之德,以至今日一技无成、半生潦倒之罪,编述一集,以告天下人:我之罪固不免,然闺阁中本自历历有人,万不可因我之不肖,自护己短,一并使其泯灭也。虽今日之茅椽蓬牖,瓦灶绳床,其晨夕风露,阶柳庭花,亦未有妨我之襟怀笔墨者。虽我未学,下笔无文,又何妨用假语村言,敷演出一段故事来,亦可使闺阁昭传,复可悦世之目,破人愁闷,不亦宜乎?"故曰"贾雨村云云"[①]。

甄士隐,名费,字士隐,甲戌本《石头记》第一回,"姓甄"字后眉批云:"真。""名费"字后侧评云:"废。""字士隐"之后侧评云:"托言将真事隐去也。"[②] 贾雨村,名化,字时飞,甲戌本对贾雨村的名、字、号、籍贯之后有多处评语,《石头记》第一回在原文"寄居的一个穷儒,姓贾名化"之后评云:"假话,妙!"在原文"字表时飞"之后评云:"实非,妙!"在原文"别号雨村者"之后评云:"雨村者,村言粗语也。言以村粗之言,演出一段假话也。"在原文"原系胡州人氏"之后评云:"胡诌也。"[③] 清代陈其泰《红楼梦回评》

---

① [清] 曹雪芹、高鹗《红楼梦》第一回《甄士隐梦幻识通灵　贾雨村风尘怀闺秀》,人民文学出版社1982年版,第1页。

② 参照朱一玄编《红楼梦资料汇编》,南开大学出版社2001年版,第87页。

③ 参照朱一玄编《红楼梦资料汇编》,南开大学出版社2001年版,第92—93页。

第一回《甄士隐梦幻识通灵　贾雨村风尘怀闺秀》云："以真事隐假语村言作起，以真事隐假语村言作末回归结，手笔超妙。"①清代哈斯宝《〈新译红楼梦〉回批》第一回《甄士隐梦幻识通灵　贾雨村风尘怀闺秀》回批也就甄士隐、贾雨村之谐音命名与小说情节结构的关系加以揭示：

> 文章有宾主之法。甄士隐、贾雨村，是全书四十回的大客。甄士隐，就是"真事引"，又可释为"真士隐"。贾雨村，就是"村假语"，又可释为"假语存"。以真事作引子，理当一提就过去，所以倏忽即逝，立即隐去。村中假语，一开始就该绵绵长续，所以接续不断说下去。真假不可并存，便把甄士隐搁置一边，来写贾雨村。这两人是后文中甄贾两大世家的客身。全四十回的大纲便是真假二字。真，内热而外冷。假，外热而内冷。故开头都是冷，无一丝热处。后来贾家父子诸兄弟一出场，便写得炽热，一点冷也没有了。但是假的终究不长远，最后一旦返冷，便落得个破瓯碎罐一般。②

以上诸家评语均表明，甄士隐（真事隐）、贾雨村（假语存）两人谐音法命名揭示出《红楼梦》情节整体虚构的特点，将真事隐去，演出一段假语村言，小说情节设置真幻结合，正如哈斯宝所言："全四十回的大纲便是真假二字。"《红楼梦》中甄宝玉的父亲甄应嘉谐音"真应假"，其命名同样反映出《红楼梦》整体情节的虚构性特点。

《红楼梦》还有一些人物命名虽然没有体现小说情节设置的整体特点，但在一定程度上、一定范围内预示着小说情节发展，以甄士隐家的仆人霍启为例，我们在前文提到《聊斋志异》出现以"霍"谐音"祸"的现象，《红楼梦》中的霍启命名与此相似，霍启谐音"祸起"，士隐派他抱着年幼的英莲去看社火花灯，因为霍启小解，丢失了英莲，闯下大祸，霍启吓得逃往他乡去了。甲戌本《石头记》第一回原文"士隐命家人霍启"，侧评云："妙！祸

---

① 参照朱一玄编《红楼梦资料汇编》，南开大学出版社 2001 年版，第 715 页。
② ［清］哈斯宝撰，亦邻真译《〈新译红楼梦〉回批》，内蒙古人民出版社 1979 年版，第 27—28 页。

起也。此因事而命名。"① 甄英莲被霍启不慎丢失，由此"祸"引起接下来一系列围绕英莲（后改名香菱、秋菱等）发生的故事。清人张新之则认为"霍启"谐音"火起"："又'火起''祸起'音相通。书中人名借音者类此。"② 又如，《红楼梦》中甄士隐的丫鬟娇杏，脂砚斋评云："（娇杏）侥幸也。"③ 她以丫鬟身份后来成为贾雨村的夫人，"娇杏"一名既揭示了甄氏丫鬟的命运，也为后文贾雨村娶之为偏房，进而升为正妻的情节埋下伏笔。

四、古代小说谐音法命名象征着人物及其家族的命运

对此，我们分以下两个方面进行阐述：

（一）小说谐音法命名与人物命运。现实生活中曾出现过因姓名谐音而影响人生命运的现象，唐代诗人李贺因避父亲李晋肃之名讳而不能参加科举考试，因进士之"进"与李晋肃之"晋"谐音，韩愈撰写《讳辨》表达愤慨之意。《清稗类钞》姓名类"王揆以姓名不获首选"篇云："太仓王揆，烟客次子也，中顺治乙未进士。馆选日，某相欲荐之居首，及闻胪唱，'揆'字与'魁'音相近，世祖曰：'是负心王魁耶？'盖小说家有王魁负桂英女事也。某相遂默然而止。"④ 姓名类"孝钦后恶王国钧之名"篇云：

> 江苏王颂平大令国钧，同治戊辰进士，殿试已列入前十本卷，进呈乙览矣。及胪唱，孝钦后以王国钧三字之音，与"亡国君"同，不怿，乃抑置三甲。⑤

《清稗类钞》两则材料均记载时人因姓名而影响科举之事，王揆因姓

---

① 《脂砚斋评石头记》第一回，线装书局 2013 年版。
② 《名家汇评本〈红楼梦〉》，北京图书馆出版社 2008 年版，第 7—8 页。
③ 甲戌本《红楼梦》第二回《贾夫人仙逝扬州城 冷子兴演说荣国府》。
④ 徐珂编撰《清稗类钞》，中华书局 1984 年版，第 5 册第 2149 页。
⑤ 徐珂编撰《清稗类钞》，中华书局 1984 年版，第 5 册第 2157 页。

名与小说、戏曲家笔下负心的"王魁"谐音而失首选，王国钧因姓名谐音"亡国君"而影响科举排名，这些是晚清因姓名谐音而影响人物命运的实例。

在古代小说作品中，谐音法命名与人物命运关系密切，《红楼梦》第五回《游幻境指迷十二钗　饮仙醪曲演红楼梦》提到茶名"千红一窟"①、酒名"万艳同杯"②，甲戌本《石头记》第五回侧评云："隐'哭'字。""与'千红一窟'一对，隐'悲'字。"③清代王希廉《红楼梦》第五回《贾宝玉神游太虚境　警幻仙曲演红楼梦》回评指出："茶名'千红一窟'、酒名'万艳同杯'，言目前虽有千红万艳，日后总归杯（抔）土一穴。同是点化语，不是赞仙家茶酒。"④我们在本书第五章《中国古代小说命名的方法（上）》第一节《寓意法》曾举这一事例加以说明。茶名"千红一窟"，酒名"万艳同杯"既是寓意法命名，又是谐音法命名，这两个命名蕴涵着女性的悲惨命运，表达出作者对女性的赞美、同情和惋惜的态度。

《红楼梦》中的不少人物谐音法命名均与其人生命运之间有着紧密的关联。《红楼梦》第四回《薄命女偏逢薄命郎　葫芦僧乱判葫芦案》提到冯渊："这个被打之死鬼，乃是本地一个小乡绅之子，名唤冯渊。"⑤冯渊谐音"逢冤"，遇到薛蟠，无辜丧命；甄英莲谐音"真应怜"，一生命运多舛，儿时被拐骗，长大后被薛蟠抢去做小妾，受尽正妻折磨，最后难产而死；在小说第四回《薄命女偏逢薄命郎　葫芦僧乱判葫芦案》中，李纨之"纨"谐音"完"，"青春丧偶，居家处膏粱锦绣之中，竟如槁木死灰一般"⑥。一朵鲜花过早地枯萎、凋谢；《红楼梦》第五回关于花袭人的画面是一簇鲜花、一床破席，鲜花指其"花"姓，"席"则与"袭"谐音，"破席"预示着袭人后来不能侍奉宝

①［清］曹雪芹、高鹗《红楼梦》，人民文学出版社1982年版，第83页。

②［清］曹雪芹、高鹗《红楼梦》，人民文学出版社1982年版，第83页。

③甲戌本《石头记》第五回侧评，收入朱一玄编《红楼梦资料汇编》，南开大学出版社2001年版，第160—161页。

④［清］王希廉《红楼梦回评》，收入朱一玄编《红楼梦资料汇编》，南开大学出版社2001年版，第589页。

⑤［清］曹雪芹、高鹗《红楼梦》，人民文学出版社1982年版，第60页。

⑥［清］曹雪芹、高鹗《红楼梦》，人民文学出版社1982年版，第57页。

玉而他嫁的命运。《红楼梦》中的一些丫鬟命名也存在谐音法，紫鹃谐音"子鹃"，"入画"谐音"入化"，分别预示着其伺候的主人林黛玉的悲惨命运和惜春最终出家的结局。

（二）小说谐音法命名与家族命运。《金瓶梅》七个仆人来昭、来安、来定、来爵、来保、来兴、来旺，"昭"谐音"招"，上述七个仆人姓名第二字联在一起即为"招安定爵保兴旺"，表明主人希望家族兴旺发达之意①。《红楼梦》中贾府四女分别取名为元春、迎春、探春、惜春，甲戌本《红楼梦》第二回《贾夫人仙逝扬州城　冷子兴演说荣国府》云："只可惜他家几个姊妹都是少有的。"在这句文字之后，甲戌侧评对四姐妹的姓名分别评云："原也""应也""叹也""息也"②，合在一起即为"原应叹息"。四位女性命运坎坷，贾政之女元春虽身为贵妃，但选入深宫，到那"不得见人的去处"③，连亲人都难得见一面，最后暴病而亡；贾赦之女迎春被孙绍祖虐待致死；探春远嫁；惜春出家修行。"原应叹息"，既是对她们个人命运的感慨，也是对贾府由盛而衰的家族命运的深深叹息。

古代小说谐音法命名的现象相当普遍，不过也有些命名较为随意，例如，元代俞琰撰文言小说《席上腐谈》卷上称："温州有土地杜拾姨无夫，五撮须相公无妇，州人迎杜拾姨以配五撮须，合为一庙。杜十姨为谁？乃杜拾姨也。五撮须为谁？乃伍子胥也。"④这里以"杜十姨"谐音"杜拾遗"，以"五撮须"谐音"伍子胥"。《三遂平妖传》第一回《胡员外典当得仙画　张院君焚画产永儿》："无移时生下一个女儿来，员外甚是欢喜。老娘婆收了，不免做三朝、满月、百岁，一周，取个小名，因是纸灰涌起腹怀有孕，因此取名叫做永儿。"⑤明代罗懋登《三宝太监西洋记通俗演义》卷五第二十一回《软水洋换将硬水　吸铁岭借下天兵》，碧峰长老差人下海探宝，取名为"夏

---

①［明］兰陵笑笑生《金瓶梅》，东大图书有限公司1979年版。

②参照朱一玄编《红楼梦资料汇编》，南开大学出版社2001年版，第111—112页。

③［清］曹雪芹、高鹗《红楼梦》第十七回至十八回《大观园试才题对额　荣国府归省庆元宵》，人民文学出版社1982年版，第247页。

④［元］俞琰《席上腐谈》，《文津阁四库全书》子部道家类，第353册第705—706页。

⑤［明］罗贯中《三遂平妖传》，北京大学出版社1983年版，第7页。

得海"，谐音"下得海"，也比较随意[①]。

综而论之，谐音法在古代小说中的地名、物名尤其是人物命名方面得以充分体现。这些谐音法命名是中国谐音文化的重要组成部分，它们体现强烈的讽世精神，与小说人物外貌、举止、身份、性格、情节关系密切，象征着人物及其家族的命运。对此进行探讨，有助于阐发古代小说作家丰富而多样的艺术构思，揭示古代小说高超的艺术成就。

---

① ［明］罗懋登《三宝太监西洋记通俗演义》，上海古籍出版社 1985 年版，第 280 页。

第六章
中国古代小说命名的方法（下）

在第五章，我们就古代小说创作中寓意法、谐音法等命名方法做了较为详细的探讨，从中可以看出，中国古代小说命名与传统的命名文化之间存在着密切的联系。本章主要结合古代小说文本，考察叠字法、数字法、引经据典法以及其他命名方法。

第一节　叠字法

所谓"叠字"又名"重言"，是指由两个相同的字组成的词语。通过叠字的形式为小说命名，我们称之为"叠字法"，这种命名方法在古代小说作品的人物命名尤其是女性人物命名上体现得相当明显，因此，本节主要探讨古代小说女性人物叠字法命名现象。

古代小说中女性人物叠字法命名，笔者也称之为"双文"现象。"双文"一词的内涵丰富，或指文字作品的一分为二——文章和文学，或指两种文字，多指中文和外文。古典文献中，"双文"含义很多，宋代钱惟演《苦热》诗称："赫日烘霞斗晓光，双文桃簟碧牙床。"[①] 这里的"双文"指两篇文章；清代龚自珍《己亥杂诗》之一六八："闭门三日了何事？题图祝寿谀人诗。双文单笔记序偈，笔秃幸趁酒熟时。"[②] 这里"双文"又指骈体文。

---

① [宋] 钱惟演《苦热》，胡耀飞点校《钱惟演集》，浙江古籍出版社 2014 年版，第 13 页。

② [清] 龚自珍《己亥杂诗》，刘逸生、周锡馥校注《龚自珍诗集编年校注》，上海古籍出版社 2013 年版，第 811 页。

在中国古代小说作品中，"双文"概念的出现始于唐代诗人、小说家元稹所撰传奇《莺莺传》以及元杂剧《西厢记》中的崔莺莺，其名字是由两个"莺"字相叠构成。元稹《莺莺传》描写张生与崔莺莺之间悲欢离合的情感历程，元代王实甫据以改编成《崔莺莺待月西厢记》，简称《西厢记》，这两部经典作品塑造的崔莺莺成为中国文学史画廊中栩栩如生的人物形象，历久而不衰，对中国古代小说、戏曲产生了深远的影响。元稹在《古决绝词》《梦游春诗》中多次提到"双文"一词，其《杂忆五首》诗云：

> 今年寒食月无光，夜色才侵已上床。
> 忆得双文通内里，玉枕深处暗闻香。
>
> 花笼微月竹笼烟，百尺丝绳拂地悬。
> 忆得双文人静后，潜教桃叶送秋千。
>
> 寒轻夜浅绕回廊，不辨花丛暗辨香。
> 忆得双文笼月下，小楼前后捉迷藏。
>
> 山榴似火叶相兼，亚拂低墙半拂檐。
> 忆得双文独披掩，满头花草倚新帘。
>
> 春冰消得碧波湖，漾影残霞似有无。
> 忆得双文衫子里，钿头云映褪红酥。①

其《赠双文》云：

> 艳极翻含态，怜多转自娇。

---

① ［唐］元稹《杂忆》，周相录校注《元稹集校注》，上海古籍出版社 2011 年版，第 1437 页。

有时还暂笑，闲坐更无聊。

晓月行堪堕，春酥见欲消。

何因肯《垂手》，不敢望《回腰》。①

元稹以"双文"代指崔莺莺，对此，宋代赵令畤《侯鲭录》卷五《辨传奇莺莺事》称："仆家有微之作《元氏古艳诗》百余篇，中有《春词》二首，其间皆隐'莺'字……又有《古决绝词》、《梦游春诗》，前叙所遇，后言舍之以义，又叙娶韦氏之年，与此无少异者。双文，意谓叠'莺'字为双文也。"②以"双文"代指莺莺的情况也被后人所接受，《红楼梦》第三十五回《白玉钏亲尝莲叶羹　黄金莺巧结梅花络》云：

> 黛玉……一进院门，只见满地下竹影参差，苔痕浓淡，不觉又想起《西厢记》中所云"幽僻处可有人行，点苍苔白露泠泠"二句来，因暗暗的叹道："双文，双文，诚为命薄人矣。然你虽命薄，尚有媚母弱弟，今日林黛玉之命薄，一并连媚母弱弟俱无。古人云'佳人命薄'，然我又非佳人，何命薄胜于双文哉！"③

林黛玉寄人篱下，触景生情，想起《西厢记》中崔莺莺的命运，不禁感慨万千，很显然，黛玉是以"双文"指代崔莺莺。

关于古代小说的叠字法命名尤其是女性人物命名的"双文"现象，从笔者目前的文献检索来看，学术界尚未出现对此进行专门研究的著述，本节就古代小说女性叠字法命名的特点以及形成原因等加以探讨。

---

① [唐] 元稹《赠双文》，周相录校注《元稹集校注》，上海古籍出版社 2011 年版，第 1440 页。
② [宋] 赵令畤《侯鲭录》，中华书局 2002 年版，第 127 页。
③ [清] 曹雪芹、高鹗《红楼梦》，人民文学出版社 1982 年版，第 474 页。

一、女性叠字法命名的现象相当常见

在中国古代小说作品中，有关这一现象的演变特征及其发展趋势，笔者试总结如下：

首先，考察古代小说女性叠字法命名的发展历程。从现有文献进行考察，这一现象盛行于唐宋，明代郎瑛《七修类稿》卷十九《辩证类》"重名美妇"篇云："汉有飞燕，唐宝历中亦有飞燕；与元稹私者崔莺莺，与张浩私者李莺莺；郑还古通者沈真真，韩真卿通者谢真真；山谷赠诗者费盼盼，建封娶者关盼盼。"① 郎瑛《七修类稿》卷二十四《辩证类》"唐双名美人"篇云："元稹妾名莺莺，张祐妾名燕燕，柳将军爱妓名真真，张建封舞妓名盼盼，又善歌之妓曰好好、端端、灼灼、惜惜，钱塘杨氏曰爱爱，武氏曰赛赛，范氏曰燕燕，天宝中贵人妾曰盈盈，大历中才人张红红、薛琼琼，杨虞卿妾英英，不知唐时何以要取双名耶？"② 郎瑛所列崔莺莺、李莺莺、沈真真、谢真真、费盼盼、关盼盼等女性人物皆为叠字命名，主要出现于唐宋时期。唐代小说作品中除《莺莺传》以外，《达奚盈盈传》、小说选集《幻戏志》之《殷七七》（出自《续仙传》）均是此类作品。

宋元小说中女性叠字法命名的情况很多，以宋代皇都风月主人编《绿窗新话》为例，全书共 154 篇作品，其中女性以叠字法命名的小说达到 15 篇，即：卷上《杜牧之睹张好好》《张公子遇崔莺莺》《张浩私通李莺莺》《谢真真识韩贞卿》《沈真真归郑还古》《灼灼染泪寄裴质》《盼盼陈词媚涪翁》《章导与梁楚双恋》（记名妓梁楚楚事）；卷下《杨爱爱不嫁后夫》《张住住不负正婚》《张建封家姬吟诗》（记舞妓关盼盼事）、《郑都知酝籍巧谈》（记都知郑举举事）、《崔宝羡薛琼弹筝》（记唐代筝手薛琼琼事）、《沈翘翘善敲方响》、《张红红善记拍板》（记唐代才人张红红事）③，女性叠字法命名的小说占《绿窗新话》全书的近 10%，这一比例是比较高的。另外，诸如宋代王山

---

① ［明］郎瑛《七修类稿》，上海书店出版社 2001 年版，第 196 页。

② ［明］郎瑛《七修类稿》，上海书店出版社 2001 年版，第 253 页。

③ ［宋］皇都风月主人编《绿窗新话》，古典文学出版社 1957 年版。

《笔奁录》有《盈盈传》，罗烨《醉翁谈录》丙集卷二《三妓挟歧（按：应作"耆"）卿作词》中，三妓女分别名为张师师、刘香香、钱安安。据吴自牧《梦粱录》卷二十《妓乐》篇记载，教坊官妓有唐安安等，私妓有季惜惜、吕双双、胡怜怜、沈盼盼、普安安、徐双双等名，说唱女有熊保保[①]。女性以叠字法命名的现象不仅出现于文言小说，而且也存在于白话小说之中，像宋代话本《碾玉观音》璩秀秀即是叠字命名。

古代小说女性以叠字法命名的现象在明清时期也很常见，先看明代小说。文言小说创作中，明代瞿佑《剪灯新话》卷三《爱卿传》记嘉兴名妓罗爱爱事，同卷《翠翠传》记淮安民家女刘翠翠事，附录《秋香亭记》记诗人杨载孙女杨采采事，《寄梅记》记朱端朝与妓女马琼琼恋情[②]。李昌祺《剪灯余话》卷二《鸾鸾传》记赵鸾鸾事，均为小说女性叠字命名。另外，据李昌祺《剪灯余话序》可知，明代桂衡撰传奇小说《柔柔传》也是叠字命名，今已散佚[③]，梅鼎祚《青泥莲花记》多篇作品也存在这种命名现象，笔者统计如下：卷一下《汪怜怜》、卷二《吴女盈盈》《李当当》、卷三《毛惜惜》《张红红》、卷五《杨爱爱》《梁楚楚》、卷七《张住住》《转转》《张英英》、卷九《苏小小》、卷十《王苏苏》、卷十三《楚楚》《郑举举》《李师师》《唐安安》，至少有 16 篇[④]。

在明代一些话本小说中同样出现此类情况，《清平山堂话本》卷一《柳耆卿诗酒玩江楼记》云："当时是宋神宗朝间，东京有一才子，天下闻名，姓柳，双名耆卿，排行第七，人皆称为'柳七官人'……专爱在花街柳巷，多少名妓欢喜他。在京师与三个出名上等行首打暖：一个唤做陈师师，一个唤做赵香香，一个唤做徐冬冬。这三个顶老赔钱争养着那柳七官人。"[⑤]《喻世明言》卷十二《众名姬春风吊柳七》称："那柳七官人，真个是朝朝楚馆，夜夜秦楼。内中有三个出名上等的行首，往来尤密，一个唤做陈师师，一个唤做

①［宋］吴自牧《梦粱录》，浙江人民出版社 1980 年版，第 192—193 页。

②参见［明］瞿佑《剪灯新话》，上海古籍出版社 1981 年版。

③［明］李昌祺《剪灯余话序》，《剪灯余话》附录，上海古籍出版社 1981 年版。

④［明］梅鼎祚《青泥莲花记》，《四库全书存目丛书》子部小说家类，据万历三十年鹿角山房刊本影印。

⑤［明］洪楩辑，程毅中校注《清平山堂话本校注》，中华书局 2012 年版，第 1—2 页。

赵香香，一个唤做徐冬冬。这三个行首，赔着自己钱财，争养柳七官人。"①
《二刻拍案惊奇》第六卷《李将军错认舅　刘氏女诡从夫》根据《剪灯新
话》卷三《翠翠传》改编，记刘翠翠事②。

　　再看清代小说，《美人关》叙述吴三桂与陈园园（即陈圆圆）的故事；佚
名《吴三桂演义》同样描写吴三桂与爱妾陈圆圆的离合；《南朝金粉录》描写
书生吉庆和与王娟娟之间的恋爱故事；黄永撰文言小说《姗姗传》、清代见
南山人《茶余谈荟》之"姗姗"篇记杨姗姗与梅景和事，女主角皆为双名。
晚清吴沃尧《恨海》中青年男女陈瑞与王娟娟相爱，因逢乱世，娟娟沦为妓
女，陈瑞愤恨之余出家。

　　宣统三年（1911）四月十一日，台北《台湾日日新报》刊载佚名《罗爱
爱》，同样是以叠字为女性命名③。

　　其次，就小说创作题材来看，以叠字法为女性命名的古代小说多写男女
爱情故事，集中于婚恋题材。我们在以上列举的绝大多数小说为爱情婚恋
故事，在婚恋题材以外的其他小说中也存在这一现象，例如，《西游记》第
二十三回《三藏不忘本　四圣试禅心》云：

　　　　那妇人道："我是丁亥年三月初三日酉时生。故夫比我年大三岁，
　　我今年四十五岁。大女儿名真真，今年二十岁；次女名爱爱，今年十八
　　岁；三小女名怜怜，今年十六岁，俱不曾许配人家。虽是小妇人丑陋，
　　却幸小女俱有几分颜色，女工针指，无所不会。"④

　　作为一部神魔题材的小说名著，《西游记》中观音菩萨、黎山老母等人
以三女测试唐僧、孙悟空、猪八戒、沙僧师徒的修禅之心，三女之名均为
叠字。

---

① ［明］冯梦龙编《喻世明言》，人民文学出版社 1958 年版，第 189 页。
② ［明］凌濛初《二刻拍案惊奇》，人民文学出版社 1996 年版。
③ 参见陈大康《中国近代小说编年史》，人民文学出版社 2014 年版，第 2187 页。
④ ［明］吴承恩《西游记》，人民文学出版社 1955 年版，第 292—293 页。

　　再次，以叠字法为女性命名的明清小说中，女性一般为主角，也有少数女性作为小说的次要人物而出现。元代宋梅洞所撰小说《娇红记》描述书生申纯与王娇娘的爱情经历，小说取名"娇红记"，源于王娇娘和侍女飞红之名，主要人物虽非以叠字命名，但小说的次要人物也有叠字法命名影响的烙印，文中提到："生与成都府角妓丁怜怜者极相厚善。"又如，《二刻拍案惊奇》卷二十一《许察院感梦擒僧　王氏子因风获盗》："话说国朝正德年间，陕西有兄弟二人，一个名唤王爵，一个名唤王禄……王禄到了山东，主仆三个，眼明手快，算计过人，撞着时运顺利，做去就是便宜的，得利甚多。自古道：'饱暖思淫欲。'王禄手头饶裕，又见财物易得，便思量淫荡起来。接着两个表子，一个唤做夭夭，一个唤做蓁蓁，嫖宿情浓，索性兑出银子来包了他身体。"① 王禄所嫖妓女夭夭、蓁蓁之名均为叠字。清代吴贻先《风月鉴》叙南京才子常嫣娘先后娶十二位美女的故事，父母为之选美婢四人伺候，其中有关关、窈窈之名②。

　　最后，女性以叠字法命名的现象结束于何时？我们从上文提到的材料来看，直到晚清依然有些小说女性命名延续这一现象，但不可否认的是，清代这种现象远不如唐、宋、明诸朝代盛行，其中尤其值得我们关注的是《红楼梦》这部名著。据徐恭时《〈红楼梦〉究竟写了多少人物》一文统计，《红楼梦》所写人物至少有975人，其中男性495人，女性480人③。在这480位女性人物中，除了个别女性如"宋嬷嬷、张妈妈"之类称谓以外，没有叠字命名的情况。鲁迅先生在《中国小说的历史的变迁》第六讲《清小说之四派及其末流》中指出："自有《红楼梦》出来以后，传统的思想和写法都打破了。"④ 从小说命名这一角度来看，也印证了鲁迅先生的说法不无道理。

---

① ［明］凌濛初《二刻拍案惊奇》，人民文学出版社1996年版。
② ［清］吴贻先《风月鉴》，《古本小说集成》据中国国家图书馆所藏清钞本影印。
③ 徐恭时《〈红楼梦〉究竟写了多少人物》，载《上海师范大学学报》1982年第2期。
④ 鲁迅《中国小说的历史的变迁》，收入《鲁迅全集》第九卷，人民文学出版社1981年版，第338页。

二、古代小说女性以叠字法命名的原因分析

古代小说尤其是写情小说中的女性出现很多叠字法命名，这既是一种文学现象，也是一种文化现象。探讨出现这种现象的原因，既有现实社会的因素，也有文学史自身发展的影响之所及，同时，与古代独特的命名文化不无关联。笔者试从以下几个方面加以阐述。

第一，受古代命名文化影响。远古、近古时代，女性往往没有名字，明代郎瑛《七修类稿》卷二十《辩证类》"美人称姬"篇云：

> 叶石林《燕语》曰："妇人无名，以姓为名，故周人称王姬、伯姬，周姓也。后世不思其故，遂以姬为通称，以虞美人为虞姬，戚夫人为戚姬，政和间帝女下嫁曰帝姬。尝白蔡鲁公，欲改正之，不果。"予初读之亦谓是也，谛思真可为燕语也。夫姬固周姓，亦谓妇人美称，《韵会》之释也。《毛诗》又曰："彼美淑姬。"师古曰："周贵于众国之女，所以妇人之美者称姬。"若以国姓而后世传讹，则黄帝姓姬，炎帝姓姜，《左传》虽有姬姜连称之辞，独用一姜字称妇人可乎？ ①

女性没有名字，以"姬"相称，这也从一个侧面反映了女性社会地位较低。后来女性虽然有了名字，但社会地位较低的状况一直未能在男权占统治地位的社会中得到根本性的改变，尤其是一些妾、妓之类的女性，甚至被当作货物一样买卖，唐代范摅《云溪友议》卷中《玉箫化》中，玉箫是姜使君家青衣，再生后，被东川卢八座送给韦皋；明代天然痴叟《石点头》第八卷《贪婪汉六院卖风流》称："妇女便与货物相同。"②妾、妓之类女性成为男人的玩物，以叠字法命名的小说女性群体中，很多正是这类女性，她们的命名方式在一定程度上带有男权社会的烙印，对此，萧遥天《中国人名的研究》指出：

---

① [明]郎瑛《七修类稿》，上海书店出版社 2001 年版，第 207 页。
② [明]天然痴叟《石点头》，上海古籍出版社 1957 年版，第 183—184 页。

　　按男人也有双名的，极少数，女人较多。这种名字，与人以轻松亲昵的感觉，在男性中心社会，男人所感愉快的就是这种感觉。故应列为女名的殊格。此格唐人已开其端。如元稹妾莺莺，张祐妾燕燕，柳将军爱妓真真，张建封舞妓盼盼，歌妓好好、端端、灼灼、惜惜，钱塘杨氏爱爱，武氏赛赛，范氏燕燕，天宝中贵妾盈盈，大历中才人张红红、薛琼琼，杨虞卿妾英英。[①]

赵瑞民《姓名与中国文化》引《梦粱录》《青楼集》等资料指出：

　　我们看这些取叠字名的妇女，她们的身份非妾即妓，所以取了这类名字。见于记载的侍妾和妓女唐代多有，以后也是屡见不鲜。唐代《北里志》中的妓女叠字名者有郑举举、王苏苏、王莲莲、张住住等；《梦粱录》记载的宋代妓女叠字名者，官妓有唐安安，私娼有季惜惜、吕双双、胡怜怜、沈盼盼、普安安、徐双双、熊保保等；《玉台书史》记载宋代以书法知名的妓女中有王英英，明代擅长书画的妓女有薛素素；《青楼集》所载元代名妓叠字名者有李心心、于盼盼、于心心、魏道道、赵真真、汪怜怜、顾山山、孙秀秀等。宋代爱国诗人辛弃疾亦未能脱俗，他的两个侍妾一名田田、一名钱钱，都是因姓而名。诗人的两位侍妾都擅长书法，常常代辛弃疾写信，所以载于《玉台书史》中。明清时期，女性叠字名渐少，至今已失却了这种命名形式的狎昵色彩，用叠字名的妇女无须担心其历史的印痕了。[②]

　　萧遥天、赵瑞民二人均指出妾、妓之类女性的叠字命名给人以轻松亲昵的感觉，反映了男性群体的心理状况，同时也折射出女性的社会地位。

　　第二，文学史自身发展的影响。元稹撰《莺莺传》，王实甫据以改编为《西厢记》，这两部名著在中国文学发展史上尤其是小说、戏曲史上产生深远

---

　　① ［马来西亚］萧遥天《中国人名的研究》，国际文化出版公司 1987 年版，第 169—170 页。
　　② 赵瑞民《姓名与中国文化》，中国人民大学出版社 2008 年版，第 105 页。

的影响，例如，明代雷世清《艳情集》，高儒《百川书志》卷六史部小史类著录，八卷。原书已佚。高儒称本书和《娇红记》《钟情丽集》等六书"皆本《莺莺传》而作，语带烟花，气含脂粉，凿穴穿墙之期，越礼伤身之事，不为庄人所取，但备一体，为解睡之具耳！"①关于《莺莺传》和《西厢记》在文学史上的影响，笔者称之为"莺莺情结"或"西厢情结"，这种"情结"体现在文学作品女性人物命名之上便是模仿其中女主角崔莺莺之名而以叠字取名，这是古代小说作品女性以叠字法命名的重要原因之一。

第三，现实社会的影响。在现实生活中不乏女性叠字命名的情况，南朝刘勰《文心雕龙》卷十《物色》相当推崇叠字艺术，他认为："诗人感物，联类不穷……故'灼灼'状桃花之鲜，'依依'尽杨柳之貌，'杲杲'为日出之容……并以少总多，情貌无遗矣。"②刘勰认为叠字的使用可以起到烘托气氛的作用，有助于更好地描摹景物。女性以叠字命名可以起到类似的效果，突出女性的柔美和温婉，所以现实社会中有很多女性以叠字命名，宋代孟元老《东京梦华录》卷五《京瓦伎艺》提到"小唱李师师""嘌唱弟子张七七"等③。元代夏庭芝撰，孙崇涛、徐宏图笺注《青楼集》记述元大都、金陵、维扬、武昌以及山东、江浙、湖广等地的歌妓、艺人110余人的事迹，其中有赵真真、李心心、汪怜怜、顾山山、孙秀秀、荆坚坚等④。明代郎瑛《七修类稿》卷二十七《辩证类》"苏小小考"篇提到"苏小小"⑤，明代顾起元《客座赘语》卷四《爱爱》云："宋爱爱，钱塘倡家女。"⑥上述材料中的女艺人、妓女命名均存在"双文"现象，这种现象不可避免地在文学作品中有着充分的反映。明末清初名妓陈圆圆，后为吴三桂之妾，其名即为叠字，清代小说《美人关》《吴三桂演义》等小说均叙述吴三桂与陈圆圆（或称园园）的情

① [明]高儒《百川书志》，古典文学出版社1957年版，第90页。
② [南朝梁]刘勰原著，詹锳义证《文心雕龙义证》，上海古籍出版社1989年版，第1733页、第1736页、第1738页。
③ [宋]孟元老撰，伊永文笺注《东京梦华录笺注》，中华书局2006年版，第461页。
④ [元]夏庭芝《青楼集》，古典文学出版社1957年版。
⑤ [明]郎瑛《七修类稿》，上海书店出版社2001年版，第288页。
⑥ [明]顾起元《客座赘语》，中华书局1987年版，第131页。

感故事，正是现实人物在小说作品中的具体体现。

综上所述，笔者就古代小说中女性以叠字法命名的缘起、发展历程以及形成原因进行探讨，认为这一现象的产生深受《莺莺传》和《西厢记》的影响，明显带有古代命名文化和现实生活影响的痕迹。

第二节　数字法

以数字法命名也是中国古代小说常见的命名方法之一[①]，在古代小说创作实践中，以数字法命名的情况相当多，从"一""二""三"到"百""千""万"等数字都出现在小说命名之中，尤其是在小说书名中屡见不鲜。笔者从以下两个方面对此加以探讨：一方面介绍古代小说数字法命名的现象。另一方面，阐述古代小说数字法命名的特点及其文化内涵。

一、古代小说数字法命名实践

笔者按照以数字命名的顺序，对古代小说数字法命名情况进行不完全统计，试列如下[②]：

1. 以"一"命名的小说作品。唐代佚名撰话本《一枝花话》，宋代佚名撰话本《西山一窟鬼》，明代冯梦龙编撰《警世通言》卷十四改编为《一窟鬼癞道人除怪》、冯梦龙编撰《喻世明言》卷二十六《沈小官一鸟害七命》、佚名

---

① 古代小说人名、物名、地名、朝代名、纪年纪月名中含有数字的不计入本节研究范围，如唐代题张说所撰传奇《梁四公记》，皇甫枚《三水小牍》；宋元佚名撰话本《宋四公大闹禁魂张》；明代罗贯中《三国志演义》、吴承恩所撰《西游记》之三藏、八戒，罗懋登撰《三宝太监西洋记通俗演义》，罗贯中《残唐五代史演义》、冯梦龙编《警世通言》卷三十二《杜十娘怒沉百宝箱》，佚名《两汉开国中兴志传》；清代佚名编《七峰遗编》，佚名撰《万花楼杨包狄演义》；晚清佚名《六月霜》，吴沃尧《两晋演义》，佚名《吴三桂演义》等，均不作为本节讨论的对象。

② 笔者主要根据刘世德主编的《中国古代小说百科全书》（中国大百科全书出版社 1998 年版）进行统计，因近代小说作品数量众多，近代小说数字法命名情况未做完整统计。可参看陈大康《中国近代小说编年史》，人民文学出版社 2014 年版。

《西湖一集》、《醒世恒言》卷三十四《一文钱小隙造奇冤》、凌濛初《二刻拍案惊奇》卷二《小道人一着饶天下　女棋童两局注终身》，清代尹湛纳希撰蒙古文小说《一层楼》、佚名撰话本小说集《一片情》，晚清佚名撰《一字不识之新党》等等。

2. 以"二"命名的小说作品。明代周楫编撰《西湖二集》、凌濛初《二刻拍案惊奇》，清初佚名编撰别本《二刻拍案惊奇》，清代佚名编选《二刻醒世恒言》、佚名《二度梅全传》、佚名《删定二奇合传》。与"二"相关的词语还有"两""双""再"等，以这些词语命名的明清小说也有一些，如明代冯梦龙编撰《醒世恒言》卷一《两县令竞义婚孤女》，明末清初佚名《两肉缘》，清代天花藏主人编撰《两交婚》，明代佚名《双峰记》、吴敬所编辑《国色天香》卷五《双卿笔记》，明末清初佚名《双姻缘》，清代佚名《双凤奇缘》、佚名《双泪碑》、佚名《双英记》，古代小说选集《再生记》，清代佚名《再团圆》、佚名《再续儿女英雄传》等等。

3. 以"三"命名的小说作品。唐代白行简《三梦记》，佚名《三女星精》；宋代王禹锡撰神仙传记《海陵三仙记》，佚名撰话本《西湖三塔记》，佚名撰话本《三现身》，佚名《洛阳三怪记》，佚名《定山三怪》；元代佚名《三分事略》；元末明初《水浒传》三打祝家庄之回目，罗贯中编《三遂平妖传》，佚名编《合刻三志》，佚名《隔帘花影》又名《三世报》（全称《新镌古本批评绣像三世报隔帘花影》），潘镜若编次《三教开迷归正演义》，小说合集《三教偶拈》，佚名《花神三妙传》。"三言"，《警世通言》卷十八《老门生三世报恩》，《醒世恒言》卷二《三孝廉让产立高名》、卷十一《苏小妹三难新郎》；清代佚名《三续金瓶梅》，徐道、程毓奇《三教同原录》，张士登《三分梦全传》，佚名《征西说唐三传》（又名《异说后唐传三集薛丁山征西樊梨花全传》《仁贵征西说唐三传》），佚名《云钟雁三闹太平庄》，佚名《宋太祖三下南唐》，佚名《三王造反》，石玉昆述《三侠五义》，邹弢《三借庐赘谈》等等。

4. 以"四"命名的小说作品。《喻世明言》卷十四《陈希夷四辞朝命》，《醒世恒言》卷十二《佛印师四调琴娘》，明代《三国志演义》《水浒传》《西游记》《金瓶梅》被称为"四大奇书"，《四游记》即《东游记》《西游记》《南游记》《北游记》四部小说合称，清代佚名撰小说选集《四巧说》，杨景淐《鬼谷四友志》，佚名《绿牡丹》（又名《四望亭全传》）等。

5. 以"五"命名的小说作品。唐代张询古《五代新说》，宋代佚名《五戒禅师私红莲记》、佚名编《五色线》，明代谢肇淛《五杂组》、佚名《五鼠闹东京》、余象斗《五显灵官大帝华光天王传》，清代刘銮《五石瓠》、佚名《五色石》、佚名《五凤吟》、佚名《五虎平南后传》、佚名《五虎平西前传》、佚名《五美缘》、佚名《五日缘》、佚名《小五义》（又名《忠烈小五义传》）、佚名《续小五义》、佚名《仙侠五花剑》、俞樾《五五》、陈春生编辑《五更钟》等。

6. 以"六"命名的小说作品比较少，唐代姚崇《六诫》，清代屠绅《六合内外琐言》、沈复《浮生六记》、陆士谔《六路财神》等。

7. 以"七"命名的小说作品。明代郎瑛《七修类稿》、佚名《七曜平妖传》，《喻世明言》卷十三《张道陵七试赵升》、卷二十六《沈小官一鸟害七命》；清初《天花藏七才子书》、黄钧宰《金壶七墨》、《七侠五义》、佚名《七续彭公案》、唐芸洲《七剑十三侠》、梁纪佩《七载繁华梦》、佚名《七真祖师列仙传》等。

8. 以"八"命名的小说作品。疑隋代佚名《八朝穷怪录》；清代佚名《八段锦》、佚名《八洞天》、佚名《八续彭公案》等。

9. 以"九"命名的小说作品。宋代佚名撰话本《梁公九谏》，明代祝允明《九朝野记》、宋懋澄《九籥集》，晚清张春帆《九尾龟》、佚名《九尾狐》、吴沃尧《九命奇冤》等。

10. 以"十"命名的小说作品。题汉代东方朔《十洲记》，唐代张鷟《游仙窟》之崔十娘，明代佚名《十美图》等。

11. 以"十二"命名的小说作品。明代《南北宋志传》《杨家府世代忠勇通俗演义志传》中杨门"十二寡妇征西"、余象斗编《列国前编十二朝》，清代李渔《十二楼》、佚名《十二笑》、《红楼梦》之"金陵十二钗"，晚清佚名《天门阵演义十二寡妇征西》等。

12. 以"二十"命名的小说作品。晚清吴沃尧《二十年目睹之怪现状》，黄小配《廿载繁华梦》（一名《粤东繁华梦》）。

13. 以"二十四"命名的小说作品。明代佚名《二十四尊得道罗汉传》、清代吕抚《二十四史通俗演义》等。

14. 以"四十"命名的小说作品。明代顾元庆编辑《顾氏明朝四十家小说》《广四十家小说》等。

15. 以"六十"命名的小说作品。明代洪楩编《六十家小说》。

16. 以"七十二"命名的小说作品。明代佚名《七十二朝人物演义》、佚名《龙图公案》（又名《包公七十二件无头案》）。

17. 以"百"命名的小说作品。汉代刘向《百家》，明代佚名《百缘传》、安遇时编集《包龙图判百家公案》，清代佚名《施公案》（又名《百断奇观》）、佚名《百花魁》、佚名《海烈妇百炼真传》、陈啸庐《中外三百年之大舞台》等。

18. 以"千"命名的小说作品比较少。西晋张华《博物志》卷十《千日酒》，明末清初佚名《金粉惜》卷八《千金砚》。

19. 以"万"命名的小说作品。明代余象斗编《万锦情林》，清代佚名《万年青》、沈惟贤辑著《万国演义》、吴沃尧《光绪万年》等。

二、古代小说数字法命名的特点及其文化内涵

我们通过上文不完全统计可以看出，古代小说数字法命名的现象比较普遍，尤其集中于小说书名。关于古代小说数字法命名的特点及文化内涵，笔者试从以下几个方面加以阐述：

1. 古代小说数字法命名体现广告宣传的需要。古代小说编刊者喜欢用"第一""第二"等字眼宣传小说，体现鲜明的广告意识，例如，清代佚名《莲子瓶演义》又名《第一奇书莲子瓶》《后唐奇书莲子瓶传》，清代小说《雪月梅》又名《第一奇书》，《宋太祖三下南唐》又名《第一侠义奇女传》，《玉瓶梅》全名《绣像第六奇书玉瓶梅》，《驻春园》又名《第十才子书》等

等，小说编刊者以"第一""第二"等字眼吸引读者注意，从而加强广告宣传，扩大小说的发行销售。

2.古代小说数字法命名与续书、仿作现象有关。明代佚名《西湖一集》，周楫编《西湖二集》；崇祯六年（1633）杭州陆云龙峥霄馆刊刻《皇明十六家小品》附征稿启事称："见惠瑶章，在杭付花市陆雨侯家中；在金陵付承恩寺中林季芳、汪复初寓。"征集拟刻文稿具体内容共有六条，其中第六条为："刊《型世言二集》，征海内奇闻。"①陆人龙撰《型世言》十卷四十回，钱塘陆云龙峥霄馆崇祯刊。《型世言二集》应是《型世言》的续书或仿作。续仿之作命名有的常常直接采取数字法，如《七续彭公案》《八续彭公案》等。清代石玉昆述《三侠五义》面世以后，出现很多同类小说，如《小五义》《续小五义》《英雄大八义》《英雄小八义》《七剑十三侠》等。

3.古代小说数字法命名体现独特的文化内涵。以上以数字命名的小说作品，以"三"命名的很多。在中国传统文化中，"三"这一数字具有丰富的文化内涵，《老子》称："道生一，一生二，二生三，三生万物。"②道家认为"三"是产生万物的源头与基础，是万物之始。东汉许慎《说文解字》称："三，天、地、人之道也。从三数。"③许慎认为"三"体现天、地、人的概念，体现人与自然的和谐与统一。古代小说命名中，"三"这一数字频繁出现，表明小说作家对这一数字的重视。

再说"五"这一数字，明代谢肇淛撰《五杂组》，李维桢《五杂组序》云：

　　五杂组诗三言，盖诗之一体耳，而水部谢在杭著书，取名之。何以称五？其说分部，曰天、曰地、曰人、曰物、曰事，则说之类也……天数五，地数五，河图洛书，五为中数，宇宙至大，阴阳相摩，品物流形，变化无方，要不出五者。五行杂而成时，五色杂而成章，五声杂而

---

①崇祯六年杭州陆云龙峥霄馆刊刻《皇明十六家小品》附征稿启事，参见［明］丁允和、陆云龙编《皇明十六家小品》卷首，北京图书馆出版社1997年版，第79—80页。

②参见朱谦之《老子校释》，中华书局1984年版，第174页。

③［汉］许慎《说文解字》，中华书局1963年版，第9页。

成乐，五味杂而成食。《礼》曰："人者，天地之心，五行之端。食味，别声，被色而生。"具斯五者，故杂而系之五也。①

李维桢在序言中交代"五杂组"命名之意，并阐述"天数五，地数五。河图洛书，五为中数，宇宙至大，阴阳相摩，品物流形，变化无方，要不出五者"，阐述"五"这一数字所蕴涵的特定文化内涵。

再看"九"，《黄帝内经》卷六《三部九候论》称："天地之至数，始于一，终于九焉。"②《鹤林玉露》丙编卷三《九为究》云："数穷于九，九者究也。"③"九"表示多次或多数，引申而言，象征着知识渊博，见多识广，《镜花缘》第八回《弃嚣尘结伴游寰海　觅胜迹穷踪越远山》提到"多九公"：

> 林之洋道："……俺们船上有位柁工，刚才未邀他同来。他久惯飘洋，海外山水，全能透彻，那些异草奇花，野鸟怪兽，无有不知。将来如再游玩，俺把他邀来。"唐敖道；"船上既有如此能人，将来游玩，倒是不可缺的。此人姓甚？也还识字么？"林之洋道："这人姓多，排行第九，因他年老，俺们都称多九公，他就以此为名。那些水手，因他无一不知，都同他取笑，替他起个反面绰号，叫作'多不识'。幼年也曾入学，因不得中，弃了书本，作些海船生意。后来消折本钱，替人管船拿柁为生，儒巾久已不戴，为人老诚，满腹才学。今年八旬向外，精神最好，走路如飞。平素与俺性情相投，又是内亲，特地邀来相帮照应。"④

《镜花缘》中多九公之"九"，与"多"一起表示此人见多识广。与此同时，"九"这一数字还表明历经磨难、终达理想境，《西游记》第九十九回《九九数完魔尽灭　三三行满道归根》，唐僧师徒经历九九八十一难，终于修

---

① [明]李维桢《五杂组序》，《五杂组》卷首，上海书店出版社2001年版。
② 佚名《黄帝内经》，人民卫生出版社2013年版，第49页。
③ [宋]罗大经《鹤林玉露》，上海古籍出版社2012年版，第177页。
④ [清]李汝珍《镜花缘》，人民文学出版社1955年版，第46—47页。

成正果，作者以"九九"作为回目名称，寓意深远。

另外，古代小说数字法命名与出版文化关系密切，例如，明代佚名撰《合刻三志》，分志奇、志怪、志异、志妖、志幻、志鬼、志梦、志寓八类，收书八十种，大多数是伪托的。署名唐杜光庭所撰《豪客传》实际上即《虬髯客传》、《黄衫客》即蒋防的《霍小玉传》；又如别本《二刻拍案惊奇》，清代佚名编选《二刻醒世恒言》，封面题"墨憨斋遗稿"，均系书坊伪托；清代佚名撰《十二笑》，题"墨憨斋主人新编"，系书坊伪托。类似的事例很多，书坊借助前人小说作品尤其是受到市场、读者欢迎的小说作品名称，如《醒世恒言》《二刻拍案惊奇》等，加上数字，从而为编刊的小说命名，达到牟利的商业目的。

4. 也有些古代小说的数字法命名比较随意，例如，《水浒传》第八十六回《宋公明大战独鹿山　卢俊义兵陷青石峪》云："那两个道：'俺祖居在此。俺是刘二，兄弟刘三。父是刘一，不幸死了。止有母亲。专靠打猎营生，在此二三十年了。'"[1] 作者用一、二、三分别给刘氏父子取名。《金瓶梅》中也出现不少随意利用数字为人物命名的情况，第十六回《西门庆谋财娶妇　应伯爵庆喜追欢》，花子虚兄弟命名就是如此，"他家房族中花大，是个刁徒泼皮的人"。另外两个兄弟叫作花三、花四[2]。罗懋登《三宝太监西洋记通俗演义》卷十九第九十五回《五鼠精光前迎接　五个字度化五精》，作者为满剌伽国将领分别命名为褚一、褚二、褚三、褚四、褚五[3]，卷二十第九十八回《水族各神圣来参　宗家三兄弟发圣》，将三位天神取名为宗一、宗二、宗三，命名都比较随意[4]。《醒世姻缘传》中下层市民往往以数字随便命名，第五十一回《程犯人釜鱼漏网　施因妇狡兔投罗》云："再说武城县里有一人，姓程，名谟，排行第三，原是市井人氏，弟兄六个，程大、程二俱早年亡故，止剩弟兄四人。"[5] 第五十二回《名御史旌贤风世　悍妒妇怙恶乖伦》云："再说这明水村

① ［明］施耐庵、罗贯中《水浒传》，人民文学出版社1975年版，第1180页。

② ［明］兰陵笑笑生《金瓶梅》，东大图书有限公司1979年版，第129页、第130页。

③ ［明］罗懋登《三宝太监西洋记通俗演义》，上海古籍出版社1985年版，第1220页。

④ ［明］罗懋登《三宝太监西洋记通俗演义》，上海古籍出版社1985年版，第1266页。

⑤ ［明］西周生《醒世姻缘传》，上海古籍出版社1981年版，第737页。

里有一个老学究，号是张养冲，两个儿子，两房媳妇……偏是这妯娌两个，一个叫是杨四姑，一个叫是王三姐。"① 清代佚名《生花梦》第一回《贡副使宽恩御变　康公子大义诛凶》入话中多用数字为人物命名，如：轻薄少年取名"魏二"；殷胜姐许给近城开补店的"许十一官"；训蒙顾先生女儿叫"顾一姐"；正话中小偷叫"俞四"；第二回《老书生临江附异梦　小秀才旅店得奇闻》中，恶霸屠明命的恶奴取名"屠六"②。就连《红楼梦》也不例外，像焦大、尤二姐、尤三姐、三丫头等命名都比较随意。

综上所述，我们分两个方面对古代小说数字法命名情况加以探讨，统计古代小说数字法的命名实践，同时，阐述古代小说数字法命名的特点及其文化内涵，以使我们对这一独特的命名方法有所认识与了解。

第三节　引经据典法③

古代小说命名中所谓引经据典法，即取古籍经典中的名句或成语命名。下面按照古籍经典成书的先后顺序，通过具体例证，就古代小说命名的引经据典法加以简要介绍④。

一、出自《周易》

南朝宋刘义庆撰《幽明录》二十卷。幽明一词出于《周易·系辞》："仰以观于天文，俯以察于地理，是故知幽明之故。"⑤ 幽，指阴间，鬼神之域，明，指阳间、人间。刘义庆《幽明录》记载世间见闻，也记载鬼神怪异之

① ［明］西周生《醒世姻缘传》，上海古籍出版社 1981 年版，第 758—759 页。
② ［清］佚名《生花梦》，时代文艺出版社 2003 年版，第 2 页、第 3 页、第 7 页、第 20 页。
③ 一些古代小说书名源于《诗经》，参见本章第四节《其他命名方法》三《摘录诗词法》，这里不再赘述。
④ 在本节论述过程中，除考察小说作品的命名以外，适当参照个别笔记的命名作为补充。
⑤ 《周易·系辞》，上海古籍出版社 1987 年版，第 57 页。

事，所以取名为《幽明录》。

宋代郭象撰《睽车志》六卷，小说书名同样源于《周易》。《周易·睽卦》第六爻，爻辞：上九称："睽孤，见豕负涂，载鬼一车。"①意思是处在孤立的状态，看见身上涂满污泥的一头猪，又看见满载着鬼的一辆车。此书记载多为建炎、绍兴、乾道、淳熙年间人间和鬼神怪异之事，故名《睽车志》。

二、出自《论语》②

古代小说书名出自《论语》的很多，宋代王铚撰《默记》三卷，书名出自《论语·述而》："子曰：默而识之，学而不厌，诲人不倦，何有于我哉？"朱熹集注称："识，记也。"③"默而识之"是说把所学的知识、所见所闻默默记下来。《默记》是王铚记载自己见闻的笔记，多记北宋时期的遗闻佚事，可以补充正史记载的缺失之处。

南宋范公偁撰《过庭录》一卷。过庭，源出《论语·季氏》："陈亢问于伯鱼曰：'子亦有异闻乎？'对曰：'未也。'尝独立，鲤趋而过庭，曰：'学《诗》乎？'对曰：'未也。''不学《诗》，无以言。'鲤退而学《诗》。他日，又独立，鲤趋而过庭，曰：'学《礼》乎？'对曰：'未也。''不学《礼》，无以立。'鲤退而学《礼》。闻斯二者，陈亢退而喜曰：'问一得三，闻《诗》，闻《礼》，又闻君子之远其子也。'"④伯鱼，即孔鲤（前532—前483），字伯鱼，孔子的儿子。后世由此将"过庭"指承受父亲教诲、训导，也比作长辈的教训。范公偁，江苏吴县（今江苏苏州市）人，范仲淹的玄孙、范纯

---

①《周易·睽卦》第六爻，上海古籍出版社1987年版，第35页。
②［明］王世贞《觚不觚录》，书名出自《论语·雍也》，参见本书第五章《中国古代小说命名的方法（上）》第一节《寓意法》有关论述；［清］袁枚《新齐谐》，原名《子不语》，取自《论语·述而下》"子不语怪力乱神"，参见本书第九章《中国古代小说改名现象》第二节《更改小说书名》，这里不再重复。
③《论语·述而》，参见［宋］朱熹《四书章句集注》，《文津阁四库全书》经部四书类，第68册第450页。
④《论语·季氏》，参见［宋］朱熹《四书章句集注》，《文津阁四库全书》经部四书类，第68册第464页。

仁的曾孙、范直方之子，他撰写《过庭录》，其中所载均为绍兴十七、八年（1147—1148）间闻之于父亲范直方（1083—1152）之事，因其书多述祖德，故名《过庭录》。

明代王世贞撰《觚不觚录》，书名出自《论语·雍也》："子曰：觚不觚，觚哉觚哉！"[①]我们在前文已经谈到，王世贞为小说取名《觚不觚录》，是借孔子之言，表达自己对社会、现实的不满，寄寓个人的情感[②]。

三、出自《左传》

清代徐士銮撰《宋艳》十二卷，其书名出自《左传·桓公元年》："宋华父督见孔父之妻于路，目逆而送之，曰：'美而艳。'"[③]宋岳珂撰《愧郯录》十五卷，这是一部记载宋朝典章文物制度的笔记，我们从其书名出处也可以看出古人著书取名时对于经典作品的重视。"愧郯"一名取自《左传·昭公十七年》：

> 秋，郯子来朝，公（指鲁昭公）与之宴。昭子问焉，曰："少皞氏鸟名官，何故也？"郯子曰："吾祖也，我知之。昔者黄帝氏以云纪，故为云师而云名。炎帝氏以火纪，故为火师而火名。共工氏以水纪，故为水师而水名。大皞氏以龙纪，故为龙师而龙名。我高祖少皞挚之立也，凤鸟适至，故纪于鸟，为鸟师而鸟名。凤鸟氏，历正也。玄鸟氏，司分者也。伯赵氏，司至者也，青鸟氏，司启者也。丹鸟氏，司闭者也。祝鸠氏，司徒也。鸤鸠氏，司马也。鸤鸠氏，司空也。爽鸠氏，司寇也。鹘鸠氏，司事也。五鸠，鸠民者也。五雉，为五工正，利器用，正度量，夷民者也。九扈，为九农正，扈民无淫者也。自颛顼以来，不能纪远，

---

① 《论语·雍也》，参见〔宋〕朱熹《四书章句集注》，《文津阁四库全书》经部四书类，第68册第447页。
② 参见本书第五章《中国古代小说命名的方法（上）》第一节《寓意法》有关论述。
③ 参见杨伯峻编著《春秋左传注》，中华书局2009年版，第1册第83页。

乃纪于近。为民师而命以民事，则不能故也。"

仲尼闻之，见于郯子而学之，既而告人曰："吾闻之，天子失官，官学在四夷，犹信。"①

鲁昭公以鸟名官之事询问郯国国君郯子，郯子为之解答。孔子听说此事以后，拜见郯子，向他请教。愧郯，意思是"有愧于郯子"，岳珂为自己所撰笔记取名为《愧郯录》，带有自谦之意。

四、出自《列子》

宋代洪迈撰《夷坚志》记录鬼神怪异以及宋朝传闻轶事，书名来源于《列子·汤问第五》："终北之北有溟海者，天池也，有鱼焉。其广数千里，其长称焉，其名为鲲。有鸟焉，其名为鹏，翼若垂天之云，其体称焉。世岂知有此物哉？大禹行而见之，伯益知而名之，夷坚闻而志之。"②宋代赵与时撰《宾退录》卷八："《己志》谓昔以'夷坚'志吾书，谓与前人诸书不相袭。后得唐华原尉张慎素《夷坚录》，亦取《列子》之说，喜其与己合。"③

晚清蘧园（即欧阳淦，又名欧阳巨源、欧阳巨元、茂苑惜秋生、惜秋生、惜秋）所撰《负曝闲谈》是一部谴责小说，揭露晚清黑暗政治和腐败的社会风气，涉及面较广。负曝之名，出自《列子·杨朱第七》："昔者宋国有田夫……自曝于日，不知天下之有广厦隩室、绵纩狐貉。顾谓其妻曰：'负日之煊，人莫知者，以献吾君，将有重赏。'"④负曝，晒太阳的意思，作者以"负曝闲谈"作为小说书名，表明自己如同宋国的田夫向国君

---

① 参见杨伯峻编著《春秋左传注》，中华书局 2009 年版，第 4 册第 1386—1388 页。
② 传［战国］列御寇《列子·汤问第五》，文学古籍刊行社 1956 年版，第 5 页。
③ ［宋］赵与时《宾退录》，上海古籍出版社 2012 年版，第 75 页。
④ 传［战国］列御寇《列子·杨朱第七》，文学古籍刊行社 1956 年版，第 15—16 页。

献日一样，自己所记载的、向读者描写的内容也是微不足道的，这一书名含有自谦之意。

五、出自《孟子》

宋代周密撰《齐东野语》二十卷，书名出自《孟子》卷五《万章上》：

> 咸丘蒙问曰："语云：盛德之士，君不得而臣，父不得而子。舜南面而立，尧帅诸侯北面而朝之，瞽瞍亦北面而朝之。舜见瞽瞍，其容有蹙。孔子曰：'于斯时也，天下殆哉，岌岌乎！'不识此语诚然乎哉？"孟子曰："否！此非君子之言，齐东野人之语也。"①

咸丘蒙是孟子的弟子，齐国人，他向孟子请教上古故事，孟子认为他说的不是君子之言，而是齐国东鄙乡野之语。野语，乡野之人的言论。周密原籍济南，曾经属于齐国管辖的地方，后徙居吴兴，他以"齐东野语"为小说取名，表示不忘出身、根本，同时以"野语"作为书名表示自谦。

宋代张舜民撰《画墁录》一卷。画墁，在新粉刷的墙壁上乱画，比喻劳而无用，出自《孟子·滕文公下》："有人于此，毁瓦画墁，其志将以求食也，则子食之乎？"朱熹集注："墁，墙壁之饰也。毁瓦画墁，言无功而有害也。"② 王安石《招丁元珍》一诗云："画墁聊取食。"③ 作者以画墁为小说命名，一是自谦之词，二是表明自己借著述以谋生。

---

① ［战国］孟子原著，［宋］朱熹《四书集注·孟子》，中华书局1957年版，第103—104页。
② ［战国］孟子原著，［宋］朱熹《四书集注·孟子》，中华书局1957年版，第67页。
③ ［宋］王安石《招丁元珍》，收入王水照主编《王安石全集》第5册《临川先生文集（一）》，复旦大学出版社2017年版，第375页。

六、出自《庄子》

南朝宋东阳无疑撰《齐谐记》七卷。东阳无疑，生平不详，仅知其官至散骑侍郎。所记皆神异之事，有些故事取自《搜神记》等志怪小说，所记亦属异闻。齐谐，语出《庄子·逍遥游第一》："齐谐者，志怪也。"[①]作者以《齐谐记》作为小说书名，表明此书所记载的是神怪之事。南朝梁吴均撰《续齐谐记》、清人袁枚撰《子不语》亦称《新齐谐》，皆有此意。

明代赵弼撰《效颦集》三卷。效颦，本作"效矉"，指效仿别人皱眉头，出自《庄子·天运第十四》："西施病心而矉其里，其里之丑人见之而美之，归亦捧心而矉其里，其里之富人见之，坚闭门而不出，贫人见之，挈妻子而去走。彼知矉美而不知矉之所以美。"[②]这是成语"东施效颦"的出处，比喻盲目模仿别人，效果适得其反。赵弼撰《效颦集后序》指出："余尝效洪景卢、瞿宗吉，编述传记二十六篇，皆闻先辈硕老所谈，与己目之所及者。"[③]于此可知，赵氏之书是仿效宋人洪迈《夷坚志》和同时人瞿佑《剪灯新话》而作，以《效颦集》名书，实含自谦之意。

明周婴撰笔记《卮林》十卷。卮林，意谓"卮言之林"。卮言，也写作"卮言"，古代的一种盛酒器，圆形，意思是自然随意之言或称支离无绪之言，出自《庄子·寓言第二十七》："卮言日出，和以天倪。"成玄英疏称："卮，酒器也。日出，犹日新也。天倪，自然之分也。和，合也。夫卮满则倾，卮空则仰，空满任物，倾仰随人。无心之言，即卮言也，是以不言，言而无系倾仰，乃合于自然之分也。"[④]作者取名《卮林》，有自谦之意。

我们在前文提到，宋代洪迈撰《夷坚志》，书名来源于《列子·汤问》，明代田汝成撰《夷坚志序》则认为出自《庄子》："《夷坚》之名，昉于《庄子》，其言大鹏寥阔而无当，故托征于《夷坚》之志。所谓寓言十九者，此其

---

① ［战国］庄子原著，［清］郭庆藩辑，王孝鱼整理《庄子集释》，中华书局 1961 年版，第 4 页。

② ［战国］庄子原著，［清］郭庆藩辑，王孝鱼整理《庄子集释》，中华书局 1961 年版，第 515 页。

③ ［明］赵弼《效颦集后序》，《效颦集》，古典文学出版社 1957 年版，第 118 页。

④ 《庄子·寓言第二十七》与成玄英疏，参见［战国］庄子原著，［清］郭庆藩辑，王孝鱼整理《庄子集释》，中华书局 1961 年版，第 947 页。

首也。有宋洪公景卢，仍其名而为之志，杂采古今阴骘冥报可喜可愕之事，为四百二十卷。"①

清代沈复撰《浮生六记》六卷。浮生一词出自《庄子·刻意第十五》："其生若浮，其死若休。"②浮生，空虚不实的人生，指人生。沈氏以自己夫妇生活为主线，记载平凡而又充满情趣的居家生活以及游历各地的见闻，所以以《浮生六记》为小说取名。

七、出自《韩非子》

清褚人获撰《坚瓠集》六十六卷。坚瓠，硬而重的实心葫芦，比喻无用之物，此语出自《韩非子》卷十一《外储说左上》：

> 齐有居士田仲者，宋人屈谷见之，曰："谷闻先生之义，不恃仰人而食，今谷有树瓠之道，坚如石，厚而无窍，献之。"仲曰："夫瓠所贵者，谓其可以盛也。今厚而无窍，则不可剖以盛物，而任重如坚石，则不可以剖而以斟，吾无以瓠为也。"曰："然，谷将弃之。今田仲不恃仰人而食，亦无益人之国，亦坚瓠之类也。"③

褚人获以"坚瓠"为自己所撰小说命名，自称其书如"坚瓠"一样没有什么用处，是自谦之词。

---

① ［明］田汝成《夷坚志序》，《夷坚志》附录，中华书局 1981 年版，第 1833—1834 页。
② ［战国］庄子原著，［清］郭庆藩辑，王孝鱼整理《庄子集释》，中华书局 1961 年版，第 539 页。
③ 《韩非子》卷十一《外储说左上》，［战国］韩非子原著，陈奇猷校注《韩非子集释》，上海人民出版社 1974 年版，第 634 页。

八、出自《尹文子》或《战国策》

宋戴埴撰《鼠璞》一卷。"鼠璞"，也写作"鼠朴"，出自《尹文子·大道下》："郑人谓玉未理者为璞，周人谓鼠未腊者为璞。周人怀璞谓郑贾曰：'欲买璞乎？'郑贾曰：'欲之。'出其璞视之，乃鼠也。因谢不取。"[①] 这里提到，郑人和周人语言不通，所以闹出"鼠璞"这样的误会。戴埴以"鼠璞"作为书名，表明写作认真、考证严密。

清代周中孚撰《郑堂读书记》卷五十四子部十三杂家类三认为《鼠璞》之名出自《战国策》："《鼠璞》一卷，《百川学海》本，宋戴埴撰。埴字仲培，桃源人，盖南宋末人也。《四库全书》著录，《书录解题》小说家及焦氏《经籍志》小说家、倪氏《宋志补》俱载之。其书曰《鼠璞》者，取战国秦策以鼠为璞之意，自谦之词也。"[②]

九、出自《法言》

元末明初陶宗仪撰《说郛》，是一部文言小说丛书，书名《说郛》，源于汉代扬雄《法言·问神》："大哉！天地之为万物郭，《五经》之为众说郛。"[③] 表明丛书内容庞杂。

十、出自《史记》和《汉书》

宋代施德操撰《北窗炙輠录》一卷。书名较为独特。"炙輠"，出自《史记》卷七十四《荀卿列传》："炙毂过髡。"裴骃集解引刘向《别录》云：

---

①［战国］尹文子《尹文子·大道下》，《文津阁四库全书》子部杂家类，第280册第124页。

②［清］周中孚《郑堂读书记》，《续修四库全书》史部目录类，据上海辞书出版社图书馆藏民国十年刻《吴兴丛书》本影印，第925册第23页。

③［汉］扬雄原撰，汪荣宝撰《法言义疏》，中华书局1987年版，第157页。

"'过'字作'輠'。輠者，车之盛膏器也。炙之虽尽，犹有余流者，言淳于
髡智不尽，如炙輠也。"①淳于髡（约前386—前310），齐国黄县（今山东省
龙口市）人，战国时齐国政治家、思想家，齐之赘婿，齐威王时担任政卿大
夫。他身材短小，博学多才，滑稽多辩。《四库全书总目》卷一百四十一小说
家类也指出此书命名源于淳于髡事，但对这一书名与内容之间的矛盾也提出
一定的怀疑："是书炙輠之名，盖取义淳于髡事。然所记多当时前辈盛德可为
士大夫观法者，实不以滑稽嘲弄为主，未审何以命此名也？"②

　　清乐钧撰《耳食录》十二卷，模仿蒲松龄《聊斋志异》，记载鬼神怪异之
事。"耳食"，出自《史记》卷十五《六国年表序》："学者牵于所闻，见秦在帝
位日浅，不察其始终，因举而笑之，不敢道。此与以耳食无异。"司马贞索隐
云："言俗学浅识，举而笑秦，此犹耳食不能知味也。"③后来将不加省察、听
信传闻称为"耳食"。乐钧为小说取名《耳食录》，体现了小说故事来源与创作
方法来源于传闻之事。

　　宋王明清撰《投辖录》一卷。"投辖"，出自《汉书》卷九十二《游侠列
传·陈遵》："遵嗜（按：《汉书》原文为'耆'，应为'嗜'）酒，每大饮，宾
客满堂，辄关门，取客车辖投井中，虽有急，终不得去。尝有部刺史奏事，
过遵，值其方饮，刺史大穷，候遵霑醉时，突入见遵母，叩头自白当对尚书
有期会状，母乃令从后阁出去。遵大率常醉，然事亦不废。"④辖，车轴头上
穿着的小铁棍，去辖则车不能行。陈遵为了留住客人，"取客车辖投井中"，
后遂以"投辖"表示主人好客。王明清撰《投辖录序》指出："屏迹杜门，居
多暇日，记忆曩岁之所剽聆，遗忘之余，仅存数十事，笔之简编。因念晤言
一室，亲友话情，夜漏既深，互谈所睹，则侧耳耸听，使妇辈敛足，稚子不
敢左顾，童仆颜变于外，则坐客忻忻，怡怡忘倦，神跃色扬，不待投辖，自

　　①［汉］司马迁《史记》卷七十四《荀卿列传》和裴骃集解引刘向《别录》，中华书局1959年版，第
2348页。
　　②［清］纪昀等《钦定四库全书总目》，中华书局1997年版，第1863页。
　　③［汉］司马迁《史记》卷十五《六国年表序》与司马贞索隐，中华书局1959年版，第686—687页。
　　④［汉］班固《汉书》卷九十二《游侠列传·陈遵》，中华书局1962年版，第3710页。

然肯留，故命以为名。"①《投辖录》记载奇闻异事，有很好的可读性和趣味性，所以陈振孙《直斋书录解题》卷十一小说家类《投辖录》篇称："所记奇闻异事，客所乐听，不待投辖而留也。"②

十一、出自《三国志》及裴松之注文

宋庄季裕撰《鸡肋编》三卷，小说取名《鸡肋编》，典出《三国志》卷一《魏书·武帝纪》："夏侯渊与刘备战于阳平，为备所杀。三月，王自长安出斜谷，军遮要以临汉中，遂至阳平。备因险拒守。"裴松之注引《九州春秋》云："时王欲还，出令曰'鸡肋'，官属不知所谓。主簿杨修便自严装，人惊问修：'何以知之？'修曰：'夫鸡肋，弃之如可惜，食之无所得，以比汉中，知王欲还也。'"③后来以"鸡肋"比作无意义、无价值又不忍舍弃之物，作者以此作为书名，表示自谦。实际上，《四库全书总目》卷一百四十一子部五十一小说家类二对庄季裕《鸡肋编》一书给予较高的评价："季裕之父在元祐中与黄庭坚、苏轼、米芾诸人游，季裕犹及识芾及晁补之，故学问颇有渊源，亦多识轶闻旧事……统观其书，可与后来周密《齐东野语》相埒，非《辍耕录》诸书所及也。"④

明代都卬撰《三余赘笔》二卷。何谓"三余"？《三国志》卷十三《魏书·王肃传》裴松之注引《魏略》称："（董）遇言'当以三余'，或问三余之意，遇言'冬者岁之余，夜者日之余，阴雨者时之余也'。"⑤后来以"三余"指空闲时间。作者为此书取名《三余赘笔》，是自谦之词，意思是此书为空闲时间编撰的多余之笔。

---

①［宋］王明清《投辖录序》，《投辖录》卷首，上海古籍出版社1991年版。

②［宋］陈振孙《直斋书录解题》，上海古籍出版社2015年版，第343页。

③［晋］陈寿《三国志》卷一《魏书·武帝纪》以及裴松之注引《九州春秋》，中华书局1959年版，第52页。

④［清］纪昀等撰，四库全书研究所整理《钦定四库全书总目》，中华书局1997年版，第1862页。

⑤［晋］陈寿《三国志》卷十三《魏书·王肃传》裴松之注引《魏略》，中华书局1959年版，第420页。

十二、出自《文心雕龙》

明代钱希言撰《戏瑕》三卷。"戏瑕"一词，出自南朝梁刘勰撰《文心雕龙·正纬篇》："至于光武之世，笃信斯术，风化所靡，学者比肩，沛献集纬以通经，曹褒撰谶以定礼，乖道谬典，亦已甚矣。是以桓谭疾其虚伪，尹敏戏其深瑕，张衡发其僻谬，荀悦明其诡诞。"①"尹敏戏其深瑕"，意思是尹敏嘲讽谶纬浮妄虚假。清纪昀等撰，四库全书研究所整理《钦定四库全书总目》卷一百二十六子部三十六杂家类存目三指出《戏瑕》书名的来源，但也表达了不同意见："是书皆考证之文，其名《戏瑕》者，取刘勰所云'尹敏戏其深瑕'义也。然此语出《文心雕龙·正纬篇》，戏字颇无义理，故朱谋㙔等校本，皆以为诋字之误，其说不为无见。希言以其新异，采以名书，亦好奇而不顾其安矣。"②《四库全书总目》对钱氏书名提出质疑，以为"戏瑕"应作"诋瑕"。

十三、出自佛教经典

明杨慎撰《谭苑醍醐》九卷。"醍醐"，原指从酥酪中提制出的油，佛教用以比喻佛性，《涅槃经》卷十四《圣行品》："譬如从牛出乳，从乳出酪，从酪出生酥，从生酥出熟酥，熟酥出醍醐，醍醐最上。"③杨慎在《自序》中指出："醍醐者，炼酥之綦晶，佛氏借之以喻性也，吾借之以名吾谭苑也。从乳出酪，从酪出酥，从生酥出熟酥，从熟酥出醍醐。犹之精义以入神，非一蹴之力也。"④杨慎为所撰之书命名为《谭苑醍醐》，意思是犹如从酥酪中提制出油一样，是精心撰写，不是一蹴而成。

明天然痴叟撰《石点头》十四卷，话本小说集，成书于明崇祯年间。天然痴叟，生平事迹具体不详。卷首冯梦龙撰《序》云："石点头者，生公在虎

① ［南朝梁］刘勰原著，詹锳义证《文心雕龙义证》，上海古籍出版社 1989 年版，第 118—120 页。
② ［清］纪昀等撰，四库全书研究所整理《钦定四库全书总目》，中华书局 1997 年版，第 1686 页。
③ 《大般涅槃经》卷十四《圣行品》，台北财团法人佛陀教育基金会 2005 年印制，上册第 617 页。
④ ［明］杨慎《谭苑醍醐序》，收入《文津阁四库全书》子部杂家类，第 283 册第 1 页。

丘说法故事也。小说家推因及果，劝人作善，开清净方便法门，能使顽夫恹子积迷顿悟……浪仙氏撰小说十四种，以此名编，若曰生公不可作，吾代为说法，所不点头会意，翻然皈依清净方便法门者，是石之不如者也。"① 书名《石点头》，是用道生法师讲说佛法的故事。道生（355—434），晋宋间高僧，俗姓魏，巨鹿（今河北省平乡）人，侨居彭城（今江苏徐州）。年幼跟随竺法汰出家，改姓竺，曾问学于慧远、鸠摩罗什、佛驮跋陀罗等人。据《莲社高贤传》（又名《东林十八高贤传》）之《道生法师》记载："师被摈南还，入虎丘山，聚石为徒，讲涅槃经，群石皆为点头。"② 天然痴叟撰《石点头》借用佛教"顽石点头"的典故强调小说的劝戒功能，对读者有很强的感化作用。

综上所述，我们通过具体事例，对古代小说命名中的引经据典法加以阐述，从中可以看出，古籍经典尤其是文史经典作品往往成为古代小说命名的重要来源之一③。

第四节　其他命名方法

古代小说命名的方法丰富多样，除以上几节我们介绍的寓意法、谐音法、叠字法、数字法、引经据典法以外，还有一些命名方法，下面，笔者结合古代小说命名实践，分别加以阐述。

一、拆字法

拆字，又称"测字""破字""相字"等，通过拆解汉字的偏旁笔画、打乱

---

① ［明］冯梦龙《石点头叙》，《石点头》卷末，上海古籍出版社 1957 年版。
② 《莲社高贤传·道生法师》，《增订汉魏丛书》别史类。
③ 除笔者上文论述之外，古代小说命名中的引经据典法，还可参照赵先《〈聊斋〉的命名艺术》（载《东方论坛》1996 年第 1 期）、胡渐逵《〈聊斋志异〉人物命名索寓》（载《蒲松龄研究》1995 年纪念专号）等论文。

字体结构加以推断、分析。拆字被广泛运用于中国古代的诗词创作、对联、隐语、谜语、酒令等中。在中国古代小说命名上也常常可以见到拆字法的应用，比较有名的事例是唐人传奇《谢小娥传》，谢小娥的父亲和丈夫被强盗杀害，父亲和丈夫分别托梦于小娥，告知强盗的姓名，父亲托梦称："杀我者，车中猴，门东草。"丈夫托梦云："杀我者，禾中走，一日夫。"小娥求人辨解，多年未能得知这十二字谜语的答案，元和八年（813）她遇到李公佐，公佐帮她解开谜语，使小娥得知仇人的姓名，李公佐告诉她：

> 杀汝父是申兰（按：繁体字为蘭），杀汝夫是申春。且车中猴，车字去上下各一画，是申字；又申属猴，故曰车中猴。草下有门，门中有东，乃兰字也。又，禾中走是穿田过，亦是申字也。一日夫者，夫上更一画，下有日，是春字也。杀汝父是申兰，杀汝夫是申春，足可明矣。①

作者李公佐就是根据拆字法得知杀害谢小娥父亲和丈夫的仇人姓名，从而为小娥报仇奠定了基础。

明清小说中多次运用拆字法为小说人物、事件命名，《水浒传》第九十回《五台山宋江参禅　双林渡燕青射雁》称："原来方腊上应天书，《推背图》上道：'自是十千加一点，冬尽始称尊。纵横过浙水，显迹在吴兴。'那十千，乃万也；头加一点，乃方字也。冬尽，乃腊也。称尊者，乃南面为君也。正应'方腊'二字。"②方腊利用《推背图》记载认为自己造反是顺应天命、顺应历史，从而为造反、称帝制造舆论，这里引用《推背图》，就是采取拆字法来为方腊造反的行为加以阐释。《三遂平妖传》第十六回《王则领众贝州造反　永儿率兵掳掠郡邑》也有关于利用拆字法寻找破敌将领的故事，王则造反，宋仁宗要群臣举荐大将收服王则，左丞相吕顺推荐文彦博，宋仁宗问道："卿不举别人，缘何只举文彦博？"吕顺奏道："臣昨日闻报，思想王则如此大逆，无计可擒；夜至三更，忽思'贝'字着一'文'字，是一个'败'字，故只

---

① ［唐］李公佐《谢小娥传》，《太平广记》卷四百九十一引，中华书局1961年版，第4030—4031页。
② ［明］施耐庵、罗贯中《水浒传》，人民文学出版社1975年版，第1240页。

有文彦博可用。臣特坐以待旦面奏，愿以全家保举文彦博为将。"①宋仁宗闻奏甚喜，于是降诏，宣召文彦博还朝。丞相因文彦博之姓与王则的"则"字中间的"贝"字加在一起为"败"字，所以推荐他。小说家笔下的记载不免存在故弄玄虚之处，与历史事实未必相符，然而我们从这个故事也可以看出，小说家们在设计小说人物、情节、组织小说结构之际，存在着从拆字法的角度进行阐释的倾向。

《聊斋志异》中也有拆字法命名的情况，赵述先《〈聊斋〉的命名艺术》一文曾经指出：

> （《聊斋志异》）拆字命名。汉字都是由笔画、部首组成的。自古以来，就有把汉字离析分拆，借字形解释字义，作为自己某种观点的依据，即拆字法。《聊斋》往往假借拆字法为人物命名。《张鸿渐》中主人翁张鸿渐为逃避官府搜捕，离别妻子方氏，流落他乡，结识了狐女施舜华。当张生惦念妻子方氏时，施舜华幻化为方氏。张生仔细端详，确是方氏，一转瞬"竟非方氏，乃舜华也"。施舜华忽隐忽现，忽此忽彼，诡谲幻变，暗示把"施"字分拆后，形似方氏；合并"方氏"，形似"施"字。"舜华"一名，象征施氏是一枝瞬间花朵，方氏和施舜华是一个复合统一体。②

赵文分析《张鸿渐》中狐女施舜华之姓"施"分拆后，形似方氏；合并"方氏"，形似"施"字。现实中的方氏和狐女施氏两位女性是一个"复合统一体"。在分析《考弊司》一文时，赵述先指出：

> 所谓"考弊司"意指科举考试中行私舞弊的官署。主管考弊司的长官叫做"虚肚鬼王"，所谓"虚肚"，是指鬼王大腹便便，割肉充肠，贪欲无厌，永远填不满若谷虚肚。所谓"鬼王"是作者用拆字法，合"鬼王"二字为魁星的"魁"字。描摹实物形状而造字，为"六书"之一。

---

① ［明］罗贯中《三遂平妖传》，北京大学出版社 1983 年版，第 114—115 页。
② 赵述先《〈聊斋〉的命名艺术》，载《东方论坛》1996 年第 1 期。

相传创造文字的仓颉造字时，"仰视魁星圆曲之势，俯察龟文鸟迹之象，博彩众美，合而为字"。仓颉把魁星从天上辐射到地下，象形成字；蒲松龄把"鬼王"从地下反射到天上，还原成"魁"星。天空的魁星十六个星星，而虚线连结起来，屈曲怪形似鬼，又形似篆文的"文"字中间空虚寥阔。大概这就是《考弊司》中的"鬼王"、"虚肚"、"掌管文运"鱼肉文士的来由。[①]

赵文还认为，考弊司的官署"廨宇不甚弘敞，惟一堂高广"，颇似世间魁星楼（阁）的建筑造型；《考弊司》中的长官虚肚鬼王的形象是"卷发鲐背""鼻孔撩天，唇外倾，不承其齿"。这和世人笔下的魁星画像、戏剧中的魁星扮相、魁星楼中的魁星塑像，形神相似。蒲松龄一生热衷于科举考试，但郁郁不得志，迁怒于主管文运的魁星，迁怒于考官，所以在小说《考弊司》中揭露和讽刺封建科举制度的腐朽黑暗。实际上，蒲松龄对考官的批判并不完全客观、准确，科举考试中考官有眼无珠、科场腐败的情况诚然存在，但是除此以外，蒲松龄一生科举不得意的原因也与他自己的八股文有关。他参加科举考试的文章保存至今，即《聊斋制艺》[②]，共收 23 篇八股文。通过《聊斋制艺》可知，蒲松龄《聊斋制艺》不符合清代八股取士的衡文标准，这是他一生未中的主要原因[③]。以上赵述先《〈聊斋〉的命名艺术》一文对《聊斋志异》中《张鸿渐》《考弊司》两篇小说的分析有一定的道理，不过也存在一些附会、推测之嫌。

在《儒林外史》《红楼梦》等清代小说名著中，同样使用拆字法为小说命名，《儒林外史》中的马二先生影射冯执中就使用拆字法，《红楼梦》中香菱、贾迎春、王熙凤等人物的命名均运用拆字法，甲戌本《石头记》第五回《游幻境指迷十二钗　饮仙醪曲演红楼梦》中香菱的判词中提到："自从两地生孤木。"甲戌侧评云："折（拆）字法。"两个"土"（地）加上"木"即"桂"

---

① 赵述先《〈聊斋〉的命名艺术》，载《东方论坛》1996 年第 1 期。
② 收入［清］蒲松龄原著，盛伟编校《蒲松龄全集》卷十，学林出版社 1998 年版。
③ 参见胡海义《科举文化与明清小说研究》，暨南大学 2009 届博士论文。

字，暗指夏金桂，以判词而看，香菱应是被夏金桂虐待而死；贾迎春的判词为"后面忽见画着个恶狼，追扑一美女，欲啖之意。其书云：'子系中山狼，得志便猖狂。金闺花柳质，一载赴黄粱。'"①"子系"指孙绍祖，"孙"的繁体字为"孫"，拆开作"子系"；王熙凤的判词为："凡鸟偏从末世来，都知爱慕此生才。一从二令三人木，哭向金陵事更哀。"甲戌侧评云："折（拆）字法。"②"凤"的繁体字为"鳳"，拆开来看即"凡鸟"二字，所以王熙凤的判词第一句就是"凡鸟偏从末世来"，点明了"凤"字。类似这样的拆字法在古代小说命名中屡见不鲜。

二、讽刺法

讽刺是文学表现手法之一，采取讽刺笔法揭露社会生活或表现个人的言行、性格。下面我们从两个方面对古代小说讽刺法命名加以阐述。

1. 讥讽现实，用旁敲侧击或尖刻的话语挖苦、指责或嘲笑他人的言行。明代天然痴叟撰《石点头》第八卷《贪婪汉六院卖风流》记载："话说宋时有个官人，姓吾名爱陶……（担任荆湖路条例司监税提举，贪财如命，盘剥百姓）为此地方上将吾爱陶改做吾爱钱，又唤做吾剥皮。"③作者将贪官"吾爱陶"改名为"吾爱钱""吾剥皮"就是采取讽刺的方法。清代李百川《绿野仙踪》第十六回《林夫人刎颈全大义　朱公子倾囊助多金》云：

新任知县叫冯家驹，外号又叫冯剥皮，为人极其势利刻薄，他曾做过陇县县丞，与林楷（按：林岱之父）同寅间甚是不对，屡因不公不法的事，被林楷当面耻辱。今日林岱有这件事到他手内，正是他报怨之期。一到任，就将林岱家人林春拿去，日夜比责。林岱破产完了一千余

---

① ［清］曹雪芹、高鹗《红楼梦》，人民文学出版社1982年版，第79页。
② 参照朱一玄编《红楼梦资料汇编》，南开大学出版社2001年版，第158页。
③ ［明］天然痴叟《石点头》，上海古籍出版社1957年版，第180—185页。

> 两，求他开释，他反申文上宪，将林岱秀才也革下来。林岱又将住房变卖交官，租了一处土房居住。本城的绅衿铺户，念他父居官正直，前后捐助三百两，尚欠三百五十两无出，大家同去恳冯剥皮，要他代报家产尽绝。冯剥皮不惟不听情面，且将林岱拿去收监，立限责比，大有不能生全的光景。家人林春也拖累死了。①

知县冯家驹外号又叫"冯剥皮"，我们通过小说记载可以看出，此人势利刻薄，公报私仇，不仅贪财，而且为人心狠手辣，"冯剥皮"一名就是对这一人物形象、性格极好的刻画。

2. 反讽法命名。所谓反讽就是说反话，正话反说或反话正说，从而达到讽刺的目的。冯梦龙编《醒世恒言》之《钱秀才错占凤凰俦》中，颜俊很丑，作者却为之取名为俊秀的"俊"，这里就是采取反讽法命名。《金瓶梅》中潘金莲，作者以"莲"为之命名，莲花，清洁无瑕，出淤泥而不染，而小说中的潘金莲淫荡狠毒，与"莲"的品性格格不入。又如明代梅鼎祚撰《青泥莲花记》，记载青楼妓女事迹，这些女子虽然身份低贱，但是作者着力描写她们的节行和才华，视之为"莲花"，并在小说书名中称之为"青泥莲花"，这与《金瓶梅》中潘金莲的命名寓意正好相反，作者采取的都是反讽法命名。《红楼梦》中贾宝玉的命名也有反讽的意味，"宝玉"是珍贵的，但是冠以"贾"姓，贾，谐音"假"，明显具有反讽的意味。《红楼梦》中一些次要人物的命名也体现反讽的特点，例如，贾母的丫头取名"鸳鸯"，实际上其命运多舛，贾赦逼她为妾，被她拒绝，贾母去世后，鸳鸯失去靠山，以死来表明自己的清白和抗争。伺候尤二姐的善姐其实并不善良。类似的事例还有很多。晚清刘鹗撰《老残游记》第四、五、六回中塑造玉贤形象既采用反讽法，又采用谐音法，以"玉贤"之名讽刺清末著名的酷吏"毓贤"，第四回《宫保求贤爱才若渴　太尊治盗疾恶如仇》云："老残也在门口长凳上坐下，向老董说道：'听说你们这府里的大人，办盗案好的很，究竟是个甚么情形？'那老董叹口气道：

---

① [清] 李百川《绿野仙踪》，人民文学出版社 1987 年版，第 144—145 页。

'玉大人官却是个清官，办案也实在麻力，只是手太辣些。初起还办着几个强盗，后来强盗摸着他的脾气，这玉大人倒反做了强盗的兵器了。'"①玉贤号称"清官"，实际上草菅人命，用站笼迫害无辜百姓，这个人物形象、性格的刻画体现很强的反讽特点。

三、摘录诗词法

古代有些小说书名、人物命名直接从古代诗词之中摘录，宋代罗大经撰《鹤林玉露》十八卷。"鹤林"二字，出自《诗经》卷六《小雅·白华》"有鹤在林"②，"鹤林"指佛入灭之处，也指僧寺或僧寺周围的树林，这里是隐居之意。"玉露"二字出自杜甫《赠虞十五司马》诗"爽气金天豁，清谈玉露繁"③，这里以"玉露"形容清谈状况。罗大经所撰《鹤林玉露》书名分别取自《诗经》和杜甫诗歌，"鹤林玉露"一名说明此书可供闲居谈资。元代姚桐寿撰《乐郊私语》一卷。"乐郊"一词出自《诗经·魏风·硕鼠》："逝将去女，适彼乐郊。"④

明代陈沂撰《询刍录》一卷。"询刍"，源自《诗经》卷七《大雅·板》："先民有言，询于刍荛。"⑤毛亨传云："刍荛，薪采者。"郑玄正义曰："言询于刍荛，谓谋于取刍取荛之人，非谋于草木。"⑥刍，草。荛，柴。"询刍"，意思是向草野之人请教。陈沂《询刍录》记载民间杂录、传闻之事，所以借鉴《诗经·大雅·板》，取名为《询刍录》。清代署名名教中人编撰小说《好逑传》，书名也出于《诗经》卷一《国风·周南·关雎》："窈窕淑女，君子好逑。"⑦

①［清］刘鹗《老残游记》，人民文学出版社1957年版，第38页。

②参见周振甫《诗经译注》，中华书局2010年版，第359页。

③［唐］杜甫《赠虞十五司马》，收入《全唐诗》卷二百三十二，中华书局1960年版，第2564—2565页。

④参见周振甫《诗经译注》卷三《国风·魏风·硕鼠》，中华书局2010年版，第144页。

⑤参见周振甫《诗经译注》卷七《大雅·板》，中华书局2010年版，第417页。

⑥《诗经·大雅·板》及毛亨传、郑玄正义，参见《十三经注疏》之三黄侃经文句读《毛诗正义》，上海古籍出版社1990年版，第633页。

⑦参见周振甫《诗经译注》，中华书局2010年版，第1页。

　　明代胡侍撰《真珠船》，其命名源于唐代元稹诗句。胡氏在《真珠船自序》中声称："元微之有云：'观书每得一义，如得一真珠船。'余每开卷有得，及他值异闻，辄喜而笔之。日揽月撷，间参独照，时序忽忽，爰就兹编，遂总谥曰《真珠船》。虽非探之龙颔，颇均剖之蚌腹，概于博矣，良已勤矣。顾井见不广，疵类实繁，鱼目混陈，贻笑蜃子，采而择之，尚仰赖于朱仲云尔。"①真珠即珍珠，"真珠船"一名表明十分珍贵的东西，作者将自己的读书心得、记录的异闻比作真珠船，说明自己对此很珍惜、很自信，正如胡侍在《序》中所言："虽非探之龙颔，颇均剖之蚌腹，概于博矣，良已勤矣。"

　　清代艾衲居士所撰《豆棚闲话》也摘录诗词而命名，艾衲居士在《弁语》中声称：

　　　　艾衲云：吾乡先辈诗人徐菊潭有《豆棚吟》一册，其所咏古风、律绝诸篇，俱宇宙古今奇情快事，久矣脍炙人口。惜乎人遐世远，湮没无传，至今高人韵士每到秋风豆熟之际，诵其一二联句，令人神往。余不嗜作诗，乃检遗事可堪解颐者，偶列数则，以补豆棚之意。②

　　我们从弁语可知，《豆棚闲话》的书名取自作者同乡前辈诗人徐菊潭的《豆棚吟》。

　　《红楼梦》更是大量摘录古代诗词，唐代文献中已多次出现"红楼"一词，李白《侍从宜春苑奉诏赋龙池柳色初青听新莺百啭歌》云："东风已绿瀛洲草，紫殿红楼觉春好。"③李贺《神仙曲》云："春罗书字邀王母，共宴红楼最深处。"④唐代蔡京的七律《咏子规》更是提到"红楼梦"："千年冤魄化为禽，永逐悲风叫远林。愁血滴花春艳死，月明飘浪冷光沉。凝

---

①［明］胡侍《真珠船序》，收入丁锡根编著《中国历代小说序跋集》，人民文学出版社1996年版，第404页。

②［清］艾衲居士《豆棚闲话》，中华书局2000年版。

③参照瞿蜕园、朱金城校注《李白集校注》，上海古籍出版社1980年版，第482页。

④［唐］李贺《神仙曲》，收入《李贺诗集》，人民文学出版社1959年版，第344页。

成紫塞风前泪，惊破红楼梦里心。肠断楚辞归不得，剑门迢递蜀江深。"①
《红楼梦》中有很多人名也取自诗词，袭人之名借用陆游《村居书喜》中
诗句："花气袭人知骤暖，鹊声穿树喜新晴。"②《红楼梦》第六十二回《憨
湘云醉眠芍药裀　呆香菱情解石榴裙》，香菱和史湘云讨论贾宝玉和薛宝钗
名字时，香菱道：

> 前日我读岑嘉州（按：即唐代诗人岑参）五言律，现有一句说"此
> 乡多宝玉"，怎么你倒忘了？后来又读李义山七言绝句，又有一句"宝钗
> 无日不生尘"，我还笑说他两个名字都原来在唐诗上呢！③

关于《红楼梦》人物命名取自诗词名句的做法，胡文彬撰《〈红楼梦〉
与中国姓名文化》一文认为"是《红楼梦》中人物命名的一大特色。小说
中主要人物贾宝玉及金陵十二钗正副册的女子和他们的丫鬟、贾母、王夫
人诸人丫鬟及宝玉身边的几个小厮，大多数人名都可以在诗词中找到出
典的"④。

四、因梦而命名

古代小说中有一些较为独特的命名现象，其中有一种现象是因梦而命名，
《水浒传》第七十八回《十节度议取梁山泊　宋公明一败高太尉》记载："金
陵建康府有一枝水军，为头统制官唤做刘梦龙。那人初生之时，其母梦见一
条黑龙飞入腹中，感而遂生。"⑤统制官刘梦龙并非小说的主要人物，小说作

---

① ［唐］蔡京《咏子规》，《全唐诗》卷四百七十二，中华书局 1960 年版，第 5363 页。
② ［宋］陆游《村居书喜》，收入陆游撰，钱仲联校注《剑南诗稿校注》卷五十，上海古籍出版社 1985
年版，第 6 册第 3002 页。
③ ［清］曹雪芹、高鹗《红楼梦》，人民文学出版社 1982 年版，第 875 页。
④ 参照胡文彬《〈红楼梦〉与中国姓名文化》，载《红楼梦学刊》1997 年第 3 辑。
⑤ ［明］施耐庵、罗贯中《水浒传》，人民文学出版社 1975 年版，第 1068 页。

者根据他母亲的一个梦为他取名。类似的情节在明清时期其他小说中多次出现，据笔者初步统计，以下篇目均采用这种形式为小说人物命名：

其一，明代陆人龙《型世言》第十回《烈妇忍死殉夫　贤媪割爱成女》云："烈妇姓陈，他父亲叫作陈鼎彝，生有二女，他是第二。母亲周氏生他时，梦野雉入床帏，因此叫他叫雉儿。"①

其二，《石点头》第九卷《玉箫女再世玉环缘》云："话说唐代宗时，京兆县有个官人，姓韦名皋，表字城武。其母分娩时，见一簇人，推着一轮车儿，车上坐一丈夫，纶巾鹤氅，手执羽扇，称是蜀汉卧龙，直入家中。惊觉来，便生下韦皋。其父猜详梦意，分明是诸葛孔明样子，因此乳名就唤做武侯。"②

其三，西周生撰《醒世姻缘传》第二十五回《薛教授山中占籍　狄员外店内联姻》云："次日，狄员外的娘子备了一桌酒，过去望那薛教授的夫人。初次相见，甚是和气，领出女儿合两个儿子来相见。女儿六岁，生他的时节，梦见一个穿素衣的仙女进他房去，就生他下地，所以起名素姐。"③

其四，清代古吴娥川主人编次《炎凉岸》第一回《无意重交游惜头巾富儿趋势　有心招疑冶指腹孕舅子证盟》云："却说袁七襄妻子谢氏，直至是年腊月十五，忽梦红日坠于中庭，化为彩凤，飞入怀中，陡然惊醒，便觉腹痛。袁七襄连忙起身，约莫三更多天气，唤醒婢仆。不多时，已生下一子，合家欢喜，叩谢天地，袁七襄因感所梦，即取名曰袁化凤。"④

其五，清代夷荻散人编次《玉娇梨》第一回《小才女代父题诗》云："话说正统年间，有一甲科太常正卿，姓白名玄，表字太玄，乃金陵人氏……夫人吴氏各处求神拜佛，烧香许愿，直到四十四上，方生得一个女儿。临生这日，白公梦一神人赐他美玉一块，颜色红赤如日，因取乳名叫做红玉。"⑤

其六，清代古吴墨浪子搜辑《西湖佳话》卷七《岳坟忠迹》称，岳飞

---

①［明］陆人龙《型世言》，中华书局 1993 年版，第 145 页。

②［明］天然痴叟《石点头》，上海古籍出版社 1957 年版，第 210—211 页。

③［明］西周生《醒世姻缘传》，上海古籍出版社 1981 年版，第 369 页。

④［清］佚名《炎凉岸》，《古本小说集成》据日本东京东洋文化研究所藏本影印《炎凉岸》，第 35—36 页。

⑤［清］夷荻散人编次《玉娇梨》，中华书局 2002 年版，第 1 页。

出生时，其父母"梦见一个金甲红袍，身长丈余的将军，走进门来，大声道：'我是汉朝张翼德也，今暂到汝家。'说毕，即时分娩，父亲因此就取名为飞"①。

其七，《红楼梦》第十九回《情切切良宵花解语　意绵绵静日玉生香》云：

> 宝玉因问："那丫头十几岁了？"茗烟道："大不过十六七岁了。"宝玉道："连他的岁属也不问问，别的自然越发不知了。可见他白认得你了。可怜，可怜！"又问："名字叫什么？"茗烟大笑道："若说出名字来话长，真真新鲜奇文，竟是写不出来的。据他说，他母亲养他的时节做了个梦，梦见得了一匹锦，上面是五色富贵不断头卍字的花样，所以他的名字叫作卍儿。"宝玉听了笑道："真也新奇，想必他将来有些造化。"②

以上所列小说篇目中的陈雏儿、薛素姐、袁化凤、白红玉、卍儿等均是因梦而取名。在这些小说中间，作者为之取名的人物既有小说主要人物如《石点头》第九卷《玉箫女再世玉环缘》中韦皋（乳名武侯）、《玉娇梨》中的白红玉、《西湖佳话》卷七《岳坟忠迹》中的岳飞，也有小说次要人物，相比之下，小说次要人物因梦而命名的情况比较多，另外，这些小说中做梦的主体一般是人物的父母，以其母亲居多。同时，这类小说在叙述梦境的过程中往往带有一定的神秘色彩，如《醒世姻缘传》中仙女出现于梦境，《玉娇梨》中梦境带有一定的宗教意味。

五、慕古人姓名而取名

这是古代小说创作中较为常见的一种命名方式。《水浒传》中一些人物的绰号就与钦慕古代英雄有关，《水浒传》第三十三回《宋江夜看小鳌

① ［清］古吴墨浪子搜辑《西湖佳话》，江苏古籍出版社1993年版，第94页。
② ［清］曹雪芹、高鹗《红楼梦》，人民文学出版社1982年版，第263页。

山　花荣大闹清风寨》云："出来的年少将军不是别人，正是清风寨武知寨小李广花荣。"①《水浒传》第三十五回《石将军村店寄书　小李广梁山射雁》云："那个穿红的说道：'小人姓吕名方，祖贯潭州人氏。平昔爱学吕布为人，因此习学这枝方天画戟，人都唤小人做小温侯吕方。'"②《水浒传》第四十九回《解珍解宝双越狱　孙立孙新大劫牢》云："孙提辖下了马，入门来，端的好条大汉。淡黄面皮，落腮胡须，八尺以上身材，姓孙名立，绰号病尉迟。"③花荣绰号"小李广"因钦慕西汉名将李广，吕方、孙立因钦慕东汉末年名将吕布（封温侯）、唐代名将尉迟恭，分别被人取绰号为"小温侯"和"病尉迟"（病，意即超过、赛过）。《拍案惊奇》第十卷《韩秀才乘乱聘娇妻　吴太守怜才主姻簿》描写明朝正德年间浙江台州府天台县才子取名韩师愈，显然用唐代文学家韩愈之名④。《石点头》第十二卷《侯官县烈女歼仇》称：

> 原来申屠虔当年结发生下一儿一女，儿名希尹，女名希光。中年妻丧，也不续娶，自己抚育这两个子女。此时女儿年已一十六岁……这希光名字，本取希孟光之意，然孟光虽有德行，却生得又黑又肥，怎比得此女才色兼全，世上无双，人间绝少。⑤

申屠虔为女儿取名希光，就是取"希孟光之意"，钦慕东汉以德行著称于世的梁鸿之妻孟光，故取此名。古代无论是世俗生活中还是小说作品中均存在慕古人姓名而取名的现象，清代赵翼《陔余丛考》卷四十二《命名奇诡》曾指出："世俗命名，多有取用古人名者。"⑥赵翼举了不少例证说明"世俗命名，多有取用古人名者"的情况，我们结合小说作品文本进行分析，从中可

---

① ［明］施耐庵、罗贯中《水浒传》，人民文学出版社 1975 年版，第 442 页。
② ［明］施耐庵、罗贯中《水浒传》，人民文学出版社 1975 年版，第 472 页。
③ ［明］施耐庵、罗贯中《水浒传》，人民文学出版社 1975 年版，第 690 页。
④ 参照［明］凌濛初《拍案惊奇》，人民文学出版社 1991 年版，第 164 页。
⑤ ［明］天然痴叟《石点头》，上海古籍出版社 1957 年版，第 278 页。
⑥ ［清］赵翼《陔余丛考》，中华书局 1963 年版，第 924—925 页。

以看出，古代小说作品中慕古人姓名而取名的现象是比较常见的。

我们在上文介绍了古代小说命名中寓意法、谐音法、叠字法、数字法、引经据典法、拆字法、讽刺法、摘录诗词法、因梦而命名、慕古人姓名而取名等多种方法。总的看来，古代小说命名的方法复杂而多样，除上述命名方法以外，还有取形法，即按字形而命名，如《红楼梦》分别按照水字旁（如第一代贾演、贾源）、人字旁（如第二代贾代善、贾代化）、文字旁（如第三代贾敬、贾赦、贾政）、玉字旁（如第四代贾珍、贾琏、贾宝玉）、草字头（如第五代贾蓉、贾芸）为贾家五代人命名〔参照倪春元、徐乃为《〈红楼梦〉人物姓名的语言艺术》（载《南通师专学报》1994 年第 3 期）等文章〕；又如以东、南、西、北、中等方位为小说命名，《红楼梦》中四大郡王：东平王、南安王、西宁王、北静王，比喻"东南西北，平安宁静"；又有小说以赤橙黄绿青蓝紫等颜色词语命名，等等，因篇幅所限，不再一一展开论述。

不过，从整体来看，古代小说命名也存在不少比较随意的情况，例如，《甘泽谣》，宋代陈振孙《直斋书录解题》卷十一小说家类《甘泽谣》称："《甘泽谣》一卷。唐刑部郎中袁郊撰。所记凡九条，咸通戊子自序，以其春雨泽应，故有甘泽成谣之语，遂以名其书。"[①]又如《大唐传载》，唐代佚名《大唐传载自序》云："八年夏，南行极岭峤，暇日泷舟，传其所闻而载之，故曰《传载》。"[②]命名方式较为随意。宋代徐度撰《却扫编》，清钱曾《读书敏求志》卷三《杂家》云："徐度《却扫编》三卷……（徐）度字仲立，绍兴吏部侍郎，不能苟合于时，读书卞山之阳（按：指吴兴卞山），纪其平日闻见。时方杜门却扫，即以名其编云。"[③]明代都穆《听雨纪谈》，明人高儒《百川书志》卷八云："成化丁未九月，淫雨浃旬，（都穆）与客清言竟日，漫尔笔之，得事五十则为此。"[④]小说记载作者与客人雨天言谈杂事，所以取名《听雨纪谈》。古代小说创作类似这样随意命名的现象并不少见。

---

① ［宋］陈振孙《直斋书录解题》，上海古籍出版社 2015 年版，第 320 页。

② ［唐］佚名《大唐传载自序》，《文津阁四库全书》子部小说家类，第 344 册第 483 页。

③ ［清］钱曾《读书敏求志》，《续修四库全书》史部目录类，第 923 册第 285—286 页。

④ ［明］高儒《百川书志》卷八，收入《明代书目题跋丛刊》，书目文献出版社 1994 年版，下册 1275 页。

　　综上所述，我们分两章，通过列举历代小说命名的具体例证，从寓意法、谐音法、叠字法、引经据典法、其他命名方法等几个方面对中国古代小说命名的方法加以归纳、分析。可见，古代小说命名的方法体现了丰富性和多样化的特点，成为古代小说创作的重要组成部分。

第七章
中国古代小说命名的特点

古代小说命名的手段、方式丰富多样，体现在小说书名、人物命名以及小说作品的其他命名之中，不过我们通过对古代小说命名进行整体考察之后发现，其中存在一些特点和规律，对此，我们从以下几个方面加以阐述。

第一节　小说书名呈现复合式命名结构

就总体而言，中国古代小说的命名呈现出复合式命名结构，即由 A+B 的形式构成。试举数例说明，如：唐传奇《古镜记》《莺莺传》《霍小玉传》《冥报记》《定命录》，宋传奇《开河记》《王幼玉记》《谭意歌传》，元刊平话《武王伐纣书》《秦并六国平话》，明清小说《三国志通俗演义》《西游记》《封神演义》《儒林外史》等。在这些小说名称中，古镜、莺莺、霍小玉、冥报、定命、开河、王幼玉、谭意歌、武王伐纣、秦并六国、三国、西游、封神、儒林等是指小说的人物、情节、时代或题材内容等等，我们姑且称之为 A 类；记、传、录、书、平话、演义、外史等多与小说文体、编撰方式或创作观念相关，我们姑且称之为 B 类。在古代小说命名之中，存在一些省略的情况，例如《游仙窟》《金瓶梅》《今古奇观》《红楼梦》等小说书名省略 B 类。综而观之，一般都是由 A+B 复合构成的，下面我们分 A、B 两类分别进行阐述。

一、A 类命名

从 A 类命名情况来看，可以分为以下几种类型：

（一）以作者人名、籍贯嵌入小说名称，包括以作者之名、号、籍贯命名，以小说中相关人物姓名、人物官职、身份命名，或将小说中人物姓名拼合而成等多种形式。

首先，以作者之名、字、号、籍贯命名。早在先秦两汉时期的小说创作中已经存在这类小说命名现象，《汉书·艺文志》小说家类著录的《伊尹说》《鬻子说》《师旷》《宋子》《黄帝说》《待诏臣饶心术》《待诏臣安成未央术》《臣寿周纪》《虞初周说》等作品虽已散佚，我们从其名称和佚文推断，应该是以作者之名、号命名。后世小说《郭子》《卢氏杂说》《金华子杂编》《云溪友议》《东坡志林》《都公谈纂》等均采取这类命名方式。唐范摅《云溪友议》即以作者之号命名，纪昀等撰，四库全书研究所整理《钦定四库全书总目》卷一百四十子部五十小说家类一指出："《云溪友议》三卷……（范）摅自号五云溪人，故以名书。五云溪者，若耶溪之别名也。"[1]

宋陈师道《后山谈丛》也是以作者别号而命名，纪昀等撰，四库全书研究所整理《钦定四库全书总目》卷一百四十子部五十小说家类一云："《后山谈丛》四卷……师道字无己，后山其别号也，彭城人，以荐为棣州教授，徽宗时，官至秘书省正字。事迹具《宋史·文苑传》。陆游《老学庵笔记》颇疑此书之伪，又以为或其少作。"[2]宋方勺撰《泊宅编》，勺，字仁声，婺州金华人，后徙居乌程泊宅村，自号泊宅村翁，《泊宅编》是作者寓居泊宅村时撰写的笔记。

元末明初陶宗仪所撰《南村辍耕录》是一部记录元朝典章制度、人物逸事、风土人情等等的史料笔记，即以作者字号为名。宗仪字九成，号南村，浙江黄岩人，元孙作《南村辍耕录叙》云："余友天台陶君九成，避兵三吴间，有田一廛，家于松南，作劳之暇，每以笔墨自随。时时辍耕，休于树

---

①［清］纪昀等撰，四库全书研究所整理《钦定四库全书总目》，中华书局1997年版，第1840页。
②［清］纪昀等撰，四库全书研究所整理《钦定四库全书总目》，中华书局1997年版，第1850页。

阴，抱膝而叹，鼓腹而歌，遇事肯綮，摘叶书之，贮一破盎，去则埋于树根，人莫测焉。如是者十载，遂累盎至十数。一日，尽发其藏，俾门人小子萃而录之，得凡若干条，合三十卷，题曰《南村辍耕录》。"①明代叶子奇撰《草木子》，明代正德丙子年（1516）黄衷撰《草木子序》云："先生别号草木子，编因名焉。"②叶子奇别号"草木子"，此书也是按作者字号来命名的。明代李诩撰笔记《戒庵老人漫笔》，李诩字厚德，自号戒庵老人，故以自己之号嵌入书名。明代侯甸（号西樵山人）《西樵野记》、清代俞蛟（号梦厂居士）《梦厂杂著》、清代陈其元（晚年号庸闲）《庸闲斋笔记》等均以作者之名、号为小说命名。

有些小说以作者籍贯作为书名，唐代皇甫枚《三水小牍》就采取这样的命名方式。宋晁载之《续谈助》卷三《三水小牍跋》指出："右钞安定皇甫枚所编《三水小牍》，枚自言天祐庚午岁寓食汾晋为此书，三水，安定郡地名。枚，安定人，故云，其末云'三水人遵美'，盖其字也。"③宋代司马光所撰《涑水纪闻》也是如此。司马光，陕州夏县涑水乡（今山西省夏县）人，世称涑水先生，故取名《涑水纪闻》。又如，南宋费衮撰《梁溪漫志》十卷附录一卷。费衮，字补之，无锡人。清鲍廷博撰，周生杰、季秋华辑《鲍廷博题跋集》卷一云："《梁溪漫志》十卷，宋国子免解进士费衮补之撰。梁溪，以梁伯鸾（鸿）寓居得名，在无锡县城西南，补之（费衮）其邑人，而行事无可考。"④可见费衮是以自己家乡之"梁溪"为小说命名。

其次，以小说中相关人物姓名、官职或身份为小说命名，这种现象相当普遍，明代以前的小说创作如《燕丹子》《汉武故事》《汉武内传》《梁四公记》《任氏传》《冯燕传》《莺莺传》《柳毅传》《明皇杂录》《刘宾客嘉话录》《尚书故实》《虬髯客传》《韩擒虎话本》《王幼玉记》《谭意歌传》《李亚仙》《石头孙立》《文昌杂录》等都是如此命名，明清小说中大量出现这类命名方

---

① [元]孙作《南村辍耕录叙》，《南村辍耕录》卷首，中华书局1959年版。
② [明]黄衷《草木子序》，《草木子》，中华书局1959年版，第95页。
③ [宋]晁载之《三水小牍跋》，《丛书集成初编》本，据十万卷楼丛书本排印，第64页。
④ [清]鲍廷博撰，周生杰、季秋华辑《鲍廷博题跋集》，浙江古籍出版社2012年版，第18页。

式，例如《金云翘传》《如意君传》《华光天王传》《济公全传》《包龙图判百家公案》《韩湘子全传》《洪秀全演义》《老残游记》等。

以唐代李绰所撰《尚书故实》为例，作者自序称："宾护尚书河东张公三相盛门，四朝雅望，博物自同于壮武，多闻达于呀。臣绰避难圃田，寓居佛庙……每容侍话，凡聆征引，必异寻常，足广后生，可贻好事，遂纂集尤异者，兼杂以诙谐十数节，作《尚书故实》云耳。"① 可见此书是李绰在唐僖宗广明年间避难圃田（今属河南郑州中牟）时记录河东张尚书所谈而成。尚书即张延赏，作者曾客游张延赏家，记其所言。张延赏（726—787），字宝符，蒲州猗氏（今山西省临猗县）人，唐朝宰相，中书令张嘉贞之子，曾经担任检校兵部尚书、吏部尚书诸职。李绰以张延赏曾经担任的尚书一职作为小说书名。宋代陈振孙《直斋书录解题》卷十一小说家类《尚书故实》篇指出："《尚书故实》一卷。唐李绰撰。又名《尚书谈录》，首言宾护尚书河东张公三代相门，谓嘉贞、延赏、弘靖也。"②

又如，唐代韦绚《刘宾客嘉话录》以小说人物之官职命名。韦绚，字文明，京兆人，顺宗、宪宗朝宰相韦执谊之子。韦执谊与刘禹锡同为被贬的"永贞八司马"之一。穆宗长庆年间，韦绚曾经赴夔州问学于刘禹锡。据韦绚自序记载，此书是宣宗大中十年（856）二月作者在江陵时所作，记录穆宗长庆元年（821）刘禹锡在白帝城（今四川奉节）的谈话③。小说书名《刘宾客嘉话录》中的"宾客"指刘禹锡，他晚年担任太子宾客一职，世称"刘宾客"，故作者以此嵌入小说书名。

宋代庞元英撰《文昌杂录》，其书因作者担任官职而命名。庞元英于宋神宗元丰五年（1082）官礼部主客郎中。文昌，唐武后光斋七年，将尚书省改为文昌台，又改为文昌都省，庞元英担任礼部主客郎中，属于尚书省六部之一，所以他以"文昌"一词嵌入小说书名。清周中孚《郑堂读书记》卷五十六子部十五杂家类五指出："《文昌杂录》六卷《补遗》一卷……名曰

---

① ［唐］李绰《尚书故实自序》，收入《文津阁四库全书》子部杂家类，第 285 册第 459 页。
② ［宋］陈振孙《直斋书录解题》，上海古籍出版社 2015 年版，第 320 页。
③ ［唐］韦绚《刘宾客嘉话录》，中华书局 2019 年版，第 1 页。

《文昌杂录》，盖其（指庞元英）于元丰间官主客郎中时作，以尚书省为文昌天府（见《通典》），故以名之也。"①

晚清刘鹗《老残游记》以小说主人公的姓名作为书名。小说中主人公老残号"补残"，刘鹗《老残游记》第一回《土不制水历年成患　风能鼓浪到处可危》交代取名原因："却说那年有个游客，名叫老残。此人原姓铁，单名一个英字，号补残。因慕懒残和尚煨芋的故事，遂取这'残'字做号。"②

有些小说因人物身份而命名。宋欧阳修《归田录》是他晚年辞官闲居时所作，所以取名《归田录》。归田，指辞官归里、退隐。宋张世南撰《游宦纪闻》十卷。张世南，鄱阳人，曾官于福建永福。其中所记亦足资考证。游宦，指远离家乡在外地官府任职。《文选》卷二十六《陆士衡赴洛》云："羁旅远游宦，托身承华侧。"③作者以"游宦纪闻"作为书名，表明自己撰书时的身份，是自己在外为官时所记见闻。

元代钟嗣成撰《录鬼簿》二卷，记载元代杂剧艺人珠帘秀、李芝秀，南戏艺人龙楼景、丹墀秀，诸宫调艺人赵真真、杨玉娥等人的生平及作品，共收一百五十余人，作品四百多种。因记载的都是已经去世、已成"鬼"的杂剧和散曲作家，故以"录鬼簿"命名。元代夏庭芝撰《青楼集》，元人张鸣善至正二十六年（1366）撰《青楼集序》云：

　　夏君伯和，文献故家，起宋历元，几二百余年，素富贵而苴富贵。方妙岁时，客有挟明雌亭侯之术，而谓之曰："君神清气峻，飘飘然丹霄之鹤。厥一纪，东南兵扰，君值其厄，资产荡然。豫损之又损，其庶几乎？"伯和揽镜，自叹形色。凡寓公贫士，邻里细民，辄周急赡乏。遍交士大夫之贤者，慕孔北海座客常满，尊酒不空，终日高会开宴，诸伶毕至，以故闻见博有，声誉日彰。无何，张氏据姑苏，军需征赋百出，昔

---

①［清］周中孚《郑堂读书记》，《续修四库全书》史部目录类，据上海辞书出版社图书馆藏民国十年刻《吴兴丛书》本影印，第 925 册第 41 页。

②［清］刘鹗《老残游记》，人民文学出版社 1957 年版，第 1 页。

③［南朝梁］萧统编，［唐］李善注《文选》卷二十六《陆士衡赴洛》，中华书局 1977 年版，第 375 页。

之吝财豪户，破家剥床，目不堪睹。伯和优游衡茅，教子读书，幅巾筇杖，逍遥乎林麓之间，泊如也。追忆曩时诸伶姓氏而集焉。①

《青楼集》之"青楼"一名出自宋代秦观《满庭芳·山抹微云》一词："山抹微云，天连衰草，画角声断谯门。暂停征棹，聊共引离罇。多少蓬莱旧事，空回首、烟霭纷纷。斜阳外，寒鸦万点，流水绕孤村。　　销魂当此际，香囊暗解，罗带轻分。谩赢得青楼，薄幸名存。此去何时见也？襟袖上、空惹啼痕。伤情处，高城望断，灯火已黄昏。"②《青楼集》介绍了一百多位女艺人的艺术特长、轶事以及与文人的交往等。因为此书主要记录女伶之事，所以取名"青楼集"。

最后，将小说中人物姓名拼合而成，这种命名形式受《娇红记》《金瓶梅》的影响。元代宋远为其所撰小说《娇红记》取名时即从小说中女主人公王娇娘和侍女飞红名字中各取一字而成。《金瓶梅》沿用《娇红记》的命名方式，东吴弄珠客《金瓶梅序》称："然作者亦自有意，盖为世戒，非为世劝也。如诸妇多矣，而独以潘金莲、李瓶儿、春梅命名者，亦楚《梼杌》之意也。盖金莲以奸死，瓶儿以孽死，春梅以淫死，较诸妇为更惨耳。借西门庆以描画世之大净，应伯爵以描画世之小丑，诸淫妇以描画世之丑婆、净婆，令人读之汗下。盖为世戒，非为世劝也。"③明代袁中道《游居柿录》卷九指出："往晤董太史思白，共说诸小说之佳者，思白曰：'近有一小说，名《金瓶梅》，极佳。'予私识之。后从中郎真州，见此书之半，大约模写儿女情态具备，乃从《水浒传》潘金莲演出一支。所云'金'者，即金莲也；'瓶'者，即李瓶儿也；'梅'者，春梅婢也。"④鲁迅《中国小说的历史的变迁》第五讲《明小说之两大主潮》也指出："因为这书中的潘金莲、李瓶儿、春梅，都是

①［元］张鸣善《青楼集序》，《青楼集》，古典文学出版社 1957 年版，第 47 页。
②［宋］秦观《满庭芳·山抹微云》，收入徐培均笺注《淮海居士长短句笺注》，上海古籍出版社 2008 年版，第 51 页。
③［明］东吴弄珠客《金瓶梅序》，《金瓶梅》卷首，东大图书有限公司 1979 年版。
④［明］袁中道《游居柿录》，青岛出版社 2005 年版，第 193 页。

重要人物，所以书名就叫《金瓶梅》。"①《金瓶梅》就是从小说中三位重要的女性人物潘金莲、李瓶儿、庞春梅名字中各取一字构成书名，这一命名方式给后世带来明显的影响。例如，才子佳人小说作者喜欢效法《金瓶梅》的这种取名方式②，《平山冷燕》《玉娇梨》《春柳莺》《金云翘》《宛如约》《英云梦》《吴江雪》《引凤箫》《群英杰》《雪月梅》《林兰香》等才子佳人小说均糅合小说人物姓名而成小说书名。

（二）以小说题材内容、故事情节、主要事件、故事来源、作者书斋、草堂、寓所、官署、创作地点或故事发生的地点等命名。

1. 以小说题材内容、故事情节、主要事件命名，这是古代小说普遍采用的命名方式之一。例如，唐代小说《湘中怨解》《渚宫故事》《杜阳杂编》《北里志》《三水小牍》《广陵妖乱志》，元刊平话《武王伐纣书》《秦并六国平话》，明代《客座赘语》《西游记》《封神演义》《剿闯通俗小说》《开辟衍绎》，清代《女开科传》《聊斋志异》《扫荡粤逆演义》《官场现形记》《青楼梦》等。

东汉郭宪撰《洞冥记》一卷，小说命名揭示出其内容与道教有关。郭宪，东汉汝南宋人，好方术，小说记载与汉武帝有关的神仙怪异之说。南宋晁公武《郡斋读书志》卷九引郭宪《洞冥记》自序声称此书取名"洞冥"意在"洞心于道，教使冥迹之奥昭然显著，故曰'洞冥'"③。洞冥，洞达神仙冥迹之妙。宋张君房《云笈七签》卷六曰："洞言通也。通玄达妙。"④

宋代赵令畤撰《侯鲭录》八卷，其书名表明内容精赡，作者以书之味比作鲜美的五侯鲭。侯鲭，典出《西京杂记》卷二："五侯（按：指汉代平阿侯王谭、成都侯王商、红阳侯王立、曲阳侯王根、高平侯王逢时，五人同时受封，时称'一日五侯'）不相能，宾客不得来往。娄护丰辩，传食五侯间，各

---

① 鲁迅《中国小说的历史的变迁》，收入《鲁迅全集》第九卷，人民文学出版社 1981 年版，第 330 页。
② 参照苏建新《中国才子佳人小说演变史》第四章《才子佳人小说考辨》，社会科学文献出版社 2006 年版，第 215 页；唐江涛《才子佳人小说题名研究》，暨南大学 2011 届硕士论文。
③ ［宋］晁公武撰，孙猛校证《郡斋读书志校证》，上海古籍出版社 2011 年版，第 363 页。
④ ［宋］张君房撰，李永晟点校《云笈七签》卷六《三洞经教部·三洞》，中华书局 2003 年版，第 86 页。

得其欢心，竟致奇膳。护乃合以为鲭，世称五侯鲭，以为奇味焉。"①娄护，字君卿，齐（今属山东临淄）人，王莽时封息乡侯，他把五侯送给他的珍膳烹饪出杂烩，成为美味佳肴，人称"五侯鲭"，顿锐《侯鲭录序》云："（赵令畤）尝取诸儒先佳诗绪论逸事，与夫书传中及人所尝谈隐语奇字世共闻见而未知出处者，冥搜远证，著之为书，名曰《侯鲭录》，意亦以书之味比鲭也。"②赵令畤为所撰小说取名"侯鲭录"既表明集众家之长而成书，同时也说明小说内容精赡。

明陶宗仪撰《说郛》一百卷，选录汉魏至宋元的各种笔记汇集而成，因小说内容庞杂而取名《说郛》。汉代扬雄《法言·问神》云："大哉！天地之为万物郛，《五经》之为众说郛。"③此为陶宗仪撰《说郛》书名之源，表明这一丛书搜集各家之说，内容庞杂。

明曹臣撰《舌华录》九卷，受到《世说新语》一书的影响。舌华指言谈之精华，小说记载前人清谈隽语，小说因记载的内容是言谈之事而命名。

明代周游编辑《开辟衍绎》一书以小说内容作为书名。王黉在《开辟衍绎叙》中谈到以"开辟"命名小说的原因：

> 《开辟衍绎》者，古未有是书。今刻行之以公宇内。名之开辟者何？譬喻云尔。如盘古氏者，首开辟也；天、地、人三皇，次开辟也；伏羲、神农、黄帝、尧、舜，又开辟也；夏禹继五帝而王，又一开辟也；商汤放桀灭夏，又一开辟也。周文三分天下有其二以服事殷，武王克纣伐罪吊民，则有《列国志》，是又一开辟也。汉高定秦楚之乱，光武灭莽中兴，则有《西东汉传》，是又一开辟也。又有《三国志》、《两晋传》、《南北史》。隋杨坚混一南北，唐太宗平隋之乱，则有《隋唐传》，是又一开辟也。宋祖定五代之乱，则有《南北宋传》，是又一开辟也。其间又有

---

① ［汉］刘歆撰，［晋］葛洪集，向新阳、刘克任校注《西京杂记校注》，上海古籍出版社1991年版，第73页。

② ［宋］顿锐《侯鲭录序》，《侯鲭录》，中华书局2002年版，第31页。

③ ［汉］扬雄原撰，汪荣宝撰《法言义疏》，中华书局1987年版，第157页。

《水浒传》、《岳王传》。我太祖一统华夏，则有《英烈传》，是又一大开辟也。①

开辟一词是指宇宙的开始。在中国上古神话传说中，盘古是开天辟地创造人类世界的始祖，这一记载最早出现于三国时期徐整《三五历纪》②。明代王黉在序言中说到，《开辟衍绎》记载的内容是盘古开天辟地以来一直到明朝的发展历程，所以以"开辟"命名小说。

晚清俞达所撰《青楼梦》，邱炜蒆《菽园赘谈·续小说闲评》指出："因说青楼轶事，遂以《青楼梦》名编，并非敢与《红楼梦》作上下云龙，互相追逐。或见其命名如此，出处执《红楼梦》相绳，则疵累多矣。"③

2. 有的小说命名交代故事来源，如明代王同轨撰《耳谈》，"耳谈"一名说明故事来源于"耳闻"之事，明代李维桢《耳谈序》：

> 吾友王行父，博学宏词，坎壈一第，而以资为上林丞，需次都门，久不奏除，四方学士大夫慕行父名相过从，缔纻缟之交者日众。上下论议日闻所未闻，行父手笔其可喜可愕可劝可诫之事，累之若干卷，而名之曰《耳谈》。盖昔人言仲尼作《春秋》，辞有三异：所见异辞，所传、闻异辞，而又有三讳：为贤者讳，为亲者讳，为尊者讳。行父所谈自本朝以来传闻之世而止，然《春秋》以褒贬代天子衮钺，微文隐义，使主人习其读而问其传，则未知己之有罪焉尔。行父之谈出于稗官，其指非在褒贬。厌常喜新者读之欣然，脍炙适口，而无所虞罪。故事不必尽核，理不必尽合，而文亦不必尽讳。荀卿有言：入乎耳，出乎口，口耳之间四

---

① ［明］王黉《开辟衍绎叙》，《古本小说集成》据明崇祯麟瑞堂刊本影印《开辟衍绎通俗志传》卷首。

② ［三国吴］徐整《三五历纪》，《玉函山房辑佚书》之史编杂史类，第六帙卷六十三，广陵书社 2004 年版，第 4 册。

③ 据阿英《晚清文学丛钞·小说戏曲研究卷》卷四《客云庐小说话》卷一转录，中华书局 1960 年版，第 400 页。

寸耳，何足以美七尺之躯？是行父称名意也。①

李维桢在序言中提到王同轨《耳谈》之命名来源于"四方学士大夫"之议论，来源于言谈、传闻之事，故以《耳谈》命名。因为来源于众人的议论、传闻，所以"故事不必尽核，理不必尽合，而文亦不必尽讳"。

明代顾起元撰史料笔记《客座赘语》，其序言称：

> 余顷年多愁多病，客之常在座者，熟余生平好访求桑梓间故事，则争语往迹近闻以相娱，间出一二惊奇诞怪者，以助欢笑。至可以裨益地方与夫考订载籍者，亦往往有之。余憨置于耳，不忍遽忘于心，时命侍者笔诸赫蹄，然什不能一二也。既成帙，因命之曰《客座赘语》。赘之为言属也，又会也，属而会之，俾勿遗佚，余之于此义若有合焉。或曰：秦汉间语人之所贱简者曰"赘婿"，老子语物之或恶者曰"余食赘行"，庄周氏语疾之当决去者曰"附赘县疣"，子之为此语也，又多乎哉！余隐几嗒然，无以应也。姑籍而存之，以供覆瓿。②

顾起元在序言中交代故事来源于在座之客人闲谈往昔近闻，故名之为《客座赘语》。

3. 以作者书斋、草堂、寓所、官署、创作地点或故事发生的地点为名，如《归潜志》《水浒传》《辽东传》《西湖二集》《西湖佳话》《枣林杂俎》《柳南随笔》《池北偶谈》《台湾外纪》等。

首先，以作者书斋、寓所、官署等作为小说书名。以唐代苏鹗《杜阳杂编》为例，南宋晁公武《郡斋读书志》卷第十三小说类指出："《杜阳杂编》三卷。右唐苏鹗撰，字德祥。光启中进士，家武功杜阳川。杂录广德

---

① ［明］李维桢《耳谈序》，收入《大泌山房集》卷十四，《四库全书存目丛书》集部别集类，据北京师范大学图书馆藏明万历三十九年刻本影印，第150册第607—608页。

② ［明］顾起元《客座赘语序》，《客座赘语》，中华书局1987年版，第1页。

以至咸通时事。"① 清代纪昀等《钦定四库全书总目》卷一百四十二子部
五十二小说类三指出："《杜阳杂编》三卷……其曰《杜阳杂编》者，晁公
武《读书志》谓鄠居武功之杜阳，盖因地以名其书云。"②

宋代张邦基撰《墨庄漫录》十卷。张氏《自序》称自己喜欢藏书，所以
把自己的寓所取名为"墨庄"，并作为所撰小说书名③。"墨庄"一词也表示藏
书丰富，宋叶廷珪《海录碎事》卷十八《文学部上·收书门·墨庄》篇云：
"刘式死，其妻聚书千余卷，指示诸子曰：'此汝父尝谓此为"墨庄"，今贻汝
辈，为学植之具。'"④

宋周煇撰《清波杂志》十二卷，因作者寄寓其地而为小说命名。纪昀等
撰，四库全书研究所整理《钦定四库全书总目》卷一百四十一子部五十一小
说家类二云："《清波杂志》十二卷别志二卷。内府藏本。宋周煇撰……书中
有'祖居钱塘后洋街'语，则煇实自浙迁淮也……'清波'为杭州城门之名，
绍兴中煇寓其地，因以名书。所记皆宋人杂事。"⑤ 宋末元初周密创作的杂史
笔记《武林旧事》也是因作者居住地而命名，纪昀等撰，四库全书研究所整
理《钦定四库全书总目》卷七十史部二十六地理类三："《武林旧事》十卷。
内府藏本。宋周密撰。密字公谨，号草窗，先世济南人，其曾祖随高宗南
渡，因家湖州。淳祐中，尝官义乌令。宋亡不仕，终于家。是书记宋南渡都
城杂事。盖密虽居弁山，实流寓杭州之癸辛街。故目睹耳闻，最为真确，于
乾道、淳熙间三朝授受，两宫奉养之故迹，叙述尤详。"⑥

清代谈迁《题枣林杂俎》自叙其书取名之由："数年来提铅握椠，积若
干卷，食之无肉，弃之有味，虽在鸡肋，犹为贵之矣。系以'枣林'何也？

---

① ［宋］晁公武撰，孙猛校证《郡斋读书志校证》卷第十三小说类，上海古籍出版社 2011 年版，第
566 页。
② ［清］纪昀等撰，四库全书研究所整理《钦定四库全书总目》，中华书局 1997 年版，第 1878 页。
③ ［宋］张邦基《墨庄漫录序》，张邦基撰，孔凡礼点校《墨庄漫录》卷首，中华书局 2002 年版。
④ ［宋］叶廷珪撰，李之亮校点《海录碎事》，中华书局 2002 年版，第 837 页。
⑤ ［清］纪昀等撰，四库全书研究所整理《钦定四库全书总目》，中华书局 1997 年版，第 1861 页。
⑥ ［清］纪昀等撰，四库全书研究所整理《钦定四库全书总目》，中华书局 1997 年版，第 969 页。《武林
旧事》并非小说，而是杂史笔记。下文提到的［明］李清《三垣笔记》也是如此。本节在具体论述过程中，
参照个别笔记作品，这些笔记虽非小说，但也可以作为小说命名研究的参照、补充。

吾上世以宋靖康之难，自汴徙于杭者。四传。德祐末，避兵徙盐官之枣林。今未四百禩，又并于德祐。吾旦暮之人也，安所避哉？求桃源而无从，庶以枣林老耳。书从地，不忘本也。"①通过谈氏自叙可以看出，谈迁先世为中原人，明初定居海宁枣林村，"书从地，不忘本"，其著作多冠以"枣林"二字，如《枣林集》《枣林诗集》《枣林外索》等②。

金朝刘祁《归潜志》以作者堂名为名，刘祁《归潜志序》云：

> 独念昔所与交游，皆一代伟人，人虽物故，其言论、谈笑，想之犹在目。且其所闻所见可以劝戒规鉴者，不可使湮没无传，因暇日记忆，随得随书，题曰《归潜志》。"归潜"者，予所居之堂之名也。因名其书，以志岁月，异时作史，亦或有取焉。③

刘祁在《归潜志序》中明确指出："'归潜'者，予所居之堂之名也。"纪昀等撰，四库全书研究所整理《钦定四库全书总目》卷一百四十一子部五十一小说家类二云："《归潜志》十四卷。元刘祁撰……是书名曰'归潜'，盖祁于壬辰北还，以此二字榜其室，因以题其所著。"④可见刘祁《归潜志》书名源于其堂名。

元代林坤《诚斋杂记》以书斋作为小说之名。元人周达观《诚斋杂记叙》："余家藏《诚斋杂记》，记事甚奇，目所未见者什九，第不著集者姓名。近览《狐穴余编》，有会稽林太史载卿者，少好程、朱之学，以诚意为入道之要诀，故额其斋曰'诚斋'。"⑤

蒲松龄撰《聊斋志异》，其孙蒲立惪《聊斋志异跋》称："《志异》十六卷，先大父柳泉先生著也。先大父讳松龄，字留仙，别号柳泉。聊斋，其斋

---

①［清］谈迁《题枣林杂俎》，《枣林杂俎》卷首，中华书局 2006 年版。
②据《枣林杂俎》点校说明，《枣林杂俎》卷首，中华书局 2006 年版。
③［金］刘祁《归潜志序》，《归潜志》卷首，中华书局 1983 年版。
④［清］纪昀等撰，四库全书研究所整理《钦定四库全书总目》，中华书局 1997 年版，第 1867 页。
⑤［元］周达观《诚斋杂记叙》，收入丁锡根编著《中国历代小说序跋集》，人民文学出版社 1996 年版，第 389 页。

名也。"①晚清王韬《遁窟谰言》同样以书斋为小说之名，钱徵《遁窟谰言跋》云："癸酉冬十二月，徵附轮舶渡重洋，见先生于香海旅次。时先生方病咳，伏几而卧者半月矣。见徵至，欣然色喜，病若为之稍减。次日便挈游。遁窟即先生读书处也，屋不甚轩敞，顾后枕山麓，前俯海峤，估帆番舶，时往来于眉睫间，亦足豁胸臆，破岑寂也。"②从钱徵跋言可知，"遁窟"即王韬读书处，王韬以此作为自己所撰小说之名。

清代王应奎所撰《柳南随笔》以自家草堂为名，顾士荣《柳南随笔序》云：

> 吾友王君东溆，隐居于李墓塘之滨，距县治四十里。百年地僻，柴门昼掩，虽近市廛，如处岩壑。吴门沈确士先生题其草堂曰柳南，取君家右丞诗句也。堂中积书万轴，经史百家略具。君以四几周身，堆书及肩，而埋头其中，缅岁矻矻，不知户外。搜讨既富，溢为著述，诗歌古文，既已取次成帙，多于束笋矣，而以其绪余成《随笔》六卷。搜遗佚，则可以补志乘；辨讹缪，则可以正沿习；以至考诗笔之源流，究名物之根柢；著《虞初》、《诺皋》之异事，标解颐抚掌之新闻。③

由此可见王应奎所撰《柳南随笔》命名之缘由。清代王士禛《池北偶谈》则以其书库而命名小说，王氏《池北偶谈自序》称："予所居先人之敝庐，西为小圃，有池焉，老屋数椽在其北。余宦游三十余年无长物，唯书数千卷庋置其中，辄取乐天池北书库之名名之。"④

其次，以官署为名。唐崔令钦撰《教坊记》一卷。崔令钦，唐开元时官著作佐郎，历左金吾卫，仓曹参军，肃宗朝迁仓部郎中。教坊，古代管理宫廷音乐的官署，唐朝设置，管理雅乐以外的音乐、舞蹈、歌唱、百戏的教习

---

① ［清］蒲立惪《聊斋志异跋》，《聊斋志异会校会注会评本》卷首，上海古籍出版社1986年版。

② ［清］钱徵《遁窟谰言跋》，收入丁锡根编著《中国历代小说序跋集》，人民文学出版社1996年版，第623—624页。

③ ［清］王应奎《柳南随笔》，中华书局1983年版。

④ ［清］王士禛《池北偶谈自序》，《池北偶谈》卷首，中华书局1982年版。

和排练演习等事务。唐高祖时已在禁中设置内教坊。崔令钦《教坊记序》指出："（唐玄宗）乃置教坊，分为左右而隶焉，左骁卫将军范安及为之使。开元中，余为左金吾，仓曹武官十二三是坊中人，每请禄俸，每加访问，尽为予说之。今中原有事，漂寓江表，追思旧游，不可复得，粗有所识，即复疏之，作《教坊记》。"①可见唐玄宗设置教坊，《教坊记》是因官署而命名。

元代王恽撰《玉堂嘉话》八卷，此书所载为翰林之事，《汉书》卷七十五《李寻传》中，李寻自称："臣（李）寻位卑术浅，过随众贤待诏，食太官，衣御府，久污玉堂之署。"颜师古注："玉堂殿在未央宫。"②宋代以后将翰林院称为玉堂。

明代李清撰《三垣笔记》三卷。李清，字映碧，江苏兴化人，崇祯辛未年进士，任职于崇祯、弘光两朝，曾担任刑部、吏部、工部给事中，所以将所撰书取名为《三垣笔记》。垣，本义为城墙，古代城池或官署都有院墙，所以以"垣"作为城池或官署的代称。书中所记为作者在三垣任职时的见闻。

最后，以小说作者创作地点或故事发生的地点为名。宋文莹撰《湘山野录》，此书创作于湘山佛寺，故以"湘山"命名。纪昀等撰，四库全书研究所整理《钦定四库全书总目》卷一百四十子部五十小说家类一云："《湘山野录》三卷《续录》一卷……宋僧文莹撰……其书成于熙宁中，多记北宋杂事。以作于荆州之金銮寺，故以湘山为名。"③

宋代史温《钓矶立谈》同样因创作地点而为小说命名。史温，北海（今山东潍坊）人。南唐处士史虚白孙，真宗咸平中登第，历官桃林尉。大中祥符中知闽清县，后又知封州。仁宗天圣中为虞部员外郎④。其自序称："叟，山东一无闻人也。清泰年中随先校书避地江表，始营钓矶于江渚……自号钓矶闲客。割江之后，先校书不禄，叟嗣守敝庐，颇窥先志，不复以进取为念……时移事往，将就芜没，叟身非朝行，口不食禄，固无预于史事。顾耳

---

① ［唐］崔令钦《教坊记序》，《教坊记》卷末，古典文学出版社 1957 年版。
② ［汉］班固《汉书》卷七十五《李寻传》与颜师古注，中华书局 1962 年版，第 3183—3184 页。
③ ［清］纪昀等撰，四库全书研究所整理《钦定四库全书总目》，中华书局 1997 年版，第 1852 页。
④ 参见陈尚君《〈钓矶立谈〉作者考》，载《文史》第 44 辑，中华书局 1998 年版。

目之所及，非网罟之至议，则波涛之巇词也。随意所向，聊复疏之于后，仅得百二十许条，总而题之曰《钓矶立谈》。"①

我们在上文提到，宋方勺《泊宅编》因作者名号而为小说命名，这部小说同样也是因创作地点而命名。作者于湖州之西溪泊宅村创作《泊宅编》，故而名书②。宋蔡绦撰《铁围山丛谈》六卷。蔡绦，自号百衲居士。宋代权臣蔡京季子。蔡京被放逐而死，蔡绦也被流放，此书是蔡绦被流放白州时所作，白州境内有铁围山，位于今广西玉林西，古代称铁城，所以蔡绦为其书取名《铁围山丛谈》。宋刘昌诗撰《芦浦笔记》十卷。刘昌诗，曾官县令，他在《芦浦笔记自序》中称：

> 予服役海陬，自买盐外，无他职事。官居独员，无同僚往来，僻在村疃，无媚学子相扣击，遥睇家山，贫不能絜累，兀坐篝灯，惟翻书以自娱，凡先儒之训传，历代之故实，文字之伪舛，地理之变迁，皆得溯其源而循其流。苟未惬其心，则纤轸而勿敢释，旁稽力探，偶究竟其仿佛，则忻幸亦足以乐，久惧遗忘，因并取畴昔所闻见者而笔之册，凡百余事，萃为十卷，有未检证者，留俟续编，顾独学寡识，安敢以为是，将求印可于先觉之士。倘改而正诸，是予之愿也。芦浦乃廨宇之攸寓云。嘉定癸酉中和节，清江刘昌诗兴伯叙于通山阁。③

清纪昀等撰，四库全书研究所整理《钦定四库全书总目》卷一百一十八子部二十八杂家类二《芦浦笔记》篇指出："（其书）盖其监华亭芦沥盐场课时作，故以芦浦为名也。"④芦沥场，又称芦沥盐场，地处海边，故言"芦浦"。浦，水边或河流入海的地方。

---

① 《钓矶立谈自序》，参见《文津阁四库全书》史部载记类，第158册第669页。[清]纪昀等撰，四库全书研究所整理《钦定四库全书总目》卷六十六史部二十二载记类引用其自序，中华书局1997年版，第907—908页。

② [清]纪昀等撰，四库全书研究所整理《钦定四库全书总目》，中华书局1997年版，第1854页。

③ [宋]刘昌诗《芦浦笔记自序》，《芦浦笔记》卷首，《丛书集成初编》据《知不足斋丛书》本排印。

④ [清]纪昀等撰，四库全书研究所整理《钦定四库全书总目》，中华书局1997年版，第1584—1585页。

宋代朱弁《曲洧旧闻》以被拘押之地为小说命名。作者朱弁曾出使金国被拘押，著此书表达忠义之心。清周中孚《郑堂读书记》卷五十六子部十五杂家类五云："《曲洧旧闻》十卷，《学津讨原》本。宋朱弁撰。弁字少章。婺源人。建炎初补修武郎、吉州团练使，为通问副使，历官奉议郎……建炎丁未使金，留十七年。既归而卒。是书盖其使金被留时所作，以其皆追述北宋君臣事迹，故曰《旧闻》。张若云跋称：其书述列圣之前猷，溯名卿之往行，即一二遗闻轶事，亦供采录，而曾无一言及北国事。呜呼！每饭不忘之意于斯见矣，岂徒援据精博足夸淹雅乎哉！"①曲洧，古地名，春秋郑国属地，在今河南省扶沟县西南。南宋时，曲洧为金人所占，是朱弁被拘押之地，《曲洧旧闻》创作于此，故以曲洧嵌入书名。

在古代小说创作中，大量作品以小说创作地点或故事发生地点命名，如《水浒传》《辽东传》《西湖二集》《西湖佳话》《枣林杂俎》《柳南随笔》《板桥杂记》《池北偶谈》《台湾外纪》等等，试以清代余怀所撰《板桥杂记》为例，此书记载明末南京妓院琐闻，因妓家聚居之旧院有长板桥，所以取名《板桥杂记》，正如余怀《自序》所言："余生也晚，不及见南部之烟花、宜春之弟子。而犹幸少长承平之世，偶为北里之游。长板桥边，一吟一咏，顾盼自雄。所作歌诗，传诵诸姬之口，楚、润相看，态、娟互引，余亦自诩为平安杜书记也。"②

（三）以小说成书时间、小说故事发生或编撰的时代命名，例如《中朝故事》《太平广记》《宣和遗事》《五代史平话》《三国志演义》《残唐五代史演义》《列国志传》《隋唐演义》《东西两晋演义》《西汉演义》《有夏志传》《有商志传》《光绪万年》等等。

以南唐时尉迟偓所撰《中朝故事》为例，作者受南唐创建者李升之命而作，李升以唐太宗李世民后裔而自居，认为南唐承继唐朝，以宣、懿、昭、哀四朝为中朝，本书记载四朝之事，所以称为《中朝故事》。

---

① [清]周中孚《郑堂读书记》，《续修四库全书》史部目录类，据上海辞书出版社图书馆藏民国十年刻《吴兴丛书》本影印，第 925 册第 44 页。
② [清]余怀《板桥杂记序》，《板桥杂记》卷首，青岛出版社 2002 年版。

　　宋孙光宪撰《北梦琐言》，其"北梦"一词也揭示出小说创作的时间。纪昀等撰，四库全书研究所整理《钦定四库全书总目》卷一百四十子部五十小说家类一揭示出小说创作时间在作者"仕唐为陵州判官，旋依荆南高季兴为从事"之际："《北梦琐言》二十卷。内府藏本。宋孙光宪撰。光宪字孟文，自号葆光子。《十国春秋》作贵平人，而自题乃称富春。考光宪自序言'生自岷峨'，则当为蜀人，其曰富春，盖举郡望也。仕唐为陵州判官，旋依荆南高季兴为从事。后劝高继冲以三州归宋，太祖嘉之，授黄州刺史以终，《五代史·荆南世家》载之甚明……其曰'北梦琐言'者，以《左传》称'田于江南之梦'，而荆州在江北，故以命名，盖仕高氏时作也。所载皆唐及五代士大夫逸事。"①《太平广记》五百卷，宋太平兴国二年三月，李昉、吕文仲、吴淑、陈鄂、赵邻几、董淳、张洎、宋白、徐铉、汤悦、李穆、扈蒙十二人奉诏编撰，太平兴国三年八月十三日奉敕送史馆，太平兴国六年正月奉诏刊刻。因书成于太平兴国年间，所以取名为《太平广记》②。宋代叶梦得撰《避暑录话》，其书名说明是师生避暑之际而作。清周中孚《郑堂读书记》卷五十六子部十五杂家类五云："《避暑录话》四卷，明嘉兴项氏宛委堂刊本。宋叶梦得撰……是书成于绍兴乙卯，前有自序称：梅雨始过，暑气顿盛，舍居既远城市，岩居又在山半，亦不能安其室，每旦起从一仆夫负榻择泉石深旷竹松幽茂处，偃仰终日，栋、模二子、门生徐敦立挟书相从，间质疑请益，时为酬酢，亦或泛话古今杂事，耳目所接，论说平生出处及道老交亲戚之言，以为欢笑，乃使栋执笔书之，名曰《避暑录话》云。"③

　　元刊平话《宣和遗事》《五代史平话》、明清小说如《三国志演义》《残唐五代史演义》《列国志传》《隋唐演义》《东西两晋演义》《西汉演义》《有夏志传》《有商志传》《光绪万年》等均以小说成书时间、小说故事发生或编撰的时代为小说命名。例如，清代张集馨《道咸宦海闻见录》即以小说故事时间

---

①［清］纪昀等撰，四库全书研究所整理《钦定四库全书总目》，中华书局1997年版，第1845页。

②参见宋李昉等《太平广记表》，《太平广记》卷首，中华书局1961年版。

③［清］周中孚《郑堂读书记》，《续修四库全书》史部目录类，据上海辞书出版社图书馆藏民国十年刻《吴兴丛书》本影印，第925册第42—43页。

命名。道咸，指道光、咸丰。张氏以亲身经历描摹、揭露晚清官场种种丑态与黑暗现实。

（四）以小说中重要物件命名，这在写情类小说尤其是才子佳人小说作品中较为突出。以《大明全传绣球缘》的命名为例，"绣球"成为小说情节发展的重要环节，小说即以此命名。以小说中的物件（或信物）命名的还有清代《玉支玑》《合浦珠》《燕子笺》《飞花咏》《赛红丝》《白圭志》《玉燕姻缘全传》等等，参见本书第三章《明清小说命名与小说创作》第五节《小说命名与小说情节、结构》有关论述，这里不再赘述。

（五）以"奇""异""怪"等代表题材选择、创作倾向、审美趣味或具有广告意义的词语为小说命名，例如《拍案惊奇》《志怪录》《聊斋志异》《九命奇冤》等等，参见本书第四章《明清小说命名的广告意义》第一节《以"奇""异""怪""艳"等为小说命名》，这是古代小说相当常见的命名方式之一。

（六）以小说创作主旨或作品的寓意命名。如《青泥莲花记》《魏忠贤小说斥奸书》《辽海丹忠录》《清夜钟》《壶天录》《红楼梦》《醉醒石》《照世杯》《五色石》《遍地金》《风月梦》《忠烈全传》等均寓含小说创作主旨或者寓意。以《红楼梦》为例，清代梦觉主人《红楼梦序》云："辞传闺秀而涉于幻者，故是书以梦名也。夫梦曰红楼，乃巨家大室儿女之情，事有真不真耳。红楼富女，诗证香山；悟幻庄周，梦归蝴蝶。作是书者藉以命名，为之《红楼梦》焉。"[1]阐明《红楼梦》一书命名所寓含的深意。

二、B 类命名

从 B 类命名情况来看，可分为以下几种类型：

（一）以"传""外传""记""纪""志""录"等与史传相关的词语作为

---

[1] ［清］梦觉主人《红楼梦序》，一粟编《红楼梦资料汇编》，中华书局 1964 年版，第 28 页。

小说名称。如《古镜记》《莺莺传》《玄怪录》《续玄怪录》《开河记》《王幼玉记》《水浒传》《三遂平妖传》《金统残唐记》《西游记》《说岳全传》《儿女英雄传》《官场现形记》等。

有些小说直接将"史""史记""史补""阙史""外史""野史""艳史""稗史""趣史""媚史""逸史""史遗文""后史""快史""秘史""小史""佚史""迷史"等词语嵌入小说书名，如元代文言小说《稗史》，明代陈继儒编辑《闲情野史》、吴琯编《古今逸史》、王圻编《稗史汇编》、查应光《历朝野史》、闵文振《游文小史》、佚名《浪史》、佚名《绣榻野史》、无遮道人编次《海陵佚史》、佚名《隋炀帝艳史》、方汝浩《禅真逸史》、方汝浩《禅真后史》、袁于令《隋史遗文》、潘之恒《亘史》、佚名《昭阳趣史》、佚名《放郑小史》、许仲琳《封神演义》（又名《武王伐纣外史》），明末清初佚名《南花小史》、佚名《艳婚野史》，清代陈球《燕山外史》、佚名《妖狐艳史》、佚名《呼春稗史》、佚名《玉妃媚史》、吕熊《女仙外史》、高继衍《蝶阶外史》、佚名《龙阳逸史》、黄耐庵《岭南逸史》、佚名《西湖小史》、佚名《驻春园小史》、吴敬梓《儒林外史》、佚名《浓情快史》、佚名《浓情秘史》、佚名《豹房秘史》、佚名《桃花艳史》、佚名《巫山艳史》、汪端《元明佚史》、佚名《哈密野史》、佚名《春情野史》、陈森《品花宝鉴》（又名《怡情佚史》）、佚名《霞笺记》（又名《情楼迷史》）、俞达《青楼梦》（又名《绮红小史》）、李宝嘉《文明小史》、王上春《阴界史记》、佚名《蜃楼外史》（又名《芙蓉外史》）、佚名《熙朝快史》等。明代吴琯编《古今逸史》，其书凡例云："其人（按：指作者）则一时巨公，其文则千载鸿笔：入正史则可补其缺，出正史则可拾其遗。"[1]欧阳健《古代小说与历史》称："在古代中国，小说有许多别称，如'稗史'、'野史'、'小史'、'逸史'之类，内中都有'史'字；有些小说干脆就题作外史、痛史、趣史、艳史。取材于史书的'讲史'和'演史'，是小说中数量最多、最受欢迎的作品；有些小说名曰'传'、'志'、'录'等等，也是从历史文体袭用来的。"[2]

---

① ［明］吴琯编《古今逸史》，文物出版社 2020 年版，第 1 册第 9 页。
② 欧阳健《古代小说与历史》，山西人民出版社 2005 年版，第 1 页。

（二）以"说""语""话""议""言""谈"等与谈谑、说话风气相关的词语命名。如《剪灯新话》《剪灯余话》《松窗梦语》《览胜纪谈》《客座赘语》《古今说海》等。

（三）以"闻""见闻""传闻""新闻""旧闻"等与传闻有关的词语为名。如唐代《纪闻》《南楚新闻》，元代佚名《湖海新闻夷坚续志》、郭霄凤《江湖纪闻》，明代周礼《湖海奇闻》、陆深《金台纪闻》、徐祯卿《翦胜野闻》、张谊《宦游纪闻》、沈周《客坐新闻》、王禹声《续震泽纪闻》、李乐《见闻杂记》，明末清初梁维枢《玉剑尊闻》，清代严曾榘《见闻琐异钞》、陈藻《见闻纪异》、朱象贤《闻见偶录》、徐岳《见闻录》、杨式传《果报见闻录》、许秋垞《闻见异辞》、杜晋卿等《客中异闻录》、齐学裘《见闻随笔》、齐学裘《见闻续笔》、陈奇铣《见闻录异》、祝文彦《闻见卮言》、孙洙《广新闻》、陈居禄《滋堂纪闻》、陈登龙《天全州闻见录》、魏祖亭《天涯闻见录》、俞太琛《盾鼻随闻录》、范炳《雨窗纪闻》、佚名《记闻类编》、袁文超《闻见录》、陈迁鹤《闲居咫闻》、俞超《见闻近录》、邹树荣《闻见偶记》、佚名《研堂见闻杂记》、彭孙贻《客舍偶闻》、王士禛《皇华纪闻》、蔡宪升《闻见录》、刘寿眉（或作昌）《春泉闻见录》、吴德旋《初月楼闻见录》、吴德旋《初月楼续闻见录》、欧阳昱《见闻琐录》、柯浚《梓里甘闻》、丁钰《见见闻闻录》、佚名《张文襄幕府见闻》、俞达《新闻新里新》（又名《艳异新编》）、卢秉钧《红杏山房见闻随笔》、王寅《今古奇闻》，清末民初尹蕴清辑纂《东海遗闻》、佚名《记所闻记所见记所事》等。清代纪昀等编撰《钦定四库全书总目》卷一百四十小说家类划分小说为三类："其一叙述杂事，其一记录异闻，其一缀辑琐语也。"[①]异闻尤其是民间传闻是古代小说创作的重要源泉，我们从小说书名即可见其一斑。

（四）以"集""编""杂俎""笔记"等命名。如唐代《异闻集》，明代陶辅《花影集》、陈沂《语怪编》、题王世贞编《艳异编》、佚名编《续艳异编》、吴大震辑《广艳异编》、王圻编辑《稗史汇编》、赵弼《效颦集》、佚名《钟情

---

① ［清］纪昀等撰，四库全书研究所整理《钦定四库全书总目》，中华书局1997年版，第1834页。

丽集》、何大抡等编《燕居笔记》、沈瓒《定庵笔记》、吕桂森《息斋笔记》、王湖樗《散斋笔记》、戴冠《濯缨亭笔记》、连镶《笔记》、耿定向《权子杂俎》、屠本畯《憨子杂俎》，清初张潮《心斋杂俎》、褚人获《坚瓠集》、杜纲编《娱目醒心编》、纪昀《阅微草堂笔记》、王士禛《香祖笔记》、佚名《听雨轩笔记》等。

（五）以"平话""诗话""词话""演义""志传""故事""公案""传奇"等词语命名。如元代佚名《秦并六国平话》，佚名《三国志平话》；明代题罗贯中编辑《隋唐两朝志传》，佚名《大唐秦王词话》，佚名《金瓶梅词话》，熊大木编《唐书志传》，熊大木《全汉志传》，题钟惺编辑、冯梦龙鉴定《有夏志传》，题钟惺编辑、冯梦龙鉴定《有商志传》，熊大木《大宋中兴通俗演义》，许仲琳《封神演义》，安遇时编辑《包龙图判百家公案》，佚名《龙图公案》，题葛天民、吴沛泉汇编《明镜公案》，吴还初《新民公案》，佚名《海刚峰先生居官公案》；清代谢开龙《元宝公案》，佚名《施公案》，佚名《彭公案》，佚名《今古传奇》；近代黄小配《洪秀全演义》等。

（六）直接以"小说"命名。如《殷芸小说》，明代熊龙峰刊行《冯伯玉风月相思小说》、顾元庆辑《顾氏文房小说》、顾元庆辑《广四十家小说》、范钦编辑《烟霞小说》、洪楩汇刻《六十家小说》、冯梦龙编《古今小说》，清代吴翌凤《吴翌凤小说》等。

三、其他命名情况

（一）书名相同或相近，而描写的内容则各不相同，这种情况比较少见。如清代陈天池撰《如意君传》，与描写武则天淫秽之事的明代佚名撰《如意君传》同名，但不是同一部小说；清代佚名撰《莲子瓶演义传》，与乾隆时《离合剑莲子瓶》虽然书名相近，也并非同一部小说；清代佚名撰淫秽小说《河间传》与唐代柳宗元所撰小说同名。

有的仿作与原作名称一样，如清代海上剑痴撰《仙侠五花剑》，宣统二年文元书庄石印本有同名《仙侠五花剑》。

（二）小说与诗词、戏曲同名。

明代郎瑛《七修类稿》卷四《天地类》"天开眼"篇云："马浩澜洪，杭诗人也，最善南词，有《花影集》行世。"①明代有好几部《花影集》。陶辅编撰小说集《花影集》；华亭人施绍莘撰《花影集》五卷，前三卷为乐府，后二卷为诗余，多作于崇祯年间；郎瑛《七修类稿》提到，杭州诗人马浩撰南词《花影集》，皆为同名之作。清代佚名《比目鱼》小说系据李渔《笠翁十种曲》之《比目鱼》改编而成；清代佚名《桃花扇》小说系根据孔尚任同名传奇《桃花扇》改编；清代佚名《燕子笺》小说系根据阮大铖同名传奇改编而成。

以上我们对古代小说命名的结构加以简要阐述，并就小说命名的类型进行探讨。总的看来，不管是文言小说还是白话小说，均呈现明显的 A+B 型的复合式结构。通过对古代小说命名结构、类型的解读，我们可以了解古代小说的创作观念、创作主旨与创作手法，洞察作家群体的创作心态以及小说作品的时代特征。

第二节　一书多名现象较为普遍

在中国古代小说创作、流传过程中，一书多名或称同书异名的现象非常普遍，这是古代小说命名中突出的特点之一②。这种现象在古代通俗小说创作、流传过程中尤为明显，萧相恺先生曾编撰《中国通俗小说同书异名书目通检》，作为《中国通俗小说总目提要》的附录③。下面笔者按时代的先后顺序就一书多名现象进行阐述，并对出现这种现象的原因加以简要分析。

---

①［明］郎瑛《七修类稿》，上海书店出版社 2001 年版，第 43 页。

②参照江苏省社会科学院明清小说研究中心、文学研究所编《中国通俗小说总目提要》（中国文联出版社 1990 年版）、宁稼雨《中国文言小说总目提要》（齐鲁书社 1996 年版）、石昌渝主编《中国古代小说总目》（山西教育出版社 2004 年版）等书。

③参照《中国通俗小说总目提要》附录，中国文联出版社 1990 年版，第 1290—1329 页。

一、历代小说中一书多名现象的发展历程

先秦两汉时期的小说在其创作、流传过程中，一书多名的现象已初露端倪，例如，佚名撰《汉武帝故事》，《隋书·经籍志》史部旧事类著录，《旧唐书·经籍志》列入起居注类，题作《汉武故事》；《汉武内传》，《隋书·经籍志》杂传类著录，《旧唐书·经籍志》著录，题作《汉武帝传》，《四库全书总目提要》子部小说家类著录，题作《汉武帝内传》；旧题汉伶玄所撰《赵飞燕外传》，又作《飞燕外传》《赵后别传》等①。《洞冥记》，又名《汉武帝别国洞冥记》《汉武帝列国洞冥记》。

魏晋南北朝时期，晋王嘉撰《拾遗记》又名《拾遗录》《王子年拾遗记》。《世说新语》原名《世说》，又名《世说新书》。宋黄伯思之《东观余论》云："《世说》之名，肇于刘向，其书已亡，故义庆所集名《世说新书》。段成式之《酉阳杂俎》引王敦澡豆事，尚作《世说新书》可证。不知何人改为《新语》。"唐刘知几《史通·杂说》中已有《世说新语》之名②。

隋唐时期的小说也是如此，北齐入隋的颜之推撰《还冤志》，《隋书·经籍志》、《旧唐书·经籍志》杂传类、《新唐书·艺文志》小说家类著录，均著录为《冤魂志》，《宋史·艺文志》小说家类著录为《还魂志》，《太平广记》引作《还冤记》，《太平御览》引作《冤报记》；唐传奇《补江总白猿传》又名《白猿传》《续江氏传》；《柳毅传》又名《洞庭灵姻传》；《莺莺传》又名《会真记》；《尚书故实》又名《尚书谈录》；据唐代孙棨《北里志自序》，《北里志》又名《太平遗事》③。

宋元词话同样出现一书多名现象，试举一例，据《宝文堂书目》《也是园

①《赵飞燕外传》，旧题汉伶玄撰。伶玄，字子于，汉潞水人，由司空小吏历三署，刺守州郡，为淮南相。是书宋代史志多入史部传记类，《四库全书总目》入子部小说家类，［宋］陈振孙《直斋书录解题》卷七传记类云："称汉河东都尉伶玄子于撰，自言与扬雄同时，而史无所记，或云伪书也。"（上海古籍出版社2015年版，第195页）［清］纪昀等撰，四库全书研究所整理《钦定四库全书总目》子部五十三小说家类存目一《飞燕外传》篇指出："其文纤靡，不类西汉人语。"（中华书局1997年版，第1888页）此书应为伪托之作。

②参见［唐］刘知几撰，［清］蒲起龙释《史通通释》，上海古籍出版社1978年版。

③［唐］孙棨《北里志自序》，《北里志》卷首，古典文学出版社1957年版。

书目》宋人词话类著录，《清平山堂话本》辑录的《简帖和尚》为宋元话本，原注云："亦名《胡姑姑》，又名《错下书》。"①

元明清时期小说创作、流传过程中一书多名现象更是屡见不鲜。先看元刊平话，《武王伐纣书》全称为《新刊全相平话武王伐纣书》，牌记署《全相武王伐纣平话》，又题《吕望兴周》，元至治间建安虞氏刊本；《秦并六国平话》全称为《新刊全相秦并六国平话》，牌记又署名"秦始皇传"，元至治间建安虞氏刊本；《前汉书续集》全称是《新刊全相平话前汉书续集》，牌记署《全相续前汉书平话》，中间题"吕后斩韩信"，元至治间建安虞氏刊本；建安书堂刊《三分事略》，牌记又署《新全相三国故事□□》（后面二字缺失）。

再看明代。据刘世德《刘世德话三国·八个歧异的书名》称，刻印在《三国志通俗演义》书上的正式名称最少有8个：《三国志演义》《三国志传》《三国志史传》《三国全传》《三国志》《四大奇书第一种》《第一才子书》《三国演义》②；瞿佑《剪灯新话》又名《剪灯录》，《金瓶梅》又称《西门传》③；邓志谟编《晋代许旌阳得道擒蛟铁树记》简名《许仙铁树记》《铁树记》，又名《真君全传》；佚名《续西游记》又名《续西游真诠》；冯梦龙编著《新列国志》又名《玉鼎列国志》；冯梦龙辑文言小说集《古今谭概》又名《谈概》《古今笑》《古今笑史》；方汝浩《扫魅敦伦东度记》又名《续证道书东游记》《扫魅敦伦东游记》；方汝浩《禅真逸史》又名《妙相寺全传》；罗懋登《三宝太监西洋记通俗演义》又名《三宝开港西洋记》；许仲琳《封神演义》又名《武王伐纣外史》《封神传》《商周列国全传》；佚名撰艳情小说《如意君传》，别名《阃娱情传》；佚名撰艳情小说《浪史》又名《浪史奇观》《巧姻缘》《梅花缘》；明末佚名《剿闯通俗小说》又名《剿闯小说》《鹻闯小说》《剿闯小史》《忠孝传》；佚名《梼杌闲评》又名《明珠缘》等，不一而足。

清代小说一书多名的情况。清初才子佳人小说命名在这方面比较明显，

① [明]洪楩辑，程毅中点校《清平山堂话本》，中华书局 2012 年版，第 15 页。
② 据刘世德《刘世德话三国》，中华书局 2007 年版，第 23—24 页。
③ 参见 [清] 驾湖紫髯狂客《豆棚闲话评》第十二则《陈斋长论地谈天总评》提到《西门传》，中华书局 2000 年版，第 113 页。

暨南大学唐江涛 2011 届硕士论文《才子佳人小说题名研究》附录四"一书多名的才子佳人小说"统计出具有此类命名现象的才子佳人小说作品共 29 种，试列如下：

1.《才美巧相逢宛如约》又名《宛如约》《绘图说本银如意》《才子如意缘》。

2.《飞花艳想》又名《梦花想》《幻中春》《鸳鸯影》。

3.《飞花咏》又名《玉双鱼》。

4.《好逑传》又名《第二才子好逑传》《侠义风月传》。

5.《蝴蝶媒》又名《新编春风蝴蝶媒》《春风面》《绘图鸳鸯梦》。

6.《画图缘》又名《花天荷传》《画图缘平夷传》《花田金玉缘》。

7.《锦疑团》又名《错错认锦疑团小传》。

8.《霞笺记》又名《情楼迷史》。

9.《两交婚小传》又名《双飞凤全传》《续四才子书》《玉觉禅》。

10.《麟儿报》又名《绣像葛仙翁传》《节义孝廉》。

11.《岭南逸史》又名《儿女浓情传》。

12.《女开科传》又名《花案奇闻》《万斛泉》。

13.《平山冷燕》又名《四才子书》。

14.《五凤吟》又名《素梅姐传》《新刻续六才子书》。

15.《五美缘》又名《再生缘》《五美再生缘》。

16.《西湖小史》又名《西湖雅史》。

17.《仙卜奇缘》又名《大刀得胜传》。

18.《绣球缘》又名《绘图烈女惊魂传》《绘图巧冤家》。

19.《雪月梅传》又名《第一奇书》《闺媛传》。

20.《意内缘》又名《新镌灯月传》。

21.《意外缘》又名《再求凰传》。

22.《鸳鸯配》又名《鸳鸯媒》《绣像第三奇书玉鸳鸯》。

23.《终须梦》又名《再同梦》。

24.《驻春园小史》又名《绿云缘》《第十才子书》《第十才子双美缘》《绘

图一笑缘》。

25.《白圭志》又名《绣像第八才子书》《第八才子书白圭志传》。

26.《凤凰池》又名《续四才子书》。

27.《锦香亭》又名《绫帕记》《第一美女传》《睢阳忠毅录》。

28.《玉燕姻缘全传》又名《玉燕金钗》。

29.《玉娇梨》又名《双美奇缘》《三才子书》①。

以上对才子佳人小说命名的统计还存在一些错漏之处：

第一，清代陈朗《雪月梅传》又名《孝义雪月梅》，石印本改题《儿女浓情传》《第一奇书》。题名《儿女浓情传》的小说作品为《雪月梅传》，而非《岭南逸史》。

第二，清代天花藏主人编次《人间乐》，又名《锦传芳人间乐》。

第三，清代崔象川撰《白圭志》，光绪二十年（1894）崇文书局石印本又名《第一才女传》。

第四，清代徐震撰《女才子》，又名《闺秀佳话》《女才子书》《女才子集》《美人书》《情史续传》。

第五，清代佚名撰《女开科传》又名《万斛泉逸史》《新采奇闻小说全编万斛泉》《花阵奇》。

第六，《玉支玑》的节改本、清代佚名所撰《双英记》又名《方正合传》。

除以上才子佳人小说以外，清代不同时期的小说均存在很多一书而多名、的现象，试列如下：

刘璋《斩鬼传》又名《平鬼传》。

佚名《金云翘传》后被书商删去诗词，改名为《双奇梦》或《双欢合》。

佚名《定鼎奇闻》又名《新世弘勋》《盛世弘勋》《新史奇观》《顺治皇过江全传》《铁冠图全传》《新世弘勋大明崇祯传定鼎奇闻》。

蒲松龄《聊斋志异》又名《鬼狐传》《志异》。

佚名《锦上花》又名《风月佳期》。

---

① 参照唐江涛《才子佳人小说题名研究》附录四"一书多名的才子佳人小说"，暨南大学2011届硕士论文，第61—62页。

曹雪芹、高鹗《红楼梦》又名《石头记》《风月宝鉴》《情僧录》《金陵十二钗》。

佚名撰小说《回头传》又名《省世恒言》。

佚名《征西说唐三传》又名《异说后唐传三集薛丁山征西樊梨花全传》《仁贵征西说唐三传》《说唐征西传》。

佚名撰《施公案》全名《绣像施公案传》，又名《百断奇观》。

《施公案后传》又名《续施公案》《后施公案》《清烈传》。

张士登《三分梦全传》又名《醒梦录》。

邹必显《飞砣全传》又名《扬州话》《飞砣子书》。

佚名《警富新书》又名《添说八命全传》《孔公案》《七尸八命》。

初刊于道光十八年的《绿牡丹全传》又名《四望亭全传》《龙潭鲍骆奇书》。

佚名编辑《三续金瓶梅》又名《小补奇酸志》。

陈天池《如意君传》又名《无恨天》。

佚名《玉蟾记》又名《十二美女玉蟾奇缘》。

陈森《品花宝鉴》又名《怡情佚史》《群花宝鉴》《燕京许花录》《都市新谈》。

佚名《云钟雁三闹太平庄》又名《大明奇侠传》《云钟雁三侠传》等。

裘曰修《桃花女阴阳斗法传》，一名《桃花女斗法奇书》，光绪二十年石印本改题《阴阳斗异说奇传》。

文康《儿女英雄传》又名《金玉缘》《侠女奇缘》《日下新书》《正法眼藏五十三参》。

佚名《莲子瓶演义传》，又名《第一奇书莲子瓶》《后唐奇书莲子瓶传》，光绪二十六年（1900）上海书局石印本改题《银瓶梅》。

石玉昆述《三侠五义》原名《忠烈侠义传》。

佚名《金钟传》又名《正明集》《三教正明集》。

佚名《绘芳录》一名《红闺春梦》。

佚名《蜃楼外史》又名《芙蓉外史》。

光绪年间佚名撰《铁冠图》又名《忠烈奇书》。

张小山《平金川全传》又名《年大将军平西传》。

詹熙《花柳深情传》一名《醒世新编》。

佚名《白云塔》又名《新红楼》，首有冷译约言五则，第二则云："所谓新红楼者，因篇中有红楼故名，与名世之《红楼梦》，如风马与风牛。"

唐芸洲《七剑十三侠》又名《七子十三生》。

佚名《仙侠五花剑》又名《飞仙剑侠奇缘》。

佚名《扫荡粤逆演义》又名《湘军平逆传》。

韩邦庆《海上花列传》又名《青楼宝鉴》《海上青楼奇缘》《海上花》。

吴沃尧《近十年目睹之怪现状》原名《最近社会龌龊史》，又名《近十年之怪现状》。

黄小配《廿载繁华梦》，一名《粤东繁华梦》。

晚清王韬《淞隐漫录》，是《聊斋志异》的仿作，又称《后聊斋志异》。光绪十年上海点石斋石印本。后上海鸿文书局和积山书局重刊，改名为《绘图后聊斋志异》，中缝则题《后聊斋志异图说》，增加四篇小说作品。

以上所列，仅为清代小说命名的不完全统计，由此即可看出，从清初到晚清，从文言小说到白话小说，从才子佳人小说、世情小说、历史演义小说到侠义公案小说、狭邪小说等等，均广泛存在一书多名的现象。

二、出现一书多名现象的原因分析

在中国古代小说创作、流传过程中，之所以出现众多的一书多名现象，存在多方面的原因，笔者试从以下几个方面加以阐述。

（一）古代小说地位低下，在梁启超提出"小说界革命"之前漫长的历史发展进程中，小说尤其是通俗小说被正统文人视为"小道"，在小说命名方面比较随意，加上不少小说名称存在后人追加、改动的现象，余嘉锡《古书通例》卷一《古书书名之研究》曾指出："古书之命名，多后人所追题，不皆出于作者之手。"①由此带来很多一书多名的情况。

（二）一书多名现象与不同时代的社会思潮与文化政策有关。小说出版、发行离不开特定时代的社会思潮、经济状况、思想与文化政策，以明代后期为例，明代理学和心学盛行，在一定程度上导致明代空疏的学风，到了明末，思想界、学术界均出现对此进行深刻反思的现象。明代后期实学思想流行，就小说创作、流传而言，强调小说的社会教化功用，强调经世致用，我们从当时的小说命名情况也可见一斑，明末苏州书坊天许斋刊刻"古今名人演义一百二十种"，原名《古今小说》②，衍庆堂在刊刻"三言"时，将《古今小说》改名《喻世明言》，以"喻世"为名，突出小说的社会功用。衍庆堂刊印《喻世明言》的识语声称："题曰《喻世明言》，取其明白显易，可以开□（按：原字缺）人心，相劝于善，未必非世道之一助也。"③可一居士《醒世恒言序》也指出："明者，取其可以导愚也。通者，取其可以适俗也。恒则习之而不厌，传之而可久。"④劝戒之意相当明确。

另外，明代商业文化相当发达，这在小说人物命名中也有一定的体现，例如，明代天然痴叟《石点头》第八卷《贪婪汉六院卖风流》称：

> 话说宋时有个官人，姓吾名爱陶，本贯西和人氏。爱陶原名爱鼎，因见子陶朱公致富奇书，心中喜悦，自道陶朱公即是范蠡，当年辅越灭吴，功成名就，载着西子，扁舟五湖，更名陶朱公，经营货殖，复为富人。此乃古今来第一流人物。我的才学智术，颇颇与他相仿，后日功名成就，也学他风流潇洒，做个陶朱公的事业，有何不可？因此遂改名爱陶。⑤

---

① 余嘉锡《古书通例》，中华书局 2007 年版，第 210 页。

② 参见天许斋刊《古今小说》卷首识语，收入丁锡根编著《中国历代小说序跋集》，人民文学出版社 1996 年版，第 773—774 页。

③《喻世明言·识语》，明代衍庆堂刊《喻世明言》卷首，收入丁锡根编著《中国历代小说序跋集》，人民文学出版社 1996 年版，第 775 页。

④ ［明］可一居士《醒世恒言序》，《醒世恒言》，人民文学出版社 1956 年版，第 895 页。

⑤ ［明］天然痴叟《石点头》，上海古籍出版社 1957 年版，第 180 页。

　　这篇话本借宋朝之事，反映明朝现实，小说作品中荆湖路条例司监税提举吾爱陶羡慕范蠡功成名就，"经营货殖，复为富人"，所以将原名"爱鼎"改为"爱陶"，在小说作品中他盘剥百姓，贪得无厌，"为此地方上将吾爱陶改做吾爱钱，又唤做吾剥皮"①。他因勒索徽州商人汪某十两发单银不成，将汪某痛打一顿，并将汪某价值几千金的绫罗绸缎尽皆剪破。"吾爱陶"之名以及"吾爱钱""吾剥皮"等绰号反映出官员盘剥百姓的现实以及商人群体的生存状态，同时也从特定的侧面揭示出明代商业经济发达的社会状况。

　　清代多次出现禁毁小说的情况，在康熙、乾隆直到同治等时期均多次禁毁小说，尤其是一些内容暴露、充斥着性描写、性挑逗的小说作品，书商为追逐经济利益，常常为小说改名，例如，清代佚名撰情色小说《肉蒲团》全称《肉蒲团觉世真言》，又名《觉后禅》，坊本改名《耶蒲缘》《野叟奇语钟情录》《循环报》《巧姻缘》，作为一部情色小说，被列入禁书之列，但是在市场上又受到欢迎，所以，书商为迎合读者阅读兴趣，想方设法进行改名，这也是造成小说作品一书多名现象的原因之一。

　　（三）一书多名现象与不同时代的出版文化有关。宋、元以后尤其是明代中期以后，随着雕版印刷术的迅速发展，小说刊刻业相当兴盛，各地书坊刊刻的小说数量众多，在小说创作、流传、发行过程中，读者、市场的因素愈益明显。例如，清代佚名撰《莲子瓶演义传》，书坊在刊刻时加上"第一奇书""奇书"等字样吸引读者，所以出现《第一奇书莲子瓶》《后唐奇书莲子瓶传》等书名；光绪二十六年（1900）上海书局石印本改题《银瓶梅》，以与《金瓶梅》相对应，目的也在于吸引读者注意；佚名撰《云钟雁三闹太平庄》，道光二十九年（1849）刊本和同治三年（1864）刊本均题此名，光绪二十二年（1896）上海理文轩铅印本改名为《大明奇侠传》，光绪二十三年（1897）上海文宜书局改名为《云钟雁三侠传》；清初佚名撰《金云翘传》，后来被书商删去诗词，改名为《双奇梦》或《双欢合》。这种随意更改书名的现象在晚清相当突出，邱炜萲撰《菽园赘谈》卷十三《说部不必妄续》云："近

――――――――――

　　① ［明］天然痴叟《石点头》，上海古籍出版社 1957 年版，第 185 页。

来沪上牟利书贾，取时贤所著说部，改易名目，以期速售，如《后聊斋志异》、《续阅微草堂笔记》之类。"[1] 关于近代小说一书而多名的现象与出版文化之间的关系，潘建国曾经撰文进行分析：

光绪二十二年（1896）二月二十九日，英华书局在《申报》登载"新出闲书《拍案惊奇记》"广告，云"石印畅行，新书叠出，大半此抄彼袭，更换名目"，可谓一针见血地指出了当时通俗小说翻印的一大弊端，即改换小说题目，欺世取售。该弊端的形成原因盖有两个：其一，通俗小说翻印趋于鼎盛，竞争日益加剧，文本资源颇有枯竭之虑；其二，盗版及重复出版十分严重，为制造新奇效果，取悦读者，书局遂出此下策，申城随即涌现出一批貌似稀见的通俗小说，各书局在《申报》登载的出版广告中，也纷纷打出"向无刊本"、"世所罕见"、"近时新书"、"近人新撰"、"近代名人所撰"等语，哗众取宠，以利销售。或许改名后的小说曾令读者耳目一新，销路颇畅，书局因此获得不小的经济利益，这使得当时的书局纷纷效仿，乐此不疲。[2]

潘文较为中肯地分析了晚清出现小说一书而多名现象的原因，由于市场竞争激烈，加上盗版及重复出版十分严重，所以不少书局通过改换小说名称以吸引读者，占有市场，获取利润。

第三节　小说命名呈现鲜明的时代特征

法国丹纳著《艺术哲学》第一编《艺术品的本质及其产生》第二章《艺术品的产生》指出："艺术品的产生取决于时代精神和周围的风俗。"[3] 他在

---

① ［清］邱炜菱《菽园赘谈》，清光绪二十三年排印本。
② 潘建国《铅石印刷术与明清通俗小说的近代传播——以上海（1874—1911）为考察中心》，载《文学遗产》2006年第6期。
③ ［法］丹纳著，傅雷译《艺术哲学》，江苏文艺出版社2012年版，第68页。

《艺术哲学》第四编《希腊的雕塑》第二章《时代》中还指出："不论什么时代，理想的作品必然是现实生活的缩影……现代人的艺术便反映出这种精神状态。"①小说创作同样离不开特定的时代，它与当时的社会背景与时代风气之间有着密不可分的联系，这从小说命名方面也可以得到一定的印证。

我们在本书第一章《宋前小说命名考察》曾经论述过，先唐小说命名中体现鲜明的时代气息，秦汉时期崇尚方术的时代风气在小说命名中有着较为鲜明的体现；南北朝至隋朝佛、道二教盛行对小说命名也带来深远的影响；先唐小说尤其是魏晋至南朝时以"语"命名较多，与当时清谈风气有关。

徐珂编撰《清稗类钞》"姓名类"之《名字》篇云："名字所取，根于心意，沿于习尚，因时变迁。"②无论是法国学者丹纳还是徐珂都指出艺术品的产生与时代精神和周围的风俗之间存在着密切的联系。小说命名也是如此，体现出较为鲜明的时代风气，它与当时的社会背景与时代风气之间有着紧密的联系。魏晋六朝时期佛、道盛行，现实生活中人物命名多受影响，何晓明《中国姓名史》指出："魏晋崇尚老、庄，'玄学'意味浓郁的道、玄、真等字，在人名中多得惊人。"③小说作品的命名同样如此，如晋谢敷《观世音应验记》、南朝宋刘义庆《幽明录》《宣验记》、南朝宋傅亮《观世音应验记》、北齐人隋的颜之推撰《冤魂志》，直到隋朝释净辩撰《感应传》、佚名撰《观世音感应传》、唐前佚名撰《真应记》等，均体现出与佛教之间的密切联系。古代小说命名呈现鲜明的时代特征，对此，我们分明末、清初及晚清三个历史阶段作简要论述。

一、明末

这一时期，奸臣当道，党争激烈，以宦官魏忠贤为代表的阉党勾结官僚

---

① ［法］丹纳著，傅雷译《艺术哲学》，江苏文艺出版社 2012 年版，第 284 页。
② 徐珂编撰《清稗类钞》，中华书局 1984 年版，第 2161 页。
③ 何晓明《中国姓名史》，武汉大学出版社 2012 年版，第 12 页。

为所欲为，顾宪成、高攀龙等东林党人以及后起的复社与之展开生死斗争。在对外关系上，满清、倭寇等对朱明江山构成极大威胁。在这种特定的历史形势下，实学思潮十分兴盛，提倡经世致用、崇实黜虚。这在明清小说命名中有着集中体现。明末时事小说的命名体现出歌颂忠臣、贬斥奸佞的创作意图，《魏忠贤小说斥奸书》《辽海丹忠录》《皇明中兴圣烈传》《警世阴阳梦》等时事小说将"斥奸""忠""烈""警世"等词语嵌入小说书名。

　　明末话本小说的命名也比较明显地体现出很强的劝惩意味和现实精神，笔者以"三言"和《型世言》的命名为例试加说明。"三言"原名《古今小说》，共120种，后来改名为《喻世明言》《警世通言》《醒世恒言》，劝戒色彩更为突出。"三言"的命名形式以及其中寓含的创作观念对话本小说的命名也产生了较大影响，例如，《型世言》塑造诸多忠臣、义士、烈士等形象，"以为世型"①，作为世人的道德楷模。"三言二拍"的选本《今古奇观》一名《喻世明言二刻》；《石点头》又名《醒世第二奇书》；明末以后的小说创作如《二刻醒世恒言》《警世奇观》《警世选言》《醒梦骈言》等小说的命名均不免沾染"三言"命名的影响。

二、清初

　　清代初年小说命名至少体现两种趋势，一方面，遗民思想得到集中体现，吕熊《女仙外史》等创作于清初的小说表达鲜明的遗民思想，抒写亡国之痛，对明朝忠臣、义士予以歌颂，对投降于清朝的降将、降臣进行鞭挞，宣传反清复明思想。不过由于清代实行文字高压政策，所以不少明遗民不敢直接抒发情怀，而是含蓄、间接地隐藏于小说命名之中，清初陈忱《水浒后传》托名"古宋遗民""元人遗本"即为典型例证。另一方面，清初的才子佳人小说作者们仿佛置身于社会大变革之外，一味描摹歌舞升平景象、塑造

---

① ［明］陆人龙《型世言》，中华书局1993年据峥霄馆刊本整理出版，第20页。

才子佳人，着力描写男女恋情，甚至以较多笔墨表现艳情，与社会现实之间产生严重悖离倾向，在某种意义上可以说是一些文人借此逃避现实、自我陶醉。他们在小说命名上往往重视"情"与"礼"的结合，如《好逑传》《醒风流》《飞花艳想》等等。

三、晚清

晚清时期小说命名体现鲜明的时代特征，笔者认为主要表现于以下几个方面：

（一）现实性愈益突出。近代中国内忧外患，文人志士积极入世，关注国家命运，因而在小说书名上普遍运用"痛""恨""耻""惨""血""泪""仇""地狱"等字眼，表达对国家、民族的担忧、对外敌入侵以及对腐败无能的清政府的仇恨，如《恨海》《血泪痕》《痛定痛》《血痕花》《亡国恨》《洗耻记》《离恨天》《痛史》《仇史》《惨女界》《情天恨》《自由泪》《满洲血》《活地狱》等等。在小说人物命名上也是如此，例如，梁启超《新中国未来记》中黄克强、李去病，碧荷馆主人《新纪元》中黄之盛，乜狗《地方自治》中魏自治，《狮子吼》中狄必攘，《黄绣球》中黄绣球等等，这些书名和小说人物命名充满着浓郁的排满意识和振兴中华、宣扬革命的思想，像《黄绣球》命名就是"把地球锦绣起来的意思"[①]。《仇史》宣扬种族革命，刊载于1905年《醒狮》第一、二期，痛哭生作《仇史》凡例云：

> 一、是书专欲使我四万万同胞洞悉前明亡国之惨状，充溢其排外思想，复我三百余年之大仇，故名曰《仇史》。

> 一、是书乃继《痛史》而作。我佛山人之著《痛史》，伸庄论，寓微言，盖欲我民族引古鉴今，为间接之感触。呜乎，今祸亟矣！眉睫

---

① 阿英《晚清小说史》，人民文学出版社 1980 年版，第 105 页。

之间，断非间接之激刺所能奏效，故鄙人焦思苦虑，振笔直书，极力描写本族之丧心病狂与异族之野蛮狂悖，言者无罪，闻者可兴，其或能成《自由魂》、《革命军》之价值钦？是则鄙人与阅者诸君，所同深望也。

一、是书以明神宗万历年间，汉奸范文程投满起，至永历帝二十二年台湾郑克塽降清止，为汉族生死存亡，颠扑起灭之一大惨剧。

一、是书之作，悉根据参考于万季野《明史稿》、《明季裨史》、《荆驼逸史》、《永历实录》、《南部新录》、《胜朝遗事》、《清史纪略》、《清秘史》诸书，间有附会，仍重借题发挥，于本来面目毫末无损，阅者谅之。

一、鄙人江海奔驰，茫无定所，而且末学浅识，人微言轻，其能供阅者之目与否，故不暇顾，惟动此善念，不敢不言，或议论，或文辞，或抄录原篇，或另出己意，未遑详注，阅者巨眼，自能明辨也。

一、是书中涉于诗歌、言论、章奏、书牍等件，皆另行提出，低二格写录，以使阅者易于醒目，不致生厌。

一、鄙人孤陋寡闻，精神有限，恐多挂漏，未及周知，如阅者诸君熟于明季逸事，能不时惠函告我，尤为感激之至。（惠函即请寄交本社通信处代收）。

一、是书命题既大，卷帙必多，全书告成，未敢克以时日，惟当陆续印出，以餍阅者之望耳。[1]

晚清小说《仇史》借明末之事撰写小说，反映排外思想，揭示当时的社会心理，小说以"仇史"作书名，其意相当明显。晚清刘鹗《老残游记》中主人公老残号"补残"，刘鹗《老残游记》第一回《土不制水历年成患　风能鼓浪到处可危》交代取名原因："却说那年有个游客，名叫老残。此人原姓铁，单名一个英字，号补残。因慕懒残和尚煨芋的故事，遂取这'残'字做号。"[2] 懒残和尚煨芋的典故出自唐代小说《甘泽谣》，邺侯李泌天宝初在衡岳

---

[1]［清］痛哭生第二《仇史》凡例，收入黄霖等选注《中国历代小说论著选》，江西人民出版社2000年版，下册第145—146页。

[2]［清］刘鹗《老残游记》，人民文学出版社1957年版，第1页。

寺遇到执役僧，"性懒而食残，故号懒残也"，实非凡人，预知未来之事。实际上刘鹗以"老残"为小说主人公之名，尤其是为之取号"补残"，含有深意。正如清初笔炼阁以《五色石》"学女娲氏之补天而作"的寓意一样①，身处晚清大变革时代的刘鹗撰《老残游记》鞭挞时弊，揭露现实，希望以补残破之社会。曾朴《孽海花》中第一回《一霎狂潮陆沉奴乐岛　卅年影事托写自由花》提到"自由神""孽海""奴乐岛"和"爱自由者""东亚病夫"等名称，体现了晚清社会心理，揭露当时统治集团的昏聩无能、世人的醉生梦死，表达出对自由的向往之情，具有鲜明的时代特色。蒋瑞藻在《小说枝谈》卷下转引《负暄絮语》评论称："近来新撰小说，风起云涌，无虑千百种，固自不乏佳构。而才情纵逸，寓意深远者，以《孽海花》为巨擘。"②

（二）近代小说多以"新"命名，反映当时人们渴求变革的心理，如《新纪元》《新三国志》《新水浒》《新西游》《新金瓶梅》《新孽海花》《新上海》《新中国》《新中国未来记》《新石头记》《新镜花缘》《新七侠五义》《新儿女英雄》《新儿女英雄传》《新孽镜》《新野叟曝言》等等。这些署名"新"的小说作品，有些是对传统小说进行"翻新"，阿英在《晚清小说史》中称这类小说为"拟旧小说"，他指出："晚清又流行着所谓'拟旧小说'，产量特别的多，大都是袭用旧的书名与人物名，而写新的事。甚至一部旧小说，有好几个人去'拟'。"③欧阳健则称它们为"翻新小说"，他在《晚清小说史》第三章《晚清新小说的第二个新高峰（1906—1909）》第三节《陆士谔》中认为："（陆士谔所撰）《新三国》当属于'翻新小说'（或曰'拟旧小说'）的范畴。"④也有一些则鲜明反映当时社会现实和社会心理，如佚名《新纪元》是想象未来世界的一部理想小说，黄种人打败白种人，迫使白种人国家采用黄帝纪元，小说于光绪三十四年（1908）《小说林》总发行所刊行，体现当时民众反对列强入侵的爱国思想；梁启超《新中国未来记》最早发表于光绪

① ［清］笔炼阁《五色石序》，《五色石》卷首，春风文艺出版社1985年版。
② 蒋瑞藻《小说枝谈》，古典文学出版社1958年版，第196页。
③ 阿英《晚清小说史》，人民文学出版社1980年版，第176—177页。
④ 欧阳健《晚清小说史》，浙江古籍出版社1997年版，第335页。

二十八年至二十九年（1902—1903）的《新小说》上，标明"政治小说"，体现维新派政治家对未来政治的设想，激发民众的爱国热情；陆士谔撰《新中国》，宣统二年（1910）上海改良小说社出版，标为"理想小说"，宣扬君主立宪，这些小说以"新"为名，均反映了当时人们渴求变革的心理。

（三）晚清小说中出现很多新事物，尤其是西方的器物，如刘鹗撰《老残游记》第一回《土不制水历年成患　风能鼓浪到处可危》提到"千里镜"即望远镜、"向盘"、"纪限仪"[1]；清代曾朴《孽海花》第一回《一霎狂潮陆沉奴乐岛　卅年影事托写自由花》提到"哥伦布""麦哲伦"[2]，第二回《陆孝廉访艳宴金阊　金殿撰归装留沪渎》提到"英国的倍根、法国的卢骚"[3]，参见本书第十一章《读者与中国古代小说命名》第二节《小说命名与读者心理》有关论述，这里不再重复论述。

近代小说书名中出现具有鲜明时代印记的字眼，例如，《土地会议地方自治》《鬼维新》《明日维新》《上海之维新党》《维新豪杰情事》《私塾改良》《水族新改良》《佛国立宪》《立宪镜》《立宪万岁》《革命鬼现行记》《革命魂》《革命军》《革命奇缘》《革命之变相》《女议员》《脂粉议员》等，这些小说以"自治""维新""改良""立宪""革命""议员"等词语命名，体现明显的时代特征。

第四节　小说命名中部分字词频繁使用

古代不同题材、不同类型的小说命名所用词语较为集中，对此，笔者从以下几个方面进行阐述。

---

① ［清］刘鹗《老残游记》，人民文学出版社 1957 年版，第 5 页、第 9 页。
② ［清］曾朴《孽海花》，上海古籍出版社 1980 年版，第 1 页。
③ ［清］曾朴《孽海花》，上海古籍出版社 1980 年版，第 5 页。

一、宣扬佛教、道教理论的小说作品

这类小说作品常常使用"壶""梦""空""幻"等词语。晋朝葛洪撰《神仙传》中《壶公》篇就以"壶"为名，表现神仙灵异，描写神仙变幻，想象奇特，悬壶出诊，日落，跳入壶中。"壶"与道教的关系密切，明代胡应麟《少室山房笔丛》卷四十二《玉壶遐览引》云：

> 方丈之官，周加罜焉，一关如窦，月光入，四壁莹然。友人习道家言者，颜其楣曰玉壶，壶中空无长物，仅左右二几，几无长物，仅道书数十卷。石羊生既从赤松子游，归憩壶中，日嗒然几上，窭则取道书读之，若漆园、郑圃，轻天地、细万物，揆诸大道，允矣。即放言六合，要以明县寓之无穷，破墙面之敝识。自秦、汉诸君慨慕长生而弗繇其道，顾褰裳濡足于瀛海间，于是方士家言杂然并兴，淮南、厌次以说张之，句漏、句曲以词文之，逮今所传五城三山，绛宫璚楼、诸仙圣仪卫章服，一胡纷纷丽诡也。余鄙且息，未必凤规于大道，益之病靡济胜资，朝夕一壶如守五石瓠，其于六合之外犹之坐井而闚，又恶能镜厥是非？第集其言尤侈者著于篇，以当卧游，曰玉壶遐览云。①

清代百一居士撰《壶天录》，其光绪十一年（1885）自序解释为何以"壶天"为名："盖壶之为器也小，而能分时日之朝暮、晷刻之长短，所谓日向壶中特地长者，则壶中一小天也。以壶中而论，天则不啻坐井观天之喻，而所见者终小也。独是人生百年，孰不同此壶中之岁月。一壶虽小，固有即天人造化万事万物之理，而翕受于其中者，远窥六合，近征一室，要皆可以壶天赅之也。"②百一居士自序称书名系取壶中见天，小中见大之喻。书中记载虽然是琐闻佚事，却是社会现实的反映，如壶中之天一样，由此可以窥见天下之事。在古

---

① ［明］胡应麟《少室山房笔丛》，上海书店出版社 2001 年版，第 439 页。
② ［清］百一居士《壶天录》，《续修四库全书》子部小说家类，据华东师范大学图书馆藏清光绪铅印申报馆丛书本影印，第 1271 册第 153 页。

代小说史上，以"壶"命名的小说如《玉壶冰》《续玉壶冰》《广玉壶冰》等。

　　以"梦""空""幻"等字词嵌入小说书名或者作为小说人物命名，表达空幻思想，以《红楼梦》最为典型，我们在上文谈到，《红楼梦》中空空道人、警幻仙姑等小说人物命名都体现出"因空见色，由色生情，传情入色，自色悟空"的色空观念。《红楼梦》第一回《甄士隐梦幻识通灵　贾雨村风尘怀闺秀》提到："此回中凡用'梦'用'幻'等字，是提醒阅者眼目，亦是此书立意本旨。"① 清临鹤山人《红楼圆梦楔子》云："梦者，觉也；觉者，梦也。"② 均对"梦"一词的内涵加以阐释，表达作者在经历人世的悲欢离合之后所体现的空幻思想。

二、宣传儒家伦理道德、宣扬社会教化的小说作品

　　这些作品多以"喻""警""醒""省""照""戒""钟""镜""针""天""石""钟""醒""警""灯""鉴"等字词为名，如《清夜钟》《警寤钟》《五更钟》《增注金钟传》《醒世恒言》《轮回醒世》《醒世姻缘传》《醒世新编》（一名《花柳深情传》）、《嫖界醒世小说》（即《九尾龟》）、《警世通言》《警世奇观》《警富新书》《警寤钟》《剪灯新话》《剪灯余话》《风月宝鉴》等等。通过上述字眼宣扬儒家伦理道德，讽谕社会，警醒世人，强化社会教化，参见本书第八章《中国古代小说命名与文学观念》第二节《小说命名与劝戒说》相关论述，这里不再赘述。

三、"缘"字在明清写情小说中被广泛运用

　　笔者经过不完全统计如下：

---

① ［清］曹雪芹、高鹗《红楼梦》，人民文学出版社 1982 年版，第 1 页。
② ［清］临鹤山人《红楼圆梦楔子》，《红楼圆梦》，北京大学出版社 1988 年版，第 2 页。

　　明代中篇文言传奇《绣谷春容》收录《李生六一天缘》《祁生天缘奇遇》（又名《天缘奇遇》）等作品，《警世通言》卷二十六《唐解元一笑姻缘》、《拍案惊奇》卷十六《张溜儿熟布迷魂局　陆蕙娘立决到头缘》、《浪史》又名《巧姻缘》《梅梦缘》、《梼杌闲评》又名《明珠缘》。

　　明末清初小说《巧缘浪史》又名《巧缘艳史》、《双姻缘》又名《双缘快史》。

　　清代《肉蒲团》又名《耶蒲缘》《巧奇缘》、《蝴蝶梦》又名《蝴蝶缘》、《宛如约》又名《如意缘》、《玉娇梨》又名《双美奇缘》，还有《绣屏缘》《巫梦缘》《三巧缘》（即《情梦柝》）、《画图缘》《梦中缘》《金石缘》《疗妒缘》《水石缘》《绿云缘》（即《驻春园小史》）、《意内缘》《意中缘》《意外缘》《周枥园奇缘记》《灯月缘》（啸花轩将《春灯闹》改为此名）、《双凤奇缘》《五美缘》《玉蟾记》（又名《十二美女玉蟾缘》）、《载阳堂意外缘》《龙凤配再生缘》《绣球缘》《玉佛缘》《花月痕》（又名《花月姻缘》）、《金玉缘》（光绪十年即公元1884年上海同文书局将《红楼梦》改为此名）、《五日缘》《仙卜奇缘》《牡丹缘》（光绪年间上海书局将《桃花影》改为此名）、《案中奇缘》《欢喜缘》《玉燕姻缘全传》《泪珠缘》等等，根据王利器辑录《元明清三代禁毁小说戏曲史料》（增订本）一书记载，清代禁毁小说书目中，以"缘"命名的小说还有《梦纳姻缘》《一夕缘》《万恶缘》《梦月缘》《雅观缘》《云雨缘》等等[①]。

　　为什么明清写情小说命名中出现不少"缘"字？这与写情小说的题材内容有着密切的关系，宋代赵令畤《侯鲭录》卷一《缘》称："《文选·古诗》云：'文彩双鸳鸯，裁为合欢被。著以长相思，缘以结不解。'注：被中著绵谓之长相思，绵绵之意；缘，被四边缀以丝缕，结而不解之意。余得一古被，四边有缘，真此意也。著，谓充以絮。（出《文选》第五卷）"[②]缘的本义是衣服的包边，"缘以结不解"，将衣服、被子等物品紧紧缝住，这一词语象征着爱

　　① 参见王利器辑录《元明清三代禁毁小说戏曲史料》（增订本），上海古籍出版社1981年版，第122—123页。

　　② ［宋］赵令畤《侯鲭录》，中华书局2002年版，第33页。

情、婚姻的坚贞执着，白头偕老，多与婚姻、恋爱有关。

我们考察古代小说创作实践可以看出，以"缘"命名的小说主要集中在写情小说作品之中，不仅才子佳人题材小说以"缘"为名，而且不少情色小说如《肉蒲团》《云雨缘》也名之为"缘"。古代写情小说着重刻画青年男女的爱情、婚姻，这与"缘"字的本义与外延有着紧密的联系，所以古代写情小说常常将"缘"字嵌入书名之中，清代佚名《山水情》第一回《俏书生春游逢丽质》称："缘之所在，使人可以合，使人可以离；使人可以生，使人可以死，使人可以离而合，合而离，使人可以生而死，死而生。"①青年男女无缘而分离，有缘而结合，由爱而生情，以"缘"为名有助于揭示小说情节发展的关键环节，同时小说以"缘"为名也预示着人物悲欢离合的情感经历，例如清代小说《画图缘》，讲述浙江温州秀才花天荷得到仙人所授的两幅画图，其中一幅是广东山川地理图，他凭借这幅图画平定了峒寨的暴乱，建立军功；另一幅画是园林图，花天荷藉此娶得美貌的妻子柳蓝玉。才子佳人凭借画图而结缘，可见两幅画图成为小说情节发展的重要线索。

四、"闻""耳""幻"等词语的运用体现古代小说的编创方式

1. 以"闻""见闻""传闻""新闻""旧闻"等与传闻有关的词语为名。对此，我们在前文已作论述。古代小说自它产生的初期开始便与民间传闻结下不解之缘，东汉班固《汉书》卷三十《艺文志第十》明确指出小说多系"街谈巷语，道听途说者之所造也"②。唐传奇的产生、发展与民间传闻同样关系紧密。明清小说的创作也是如此，例如清代惜红居士编纂《李公案奇闻》，讲述李秉衡断案事，署名恨恨生于光绪二十八年（1902）撰序称："夫幼而

---

① ［清］佚名《山水情》，《古本小说集成》据日本东京大学藏本影印《山水情》，第3页。
② ［汉］班固《汉书》，中华书局1962年版，第1745页。

学者壮而行，儒生之素志也，乃不得行其所学于时，因记其所闻而为说。"①
恨恨生序言指出，作者记载所闻之事而为小说，并以"奇闻"二字嵌入小说
书名。

小说创作与传闻之间是双向流动、互为补充的，很多小说根据传闻而创
作，借助读者的阅读行为，流传于社会、民间，清代蓬蒿子《定鼎奇闻》，又
名《新世弘勋》《新史奇观》，申江居士《新史奇观序》指出："此（书）特以
供闾里谈笑，优偓戏侮之资。大雅君子宁必遽置勿道也。"②申江居士所撰序
言声称小说创作可"供闾里谈笑"，可以作为"优偓戏侮之资"。上述两则序言
揭示出古代小说创作与传闻之间的密切关系。

2. 以"耳"作为小说书名。如唐代小说选集《耳目记》，五代刘崇远
《耳目记》（一作《刘氏耳目记》），宋代张端义《贵耳集》，明代佚名《耳
抄秘录》、王同轨《耳谈》（后增订为《耳谈类增》）、张重华《娱耳集》、
伍卿忠《耳剽集》、郑仲夔《耳新》，清代佟世思《耳书》、佚名《龙图耳
录》、乐钧《耳食录》、俞樾《耳邮》、张贞《渠丘耳梦录》、钱兆鳌《质直
谈耳》等等。

耳朵是人的"五官"之一，具有听觉功能。明末清初李中馥《原李耳
载》一名《耳载》，其《原李耳载自记》云："吾人一身，眼耳手口，其用孰
胜？无胜不胜一也。必求其胜，孰不曰眼长耳短，不知更可曰耳长眼短。眼
视所有，耳听所无，听无长于见有也。孰不曰口多耳少，不知更可曰耳多口
少。口言在己，耳听在人，在人多于在己也。孰不手灵耳钝，不知更可曰耳
灵手钝。手录已历，耳听未经，未经应灵于已历也。此余之所以名《耳载》
也。"③耳朵与眼、手、口等一样，对人体来说同样重要。以"耳"命名，突
出人们通过听觉而得知的信息、传闻，这与班固《汉书·艺文志》所言"街

---

① ［清］恨恨生《李公案奇闻序》，收入丁锡根编著《中国历代小说序跋集》，人民文学出版社1996年
版，第1620页。

② ［清］申江居士《新史奇观序》，收入丁锡根编著《中国历代小说序跋集》，人民文学出版社1996年
版，第1037页。

③ ［明］李中馥《原李耳载自记》，参见周光培编《明代笔记小说》第4册《原李耳载》，河北教育出版
社1995年版，第461页。

谈巷语、道听途说"一脉相承，表明小说与传闻之间的密切关系。

古人重视耳闻之事，重视通过听觉而得知的传闻，宋代张端义撰《贵耳集》，他在序言中指出："因追忆旧录，记一事必一书，积至百则，名之《贵耳录》（按：即《贵耳集》）。耳，为人至贵，言由音入，事由言听。古人有入耳著心之训，又有贵耳贱目之说……淳祐元年十二月大雪日，东里张端义序。"①张端义，自号荃翁，宋郑州人，居苏州。端平中三次上书，获罪而贬韶州，遂作此书。全书共分三集，每集为一卷，一、二集多记朝廷轶事，兼及诗话，且涉神怪，三集则多记猥杂之事。其自序云生平接诸老绪余，半生钻研，著有《短长录》一帙，获罪后为其妇所烧，"贵耳贱目"，出自《文选》卷三《张平子〈东京赋〉》："若客所谓末学肤受，贵耳而贱目者也。"②北齐颜之推《颜氏家训·慕贤》指出："世人多蔽，贵耳贱目。"③张端义以"贵耳集"作为小说书名，虽然在一定程度上对世人"贵耳贱目"之习有所批评，但是也反映出人们对"耳"的重视。

古代小说作家以"耳"嵌入书名表明小说创作源于传闻，强调小说的创作方法。明代王同轨撰《耳谈》，明代李维桢《耳谈序》称："吾友王行父，博学宏词，坎壈一第，而以资为上林丞，需次都门，久不奏除，四方学士大夫慕行父名相过从，缔纻缟之交者日众。上下论议，日闻所未闻，行父手笔其可喜可愕可劝可诫之事，累之若干卷，而名之曰《耳谈》……事不必尽核，理不必尽合，而文亦不必尽讳。"④清代佟世思撰《耳书》，有康熙刻本传世，佟世思《耳书自序》解释以"耳"为小说命名的原因：

　　盖天地之大，何所不有，人特于见闻所未到，则不之信耳。余从家大人官迹半天下，其间岁月之迁流，山川之修阻，与夫物情之变幻，世故之艰危，未易以一二言尽止。此随笔所记，已有告之于人，人不尽信

---

① ［宋］张端义《贵耳集序》，收入《文津阁四库全书》子部杂家类，第 286 册第 561 页。

② ［南朝梁］萧统编，［唐］李善注《文选》卷三《张平子〈东京赋〉》，中华书局 1977 年版，第 130 页。

③ ［北齐］颜之推撰，王利器集解《颜氏家训集解》，中华书局 1993 年版，第 88 页。

④ ［明］李维桢《耳谈序》，收入《大泌山房集》卷十四，《四库全书存目丛书》集部别集类，据北京师范大学图书馆藏明万历三十九年刻本影印，第 150 册第 607—608 页。

者，而其他又可知也，是则《耳书》之所为成也……然书以耳名，亦第以耳之者存之而已。如谓士君子读书明道而外，不妨更捃摭奇异之事而一一笔之于书，以自比于谭天志怪也，终非余之所敢出也已。①

清俞樾撰《耳邮》，记载所闻杂事，包括日常琐事和志怪故事等等，他在署名羊朱翁的《耳邮序》中称：

余吴下杜门，日长无事，遇有以近事告者，辄笔之于书，大率人事居多，其涉及鬼怪者，十之一二而已。其用意措词，亦似有善恶报应之说，实则聊以遣日，非敢云意在劝惩也。因耳闻者多，目见者少，故题曰《耳邮》，犹曰传闻云尔。昔宋张端义著《贵耳集》，取尊闻之义。文人好奇，鸥户虬阁，固有所受之矣。②

明代李维桢撰《耳谈序》、佟世思撰《耳书自序》和羊朱翁的《耳邮序》均指出以"耳"作为小说书名的含义，揭示出以"耳"命名，表明小说根据传闻而创作的特点及其编创手法，正如羊朱翁《耳邮序》所云："因耳闻者多，目见者少，故题曰《耳邮》，犹曰传闻云尔。"以"耳"命名，表明小说之题材来源与编创方式。清代乐钧《耳食录》十二卷，以"耳食"命名说明书中记载为传闻之事。

因耳听之事有实有虚，所以，以"耳"命名的小说在一定程度上具有虚构的特征，李中馥《原李耳载自序》云："余之所载，奇不失幻，异不失怪，述必参实，事必参真，准于理也……耳属于垣，可云耳乎？此余之所以名《耳载》也。"③以"耳"命名的古代小说往往将奇、真、幻等紧密结合。与

---

① [清] 佟世思《耳书自序》，收入丁锡根编著《中国历代小说序跋集》，人民文学出版社 1996 年版，第475—476 页。

② [清] 羊朱翁《耳邮序》，收入丁锡根编著《中国历代小说序跋集》，人民文学出版社 1996 年版，第507 页。

③ [清] 李中馥《原李耳载自记》，参见周光培编《明代笔记小说》第 4 册《原李耳载》，河北教育出版社 1995 年版，第 461 页。

"耳"相近的词语还有"听"，明代陆延枝撰笔记小说《说听》、李春熙撰杂俎小说《道听录》、赵世显撰杂俎小说《听子》、钱希言撰杂俎小说《听滥志》、清代佚名撰《听月楼》等等，同样表明小说创作与传闻之间的密切联系，强调小说独特的编创方式。

3. 小说以"虚""无""幻""空"等词语命名，体现虚实结合的创作方法。明代学者胡应麟撰《少室山房笔丛》卷三十六《二酉缀遗中》指出："凡变异之谈，盛于六朝，然多是传录舛讹，未必尽幻设语。至唐人乃作意好奇，假小说以寄笔端，如《毛颖》、《南柯》之类尚可，若《东阳夜怪录》称成自虚、《玄怪录》元无有，皆但可付之一笑，其文气亦卑下亡足论。"①

相比于六朝小说创作而言，唐人传奇一个突出的特色就在于采用虚构、想象、夸张等创作笔法，这在小说命名中得以体现，"成自虚""元无有"分别是《东阳夜怪录》和《玄怪录》中的人名，小说主人公取名"成自虚""元无有"，表明这些小说情节、小说人物是虚构的。我们知道，在唐代传奇的创作中，受史学家"实录"创作方法的影响，普遍强调真实可信，不过值得我们注意的是，在中国小说史上，唐人传奇取得的重要成就之一就在于它摆脱了史家"实录法"的影响，摆脱了子、史的束缚，"成自虚""元无有"的小说人物命名就鲜明地反映了唐人传奇在小说方法上的重要创新和突破。

明代小说中有不少命名体现虚实结合的创作方法，《喻世明言》卷二十七《金玉奴棒打薄情郎》，作者为男主人公名为"莫稽"，稽，即稽考、稽查之意，指无稽之谈，莫稽意思是无可稽查、无法考证，表明虚构之意；《拍案惊奇》第一卷《转运汉遇巧洞庭红　波斯胡指破鼋龙壳》，作者为小说主人公取名"文若虚"，"姓文，名实，字若虚"②，文若虚之名表明虚构之意。

再看清代小说。在清代小说发展史上，虚实结合的观念相当普遍，清初金丰《说岳全传序》云："从来创说者，不宜尽出于虚，而亦不必尽由于实。苟事事皆虚，则过于诞妄，而无以服考古之心；事事皆实，则失于平庸，而

---

① ［明］胡应麟《少室山房笔丛》，上海书店出版社 2001 年版，第 371 页。
② ［明］凌濛初《拍案惊奇》，人民文学出版社 1991 年版，第 6 页。

无以动一时之听。"①在小说命名上一个突出的体现就是在书名和人名等使用上出现"幻""空"等字样，清代佚名撰小说《都是幻》，分两集，一集为《写真幻》，二集为《梅魂幻》，从命名可知其书创作方法②。清代梧岗主人编《空空幻》，烟霞散人编《幻中真》，天花藏主人《幻中真序》云：

> 天下事何一非幻？第幻有真假善恶之不同耳……幻从心想，想从幻生。幻之真者善者，忠孝节义以成其名，幻之假者恶者，奸顽贪戾以毕其命。有见利即忘义，可欲顿忘名。钻营惨剥，惟图一己之肥饱，不顾他人之膏血。只求眼前之荣，不顾身后之辱。如是幻心，如是幻想，无有底止。虽然，有天道焉。天虽冥冥，而能知人之善恶，迟早消算，顽恶者何曾轻过。《易》云："积善余庆，积恶余殃。"佛云："果报因缘。梦幻泡影。"如斯教人，人不知悟，视为泛常套语。及一朝败露，悔也无及。故不得已描写人生幻境之离合悲欢，以及善善恶恶，令阅者触目知警……颜之曰《幻中真》，良有以也。③

小说虽取名为"幻"，但序言作者提倡"幻之真者"，即提倡忠孝节义，将"幻"与"真"相结合，正如清代烟霞散人《幻中真》书后总评所云："无名子演《幻梦集》，觉非人作《采真编》，俱以行世。幻者怪其虚无，真者流于执滞，烟霞子兼得其美，题曰《幻中真》。"④

《红楼梦》在书名、人物名、地名等多处运用"幻""空""渺"等字样，清梦庄居士《双英记序》云："客见而哂曰：'汝本因人成事之流，姑且莫论。但汝尽将书中人之姓名编为诡异，何也？'曰：'是犹《红楼梦》之甄士隐、贾雨村、渺渺真人、空空大士之意云耳。亦述也，非作也。'"⑤《红楼梦》以

①［清］金丰《说岳全传序》，《说岳全传》，上海古籍出版社1985年版，第728页。
②［清］佚名《都是幻》，《古本小说集成》据国家图书馆藏本影印，第18页。
③［清］天花藏主人《幻中真序》，《古本小说集成》据本衙藏板十二回本影印《幻中真》卷首。
④［清］烟霞散人《幻中真》书后总评，《古本小说集成》据本衙藏板十二回本影印《幻中真》卷末。
⑤［清］梦庄居士《双英记序》，收入丁锡根编著《中国历代小说序跋集》，人民文学出版社1996年版，第1323页。

贾、甄为小说人物之名，"甄士隐""贾雨村"，充分表明这部小说的虚构性，《红楼梦》第一回《甄士隐梦幻识通灵　贾雨村风尘怀闺秀》称：

> 作者自云：因曾历过一番梦幻之后，故将真事隐去，而借"通灵"之说，撰此《石头记》一书也。故曰"甄士隐"云云。但书中所记何事何人？自又云："……虽我未学，下笔无文，又何妨用假语村言，敷演出一段故事来，亦可使闺阁昭传，复可悦世之目，破人愁闷，不亦宜乎？"故曰"贾雨村"云云。①

这里"甄士隐"谐音"真事隐"，即将真事隐去；"贾雨村"谐音"假语村"，即假语村言之意。作者明确宣称："此回中凡用'梦'用'幻'等字，是提醒阅者眼目，亦是此书立意本旨。"②《红楼梦》中警幻仙子、太虚幻境等人名、地名皆用"幻"字，表明人物、情节均是虚幻的：甲戌本《石头记》第一回在"那僧便念咒书符，大展幻术"之后评曰："明点幻字，好。"在"意欲下凡造历幻缘"一句之后侧评曰："点'幻'字。"在"已在警幻仙子案前挂了号"一句后侧评云："又出一警幻，皆大关键处。"③《红楼梦》还提到大荒山无稽崖，甲戌本《石头记》第一回在"大荒山"一词处侧评曰："荒唐也。"在"无稽崖"一词处侧评云："无稽也。"④"大荒山无稽崖"意思是荒唐无稽、虚无飘渺，这与甄士隐、贾雨村、渺渺真人、空空大士等命名一样，强调小说创作的虚构性。

总的看来，古代小说以"闻""耳""幻"等词语嵌入书名，在一定程度上体现了小说的题材来源与编创方式。

---

① [清] 曹雪芹、高鹗《红楼梦》，人民文学出版社 1982 年版，第 1 页。
② [清] 曹雪芹、高鹗《红楼梦》，人民文学出版社 1982 年版，第 1 页。
③ 甲戌本《石头记》第一回脂砚斋评语，[清] 曹雪芹《脂砚斋甲戌抄阅重评石头记》，沈阳出版社 2005 年，第 9 页、第 18 页。
④ 甲戌本《石头记》第一回脂砚斋评语，[清] 曹雪芹《脂砚斋甲戌抄阅重评石头记》，沈阳出版社 2005 年，第 7 页。

五、以"杂"为名体现古代小说的文体特性

古代小说中以"杂"命名的作品很多，笔者对此做不完全统计如下：

汉代刘歆撰，东晋葛洪集《西京杂记》。

唐代杜宝《大业杂记》、段成式《酉阳杂俎》、李商隐《杂纂》、郑处诲《明皇杂录》、卢言《卢氏杂说》、苏鹗《杜阳杂编》、李浚《松窗杂录》、冯贽《云仙杂记》、五代刘崇远《金华子杂编》等。

宋代苏轼《艾子杂说》、庞元英《南斋杂录》、张舜民《张芸叟杂说》、张耒《明道杂志》、石公弼《柏台杂著》、王巩《随手杂录》、曾敏行《独醒杂志》、周煇《清波杂志》、周密《癸辛杂识》、赵辟公《杂说》、江休复《江邻几杂志》、曾巩《曾南丰杂志》、吴处厚《青箱杂记》、孙宗鉴《东皋杂录》等。

元代郑元祐《遂昌杂录》、李有《古杭杂记》、陆友《砚北杂志》等。

明代于慎行《谷山笔麈》卷十四《杂解》《杂考》、卷十五《杂记》《杂闻》、卷十六《杂说》，佚名《杂事秘辛》，司马泰《护龙河上杂言》，万表《九沙草堂杂言》，王锜《寓圃杂记》，陆容《菽园杂记》，冯汝弼《祐山杂说》，佚名《西皋杂记》，宋濂《萝山杂言》，张昌龄《饭牛庵杂录》，杜琼《耕余杂录》，李贤《古穰杂录》，张宁《方洲杂言》，沈周《石田杂记》，董谷《碧里杂存》，刘凤《太霞杂俎》，徐良彦《清浪杂录》，叶秉敬《贝典杂说》，赵尔昌《元壶杂俎》，杨德周《金华杂识》，黄履康《竹素杂考》，谢肇淛《五杂组》，茅元仪《暇老斋杂记》，杨穆《西墅杂记》，彭时《可斋杂记》，周复俊《泾林杂记》，陆楫《蒹葭堂杂著》，陈敬则《明兴杂记》，李乐《见闻杂记》，佚名《容溪杂记》，佚名《泽山杂记》，佚名《嵩阳杂识》，陈懋仁《泉南杂志》，王薇《滑稽杂编》等。

清代余怀《板桥杂记》、施闰章《矩斋杂记》、毛奇龄《西河杂笺》、刘廷玑《在园杂志》、佚名《松下杂钞》、陆以湉《冷庐杂识》、金维宁《秋谷杂编》、吴陈炎《旷园杂志》、汪为熹《鄠署杂抄》、陈尚古《簪云楼杂说》、董潮《东皋杂抄》、厉鹗《东城杂记》、赵翼《檐曝杂记》、俞蛟《梦厂杂著》、李调元《井蛙杂记》、珠泉居士《续板桥杂记》、姚元之《竹叶亭杂记》、陆云

锦《芝庵杂记》、赵慎畛《榆巢杂识》、李澄《梦花杂志》、陈昙《邝斋杂记》、叶腾骧《证谛山人杂志》、朱克敬《暝庵杂识》、吴兆隆《醉乡杂史》、丁文策《江樵杂录》、俞兴瑞《翏莫子杂识》、俞凤翰《高辛砚斋杂著》、余国光《杂物丛言》、佚名《云间杂记》、佚名《研堂见闻杂记》、张尚瑗《石里杂识》、杨懋建《京尘杂录》、戴束《鹊南杂录》等等。

以"杂"命名的小说或称"杂",或称"杂记""杂识""杂志""杂俎"等等。古代小说大量作品以"杂"为名,在一定程度上揭示出古代小说的文体特性:

其一,反映古代小说题材内容庞杂的特点,与刘向《七略》、班固《汉书·艺文志》所言"杂家"颇为相似,明代李维桢为谢肇淛《五杂组》作序时指出:

> 《五杂组》……何以称杂?《易》有杂卦,物相杂故曰文。杂物撰德,辨是与非,则说之旨也。天数五,地数五,河图洛书,五为中数,宇宙至大。阴阳相摩,品物流形,变化无方,要不出五者。五行杂而成时,五色杂而成章,五声杂而成乐,五味杂而成食。《礼》曰:"人者,天地之心,五行之端。食味,别声,被色而生。"具斯五者,故杂而系之五也……昔刘向《七略》叙诸子凡十家,班固《艺文志》因之,儒、道、阴阳、法、名、墨、纵横、小说、农之外,有杂家云……小说家出于稗官,街谈巷语,道听途说者之所造。两家不同如此,班言可观者九家,意在黜小说。后代小说极盛,其中无所不有,则小说与杂相似。在杭(按:指谢肇淛,字在杭)此编,总九流而出之,言天下之至赜而不可恶也,即目之杂家可矣。[①]

李维桢解释"五杂组"取名为"杂"的原因,他认为小说之中"无所不有",内容庞杂,"则小说与杂相似"。明代何良俊所撰、初刊于隆庆三年

---

① [明] 李维桢《五杂组序》,《五杂组》卷首,上海书店出版社 2001 年版。

（1569）的《四友斋丛说》卷三《经三》也将小说与"杂家"相提并论："今小说杂家，无处不刻。"①金陵世德堂万历刊《绣谷春容》卷六有《杂志》一篇，从其所选七篇文字来看，内容庞杂，既有文人间故事，又有民间传说，故事时间涉及元明数朝，内容庞杂，以供休闲阅读。

其二，古代小说以"杂"作为书名，反映出小说创作体例上随手所记、不注重体系和完整的特点。明末高弘图《枣林杂俎序》称："谈子孺木有书癖。其在记室，见载籍相饷，辄色然喜，或书至猥诞，亦过目始释，故多所采摭。时于坐聆涂听，稍可涉笔者，无一轻置也。铢而积，寸而累，故称杂焉。"②我们从高弘图序言可知，《枣林杂俎》是谈迁记载自己读书、谈论之际的所言、所思，积少成多，因而成书，没有完整、统一的体例，所以称"杂"。清咸丰六年（1856）陆以湉《冷庐杂识自序》云：

> 学莫贵于纯，纯则不杂。著之为书，可以阐渊微之蕴，成美盛之观。此必具过人之质，复殚毕生才智以图之。用力深，斯造诣粹，理固然也。余不敏，幼惟从事举业，弱冠即以是授徒。三十五岁通籍，宦游武昌，未逾年改官归，复理旧业。三十八岁为校官，幸遂禄养，冀得舍帖括，专精典籍，而势不可舍，事与愿违，孜孜于手披口讲，迄今又十七年矣。自念半生占毕，于道无闻，且以心悸疾，不克为湛深之思。虽诗词小技，亦未底于成，近岁屏弃不作。暇惟观书以悦志，偶有得即书之，兼及平昔所闻见，随笔漫录，不沿体例，积成八卷，名曰《杂识》。盖惟学之不能纯，乃降而出于此，良自愧也。至于搜采之未精，稽考之多疏，论说之鲜当，则甚望世之君子正其失焉。③

陆以湉在序言中解释自己将所撰笔记小说命名为《冷庐杂识》的原因，是因为此书"随笔漫录，不沿体例"，并认为自己"学之不能纯"，故取名

---

①［明］何良俊《四友斋丛说》，中华书局1959年版，第25页。

②［明］高弘图《枣林杂俎序》，《枣林杂俎》卷首，中华书局2006年版。

③［清］陆以湉《冷庐杂识自序》，《冷庐杂识》卷首，中华书局1984年版。

为"杂"。

古代小说以"杂"作为书名，无论是题材内容之庞杂还是在写作体例上随意记载、不成系统，均在一定程度上体现出古代小说尤其是笔记体小说的文体特性①。

综上所述，笔者从四个方面考察古代小说命名的特点，分析古代小说复合式命名结构，阐述一书而多名的现象，探讨古代小说命名中所呈现的时代特征、分析小说命名中部分字词频繁使用的情况。古代小说作品数量众多，小说命名的方式复杂多样，笔者对古代小说命名实践中普遍存在的几种现象加以探讨，试图加深我们对古代小说命名的整体认识，探寻其内在规律。

---

① 关于古代小说命名中部分字词频繁使用的现象，除以上五个方面以外，还有一些，例如，蕴藏遗民思想寓意的古代小说、笔记往往也用"梦"一词，如《陶庵梦忆》《西湖梦寻》等，遗民通过寓意法为小说、笔记命名表现个人情怀；古代不少小说书名中运用"史""传""记""志""录"等字样、运用"谐""快""乐""情"等词语，体现补史说、娱乐说、真情说等小说观念，参见本书第八章《中国古代小说命名与文学观念》，为避免重复，这里不再赘述。

第八章
中国古代小说命名与文学观念

古代小说创作观念丰富多样，蕴含于小说序跋、凡例、识语、评点等各种文体形态之中。小说命名是我们考察古代小说观念的一个独特视角。从现存文献的角度来看，小说命名中补史说、劝戒说、娱乐说、真情说等几种创作观念体现得尤为突出，本章对此加以阐述。

第一节　小说命名与补史说

以小说补史，这是中国古代小说发展史上的主流观念之一。在古代小说创作、评论过程中，补史说相当盛行，这在小说命名上得以充分体现。

从古典小说的命名实践来看，受《史记》《汉书》等正史的影响，很多小说以"史""记""传""志""录"等词语命名，体现出很强的"补史"意识，这在唐代之前就普遍存在，例如《十洲记》《列仙传》《蜀王本纪》《洞冥记》《赵飞燕外传》《列异传》《博物志》《西京杂记》《搜神记》《拾遗记》《幽明录》等，这些小说的补史观念是比较明确的，汉代刘歆撰，东晋葛洪集《西京杂记》，葛洪在《西京杂记跋》中就明确指出："（《西京杂记》）以裨《汉书》之阙。"[1]

唐代小说中以"史""传""外传""记""纪""志""录"等与史传相关的词语命名的现象相当普遍，以唐代小说为例，笔者依据汪辟疆校录《唐人小

---

① ［汉］刘歆撰，［晋］葛洪集，向新阳、刘克任校注《西京杂记校注》，上海古籍出版社 1991 年版，第 279 页。

说》（上海古籍出版社 1978 年版）、程毅中《唐代小说史话》（文化艺术出版社 1990 年版）、拙著《唐代小说嬗变研究》（广东人民出版社 1997 年版）等书进行初步统计得出结论，以"传"命名的至少有 25 种，以"记"或"纪"命名的至少 21 种，以"志"命名的 4 种，以"录"命名的 15 种 ①。例如《梁四公记》《唐国史补》《唐阙史》《逸史》《补江总白猿传》《南柯太守传》《莺莺传》《无双传》《高力士外传》《古镜记》《冥报记》《广异记》《枕中记》《周秦行纪》《博异志》《独异志》《宣室志》《定命录》《玄怪录》《松窗杂录》等等。

　　署名唐代张说所撰的《梁四公记》，顾况在《戴氏〈广异记〉序》中又称之为《梁四公传》②，《新唐书·艺文志》杂传记类著录为《四公记》，宋代陈振孙《直斋书录解题》卷七传记类著录为《梁四公记》，题为张说撰。清代学者李慈铭《越缦堂读书记》子部杂家类评价《梁四公记》时认为：

　　　　点阅《梁四公记》。其曰：魏兴和二年，崔敏、阳休之来聘。敏字长谦，清河东武城人，博学赡文，当朝第一，与太原王延业齐名。案《魏书》、《北史》孝静帝兴和二年，止云崔长谦使梁，不言有阳休之。盖本纪多止载使主，不载使副，故《魏书》载天平四年兼散骑常侍李楷、兼吏部郎中卢元明、兼通直散骑常侍李邺使梁，而《北史》止载李楷一人；《魏书》兴和元年载兼散骑常侍王元景、兼通直散骑常侍魏收使梁，《北史》亦止载元景一人。其实凡聘使必有主副两人，此可以补史阙也……此《记》所言（崔）敏博综天文、律历、医方、药卜，兼精通南北论学，皆本传所未及也。③

　　李慈铭是以史学家的眼光看待作为小说创作的《梁四公记》，他认为这部小说的价值和地位就在于相关记载"可以补史阙也"，其中关于崔敏的文字

　　① 参照拙著《唐五代小说的文化阐释》，人民文学出版社 2002 年版，第 2—4 页。
　　② ［唐］顾况《戴氏〈广异记〉序》，唐戴孚撰，方诗铭辑校《广异记》卷首，中华书局 1992 年版。
　　③ ［清］李慈铭《越缦堂读书记》，上海书店出版社 2000 年版，第 653—654 页。

"皆本传所未及也"。又如,《唐国史补》,从书名可知,此书是补"国史"之不足,李肇《唐国史补序》云:

予自开元至长庆撰《国史补》,虑史氏或阙则补之意,续《传记》而有不为。言报应,叙鬼神,征梦卜,近帷箔,悉去之;纪事实,探物理,辨疑惑,示劝戒,采风俗,助谈笑,则书之。①

李肇明确指出,自己创作《国史补》的意图就在于"虑史氏或阙则补"。唐代郑綮就直接将"传信"一词嵌入小说书名,按照史家"实录"的笔法创作小说,以"搜求遗逸,传于必信"作为取材、创作的基本要求②。又如《松窗杂录》,清代纪昀等撰《钦定四库全书总目》卷一百四十子部小说家类在评论此书时指出:"《松窗杂录》一卷……书中记唐明皇事,颇详整可观,载李泌对德宗语论明皇得失,亦了若指掌。《通鉴》所载泌事,多采取李繁《邺侯家传》,纤悉必录,而独不及此语,是亦足以补史阙。"③《梁四公记》《唐国史补》《开天传信记》《松窗杂录》等唐人小说的命名实践均表明小说创作中充溢着浓厚的补史观念。

宋代小说也同样如此,如《开河记》《迷楼记》《海山记》《绿珠传》《谭意歌传》《杨太真外传》《江淮异人录》《云斋广录》等将"传""外传""记""志""录"等与史传有关的词语嵌入小说书名;又如宋元时期佚名所撰《鬼董狐》一书,一作《鬼董》,钱孚于元朝泰定年间撰写跋语称作者为南宋沈姓太学生。董狐为春秋时期晋国太史,他以秉笔直书"赵盾弑其君"之事而闻名,小说作者直接将其列入书名,强调小说的补史意识与劝戒观念,清代孙毓修在所撰《鬼董狐跋》中声称:"按《世说新语》,干宝作《搜神记》为刘真长叙其事,刘笑曰:'卿可为鬼之董狐也。'书名正取此语。刊本

---

① [唐] 李肇《唐国史补序》,《唐国史补》卷首,上海古籍出版社 1979 年版。
② [唐] 郑綮《开天传信记自序》,《开天传信记》卷首,《文津阁四库全书》子部小说家类,第 347 册第 217 页。
③ [清] 纪昀等撰,四库全书研究所整理《钦定四库全书总目》,中华书局 1997 年版,第 1840 页。

裁去狐字，此钞独否，意必有所本也……鬼神幻惑之事，宜为儒者所讥，而劝惩之旨寓焉。"① 孙毓修在跋语中强调《鬼董狐》一书命名的崇史意识和劝惩之旨。

明清时期以"传""外传""记""纪""志""录"等与史传相关的词语作为小说名称的现象非常普遍，试举数例：《水浒传》《三遂平妖传》《金统残唐记》《西游记》《说岳全传》《儿女英雄传》，清代文言小说《信征录》《异谈可信录》《信征全集》《扶风传信录》，晚清《官场现形记》，清末民初《经香阁见闻纪实》等等。

有些小说直接以"史""史补""阙史""外史""艳史""逸史""佚史""史遗文""后史""小史"等词语命名，如《燕山外史》《隋炀帝艳史》《钟情艳史》《禅真逸史》《禅真后史》《隋史遗文》《女仙外史》《龙阳逸史》《岭南逸史》《放郑小史》《驻春园小史》《儒林外史》等，这些作品更加鲜明地体现出"补史"观念。

明清时期一些小说不仅以"史遗文""逸史""外史""佚史"等作为书名，而且还对取名缘由加以阐释，明代吉衣主人《隋史遗文序》认为："史以遗名者何？所以辅正史也。正史以纪事，纪事者何？传信也。遗史以搜逸，搜逸者何？传奇也……盖（《隋史遗文》）本意原以补史之遗，原不必与史背驰也。"② 吉衣主人说得非常清楚，《隋史遗文》的命名就是以"遗文"辅正史，补充正史记载之不足。明末《禅真逸史》凡例也对书名进行解释："是书虽逸史，而大异小说稗编。事有据，言有伦，主持风教，范围人心。两朝隆替兴亡，昭如指掌，而一代舆图土宇，灿若列眉。乃史氏之董狐，允词家之班马。"③ 凡例作者把《禅真逸史》与一般的"小说稗编"区别开来，以春秋晋国太史董狐、汉代司马迁、班固等史学家作为创作的榜样。

清代《女仙外史》作者吕熊曾明确提出此书的取名原因，吕熊《女仙外

---

① ［清］孙毓修《鬼董狐跋》，收入丁锡根编著《中国历代小说序跋集》，人民文学出版社 1996 年版，第591 页。

② ［明］吉衣主人《隋史遗文序》，《古本小说集成》据崇祯六年杭州名山聚刊本影印《隋史遗文》卷首。

③ ［明］夏履先《禅真逸史》凡例，《古本小说集成》据本衙爽阁本影印《禅真逸史》卷首。

史自跋》云：

> 　　熊也何人，敢附于作史之列！故但托诸空言以为"外史"。夫托诸
> 空言，虽曰赏之，亦徒赏也；曰罚之，亦徒罚也。徒赏徒罚，游戏云
> 尔。然其事则燕王靖乱，建文逊国之事；其人则皆杀身夷族，成仁取义
> 之人。是皆实有其事，实有其人，非空言也，曷云游戏哉！第以赏罚大
> 权，畀诸赛儿一女子，奉建文之位号，忠贞者予以褒谥，奸叛者加以讨
> 殛，是空言也，漫言之耳。夫如是，则褒不足荣，罚不足辱，爵不足以
> 为劝，诛不足以为戒，谓之游戏，不亦宜乎？虽然，善善恶恶之公，千
> 载以前，千载以后，无或不同，其于世道人心，亦微有关系存焉者，是
> 则此书之本也。至若杂以仙灵幻化之情，海市楼台之景，乃游戏之余波
> 耳，不免取讥于君子。岁次辛卯人日，吕熊文兆氏自跋于后。①

　　吕熊自叙取名"外史"之由，不敢以"作史"自居，"托诸空言以为'外
史'"，意在借游戏之笔表达自己的创作主旨，"忠贞者予以褒谥，奸叛者加以
讨殛"。清代刘廷玑《〈女仙外史〉品题》说得更为直接：

> 　　岁辛巳（按：康熙四十年，1701），余之任江西学使，八月望夜，维
> 舟龙游，而逸田叟从玉山来请见。杯酒道故，因问叟："向者何为？"叟
> 对以将作《女仙外史》。余叩其大旨，曰："尝读《明史》，至逊国靖难之
> 际，不禁泫然流涕，故夫忠臣义士与孝子烈媛，湮灭无闻者，思所以表
> 彰之，其奸邪叛逆者，思所以黜罚之，以自释其胸怀之哽噎。"余闻之，
> 矍然曰："良有同心。叟书竣日，当为付诸梓。"……
> 　　甲申（1704）秋，叟自南来，见余曰："《外史》已成。"以稿本见
> 示。余读一过，曰："叟之书，自贬为小说，意在贤愚共赏乎？然余意尚
> 须男女并观。中有淫亵语，曷不改诸？"叟以为然，不日改正。所憾余既

---

　　①［清］吕熊《女仙外史》自跋，《古本小说集成》据复旦大学图书馆所藏钓璜轩本影印《女仙外史》
卷首。

落籍，不能有践前言，乃品题廿行于简端，以为此书之先声而归之。①

吕熊有感于明代"忠臣义士与孝子烈媛"事迹湮灭无闻，希望通过创作《女仙外史》褒扬忠臣，黜罚奸佞，补充《明史》记载之不足，抒发个人情怀。《女仙外史》第一百回《忠臣义士万古流芳　烈媛贞姑千秋表节》陈奕禧回评曾对《女仙外史》的创作主旨予以揭示："（吕熊）作《外史》者，自贬其才以为小说，自卑其名曰'外史'，而隐寓其大旨焉。"②可见吕熊创作《女仙外史》的"大旨"在其小说命名中就得到集中体现。清代叶旉《女仙外史跋语》也指出：

> 嗟乎！一人之笔，亦曷能胜众口耶！夫如是，则逸田叟之以女仙，而奉建文正朔，称行在，建宫阙，设迎銮使，访求故主复位，与褒谥忠臣烈媛，讨殛叛逆羽党，书年纪事，题曰"外史"，虽与正史相类，自有孚洽于人心者，垂诸宇宙而不朽！③

叶旉同样揭示出吕熊以"外史"为自己小说取名的原因，意在补正史记载的不足之处。清代吴敬梓所撰《儒林外史》也以"外史"为名，清代闲斋老人《儒林外史序》指出："稗官为史之支流，善读稗官者，可进于史，故其为书，亦必善善恶恶，俾读者有所观感戒惧，而风俗人心，庶以维持不坏也……夫曰'外史'，原不自居正史之列也。"④清代小琅嬛主人《五虎平南后传序》云："自古一代之兴，即有一代之史。以寓旌别，示惩劝，麟炳古今，囊括人物，厥来藉已外，此则学士博古，称奇搜异，著为实录，则曰'外史'。更有故老传闻，资其睹记，勒为成编，则曰'野史'。故外史野史亦可

---

① 参照［清］刘廷玑《在园杂志》附录《〈女仙外史〉品题》，中华书局 2005 年版，第 191 页。
②《女仙外史》第一百回《忠臣义士万古流芳　烈媛贞姑千秋表节》陈奕禧回末总评，《古本小说集成》据清代钓璜轩刊本影印《女仙外史》，第 2323 页。
③［清］叶旉《女仙外史》跋语，《古本小说集成》据清代钓璜轩刊本影印《女仙外史》卷首。
④［清］闲斋老人《儒林外史序》，上海古籍出版社 2010 年版，第 687 页。

备国史所未备。要其大旨，总以阐明大义，导扬盛美为主。"①清代小琅环主人认为，"外史"与"野史"虽有区别，但是均可补正史之不足。小说以"佚史""外纪"为名，同样体现补史观念，清代汪端撰《元明佚史》，《缺名笔记》云：

> （汪端）奉高（青丘）为圭臬。因觅《明史》本传阅之，见青丘之以魏观故被杀也，则大恨。犹冀厄于遭际，而不厄于声名也……既因青丘感张、吴待士之贤，节录《明史》，搜采佚事，以稗官体行之，曰《元明佚史》，凡十八焉。复存元遗臣及张、吴诸臣诗于集中，以为诗史。②

《元明佚史》之作直接节录《明史》，"搜采佚事，以稗官体行之"。清代江日昇撰小说《台湾外纪》（又名《台湾外志》），清代陈祈永康熙甲申年撰《台湾外记序》云："是书以闽人说闽事，详始末，广搜辑，迥异于稗官小说，信足备国史采择焉。余故乐而序之。"③清代彭一楷《台湾外志叙》云：

> 故读是编者，可以教孝，可以教忠，可以教义。即闺阁闻之，亦莫不油然而生其节烈之心。有功名教，良非浅鲜。异日之以登大廷，备史氏之阙文，江子与是书不朽矣。④

无论是陈祈永还是彭一楷，都指出《台湾外纪》的一个重要创作主旨在于"信足备国史采择"或称"备史氏之阙文"。

晚清时期以"史""外史""史记"等为小说命名的情况也屡见不鲜，如吴沃尧《发财秘诀》一名《黄奴外史》、侠民《菲猎滨外史》、王上春《阴界史记》，《芦峰旅记》云：

---

①［清］小琅环主人《五虎平南后传序》，《古本小说集成》据启元堂本影印《五虎平南后传》卷首。

②《缺名笔记》，参见蒋瑞藻编《小说考证续编》卷五，《小说考证》附录，上海古籍出版社1984年版，第625页。

③［清］陈祈永《台湾外记序》，《台湾外志》，上海古籍出版社1986年版，第444页。

④［清］彭一楷《台湾外志叙》，《台湾外志》，上海古籍出版社1986年版，第446页。

（《阴界史记》）其书本纪二十四，凡世所传玉历钞传之说，概不采取，而以项羽等辈当之。编年系月，穿凿附会。列传一百四十五，自古忠臣义士皆在焉，而分忠义、节孝、奸佞三类。志一十二：曰兵、刑、食货、天官、地舆、都邑、礼、职官、选举、氏族、艺文、灾祥。表三：曰《十殿诸王年表》、《判相拜罢年表》、《僇囚年表》。其后有自序一卷殿焉。综观其书，体类小说，而文笔雅饬，绝不谫陋。一切行事，不袭正史正传，此其难能也。若本纪列传，诸志诸表，绝无根据，敢于作古。①

王上春《阴界史记》描写阴界之事，也以"史记"为名，小说不仅取名模仿《史记》，写作体例亦加以借鉴，设置列传、志、表等体例。

有些小说以"春秋"为名，也体现鲜明的拟经、拟史意识，明代胡应麟《少室山房笔丛》卷三《经籍会通三》云：

六经惟《春秋》缵述尤盛，李槩《战国春秋》二十卷，赵晔《吴越春秋》十二卷……总之皆《汉纪》、《唐历》之类，今传者百无一二，而偏记小史若《越绝》、《世说》等书辄十传六七，圣神经典即其名不易当如此，况其实哉！又如《晏子春秋》、《虞氏春秋》、《吕氏春秋》、《李氏春秋》之类，今惟晏、吕氏传，盖子书杂家，非纪载褒贬也，虞、李二书当亦此类。②

孔子依据鲁国史官编撰的《春秋》进行整理，成为儒家经典之一，成为后世书籍取名、模仿的对象，胡应麟指出："六经惟《春秋》缵述尤盛。"后世的"偏记小史""子书杂家"多以"春秋"为名，元代即有《吴越春秋平话》《乐毅图齐七国春秋后集》等讲史平话，明清时期的小说作品也有不少这种

---

①《芦峰旅记》，参见蒋瑞藻编《小说考证续编》卷一，《小说考证》附录《小说考证续编》，上海古籍出版社 1984 年版，第 419 页。

②［明］胡应麟《少室山房笔丛》，上海书店出版社 2001 年版，第 31 页。

情况，如明代《春秋列国志传》《十国春秋》《镇海春秋》、清代《草木春秋》《锋剑春秋》《走马春秋》等等，韩邦庆《海上花列传》又名《花国春秋》，以"春秋"为小说之名也体现出小说观念中的补史、拟史意识。

明清时期，有些情色小说的命名也披上"史""传""志""录"的外衣，如《昭阳趣史》《玉妃媚史》《妖狐媚史》《呼春稗史》《风流艳史》《巫山艳史》《春灯迷史》《浓情快史》《绣榻野史》《株林野史》《幻情逸史》《浪史》《如意君传》《闲情别传》《风流野志》《钟情录》（《肉蒲团》又一名）等等。情色小说以"史""传""志""录"命名的原因是比较复杂的，一方面，应是受到当时小说命名普遍冠以"史""传""志""录"等词语这一风气的影响，以这些词语迎合读者、满足读者的阅读需要，另一方面，以"史""传""志""录"等词语命名也可以掩饰其借淫秽小说以牟利的商业目的，逃避官方检查、禁止，冠冕堂皇地出现于小说出版、发行市场上。

第二节　小说命名与劝戒说

以小说宣扬劝戒思想，强调小说与政治、现实的关系，强调小说的教化意识，这是中国古代小说的主流观念之一，古典小说的命名在一定程度上寓含着劝戒思想。五代时后蜀何光远将所撰小说取名为《鉴诫录》，其意不言自明，清代顾广圻撰《鉴诫录跋》指出："予向谓此书颇载极有关系文字，足当鉴诫之目。"①顾氏认为此书文字记载贯彻了书名的鉴戒意图。

古代小说命名充分体现劝戒观念，笔者按照劝戒的具体内容，从以下几个方面分别加以阐述。

---

① ［清］顾广圻《鉴诫录跋》，收入《荛圃藏书题识》卷六《子类三》，《宋元明清书目题跋丛刊》，中华书局 2006 年版，第 13 册第 123 页。

一、劝告人们遵循儒家伦理道德规范

古代小说多将"忠""忠义""忠烈""斥奸""开迷""孝""义"等词语嵌入小说，宣扬忠孝节义。署名李卓吾《忠义水浒传叙》认为，《水浒传》一书取名为"忠义水浒传"，体现宣扬忠义的主旨，水浒一百零八将皆忠义之辈，宋江尤其忠于朝廷，此序还认为《水浒传》对于不同阶层、不同地位的读者而言，都将起到宣扬忠义的作用①。

金陵万卷楼万历年间所刊《三教开迷归正演义》则以"开迷归正"为名，劝告人们遵循儒家伦理道德规范，小说凡例对此作了必要的阐发，凡例第一则云："本传独重吾儒纲常伦理，以严政教而参合释道，盖取其见性明心、驱邪荡秽、引善化恶以助政教。"第二则云："本传指引忠孝之门，发明礼义，下返混元，又是丹经一脉。"第五则云："本传……固以开迷是良药苦口之喻，寓言若戏，亦以开迷，是以酒解醒之说，乃正人君子、忠孝立身者不迷，而且哂喋喋嚣嚣者之迷。"②由此可知，《三教开迷归正演义》取名"开迷归正"，意在阐发儒家纲常伦理，向读者"指引忠孝之门，发明礼义"。

明末清初时事小说的命名较为普遍地体现出歌颂忠臣、贬斥奸佞的创作意图，如《魏忠贤小说斥奸书》《辽海丹忠录》《皇明中兴圣烈传》《警世阴阳梦》等等。明代吴越草莽臣在《魏忠贤小说斥奸书自叙》中指出，此书创作"唯次其（按：指魏忠贤）奸状，传之海隅，以易称功颂德者之口；更次其奸之府辜，以著我圣天子之英明。神于除奸，诸臣工之忠鲠；勇于击奸，俾奸谀之徒缩舌，知奸之不可为，则犹之持一疏而叩阙下也。是则予立言之意"③。歌颂忠臣、鞭挞魏忠贤等奸佞之辈，是时事小说普遍存在的创作观念

①参见署名李卓吾所撰《忠义水浒传叙》，《水浒传》，作家出版社 2006 年据明容与堂刊本整理，第 1077—1078 页。明末清初金圣叹对此持不同见解，他在《圣叹外书序二》中指出："施耐庵传宋江，而题其书曰《水浒》，恶之至，进之至，不与同中国也。而后世不知何等好乱之徒，乃谬加以'忠义'之目。"（《水浒传》卷首，中华书局 1975 年据明崇祯十四年贯华堂刊本缩印）

②《三教开迷归正演义》凡例，《古本小说集成》据金陵万卷楼万历刊本影印《三教开迷归正演义》卷首。

③[明]吴越草莽臣《魏忠贤小说斥奸书自叙》，《古本小说集成》据崇祯元年峥霄馆刊本影印《魏忠贤小说斥奸书》卷首。

之一，通过对忠臣与奸佞的对比刻画，从而达到劝世的目的，这在小说命名中得以集中体现。

除明末清初时事小说以外，明清时期不少小说均以"忠""忠烈""孝""义"等命名，例如，明代孙高亮《于少保萃忠全传》，明末《剿闯通俗小说》又名《忠孝传》，清代吴肃公撰文言小说《阐义》，阐发前人记载的各种义气之事，清代道光四年（1824）啸月楼刊《末明忠烈传》，清代小说《铁冠图》又名《忠烈奇书》，《小五义》又名《忠烈小五义传》，佚名撰《忠烈全传》，石玉昆所撰《三侠五义》又名《忠烈侠义传》，石玉昆在问竹主人序言基础上删改而成的《忠烈侠义传序》称："是书……极赞忠烈之臣，侠义之士。且其烈妇烈女、义仆义鬌以及吏役平民僧俗人等，好侠尚义者不可攸举。故取传名曰'忠烈侠义'四字，集成一百二十回。"[1]序言指出《忠烈侠义传》一书宣扬忠孝节义的创作主旨，这一主旨集中体现于小说书名之中。

在小说作者看来，不仅世人要遵守儒家伦理道德规范，甚至动物也要符合人伦五常。清李元撰《蠕范》八卷，分物理、物匹、物生、物化、物体、物声、物食、物居、物性、物制、物材、物知、物偏、物候、物名、物寿等类。蠕，慢慢地爬动，这里指除世人以外的动物，包括鸟兽虫鱼等。范，模范、榜样。此书记述鸟兽虫鱼的名称、生活状态等，强调动物合乎人类生活规范的习性，例如，鸟不食幼子，鹤一生只有一个伴侣，丧偶之后则终生不再匹偶。李元在自序中指出："道范天地，天地范万类，变幻周通，万有不穷。如陶斯模，如冶斯镕，惟妙惟肖，是谓大造之功，涵以日月之精，畅以山川之英。氤氲磅礴，爰有植钝而蠕灵，灵之最其为人乎？禽兽虫鱼之属，或寄而或分，寄焉者暂也，分焉者散也，要之皆范也。综其纷纭不齐之数，亦足以苞天倪、备民务，故或俯仰而慕之。"[2]作者为此书取名"蠕范"，强调动物合乎人伦五常及其生活法则的习性，劝戒意味比较突出。

---

① [清] 石玉昆《忠烈侠义传序》，《古本小说集成》据清抄本影印《忠烈侠义传》卷首。
② [清] 李元《蠕范序》，《丛书集成初编》据《湖北丛书》本排印，第1358册第1页。

二、强调社会教化，讽谕社会，警醒自己和世人

宋代曾敏行撰《独醒杂志》，其子刊刻，书末署名三聘跋语称："右《独醒杂志》，先君记事之书也。先君隐居不仕，凡所见闻，皆笔于册，既没世，诸孤不肖，惧弗克绍。因并追记平日燕谈，编次为十卷，诚斋先生见之，辱赐之序，仍刻版于家塾。淳熙丙子正月望，三聘谨书。"①清鲍廷博撰，周生杰、季秋华辑《鲍廷博题跋集》卷一指出："《独醒杂志》十卷附录一卷。宋曾敏行撰。《知不足斋丛书》本。浮云居士（曾敏行）蕴用世之才，行独醒之志，著书自乐，以全其天，可谓贤已。所著《杂志》十卷，词简而事该，识高而论卓，同时诸贤品题备矣。予按行状，公母夫人年逾九十，奉侍唯谨，非甚不得已，未尝去左右。今是书首述蔡端明母寿百单八岁，载笔之下有余慕焉，尤有以征其孝思也。"②曾敏行以"独醒"为自己撰写的小说命名，希望警醒自己，正如鲍廷博所言："浮云居士（曾敏行）蕴用世之才，行独醒之志，著书自乐，以全其天，可谓贤已。"

除警醒自己以外，更多的作家通过小说创作强调社会教化，讽谕社会，警醒世人。宋岳珂撰《桯史》，瞿镛《铁琴铜剑楼藏书目录》卷十七指出："《桯史》七卷……《直斋书目》云，桯史犹言柱记也，集韵训桯与楹同，大约取楹书之义。所记时事，意主于辨贤奸别是非，皆有为而作也。原书十五卷，今存一至卷七，每半叶九行，行十八字。"③《桯史》之命名深意在于"所记时事，意主于辨贤奸别是非，皆有为而作也"。

元末陶宗仪撰《南村辍耕录》。辍耕，即中止耕作，这一命名意在劝戒世人不忘稼穑艰难，重视教化，明代邵亨贞《南村辍耕录疏》称："南村田叟陶君九成，著书三十卷。凡六合之内，朝野之间，天理人事，有关于风化者，皆采而录之，非徒作也。然而又不能忘稼穑艰难，盖有取于圣门'馁在其

---

① 署名三聘跋语，《历代笔记小说集成》第17册《宋代笔记小说》之《独醒杂志》结尾，河北教育出版社1995年版，第500页。

② ［清］鲍廷博撰，周生杰、季秋华辑《鲍廷博题跋集》，浙江古籍出版社2012年版，第17页。

③ ［清］瞿镛《铁琴铜剑楼藏书目录》，《续修四库全书》史部目录类，第926册第290页。

中、禄在其中'之旨，乃名之曰《南村辍耕录》。"①

清褚人获（字稼轩）辑《坚瓠集》。坚瓠，硬而重的实心葫芦，比喻无用之物，此语出自《韩非子·外储说左上》。清李炳《坚瓠甲集序》指出：

> 稼轩褚先生，钩索古今诸说部不下千百家，心织笔耕，积岁书成，名以《坚瓠》，旨深哉！其表纲常节义、道德理学，则须弥香水，洪波巨涛、中流砥柱也。若探奇志怪，抉异阐幽，则瞿塘滟滪、喷瀑悬崖也。其花间绮丽，睍睆关情，又如锦江风暖，洛水波恬也，以诙谐醒世，热喝冷呼，是严滩、吕梁迅流激荡，云泄电澌也。至于巴歙里谚，樵唱渔讴，兼收并采，岂河海不择细流耶？余将拍浮其中，然蠡饮蠡测，徒兴望洋之叹，猛思世浮世也，人浮人也。少陵云："乾坤日夜浮"，不浮何以旋转流动、运行不息乎！因阅《广舆图》，益信斯言之不谬。天河之水从星宿海出，海形如瓠，固知天地亦佩服此坚瓠，得以万古长存而不敝，何况行生其间者哉？瓠之为用大矣、广矣。请以是质正于稼翁。翁曰："子说得吾髓，当弁之卷首。"②

清毛宗岗《坚瓠丙集序》指出：

> 稼轩先生多闻博学，能绍美乎其前人，故知稼轩者以后进好事儒者称之，予闻而然之。及观所编《坚瓠集》，凡其睹记所及古今人轶事与语言文字之可资谈柄者悉载焉，而劝戒之意即寓于中，使读者或时解颐抚掌，或时骇目惊心，乃益信此真儒者好事之所为也……噫！儒者之书岂无用之书？儒者岂无用之人？虽学优不仕，疑于匏系，然儒者自命即不见用于当世，要当立言以垂不朽……瓠之为物，至老而坚，始适于用。今稼轩穷且益坚，必且老当益壮，是正世所宝为硕果者也，瓠云乎哉！请以

---

① ［明］邵亨贞《南村辍耕录疏》，《南村辍耕录》，中华书局 1959 年版，第 4 页。
② ［清］李炳《坚瓠甲集序》，《坚瓠集》卷首，上海古籍出版社 2012 年版，第 1 册。

斯言质诸知稼轩者。①

清毛际可《坚瓠丁集序》云：

稼轩褚先生以坚瓠名其书，且不敢自比于庄叟五石之瓠，以示其无
用。然人徒知有用之为用，而不知无用之为用……（此书）大旨主于维风
教、示劝惩，博物洽闻，阐幽探赜，下逮闾巷歌谣，闺阁怀思之细，无
不取之秘籍，先后问世。其所锓初集，即以余灯谜诗列之卷首。②

清李炳《坚瓠甲集序》、毛宗岗《坚瓠丙集序》、毛际可《坚瓠丁集序》
等均指出清褚人获辑《坚瓠集》一书的劝戒功用。李炳《坚瓠甲集序》认为
《坚瓠集》之命名含有很深的劝戒意味："名以《坚瓠》，旨深哉！其表纲常节
义、道德理学，则须弥香水，喷瀑悬崖也。"毛宗岗《坚瓠丙集序》认为："劝
戒之意即寓于中，使读者或时解颐抚掌，或时骇目惊心，乃益信此真儒者好
事之所为也。"清毛际可《坚瓠丁集序》认为："大旨主于维风教、示劝惩，博
物洽闻，阐幽探赜。"

古代小说作品很多以"喻""警""醒""照""戒""钟""镜"
"针""天""石"等为小说命名，体现鲜明的劝戒观念。

1. 以"喻""警""醒""照"等为小说命名，而且常常与"世"字相联，
表达劝世思想。笔者以"三言"和《型世言》等小说的命名为例试加说明。
"三言"原名《古今小说》，共 120 种，后来改名为《喻世明言》《警世通言》
《醒世恒言》，劝戒色彩更为突出。衍庆堂刊印《喻世明言》的识语声称："题
曰《喻世明言》，取其明白显易，可以开□（按：原字缺）人心，相劝于善，
未必非世道之一助也。"③明代可一居士《醒世恒言序》指出："明者，取其
可以导愚也。通者，取其可以适俗也。恒则习之而不厌，传之而可久。三刻

① ［清］毛宗岗《坚瓠丙集序》，《坚瓠集》，上海古籍出版社 2012 年版，第 1 册第 165 页。
② ［清］毛际可《坚瓠丁集序》，《坚瓠集》，上海古籍出版社 2012 年版，第 1 册第 247 页。
③《喻世明言》识语，明代衍庆堂刊《喻世明言》卷首。

殊名，其义一耳。"① 从"三言"的序言可以看出，"三言"取名"喻世""警世""醒世"，其劝戒之意相当明确。

　　"三言"的命名形式以及其中寓含的创作观念对话本小说的命名也产生了较大影响，例如，《型世言》塑造诸多忠臣、义士、烈士等形象，"以为世型"②，作为世人的道德楷模。"三言二拍"的选本《今古奇观》一名《喻世明言二刻》，明末及清代的小说创作如《觉世雅言》《二刻醒世恒言》《警世奇观》《警世选言》《醒梦骈言》等小说的命名均受到"三言"命名的影响。

　　除"三言"及其选本、续书、仿作等的命名以外，明清时期以"喻""警""醒""照"等为小说命名的也很多，例如，明代汪于止撰文言小说《醒世外史》、佚名《警世阴阳梦》、佚名《轮回醒世》、天然痴叟《石点头》（又名《醒世第二奇书》）、西周生《醒世姻缘传》，清代佚名《醉醒石》、佚名《情梦柝》（封面题"警世奇书"）、詹熙《醒世新编》（一名《花柳深情传》）、钟铁桥《警富新书》、佚名《警寤钟》、佚名《回头传》（又名《省世恒言》）、菊畦子辑《醒梦骈言》、天花才子编《快心编》（初集内封又名《醒世奇观·新镌快心编全传》）等等。小说多将"世"字嵌入书名之中，如"喻世""警世""醒世""型世""觉世""照世"等。以"照世"为例，明代朱国祯《涌幢小品》卷一指出："撒马尔罕在西边，其国有照世杯，光明洞达，照之可知世事。"③清代酌元亭主人编次的小说即以《照世杯》为名，我们通过朱国祯之语可以窥见此书命名之由。

　　2. 以"戒""钟""镜""针"等为小说命名。清代华阳散人编辑《鸳鸯针》，独醒道人《鸳鸯针序》云：

　　　　医王活国，先工针砭，后理汤剂。迨针砭失传，汤剂始得自专为功。

---

①［明］可一居士《醒世恒言序》，人民文学出版社 1956 年版，第 895 页。

②《型世言》卷一第一回《烈士不背君　贞女不辱父》回末评，中华书局 1993 年据峥霄馆刊本整理出版，第 20 页。

③［明］朱国祯《涌幢小品》，中华书局 1959 年版，第 4 页。

然汤剂灌输肺腑，针砭攻刺膏肓。世未有不知膏肓之愈于肺腑也。世人黑海狂澜，滔天障日，总泛滥名利二关……古德拈一语云："鸳鸯绣出从君看，不把金针度与人。"道人不惜和盘托出，痛下顶门毒棒。此针非彼针，其救度一也。使世知千针万针，针针相投；一针两针，针针见血。上拔梯缘，下焚数（薮）宅，二童子环而向泣，斯世其有瘳乎？①

序言作者点明小说取名"鸳鸯针"之由，借用"鸳鸯绣出从君看，不把金针度与人"一语，创作小说如医生救病一样以救世。明末薇园主人以《清夜钟》作为自己创作的小说名称，其《清夜钟自序》称：

世人梦梦，锢利囚名。撇不去贫贱，定要推开；涎不到荣华，硬图捉着。美色他人强羡杀，偷香窃玉；意气自己是只知，踞胜争雄。勇者凌人，怯者丧己，巧者碌碌，愚者攘攘。白日里做尽蚁膻，黑夜间不停鱼睫，衣一身，食一口，着甚么贪觅不休？近中寿，远百龄，为甚的奔求不了？正如痴汉，朝暮营营，神情不定，昏夜倒头一觉，魂魄不清。乱腾腾上天下地，昏懵懵疑鬼疑神，宜到一杵清音，划然俱去，其提醒大矣。余偶有撰著，盖借谐谭说法，将以明忠孝之铎，唤省奸回；振贤哲之铃，惊回顽薄。名之曰《清夜钟》，著觉人意也。大众洗耳，莫只当春风之过，负却一片推敲苦心！②

薇园主人在自序中说得很清楚，希望这部小说像寂静的夜间响起的钟声一般警醒世人。

3. 小说以"石""天"等命名，借鉴女娲补天的神话传说，体现"补天"意识。清初才子佳人小说作家笔炼阁比较注重通过小说命名阐发作品的创作主旨，他编创的《五色石》《遍地金》等作品都是如此。署名笔炼阁主人在

---

① ［清］独醒道人《鸳鸯针序》，《古本小说集成》据大连图书馆藏本影印《鸳鸯针》卷首。
② ［明］薇园主人《清夜钟自序》，《古本小说集成》据路工藏本和安徽省博物馆藏本拼合影印《清夜钟》卷首。

《五色石序》中介绍此书命名时指出：

> 《五色石》何为而作也？学女娲氏之补天而作也……吾今日以文代石而欲补之，亦未知其能补焉否也。第而吾妄言之，而抵掌快心；子妄听之，而入耳满志。举向所望其如是、恨其不如是者，今俱作如是观，则以是为补焉而已矣……予遂以"五色石"名篇而为之序。①

五色石是神话传说中女娲氏炼之以补天之物，笔炼阁以"五色石"为名，"以文代石而欲补之"，劝世、教化之意隐藏其中。

《遍地金》实为《五色石》之前四卷，其书命名也是如此，以遍地金代指小说之文，通过小说描写弥补"缺陷世界，不平之事，遗憾之情"②，从而达到讽谕社会、宣扬教化的目的。五色石主人撰《八洞天》，其《八洞天序》称："《八洞天》之作也，盖亦补《五色石》之所未备也。《五色石》以补天之缺，而缺不胜缺，则补亦不胜补也。"③与《五色石》的书名一样，《八洞天》同样表达"补天"之意，宣扬劝戒之意。

三、宣扬因果报应、劝人积善行德

明代佚名撰传奇小说集《轮回醒世》，直接通过书名宣扬佛教轮回转世、因果报应，今有明万历聚奎楼刊本，十八卷，聚奎楼刊本"题辞"云："今生受今生造二语，可括轮回大旨，习矣不察，遂世多梦梦。欲使世醒，须仗轮回，故为是刻。"④明末小说《石点头》取名借鉴"生公说法，顽石点头"的传说，明代冯梦龙《石点头叙》云："《石点头》者，生公在虎丘说法故事

---

① ［清］笔炼阁《五色石序》，《五色石》卷首，春风文艺出版社 1985 年版。
② 参见［清］哈哈道士《遍地金序》，《遍地金》，据清乾隆、嘉庆间刊本。
③ ［清］五色石主人《八洞天序》，《八洞天》卷首，《古本小说集成》据日本内阁文库所藏原刊本影印。
④ ［明］佚名撰聚奎楼刊本"轮回醒世题辞"，程毅中点校《轮回醒世》卷首，中华书局 2008 年版。

也。小说家推因及果，劝人作善，开清净方便法门，能使顽夫伥子，积迷顿悟，此与高僧悟石何异。"①明末清初小说《醉醒石》表达了同样的创作主旨，缪荃孙《醉醒石序》曾称赞此书："演说果报，决断是非，挽几希之仁心，断无聊之妄念；场前巷底，妇孺皆知，不较九流为有益乎？"②《醒世姻缘传》的作者也希望通过一个两世姻缘的故事起到"醒世"的作用，这部小说分前后两部分，前二十二回描写前世姻缘，晁源射死仙狐，迫害其妻计氏致死；第二十三回起描写现世姻缘，晁源托生为狄希陈，受到分别由仙狐、计氏托生的妻妾薛素姐、童寄姐的虐待，清代东岭学道人《醒世姻缘传序》云：

> 原书本名《恶姻缘》，盖谓人前世既已造业，后世必有果报。既生恶心，便成恶境。生生世世，业报相因，无非从一念中流出……能于一念之恶，禁之于其初，便是圣贤作用，英雄手段，此正要人豁然醒悟。若以此供笑谈，资狂僻，罪过愈深，其恶直至于披毛戴角，不醒故也。余愿世人从此开悟，遂使恶念不生，众善奉行，故其为书，有裨风化，将何穷乎！因书凡例之后，劝将来君子开卷便醒，乃名之曰《醒世姻缘传》。③

东岭学道人在这则序言中解释取名《醒世姻缘传》的原因就在于借两世姻缘、因果相报的故事，"劝将来君子，开卷便醒"，从而达到劝戒的目的。

古代小说劝人积善行德的作品也很多，以《清平山堂话本》为例，其《阴骘积善》篇出自《夷坚甲志》卷十二《林积阴德》，"阴骘"意思是天命注定，"积善"一名和话本主人公"姓林名积，字善甫"之名皆劝人积善行德。清代佚名撰《善恶图全传》，浮槎使者《善恶图序》指出："《善恶图》一书，所以劝善惩恶者也。"④清初佚名撰才子佳人小说《麟儿报》，讲述以磨豆

---

① [明] 冯梦龙《石点头叙》，《石点头》卷末，上海古籍出版社1957年版。
② [清] 缪荃孙《醉醒石序》，《醉醒石》卷末，上海古籍出版社1956年版。
③ [清] 东岭学道人《醒世姻缘传序》，《醒世姻缘传》卷首，清同治九年刊。
④ [清] 浮槎使者《善恶图序》，《古本小说集成》据清颂德轩刊本影印《善恶图全传》卷首。

腐为生，兼卖冷酒度日的廉小村乐善好施，人称廉善人，终得善报，遇到葛仙翁相助，暗中指点他寻得邻村乡宦毛羽家吉地安葬其母。不数月，生出贵子廉清，聪敏过人，被礼部尚书幸居贤招为女婿。后来考中状元，与幸尚书之女儿昭华、毛御史之女成亲，最终福禄满门的故事。小说命名取名宣扬因果报应，天花藏主人《麟儿报序》云：

　　吾见香山发还带之裴，竺桥付渡蚁之宋，埋枯骨开八百之基，哀王孙获千金之报，此俱不过一念之仁耳。而善念动天，早已锡福于无穷矣。请论之，廉老一穷夫妇也，推其愿，衣食饱暖足矣。幸生豚犬，免为独夫足矣，何暇作白屋公卿之想？即勖之曰为善降祥，亦不敢以一蔬一饭之小惠，而妄思其厚报。孰知德不在大小，贵乎真诚。真诚，则己饱而念人之饥，己暖而念人之寒。不待来求，而先为之心动。纵使无力，亦为之不倦。此其心何心？天高地厚之心也；此其量何量？民包物与之量也。有此心量，虽对之圣贤而不惭，质之鬼神而无愧。即闇然一室，而理之所在，必感必通。何况恰恰逢仙，安有不明承其指点，暗示其机关，以广上天锡善之旨，而不忍为善付之空言也。故沟渠老蚌，一旦生明月之珠；破枥小驹，千里逞渥洼之骏。至于幸尚书之巨眼，迥异尘像；幸小姐之幽贞，超迈闺秀。忽被斧柯作恶，遭逆明不得已妆男私奔，迫穷途没奈何就女成婚。其中隐藏慧识，巧弄姻缘。按之人事，无因无依，惊以为奇；揆之天理，皆从风雪中来，信其不爽。嗟嗟，天心甚巧，功名富贵不能加于无文无武之廉老，乃荣其子以荣其父母。所以谓之麟儿报也。处世者，必乐览于兹篇。①

　　麟儿，指聪颖的孩子；报，善报。廉小村好善，得到善报，"天心甚巧，功名富贵不能加于无文无武之廉老，乃荣其子以荣其父母"。《麟儿报》之命名直接体现善有善报的劝戒主旨。

---

①〔清〕天花藏主人《麟儿报序》，《麟儿报》卷首，春风文艺出版社 1983 年版。

四、戒风月

古代小说的命名实践较为普遍地反映出这一创作观念，例如明末清初小说《风流悟》、清代小说《风月梦》等小说的命名都是如此。清代崔市道人《醒风流奇传》意在反对当时盛行的才子佳人创作倾向，他在《醒风流序》中明确指出：

> 既成（《醒风流奇传》一书），质之同志。同志曰："是编也，当作正心论读。世之逞风流者，观此必惕然警醒，归于老成，其功不小。"因遂以名而授之梓。虽然，从来以善道教人者，劝文诫语，刊刻行世，累至千百，鲜有寓目。即寓目而未必儆心。或粘壁而尘封，或抹几而狼藉，殊负美意，良可叹息。阅是编者，幸少加意焉。①

作者希望借助此书对"世之逞风流者"有所规劝。甲戌本《石头记》凡例也声称："《红楼梦》……又名《风月宝鉴》，是戒妄动风月之情。"②以《风月宝鉴》为名，其用意相当明显。清代邗上蒙人《风月梦自序》以自己的亲身经历来劝戒世人：

> 夫《风月梦》一书，胡为而作也？盖缘余幼年失怙，长违严训；懒读诗书，性耽游荡。及至成立之时，常恋烟花场中，几陷迷魂阵里。三十余年，所遇之丽色者、丑态者、多情者、薄幸者，指难屈计。荡费若干白镪青蚨，博得许多虚情假爱。回思风月如梦，因而戏撰成书，名曰《风月梦》。或可警愚醒世，以冀稍赎前愆，并留戒余后人勿蹈覆辙。③

作者以自己三十余年在风月场中的经历撰成小说，取名《风月梦》，意谓

---

① ［清］崔市道人《醒风流序》，《醒风流》卷首，春风文艺出版社 1981 年版。
② 《石头记》凡例，《脂砚斋重评石头记》卷首，上海人民出版社 1975 年版。
③ ［清］邗上蒙人《风月梦自序》，《古本小说集成》据光绪印本影印《风月梦》卷首。

"风月如梦"，希望世人以他为戒，不要重蹈覆辙。孙家振《海上繁花梦》以晚清上海妓院作为描写中心，反映近代上海乃至于整个中国的世情百态，作者将"海上繁华"与"梦"组合在一起作为书名，体现劝戒之旨，警梦痴仙所撰《海上繁华梦自序》云：

> 客有问于警梦痴仙者，曰："《海上繁华梦》何为而作也？"曰："为其欲警醒世人痴梦也。"客又曰："警醒痴梦奈何？"痴仙曰："海上繁华，甲于天下，则人之游海上者，其人无一非梦中人，其境即无一非梦中境。是故灯红酒绿，一梦幻也；车水马龙，一梦游也；张园愚园，戏馆书馆，一引人入梦之地也；长三书寓，么二野鸡，一留人寻梦之乡也……海上既无一非梦中境，则入是境者，何一非梦中人。仆自花丛选梦以来，十数年于兹矣，见夫入迷途而不知返者，岁不知其凡几，未尝不心焉伤之。因作是书，如释氏之现身说法，冀当世阅者或有所悟，勿负作者一片婆心，是则《繁华梦》之成，殆亦有功于世道人心，而不仅摹写花天酒地，快一时之意，博过眼之欢者欤！"[1]

灯红酒绿、风花雪月、繁华世界，到头来不过是一场梦而已，正如警梦痴仙之序所言，作者取名《海上繁花梦》，其中也包含着戒风月、希望此书"有功于世道人心"的劝戒之意。晚清张春帆撰《九尾龟》，小说描写青楼生活，表现嫖客丑态，作者实际上是以此戒风月，所以在小说第十五回《曲辫子坐轿出风头　红倌人有心敲竹杠》中声称"在下这前半部小说，原名叫做《嫖界醒世小说》，不过把《九尾龟》做个提头"[2]，宣扬戒风月之主旨。

---

① ［清］海上警梦痴仙漱石氏《海上繁花梦序》，《海上繁花梦》卷首，齐鲁书社 1995 年版。
② ［清］张春帆《九尾龟》，《古本小说集成》据上海图书馆藏本影印，第 82 页。

五、其他劝戒主旨

古代小说通过书名表达的劝戒主旨丰富多样，除以上阐述的几种劝戒观念以外，还有很多。例如，《清平山堂话本·五戒禅师私红莲记》以"五戒"作为小说主人公姓名，"且问：何谓之五戒？第一戒者，不杀生命。第二戒者，不偷盗财物。第三戒者，不听淫声美色。第四戒者，不饮酒茹荤，第五戒者，不妄言绮语。此谓之五戒"①。清代艾衲居士《豆棚闲话》也善于通过人物命名以劝世，《豆棚闲话》第八则《空青石蔚子开盲》云：

> 且说中州有个先儿，——那地方称瞎子叫名先儿。这瞎子姓迟名先。有人说道："你怎么叫做迟先？"那瞎子道："我不是先儿之先，却另有个意思。如今的人眼明手快，捷足高才，遇着世事，如顺风行船，不劳余力。较之别人受了千辛万苦撑持不来，他却三脚两步，早已走在人先，占了许多便宜。那知老天自有方寸，不肯偏枯曲庇着人，惟是那脚轻手快的，偏要平地上吃跌，毕竟到那十分狼狈地位，许久阑圊不起。倒不如我们慢慢的按着尺寸平平走去，人自看我蹭蹬步滞，不在心上。那知我到走在人的先头，因此叫做迟先。"②

《豆棚闲话》第八则《空青石蔚子开盲》云：

> 那先儿道："老兄高姓大名？"迟先就把取名迟先的话儿说了一遍，也赞道："'迟'字上说出个'先'字来，大有意理。"迟先道："也要请教尊兄姓名？"那先儿道："弟姓孔名明。"迟先道："孔明是个后汉时刘先王的军师，你如何盗窃先贤名姓？"孔明道："我不是那三国的孔明，却另有个取意。如今的人，胡乱眼睛里读得几行书，识得几个字，就自负为才子；及至行的世事，或是下贱卑污，或是逆伦伤理；明不畏王章国法，

---

① [明]洪楩辑，程毅中点校《清平山堂话本》，中华书局 2012 年版，第 230 页。
② [清]艾衲居士《豆棚闲话》，中华书局 2000 年版，第 64—65 页。

暗不怕天地鬼神，竟如无知无识的禽兽一类。倒不知我们一字不识，循着天理，依着人心，随你古今是非、圣贤道理，都也口里讲说得出，心上理会得来，却比孔夫子也还明白些，故此叫做孔明。"迟先道："难得我与你一对儿合拍的。"①

取名迟先，意在讽刺那些见风使舵、投机取巧之辈，取名孔明，讽刺那些盲目自负，无视伦理、国法，为所欲为之辈，作者通过小说人物之名表达讽世、劝戒之意。

清代李海观撰《歧路灯》，小说讲述祥符官宦子弟谭绍闻，在父亲去世以后，经不住市井无赖的诱惑，一步步堕落，以至于倾家荡产。后来幡然悔悟，浪子回头，终得高官厚禄，重振家业。小说取名"歧路灯"，以谭绍闻浪子回头的经历作为误入歧途的世人面前的一盏明灯，以此宣扬劝戒观念。乾隆四十二年（1777），绿园老人《歧路灯序》指出：

> 偶阅阙里孔云亭《桃花扇》，丰润董恒岩《芝龛记》，以及近今周韵亭之《悯烈记》，喟然曰："吾故曰填词家当有是也！借科诨排场间，写出忠孝节烈，而善者自卓千古，丑者难保一身。使人读之为轩然笑，为潸然泪。即樵夫、牧子、厨媪、爨婢，皆感动于不容已。以视王实甫《西厢》、阮圆海《燕子笺》等出，皆桑濮也，讵可暂注目哉！"因仿此意为撰《歧路灯》一册。田父所乐观，闺阁所愿闻。子朱子曰："善者可以感发人之善心，恶者可以惩创人之逸志。"友人皆谓于纲常彝伦，煞有发明。盖越三十年以迄于今，而始成书。②

清代佚名《二奇合传》直接在回目上注明劝戒字眼，每回用三字劝戒语标注于题目之下，试列如下：

---

① ［清］艾衲居士《豆棚闲话》，中华书局 2000 年版，第 65—66 页。
② ［清］绿园老人《歧路灯序》，据乾隆四十五年传钞本《歧路灯》。

卷一

第一回　刘刺史大德回天　劝积德

卷二

第二回　卢太学疏狂取祸　戒狂生

第三回　三孝廉让产立贤名　劝孝弟

卷三

第四回　两县令竞义婚孤女　劝恤孤

第五回　裴晋公雅度还原配　戒逞势

第六回　滕大尹捣鬼断家私　戒争产

卷四

第七回　郑舍人义退千金　劝阴德

第八回　谢小娥智擒群盗　劝节孝

第九回　清安寺烈女返真魂　劝节烈

卷五

第十回　台州府怜才合佳耦　戒悔婚

第十一回　李汧公穷邸遇侠客　戒负义

卷六

第十二回　沈小霞大难脱年家　劝扶危

第十三回　刘东山骄盈逢暴客　戒矜夸

卷七

第十四回　程元玉恭谨化灾星　戒轻薄

第十五回　钱秀才错占凤凰俦　戒巧诈

卷八

第十六回　乔太守乱点鸳鸯谱　劝断狱

第十七回　十三郎五岁朝帝阍　戒夜游

卷九

第十八回　灌园叟暮年逢仙女　劝惜花

第十九回　郭刺史败兴当艄　戒贪缘

卷十

第二十回　李参军奇冤索命　戒命债

第二十一回　金玉奴棒打薄情郎　戒薄幸

第二十二回　吕大郎还金完骨肉　劝阴德

卷十一

第二十三回　吴宣教情魔投幻网　戒邪僻

第二十四回　富家翁痴念困丹炉　戒贪淫

卷十二

第二十五回　冯宰相一病悟前身　劝修持

第二十六回　东廊僧片念遭魔障　戒虐下

第二十七回　老门生三世报恩　劝敬老

第二十八回　钝秀才一朝交泰　劝安命

卷十三

第二十九回　怀私怨奸仆陷主　戒暴怒

第三十回　念亲恩孝女藏儿　劝孝弟

第三十一回　转运汉巧遇鼍龙壳　劝守分

卷十四

第三十二回　看财奴刁买主人翁　劝善缘

第三十三回　崔县尉会合芙蓉屏　劝节义

第三十四回　曾孝廉解开兄弟劫　劝孝弟

卷十五

第三十五回　乌将军一饭报千金　劝酬恩

第三十六回　毛尚书小妹换大姊　戒嫌贫

第三十七回　宋金郎贤闻矢坚贞　劝节义

卷十六

第三十八回　陈秀才内助全产业　戒冶游

第三十九回　陆蕙娘弃邪归正　劝从良

第四十回　俞伯牙痛友焚琴　劝交友

晚清遁庐撰小说《当头棒》劝戒世人不要迷信。综而言之，劝戒说是古代小说非常流行、影响深远的小说观念之一，小说作家善于通过小说书名、回目、人物命名等多种命名的方式表达劝戒观念，劝戒的内容丰富多样，他们希望通过小说创作宣扬儒家伦理道德规范，加强社会教化。

第三节　小说命名与娱乐说

在中国古代小说观念之中，娱乐说是重要的组成部分之一，在不同时期的小说创作、评论实践中，娱乐说均有着鲜明的体现。早在唐代，韩愈就声称他创作《毛颖传》的目的在于以文"为戏耳"①。明代胡应麟《少室山房笔丛》卷二十九《九流绪论下》云："小说者流，或骚人墨客游戏笔端；或奇士洽人搜罗宇外。"②明万历三十七年（1609）所刊《新刻续编三国志后传》的引言指出："夫小说者，乃坊间通俗之说，固非国史正纲，无过消遣于长夜永昼，或解闷于烦剧忧态，以豁一时之情怀耳。今世所刻通俗列传并梓《西游》、《水浒》等书，皆不过取快一时之耳目。"③小说创作的目的之一就在于"以文为戏"、在于"消遣于长夜永昼，或解闷于烦剧忧态"，可见无论是文言小说还是白话小说，娱乐、游戏说都较为普遍地存在。本节从小说命名的角度对古代小说娱乐说加以考察，主要从小说书名、小说人物命名、娱乐与劝戒相结合三个方面对此进行阐述。

一、小说书名与娱乐说

从小说书名的角度来看，隋朝侯白为自己的小说命名为《启颜录》，表明此书内容在于取悦读者。唐代温庭筠创作《乾𦠆子》，撰，《辞海》称："切熟

---

① 参见［五代］王定保《唐摭言》卷五，古典文学出版社 1957 年版，第 55 页。
② ［明］胡应麟《少室山房笔丛》，上海书店出版社 2001 年版，第 283 页。
③ ［明］佚名《新刻续编三国志引》，《古本小说集成》据万历三十七年刊本影印《三国志后传》卷首。

肉更煮。"乾膑即干腊肉，味道鲜美，温庭筠以此作为小说集之名，其意显然在于吸引读者，正如宋代晁公武《郡斋读书志·乾膑子》卷十三所言："《乾膑子》三卷。右唐温庭筠撰。序谓语怪以悦宾，无异膑味之适口，故以'乾膑'命篇。"①

明清时期是小说创作相当盛行的时期，以小说创作娱乐、游戏的观念也较为流行，并在小说书名中得到鲜明体现，明代嘉靖时洪楩清平山堂刊刻《六十家小说》分别取名为《雨窗集》《长灯集》《随航集》《欹枕集》《解闲集》《醒梦集》，小说创作、编辑的目的在于供读者消闲、娱乐，以《欹枕集》之"欹枕"为例，这一词语出自唐代郑谷诗《欹枕》："欹枕高眠日午春，酒酣睡足最闲身。明朝会得穷通理，未必输他马上人。"②"欹枕"，指斜靠着枕头，很悠闲的样子，"雨窗""长灯""随航""解闲""醒梦"等词语的含义均在于供读者娱乐、消闲，打发无聊时光，体现小说的娱乐功能。

古代有些小说直接将"笑""快""快活""谐""谑""嘻""如意""闲"等与娱乐说关系密切的字眼嵌入书名，例如：

1. 以"笑"嵌入小说书名。早在明清之前就出现很多这样的命名情况，如三国邯郸淳《笑林》，晋陆云《笑林》，隋魏澹《笑苑》，唐何自然《笑林》、佚名《笑言》，五代杨名高《笑林》，宋张致和《笑苑千金》、路氏《笑林》、佚名《林下笑谈》等等，明代赵南星《笑赞》、浮白主人《笑林》、佚名《续笑林》、冯梦龙《笑府》、《广笑府》、《古今笑史》（即《谭概》）、醉月子《精选雅笑》、潘游龙《笑禅录》、佚名《时尚笑谈》、佚名《笑海千金》，清代佚名《三山笑史》、佚名《一笑缘》（即《驻春园》）、陈皋谟《笑倒》、石成金《笑得好》、游戏主人《笑林广记》、俞樾《一笑》、独逸窝退士《笑笑录》、程世爵《笑林广记》，近代吴沃尧《新笑史》、《新笑林广记》等等。

小说以"笑"作为书名，其意不言自喻，冯梦龙曾参加韵社，万历四十八年（1620），应韵社之邀，编辑出版《古今笑》，一位韵社成员介绍了该

<hr />

① [宋] 晁公武撰，孙猛校证《郡斋读书志校证》卷第十三小说类，上海古籍出版社 2011 年版，第568 页。

② [唐] 郑谷《欹枕》，《全唐诗》卷六百七十六，中华书局 1960 年版，第 20 册第 7750 页。

书的策划和编辑过程：

> 韵社诸兄弟抑郁无聊，不堪复读《离骚》，计惟一笑足以自娱，于是
> 争以笑尚，推社长龙子犹为笑宗焉……诸兄弟前曰："吾兄无以笑为社中
> 私，请辑一部鼓吹，以开当世之眉宇。"子犹曰："可。"乃授简小青衣，无
> 问杯余茶罢，有暇，辄疏所睹记，错综成帙，颜曰《古今笑》。①

韵社文人们抑郁无聊之际，"计惟一笑足以自娱，于是争以笑尚"，正是
在这些社友、读者的怂恿、推动下，作为"社长""笑宗"的冯梦龙才创作
了《古今笑》一书。《古今笑》的书名表明此书显然是为了满足读者娱乐的需
要。清代俞樾《俞楼杂纂》第四十八指出："《新唐书·艺文志》小说家类，
有邯郸淳《笑林》三卷，何自然《笑林》三卷，又有《会昌解颐》四卷。今
其书不传，不知所载何事，大率供人喷饭者也。"②俞樾认为古代以"笑""解
颐"等词语命名的小说"大率供人喷饭者也"，以供人娱乐、消遣作为创作的
目的。

2. 以"快"命名。如清代五色石主人编《快士传》、天花才子编辑《快心
编》、饮霞居士编次《熙朝快史》、佚名《浓情快史》等。雍正年间写刻本《快
士传》识语云：

> 古今妙文所传，写恨者居多。太史公曰：《诗》三百篇，大抵皆圣贤
> 发愤之所为作也，然但观写恨之文，而不举文之快者以宕漾而开发之，
> 则恨从中结，何以得解，必也运扫愁之思，挥得意之笔，翻恨事为快
> 事，转恨人为快人，然后……破涕为欢。③

《快士传》创作诚如其书名所言，"翻恨事为快事，转恨人为快人"，为

---

① 署名韵社第五人撰《题〈古今笑〉》，《古今谭概》卷首，中华书局 2007 年版。
② ［清］俞樾《春在堂全书·俞楼杂纂》本，《春在堂全书》，凤凰出版社 2010 年版，第 3 册第 764 页。
③ ［清］五色石主人编《快士传》识语，《古本小说集成》据清刊本影印《快士传》卷首。

读者提供消遣、娱乐。天花才子编辑《快心编》也是如此，佚名《快心编序》指出，小说创作意在破除烦闷，抒写不平，快人心目，使读者"忘暑止饥"①。这些作品的命名清楚地传达出作者利用小说娱乐读者的创作观念。清代西泠散人《熙朝快史序》也指出："或谓作者胸有不平之事而故为游戏之笔，自娱以娱人也。"②清代山石老人《快心录自序》声称：

> 余自幼累观闲词野史颇多，无非是佳人才子，捻造成一篇离合悲欢，虽词句精巧，终无趣味。今亲自着村言编成数页小说，莫嫌俚句不工，却有多半实事，故随意录出，留待小窗闲坐，灯畔雨余，聊破一时之寂闷耳。③

山石老人在自序中指出，自己创作《快心录》，以"快"命名小说，其目的在于"聊破一时之寂闷耳"。

3. 以"谐""谑"等命名。在古代小说书名中出现不少此类现象，以"谐"命名的如南朝宋东阳无疑《齐谐记》，南朝梁吴均《续齐谐记》，唐代刘讷言《谐噱录》，宋代沈徵《谐史》、陈日华《谈谐》，明代陈邦俊编《广谐史》、钟惺《谐丛》、刘元卿《应谐录》、屠本畯《五子谐册》、佚名《谐薮》、徐常吉《谐史》、朱维藩《谐史集》、江盈科《雪涛谐史》、思贞子《正续资谐》，清代袁枚《新齐谐》（《子不语》又一名）、沈起凤《谐铎》、蹇蹇《今齐谐》、尚湖渔父《虞谐志》等；以"谑"为名的小说如宋代窦苹《善谑集》，明代陈沂《善谑录》、佚名《雅谑》、太函山人《善谑录》、郁履行《谑浪》等等。

以"谐""谑"命名的小说体现娱乐读者的意识，继承《庄子》以及南朝宋东阳无疑《齐谐记》的创作精神，正如清代马国翰《齐谐记序》所言：

---

① 佚名《快心编序》，《快心编》卷首，人民文学出版社 1992 年版。

② ［清］西泠散人《熙朝快史序》，收入丁锡根编著《中国历代小说序跋集》，人民文学出版社 1996 年版，第 1666 页。

③ ［清］山石老人《快心录自序》，收入丁锡根编著《中国历代小说序跋集》，第 1285 页。

"《齐谐记》一卷……书名取《庄子》'齐谐志怪'之语，所记皆神异事……探源火敦，亦览古者之快事云。"① 明代陈邦俊撰《广谐史》，其《广谐史》凡例云："《广谐史》……作者自荐绅先生以至布衣逸士，各擅才情，游戏翰墨，穷工极变，另成一体，且词旨似若诙谐议论，实关风教，虽与正史并传可也。"② 表明《广谐史》是"游戏翰墨"之作。明代李日华《广谐史序》认为，此书命名之意在于"不徒广谐，亦可广史；不徒广史，亦可广读史者之心"③。序言作者将"谐"与"史"、与"读者"相结合，强调小说创作娱乐读者的同时，强化小说的补史功能，希望小说创作起到更多的历史教育的作用。

4. 以"闲"命名。历代以"闲"命名的小说很多，包括文言小说和白话小说，例如五代王仁裕《玉堂闲话》；宋代吴淑《秘阁闲谈》，景焕《野人闲话》与《牧竖闲谈》，佚名《续野人闲话》，苏耆《闲谈录》，陈正敏《遁斋闲览》；元代吾丘衍（或作吾衍）《闲居录》；明代洪楩编辑《六十家小说》，其中一部话本集命名为《解闲集》，陈继儒编辑《闲情野史》，蒋谊《石屋闲钞》，黄卿《闲钞》，罗钦德《闲中琐录》，孙绪《无用闲谈》，周锡《玄亭闲话》，司马泰《河馆闲谈》，舒荣都《闲暑日钞》，茅元仪《戍楼闲话》，高濂《三径怡闲录》，佚名《闲情别传》，吴敬所编辑《国色天香》（又名《幽闲玩味夺趣奇芳》），佚名《梼杌闲评》；清代艾衲居士著《豆棚闲话》，张昀《琐事闲录》，黄图泌《看山阁闲笔》，顾嗣立《春树闲钞》，萧智汉辑、肖秉信注《山居闲谈》，陈其元《庸闲斋笔记》，万锬龄《芸窗闲遗编》，张道《鸥巢闲笔》，陈迁鹤《闲居咫闻》，江熙《扫轨闲谈》，顾公燮《消夏闲记摘钞》，吴炽昌《客窗闲话》，欧阳巨源《负曝闲谈》等等。

清代艾衲居士《豆棚闲话弁语》称：

① ［清］马国翰《齐谐记序》，收入丁锡根编著《中国历代小说序跋集》，第 64 页。
② 《广谐史》凡例，《广谐史》卷首，《四库全书存目丛书》子部，齐鲁书社 1995 年版，第 252 册第 207 页。
③ ［明］李日华《广谐史序》，《四库全书存目丛书》子部，第 252 册第 203 页。

　　艾衲云：吾乡先辈诗人徐菊潭有《豆棚吟》一册，其所咏古风、律绝诸篇，俱宇宙古今奇情快事，久矣脍炙人口。惜乎人逝世远，湮没无传。至今高人韵士每到秋风豆熟之际，诵其一二联句，令人神往。余不嗜作诗，乃检遗事可堪解颐者，偶列数则，以补豆棚之意。①

　　诗人徐菊潭《豆棚吟》所咏之诗都是宇宙古近奇情快事，艾衲居士所撰《豆棚闲话》，同样"检遗事可堪解颐者"，故以"闲"命名，不过像《豆棚闲话》《负曝闲谈》等小说虽以"闲"命名，其间较多触及社会现实，具有一定的现实批判精神，与纯粹娱乐读者的笑话类小说作品不同。

　　5. 以其他词语命名。除以上列举的词语以外，古代小说创作中还出现以其他词语命名以体现娱乐说的现象，例如：

　　以"滑稽"命名的如宋钱易《滑稽集》、佚名《醉翁滑稽风月笑谈》、乌有先生《滑稽小传》，明陈禹谟《广滑稽》、王薇编《滑稽杂编》。

　　以"无稽"命名的如清代王兰皋《无稽谰言》。

　　以"解颐""解人颐"命名的如唐代佚名《会昌解颐录》、宋高怿《群居解颐》、明佚名《解颐赘语》、清赵恬养《增订解人颐新集》。清李光庭《乡言解颐》五卷，周密《齐东野语》卷六《解颐》篇云："匡衡好学，精力绝人，诸儒为之语曰：'无说《诗》，匡鼎来。匡说诗，解人颐。'盖言其善于讲诵，能使人喜而至于解颐也。"②《乡言解颐》作者李光庭在《乡言解颐自序》中声称："追忆七十年间故乡之谣谚歌诵耳熟能详者，此心甚惬然也。"③

　　以"启颜""开颜"命名的如隋侯白《启颜录》、五代皮光业《启颜录》、宋佚名《启颜录》、宋代笑话集《开颜集》。

　　以"拊掌"命名的如元代鞔然子编笑话集《拊掌录》。

　　以"如意"命名的如清代陈天池《如意君传》，又名《第一快活奇书如意

————

　　① [清]艾衲居士《豆棚闲话弁语》，《豆棚闲话》卷首，中华书局 2000 年版。
　　② [宋]周密《齐东野语》，中华书局 1983 年版，第 102 页。
　　③ [清]李光庭《乡言解颐自序》，《续修四库全书》子部小说家类，据上海图书馆藏清道光刻本影印，第 1272 册第 138 页。

君传》。

以"暇"命名的小说如：唐代李匡文《资暇集》三卷，南宋晁公武《郡斋读书志》卷十三指出："《资暇》三卷。右唐李匡文济翁撰。序称世俗之谈，类多讹误，虽有见闻，嘿不敢证，故著此书。上篇正误，中篇谭元，下篇本物，以资休暇云。"①资，提供，资助，暇，空闲、闲暇，"资暇"一名表明书中内容可供人们闲暇时消遣娱乐之用。清代半峰氏《异谈暇笔》、孟瑢樾《半暇笔谈》、陈莱孝《谈暇》、程庭鹭《多暇录》。

以"醒梦"命名的小说，《六十家小说》即有《醒梦集》，清代佚名《醒梦骈言》等等。

以"延漏"命名的小说，如佚名《延漏录》一卷，约为宋人创作。《直斋书录解题》、元马端临《文献通考》均入子部小说类，《说郛》本录有一卷，题宋章望之撰。其中所录均为秩闻杂事。漏，古代的计时器，铜制，有孔，可以滴水或漏沙，上有刻度标志以计时间。漏，这里代指时间，延，拖延，延长。"延漏"一词意思是拖延时间，"延漏录"表明书中所载内容可供人们休闲娱乐、消磨时光。

以"萱苏"命名的小说，明陈耀文撰《学圃萱苏》六卷。萱苏，即萱草，借指忘忧草，小说以"萱苏"嵌入书名，意即此书可以使读者忘忧、消愁。

上述小说多记可笑之人物、事件，其中也夹杂劝戒之旨，如元代靦然子所撰《拊掌录》自序称："东莱吕居仁先生作《轩渠录》，皆纪一时可笑之事。余观诸家杂说中亦多有类是者，暇日裒成一集，目之曰《拊掌录》，不独资开卷之一笑，亦足补《轩渠》之遗也。"②清代陈天池撰《如意君传》，在小说中，主人公田文泉状元及第，建功立业，享尽荣华富贵，作者借此突出"如意""快活"的创作主旨。清代闲情老人《醒梦骈言序》称，作者创作此小说"盖迫欲为若人驱睡魔也，因集逸事如干卷，颜曰'醒梦骈言'以救之。是

---

① ［宋］晁公武撰，孙猛校证《郡斋读书志校证》，上海古籍出版社 2011 年版，第 562 页。

② ［元］靦然子《拊掌录自序》，收入丁锡根编著《中国历代小说序跋集》，人民文学出版社 1996 年版，第 638 页。

是书命名之意也"①。表明此书命名以娱乐之意。

值得指出的是，古代小说创作观念中娱乐说呈现两极化的倾向，一方面朝色情化方向发展，以低俗甚至淫秽的字眼取悦读者，明代《双峰记》、清代《肉蒲团》等小说命名就反映出色情化的痕迹。另一方面，朝着娱乐与劝戒结合的趋势演进，这一点，我们将在后文作专门论述。

二、小说人物命名与娱乐说

小说作品的人物命名也充分体现娱乐观念。古代小说中有一些关于人物命名的笑话故事，以明代冯梦龙《古今谭概》为例，此书谬误部第五《疑姓》条云：

> 阳伯博任山南，一县丞其妻陆氏，名家女也。县令妇姓伍。他日会诸官之妇，既相见，县令妇问赞府夫人何姓，答曰："姓陆。"次问主簿夫人，答曰："姓戚。"县令妇勃然入内。诸夫人不知所以，欲却回。县令闻之，遽入问其妇。妇曰："赞府妇云姓陆，主簿妇云姓戚，以吾姓伍，故相弄耳！余官妇赖吾不问，必曰姓八、姓九矣！"令大笑曰："人各有姓。"复令妇出。（原评：令妇所疑不错，只是不合姓伍。子犹曰："姓六、姓七，正是两家谦让处。还是令妇错怪。"）②

冯梦龙《古今谭概》巧言部第二十八《贾黄中、卢多逊》条称：

> 贾黄中与卢多逊俱在政府。一日，京中有蝗虫，卢笑曰："某闻所有乃假蝗虫。"贾应声曰："亦闻不伤禾，但芦多损耳。"③

---

① ［清］闲情老人《醒梦骈言序》，《醒梦骈言》卷末，中华书局 2000 年版。
② ［明］冯梦龙编著《古今谭概》，中华书局 2007 年版，第 60—61 页。
③ ［明］冯梦龙编著《古今谭概》，中华书局 2007 年版，第 357—358 页。

《古今谭概》巧言部第二十八《羽晴》条记载：

> 裴子羽为下邳令，张晴为县丞。二人俱有声气而警言语。论事移时，一吏窃议曰："县官甚不和。"或问其故，答曰："长官称雨，赞府道晴，终日如此，那得和！"①

以上三篇小说皆拿人物姓名开玩笑，分别利用"伍"与"五"、"陆"与"六"、"戚"与"七"、"黄"与"蝗"、"卢"与"芦"、"羽"与"雨"等字的谐音作为嘲谑工具。也有些小说以姓名相同作为趣谈，清代王士禛《池北偶谈》卷十一《谈艺一·对句》记载：

> 小说载李空同督学江西，有一生姓名偶同，李出对句云："蔺相如，司马相如，名相如，实不相如。"生应声云："费无忌，长孙无忌，公无忌，我亦无忌。"空同喜。不知此对自宋有之，见《齐东野语》云："司马相如，蔺相如，果相如否？长孙无忌，费无忌，能无忌乎？"②

这是小说记载中出现学生和老师姓名相同的趣谈，因为姓名相同，所以留下不少趣闻逸事。

清代李汝珍《镜花缘》第八十六回《念亲情孝女挥泪眼　谈本姓侍儿解人颐》，记录了玉儿讲的一则笑话：

> 有一家姓王，兄弟八个，求人替起名字，并求替起绰号。所起名字，还要形象不离本姓。一日，有人替他起道：第一个，王字头上加一点，名唤王主，绰号叫"硬出头的王大"；第二个，王字身旁加一点，名唤王玉，绰号叫做"偷酒壶的王二"；第三个，就叫王三，绰号叫做"没良心的王三"；第四个，名唤王丰，绰号叫做"扛铁枪的王四"；第五个，就叫

---

① ［明］冯梦龙编著《古今谭概》，中华书局 2007 年版，第 359 页。
② ［清］王士禛《池北偶谈》，中华书局 1982 年版，第 256 页。

王五，绰号叫做"硬拐弯的王五"；第六个，名唤王壬，绰号叫做"歪脑袋的王六"；第七个，名唤王毛，绰号叫做"拖尾巴的王七"；第八个，名唤王全……这个"全"字本归入部，并非人字，所以王全的绰号叫做"不成人的王八"①。

这是以人物姓名作为"解人颐"的笑谈，以此增加小说的趣味性和可读性。

有些小说人物的姓名成为后人游戏的工具，比较典型的就是斗叶子的游戏，以小说人名尤其是水浒人物作为游戏工具，明代陆容《菽园杂记》卷十四称：

> 斗叶子之戏，吾昆城上自士夫，下至僮竖，皆能之……近得阅其形制：一钱至九钱各一叶，一百至九百各一叶。自万贯以上皆图人形。万万贯呼保义宋江，千万贯行者武松，百万贯阮小五，九十万贯活阎罗阮小七，八十万贯混江龙李进，七十万贯病尉迟孙立，六十万贯铁鞭呼延绰，五十万贯花和尚鲁智深，四十万贯赛关索王雄，三十万贯青面兽杨志，二十万贯一丈青张横，九万贯插翅虎雷横，八万贯急先锋索超，七万贯霹雳火秦明，六万贯混江龙李海，五万贯黑旋风李逵，四万贯小旋风柴进，三万贯大刀关胜，二万贯小李广花荣，一万贯浪子燕青。或谓赌博以胜人为强，故叶子所图，皆才力绝伦之人，非也。盖宋江等皆大盗，详见《宣和遗事》及《癸辛杂识》。作此者，盖以赌博如群盗劫夺之行，故以此警世，而人为利所迷，自不悟耳！记此，庶吾后之人知所以自重云。②

钱希言《戏瑕》卷二"叶子戏"记载：

---

① ［清］李汝珍《镜花缘》，人民文学出版社1955年版，第638页。
② ［明］陆容《菽园杂记》，中华书局1985年版，第173—174页。

　　按叶子戏，自唐咸通以来，天下尚之，即今之扯纸牌，亦谓之斗叶子。近又有马钓之名，则以四人为之者，唐格已不可考。今自钱索两门而外，皆《水浒传》中人，故余尝呼戏者曰宋江班。（或云：是厌胜之术，恐梁山泊三十六人复生世间耳。然则唐、宋之世，以何为厌胜耶？）[①]

　　可见叶子戏起源很早，自唐末以来一直很流行，到了明代，多以水浒人物为叶子之名，明末清初著名画家陈老莲曾绘制《水浒叶子》，以水浒人物为名：万万贯呼保义宋江、七万贯豹子头林冲、二十万贯双鞭呼延灼、九文钞玉麒麟卢俊义、空没文花和尚鲁智深、八十万贯九纹龙史进、二文钞母夜叉孙二娘、四万贯浪里白跳张顺、七十万贯混江龙李俊、八百子浪子燕青、三万贯青面兽杨志、千万贯美髯公朱仝、五百子两头蛇解珍、六百子金眼彪施恩、四文钞鼓上蚤时迁、三十万贯插翅虎雷横、四百子一丈青扈三娘、三百子没羽箭张清、二万贯神机军师朱武、九万贯智多星吴用、二百子双枪将董平、四十万贯活阎罗阮小七、七百子拼命三郎石秀、一万贯神医安道全、六十万贯大刀关胜、六万贯没遮拦穆和、七文钱混世魔王樊瑞、一文钞神行太保戴宗、十文钱入云龙公孙胜、一百子急先锋索超、九百子小旋风柴进、八万贯行者武松、百万贯小李广花荣、五万贯扑天雕李应、三文钱赤发鬼刘唐、八文钞霹雳火秦明、九十万贯黑旋风李逵、五十万贯母大虫顾大嫂、六文钱圣手书生萧让、五文钱金枪手徐宁，陈老莲绘制的《水浒叶子》反映了《水浒传》及其中小说人物在明末清初的流传情况。

　　有些小说以药名作为小说人物命名，比较有名的是清代江洪《草木春秋》，小说以汉皇为刘寄奴，以狼主为巴豆、大黄，其他有女贞仙、威灵仙、决明子、覆盆子、石斛、黄耆等，体现以文为戏的观念。清代云间子《草木春秋演义自序》云：

---

① ［明］钱希言《戏瑕》，《四库全书存目丛书》子部，第97册第28页。

黄帝之尝百草也，盖辨其性之寒热温凉，味之辛苦甘淡。或补或泻，或润或燥，以治人之病，疗人之疴，其功德非细焉。予因感之，而集众药之名，演成一书，颜之曰《草木春秋》，以传于世。虽半属游戏，然而中金石草木水土禽鱼兽虫之类，靡不森列，以代天地器物之名，不亦当乎？夫刘寄奴之为汉朝仁政之君固矣，巴豆、大黄之作番邦狼主亦固矣。至若巴豆、大黄负欺君之罪，而竟以干戈犯界，轰奔烈烈，何等威暴。致使异人并起，各逞技术，奇幻成兵，此金石斛诚栋梁之材，父子竭忠效命，暨诸将士皆尽握赤心，努力汗马，卒乃番主邪不胜正，一朝之摧败不亦天乎！然或有讥此集杀戮太过，岂余之真恶彼诸药而有心作此者？盖任其笔而为之耳，或始俑之以责予，予又何逃哉？但愿后之俊杰，览予之斯集者，肯谅予之愚钝，万勿深罪是幸，因自为之序云。[①]

正如云间子序言所言，以药名为小说人物命名，"半属游戏"，鲜明体现作者小说娱乐的观念。

三、小说命名体现出娱乐与劝戒相结合的倾向

《娱目醒心编》即为一例，清代自怡轩主人乾隆五十七年（1792）撰《娱目醒心编序》云：

草亭老人家于玉山之阳，读书识道理，老不得志，著书自娱。凡目之所见，耳之所闻，心有感触，皆笔之于书，遂成卷帙，名其编曰《娱目醒心》。考必典核，语必醇正。其间可惊可愕，可敬可慕之事，千态万状，如蛟龙变化，不可测识。能使悲者流涕，喜者起舞，无一迂拘尘腐之辞，而无不处处引人于忠孝节义之途。既可娱目，即以醒心，而因果

[①]［清］云间子《草木春秋演义自序》，收入丁锡根编著《中国历代小说序跋集》，人民文学出版社1996年版，第1451—1452页。

报应之理，隐寓于惊魂眩魄之内，俾阅者渐入于圣贤之域而不自知，于人心风俗不无有补焉。余故急为梓之以问世。①

小说创作既可以"娱目"，满足读者的阅读需求，又可以"醒心"，达到劝戒世人、宣扬忠孝节义、因果报应的目的。

我们在上文提到，以"笑""快""谐"等命名的小说体现鲜明的娱乐观念，这些小说在表现以小说娱乐读者的同时，也包含着浓郁的劝戒意识，将娱乐与劝戒相结合，清代石成金《笑得好自叙》声称："正言闻之欲睡，笑话听之恐后，今人之恒情。夫既以正言训之而不听，曷若以笑话怵之之为得乎？予乃著笑话书一部，评列警醒，令读者凡有过愆偏私，蒙昧贪痴之种种，闻予之笑，悉皆惭愧悔改，俱得成良善之好人矣。因以《笑得好》三字名其书。"②序言作者认为，读者不喜欢听"正言"，喜欢听笑话，所以他将此书取名为《笑得好》，以供读者娱乐，与此同时，作者在笑话之中穿插劝戒主旨，令读者改过从善。

清代西泠散人《熙朝快史序》云："然则小说岂易言哉！或谓作者胸有不平之事而故为游戏之笔，自娱以娱人也。是犹未识作者之苦也夫。"③《熙朝快史》以"快"为小说命名，同样主张将"游戏之笔，自娱以娱人"与劝戒相结合。《谐铎》的创作也是如此，以"谐"命名体现娱乐意识，以"铎"为名则富含劝戒观念，"铎"，大铃，形如铙、钲而有舌，古代宣布政教法令所用，明代兼善堂《警世通言》识语所云："兹刻出自平平阁主人手授，非警世劝俗之语，不敢滥入，庶几木铎老人之遗意，或亦上君不弃也。"④明代衍庆堂《醒世恒言》识语亦云："总取木铎醒世之意，并前刻共成完璧云。"⑤以木

①［清］自怡轩主人《娱目醒心编序》，《娱目醒心编》卷首，上海古籍出版社1988年版。

②［清］石成金《笑得好自叙》，收入《明清笑话集六种》，中州古籍出版社2012年版，第209页。

③［清］西泠散人《熙朝快史序》，收入丁锡根编著《中国历代小说序跋集》，人民文学出版社1996年版，第1666页。

④明代兼善堂《警世通言》识语，《警世通言》卷首，人民文学出版社1956年版。

⑤明代衍庆堂《醒世恒言》识语，收入丁锡根编著《中国历代小说序跋集》，人民文学出版社1996年版，第780页。

铎宣布朝廷政令，警醒世人。清代钱棨《谐铎叙》云：

> 盖史贵铎而不谐，而说部书则谐而不铎也。予与蘙渔大兄共笔砚者垂
> 二十年，知其湛深经术，偶以余绪溢为外编，而标其名曰《谐铎》，殆得
> 史氏劝惩之旨，而不屑自侪于魏晋杂书者。夫西京肇悦，尚压骚坛，南
> 部烟花，且传废阁。此书一出，当不仅贵洛纸而织蛮衣也。予虽谫陋，
> 尚能与天下人宝之。①

考虑到"史贵铎而不谐，而说部书则谐而不铎也"，《谐铎》作者沈起凤
创作此书并以"谐铎"命名，意在将劝戒与娱乐相结合。晚清邱炜蒉《菽园
赘谈·续小说闲评》说得很清楚："沈氏起凤自以为广文先生有司铎之职，
庄语之不如谐语之，因著《谐铎》问世。"②揭示出《谐铎》一书通过"谐
语"的形式娱乐读者，并表达劝惩之旨，体现出将劝戒与娱乐相结合的文学
观念。

第四节　小说命名与真情说

古代小说命名与真情说之间的联系也相当紧密，对此，笔者从以下两个
方面进行论述。

一、小说书名与真情说

古代很多小说以"情"作为书名，宋代张君房《丽情集》，清人李调元撰

---

① ［清］钱棨《谐铎叙》，《谐铎》，人民文学出版社 1985 年版，第 192 页。
② 据阿英编《晚清文学丛钞·小说戏曲研究卷》卷四《客云庐小说话》卷一转录，中华书局 1960 年
版，第 393 页。

《丽情集序》云:"《丽情集》一卷……以缘情而靡丽,故名之。"①明清时期以"情"命名的小说作品很多,例如,明代雷世清《艳情集》,佚名《钟情丽集》,佚名《如意君传》(又名《阃娱情传》),余象斗编《万锦情林》,陈继儒编辑《闲情野史》,佚名辑《绣谷春容》之《辜轲钟情丽集》,冯梦龙《情史》;明末清初佚名《钟情艳史》,江西野人编演《怡情阵》;清初佚名《一片情》,佚名《定情人》,烟水散人《梦楼月情史》,佚名编小说戏曲选集《最娱情》,佚名《山水情》,佚名《情梦柝》,佚名《浓情快史》,佚名《浓情秘史》,曹雪芹、高鹗《红楼梦》(又名《情僧录》),佚名撰《绮楼重楼》〔嘉庆二十一年(1816)刊本目录又题"蜃楼情梦"〕;晚清詹熙《花柳深情传》,吴沃尧《情变》,佚名《情界囚》,佚名《情天劫》,佚名《情天恨》等等,不一而足。

在明清时期各种小说文本、序跋之中,我们可以清晰地体会到小说作者、评论者对"情"的阐释,清初素政堂主人《定情人序》对"情"与"心""性"的关系、"定情人"书名蕴藏的含义做了较为充分的解读,他认为,宇宙万物皆有情,情迷则心、性为其牵累,所以,"欲收心正性,又不得不先定其情"。人世间最钟情的莫过于男女之情,一旦钟情于对方,"则情应定于是人矣",情定则"收心正性"②。《定情人》描写四川双流宦家子弟双星与浙江绍兴府江蕊珠之间忠贞不渝的爱情故事,与素政堂主人上述的序言相互印证。

《红楼幻梦》是《红楼梦》的一部续书,花月痴人在《红楼幻梦》的自序中将《红楼梦》界定为一部"情书",他认为《红楼梦》是一部"用情"之作,倾注着作者真挚的情感、心血,尤其着重描写"愁绪之情",让读者为黛玉的"割情而殀"、宝玉的"报情而遁",为小说众多女性的悲惨命运而扼腕叹息③。晚清魏秀仁撰小说《花月痕》描写韦痴珠与刘秋痕、韩荷生与杜采秋两

---

① 〔清〕李调元《丽情集序》,收入丁锡根编著《中国历代小说序跋集》,人民文学出版社1996年版,第405页。

② 〔清〕素政堂主人《定情人序》,《定情人》卷末,春风文艺出版社1983年版。

③ 〔清〕花月痴人《红楼幻梦自序》,《古本小说集成》据国家图书馆所藏疏景斋刊本影印《红楼幻梦》卷首。

对才子与妓女之间的爱情故事，小说第一回《蚍蜉撼树学究高谈　花月留痕稗官献技》指出："情之所钟，端在我辈……书名《花月痕》……书中之是非真假，小子亦不知道。但每日间听小子说书的人，也有笑的，也有哭的，也有叹息的，都说道：'书中韦痴珠、刘秋痕，有真性情；韩荷生、杜采秋、李谡如、李夫人，有真意气。即劣如秃僮，傻如跛婢，戆如屠户，懒如酒徒，淫如碧桃，狠如肇受，亦各有真面目，跃跃纸上。'"[1] 作者感慨青年男女之间的"真性情""真意气"，韦痴珠在并州遇见名妓刘秋痕，两人一见钟情，痴珠无力将刘秋痕救出娼门，后来因病而逝，刘秋痕殉情而死，小说歌颂青年男女之间矢志不渝的忠贞之情。

值得我们注意的是，明清以"情"命名的小说至少体现以下两个特点：

第一，小说主要描写男女之情，不过，也写到同性之"情"，明代小说《弁而钗》四集分别题为《情贞记》《情侠记》《情烈记》《情奇记》，此书专写同性恋，同样称之为"情"，《情贞记》中赵王孙与凤翔，"始以情合，终以情全"，小说作者突出"情"字。

第二，不少小说尤其是明末以后以"情"命名的小说往往宣扬"情"与"礼"的结合。明末冯梦龙提出著名的"情教"说，他在署名龙子犹所撰的《情史叙》中认为："天地若无情，不生一切物。一切物无情，不能环相生。生生而不灭，由情不灭故。四大皆幻设，性情不虚假。有情疏者亲，无情亲者疏。无情与有情，相去不可量。我欲立情教，教诲诸众生：子有情于父，臣有情于君，推之种种相，俱作如是观。"[2] 在这里，冯梦龙一方面认为"情"至上，天地万物皆由情而生，另一方面，主张"立情教"，强调"子有情于父，臣有情于君"。冯梦龙所说的"情"不仅包括男女之情，也包括世间种种之情，尤其是合乎礼教道德之"情"。他在署名詹詹外史所撰的《情史叙》中同样指出："六经皆以情教也。"[3] 清代署名蕙水安阳酒民所撰《情梦柝》第一回《观胜会游憩梵宫　看娇娃奔驰城市》阐明《情梦柝》一书取名

---

① ［清］魏秀仁《花月痕》，人民文学出版社 1982 年版，第 1—3 页。

② ［明］冯梦龙《情史叙》，《冯梦龙全集》第 7 册《情史》卷首，凤凰出版社 2007 年版。

③ ［明］冯梦龙《情史叙》，《冯梦龙全集》第 7 册《情史》卷首，凤凰出版社 2007 年版。

之由时也指出，"情"出自于心，有"正"与"不正"之分，小说取名"情梦柝"，希望"击柝数声，唤醒尘梦"，世人应做到"乐而不淫，怨而不怒，贞而不谅，哀而不伤"①。将世间之"情"与教化、劝戒相结合。清代云水道人《巧联珠序》也认为：

> 惟人生于情，有情而后有觉知，有情而后有伦纪……近今词说，宣秽导淫，得罪名教，呜呼！吾安得有心人而与之深讲于情之一字哉！烟霞散人博涉史传，偶于披览之余，撷逸搜奇，敷以菁藻，命曰《巧联珠》。其事不出乎闺房儿女，而世路险峨，人事艰楚，大略备此。予取而读之，跃然曰："此非所谓发乎情，止乎礼义者与？"亟授之梓。不知者以为涂讴巷歌，知者以为跻之风雅勿愧也。嗟乎！吾安得进近今词家而与之深讲于情之一字也哉！②

清代佚名撰《蝴蝶媒》，一名《鸳鸯梦》，浪迹生《鸳鸯梦叙》云："夫情也者，发乎性，中乎礼者也。故推情即可以见性，抑能好礼，乃可与言情。情之为用大矣哉！……人但知《鸳鸯梦》为稗官小说，而不知隐有人情世风在即。"③才子佳人小说《巧联珠》《鸳鸯梦》描写男女之情，但是它们倡导的"情"，强调"发乎情止乎礼义"，与冯梦龙提倡的"情教说"在本质上是一致的。

二、小说人物命名、地名与真情说

（一）小说人物命名与真情说。古代小说作品中的人物命名也包含着丰

---

① 署名蕙水安阳酒民《情梦柝》，《古本小说集成》据啸月轩刊本影印。
② ［清］云水道人《巧联珠序》，《古本小说集成》据美国哈佛大学图书馆藏本影印《巧联珠》卷首。
③ ［清］浪迹生《鸳鸯梦叙》，收入丁锡根编著《中国历代小说序跋集》，人民文学出版社 1996 年版，第 1276 页。

富的真情观念，先看话本小说，明代话本小说集《醒世恒言》卷三《卖油郎独占花魁》以"秦重"作为小说男主人公的姓名，"秦重"即"情种"，或称"重情"，小说通过对这一市民人物的描写突出人间真情。秦重母亲早丧，他十三岁时，父亲将他卖到开油店的朱十老家做伙计。秦重淳朴、善良、不谙世事，刚见妓院老鸨王九妈和名妓王美娘时，为王美娘的美貌所吸引，但不知她们的身份，"秦重心中想道：'这妈妈不知是那女娘的什么人？我每日到他家卖油，莫说赚他利息，图个饱看那女娘一回，也是前生福分。'"秦重涉世未深，这段心理描写表现秦重老实、本份、单纯、痴情的性格特征。接下来，小说通过一系列的心理描写、细节描写、动作描写，塑造秦重的人物形象，他对王美娘一见钟情，常常以卖油为名，去看王美娘，"有一日会见，也有一日不会见。不见时费了一场思想，便见时也只添了一层思想"。好不容易凑够了十两银子去见王美娘，美娘陪酒回来，喝得大醉：

> 秦重想酒醉之人，必然怕冷，又不敢惊醒他。忽见阑干上又放着一床大红紵丝的锦被，轻轻的取下，盖在美娘身上。把银灯挑得亮亮的，取了这壶热茶，脱鞋上床，挺在美娘身边，左手抱着茶壶在怀，右手搭在美娘身上，眼睛也不敢闭一闭。

王美娘睡到半夜，自觉酒力不胜，爬起来，坐在被窝中，垂着头，只管打干哕。秦重慌忙也坐起来，知道她要呕吐，连忙放下茶壶，用手抚摩其背。良久，美娘喉间忍不住了，"说时迟，那时快，美娘放开喉咙便吐。秦重怕污了被窝，把自己的道袍袖子张开，罩在他嘴上。美娘不知所以，尽情一呕，呕毕，还闭着眼，讨茶漱口。秦重下床，将道袍轻轻脱下，放在地平之上。摸茶壶还是暖的，斟上一瓯香喷喷的浓茶，递与美娘"[1]。上述描写相当细致、生动，精心刻画出秦重的痴情、细心、体贴。王美娘被他的深情所感动，最终二人喜结良缘。同样的，女主人公莘瑶琴姓名中的"琴"谐音

---

[1] 以上参见［明］冯梦龙编《醒世恒言》卷三《卖油郎独占花魁》，人民文学出版社1956年版。

"情"字，体现作者宣扬"真情"的观念。

相反，对那些薄情寡义之人，话本小说作者则予以鞭挞，《喻世明言》卷二十七《金玉奴棒打薄情郎》为读者揭示了一个负心汉莫稽的形象，故事发生在宋代绍兴年间的杭州城，书生莫稽虽然"一表人才，读书饱学"，但是父母双亡，家穷未娶，在别人的撮合下，入赘以乞丐起家的金团头家，与金团头女儿金玉奴结为夫妇。在妻子的大力帮助下，莫稽科举及第，但是他发达以后嫌弃妻子家庭乞丐出身，不顾夫妻情分，将妻子推入江中、试图谋杀妻子，小说有力地谴责薄情、负心的行径①。

明末清初文坛上出现一大批才子佳人小说，其中一些小说人物的命名也体现出"真情"观念，以清初《好逑传》为例，小说叙述了明朝北直隶大名府秀才铁中玉与山东历城县已经退职的兵部侍郎水居一之女水冰心之间纯洁、真挚的爱情故事，小说以"玉""冰心"作为人物命名，象征着爱情之冰清玉洁，这在一定程度上体现出经历晚明文坛"艳情"甚至淫秽之风以后，由"艳情"到提倡"纯情"思潮的转变历程，这种"纯情"思潮一直持续到批判地继承、接受才子佳人小说创作精神的经典名著《红楼梦》，小说描写宝玉与黛玉之间的爱情，提倡真情与纯洁。

明清时期文言小说创作中也存在不少在人物命名中嵌入"情"字的现象，如《聊斋志异》中《青凤》《青娥》《青梅》诸篇，都突出一个"情"字，对此，我们在本书第五章《中国古代小说命名的方法（上）》第二节《谐音法》中已作论述。

曹雪芹、高鹗所撰《红楼梦》充分体现了小说人物命名与真情说之间的密切关系，清代评论家对"秦"与"情"、秦可卿与秦钟等人姓名进行了多次阐释，甲戌本《石头记》第七回原文："秦钟。"甲戌本夹评云："设云秦钟。古诗云：'未嫁先名玉，来时本姓秦。'二语便是此书大纲目、大比托、大讽刺处。"②王希廉曾在《红楼梦》第九回《训劣子李贵承申饬　嗔顽童茗烟闹书房》回评中声称："宝玉男女二色皆由秦而起……秦者情也，秦钟者情种

---

① ［明］冯梦龙编《喻世明言》，人民文学出版社 1958 年版。
② 参照 ［清］曹雪芹《脂砚斋甲戌抄阅重评石头记》卷首，沈阳出版社 2005 年版，第 210 页。

也。"① 清代姚燮《红楼梦总评》云："秦，情也。情可轻而不可倾，此为全书
纲领。"② 陈其泰《红楼梦回评》第九回《训劣子李贵承申饬　嗔顽童茗烟闹
书房》云："宝玉之情，与俗人不同。其于秦钟，只是情之所钟，以温存体贴
为相好，不在淫亵也。"③ 解盦居士也对秦可卿的命名进行了初步探究。他认
为："秦氏与情事同音，谓情事之幻境也。"④ 清代评论家均认为，秦可卿、秦
钟等人的秦姓与"情"谐音，其父名秦业谐音"情孽"，正合小说中所云"宿
孽总因情"；秦可卿之弟名秦钟，谐音"情种"，秦可卿的判词"情既相逢必主
淫"正合其"淫丧天香楼"的命运。《红楼梦》中"贾芹"一名谐音"假情"，
他负责管理水月庵的小尼女道，却一味玩弄女性，对钟情于他的芳官没有真
正的感情，作者对假情假义进行了批评。

（二）小说地名与真情说。《红楼梦》第一回《甄士隐梦幻识通灵　贾
雨村风尘怀闺秀》云"娲皇氏只用了三万六千五百块，只单单剩了一块未
用，便弃在此山青埂峰下"，脂砚斋评点称："妙，自谓落堕情根，故无补天之
用。"⑤ 以"青埂"谐音"情根"，通过"青埂峰"之名在一定程度上表明小说
的题材内容，预示着小说人物的形象、性格特点。《红楼梦》中与此类似的地
名还有一些，例如"孽海情天"，或称"情天孽海"，《红楼梦》第五回《游幻
境指迷十二钗　饮仙醪曲演红楼梦》云：

　　宝玉听说，便忘了秦氏在何处，竟随了仙姑，至一所在，有石牌横
　　建，上书"太虚幻境"四个大字，两边一副对联，乃是："假作真时真亦
　　假，无为有处有还无。"转过牌坊，便是一座宫门，上面横书四个大字，
　　道是："孽海情天。"又有一副对联，大书云："厚地高天，堪叹古今情不

---

①［清］王希廉《红楼梦》第九回回评，收入朱一玄编《红楼梦资料汇编》，南开大学出版社 2001 年
版，第 593 页。

②［清］姚燮《红楼梦总评》，收入朱一玄编《红楼梦资料汇编》，南开大学出版社 2001 年版，第 666 页。

③［清］陈其泰评，刘操南辑《桐花凤阁评红楼梦辑录》，天津人民出版社 1981 年版，第 75 页。

④［清］解盦居士《石头臆说》，收入一粟编《红楼梦资料汇编》，中华书局 1964 年版，第 189 页。

⑤《红楼梦》第一回《甄士隐梦幻识通灵　贾雨村风尘怀闺秀》脂砚斋评，［清］曹雪芹《脂砚斋甲戌抄
阅重评石头记》，沈阳出版社 2005 年版，第 7 页。

尽；痴男怨女，可怜风月债难偿。"①

　　宝玉进了孽海情天，又到"痴情司""结怨司""朝啼司""夜怨司""春感司""秋悲司"等处，小说至此，脂砚斋评点称："菩萨天尊皆因僧道而有，以点俗人，独不许幻造太虚幻境以警情者乎？观者恶其荒唐，余则喜其新鲜。"②《红楼梦》第一百二十回《甄士隐详说太虚情　贾雨村归结红楼梦》云：

　　　　士隐叹息道："老先生莫怪拙言，贵族之女俱属从情天孽海而来。大凡古今女子，那'淫'字固不可犯，只这'情'字也是沾染不得的。所以崔莺、苏小，无非仙子尘心；宋玉、相如，大是文人口孽。凡是情思缠绵的，那结果就不可问了。"③

　　虽然脂砚斋的评语以及小说中甄士隐的叹息都表明，小说作者虚构"太虚幻境""孽海情天""痴情司"等地名，是为了"警情者"，事实上小说中塑造了大量痴情男女，描写很多动人的情感故事，感人至深，《红楼梦》中的这些地名在客观上揭示出小说与真情说之间密切的关系。

　　综上所述，笔者试就古代小说命名与补史说、劝戒说、娱乐说、真情说等创作观念的关系加以阐述。书名往往直观、具体地体现小说创作观念，通过对古代小说命名的考察，我们可以从特定视角探寻古代小说观念的丰富内涵及其演进轨迹。

---

①［清］曹雪芹、高鹗《红楼梦》，人民文学出版社1982年版，第75页。
②《红楼梦》第五回《游幻境指迷十二钗　饮仙醪曲演红楼梦》脂砚斋评，［清］曹雪芹《脂砚斋甲戌抄阅重评石头记》，沈阳出版社2005年版，第132页。
③［清］曹雪芹、高鹗《红楼梦》，人民文学出版社1982年版，第1645页。

第九章
中国古代小说改名现象

关于中国古代书籍的命名情况，余嘉锡先生在《古书通例》卷一《古书书名之研究》中曾经指出："古书之命名，多后人所追题，不皆出于作者之手。"① 在中国古代小说创作、传播过程中，改名现象相当普遍，以唐代李德裕所撰《次柳氏旧闻》为例，据作者自序可知，这部小说集初名《问高力士》，后来改名《程史》，《钦定四库全书总目》卷一百四十小说家类《次柳氏旧闻》条称："此书初名《程史》，后改题今名。"② 至宋剩十七事，曾慥《类说》题名为《明皇十七事》，《顾氏文房小说》《宝颜堂秘笈》《说郛》《丛书集成初编》《学海类编》诸本均题《明皇十七事》；又如，明代嘉靖年间洪楩用其斋名清平山堂刊刻话本小说，有《雨窗集》10 卷、《长灯集》10 卷、《随航集》10 卷、《解闲集》10 卷、《欹枕集》10 卷、《醒梦集》10 卷，共六十卷，合称为《六十家小说》，后来大部分作品散佚，1929 年马廉整理日本内阁文库所藏 15 篇残存的佚文，把它们交付给北京古今小品书籍会出版，根据版心所刊"清平山堂"字样，取名为《清平山堂话本》。

无论是文言小说还是白话小说，均不同程度地存在改名现象，改名的原因复杂多样，或因避讳而改名（比如宋人为避始祖玄朗名讳，将《玄怪录》改为《幽怪录》），或受时代风气、文化思潮影响，或为书商追求经济利益，或受避讳文化的影响，或由于个人原因等等。下面我们就古代小说中人物改名和更改小说书名两个方面分别进行阐述。

---

① 余嘉锡《古书通例》，中华书局 2007 年版，第 210 页。
② ［清］纪昀等撰，四库全书研究所整理《钦定四库全书总目》，中华书局 1997 年版，第 1837 页。

第一节　小说人物改名

人物改名现象在古代小说作品中不乏其例，笔者结合古代小说文本，就古代小说中存在的几种人物改名现象加以分析，并由此探讨小说人物改名与人物的言行、身份、地位、性格等之间的紧密联系。

一、改名表明人物的身份、地位

明代《西游记》第八十三回《心猿识得丹头　姹女还归本性》提到妖怪改名：

> （托塔）天王闻言，悚然惊讶道："孩儿，我实忘了，他叫做甚么名字？"太子道："他有三个名字：他的本身出处，唤做金鼻白毛老鼠精；因偷香花宝烛，改名唤做半截观音；如今饶他下界，又改了，唤做地涌夫人是也。"①

金鼻白毛老鼠精因在灵山偷食了香花宝烛，如来派托塔李天王、哪吒三太子将她收服，如来饶她不死，金鼻白毛老鼠精拜李天王为父。下界后改名为地涌夫人，陷害唐僧。金鼻白毛老鼠精先后两次改名，第一次改名为"半截观音"，因为她偷食了如来佛祖的香花宝烛，自认为离成佛不远了，但她原是鼠精，老鼠的生活习性是生活在地下洞穴中，所以称之"半截"；第二次改名"地涌夫人"也是暗示她老鼠精的身份。

古代小说作品中，下层人物如丫鬟、仆人也常常出现改名现象，例如，《金瓶梅》第三十回《来保押送生辰担　西门庆生子喜加官》，李娇儿用了七

---

① [明] 吴承恩《西游记》，人民文学出版社 1955 年版，第 1061 页。

两银子买了丫头，"改名夏花儿，房中使唤"①。《金瓶梅》第三十一回《琴童藏壶觑玉箫　西门庆开宴吃喜酒》，李知县给西门庆送礼，"又拿帖儿送了一名小郎来答应，年方一十八岁，本贯苏州府常熟县人，唤名小张松，原是县中门子出身，生的清俊，面如傅粉，齿白唇红。又识字会写，善能歌唱南曲。穿着青绡直裰，凉鞋净袜。西门庆一见小郎伶俐，满心欢喜。就拿拜帖回复李知县。留下他在家答应，改换了名字，叫做书童儿"②。男仆原名小张松，西门庆将他改名为"书童"。清代东鲁古狂生《醉醒石》第八回《假虎威古玩流殃　奋鹰击书生仗义》也有类似的情节："成化年间，有一个王臣，原不知姓甚么名甚么，因十余岁时，投了一个江南大家，姓王，从此叫做王勤。"③一个无名无姓的男仆，到了江南王氏大家中为仆，随主人姓氏，称之"王勤"，后来投靠司礼监文书房太监王敬，王敬"又道勤字不好，这番才改作王臣"④。

丫鬟、仆人作为下层民众，没有社会地位，身份低贱，所以被主人随意改名，这种现象在《红楼梦》中多次出现，例如，第五回《贾雨村夤缘复旧职　林黛玉抛父进京都》，贾宝玉为袭人改名：

> 原来这袭人亦是贾母之婢，本名珍珠，贾母因溺爱宝玉，生恐宝玉之婢无竭力尽忠之人，素喜袭人心地纯良，克尽职任，遂与了宝玉。宝玉因知她本姓花，又曾见旧人诗句有"花气袭人"之句，遂回明贾母，更名袭人。⑤

袭人原名珍珠，宝玉因其花姓，取南宋诗人陆游《村居书喜》中"花气袭人知骤暖"的诗意，把她改名袭人。不仅主人可改丫鬟姓名，连年长的、地位高的丫鬟也可为小丫鬟改名，《红楼梦》第二十一回《贤袭人娇嗔箴宝

① ［明］兰陵笑笑生《金瓶梅》，东大图书有限公司1979年版，第250页。
② ［明］兰陵笑笑生《金瓶梅》，东大图书有限公司1979年版，第259—260页。
③ ［清］东鲁古狂生《醉醒石》，上海古籍出版社1956年版，第110页。
④ ［清］东鲁古狂生《醉醒石》，上海古籍出版社1956年版，第117页。
⑤ ［清］曹雪芹、高鹗《红楼梦》，人民文学出版社1982年版，第53页。

玉　俏平儿软语救贾琏》中，袭人为小丫头芸香改名为蕙香①。

　　姓名象征着身份、地位，所以丫鬟等地位低下者如果与主子有同名之嫌，就要改名，《红楼梦》第二十四回《醉金刚轻财尚义侠　痴女儿遗帕惹相思》称："原来这小红本姓林，小名红玉，只因'玉'字犯了林黛玉、宝玉，便都把这个字隐起来，便都叫他'小红'。原是荣国府中世代的旧仆，他父母现在收管各处房田事务。"②林红玉是曹府旧仆之女，其名字"犯了林黛玉、宝玉"，所以人们改称"小红"。《红楼梦》第三十五回《白玉钏亲尝莲叶羹　黄金莺巧结梅花络》提到丫鬟莺儿改名一事，"宝玉道：'你本姓什么？'莺儿道：'姓黄。'宝玉笑道：'这个名姓倒对了，果然是个黄莺儿。'莺儿笑道：'我的名字本来是两个字，叫作金莺。姑娘嫌拗口，就单叫莺儿，如今就叫开了。'"③黄金莺是宝钗的丫鬟，宝钗嫌名字拗口，为之改名。《红楼梦》第六十三回《寿怡红群芳开夜宴　死金丹独艳理亲丧》，宝玉嫌芳官之名不好，为她改了男名，改称"雄奴"，又将"雄奴"改为"耶律雄奴"④，"众人嫌拗口，仍翻汉名，就唤'玻璃'"⑤。同样的，湘云"将葵官改了，换作'大英'。因他姓韦，便叫他作韦大英"⑥。《红楼梦》中袭人、芸香、林红玉、黄金莺、芳官、葵官等丫鬟被主人或大丫鬟改名，她们往往是被动地接受改名的事实，这一现象背后所揭露的实际上是这些下层民众的身份和地位。

二、改名体现小说人物的言行、性格

　　小说命名是我们考察小说人物性格、形象的一个独特窗口，对此，我们在本书第三章《明清小说命名与小说创作》中已加以阐述，小说人物的改名

---

① ［清］曹雪芹、高鹗《红楼梦》，人民文学出版社 1982 年版，第 291 页。
② ［清］曹雪芹、高鹗《红楼梦》，人民文学出版社 1982 年版，第 342 页。
③ ［清］曹雪芹、高鹗《红楼梦》，人民文学出版社 1982 年版，第 484 页。
④ ［清］曹雪芹、高鹗《红楼梦》，人民文学出版社 1982 年版，第 899 页。
⑤ ［清］曹雪芹、高鹗《红楼梦》，人民文学出版社 1982 年版，第 901 页。
⑥ ［清］曹雪芹、高鹗《红楼梦》，人民文学出版社 1982 年版，第 900 页。

同样可以藉以考察人物的言行与性格。明代郑仲夔所撰《耳新》卷二《正气》篇记载："闽中有士人魏姓者，佚其名，愤魏阉恣擅，耻己与之同姓，乃去'鬼'称'委'。彼有俨然朝绅而称祖爷，称殿爷，与夫称功诵德、雷同附和者，闻此直当羞死耳。"[①]魏姓读书人愤恨宦官魏忠贤的种种恶行，为自己与他同姓而感到羞耻，于是为自己改姓，去"鬼"称"委"，以"委"为姓氏。《耳新》卷二《正气》篇记载的魏姓士人的这一改名举动反映了这个读书人嫉恶如仇、刚正不阿的性格特征。明代天然痴叟《石点头》第八卷《贪婪汉六院卖风流》叙述一个贪官为自己改名一事，宋代有个官人，姓吾名爱陶，担任荆湖路条例司监税提举，贪财如命，盘剥百姓：

> 为此地方上将吾爱陶改做吾爱钱，又唤做吾剥皮……（他逃到金陵住居）因见四方商贾丛集，恐怕有人闻得姓名，前来物色戏侮，将吾下口字除去，改姓为五，号湖泉，即是爱陶的意思。又想起从来没有姓五的，又添上个人字旁为伍。分付家人只称员外，再莫提起吾字，自此人都叫他是伍员外。[②]

贪官吾爱陶被百姓改称"吾爱钱"，或称"吾剥皮"，这两个改名反映了这一人物贪婪、狠毒的本性。下台以后，害怕别人报复而再次改名为"五湖泉"，考虑到没有"五"这个姓，所以又改姓为"伍"，他这次为自己的姓名所做的改动则体现了这个贪官的心虚、怯懦。

清代夷荻散人编次的小说《玉娇梨》中，苏友白原名良才，因慕李太白风流才品，改名友白，又取青莲、谪仙之意，表字莲仙，这处改名体现了苏友白对李白人格、性格的倾慕与向往之情。《红楼梦》中将香菱改为秋菱这一情节体现了夏金桂和薛宝钗各自不同的性格特征。《红楼梦》第七十九回《薛文龙悔娶河东狮　贾迎春误嫁中山狼》结尾提到薛宝钗为香菱起名之事："一

---

①［明］郑仲夔《耳新》，参见周光培编《明代笔记小说》第21册《耳新》，河北教育出版社1995年版，第425页。

②［明］天然痴叟《石点头》，上海古籍出版社1957年版，第185页、第201页。

日金桂无事，因和香菱闲谈，问香菱家乡父母。香菱皆答忘记，金桂便不悦，说有意欺瞒了他。回问他'香菱'二字是谁起的名字，香菱便答：'姑娘起的。'金桂冷笑道：'人人都说姑娘通，只这一个名字就不通。'香菱忙笑道：'嗳哟，奶奶不知道，我们姑娘的学问连我们姨老爷时常还夸呢。'"①夏金桂心胸狭隘，香菱自小被拐卖，不知自己的家乡父母，夏金桂便认为是有意欺瞒她；听说"香菱"名字是薛宝钗起的，便"冷笑"、讽刺。在《红楼梦》第八十回《美香菱屈受贪夫棒　王道士胡诌妒妇方》开头，作者通过为"香菱"改名一事着力刻画夏金桂的嫉妒、尖刻和浅薄：

　　话说金桂听了，将脖项一扭，嘴唇一撇，鼻孔里哧了两声，拍着掌冷笑道："菱角花谁闻见香来着？若说菱角香了，正经那些香花放在那里？可是不通之极！"香菱道："不独菱角花，就连荷叶莲蓬，都是有一股清香的。但他那原不是花香可比。若静日静夜或清早半夜细领略了去，那一股香比是花儿都好闻呢。就连菱角，鸡头，苇叶，芦根得了风露，那一股清香，就令人心神爽快的。"金桂道："依你说，那兰花桂花倒香的不好了？"香菱……便接口道："兰花桂花的香又非别花之香可比。"②

夏金桂仗着自己是主子，不满宝钗为香菱起的名字，将香菱改为秋菱③，夏金桂为香菱改名实际上是她炫耀自己的主子身份，也是她试图挑战薛宝钗在大家心目中博学、多才、聪明、能干的地位，正如薛姨妈所评："他那里是为这名字不好，听见说他因为是宝丫头起的，他才有心要改。"④我们再看薛宝钗的态度："自此后遂改了秋字，宝钗亦不在意。'"⑤小说作家通过为香

---

① [清]曹雪芹、高鹗《红楼梦》，人民文学出版社 1982 年版，第 1149 页。
② [清]曹雪芹、高鹗《红楼梦》，人民文学出版社 1982 年版，第 1151 页。
③ [清]曹雪芹、高鹗《红楼梦》第八十回《美香菱屈受贪夫棒　王道士胡诌妒妇方》，人民文学出版社 1982 年版，第 1151—1152 页。
④ [清]曹雪芹、高鹗《红楼梦》第八十四回《试文字宝玉始提亲　探惊风贾环重结怨》，人民文学出版社 1982 年版，第 1209—1210 页。
⑤ [清]曹雪芹、高鹗《红楼梦》第八十回《美香菱屈受贪夫棒　王道士胡诌妒妇方》，人民文学出版社 1982 年版，第 1152 页。

菱改名这一细节，突出薛宝钗的心胸豁达，她不计较夏金桂为香菱的改名，在这件事上，作者通过对比的手法刻画薛宝钗与夏金桂迥然不同的人物性格特征。

三、改名寄托小说人物的想法与寓意

以《镜花缘》中唐敖为女儿唐小山改名为例，小说第四十七回《水月村樵夫寄信　镜花岭孝女寻亲》称，唐小山到小蓬莱寻找父亲，遇到白发樵夫，樵夫向她转交其父信件："小山接过，只见信面写着'吾女闺臣开拆'。虽是父亲亲笔，那信面所写名字，却又不同。"唐敖在信中将女儿改名为闺臣：

> 小山把信拆开，同（阴）若花看了一遍，道："父亲既说等我中过才女与我相聚，何不就在此时同我回去，岂不更便？并且命我改名'闺臣'，方可应试，不知又是何意。"若花道："据我看来，其中大有深意：按'唐闺臣'三字而论，大约姑夫因太后久已改唐为周，其意以为将来阿妹赴试，虽在伪周中了才女，其实乃唐朝闺中之臣，以明并不忘本之意。"①

女儿国的储君阴若花阐明唐敖为女儿唐小山改名的原因，虽在武周应科举试，但不忘唐朝，这一寓意实际上是作者借唐敖和阴若花之口说出来。

四、续书改动前书人物姓名

在中国小说发展史上，不少续书在人物命名上，极力摆脱原书影响，使

---

① ［清］李汝珍《镜花缘》，人民文学出版社 1955 年版，第 344 页。

读者有新奇之感。一般而言，小说续书多以原书人物姓名为名，比如《红楼梦》的诸多种续书都是如此，也有一些续书的人物命名例外，以《金瓶梅》续书《隔帘花影》为例，清代四桥居士《隔帘花影序》云：

> 《金瓶梅》一书，虽系寓言，但观西门平生所为，淫荡无节，豪横已极，宜乎及身即受惨变，乃享厚福以终，至其报复，亦不过妻散财亡，家门零落而止，似乎天道悠远，所报不足以蔽其辜。此《隔帘花影》四十八卷所以继正续两编而作也。至于（《隔帘花影》中）西门易为南宫，月娘易为云娘，孝哥易为慧哥，其余一切人等，名目俱更，俾阅者惊其笔端变幻，波澜绮丽，几莫识其所自始。其实作者本意，不过借影指点，知前编有相为表里之妙，故南宫吉生前好色贪财等事，于首卷轻轻点过，以后将人情之恶薄、感应之分明，极力描写，以见无人不报，无事不报，直至妻子历尽苦辛，终归于为善，以赎前愆而后已。揆之福善祸淫之理彰明较著，则是书也，不独深合于六经之旨，且有关于世道人心者不小。后之览者，幸勿以寓言而忽之也可。①

清代光绪间文龙《金瓶梅》第七十一回回评也曾经指出："予幼年见有《隔帘花影》一书，吴月娘改为楚云娘，又有银钮丝、红绣鞋等名色。"② 作为续书的《隔帘花影》对《金瓶梅》一书中的人名进行修改，将西门庆易名为南宫吉，吴月娘改名为楚云娘，孝哥改名为慧哥，并将原书中其余角色的姓名都一一做了更改，以"俾阅者惊其笔端变幻，波澜绮丽"，让读者在阅读的过程中充满新奇与独特的感受。

以上我们从三个方面探讨了古代小说人物的改名现象，由此可以看出改名与人物的身份、地位、言行、性格关系紧密，也可以看出续书编刊者通过为人物改名达到自己的创作目的，总的看来，小说人物改名现象本身已经构成小说情节的组成部分之一，人物改名对小说人物形象塑造、性格刻画起到

---

① ［清］四桥居士《隔帘花影序》，《古本小说集成》据清本衙藏本影印《隔帘花影》卷首。
② ［清］文龙《金瓶梅》第七十一回回评，文龙评《金瓶梅》，今藏国家图书馆。

了重要的、不可替代的作用。

第二节　更改小说书名

古代小说的改名现象不仅体现于小说创作之中，而且体现于小说流传过程中；不仅表现为更改小说人物姓名，而且表现为更改小说书名。更改小说书名成为古代小说创作、流传中相当突出的文学现象和文化现象，出现这种现象的原因是复杂多样的，既反映作家的创作心态，揭示小说产生的时代背景与学术风气、文化思潮，也与不同时期的商品经济发展、读者需求密切相关。对此，笔者从以下几个方面加以阐述[①]。

一、避免与其他书名雷同而改名

宋代洪迈《夷坚志》曾因避免与《酉阳杂俎》之《诺皋记》名称雷同而改名，宋赵与时《宾退录》卷八指出："末又载章德懋使虏，掌迓者问：'《夷坚》自丁志后，曾更续否？'而引乐天、东坡之事以自况。《辛志》记初著书时，欲仿段成式《诺皋记》，名以《容斋诺皋》。后恶其沿袭，且不堪读者辄问，乃更今名，因载向巨原答问之语。"[②] 由此可知，洪迈撰《夷坚志》，仿照《酉阳杂俎》之《诺皋记》书名，取名《容斋诺皋》，后来因为"恶其沿袭"，加上"不堪读者辄问"，所以改名为《夷坚志》。

因避免与其他书名雷同而改名，比较典型的是清代袁枚所撰《新齐谐》，原名《子不语》，取《论语·述而下》"子不语怪力乱神"之意[③]，"子不语"一名表明这部小说的题材内容属于神怪小说，因元人有同名作品，

---

① 古代小说改名现象与出版文化有较为密切的关系，参照本书第十章《中国古代小说命名的文化内涵》第四节《小说命名与出版文化》有关论述，为避免重复，这里不再赘述。

② ［宋］赵与时《宾退录》，上海古籍出版社 2012 年版，第 75 页。

③ 参见程树德撰，程俊英、蒋见元点校《论语集释》，中华书局 2013 年版，第 555 页。

所以袁枚改为《新齐谐》，正如其《新齐谐序》所云："怪力乱神，子所不语也……书成，初名《子不语》，后见元人说部有雷同者，乃改为《新齐谐》云。"①

二、改名以突出小说创作之"新"

以明代瞿佑《剪灯新话》为例，此书原名《剪灯录》，瞿佑于洪武十一年（1378）撰《剪灯新话序》指出：

> 余既编辑古今怪奇之事，以为《剪灯录》，凡四十卷矣。好事者每以近事相闻，远不出百年，近止在数载，襞积于中，日新月盛，习气所溺，欲罢不能，乃援笔为文以纪之。其事皆可喜可悲、可惊可怪者。所惜笔路荒芜，词源浅狭，无嵬目鸿耳之论以发扬之耳。既成，又自以为涉于语怪，近于诲淫，藏之书笥，不欲传出。客闻而求观者众，不能尽却之，则又自解曰：《诗》、《书》、《易》、《春秋》，皆圣笔之所述作，以为万世大经大法者也；然而《易》言龙战于野，《书》载雉雊于鼎，《国风》取淫奔之诗，《春秋》纪乱贼之事，是又不可执一论也。今余此编，虽于世教民彝，莫之或补，而劝善惩恶，哀穷悼屈，其亦庶乎言者无罪，闻者足以戒之一义云尔。②

我们从瞿佑所撰序言可以看出，他编辑一部有关古今怪奇之事的小说集，取名《剪灯录》，共四十卷，后来积聚的材料越来越多，因而撰成《剪灯新话》，"既成"一词应指《剪灯新话》编撰成书。关于《剪灯新话》的著作权问题，一直存在争议，明代王锜《寓圃杂记》卷五《剪灯新话》篇称："《剪灯新话》，固非可传之书，亦非瞿宗吉所作。廉夫杨先生，阻雪于钱塘西湖之

---

① ［清］袁枚《新齐谐序》，《新齐谐—子不语》卷首，齐鲁书社 2004 年版。
② ［明］瞿佑《剪灯新话序》，《剪灯新话》卷首，上海古籍出版社 1981 年版。

富氏，不两宵而成。富乃文忠之后也。后宗吉偶得其稿，窜入三篇，遂终窃其名。此周伯器之言，得之审者。"①王锜认为《剪灯新话》并非瞿佑所作，而是他偶获书稿，篡改之后据为己有，王锜等人之语也是道听途说，未可尽信。我们依据洪武十四年（1381）吴植序言、洪武己巳（即洪武二十二年，1389）桂衡序言、洪武三十年凌云翰为《剪灯新话》所撰序言以及永乐十八年（1420）罗汝敬、永乐十九年（1421）李昌祺、曾棨等人为《剪灯余话》所撰序言可知，在没有确切的文献资料否定瞿佑的著作权之前，瞿佑撰《剪灯新话》是较为可信的。瞿佑所著小说原名《剪灯录》，在内容扩大以后改名《剪灯新话》，突出其"新"。以"新"命名小说，在明清小说编刊过程中非常普遍。在小说书名之前加上新刊、新刻、新镌、新锲、新编、新纂、新订、新说、新增、新选、新辑等词语，可参见本书第四章《明清小说命名的广告意义》第五节《在小说书名中增加修饰语》有关论述。

三、改名以加强宗教宣传，突出小说的创作寓意

以署名西周生所撰《醒世姻缘传》为例，这部小说描写两世姻缘的故事，前二十三回写前世姻缘，二十三回以后描写现世姻缘，宣扬因果报应，原名《恶姻缘》，后来改名为《醒世姻缘传》，清代东岭学道人《醒世姻缘传序》指出：

> 原书本名《恶姻缘》，盖谓人前世既已造业，所世必有果报；既生恶心，便成恶境，生生世世，业报相因，无非从一念中流出。若无解释，将何底止，其实可悲可悯。能于一念之恶禁之于其初，便是圣贤作用，英雄手段，此正要人豁然醒悟。若以此供笑谈，资狂僻，罪过愈深，其恶直至于披毛戴角，不醒故也。余愿世人从此开悟，遂使恶念不生，众

---

① 参见［明］王锜《寓圃杂记》卷五，中华书局1984年版，第36页。

善奉行，故其为书有裨风化将何穷乎！因书凡例之后，劝将来君子开卷便醒，乃名之曰《醒世姻缘传》。①

我们从东岭学道人的序言中可以看出，取名《恶姻缘》意在宣扬业报，改名《醒世姻缘传》以后，突出"醒世"，不仅宣扬因果报应，而且强化劝戒主旨，希望通过这个两世姻缘的故事劝善惩恶，教化社会、人生，劝戒意味相当浓厚。又如，清代陈天池撰《如意君传》，刘作霖于道光二十八年（1848）撰《无恨天传奇序》指出：

> 书以十余年始成，题之曰《如意君传》，又曰《第一快活奇书》，予未阅其书，闻其名而不喜，嫌其直率而少蕴蓄。及索其书而读之，为之浮白者不知其几，为之距踊者又不知其几。作书者能如读者之意，读书者能如作者之意，两相得矣。于是取佛书"离恨天"之义而标题焉，曰《无恨天》。离者，离而去之之谓，恐人以离别错解，故易离以为无也。而佛书之言六根也，眼耳鼻舌身，而终之以意；其言六尘也，色声香味触，而摄之以法，意尘为法，如法即如意矣。然则恨之离也，有不踌躇满志自鸣得意者耶？可泉之传如意也，恐自古及今，从无此世法能如是之如意也，则将归之于天上，是无也不谓之无恨而谓之何天也？可泉能如意乎？笔之所如意之所如也。可泉能上天乎？笔补造化，胸中别有一天也。可泉能无恨乎？可泉之才无恨于天，可泉之遇，正不必恨矣。噫！昔时之如意子，乃乌有子虚者也，而后日之可泉子，则非乌有子虚者也。②

陈天池所撰小说原名《如意君传》，刘作霖嫌书名过于直率，缺少寓意，所以取佛书"离恨天"之义而改题《无恨天》，以此突出佛教宣传的主旨，对此，我们在本书第五章《中国古代小说命名的方法（上）》第一节《寓意法》

---

① ［清］东岭学道人《醒世姻缘传序》，清同治九年刊。
② ［清］刘作霖《无恨天传奇序》，收入丁锡根编著《中国历代小说序跋集》，人民文学出版社 1996 年版，第 1586—1587 页。

中已进行论述，这里不再赘述。

四、受明代空疏学风的影响而盗改小说书名

明代中后期学风呈现空疏的现象，《钦定四库全书总目》编撰者对此批评较多，卷一百四十子部五十小说家类一《金华子》篇云："明人诡薄，好为大言以售欺，不足信也。"① 卷一百四十四子部五十四小说家类存目二《香奁四友传》篇云："明陆奎章撰……盖明初淳实之风，至是已渐漓矣。"② 卷一百四十四子部五十四小说家类存目二《板桥杂记》篇云："国朝余怀撰……明季士气儇薄，以风流相尚，虽兵戈日警，而歌舞弥增。"③ 卷一百四十三子部五十三小说家类存目一《今世说》篇云："盖标榜声气之书，犹明代诗社余习也。"④ 卷一百四十三子部五十三小说家类存目一《西峰淡话》篇云："是书多论明末时政。其论有明制度，多本于元，尤平情之公议，非明人挟持私见、曲相排抑者可比。然其中愤激已甚之词，亦不能免。仍当时诟争之积习也。"⑤ 对明刊书籍，《总目》编撰者予以严厉的批评，如卷一百四十一子部五十一小说家类二《清波杂志》篇云："是书原本十二卷，商维濬《稗海》作三卷，盖明人刊本，多好合并删削，不足为异。"⑥

受明代空疏学风的影响，明人编书喜好随意改名，《四库全书总目》编撰者曾予以严厉的批评，如《钦定四库全书总目》卷一百四十一子部五十一小说家类二《泊宅编》篇云："明人传刻古书，每多臆为窜乱。"⑦ 叶德辉《书林清话》卷七《明人刻书改换名目之谬》指出："明人刻书有一种恶习，往往刻

① ［清］纪昀等《钦定四库全书总目》，中华书局 1997 年版，第 1843 页。
② ［清］纪昀等《钦定四库全书总目》，中华书局 1997 年版，第 1919—1920 页。
③ ［清］纪昀等《钦定四库全书总目》，中华书局 1997 年版，第 1921—1922 页。
④ ［清］纪昀等《钦定四库全书总目》，中华书局 1997 年版，第 1904 页。
⑤ ［清］纪昀等《钦定四库全书总目》，中华书局 1997 年版，第 1902 页。
⑥ ［清］纪昀等《钦定四库全书总目》，中华书局 1997 年版，第 1862 页。
⑦ ［清］纪昀等《钦定四库全书总目》，中华书局 1997 年版，第 1854 页。

一书而改头换面，节删易名。"①这种随意改名的情况在小说创作与刊刻中也时有体现，明人对小说原文的标题、作者往往加以改动，如《虞初志》卷三《枕中记》题为"唐李泌"作，卷五《无双传》署名"唐裴铏"，《杨娼传》署名"唐李群玉"作，与往说出入较大，其中有明显错误者，如卷八《白猿传》署名唐江总撰，《四库全书总目提要》已作辨正。有些小说编刊者随意更改小说书名，唐代李复言所撰传奇《续玄怪录》卷一《杨敬真》，《古今说海》收录时改名为《五真记》；再以明代何良俊《语林》为例，《钦定四库全书总目》子部五十三小说家类存目一云："（何）良俊《语林》三十卷，于汉、晋之事，全采《世说新语》，而摭他书以附益之，本非补《世说新语》，亦无《世说补》之名。凌濛初刊刘义庆书，始取《语林》所载，削去与义庆书重见者，别立此名，托之世贞，盖明季作伪之习。"②何良俊所撰《语林》被改为《世说新语补》，同样受到明代空疏学风的影响。

五、书商出于谋利的目的而改名

明末华阳散人编辑小说《鸳鸯针》，书贾出于牟利之需，将其第一、二卷改名为《一枕奇》，将其第三、四卷改名为《双剑雪》，均藏于大连图书馆。

六、小说改名以应其实

有些小说编刊者考虑到小说书名与实际描写的内容不尽相符，所以改名。《三侠五义》的改名即为例证。清代俞樾《重编七侠五义传序》云：

其书每回题《侠义传》卷几，而首叶大书《三侠五义》四字，遂共

---

① 叶德辉《书林清话》，中华书局 1957 年版，第 182 页。
② ［清］纪昀等《钦定四库全书总目》，中华书局 1997 年版，第 1899 页。

呼此书为《三侠五义》。余不知所谓三侠者何人？书中所载南侠、北侠、丁氏双侠、小侠艾虎则已得五侠矣。而黑妖狐智化者，小侠之师也；小诸葛沈仲元者，第一百回中盛称其"从游戏中生出侠义来"，然则此两人非侠而何？即将柳青、陆彬、鲁英等概置不数，而已得七侠矣。因改题《七侠五义》，以副其实。①

俞樾对《三侠五义》的书名提出疑问，认为此书实际刻画的侠士有七位，即南侠、北侠、丁氏双侠、小侠艾虎，再加上黑妖狐智化、小诸葛沈仲元等人，所以改名为《七侠五义》。又如，《儿女英雄传》同样因书名与实际内容不符而改名，署名东海吾了翁于乾隆甲寅即乾隆五十九年（1794）撰《儿女英雄传弁言》云：

是书吾得之春明市上，其卷端颜曰《正法眼藏五十三参》。初以为释家言，而不谓稗史也。展而读之，见为燕北闲人撰，为新安毕公同参，为观鉴我斋序，均不知为何许人。其事则日下旧闻，其文则忽谐忽庄，若明若昧，莫得而究其意旨。一笑投之庋阁间，亦同近出诸说部例视之矣。久之，虑遂果蟫腹，检出偶一翻阅，乃觉稍稍可解。又研读数四，更于没字处求之，始知其所以忽谐忽庄，若明若昧者，言非无所为而发也。噫，伤已！惜原稿半残阙失次，爰不辞固陋，为之点金以铁，补缀成书，易其名曰《儿女英雄评话》，且弁数言于首卷云。②

《儿女英雄传》原名《正法眼藏五十三参》，让读者误以为是佛教著作，不像小说书名，东海吾了翁改名为《儿女英雄评话》，或称《儿女英雄传》，使小说书名与实际描写的题材内容相符，满足读者的阅读需要。清代平步青

---

①［清］俞樾《重编七侠五义传序》，收入丁锡根编著《中国历代小说序跋集》，人民文学出版社1996年版，第1545页。

②署名东海吾了翁《儿女英雄传弁言》，据1935年世界书局铅印本，收入丁锡根编著《中国历代小说序跋集》（人民文学出版社1996年版，第1591页）。署名东海吾了翁乾隆甲寅年所撰《儿女英雄传弁言》似为伪托，参见《中国古代小说百科全书》（修订本），中国大百科全书出版社1998年版，第77页。

《霞外捃屑》卷九《小栖霞说稗·儿女英雄传》条也指出：

> 此书大致仿《石头记》、《儒林外史》而作，于家庭细故中，发出天
> 理人情……初名《金玉（应作砚弓）缘》，又名《日下旧闻》，亦名《正法
> 眼藏五十三参》。乾隆甲寅，东海吾了翁补缀，易此名。又有雍正甲寅观
> 我斋（鉴）原序，皆依托也。纪献唐乃年羹尧，隆府即隆科多，则是述
> 雍正乙巳、丙午后事。①

平步青指出《儿女英雄传》书名经历了从《金玉（应作砚弓）缘》《日下
旧闻》《正法眼藏五十三参》到《儿女英雄评话》的更改历程。

七、更改小说书名以避时忌

清代禁毁小说的政策对小说书名产生了深远影响，以致小说书名中出现
很多改名现象。清朝统治集团对不利于他们加强统治、巩固统治基础的书
籍，尤其是对那些直接或间接存在反清复明倾向的书籍严加禁止。以清初李
渔话本集《无声戏》为例，此书顺治十一年（1654）至十四年（1657）由浙
江布政使张缙彦刊印，顺治十七年（1660）湖广道监察御史萧震疏劾张缙彦
编刊《无声戏二集》，《无声戏》被禁毁②。康熙时，书坊将《无声戏》改名为
《连城璧》以面世。

清朝统治集团对于那些叙述宋金冲突的小说作品严格禁止，乾隆皇帝于
四十五年（1780）十一月禁毁戏曲时指出："至南宋与金朝关涉词曲，外间
剧本往往有扮演过当以致失实者，流传久远，无识之徒或至转以剧本为真，
殊有关系，亦当一体饬查。"③所以乾隆四十七年（1782）江西巡抚郝硕奏请

---

① ［清］平步青《霞外捃屑》，《续修四库全书》子部杂家类，第 1163 册第 662 页。
② 参照《贰臣传》卷十《张缙彦列传》，都城琉璃半松居士排字本，暨南大学图书馆藏。
③ 《高宗实录》卷一千一百一十八，《清实录》，中华书局 1986 年版，第 22 册 939 页。

禁毁《说岳全传》、同治七年（1868）丁日昌查禁书目中有《卖油郎独占花魁》一篇，或多或少地涉及宋金矛盾。小说命名中有违碍字句则被禁止，例如，王利器辑录《元明清三代禁毁小说戏曲史料》"乾隆朝禁毁小说戏曲书目"条包含"无名氏《退房公案》（原注：乾隆四十三年江宁布政使刊《违碍书籍目录》）"①。正因为如此，清代小说编刊者对一些违碍字句加以改动，例如，《卖油郎独占花魁》的选本、清代钱塘人陈树基所辑《西湖拾遗》卷三十六《卖油郎缱绻得花魁》有所改动，将"金虏乘之而起"改为"金兵乘此而起"，把"不幸遇了金虏猖獗"改为"不幸遇着金人入寇"，把"（难民）叫天叫地叫祖宗，惟愿不逢鞑虏"改为"（难民）求天求地求祖宗，所愿不逢兵马"。去掉原作的"虏""鞑虏"等字眼，出现如此改动，主要是由于禁书之故。

《红楼梦》的创作、流传过程中也可看到清代小说禁毁政策的影响，甲戌本《石头记》凡例云："此书不敢干涉朝廷，凡有不得不用朝政者，只略用一笔带出，盖实不敢以写儿女之笔墨唐突朝廷之上也。又不得谓其不备。"②凡例作者声明《红楼梦》的创作"不敢干涉朝廷"，可见作者避祸心态和当时的文化高压政策。清光绪年间，书坊曾将程本《红楼梦》改名《金玉缘》板行，以避官府之禁毁，王利器辑录《元明清三代禁毁小说戏曲史料·红楼梦因禁改名金玉缘印行》云：

> 海淫之书，在前清时悬为厉禁，不但《倭袍》、《玉蒲团》等认为禁书，即《红楼梦》也未能幸免。光绪十八年秋间，上海县署受理淫书讼案一件，有自称书业董事管斯骏呈请称："今年六月初间，闻有《倭袍》、《玉蒲团》，并将《红楼梦》改为《金玉缘》等绘图石印，曾经禀请英公廨饬查在案。继查有严登发订书作坊伙冯逸卿与书贩何秀甫托万选书局石印之《金玉缘》二千五百部，严亦附股。旋竟商通差伙，由何

---

① 王利器辑录《元明清三代禁毁小说戏曲史料》（增订本），上海古籍出版社 1981 年版，第 51 页。
② 甲戌本《石头记》凡例，［清］曹雪芹《脂砚斋甲戌抄阅重评石头记》第一回脂砚斋评，沈阳出版社 2005 年版，第 3 页。

装运他埠发售等语。因思既经远去，即可缄默了事。距本月中，闻何在他埠，已将书销完，又托万选覆印等情。派人采访，果印有《金玉缘》、《绿牡丹》等。据实具呈，乞饬提西门外万选书局书主宋康安，着交坊伙冯逸卿，订书作主严登发并何秀甫等到案究办。"县令黄承暄接呈后，以有"曾经禀请英公廨饬查在案"之语，遂移交会审公廨查讯。但会审公廨的覆文，则谓"前据管斯骏闻保康里、博经里等处各订书作，有人托订石印在禁之《金玉缘》，禀请饬差禁遏等情到廨。当经饬差查禁。据覆：照址往查，并无前项禁书。"同时又有职员冯澂向会审公廨禀称："曾有苏人管某开设可寿斋书店，手无资本，性颇狡诈，同行见而生畏。因是挪动不活，闭歇滋怨。今夏自称书童，借势招摇。时有河南客何姓过沪，向职商印《金玉缘》一说。管姓乍得风闻，遽出包揽，许其印售无事。何客畏其挟制，旋即停议他去。管姓以所索未遂，转向职处恐吓，未与理会，挟嫌诬累。"会审公廨当将冯氏呈文钞送县署。据此则原告管斯骏不但有挟嫌诬控的嫌疑，并自称书业董事的头衔也成问题。当时县令对于禁止淫书固认为职责所在，但对于他们的互相告讦，不愿枉费精神去调查他谁是谁非，因此便下判语云："昨准英公廨移覆，并据职员冯澂禀，核与所控大相悬殊。尔自称书童，何人所举，自成职员，究系何职？总之即有淫书，只应查禁，亦不能凭尔罗织多人，一网打尽，此案应即注销，仍候重申禁令，不准印售淫书。倘尔再行妄渎，定干提究。"此案就此结束。[①]

　　从以上材料可知，当时确实存在书坊将《红楼梦》改名《金玉缘》印行一事："时有河南客何姓过沪，向职商印《金玉缘》一说。"开设可寿斋书店苏人管斯骏利用印行《红楼梦》之事打击对手，说明当时禁毁较为严重。

　　清代无名氏《铁冠图全传》叙述李自成起事始末，有光绪四年（1878）宏文堂刊本，内封上题"光绪四年新镌"。黄人《小说小话》云："《铁冠图》，

---

①1947年10月29日上海《中央日报·上海通》副刊第246号《红楼梦讼案》，王利器辑录《元明清三代禁毁小说戏曲史料》（增订本），上海古籍出版社1981年版，第163—164页。

此书共有三本。今所通行之《新史奇观》，即其中之一，而亦不完全，盖因有所触忌而窜改也。"①可见《铁冠图全传》改名也与"时忌"有关。

一些淫秽小说作品为逃避被禁毁的命运，署以"史""志"之名，如《昭阳趣史》《玉妃媚史》《呼春稗史》《风流艳史》《妖狐媚史》《春灯迷史》《浓情快史》《巫山艳史》《绣榻野史》《幻情逸史》《株林野史》《浪史》《风流野志》等。《肉蒲团》，其副名为《觉后禅》，又名《耶蒲缘》《玉蒲团》《风流奇谭》《巧姻缘》《钟情录》《野叟奇语》《循环报》等；《如意君传》改名《阃娱情传》；《浪史》改名《巧姻缘》《梅梦缘》；《灯草和尚》改名《灯花缘》《和尚缘》《奇僧传》等。

八、因小说受到推重而改名

宋孔平仲《珩璜新论》当因这一原因而改名。纪昀等撰，四库全书研究所整理《钦定四库全书总目》卷一百二十子部三十杂家类四云：

> 《珩璜新论》一卷……是书一曰《孔氏杂说》，然吴曾《能改斋漫录》引作《杂说》，而此本卷末有淳熙庚子吴兴沈诜跋，称渝川丁氏刊板，已名《珩璜论》，则宋时原有二名。今刊本皆题《杂说》，而抄本皆题《珩璜新论》，盖各据所见本也。是书皆考证旧闻，亦间托古事以发议，其说多精核可取……至"珩璜"之名，诜已称莫知所由，又以或人碎玉之解为未是。考《大戴礼》载曾子曰："君子之言可贯而佩。"珩璜皆贯而佩者，岂平仲本名《杂说》，后人推重其书，取贯佩之义，易以此名欤？②

珩璜"皆贯而佩者"，《钦定四库全书总目》推断，此书原名《杂说》，当是因"后人推重其书，取贯佩之义"而改名《珩璜新论》。

---

① 《小说林》第 8 期，清光绪丁未年（光绪三十三年，1907）十二月，上海书店 1980 年复印本，第 1 页。
② ［清］纪昀等撰，四库全书研究所整理《钦定四库全书总目》，中华书局 1997 年版，第 1608 页。

九、因新增内容而改名

明陈耀文撰《学圃萱苏》六卷。此书初名《桧林杂志》，作者归里之后，"补润前帙，爰易今名"。补辑新的内容，所以改名《学圃萱苏》①。

十、由于其他原因而为小说更改书名

古代小说改名的原因多种多样，除以上所列以外，还有其他一些原因，例如，清代《聊斋志异》原名《鬼狐传》，改名《志异》，赵起杲《青本刻聊斋志异例言》指出："是编初稿名《鬼狐传》，后先生入棘闱，狐鬼群集，挥之不去。以意揣之，盖耻禹鼎之曲传，惧轩辕之毕照也。归乃增益他条，名之曰《志异》。有名《聊斋杂志》者，乃张此亭臆改，且多删汰，非原书矣。兹刻一仍其旧。"②

晚清冷泉亭长撰《南辕北辙录》，后来改名为《后官场现形记》，晚清冷泉亭长《后官场现形记序》云：

> 南亭盖今之伤心人也，闻其倾吐，无一非疚心时事之言，莫由渲泄，不得已著为小说，慷慨激昂，排累一世，余曾以旧作《南辕北辙录》就质，南亭拍案警赏，随呼手民揭诸朝报。余以是录笔伐深刻，有伤风人敦厚之旨，固谢之。南亭悻悻顾余曰："著书不显示人，何苦枉抛心力。若谓笔伐深刻，则吾所著之书不将饱尽蠹鱼耶？"③

可见《后官场现形记》原名为《南辕北辙录》，后来改为今名。

---

① 参见明陈耀文《学圃萱苏叙》，《学圃萱苏》，《四库全书存目丛书》子部杂家类，据南京图书馆藏明万历五年东槧刻本影印，第 123 册第 542 页。

② ［清］赵起杲《青本刻聊斋志异例言》，张友鹤辑校《聊斋志异会校会注会评本》卷首，上海古籍出版社 1986 年版。

③ ［清］冷泉亭长《后官场现形记序》，收入丁锡根编著《中国历代小说序跋集》，人民文学出版社 1996 年版，第 1731 页。

同样的，韩邦庆的《海上花列传》也经历改名的过程，晚清孙家振《退醒庐笔记》卷下《海上花列传》篇云：

> 辛卯秋应试北闱，余识之（韩子云）于大蒋家胡同松江会馆，一见有若旧识。场后南旋，同乘招商局海定轮船。长途无俚，出其著而未竣之小说稿相示，颜曰《花国春秋》，回目已得二十有四，书则仅成其半。时余正撰《海上繁华梦初集》，已成二十一回。舟中乃易稿互读。喜此二书异途同归，相顾欣赏不置。惟韩谓："《花国春秋》之名不甚惬意，拟改为《海上花》。"而余则谓："此书通体皆操吴语，恐阅者不甚了了，且吴语有音无字之字甚多，下笔时殊费研考，不如改易通俗白话为佳。"乃韩言："曹雪芹撰《石头记》，皆操京语，我书安见不可以操吴语？"并指稿中有音无字之勚、𠲿诸字谓："虽出自臆造，然当日仓颉造字，度亦以意为之，文人游戏三昧，更何妨自我作古，得以生面别开。"余知其不可谏，斯勿复语。逮至两书相继出版，韩书已易名曰《海上花列传》，而吴语则悉仍其旧，致客省人几难率读。遂令绝好笔墨，竟不获风行于时。而《繁华梦》则年必再版，所销已不知几十万册。于以慨韩君之欲以吴语著书，独树一帜，当日实为大误：盖吴语限于一隅，非若京语之到处流行，人人畅晓，故不可与《石头记》并论也。①

韩邦庆所撰小说原名《花国春秋》，已撰成二十四回，作者感觉"《花国春秋》之名不甚惬意"，所以改为《海上花》，或称《海上花列传》。

晚清王韬撰《淞隐漫录》，是《聊斋志异》的仿作，又称《后聊斋志异》。鲁迅撰《淞隐漫录题识》云："《淞隐漫录》十二卷，原附上海点石斋画报印行，后有汇印本，即改称《后聊斋志异》。此尚是好事者从画报析出者。颇不易觏，戌年盛夏陆续得二残本，并合为一部存之。"②《后聊斋志异》就是书

① ［清］孙家振《退醒庐笔记》，《近代中国史料丛刊》，文海出版社1972年版，第800册第139—140页。
② 鲁迅《淞隐漫录题识》，收入丁锡根编著《中国历代小说序跋集》，人民文学出版社1996年版，第627页。

商出于读者接受和市场发行、销售的角度，模仿《聊斋志异》而改名。

综上所述，我们从小说中人物改名和更改小说书名两个方面就古代小说的改名现象加以阐述。改名现象与作者创作心态、小说产生的社会背景、文化思潮、经济状况、读者需求等息息相关，我们试图透过小说改名这一独特的文学现象和文化现象考察古代小说的发展轨迹和演变历程。

第十章
中国古代小说命名的文化内涵[①]

艺术创作离不开特定的时代精神和文化背景，法国丹纳在所著《艺术哲学》第一编《艺术品的本质及其产生》第一章《艺术品的本质》中指出："认定一件艺术品不是孤立的，在于找出艺术品所从属的，并且能解释艺术品的总体。"他还指出："要了解一件艺术品，一个艺术家，一群艺术家，必须正确的（按：应为"地"）设想他们所属的时代的精神和风俗概况。这是艺术品最后的解释，也是决定一切的基本原因。"[②]古代小说创作也是如此，蕴涵着丰富的文化内涵，本章从小说命名的角度出发，阐述小说命名所体现的时代特色和文化意蕴，重点探讨古代小说命名与民俗文化、科举文化、避讳文化、出版文化等等的关系。

第一节　小说命名与民俗文化

民俗一词，出现很早，早在《礼记·缁衣》之中就有记载："故君民者，章好以示民俗。"[③]作者认为，统治者应彰显自己的喜好以引导民风民俗。《礼记·曲礼上》又称："入竟（按：同"境"）而问禁，入国而问俗，入门而问

---

① 本章内容系与暨南大学文学院蔡亚平博士合作完成。
② ［法］丹纳著，傅雷译《艺术哲学》，江苏文艺出版社 2012 年版，第 10 页、第 14 页。
③《礼记·缁衣》，［汉］郑玄注，［唐］孔颖达等正义《礼记正义》，上海古籍出版社 1990 年版，第 928 页。

讳。"① 意思是到了陌生的国家、地区或陌生的家庭，首先要了解禁令、民俗，了解忌讳。民俗文化是指特定的国家、民族、地区的民众共同创造并世代传承的风俗生活习惯，不同国家、地区的民俗文化不尽相同，《晏子春秋》卷三《内篇·问上》就记载："古者百里而异习，千里而殊俗。"② 本节结合古代小说文本，主要从寄名、民间绰号、七夕乞巧等几个方面考察古代小说命名所体现的民俗文化。

一、寄名风俗

所谓寄名，是指为求得孩子健康、长寿，认他人为义父义母，用他人姓氏为孩子命名，或者让孩子拜僧尼为师而不出家。早在汉代已有这种风俗，《后汉书》卷十下《皇后纪》第十下："灵思何皇后讳某，南阳宛人。家本屠者，以选入掖庭。长七尺一寸。生皇子辩，养于史道人家，号曰史侯。"③《清稗类钞》风俗类"干儿"篇较为详细地记载这一风俗：

> 干儿者，不论男子子、女子子皆有之。盖于十龄之内，认二人为义父义母，称之曰干爷干娘。吴俗曰过房，越俗曰寄拜。干爷为其命名，冠以己姓，曰某某某，必双名，两字也。然姓不表而出之，即其名，亦惟干爷干娘自称之。通行于社会者，则仍本姓本名，此所以异于义子也。虽干字有相假之义，与义字之训假者略同，而义子则为人后，干儿则仅曰寄男女也。命名之日，由干儿之父母率儿登堂，具馔祀祖，更以礼物上献干爷干娘，书姓名于红笺，于其四角并著吉语，膝以金银饰物、冠履衣服、珍玩、文具、果饵。自是而年节往来，彼此辄互有所

<hr>

① 《礼记·曲礼上》，[汉] 郑玄注，[唐] 孔颖达等正义《礼记正义》，上海古籍出版社 1990 年版，第 58 页。
② 《晏子春秋》，《文津阁四库全书》史部诏令奏议类、传记类，第 152 册第 676 页。
③ [南朝宋] 范晔《后汉书》，中华书局 1965 年版，第 449 页。

馈，长大婚嫁，干爷干娘赠物亦必甚丰……其结合之原因有二：一、迷信。惧儿夭殇，他日自为若敖之鬼，因择子女众多之人，使之（原注：俗传人将死时由无常勾魂）是也。或即寄名于僧尼，而亦皆称之曰干亲家。一、势利。甲乙二人彼此本为友矣，而乙见甲之富贵日渐增盛也，益思有以交欢之，且欲附于戚党之列，得便其攀援于异日，夸耀于他人也，乃以子女寄拜甲之膝下，而认之为干亲。其与人言，亦必曰某为舍亲。①

据《清稗类钞》风俗类记载，因为害怕孩子夭折，或因攀附富贵，所以选择子女众多之人认为义父义母，也有寄名于神鬼，如观音大士、文昌帝君、城隍土地，或寄名于僧尼，可见寄名的方式也是多种多样的。

在古代小说作品中多次出现有关民间寄名风俗的描写，《金瓶梅》第三十九回《西门庆玉皇庙打醮　吴月娘听尼僧说经》在这方面的记载最为细致，李瓶儿的孩子官哥身体不好，"月娘道：'昨日李大姐说，这孩子有些病痛儿的，要问那里讨个外名。'西门庆道：'又往那里讨外名？就寄名在吴道官这庙里罢。'"②官哥身体不好，李瓶儿、西门庆就想通过寄名的办法祛除病痛。到正月初八，西门庆让人送了一份厚礼："一石白米，一担阡张、十斤宫烛、五斤沉檀马牙香、十六匹生眼布做衬施，又送了一对京段、两坛南酒、四只鲜鹅、四只鲜鸡、一对豚蹄、两脚羊肉、十两银子，与官哥寄名之礼"，请玉皇庙吴道士做法事。到初九日，西门庆率众人到玉皇庙，"行礼叩坛毕……（吴道官）头戴玉环九阳雷巾，身披天青二十八宿大袖鹤氅，腰系丝带，忙下经筵来与西门庆稽首道：'小道蒙老爹错爱，迭受重礼，使小道却之不恭，受之有愧。就是哥儿寄名，小道礼当叩祝三宝，保安增延寿命，尚不能以报老爹大恩，何以又叨受老爹厚赏？许多厚礼，诚有愧赧。经衬又且过厚，令小道愈不安。'"③从吴道人的话语可知，民间寄名的目的在于保安增延寿

---

① 徐珂编撰《清稗类钞》，中华书局 1984 年版，第 5 册第 2192 页。

② ［明］兰陵笑笑生《金瓶梅》，东大图书有限公司 1979 年版，第 336 页。

③ ［明］兰陵笑笑生《金瓶梅》，东大图书有限公司 1979 年版，第 337—338 页。

命。吴道人在寄名一事上对西门庆尽力逢迎巴结，小说描写道："吴道官诵毕经，下来递茶，陪西门庆坐叙话：'老爹敬神，一点诚心，小道怎敢惹罪？各道多从四更起来到坛，讽诵诸品仙经，并玉皇参行醮经。今日三朝九转玉枢法事，多是整做。将官哥儿的生月八字，另具一字文书，奏名于三宝面前，起名叫做吴应元。太乙司命桃延合康寿龄，永保富贵遐昌。小道这里又添了二十四分答谢天地，十二分庆赞上帝，二十四分荐亡，共列一百八十分醮欸。'"①小说对于寄名的仪式、风俗有着较为完整的描写：

> 　　不一时打动法鼓，请西门庆到坛看文书。西门庆从新换了大红五彩狮补吉服，腰系蒙金犀角带，到坛，有绛衣表白在旁，先宣念斋意……宣毕斋意，铺设下许多文书符命，表白一一请看……西门庆于是洞案前炷了香，画了文书，左右捧一匹尺头与吴道官画字。吴道官固辞再三，方令小童收了。然后一个道士向殿角头咕碌碌擂动法鼓，有若春雷相似。合堂诸众，一派音乐响起。吴道官身披大红五彩云织法氅，脚穿云根飞舄朱履，手执牙笏，关发文书，登坛召将。两边鸣起钟来，铺排引西门庆进坛里，向三宝案左右两边上香。西门庆于是睁眼观看，果然铺设斋坛齐整……②

　　《金瓶梅》对于寄名仪式的目的、报酬、参与人员、念诵内容、具体过程都做了比较详细的交代。仪式之后，吴道官送给官哥一副银项圈即寄名锁，上书"金玉满堂，长命富贵"和朱书辟邪黄绫符即寄名符，上书"太乙司命，桃延合康"③。《金瓶梅》对于寄名仪式场面的描写在小说作品中并非多余之笔，它不仅具有很好的民俗文化史料价值，而且揭示出西门庆对于李瓶儿和官哥的情感和重视程度，同时也为后文潘金莲由此而生妒意，陷害李瓶儿母子的情节埋下伏笔。

---

①［明］兰陵笑笑生《金瓶梅》，东大图书有限公司 1979 年版，第 338 页。
②［明］兰陵笑笑生《金瓶梅》，东大图书有限公司 1979 年版，第 338—341 页。
③［明］兰陵笑笑生《金瓶梅》，东大图书有限公司 1979 年版，第 342 页。

　　除《金瓶梅》以外，明清时期其他小说中也有关于寄名风俗的描写，以明末冯梦龙所编"三言"为例，《喻世明言》卷三十七《梁武帝累修归极乐》叙述南朝齐时盱眙县乐安村财主黄岐妻子生子，"这孩儿生下来，昼夜啼哭，乳也不肯吃。夫妻二人忧惶，求神祈佛，全然不验"。得光化寺空谷长老救治，"黄员外说：'待周岁送到上刹，寄名出家。'长老说：'最好。'就与黄员外别了，自回寺里来。黄员外幸得小儿无事，一家爱惜抚养。光阴捻指，不觉又是周岁，黄员外说：'我曾许小儿寄名出家。'就安排盒子表礼，叫养娘抱了孩儿，两乘轿子，抬往寺里。来到方丈内，请见长老拜谢，送了礼物。长老与小儿取个法名，叫做黄复仁，送出一件小法衣、僧帽，与复仁穿戴，吃些素斋，黄员外仍与小儿自回家去"①。这里写到黄财主之子在寺中寄名出家，不过其场面与《金瓶梅》不可同日而语。《醒世恒言》卷十八《施润泽滩阙遇友》也提到民间寄名的风俗，施复因为拾银归还主人，因而得到善报，家业兴旺，并生下儿子，"几年间，就增上三四张绸机，家中颇颇饶裕。里中遂庆个号儿叫做施润泽。却又生下一个儿子，寄名观音大士，叫做观保"②。施润泽生子之后，寄名于观音大士，并取名为"观保"，以求观世音菩萨保佑。明代陆人龙《型世言》第二十八回《痴郎被困名缰　恶髡竟投利网》中，湖州秀才张氏与妻子沈氏生下孩子，同样也是寄名于观音菩萨，"（夫妻）立愿将半年，已是生下一个儿子，生得满月，夫妻两个带了到精舍里，要（和尚）颖如取名，寄在观音菩萨名下。颖如与他取名观光，送了几件出乡的小僧衣、小僧帽，与他斋佛看经，左右都出豁在张秀才身上"③。

　　在《红楼梦》中也多处出现对寄名风俗的描写，第三回《贾雨村夤缘复旧职　林黛玉抛父进京都》，写贾宝玉第一次见到林黛玉时的服饰："身上穿着银红撒花半旧大袄，仍旧带着项圈、宝玉、寄名锁、护身符等物。"④《红楼梦》第二十五回《魇魔法姊弟逢五鬼　红楼梦通灵遇双真》写道："过了

---

①〔明〕冯梦龙编《喻世明言》，人民文学出版社 1958 年版，第 587—588 页。

②〔明〕冯梦龙编《醒世恒言》，人民文学出版社 1956 年版，第 377—378 页。

③〔明〕陆人龙《型世言》，中华书局 1993 年版，第 391 页。

④〔清〕曹雪芹、高鹗《红楼梦》，人民文学出版社 1982 年版，第 50 页。

一日，就有宝玉寄名的干娘马道婆进荣国府来请安。"①这几处都提到"寄名锁"和"寄名的干娘"，揭示出民间寄名的风俗。

寄名锁也叫长命锁，用金、铜或玉、石等打造成锁状的装饰物，上刻辟邪、增福、增寿的吉祥语，《荆楚岁时记》记载：古代在端午节，"以五彩丝系臂，名曰辟兵，令人不病瘟。又有条达等组织杂物以相赠遗。取鸲鹆教之语。按《孝经·援神契》曰：'仲夏茧始出，妇人染练，咸有作务。'日月、星辰、鸟兽之状，文绣、金缕，贡献所尊。一名长命缕，一名续命缕，一名辟兵缯，一名五色丝，一名朱索，名拟甚多。青、赤、白、黑以为四方，黄为中央，襞方缀于胸前，以示妇人蚕功也"②。

长命锁和寄名符必须定期更换，《红楼梦》第二十九回《享福人福深还祷福　痴情女情重愈斟情》，贾母率众人到清虚观打醮，凤姐因女儿寄名于清虚观，她碰到张道士，便问："张爷爷，我们丫头的寄名符儿你也不换去。"张道士回说："符早已有了，前日原要送去的，不指望娘娘来作好事，就混忘了，还在佛前镇着。待我取来。"③《红楼梦》第六十二回《憨湘云醉眠芍药裀　呆香菱情解石榴裙》记载："当下又值宝玉生日已到……张道士送了四样礼，换的寄名符儿……并本命星官值年太岁周年换的锁儿。"④长命锁和寄名符作为个人物品，有时也成为表情达意的媒介，《红楼梦》第七十四回《惑奸谗抄检大观园　矢孤介杜绝宁国府》，王熙凤等人抄检大观园时，"因从紫鹃房中抄出两副宝玉常换下来的寄名符儿……皆是宝玉往年往日手内曾拿过的……紫鹃笑道：'直到如今，我们两下里的东西也算不清。要问这一个，连我也忘了是那年月日有的了。'"⑤宝玉常换下来的寄名符儿在林黛玉的丫头房中，表明宝玉与黛玉的关系非同一般，相当亲密无间。

①［清］曹雪芹、高鹗《红楼梦》，人民文学出版社1982年版，第348页。
②［南朝梁］宗懔撰，姜彦稚辑校《荆楚岁时记》，岳麓书社1986年版，第38页。
③［清］曹雪芹、高鹗《红楼梦》，人民文学出版社1982年版，第409页。
④［清］曹雪芹、高鹗《红楼梦》，人民文学出版社1982年版，第865页。
⑤［清］曹雪芹、高鹗《红楼梦》，人民文学出版社1982年版，第1054—1055页。

二、民间起绰号风俗

绰号就是根据人物的身体、形象、性格等特征给人起外号，绰号起源很早，早在春秋战国时期已有绰号。宋元小说中就有一些关于民间绰号的描写，宋元话本《错斩崔宁》写绿林强盗自称："我乃静山大王在此！行人住脚，须把买路钱与我！"① 另一篇话本小说《万秀娘仇报山亭儿》描写两个强贼，分别自称"大字焦吉"和"十条龙苗忠"②，"静山大王""大字焦吉"和"十条龙苗忠"等绰号就反映出宋元时期民间社会起绰号的风俗。

古代小说人物常常被冠以绰号，《喻世明言》卷二十一《临安里钱婆留发迹》写到五代十国时期吴越国创建者钱镠出生时：

> （其父）钱公自外而来，遥见一条大蜥蜴，在自家屋上蜿蜒而下。头垂及地，约长丈余，两目熠熠有光。钱公大惊，正欲声张，忽然不见。只见前后火光亘天，钱公以为失火，急呼邻里求救。众人也有已睡的未睡的，听说钱家火起，都爬起来，收拾挠钩、水桶来救火时，那里有什么火！但闻房中呱呱之声，钱妈妈已产下一个孩儿。钱公因自己错呼救火，蒿恼了邻里，十分惭愧，正不过意，又见了这条大蜥蜴，都是怪事。想所产孩儿，必然是妖物，留之无益，不如溺死，以绝后患。③

钱公打算溺死新生儿，幸亏"平生念佛好善"的邻居王婆苦劝，"钱公被王婆苦劝不过，只得留下，取个小名，就唤做婆留"④。《临安里钱婆留发迹》描写钱镠的发迹历程，带有不少民间传说成分，其"婆留"绰号也有较为浓郁的市民趣味。《喻世明言》卷三十四《李公子救蛇获称心》叙南宋书生李元得龙女称心，"王指此女曰：'此是吾女称心也。君既求之，愿奉箕帚。'李

① 《错斩崔宁》，收入程毅中辑注《宋元小说家话本集》，齐鲁书社2000年版，第262页。

② 《万秀娘仇报山亭儿》，［明］冯梦龙编《警世通言》卷三十七，人民文学出版社1956年版，第585—586页。

③ ［明］冯梦龙编《喻世明言》，人民文学出版社1958年版，第318页。

④ ［明］冯梦龙编《喻世明言》，人民文学出版社1958年版，第318—319页。

元拜于地曰:'臣所欲称心者,但得一举登科,以称此心,岂敢望天女为配偶耶?'王曰:'此女小名称心,既以许君,不可悔矣。若欲登科,只问此女,亦可办也。'王乃唤朱伟送此妹与解元同去。李元再拜谢"①。作为反映市民志趣、愿望、心理的"三言",将龙女小名唤作"称心",也代表着读书人和市民百姓在婚姻、科举、财富等方面的欲望与心理。苏州民间有一种取外号的风俗,《警世通言》卷二十二《宋小官团圆破毡笠》记载:"原来苏州风俗,不论大家小家,都有个外号,彼此相称。玉峰就是宋敦的外号。"②明代苏州吴江县小商人施复经商顺利,生意兴旺,就被人取了绰号,《醒世恒言》第十八卷《施润泽滩阙遇友》云:"(施复)几年间,就增上三四张绸机,家中颇颇饶裕。里中遂庆个号儿叫做施润泽。"③

《水浒传》《金瓶梅》《西游记》和《红楼梦》等小说名著中存在大量的人物绰号,我们在本书相关章节中已作论述。解弢《小说话》云:"作小说起绰号,亦非易事……因知耐庵一百八将,无甚相犯,已为能手。《西游记》小妖之名,曰'有来有去',曰'古怪刁钻',更有趣味。"④绰号与人物言行举止、性格形象等关系密切,小说作者在人物命名方面运用绰号的形式,不仅鲜明地揭示民风民俗,而且这些绰号在小说人物塑造、情节设置等方面均起到了重要作用。

三、七夕乞巧

七夕,即农历七月七日,传说中牛郎与织女于此日鹊桥相会,又名"七月七""女儿节""乞巧节"等。民间风俗,妇女于阴历七月七日夜间向织女星乞求智巧,谓之乞巧。乞巧活动的内容很多,有乞巧、乞爱、乞子、乞福、

---

① [明]冯梦龙编《喻世明言》,人民文学出版社 1958 年版,第 540—541 页。
② [明]冯梦龙编《警世通言》,人民文学出版社 1956 年版,第 317 页。
③ [明]冯梦龙编《醒世恒言》,人民文学出版社 1956 年版,第 377—378 页。
④ 解弢《小说话》,收入黄霖编、罗书华撰《中国历代小说批评史料汇编校释》,百花洲文艺出版社 2009 年版,第 1158 页。

乞寿等等。汉刘歆撰、东晋葛洪集《西京杂记》卷一称："汉彩女常以七月七日穿七孔针于开襟楼，俱以习之。"①《荆楚岁时记》云："七月七日，为牵牛、织女聚会之夜。是夕，人家妇女结彩缕，穿七孔针，或以金、银、鍮石为针，陈几筵酒脯瓜果于庭中以乞巧。"②《开元天宝遗事》云："（七月七日夜）各捉蜘蛛于小合中，至晓开视蛛网稀密，以为得巧之候。密者言巧多，稀者言巧少。民间亦效之……宫中以锦结成楼殿，高百尺，上可以胜数十人，陈以瓜果、酒炙，设坐具，以祀牛、女二星。嫔妃各以九孔针、五色线向月穿之，过者为得巧之候，动清商之曲，宴乐达旦。士民之家皆效之。"③唐传奇《长恨歌传》记载李隆基与杨玉环的爱情故事，当玄宗派去寻找杨妃的道士找到她时："玉妃茫然退立，若有所思，徐而言曰：'昔天宝十载，侍辇避暑于骊山宫。秋七月，牵牛织女相见之夕，秦人风俗，是夜张锦绣，陈饮食，树瓜华，焚香于庭，号为乞巧。宫掖间尤尚之。时夜殆半，休侍卫于东西厢，独侍上。上凭肩而立，因仰天感牛女事，密相誓心，愿世世为夫妇。言毕，执手各呜咽。此独君王知之耳。'"④宋代孟元老《东京梦华录》卷八《七夕》篇称："至初六日、七日晚，贵家多结彩楼于庭，谓之'乞巧楼'……妇女望月穿针，或以小蜘蛛安合子内，次日看之，若网圆正，谓之'得巧'。里巷与妓馆，往往列之门首，争以侈靡相尚。"⑤

古代小说命名中有一些与七夕乞巧相关的描写，西周生《醒世姻缘传》第二十五回《薛教授山中占籍　狄员外店内联姻》云："这一年，狄员外又生了一个女儿，因是七月七日生的，叫是巧姐。"⑥狄员外生女，因为是七月七日所生，所以取名"巧姐"，这与《红楼梦》中巧姐的命名如出一辙，《红楼梦》第四十二回《蘅芜君兰言解疑癖　潇湘子雅谑补余音》提到凤姐托刘姥

①［汉］刘歆撰，［晋］葛洪集，向新阳、刘克任校注《西京杂记校注》，上海古籍出版社1991年版，第26页。

②《荆楚岁时记》，《文津阁四库全书》史部地理类，第195册第584页。

③［五代］王仁裕撰，丁如明辑校《开元天宝遗事》，上海古籍出版社1985年版，第86页、第98页。

④［唐］陈鸿《长恨歌传》，张友鹤选注《唐宋传奇选》，人民文学出版社1997年版，第132页。

⑤［宋］孟元老撰，伊永文笺注《东京梦华录笺注》，中华书局2006年版，第781页。

⑥［明］西周生《醒世姻缘传》，上海古籍出版社1981年版，第375页。

姥为自己女儿取名一事，凤姐托村姑刘姥姥为女儿取名，有几个缘故，一是借刘姥姥的寿，为"时常肯病"的女儿取名，希望她健康长寿；二是刘姥姥是贫苦人家，"贫苦人起个名字，只怕压的住他"。因为孩子是七月初七日所生，所以刘姥姥为之取名巧姐，可见巧姐因七夕而命名①，不仅如此，正如刘姥姥所言"必然是遇难成祥，逢凶化吉，却从这'巧'字上来"。巧姐之名与其后来的命运相合。

第二节　小说命名与科举文化

自隋朝分科取士开始，到清光绪三十一年（1905）慈禧太后下诏，宣布自光绪三十二年开始废除科举，科举制度在中国历史上实行了一千三百余年，它与历代文人的生活、命运息息相关，对文学创作带来极其深远的影响。明清时期是科举考试的鼎盛时期，尤其重视进士科的考试，清代赵翼《陔余丛考》卷十八《有明进士之重》云："有明一代，终以进士为重。"②明代郎瑛《七修类稿》卷十八《义理类》"文盛乃衰"篇云："今杭举业之文可谓盛矣。"③《清史稿》卷一百〇八《选举志三》指出："有清以科举为抡才大典，虽初制多沿明旧，而慎重科名，严防弊窦，立法之周，得人之盛，远轶前代。"④科举考试与中国古代文学创作的关系密切，就古代小说而言，近年来学术界对科举与古代小说的关系有一定的关注，出现几部博士论文和学术专著，例如，韩国金晓民《明清小说与科举文化的关系》（北京大学 2003 届博士论文）、叶楚炎《明代科举与明中期至清初通俗小说研究》（百花洲文艺出版社 2009 年版）、胡海义《科举文化与明清小说研究》（暨南大学 2009 届博士论文）、王玉超《明清科举与小说》（扬州大学 2010 届博士论文）等，在此领域做了有益的探讨与研究。

---

① ［清］曹雪芹、高鹗《红楼梦》，人民文学出版社 1982 年版，第 577 页。
② ［清］赵翼《陔余丛考》，中华书局 1963 年版，第 359 页。
③ ［明］郎瑛《七修类稿》，上海书店出版社 2001 年版，第 188 页。
④ 赵尔巽等《清史稿》，中华书局 1976 年版，第 12 册第 3149 页。

关于科举文化与古代小说命名的关系，学术界关注比较少，本节分以下三个方面加以阐述。

一、人物姓名往往决定其科举结果和人生命运

古代文人与科举息息相关，"十年寒窗无人问，一举成名天下知"。无数文人为挤上科举这座独木桥，苦读圣贤之书，有些人因其姓名有时影响其科举考试的结果，明代沈德符《万历野获编》卷八"命名被遇"篇记载：

> 我朝世宗极重命名，如甲辰状元，以梦闻雷，即取秦鸣雷为首⋯⋯姓被遇者，如弘治丙辰，上拆进呈卷，得朱恭靖（希周），因谓首揆徐文靖曰："此人乃同国姓。"徐曰："其名希周，周家卜年八百。"遂钦定为第一，盖兼姓名得之。又今上癸未，得吾乡朱少宰，乙未得金陵朱宫谕，俱以国姓抡大魁，闻亦出圣意特拔。其以名近似而落者，如以孙日恭为孙暴，徐鍇为害今，俱不得状元。[①]

《万历野获编》卷八"命名被遇"篇记载了多件因姓名而影响科举的事例，下面我们按时代先后分别进行阐述：

1. 弘治丙辰即弘治九年（1496），明孝宗朱祐樘在拆考生试卷时，看到朱恭靖（希周）之名，便关注他的姓氏是"国姓"，与明朝皇室同姓，首揆徐文靖揣测皇上旨意，又进一步指出："其名希周，周家卜年八百。"朱希周被"钦定为第一"，并非全为小说家言，《明史》卷一百九十一《朱希周传》称："朱希周，字懋忠，昆山人，徙吴县。高祖吉，户科给事中。父文云，按察副使。希周举弘治九年进士。孝宗喜其姓名，擢为第一。"[②]

2. 《万历野获编》卷八"命名被遇"篇提到："我朝世宗极重命名，如甲辰

---

① ［明］沈德符《万历野获编》，中华书局1959年版，第208页。
② ［清］张廷玉等《明史》，中华书局1974年版，第5063页。

状元，以梦闻雷，即取秦鸣雷为首。"甲辰即明世宗嘉靖二十三年（1544）。清代查继佐《罪惟录》卷十八《科举志》对这次因姓名而改变科举考试排名之事也有记载："（嘉靖）二十三年甲辰，试贡士，得瞿景淳等三百人，赐秦鸣雷、瞿景淳、吴情等及第出身有差。时阁拟吴情第一，北音呼无为吴，上曰：'无情岂宜第一？'因夜闻雷声，遂拔鸣雷为首。"①明世宗相当重视考生的姓名，考生吴情因其姓名谐音"无情"，所以被取消原先拟定第一名的资格，秦鸣雷因世宗"夜闻雷声"，与其名相合，因而被定为状元。

3.《万历野获编》卷八"命名被遇"篇还提到："又今上癸未，得吾乡朱少宰，乙未得金陵朱宫谕，俱以国姓抢大魁，闻亦出圣意特拔。"今上指明神宗朱翊钧，癸未即万历十一年（1583），乙未即万历二十三年（1595），万历癸未科状元朱国祚、万历乙未科状元朱之蕃等人"俱以国姓抢大魁"，《万历野获编》作者沈德符声称也是明神宗根据他们的姓氏而提拔的结果。

4. 以上数例均是因姓名而科场得意的例证，也有因姓名而失意之事，《万历野获编》卷八"命名被遇"篇提到："其以名近似而落者，如以孙曰恭为孙暴，徐鍇为害今，俱不得状元。"孙之名"曰恭"字合在一起就是"暴"字，徐之名"鍇"形同"害今"，均因此无缘状元。

《清稗类钞》也有一些因为姓名而影响科名的记载，姓名类"胡长龄以名得大魁"篇记载："胡印渚，名长龄，乾隆朝，大魁天下。殿试时，胡卷本在进呈十本之末，时高宗春秋高，睹胡名，笑曰：'胡人乃长龄耶？'遂置第一。"②清高宗乾隆皇帝因胡长龄之名，于是拔之为第一名；姓名类"试差取吉名"篇记载："光绪间，其科云贵试差，所简四人，考差均非前五名，孝钦后特圈出李哲明、刘彭年、张星吉、于齐庆，合成'明年吉庆'四字。军机大臣面奏于简副考官，有所未便，改派吴庆坻。初因骆成骧之名有二'马'旁，吴鸿甲又有'鸟'字，均未能合格也。"③光绪年间，孝钦后即慈禧太后因四位考生之名连在一起就是"明年吉庆"，意味着好兆头，所以将他们置于

---

① ［清］查继佐《罪惟录》，浙江古籍出版社 2012 年版，第 3 册第 835 页。
② 徐珂编撰《清稗类钞》，中华书局 1984 年版，第 5 册第 2152 页。
③ 徐珂编撰《清稗类钞》，中华书局 1984 年版，第 5 册第 2158 页。

前列，骆成骧、吴鸿甲因其姓名而"未能合格"，与骆成骧、吴鸿甲有着同样命运的还有王揆、王国钧等人，《清稗类钞》姓名类"王揆以嫌名不获首选"篇，王揆因姓名与小说、戏曲家笔下负心的"王魁"谐音而失首选①，姓名类"孝钦后恶王国钧之名"篇，王国钧因姓名谐音"亡国君"而影响科举排名②。根据清代欧阳昱所撰《见闻琐录》记载，清代湖北武昌人范鸣琼参加考试，唱卷官念名时，咸丰皇帝（原书误作道光）听成"万民穷"，被抑至三甲之外③。

综上观之，由于帝王、皇太后等统治阶层的好恶，或者由于时局的原因，明清时期一些参加科举考试的考生因为姓名而直接影响了科举结果，并由此而改变了其人生命运，这在正史、笔记和小说作品中均有不少记载。

二、直接在小说命名上体现科举因素

明清科举鼎盛，有些小说作品直接在书名和人物命名上体现出科举因素，先看小说中人物命名或官署名、官职名称等。清初署名东鲁古狂生所撰《醉醒石》第四回《秉松筠烈女流芳　图丽质痴儿受祸》称："青阳一个大户，姓徐，家里极富，真是田连阡陌，喜结交乡宦，单生一子，教做徐登第。自恃是财主，独养儿子，家中爱惜，虽请个先生，不敢教他读一句书，写一个字。到得十三四，一字不识。"④徐姓大户生子以"登第"为名，表明对科举功名的期盼。

清代蒲松龄所撰《聊斋志异》非常深刻地揭露出科举考试的种种弊端，在其中人物命名或官署名、官职名称等方面直接体现科举因素，卷六《考弊司》描写阴间考弊司："廨宇不甚弘敞，惟一堂高广，堂下两碣东西立，绿书

① 徐珂编撰《清稗类钞》，中华书局 1984 年版，第 5 册第 2149 页。
② 徐珂编撰《清稗类钞》，中华书局 1984 年版，第 5 册第 2157 页。
③ ［清］欧阳昱《见闻琐录》，岳麓书社 1986 年版，第 172 页。按，《世载堂杂忆》有类似的记载。
④ ［清］东鲁古狂生《醉醒石》，上海古籍出版社 1956 年版，第 48 页。

大于栲栳，一云'孝弟忠信'，一云'礼义廉耻'。躐阶而进，见堂上一扁，大书'考弊司'。楹间，板雕翠字一联云：'曰校、曰序、曰庠，两字德行阴教化；上士、中士、下士，一堂礼乐鬼门生。'"名义上崇尚孝弟忠信、礼义廉耻，实际上其司主名虚肚鬼王贪婪狠毒，初见下属，"例应割髀肉"，如果下属贿赂他，则可以免此"旧例"："若丰于贿者，可赎也。"①小说《考弊司》是作者蒲松龄借阴间之事讽刺现实社会中科举考试的腐朽、黑暗，揭露考官的贪婪狠毒，《考弊司》之篇名就是对科举制度的直接讽刺。卷八《司文郎》中，设药卖医的瞽僧能嗅出文章优劣，他嗅过平阳王平子的文章后说："君初法大家，虽未逼真，亦近似矣。我适受之以脾。"再嗅余杭生的文章，"咳逆数声，曰：'勿再投矣！格格而不能下，强受之以膈；再焚，则作恶矣。'"可是放榜之后，余杭生高中，而王平子则落第。瞽僧闻讯叹道："仆虽盲于目，而不盲于鼻；帘中人并鼻盲矣！"②与王生关系亲密的宋生出口成章，才华横溢，"少负才名，不得志于场屋"，后来担任阴间梓潼府司文郎，司文郎这一官职名称之中包含对科举时代读书人命运的感慨以及对考官的讽刺、抨击，其中包含着蒲松龄很多个人科场长期失意的愤懑之情。《聊斋志异》卷九《于去恶》篇叙北平书生陶圣俞遇到冥界中人于去恶，去恶参加冥界考试，发挥极佳，但是地榜放榜，去恶落第，不过还有机会："适闻大巡环张桓侯将至，恐失志者之造言也；不然，文场尚有翻覆。"大巡环是作者虚拟的官名，指巡回视察之意；张桓侯即三国时蜀汉名将张飞。后来事情的发展果如所料："桓侯前夕至，裂碎地榜，榜上名字，止存三之一。遍阅遗卷，得五兄甚喜，荐作交南巡海使，且晚舆马可到。"③作者假借张飞巡视考场，以扫除冥界考场之不平，实际上抒发的是人世间考生们的不平之志，"于去恶"之名隐含着去恶扬善，铲除世界腐败、黑暗之意。《聊斋志异》卷四《柳秀才》、卷七《沂水秀才》《郭秀才》等均以与科举考试密切相关的"秀才"之名作为小说

---

① 以上引文均参见［清］蒲松龄《聊斋志异》卷六《考弊司》，上海古籍出版社1986年版，第822—823页。

② 以上所引参照［清］蒲松龄《聊斋志异》卷八《司文郎》，上海古籍出版社1986年版，第1098—1106页。

③《聊斋志异》卷九《于去恶》，上海古籍出版社1986年版，第1169—1170页。

篇名。

再看小说书名，有些小说直接在书名上体现科举因素，清初岐山左臣编次才子佳人小说《女开科传》即为一例，这部小说又题《虎丘花案逸史》《万斛泉逸史》《新采奇闻小说全编万斛泉》，叙苏州才子余梦白、梁文成、张又张，与名妓倚妆、文娟、弱芳之间的爱情故事，才子与名妓共商模仿朝廷开科取士，为妓女设立"花案"，结果倚妆、文娟、弱芳在众妓女中分别中状元、榜眼、探花，小说开头写道："风秀士奇开花案，雌状元私赚春魁。"① 此事被人告发，才子与才女因而避祸远逃，历经挫折，三位才子在科举考试中金榜题名，分别与三位才女喜结良缘。

又如清末署名如如女史《女举人传》，也是将"举人"之名嵌入书名，此书有光绪二十九年（1903）上海同人社石印本。小说以清末废除科举前夕这一时期作为创作背景，江阴县如如女史胸怀大志，她借同乡举人苗通之名赴汴京参加会试，途中经历种种人情世态，三场试毕，她在黄河边设坛演讲，希望兴办学堂、报社，鼓励青年留学，积极抵御西方列强入侵。传统小说中文人呈现出注重科举考试，追求科名的心态，例如《玉娇梨》第四回《吴翰林花下遇才人》中翰林吴瑞庵对书生的评价具有很好的代表性，在他看来，才子苏友白"人物固好，诗才固美，但不知举业如何。若只晓得吟诗吃酒，而于举业生疏，后来不能上进，渐渐流入山人词客，亦非全璧"②。翰林吴瑞庵将举业作为书生的最高追求。传统社会中很多文人为了科举，对于修身养性、著书立说往往不以为意，正如明代谢肇淛《五杂组》卷十三《事部一》所言："今之号为好学者，取科第为第一义矣，立言以传后者百无一焉，至于修身行己则绝不为意矣，可谓倒置之甚。"③ 小说《女举人传》所体现的科举观与翰林吴瑞庵以及传统的文人有着显著的差异，这部小说反映出在晚清这一特定的历史时期，在中西文化交融、碰撞的大背景下，科场得意、金榜题名已经不是文人的最高理想与追求，有识之士关心国家和民族的命运、寻求

①［清］岐山左臣编次《女开科传》，春风文艺出版社 1983 年版。
②［清］夷荻散人编次《玉娇梨》，中华书局 2002 年版，第 32 页。
③［明］谢肇淛《五杂组》，上海书店出版社 2001 年版，第 258 页。

变革图强，同时揭示出文人群体面对形势的瞬息万变而显得有些迷茫和困惑的独特心理。

三、科举考试中金榜、题名录与小说"榜"式结构①

所谓"榜"，就是张贴出来的文告或公布的名单，在科举社会中，"榜"是揭晓中式名单的主要工具。明清时期殿试之后公布名次，因用黄纸书写，故称"金榜"；题名录是科举时代刻有同榜中式者姓名、年龄、籍贯的名册。清代赵翼《陔余丛考》卷二十九《题名录》条称："一榜进士出翰林衙门，例刻题名录，此盖本唐时进士登科记之例也。"②金榜、题名录对古代小说中"榜"式结构带来影响。

什么是"榜"式结构呢？就是小说中通过张榜或揭榜的形式，把小说中的主要人物按一个标准或范围进行归类，放在小说的开头或正文中间，或放在结尾，"榜"式结构是古代小说比较常见的一种形式，溯其源头，最早是从元末明初施耐庵、罗贯中所撰《水浒传》开始的，小说第一回《张天师祈禳瘟疫　洪太尉误走妖魔》，洪太尉到伏魔之殿，放倒石碑，放走妖魔③，《水浒传》第二回《王教头私走延安府　九纹龙大闹史家村》称，这些妖魔是"三十六员天罡星，七十二座地煞星，共是一百单八个魔君在里面"④。洪太尉误走妖魔是整个《水浒传》故事情节发展的前提与基础，金圣叹《水浒传》楔子回评称："（《水浒传》）以瘟疫为楔，楔出祈禳；以祈禳为楔，楔出天师；以天师为楔，楔出洪信；以洪信为楔，楔出游山；以游山为楔，楔出开碣；以开碣为楔，楔出三十六天罡、七十二地煞。"⑤《水浒传》第七十一

---

① 本节第三部分写作部分参照孙逊、宋莉华《"榜"与中国古代小说结构》，载《学术月刊》1999 年第 11 期。

② ［清］赵翼《陔余丛考》，中华书局 1963 年版，第 606 页。

③ ［明］施耐庵、罗贯中《水浒传》，人民文学出版社 1975 年版，第 12—14 页。

④ ［明］施耐庵、罗贯中《水浒传》，人民文学出版社 1975 年版，第 15 页。

⑤ 金圣叹《水浒传》楔子回评，《第五才子书：水浒》，线装书局 2007 年版，上册第 2 页。

回《忠义堂石碣受天文　梁山泊英雄排座次》，天上掉下一块石碣，上书天罡地煞一百零八将姓名，"宋江唤过圣手书生萧让，用黄纸誊写"①。此处虽未明确使用"榜"字，但是作者通过石碣天书将梁山泊英雄排座次，且用"黄纸誊写"，与科举考试金榜题名非常相近。《水浒传》第一回《张天师祈禳瘟疫　洪太尉误走妖魔》，洪太尉误走妖魔，楔出三十六天罡、七十二地煞，到七十一回梁山泊英雄排座次，再到《水浒传》第一百回《宋公明神聚蓼儿洼　徽宗帝梦游梁山泊》描写道："（宋徽宗）于梁山泊起盖庙宇，大建祠堂，妆塑宋江等殁于王事诸多将佐神像……彼处人民，重建大殿，添设两廊，奏请赐额。妆塑神像三十六员于正殿，两廊仍塑七十二将，侍从人众。"②小说通过"榜"的形式，行文前后照应，结构谨严。

最早明确使用"榜"的名称并以此结构小说的是明代隆庆、万历年间的《封神演义》，小说中多次提到"封神榜"，如，第十五回《昆仑山子牙下山》，元始天尊对姜子牙说："你与我代劳，封神下山，扶助明主，身为将相，也不枉你上山修行四十年之功。"③第三十七回《姜子牙一上昆仑》云："元始曰：'你今上山正好。命南极仙翁取"封神榜"与你，可往岐山造一封神台。台上张挂"封神榜"，把你的一生事俱完毕了'……子牙捧定'封神榜'，往前行至麒麟崖。"④第六十回《马元下山助殷洪》提到"马元不是'封神榜'上人"⑤、第六十一回《太极图殷洪绝命》再次提到"'封神榜'上无马元名讳"⑥，第七十七回《老子一气化三清》云："老子道：'贤弟，我与你三人共立"封神榜"，乃是体上天应运劫数。'"⑦此书共一百回，第九十九回《姜子牙归国封神》，姜子牙向元始天尊请求"将阵亡忠臣孝子，逢劫神仙，早早封其品位，毋令他游魂无依，终日悬望"。元始天尊颁布诰敕称："特命姜尚依劫

①［明］施耐庵、罗贯中《水浒传》，人民文学出版社1975年版，第975页。
②［明］施耐庵、罗贯中《水浒传》，人民文学出版社1975年版，第1396—1397页。
③［明］许仲琳编《封神演义》，人民文学出版社1973年版，第136页。
④［明］许仲琳编《封神演义》，人民文学出版社1973年版，第326—327页。
⑤［明］许仲琳编《封神演义》，人民文学出版社1973年版，第564页。
⑥［明］许仲琳编《封神演义》，人民文学出版社1973年版，第569页。
⑦［明］许仲琳编《封神演义》，人民文学出版社1973年版，第734页。

运之轻重，循资品之高下，封尔等为八部正神，分掌各司，按布周天，纠察人间善恶，检举三界功行。"① 小说最后以姜子牙公布"封神榜"作为结束，所以又称《封神榜》。通过"封神榜"交代众神结局，统括全书，宣扬小说创作主旨。

明清时期采用"榜"式结构的小说作品还有以下一些，试列于下：

明末袁于令《隋史遗文》最后一回即卷十二第六十回《二憨除秦王即真　百战勋秦琼锡爵》，唐太宗继位以后，考虑到"这干文武诸臣，或运筹帷幄，或血战封疆，使我得有今日，所以次叙功臣，并加显爵，以报其功"②。太宗将功臣按文臣、武臣、亲王、国戚、附（当为驸）马、异姓王、死节七类进行排位，可以说是一篇"英雄榜"，"榜"的痕迹相当明显。

清初陈忱《水浒后传》第三十五回《日本国兴兵构衅　青霓岛煽乱歼师》，暹罗国国母萧妃与众人请李俊就任暹罗国国王之位，对柴进、公孙胜、李应、萧让、燕青等水浒旧将封官论爵，系模仿《水浒传》排座次的做法③，也是一种"榜"式结构，《水浒后传》全书四十回，第三十五回分封官职，起到总结全书的作用。

清初岐山左臣编次才子佳人小说《女开科传》第四回《乔御史琼宴辞魂》经过开科考试，"只见卷子已是拆完，传胪官高声唱道：'第一甲第一名倚妆……第一甲第二名文娟　第一甲第三名弱芳　第二甲第一名湘容　第二甲第二名小淑……'"④ 模仿科举考试张榜公布的形式，为妓女开科，并公布名次。

清初吕熊《女仙外史》第一百回《忠臣义士万古流芳　烈媛贞姑千秋丧节》"将诸臣踪迹，悉志于左"，列出"忠臣榜"，并"纪其烈女载诸史册可据者"，列出"烈女榜"⑤。

钱彩编次《说岳全传》最后一回即第八十回《表精忠墓顶加封　证因果

---

① ［明］许仲琳编《封神演义》，人民文学出版社 1973 年版，第 956—957 页。
② ［明］袁于令《隋史遗文》，人民文学出版社 1989 年版，第 505—506 页。
③ ［清］陈忱《水浒后传》，中华书局 2004 年版，第 278—279 页。
④ ［清］岐山左臣编次《女开科传》，春风文艺出版社 1983 年版，第 37—38 页。
⑤ ［清］吕熊《女仙外史》，齐鲁书社 1995 年版，第 551—556 页。

大鹏归位》，宋孝宗差内监表彰岳飞等忠臣，玉帝下旨惩处奸臣，相当于"忠臣榜"和"奸臣榜"，既阐明善恶有报，也藉此总结全文[①]。

吴敬梓《儒林外史》末回即第五十六回《神宗帝下诏旌贤　刘尚书奉旨承祭》，御史上奏称："诸臣生不能入于玉堂，死何妨悬于金马。伏乞皇上，悯其沉抑，特沛殊恩，遍访海内已故之儒修，考其行事，第其文章，赐一榜进士及第，授翰林院职衔有差。则沉冤抑塞之士，莫不变而为祥风甘雨，同仰皇恩于无既矣。"万历四十四年（1616），皇帝下诏赐虞育德等进士及第，使那些人世间不得意的文士死后荣登榜首：

> 万历四十四年六月二十三日议上，二十六日奉旨：
>
> 虞育德赐第一甲第一名进士及第，授翰林院修撰。庄尚志赐第一甲第二名进士及第，授翰林院编修。杜仪赐第一甲第三名进士及第，授翰林院编修。萧采等赐第二甲进士出身，俱授翰林院检讨。沈琼枝等赐第三甲同进士出身，俱授翰林院庶吉士。于七月初一日揭榜晓示，赐祭一坛，设于国子监，遣礼部尚书刘进贤前往行礼。余依议。钦此。
>
> 到了七月初一日黎明，礼部门口悬出一张榜来，上写道：礼部为钦奉上谕事。今将采访儒修赐第姓名、籍贯，开列于后。须至榜者：……[②]

小说模仿科举考试放榜的形式列出"幽榜"，让"沉冤抑塞"之士科场扬眉吐气。

李汝珍《镜花缘》第四十八回《睹碑记默喻仙机　观图章微明妙旨》写唐小山在海外小蓬莱镜花岭得遇"天榜"，上镌百人姓名："正面也有一匾，写的是'镜花水月'。那碧玉座上竖一白玉碑，高不满八尺，宽可数丈，上镌百人名姓：司曼陀罗花仙子第一名才女'蠹书虫'史幽探……"[③]第六十七回

《小才女卞府谒师　老国舅黄门进表》，武则天开科考试才女，录取一等才女五十名，二等才女四十名，三等才女十名，共一百名，题名录上众人姓名、录取顺序正如天榜所书①。

《红楼梦》的末回，根据畸笏叟的批语，我们可以发现，应有"情榜"，榜上列有主要女子的芳名和评语。《红楼梦》第五回《贾宝玉神游太虚境　警幻仙曲演红楼梦》交待金陵十二钗有正、副、又副三册，载入正册的有黛玉，宝钗，元、迎、探、惜四春，史湘云，妙玉，李纨，凤姐，秦可卿，巧姐十二人。副册宝玉没有看，我们无从知道。又副册只记了晴雯、袭人和香菱三人。第十八回《大观园试才题对额　荣国府归省庆元宵》在原文"今年才十八岁，法名妙玉"之后脂批指出正册、副册、又副三册中具体女性姓名：

> 妙卿出现。至此细数十二钗，以贾家四艳再加薛、林二冠有六，去秦可卿有七，再凤有八，李纨有九，今又加妙玉，仅得十人矣。后有史湘云与熙凤之女巧姐儿者，共十二人。雪芹题曰"金陵十二钗"，盖本宗《红楼梦》十二曲之意。后宝琴、岫烟、李纹、李绮皆陪客也，《红楼梦》中所谓副十二钗是也。又有又副册三断词，乃晴雯、袭人、香菱三人而已，余未多及，想为金钏、玉钏、鸳鸯、茜云（茜雪）、平儿等人无疑矣。②

而在此处畸笏叟又眉批曰："十二钗，总未的确，皆系漫拟也。至末回警幻《情榜》，方知正、副、再副及三、四副芳讳。壬午季春。畸笏。"③

我们从畸笏叟的评语可知，曹雪芹所撰《红楼梦》结尾处有警幻情榜，列出正册、副册、又副三册中具体女性姓名。

晚清陈森《品花宝鉴》最后一回即第六十回《金吉甫归结品花鉴　袁宝

---

①［清］李汝珍《镜花缘》，人民文学出版社 1955 年版，第 490—494 页。

②《红楼梦》第十八回《大观园试才题对额　荣国府归省庆元宵》脂砚斋评，邓遂夫校订《脂砚斋重评石头记庚辰校本》，作家出版社 2006 年版，第 343 页。

③《红楼梦》第十八回《大观园试才题对额　荣国府归省庆元宵》畸笏叟评，邓遂夫校订《脂砚斋重评石头记庚辰校本》，作家出版社 2006 年版，第 343 页。

珠领袖祝文星》，在各位文星之上，另立一品称群仙领袖，"除群仙领袖徐文星之次，皆以年齿定的先后，第二是仙中逸品萧文星，第三是仙中趣品高文星，第四是仙中狂品史文星，第五是仙中高品颜文星，第六是仙中和品刘文星，第七是仙中乐品王文星，第八是仙中华品田文星，第九是仙中豪华文星，第十是仙中上品金文星，第十一是仙中正品梅文星"①。晚清魏秀仁《花月痕》第七回《翻花案刘梧仙及第　见芳谱杜采秋束装》还存在为妓女排座次、定花案、开展花选、订花谱的现象，韩荷生重订的花案以刘秋痕为第一，颜丹翠为第二，张曼云为第三，冷掌珠为第四名，傅秋香为第五名，潘碧桃为第六名，贾宝书为第七名，薛瑶华为第八名，楚玉寿为第九名，王福奴为第十名②。花案影响大，《花月痕》第九回《粤夆水阁太史解围　邂逅寓斋校书感遇》称，"嗣后，（韩）荷生重订的《芳谱》喧传远近，便车马盈门，歌采缠头，顿增数倍"③。

明清小说的"榜"式结构较为普遍，这些"榜"式结构受到金榜、题名录等科举考试的直接影响。《水浒传》借鉴科举考试"榜"的形式为梁山泊英雄排座次，《水浒后传》加以模仿，《封神演义》列"封神榜"，《女开科传》《镜花缘》为才女排榜，《女仙外史》《说岳全传》等列"忠臣榜""烈女榜"或"奸臣榜"，《儒林外史》模仿科举放榜的形式列"幽榜"，《红楼梦》列"情榜"，虽然名称不一，但是受到金榜、题名录的影响是相当明显的，其中《儒林外史》《镜花缘》等小说情节直接采入科举金榜与题名录。科举考试中金榜、题名录在明清小说作品中的运用，在小说情节结构中起到重要作用，正如同治十三年（1874）齐省堂增订本《儒林外史》例言第四则指出："原书末回'幽榜'，藉以收结全部人物，颇为稗官别开生面。"④章回小说人物众多，情节复杂，借鉴科举考试金榜、题名录的形式设置"榜"式结构，可以照应前文，串联人物和情节，起到提纲挈领、总结全文的作用。

---

① ［清］陈森《品花宝鉴》，时代文艺出版社 2003 年版，第 684 页。
② ［清］魏秀仁《花月痕》，中华书局 1996 年版，第 35—41 页。
③ ［清］魏秀仁《花月痕》，中华书局 1996 年版，第 48 页。
④ 齐省堂刊本《儒林外史》例言，李汉秋辑校《儒林外史汇校汇评》，上海古籍出版社 2010 年版，第 693 页。

第三节　小说命名与避讳文化

避讳一事最早记载于《左传·桓公六年》："周人以讳事神，名，终将讳之。"[①]对此，孔颖达在《正义》中解释道："自殷以往，未有讳法。讳始于周。周人尊神之故，为之讳名，以此讳法敬事明神，故言'周人以讳事神'。子生三月，为之立名，终久必将讳之……'终将讳之'，谓死后乃讳之。"[②]避讳始于周朝，周人出于对鬼神的敬畏而讳言世人生前之名，可见避讳之名与姓名相关。避讳早期是死后而讳，秦汉以后，避讳制度进一步发展，不仅讳言世人生前之名，而且为生者讳，出现避国讳和避家讳等不同的避讳形式。

历代对避讳有不同的要求，《唐律疏议》卷十《职制》记载："诸上书若奏事，误犯宗庙讳者，杖八十；口误及余文书误犯者，笞五十。诸府号、官称犯父、祖名而冒荣居之……徒一年。"[③]官员任职的名称如果犯父、祖名讳而隐匿事实的话，就要受到法律惩处。在进士考试中，如果犯父、祖名讳也要回避，唐代李贺因避父名讳不能参加科举考试，《唐语林》卷六记载："（元稹因议李）贺父名晋肃，不合应进士。"[④]《旧唐书》卷一百七十二《李贺传》称，李贺"父名晋肃，以是不应进士，韩愈为之作《讳辨》，贺竟不就试"[⑤]。清代赵翼《陔余丛考》卷三十一《嫌名》条称：

> 嫌名不讳，韩昌黎《讳辨》已详论之。然隋文帝以父名忠，凡官名有中字，悉改为内，已著为令。至唐时讳嫌名者更多，贾曾擢中书舍人，以父名忠，引嫌不拜，议者引《礼》折之，始受。萧复为晋王行军长史，德宗以其父名衡，乃改为统军长史。则朝廷之上且为臣子避嫌名矣，毋怪乎李贺应进士举，当时流俗以其父名晋，遂同声訾议也。然《唐书》卫洙为郑颍观察使，洙以官号内有一字与臣家讳同，欲乞改

---

① 参见杨伯峻编著《春秋左传注》，中华书局 2009 年版，第 116 页。
② ［晋］杜预注，［唐］孔颖达等正义《春秋左传正义》，上海古籍出版社 1990 年版，第 114 页。
③ ［唐］长孙无忌等撰，刘俊文点校《唐律疏议》，中华书局 1983 年版，第 200 页、第 206 页。
④ ［宋］王谠撰，周勋初校证《唐语林校证》，中华书局 1987 年版，第 589 页。
⑤ ［后晋］刘昫等《旧唐书》，中华书局 1975 年版，第 3772 页。

授。诏曰："嫌名不讳，著在礼文。成命已行，固难依允。"《李磎传》：宦者摘磎疏中语犯顺宗嫌名，磎奏曰："《礼》不讳嫌名，律庙讳嫌名。"不坐。则《唐律》本有嫌名不讳之条。①

宋代避讳相当严格，陈垣《史讳举例》称："宋人避讳之例最严。"②科举考试中一旦考生发现试题中有触犯父讳的字样，必须退出考试。宋人钱易《南部新书丙》称："凡进士入试，遇题目有家讳，即托疾，下将息状求出，云：'牒某，忽患心痛，请出试院将息，谨牒如的。'"③这是避家讳，从以上材料可知，历代避家讳的情况很多。《唐会要》卷二十三称，唐开成元年（836）十一月，"前婺王府参军宋昂，与御名同……追验正身，改更稍迟，殊戾敕旨，宜殿两选"④。王府参军宋昂名字犯了唐文宗李昂名讳，因而被处罚，这是避国讳。

明代避讳制度稍宽一些，沈德符《万历野获编》之《补遗》卷二"命名禁字"条称："惟避讳一事，古今最重而本朝最轻。"⑤

清代避讳始于康熙皇帝，以雍正、乾隆两朝最为严格，由此造成很多文字狱，如查嗣庭担任江西乡试考官，因出试题被人弹劾"维止"二字系雍正去头；内阁学士胡中藻担任广西学政时所出试题中有"乾龙"二字，龙与隆同音，被判定是影射乾隆皇帝而被处斩；举人王锡侯删改钦定的《康熙字典》，编撰《字贯》，触犯康熙、雍正、乾隆三朝皇帝名讳，被处斩。清朝统治者利用避讳，实行文字高压政策。

历代避讳制度对文学作品带来深远的影响，以杜甫、苏轼等为例，明代郎瑛《七修类稿》卷二十六《辩证类》"子美不咏父母名"篇云："诗话尝云：杜子美父名闲，诗中多不用闲字；母名海棠，故不咏海棠。"⑥苏轼祖父名

---

① ［清］赵翼《陔余丛考》，中华书局 1963 年版，第 668—669 页。
② 陈垣《史讳举例》，中华书局 1962 年版，2004 年新 1 版，第 124 页。
③ ［宋］钱易《南部新书》，中华书局 2002 年版，第 35 页。
④ ［宋］王溥《唐会要》，中华书局 1955 年版。
⑤ ［明］沈德符《万历野获编》，中华书局 1959 年版，第 856 页。
⑥ ［明］郎瑛《七修类稿》，上海书店出版社 2001 年版，第 273 页。

"序"，所以苏洵、苏轼等人创作中不写"序"字。

避讳文化与古代小说作品的创作、流传有着一定的关联，避讳对小说作品情节设置、人物塑造、小说刊印起到相当重要的影响，同时对于揭示小说作品特定的时代、环境，刻画小说作家的心理也有一定的帮助。下面我们分宋代、明代和清代分别进行考察。

一、宋代小说命名与避讳文化

避讳文化在历代小说创作与流传过程中有着充分的体现。就宋代而言，小说创作、刊刻过程中可以看出避讳文化影响的烙印。比较典型的是唐代牛僧孺所撰《玄怪录》，本名为《玄怪录》，晁公武《郡斋读书志》卷十三《玄怪录》条指出："《玄怪录》十卷……僧孺为宰相，有闻于世，而著作此等书，《周秦行纪》之谤，盖有以致之也。"[1] 陈振孙《直斋书录解题》卷十一《玄怪录》条云："《玄怪录》十卷。唐牛僧孺撰。《唐志》十卷，又言李复言《续录》五卷，《馆阁书目》同。今但有十一卷，而无《续录》。"[2] 宋人为避始祖玄朗名讳，将《玄怪录》改为《幽怪录》，宋代赵彦卫《云麓漫钞》卷八即称之为《幽怪录》，宋代《遂初堂书目》、曾慥《类说》题作《幽怪录》。朱国祯《涌幢小品》卷十八曰："牛僧孺撰《玄怪录》，杨用修改为《幽怪录》。因世庙时重玄字，用修不敢不避，其实只一书，非刻之误也。"[3]

《续玄怪录》在宋代的刊刻、流传过程中，其书名也因避讳而修改。晁公武《郡斋读书志》卷十三《续玄怪录》条指出："《续玄怪录》十卷。右李复言撰。续牛僧孺书也。分《仙术》、《感应》三门。"[4] 清代黄丕烈《士礼居藏书题跋记》卷四指出："《续幽怪录》四卷，宋本……此临安府太庙前尹家书

---

① ［宋］晁公武撰，孙猛校证《郡斋读书志校证》，上海古籍出版社 2011 年版，第 551 页。
② ［宋］陈振孙《直斋书录解题》，上海古籍出版社 2015 年版，第 338 页。
③ ［明］朱国祯《涌幢小品》，中华书局 1959 年版，第 413 页。
④ ［宋］晁公武撰，孙猛校证《郡斋读书志校证》，上海古籍出版社 2011 年版，第 551 页。

籍铺刊行本也……此《录》续牛僧孺书本名《玄怪》，见于陈、晁两家之书。其云'幽怪'者，殆避宋讳欤？"① 瞿镛《铁琴铜剑楼藏书目录》卷十七也指出：

> 《续幽怪录》四卷（宋刊本）。题李复言编，目录后有"临安府太庙前尹家书籍铺刊行"一行。每半叶九行，行十八字。树、慎、廓字有阙笔。案，晁、陈两书俱谓李复言《续玄怪录》，续牛僧孺《玄怪录》而作也，分仙术、感应二门，此则总二十三则，不分门。晁云十卷，陈云五卷，《述古堂书目》又作三卷，俱与此本不合，殆尹氏得其书重编以刻者。"玄"改作"幽"，避宋讳也。书中"杀"字俱作"煞"字，卷中有郑印敷教之章，乃桐庵先生故物也。②

可见，不管是唐代牛僧孺所撰《玄怪录》还是李复言所撰《续玄怪录》，在宋代刊刻过程中，因避宋代帝王之讳，其书名中"玄"字都被改为"幽"字。

唐代李匡文撰笔记小说集《资暇集》在宋代刊刻时，其作者之名中"匡"字也因与宋太祖赵匡胤、宋太宗赵匡义重名，因而宋代刊刻这部小说时，以其字代替其名，纪昀等撰、四库全书研究所整理《钦定四库全书总目》卷一百一十八子部二十八杂家类二指出：

> 《资暇集》三卷，江苏巡抚采进本。唐李匡乂撰。旧本或题李济翁，盖宋刻避太祖讳，故书其字。如唐修《晋书》称石虎为"石季龙"，或作李乂，亦避讳，刊除一字，如唐修《隋书》称韩擒虎为"韩擒"，实一人也。《文献通考》一入杂家，引《书录解题》作李匡文，一入小说家，引《读书志》作"李匡乂"，而"字济翁"则同。《陆游集》有此书跋，亦

————————

① ［清］黄丕烈《士礼居藏书题跋记》，《续修四库全书》史部目录类，据清光绪十年滂喜斋刻本影印，第 923 册第 781 页。

② ［清］瞿镛《铁琴铜剑楼藏书目录》，《续修四库全书》史部目录类，据清光绪常熟瞿氏家塾刻本影印，第 926 册第 292 页。

作李匡文。王楙《野客丛书》作"李正文"，然《读书志》实作"匡乂"，诸书传写自误耳……《读书志》载是书有匡乂自序，曰："世俗之谈，类多讹误。虽有见闻，嘿不敢证。故著此书。上篇正误，中篇谈原，下篇本物。"此本前有"虞山钱遵王氏藏书"印，盖"也是园"旧物。末题"埭川顾氏家塾梓行"。中间"贞"字、"征"字、"完"字皆阙笔，盖南宋所刊。"殷"字亦尚阙笔，则犹刻于理宗以前、宣祖未祧之时，较近本为善。①

宋代对于避讳的要求相对严格，在小说创作、流传过程中也不例外，唐代小说在宋代被刊刻时，其书名、作者涉及避讳，均需要改名、换字或以作者之字替代其名。宋代文人创作的小说同样受到避讳文化的影响，以洪迈所撰《夷坚志》为例，作者就曾经因为避讳而改小说之名，洪迈《夷坚支景序》指出：

> 岁二月，支乙成。十月，支景成。书之速就，视前时又过之。昔我曾大父少保讳，与天干甲乙下一字同音，而左畔从火，故再世以来，用唐人所借，但称为景。当《夷坚》第三书出，或见惊曰："礼不讳嫌名，私门所避，若为家至户晓，徒费词说耳。"乃直名之。今是书萌芽，稚儿力请曰："大人自作稗官说，与他所论著及通官文书不侔，虽过于私无嫌，避之宜矣。"于是目之曰支景，惧同志观者以前后矛盾致疑，故识其语。庆元元年十月十三日序。②

我们在前文提到，唐代小说《玄怪录》《续玄怪录》《资暇集》等在宋代流传时，出现避讳现象，避免与宋代帝王之名重复，这是避国讳，我们从洪迈《夷坚支景序》中可以看到，在宋代，对于避家讳也很重视，洪迈本来准备直书其名，不避祖先之讳，后来因"稚儿力请"，所以改名。由此可见，宋

---

① ［清］纪昀等撰，四库全书研究所整理《钦定四库全书总目》，中华书局 1997 年版，第 1576 页。
② ［宋］洪迈《夷坚支景序》，《夷坚志》，据中华书局 1981 年版，第 879 页。

代，小说创作、刊刻与避讳文化的关系相对密切。

二、明代小说命名与避讳文化

较为著名的事例是《水浒传》第四十回《梁山泊好汉劫法场　白龙庙英雄小聚义》，此回叙述宋江在浔阳楼题反诗，被蔡京的儿子、江州知府蔡九提拿，下到死囚牢中，蔡九写信，派戴宗去东京向蔡京报告，戴宗上梁山泊，吴用设计伪造蔡京回信，忘记避讳之事：

> 吴用说道："早间戴院长将去的回书，是我一时不仔细，见不到处。才使的那个图书，不是玉箸篆文'翰林蔡京'四字？只是这个图书，便是教戴宗吃官司。"金大坚便道："小弟每每见蔡太师书缄，并他的文章，都是这样图书。今次雕得无纤毫差错，如何有破绽？"吴学究道："你众位不知。如今江州蔡九知府，是蔡太师儿子，如何父写书与儿子却使个讳字图书？因此差了。是我见不到处。此人到江州，必被盘诘。问出实情，却是利害。"晁盖道："快使人去赶唤他回来，别写如何？"吴学究道："如何赶得上。他作起神行法来，这早晚已走过五百里了，只是事不宜迟，我们只得恁地，可救他两个。"①

"翰林蔡京"是蔡京平时写文章所用落款，但是在给儿子写信时信末如何会用"讳字图书"？诚如吴用所料想的那样，梁山泊假冒蔡京的信件到了江州，被无为军通判黄文炳识破计谋：

> 黄文炳（向蔡九说）道："相公，休怪小生多言，这封书被人瞒过了相公。方今天下盛行苏、黄、米、蔡四家字体，谁不习学得，况兼这

---

① ［明］施耐庵、罗贯中《水浒传》，人民文学出版社 1975 年版，第 547 页。

个图书，是令尊府恩相做翰林大学士时使出来，法帖文字上，多有人曾见。如今升转太师丞相，如何肯把翰林图书使出来？更兼亦是父寄书与子，须不当用讳字图书。令尊府太师恩相，是个识穷天下学，览遍世间书，高明远见的人，安肯造次错用。相公不信小生轻薄之言，可细细盘问下书人，曾见府里谁来。若说不对，便是假书。休怪小生多言，只是错爱至厚，方敢僭言。"①

由于避讳上的疏忽，被黄文炳识破，戴宗被关进监狱，准备斩首之际，梁山好汉大闹江州法场，劫走宋江、戴宗。在《水浒传》中，吴用等人模仿蔡京书信，疏忽避讳一事引出梁山泊好汉劫法场的情节，可见避讳对小说情节的发展起到一定的推动作用。

《金瓶梅》第七十七回《西门庆踏雪访爱月　贲四嫂倚牖盼佳期》有处细节，西门庆的干儿子王三官（即王寀）本来号"三泉"，知道西门庆号"四泉"后，怕西门庆生气，改号"小轩"，因他去世的父亲号"逸轩"，故改此号②。王三官出于避讳而改号，一方面反映此人灵活、钻营、逢迎巴结，另一方面也表明西门庆的权势显赫，这一改号细节对于刻画西门庆和王三官的形象、性格起到一定的作用。王三官避西门庆之讳，却不避父亲之讳，这也表明作者生活的明代避讳制度并不严格的现实。《石点头》第三卷《王本立天涯求父》中，北直隶文安县王珣生子，"分娩之先，王珣曾梦一人，手执黄纸一幅，上有太原两个大字，送入家来。想起莫非是个谶兆，何不就将来唤个乳名？但太字是祖父之名，为此遂名原儿"③。王珣考虑到"太"字为祖父之名，所以从避讳的角度考虑，从梦中"太原"二字中选择"原"字为儿子命名。

①［明］施耐庵、罗贯中《水浒传》，人民文学出版社1975年版，第549页。
②［明］兰陵笑笑生《金瓶梅》，东大图书有限公司1979年版，第785—786页。
③［明］天然痴叟《石点头》，上海古籍出版社1957年版，第60页。

三、清代小说命名与避讳文化

入清以后，从康熙朝开始，避讳非常严格，成书于康熙年间的小说《集咏楼》讳"玄"字，很显然，这是避康熙皇帝爱新觉罗·玄烨的名讳。乾隆时成书的《红楼梦》中数次出现避讳现象，《红楼梦》第二回《贾夫人仙逝扬州城　冷子兴演说荣国府》，冷子兴向贾雨村叙述林黛玉的家世时指出：

> （冷）子兴道："……目今你贵东家林公之夫人，即荣府中（贾）赦、（贾）政二公之胞妹，在家时名唤贾敏。不信时，你回去细访可知。"雨村拍案笑道："怪道这女学生读至凡书中有'敏'字，皆念作'密'字，每每如是；写字遇着'敏'字，又减一二笔，我心中就有些疑惑。今听你说的，是为此无疑矣。"①

林黛玉的母亲名敏，所以林黛玉读书时将"敏"读作"密"，写字时将"敏"字减一二笔，这是子女避母之名讳；《红楼梦》第二十四回《醉金刚轻财尚义侠　痴女儿遗帕惹相思》提到小红改名之事："原来这小红本姓林，小名红玉，只因'玉'字犯了林黛玉、宝玉，便都把这个字隐起来，便都叫他'小红'。原是荣国府中世代的旧仆，他父母现在收管各处房田事务。"②作为仆人身份的林红玉，其名与林黛玉、贾宝玉之名有重复之处，所以改名小红，这是奴仆避主人之名讳；《红楼梦》早期抄本中就有多处避"玄""弘"等字的情况，这是避康熙皇帝爱新觉罗·玄烨、乾隆皇帝爱新觉罗·弘历等人的名讳。

成书于清代道光年间、俞万春所撰的《荡寇志》中有很多地方避皇帝名讳，《荡寇志》校点说明云：

> 书中避清朝皇帝之讳甚严，如：康熙帝名玄烨，凡"玄武"、"玄黄"，"玄妙"之"玄"，皆作"元"；道光帝名旻宁，不仅"宁可"改作"凝

---

① ［清］曹雪芹、高鹗《红楼梦》，人民文学出版社 1982 年版，第 33 页。
② ［清］曹雪芹、高鹗《红楼梦》，人民文学出版社 1982 年版，第 342 页。

可"，且将梁山英雄金枪手徐宁改名为"徐凝"。关羽被清廷敕封为"忠义神武关圣大帝"，作者竟认为"强盗"就不配姓"关"，将梁山英雄大刀关胜改姓为"冠"。①

可见清代对于避国讳的要求很严，这种情况一直持续到清末，晚清侠义小说《七侠五义》对"钻天""翻江"等与"圣讳"有关的字眼也加以避讳，小说中"五义"之一卢方的诨号是钻天鼠，蒋平的诨号是翻江鼠，第四十八回《访奸人假公子正法　贬佞党真义士面君》，包拯带着卢方、蒋平面见宋仁宗，称钻天鼠为"盘桅鼠"，把"翻江鼠"称作"混江鼠"，包公为什么做出如此举动呢？接下来小说写道："包公为何说盘桅鼠、混江鼠呢？包公为此筹划已久，恐说出'钻天'、'翻江'有犯圣忌，故此改了。这也是怜才的一番苦心。"②《七侠五义》以宋代作为小说故事发生的社会背景，我们从历史记载来看，包公的顾虑和担心并非没有道理，宋代对于避讳要求很严，不仅要避皇帝名讳，而且对于天、高、上、大、龙、君、玉、帝、圣、皇等字也要回避，《容斋续笔》卷四《禁天高之称》："周宣帝自称天元皇帝，不听人有天、高、上、大之称。官名有犯，皆改之。改姓高者为姜，九族称高祖者为长祖。政和中，禁中外不许以龙、天、君、玉、帝、上、圣、皇等为名字。于是毛友龙但名友，叶天将但名将……"③《宋史》卷二十二《徽宗四》载："（徽宗七年）秋七月庚午朔，诏士庶毋以天、王、君、圣为名字。"④《七侠五义》明写宋朝，实际上反映的是清朝的社会状况，我们从小说的相关描写可以看出清代避讳的现实。晚清小说《官场现形记》第四十二回《欢喜便宜暗中上当　附庸风雅忙里偷闲》提到知府喜元重避讳之事：

　　本府是个旗人，他自己官名叫喜元。他祖老太爷养他老太爷的那一

_____

① 《荡寇志》校点说明，《荡寇志》卷首，人民文学出版社1981年版。

② ［清］石玉昆述，俞樾改编《七侠五义》，《古本小说集成》据复旦大学图书馆藏光绪十六年上海广百宋斋石印本影印。

③ ［宋］洪迈《容斋续笔》，《容斋随笔》附录，中华书局1996年版，第268页。

④ ［元］脱脱等《宋史》，中华书局1985年版，第2册第416页。

年，刚正六十四岁，因此就替他老太爷起了个官名，叫做"六十四"。旗人有个通病，顶忌的是犯他的讳，不独湍制台一人为然。这喜太守亦正坐此病。他老太爷名叫六十四，这几个字是万万不准人家触犯的。喜太守自接府篆，同寅荐了一位书启师爷，姓的是大耳朵的陆字。喜太守见了心上不愿意，便说："大写小写都是一样，以后称呼起来不好出口，可否请师爷换一个？"师爷道："别的好改，怎么叫我改起姓来！"晓得馆地不好处，于是弃馆而去。喜太尊也无可如何，只得听其自去。喜太尊虽然不大认得字，有些公事上的日子总得自己标写，每逢写到"六十四"三个字，一定要缺一笔；头一次标"十"字也缺一笔。旁边稿案便说："回老爷的话：'十'字缺一笔不又成了一个'一'字吗？"他一想不错，连忙把笔放下，踌躇了半天没得法想。还是稿案有主意，叫他横过一横之后，一竖只写一半，不要头透。他闻言大喜，从此以后便照办，每逢写到"十"字，一竖只竖一半，还夸奖这稿案，说他有才情。又说："我们现在升官发财是那里来的？不是老太爷养咱们，咱们那里有这个官做呢？如今连他老人家的讳都忘了，还成个人吗？至于我，如今也是一府之主了，这一府的人总亦不能犯我的。"于是合衙门上下摸着老爷这个脾气，一齐留心，不敢触犯。①

喜元为避祖父"六十四"的名讳，甚至让陆姓师爷改姓，写字时常常缺笔，以至于闹出不少笑话，将"十"字缺笔写成"一"字。喜元添孙，新任兴国州知州瞿耐庵为巴结上司，赶紧送礼，让书启师爷写好贺禀"喜敬六十四元"，把喜元"父子两代的讳一齐都闹上了"，门政大爷告诫送礼的管家："你们老爷既然做他的下属，怎么连他的讳都不打听打听？你可晓得他们在旗的人，犯了他的讳，比当面骂他'混账王八蛋'还要利害？你老爷怎么不打听明白了就出来做官？"喜元拿到贺禀，"一瞧是'喜敬六十四元'六个小字，面色登时改变，从椅子上直站起来，嘴里不住的连声说：'啊！啊！'啊了

① ［清］李伯元《官场现形记》，人民文学出版社1957年版，第704—705页。

两声，仍旧回过头去问门政大爷道：'怎么他到任，你们也没有写封信去拿这个教导教导他？'"气恼之下：

> 也不管签条上有他老太爷的名讳，便登的一声，接着豁啷两响，把封洋钱摔在地下，早把包洋钱的纸摔破，洋钱滚了满地了。喜太尊一头跺脚，一头骂道："岂有此理！岂有此理！他这明明是瞧不起我本府！我做本府也不是今天才做起，到他手里要破我的例可是不能！怎么他这个知州腰把子可是比别人硬绷些，就把我本府不放在眼里！'到任规'不送，贺礼亦只送这一点点！哼哼！他不要眼睛里没有人！有些事情，他能逃过我本府手吗！把这洋钱还给他，不收！"喜太尊说完这句，麻雀牌也不打了，一个人背着手自到房里生气去了。①

《官场现形记》第四十二回的描写栩栩如生，通过避讳之事，生动地刻画了清朝贪腐官员喜元、瞿耐庵、狗仗人势的门客等形象。

第四节　小说命名与出版文化

自宋代开始，随着出版印刷业的兴盛、印刷技术的提高，刊印小说的种类、数量不断发展，小说创作、流传受商业文化的影响也相当明显，下面，我们从两个方面考察古代小说命名与出版文化的关系②。

一、改名现象

古代出版商出于销售、发行、赢利的需要而更改小说书名，这是较为常

---

① 以上引文参见［清］李伯元《官场现形记》，人民文学出版社 1957 年版，第 705—707 页。

② 本节第二部分论述参照拙著《明代书坊与小说研究》第八章《明代书坊与小说流派》，中华书局 2008 年版，做了适当修改、补充。

见的，明末雄飞馆将《三国志演义》和《水浒传》这两部名著合刊，改名为《英雄谱》，雄飞馆主人在其所刊《英雄谱》识语中指出：

> 语有之："四美具，二难并。"言璧之贵合也。《三国》、《水浒》二传，智勇忠义，迭出不穷，而两刻不合，购者恨之。本馆上下其驷，判合其圭。回各为图，括画家之妙染；图各为论，搜翰苑之大乘。较雠精工，楮墨致洁。诚耳目之奇玩，军国之秘宝也。识者珍之！①

雄飞馆主人因为合刊两部小说而改名，满足读者阅读需要，他希望"识者珍之"。南明时，华阳散人编辑《鸳鸯针》，藏于大连图书馆，大连图书馆另有《一枕奇》二卷，实为《鸳鸯针》第一、二卷；又有《双剑雪》二卷，即《鸳鸯针》第三、四卷。

清代刊印小说数量很多，改名现象非常普遍，署名青心才人编次的《金云翘传》后来被书商删去诗词，改名为《双奇梦》或《双欢合》；清代小说《锦香亭》被改名为《第一美女传》《绫帕记》；才子佳人小说《飞花艳想》，清初写刻本题《飞花艳想》，另一刻本题《梦花想》，藏于美国哈佛大学汉和图书馆；啸花轩刊本改题《幻中春》，道光二年（1822）刊本改名《鸳鸯影》，但文字有所出入②。《水浒后传》被改名为《征四寇》而发行，清代镜水湖边老渔《荡寇志跋》云："《水浒后传》……近时粤中坊本，又改《后水浒》之名为《征四寇》，仍图煽惑愚民，而以征寇二字与荡寇二字相混杂，殆伏莽犹未靖欤！"③

到了晚清，书坊为小说改名而牟利的情况不仅没有停歇，而且愈演愈烈，邱炜萲《菽园赘谈》卷十三《说部不必妄续》指出："近来沪上牟利书贾，取时贤所著说部，改易名目，以期速售，如《后聊斋志异》、《续阅微草

---

①雄飞馆主人刊《英雄谱》识语，《古本小说集成》据日本东京内阁文库藏本影印《英雄谱》卷首。

②石昌渝主编《中国古代小说总目》，山西教育出版社 2004 年版，第 67 页。

③《荡寇志》卷首，据焕文书局校印《绘图荡寇志》本，收入朱一玄编《明清小说资料选编》上册，南开大学出版社 2006 年版，第 351 页。

堂笔记》之类。"① 署名竟陵钟惺伯敬编次，李贽卓吾参订的《大隋志传》，假托明代钟惺、李贽等人编撰、修订，实为清人修订之作。有英德堂刊本，未标年代，又有清光绪十四年（1888）文益堂刊本、光绪十九年（1893）聚之堂刊本等。孙楷第《中国通俗小说书目》卷二著录《大隋志传》云："实即割裂褚人获书（《隋唐演义》）前半部为之，而改题名目。"②《大隋志传》事实上就是书坊将《隋唐演义》的前半部改名而成。光绪年间香港刊闲云山人序本《金瓶梅》，改名为《第一奇书钟情传》，为删节本；《梼杌闲评》晚清时被改名为《明珠缘》，黄人《小说小话》云："《梼杌闲评》（魏忠贤之外史也，亦有奇伟可喜处。唯以傅应星为忠贤所生，且极口推崇之，不知其命意所在。今坊间翻刻，易其名曰《明珠缘》）。"③ 清代佚名撰《争春园》，光绪三十年（1904）上海书局石印本改题《剑侠奇中奇》④；清代蓝鼎元撰《蓝公奇案》原名《鹿洲公案》《公案偶记》，雍正时刊，光绪二十八年（1902）上海山左书林出版，改名《蓝公奇案》《蓝公案全传》；清代《锋剑春秋》书名经历书商多次改动，同治四年（1865）四和堂刻本，内封别题《孙膑大破诸仙阵》，首有同治四年四和氏序。光绪元年（1875），上海顺城书局石印本，改题《后列国志》。光绪二十六年（1900）上海江南书局石印本改题《万仙斗法兴泰传》。光绪二十七年（1901）上海大经楼石印本改题《万仙斗法后列国志》。民国年间上海石印本又改题为《锋剑春秋后列国志》《后东周锋剑春秋》《后东周列国志》等；清代小说《桃花影》，有清初写刻本和畹香斋刻本，光绪年间上海书局石印本改名《牡丹缘》；光绪上海书局将《石点头》改名《醒世第二奇书》；清代佚名《莲子瓶演义传》，又名《第一奇书莲子瓶》《后唐奇书莲子瓶传》，光绪二十六年（1900）上海书局石印本改题《银瓶梅》。类似这样的事例屡见不鲜。书坊为牟利而更改小说书名，表明商业发展对小说创作、流传所带来的深刻影响，另一方面，这种随意改名也加剧了明清小说命

① ［清］邱炜萲《菽园赘谈》，清光绪二十三年排印本。
② 孙楷第《中国通俗小说书目》，人民文学出版社 1982 年版，第 51 页。
③《小说林》第 6 期，清光绪丁未年（即光绪三十三年，1907）十月，上海书店 1980 年复印本。
④ 参照丁锡根编著《中国历代小说序跋集》，人民文学出版社 1996 年版，第 1595 页。

名中一书而多名的现象，在一定程度上造成明清小说书名复杂的局面。

二、古代小说书名揭示小说刊刻的"后续效应"

所谓"后续效应"，也就是在出版业比较发达的时代，出于占有市场、迎合读者阅读需求的目的，有意识地模仿原著，出现同类作品的后续现象，就小说编撰、刊刻而言，包括以下几种形式：第一，对原作的翻刻；第二，续书的刊刻；第三，选本的刊刻。我们在本书第二章《宋元（含辽金）小说命名》中提到，元刊平话的命名已体现出对读者和市场的重视，《宣和遗事》有"前集""后集""续集"，《五代史平话》有"前集""后集"的称呼，现存《新刊平话前汉书续集》《新刊全相平话乐毅图齐七国春秋后集》等就是"前集"的续作，这些实际上就是小说刊刻过程中的"后续效应"。

无论是文言小说还是白话小说均出现明显的后续效应，文言小说领域，如《剪灯新话》与《剪灯余话》《觅灯因话》、《剑侠传》与《续剑侠传》、《艳异编》与《续艳异编》《广艳异编》、《虞初志》与《续虞初志》，清代梁章钜《浪迹丛谈》之后有《浪迹续谈》《浪迹三谈》等等，后续之作在书名、题材内容、风格特征等方面均仿照原作。明代吴琯编《古今逸史》，北京图书馆今藏二十六种，前有自叙、凡例和目录。凡例称："是编以《古今逸史》称名，必备举古今之逸始为全业，而诸书方在构集，一时未得竣事，故先刻数种，聊急副海内之望云。"[1] 此书应为初印本。以后又有四十种本、四十二种本，最后为五十五种本，名《增定古今逸史》，亦当刻于万历间，有上海涵芬楼影印本。

"后续效应"在白话小说领域更为明显，不同流派小说刊刻过程中，出现诸多"后续效应"，下面分别加以简要阐述：

历史演义小说方面，《三国志演义》的续作有酉阳野史的《三国志后传》等，《英烈传》的续作有《续英烈传》等，《列国前编十二朝传》是对《列国志

---

① ［明］吴琯编《古今逸史》凡例，文物出版社 2020 年版，第 1 册第 15 页。

传》的倒续。

神魔小说刊刻也存在"后续效应"，主要体现在翻刻、删节或增补、续书诸方面。《西游记》自刊行以后，出现多种版本，除翻刻原作以外，还出现不少删节或增补本，万历时所刊朱鼎臣《唐三藏西游释厄传》、杨致和《唐三藏西游全传》均为《西游记》的删节本；罗贯中《三遂平妖传》有两个版本系统，现存最早刊本为万历钱塘王慎修所刊《三遂平妖传》四卷二十回，嘉会堂所刊冯梦龙《新平妖传》四十回是罗贯中《三遂平妖传》二十回的增补本。明代神魔小说的翻刻情况，我们从余象斗的《八仙传引》可见一斑。《华光天王传》被翻刻，从某种角度而言也反映了神魔题材小说受市场欢迎的程度。明代神魔小说的续书在《西游记》一书上体现得比较明显。《西游记》共有佚名《续西游记》、董说《西游补》、佚名《后西游记》以及清末陆士谔的《也是西游记》等几种续书。

公案小说的刊刻也存在后续效应。最突出的事例莫过于《廉明奇判公案》与《皇明诸司公案》的编撰与刊刻。《皇明诸司公案传》（又名《全像续廉明公案传》），内封题"续廉明公案"，很显然就是以《廉明奇判公案》的续书身份出现的。作为短篇小说集，其续书形式与以一人或数人、一事或数事贯穿始终的章回小说的续书方式不同，公案小说的续书往往以小说集的形式出现，类似于题名陶潜的《搜神后记》接续《搜神记》，这类续书，称之仿作也未尝不可。另外，明末成书的《龙图公案》出现年代最晚，但流传非常广泛，它与《包龙图判百家公案全传》一样，同样描写包公断案故事，十卷一百篇的篇幅中将近一半源于《包龙图判百家公案全传》，在某种程度上也可以视为明代包公题材公案小说刊刻的后续效应之一。清代小说《施公案》则达到十续之多。

话本小说刊刻的后续效应早在"三言二拍"刊刻之际就得以体现，天许斋刊刻"古今名人演义一百二十种"，即以《古今小说》四十种作为"初刻"①。衍庆堂刊刻"三言"时，将《古今小说》改名《喻世明言》，与天许

---

① 参见天许斋刊《古今小说》卷首识语。

斋一样，将"三言"分别视为初刻、二刻、三刻："本坊重价购求古今通俗演义一百二十种，初刻为《喻世明言》，二刻为《警世通言》，海内均奉为邺架玩奇矣。兹三刻为《醒世恒言》，种种典实，事事奇观。总取木铎醒世之意，并前刻共成完璧云。"①从刊刻意义上来看，《警世通言》《醒世恒言》可以视作《古今小说》（或称《喻世明言》）的续作。天许斋初刻《古今小说》以后，小说受到市场热烈欢迎，"绿天馆初刻古今小说□（按：原字缺）十种，见者侈为奇观，闻者争为击节"②。此后衍庆堂也加入到刊刻"三言"的行列，使"三言"的社会影响不断扩大。

　　"二拍"的刊刻也体现出话本小说刊刻的"后续效应"，《初刻》之后，出现《二刻》，其原因除了凌濛初要发泄其"抑塞磊落之才"以外③，还存在市场因素："贾人一试之而效，谋再试之。"④明末书坊又编辑《三刻拍案惊奇》；同样的，《欢喜冤家》有正集，有续集，明末刊印周楫《西湖一集》，又有周氏《西湖二集》，《小说传奇合刊》书末题"三集下"，知有一集、二集，与其他小说流派一样，话本小说刊刻中所呈现的"后续效应"，既反映出版市场检验的结果，体现出版市场的导向，同时，又推动话本小说流派的形成与发展。

　　古代尤其是明清时期坊刻小说刊刻过程中体现的"后续效应"是小说流派产生的重要因素之一。为什么小说刊刻中存在"后续效应"呢？笔者认为，一是书坊主看中市场需求，出于牟利目的进行大量翻刻，其中，以明代建阳地区尤为突出，明人郎瑛《七修类稿》卷四十五云："盖闽专以货利为计，但遇各省所刻好书，闻价高即便翻刊。"⑤二是考虑到读者阅读心理因素；三是出于教化需要，杭州书坊主陆云龙在为所刊《禅真后史》作序时声称："揉叛盗于忠良，祛奸慝于禁近，《后史》皆所以补《逸史》未备，所为继

---

① 参见衍庆堂刊《醒世恒言》卷首识语。
② 参见衍庆堂刊《喻世明言》卷首识语。
③ ［明］睡乡居士《二刻拍案惊奇序》，《二刻拍案惊奇》卷首，人民文学出版社1996年版。
④ ［明］即空观主人《二刻拍案惊奇小引》，《二刻拍案惊奇》卷首，人民文学出版社1996年版。
⑤ ［明］郎瑛《七修类稿》，上海书店出版社2001年版，第478页。

之而起也。"① 颂扬忠良，谴责奸佞，教化心态比较显著②。

　　综上所述，我们从民俗文化、科举文化、避讳文化、出版文化四个方面探讨古代小说命名所体现的文化内涵。中国传统文化的内涵丰富多样，例如，古代小说命名与宗教文化之间有着密切的关系，笔者在本书第五章《中国古代小说命名的方法（上）》第一节《寓意法》中已作论述；又如明末清初小说命名如《肉蒲团》《双峰记》等与情色文化关系密切，参见本书第八章《中国古代小说命名与文学观念》；才子佳人小说重视小说人物的家庭出身、背景，《红楼梦》中存在联宗现象等等，表明小说创作与门第文化之间有一定的联系；古代小说多用方言，小说创作与不同时期、不同地域的方言文化关系密切；古代小说命名体现不同时期独特的民族文化心理。鉴于篇幅，本书不再作具体论述。

---

　　① ［明］陆云龙《禅真后史序》，《古本小说集成》据浙江图书馆藏金衙梓本影印《禅真后史》卷首。
　　② 除以上论述以外，出版文化在明清小说命名方面的体现还有一些，比如，在小说书名上假托李卓吾、陈继儒、杨慎、徐渭、汤显祖、李渔等名家评点，如《李卓吾先生批评三国志》《李卓吾批评忠义水浒全传》《李卓吾先生批评西游记》《镌李卓吾批点残唐五代史演义传》《新镌陈眉公批点按鉴参补出像南宋志传》《新镌陈眉公先生批评春秋列国志传》《李笠翁先生汇辑警世选言》等等，可参见本书第四章《明清小说命名的广告意义》。

第十一章
读者与中国古代小说命名

从 20 世纪 80 年代以来，西方接受美学理论传入中国，这一理论以读者作为研究中心，联邦德国学者 H·R·姚斯在 1967 年发表的《文学史作为向文学理论的挑战》一文中强调："艺术作品的历史本质不仅在于它再现或表现的功能，而且在于它的影响之中……文学作品从根本上讲注定是为这种接收者而创作的。"① 接受美学理论在中国文学评论界产生巨大影响，学术界对读者这一以往较少关注的问题倾注了浓厚的兴趣，在古代诗歌、词、小说、戏曲等各种文体的研究领域，均出现不少研究成果。

读者是中国古代小说创作、传播过程中的重要因素，小说命名与读者之间的关系也相当密切，晚清徐念慈《余之小说观·小说之题名》指出：

> 不嫌其（按：指小说）奇突而谲诡也，东西所出者，岁以千数，有短至一二字者，有多至成句者，有以人名者，有以地名者，有以一物名者，有以一事名者，有以所处之境地名者，种种方面，总以动人之注意为宗旨。②

徐念慈主要针对当时翻译小说的命名提出自己的看法，不过他指出，小

---

① ［德］H·R·姚斯《文学史作为向文学理论的挑战》，收入《接受美学与接受理论》一书，周宁、金元浦译，辽宁人民出版社 1987 年版，第 19 页、第 23 页。
② ［清］徐念慈《余之小说观》，载《小说林》第 9 期，光绪戊申年（即光绪三十四年，1908）十月，作者署名"觉我"，上海书店 1980 年复印本，第 6 页。

说命名无论是人名、地名还是物名、事名，"总以动人之注意为宗旨"，吸引读者的注意力、引发读者的阅读兴趣是小说创作的目的和主旨。在古代、近代小说命名实践中，体现出较为突出的读者因素，这在商业经济发达的明清时期尤为显著。本章主要探讨古代小说命名与读者之间的密切关系，一方面，小说读者直接影响到小说命名，另一方面，小说命名是吸引读者、扩大小说传播范围和传播速度的重要手段。下面笔者从三个方面进行阐述。

第一节　读者与小说命名之间相互产生影响

古代小说读者与小说命名之间存在双向互动的关系，一方面，读者对小说命名进行评论、产生影响甚至直接为小说命名，另一方面，小说命名也对不同时期的读者产生影响，下面我们从两个方面加以阐述。

一、读者对小说命名进行评论、产生影响或直接为小说命名

在中国古代小说创作、传播过程中，读者有着很强的参与意识，有些小说因为读者因素而改名。宋代赵与时《宾退录》卷八云："末又载章德懋使虏，掌逻者问：'《夷坚》自丁志后，曾更续否？'而引乐天、东坡之事以自况。《辛志》记初著书时，欲仿段成式《诺皋记》，名以《容斋诺皋》。后恶其沿袭，且不堪读者辄问，乃更今名，因载向巨原答问之语。"[①] 有些读者对部分小说作品的命名直接提出批评意见，例如，明代李诩《戒庵老人漫笔》卷一《诺皋记》篇引南宋姚宽《西溪丛语》之语批评唐代段成式所撰小说集《酉阳杂俎》的命名："姚宽《西溪丛语》曰：'段成式《酉阳杂俎》有《诺皋记》，又有《支诺皋》，意义难解。'"[②]

---

① ［宋］赵与时《宾退录》，上海古籍出版社 2012 年版，第 75 页。
② ［明］李诩《戒庵老人漫笔》，中华书局 1982 年版，第 28 页。

清代金圣叹作为《水浒传》的评点者，也是小说特殊的读者，因不满小说《忠义水浒传》的命名，他在《水浒传序二》中指出：

> 观物者审名，论人者辨志。施耐庵传宋江，而题其书曰《水浒》，恶之至、迸之至、不与同中国也。而后世不知何等好乱之徒，乃谬加以忠义之目。呜呼！忠义而在《水浒》乎哉？忠者，事上之盛节也；义者，使下之大经也。忠以事其上，义以使其下，斯宰相之材也。忠者，与人之大道也；义者，处己之善物也。忠以与乎人，义以处乎己，则圣贤之徒也。若夫耐庵所云水浒也者，王土之滨则有水，又在水外则曰浒，远之者，天下之凶物，天下之所共击也；天下之恶物，天下之所共弃也。若使忠义而在水浒，忠义为天下之凶物、恶物乎哉？且水浒有忠义，国家无忠义耶？夫君则犹是君也，臣则犹是臣也，夫何至于国而无忠义？此虽恶其臣之辞，而已难乎为吾之君解也。父则犹是父也，子则犹是子也，夫何至于家而无忠义？此虽恶其子之辞，而已难乎为吾之父解也。故夫以忠义予《水浒》者，斯人必有怼其君父之心，不可以不察也。且亦不思宋江等一百八人，则何为而至于水浒者乎？其幼，皆豺狼虎豹之姿也；其壮，皆杀人夺货之行也；其后，皆敲朴劓刖之余也；其卒，皆揭竿斩木之贼也。有王者作，比而诛之，则千人亦快、万人亦快者也。如之何而终亦幸免于宋朝之斧锧？彼一百八人而得幸免于宋朝者，恶知不将有若干百千万人思得复试于后世者乎？耐庵有忧之，于是奋笔作传，题曰《水浒》，意若以为之一百八人，即得逃于及身之诛僇，而必不得逃于身后之放逐者，君子之志也，而又妄以忠义予之，是则将为戒者，而反将为劝耶？①

金圣叹认为，"观物者审名"，考察事物必须分析、审视其名称，"名者，物之表也；志者，人之表也。名之不辨，吾以疑其书也；志之不端，吾以疑

---

① ［明］金圣叹《水浒传序二》，《第五才子书：水浒》，线装书局 2007 年版，上册第 23—24 页。

其人也"①。他认为宋江等一百零八将是"豺狼虎豹""杀人夺货""敲朴剶刵""揭竿斩木"之贼，不应冠以"忠义"之名；关于"水浒"之名的含义，金圣叹对《水浒传》命名为"水浒"表示不满，认为："王土之滨则有水，又在水外则曰浒，远之也。"宋江等一百零八将这些不忠不义之徒应该受到严厉惩罚，"题曰《水浒》，意若以为之一百八人，即得逃于及身之诛僇，而必不得逃于身后之放逐者，君子之志也"。

有些读者对小说的书名、人名进行评论，以才子佳人小说的书名为例，清代三江钓叟《铁花仙史序》声称：

> 传奇家摹绘才子佳人之悲离欢合，以供人娱耳悦目也旧矣。然其书成而命之名也，往往略不加意，如《平山冷燕》则即才子佳人之姓为颜；而《玉娇梨》者，又至各摘其人名之一字以并之。草率若此，非有心唐突才子佳人，实图便于随意扭捏成书而无所难耳。

> 此书则有特异焉者。其所叙为儒珍、若兰等才子佳人之事，而其名则曰铁、曰花、曰仙，无与于才子佳人也。骤焉阅之，容亦有药不医症之诮。迨寻绎再三，而知作者实故意翻空出奇。令人以为铁、为花、为仙者读之，而才子佳人之事掩映乎其间。以儒珍、秋遴等事迹读之，而若剑、若玉芙蓉、若紫宸诸仙者，复旋绕于其际，要使不漏不支，分明融洽，双管齐下，虚实并到，如八股关动题体，此作者铸局命名意也。噫，亦奇矣哉！②

三江钓叟所言确实是才子佳人小说命名中一个较为独特的现象，它们模仿《娇红记》《金瓶梅》等命名方式，从小说作品中的女性人物姓名中各取一字组合而成，这种命名方式具有一定的随意性，一般难以概括整部小说的题材内容和创作特点。三江钓叟以《平山冷燕》《玉娇梨》这两部才子佳人小说为例，对这种"往往略不加意"而命名小说的现象加以批评。晚清魏秀仁

---

① ［明］金圣叹《水浒传序二》，《第五才子书：水浒》，线装书局 2007 年版，上册第 24 页。
② ［清］三江钓叟《铁花仙史序》，《铁花仙史》卷首，春风文艺出版社 1985 年版。

撰《花月痕》，他在第二十五回《影中影快谈红楼梦　恨里恨高咏绮怀诗》中借采秋、痴珠之口对《红楼梦》主角宝玉、黛玉、宝钗和妙玉的命名加以剖析：

> 采秋道："……妙玉称个'槛外人'，宝玉称个'槛内人'；妙玉住的是栊翠庵，宝玉住的是怡红院；后来妙玉观棋听琴，走火入魔；宝玉抛了通灵玉，着了红袈裟，回头是岸。书中先说妙玉怎样清洁，宝玉常常自认蚀物，不见将来清者转蚀，浊者极清！"痴珠叹一口气，高吟道："一失足成千古恨，再回头是百年身。"随说道："……就书中贾雨村言例之：薛者，设也；黛者，代也。设此人代宝玉以写生，故宝玉二字，宝字上属于钗，就是宝钗，玉字下系于黛，就是黛玉。钗、黛直是个子虚乌有，算不得什么。倒是妙玉算是做宝玉的反面镜子，故名之为'妙'。一尼一僧，暗暗隐射。"①

相对于《红楼梦》创作而言，魏秀仁是一个具有特殊身份的读者，他通过自己创作的小说作品阐发对于宝玉、黛玉和妙玉的看法，有一定的道理。

有些读者直接为小说命名，据现有文献可知，明末冯梦龙所撰"三言"之一的《警世通言》，其书即由读者命名，明代无碍居士《警世通言叙》云：

> 陇西君海内畸士，与余相遇于栖霞山房，倾盖莫逆，各叙旅况。因出其新刻数卷佐酒。且曰："尚未成书。子盍先为我命名？"余阅之，大抵如僧家因果说法度世之语，譬如村醪市脯，所济者众，遂名之曰《警世通言》，而从臾其成。②

《警世通言》尚未成书时，即在天启甲子年（1624）请无碍居士为之

---

① ［清］魏秀仁《花月痕》，中华书局 1996 年版，第 173 页。
② ［明］无碍居士《警世通言叙》，收入丁锡根编著《中国历代小说序跋集》，人民文学出版社 1996 年版，第 777 页。

命名。也有一些小说在命名的过程中接受读者的意见进行修改，宋代洪迈以六十年的时间创作《夷坚志》，此书分甲、乙、丙志各六十卷，丁、戊、己、庚志各八十卷。《夷坚》甲志刊印后，流传甚广，受到读者欢迎，《夷坚志》的命名也受到读者因素的影响，宋代赵与时《宾退录》卷八云："洪文敏著《夷坚志》，积三十二编，凡三十一序……《辛志》记初著书时，欲仿段成式《诺皋记》，名以《容斋诺皋》，后恶其沿袭，且不堪读者辄问，乃更今名。"①洪迈《夷坚志》辛志在创作之际，本拟模仿唐代段成式《酉阳杂俎》中的《诺皋记》，取名为《容斋诺皋》，后来一方面嫌此名抄袭味过浓，另一方面因为"不堪读者辄问"，在考虑读者因素的情况下改动小说名称。清代吴毓恕所撰小说《仙卜奇缘》的命名也是如此，这部小说叙述贫寒之士屈师鲁在仙人帮助下婚姻美满、科场得意、拜官封侯之事。据清代光绪二十三年（1897）上海书局石印本《仙卜奇缘》卷首所附清代佚名《仙卜奇缘序》记载：

> 此书初名《大刀得胜传》，盖纪实也，而其名不雅。有识者阅曰："何不以《仙卜奇缘》名之？"至书中大意，迥不同风花雪月之词，不落小说科白也。②

由此可见《仙卜奇缘》正是接受读者的建议而更改小说书名的。

二、小说命名对读者产生影响

书名是小说借以传播的特定手段，新奇、别致的书名往往会引起读者的注意，受到他们的欢迎。对此，我们从《古今笑史》一书的命名经历可见一斑。康熙六年（1667），清代李渔《古今笑史序》指出：

> 是编之辑，出于冯子犹龙，其初名为《谭概》，后人谓其网罗之事，

---

① ［宋］赵与时《宾退录》，上海古籍出版社 2012 年版，第 75 页。
② ［清］佚名《仙卜奇缘序》，《仙卜奇缘》卷首，光绪二十三年上海书局石印本。

尽属诙谐，求为正色而谈者，百不得一，名为《谭概》，而实则笑府，亦何浑朴其貌而艳冶其中乎！遂以《古今笑》易名，从时好也……同一书也，始名《谭概》，而问者寥寥，易名《古今笑》，而雅俗并嗜，购之惟恨不早，是人情畏谈而喜笑也明矣。不投以所喜，悬之国门，奚裨乎？①

冯梦龙编《谭概》一书，虽网罗古今笑谈，但书名浑朴，没有引起读者注意，"问者寥寥"；改名《古今笑》以后，雅俗共赏，"购之惟恨不早"。清代瀛园旧主光绪甲午年（1894）撰《群英杰后宋奇书叙》云："《群英杰》一书，作者不知为何许人。因见其名目新奇，藏诸书笥。"②描写晚清青楼生活的小说《九尾龟》的命名同样引起读者阅读兴趣，蒋瑞藻《小说考证续编》卷一引《谭瀛室随笔》云："《九尾龟》小说之出现，又后于《繁华梦》，所记亦皆上海近三十年青楼之事……喜阅小说者，以其名之奇，购阅者甚众，是又引人注意之一法也。"③小说《群英杰后宋奇书》因为"名目新奇"，所以引起读者购买、收藏的兴趣；《九尾龟》的命名新奇、别致，引人注意，因而"购阅者甚众"。通过以上几条材料，我们可以看出小说书名对于小说传播的重要性。

小说命名对读者产生深远的影响，后世出现很多模仿、借鉴的现象，以《水浒传》为例，明末李自成起义队伍中，不少人模仿《水浒传》的绰号，许多农民起义的领袖就假借梁山英雄名号，崇祯六年（1633），《兵部题为恭报诛剿渠魁等事》称："兵部尚书臣张凤翼等谨题：……有名贼头……张汝金混名'燕青'……许得住混名'雷横'……王中孝混名'宋江'……"有些人则借用黑旋风、混江龙绰号来称呼自己，有的则把"水浒"英雄的绰号稍加变，用以称呼自己，如九条龙（九纹龙）、双翅虎（插翅虎）、飞天圣（飞天大

---

① ［清］李渔《古今笑史序》，《古今谭概》卷首，中华书局 2007 年版。
② ［清］瀛园旧主《群英杰后宋奇书叙》，收入丁锡根编著《中国历代小说序跋集》，人民文学出版社1996 年版，第 991 页。
③ 《谭瀛室随笔》，蒋瑞藻《小说考证续编》卷一转引，《小说考证》附录，上海古籍出版社 1984 年版，第 417 页。

圣），等等①。《三国演义》也一样，黄人《小说小话》指出："小说感兴社会之效果，殆莫过于《三国演义》一书矣，异姓联昆弟之好，辄曰：'桃园'；帷幄伟运用之才，动言'诸葛'：此犹影响之小者也。"②黄人在《小说小话》中还认为：

> 若魏武之名，则几与穷奇、梼杌、桀、纣、幽、厉同为恶德之代表。社会月旦，凡人之奸邪诈伪阴险凶残者，辄目之为曹操。今试比人以古帝王，虽傲者谦不敢居；若称以曹操，则屠沽厮养必怫然不受。即语以魏主之尊贵，且多才子，具文武才，亦不能动之也。文人学士，虽心知其故，而亦徇世俗之曲说，不敢稍加辨正。嘻！小说之力有什伯千万于《春秋》之所谓华衮斧钺者，岂不异哉！③

《三国演义》《水浒传》《西游记》《红楼梦》等作为经典小说名著，其中的人物命名成为文化传播符号，后人往往以曹操作为"人之奸邪诈伪阴险凶残"的象征，以诸葛亮、吴用等作为足智多谋的代表，以刘备作为仁义忠厚的象征，以宋江作为救人于急难之中、豪侠仗义的象征，以张飞、李逵作为鲁莽的代表，以林黛玉作为多愁善感的代名词，等等，瓶庵《中华小说界发刊词》认为：

> 凡事不能有利而无害，自说部发达，其势力遍于社会。于是北人以强毅之性，濡染于《三国》、《水浒》诸书；南人以优柔之质，寝馈于《西厢》、《红楼》等籍。极其所至，狭邪倾心接席，辄自托于宝玉、张生；屠沽攘臂登台，亦比迹于李逵、许褚。④

---

① 《兵部题为恭报诛剿渠魁等事》，收入郑天挺、孙钺等编辑《明末农民起义史料》，中华书局1954年版，第72—82页。

② 黄人《小说小话》，载《小说林》第8期，光绪丁未年（即光绪三十三年，1907）十二月，上海书店1980年复印本，第7页。

③ 《小说林》第9期，光绪戊申年（即光绪三十四年，1908）正月，上海书店1980年复印本，第9页。

④ 《中华小说界》第1卷第1期（1914年），据阿英《晚清文学丛钞·小说戏曲研究卷》转录，朱一玄、刘毓忱编《三国演义资料汇编》，南开大学出版社2003年版，第651页。

瓶庵指出，古典小说传播广泛，遍及于社会，古典小说的命名尤其是人物命名成为中华传统文化的组成部分之一，对读者产生深远的影响。

第二节　小说命名与读者心理

古代不同时期、不同类型的小说创作与发展与读者心理之间关系密切，例如，明清时期的通俗小说、戏曲多采用大团圆结局，正是顺应读者的阅读需求："人情喜合恶离，喜顺恶逆，所以悲惨之历史，每难卒读是已。"[1] 又如，明代中后期情色小说的创作、刊刻也不例外，由于商品经济的发展、思想领域的开放，明代中期开始，世风顿变，酒色财气之风甚浓，即空观主人《拍案惊奇自序》就提到"近世承平日久，民佚志淫"[2]，这正是当时世风的反映，同时，它也揭示出明代中后期通俗小说读者奢靡志淫的心理，"淫声丽色，（大雅君子）恶之而弗能弗好也"[3]，可见，喜好"淫声丽色"是人的本性之一，在礼教松弛、思想开放的明代中后期，这种禁锢于内心的情感得以放纵，《浪史》《玉妃媚史》《昭阳趣史》等情色小说的刊刻正是适应读者这种心理需求而大量出现的。直到晚清，小说评论家依然强调小说创作、改良要符合读者、社会的心理，徐念慈在《余之小说观·小说今后之改良》中就指出，小说改良的途径、方式多种多样："其道有五：一、形式。二、体裁。三、文字。四、旨趣。五、价值。举要言之，务合于社会之心理而已。然头绪千万，更仆难悉，吾姑即社会人类而研究之。"[4] 不管是哪种途径、方式，其根本在于"务合于社会之心理而已"，符合哪些社会阶层、哪些读者群体的心理呢？徐念慈列出四种，即学生社会、军人社会、实业社会、女子社会，小说改良应该符合这些读者群体的心理。徐念慈所言，虽然主要是就近代小

---

① 觚庵《觚庵漫笔》，《小说林》第 5 期，光绪戊申年（即光绪三十四年，1908）三月，上海书店 1980 年复印本，第 2 页。

② ［明］即空观主人《拍案惊奇自序》，《拍案惊奇》卷首，尚友堂崇祯元年刊本。

③ ［明］胡应麟《少室山房笔丛》卷二十九《九流绪论下》，上海书店出版社 2001 年版，第 282 页。

④ ［清］徐念慈《余之小说观》，载《小说林》第 10 期，作者署名"觉我"，光绪戊申年（即光绪三十四年）七月，上海书店 1980 年复印本，第 11 页。

说的发展、创新提出自己的看法，但是对于中国古代传统小说的发展而言，同样适用。不同阶层、千差万别的读者心理在很大程度上推动着古代小说的创作、发展与变革，就小说命名的角度来看，也是如此，小说命名与读者心理之间的关系密切，我们从以下几个层面加以论述。

一、读者求知心理与小说命名

明末王黉《开辟衍绎叙》指出：

> 自古天生圣君，历代帝王创业，而有一代开辟之君，必有一代开辟之臣……然未有开天辟地，三皇五帝，夏、商、周诸代事迹，因民附相讹传，寥寥无实，惟看鉴士子，亦只识其大略。更有不干正事者，未入鉴中，失录甚多。今搜辑各书，若各传式，按鉴参演，补入遗阙。但上古尚未有文法，故皆老成朴实言语。自盘古氏分天地起，至武王伐纣止，将天象日月、山川草木禽兽，及民用器物、婚配、饮食、药石、礼法，圣主贤臣，孝子节妇，一一载得明白，知有出处，而识开辟至今有所考，使民不至于互相讹传矣，故名曰《开辟衍绎》云。①

王黉认为，对于开天辟地、三皇五帝、夏、商、周等朝代的史实，史书记载相当简略，且错漏较多，读者以讹传讹。他编撰小说《开辟衍绎》，"按鉴参演，补入遗阙"，详细记载历史人物、事件、礼法等，"使民不至于互相讹传"，丰富读者的历史知识。作者为小说取名"衍绎"，对开辟以来的史实进行铺陈、演绎，旨在满足读者的阅读需要。

明代张岱所辑《夜航船》是一部内容十分广泛、类似于百科全书式的笔记小说，取名为"夜航船"，包含着作者特定的创作目的和创作动机。明代陶

---

① ［明］王黉《开辟衍绎叙》，《古本小说集成》据明崇祯麟瑞堂刊本影印《开辟衍绎通俗志传》卷首。

宗仪《南村辍耕录》卷十一《夜航船》条云："凡篙师于城埠市镇人烟凑集去处，招聚客旅，装载夜行者，谓之夜航船。"[①] 古代江南水乡交通不便，人们外出、运送货物一般靠船只，多于夜间航行，故称夜航船。人们在长途航行之中无所事事，为打发无聊时光，便聚集闲谈，张岱辑录《夜航船》，希望通过小说创作使读者增加文化知识，他在《夜航船序》中对此阐发得很清楚：

> 天下学问，惟夜航船中最难对付。盖村夫俗子，其学问皆预先备办，如瀛洲十八学士、云台二十八将之类，稍差其姓名，辄掩口笑之。彼盖不知十八学士、二十八将，虽失记其姓名，实无害于学问文理，而反谓错落一人，则可耻孰甚。故道听途说，只辨口头数十个名氏，便为博学才子矣。
>
> 余因想吾八越，惟余姚风俗，后生小子，无不读书，及至二十无成，然后习为手艺。故凡百工贱业，其《性理》、《纲鉴》，皆全部烂熟，偶问及一事，则人名、官爵、年号、地方枚举之，未尝少错。学问之富，真是两脚书厨，而其无益于文理考校，与彼目不识丁之人无以异也……
>
> 昔有一僧人，与一士子同宿夜航船。士子高谈阔论，僧畏慑，拳足而寝。僧人听其语有破绽，乃曰："请问相公，澹台灭明是一个人、两个人？"士子曰："是两个人。"僧曰："这等尧舜是一个人、两个人？"士子曰："自然是一个人！"僧乃笑曰："这等说起来，且待小僧伸伸脚。"
>
> 余所记载，皆眼前极肤浅之事，吾辈聊且记取，但勿使僧人伸脚则亦已矣。故即命其名曰《夜航船》。古剑陶庵老人张岱书。[②]

张岱在《夜航船序》中为我们讲述了一个僧人和士人同船夜谈的故事，嘲讽这位士人知识浅薄、不懂装懂，作者在《夜航船》中讲述了 4000 多个文化知识的故事，为读者提供历史文化知识，以避免在夜航船时出现类似于上述士人所闹的笑话。

---

① [明] 陶宗仪《南村辍耕录》，中华书局 1959 年版，第 137 页。
② [明] 张岱辑，李小龙整理《夜航船序》，《夜航船》卷首，中华书局 2012 年版。

有些小说书名体现出为读者提供借鉴之意，清代《儒林外史》即为一例，闲斋老人在《儒林外史序》中就"外史"和"儒林"的取名加以说明：

> 夫曰"外史"，原不自居正史之列也。曰"儒林"，迥异玄虚荒渺之谈也。其书以功名富贵为一篇之骨：有心艳功名富贵而媚人下人者；有倚仗功名富贵而骄人傲人者；有假托无意功名富贵自以为高，被人看破耻笑者，终乃以辞却功名富贵，品地最上一层为中流砥柱。篇中所载之人，不可枚举，而其人之性情心术，一一活现纸上。读之者，无论是何人品，无不可取以自镜。①

《儒林外史》的取名意在"迥异元虚荒渺之谈"，着眼现实，为儒林人物立传，刻画世态人情，读者"无论是何人品，无不可取以自镜"，小说创作为读者提供借鉴，这在书名中得以充分体现。

二、读者忧世、救世心理与小说命名

南宋佚名撰《窃愤录》，托名辛弃疾所作，明代郎瑛《七修类稿》卷四十六《事物类》"徽宗被掳略"篇云：

> 宋徽、钦北掳事迹，刊本则有《宣和遗事》，抄本则有《窃愤录》，二书较之大事皆同，惟虏人侮慢之辞、丑污之事则《窃愤》有之也，至于彼地之险，彼国之事，风俗之异，时序之乖，则《宣和》较《录》为少矣。二书皆无著书人名，且《遗事》虽以"宣和"为名，而上集乃北宋之事，下集则被掳之事，首起如小说、院本之流，是盖当时之人著者也。《录》则窃《遗事》之下集造饰，其所多之事，必宣、政间遭辱之徒以

---

① ［清］闲斋老人《儒林外史序》，《儒林外史》，上海古籍出版社 2010 年版，第 687 页。

发其胸中不逞之气而为之，是不足观也。观其年月、地方、死生，大事俱同，惟多造饰之言可知矣。故《齐东野语》辨《南烬纪闻》之事为无有，予意《窃愤》或即《纪闻》，后人读之而愤之，故易此名也。观周草窗历辨之言、阿计替之事似与相同，故予特揭宋家大事录于左方，使人瞬目可知其概，余不必观也。①

关于《窃愤录》一书的作者，郎瑛认为"必宣、政间遭辱之徒以发其胸中不逞之气而为之"，《钦定四库全书总目》卷五十二史部八杂史类存目一也认为："此必南北宋间乱臣贼子不得志于君父者，造此以泄其愤怨，断断乎非实录也。"② 与此同时，郎瑛在《七修类稿》中还指出，《窃愤录》或许就是《南烬纪闻》一书的改名之作，"予意《窃愤》或即《纪闻》，后人读之而愤之，故易此名也"。后人在阅读《南烬纪闻》时，愤激于心，于是改名。我们从郎瑛、纪昀等人的记载可以看出，无论是《南烬纪闻》的读者还是《窃愤录》的作者，其小说命名均充满着作者和读者的忧世、愤激心理。

再看明代中后期出现的以岳飞为名的多篇小说，例如，早在嘉靖三十一年（1552），福建建阳杨涌泉清白堂刊《大宋中兴通俗演义》，"惟以岳飞为大意"③，友益斋刻于华玉《岳武穆尽忠报国传》、天德堂刻李卓吾评《新镌全像武穆精忠传》、蔚文堂刊《新编全像武穆精忠传》等等，分别以"英烈""岳武穆""尽忠报国""精忠"等词语嵌入小说书名，为什么出现这种状况呢？很显然，明末满汉民族矛盾十分尖锐，与岳飞生活的南宋时期宋金冲突比较相似，刊刻此类小说反映了人们希冀出现岳飞这样的中兴之将去挽救将颓之局，正如《岳武穆尽忠报国传》的凡例所言，刊印此书乃"今日时事之龟鉴也，有志于御外靖内者，尚有意于斯编"④。

---

① ［明］郎瑛《七修类稿》，上海书店出版社 2001 年版，第 488 页。
② ［清］纪昀等《钦定四库全书总目》，中华书局 1997 年版，第 728 页。
③ ［明］熊大木《大宋中兴通俗演义》凡例，《古本小说集成》据清白堂嘉靖三十一年刊本影印《大宋中兴通俗演义》卷首。
④ ［明］于华玉《岳武穆尽忠报国传》凡例，《古本小说集成》据友益斋崇祯刊本影印《岳武穆尽忠报国传》卷首。

明末雄飞馆刊刻《英雄谱》，取名"英雄"，其中既蕴涵着读者不得志的个人情怀，又发抒作者对时局的感慨以及浓郁的民族情感，明代杨明琅《叙英雄谱》指出：

> 《英雄谱》者，《水浒》、《三国》之合刻也。夫《水浒》、《三国》何以均谓之英雄也？曰：《水浒》以其地见，《三国》以其时见也。夫时之与地者，英雄豪杰之士之所借以奋其毛翮，吐其眼眉，而复以发舒其荡旷无涯之奇，乃竟以此而谱英雄，岂英雄之乐以时与地见哉？曰：英雄之时与地也，非英雄之所乐处者也；英雄之以时与地见也，非英雄之所愿闻者也；而英雄之不能不以时与地见也，又英雄之所大不得已而又不可以已者也……假地既非英雄抒泄之地，时又非英雄展布之时，而胸中有如许嵚崎历落不可名言之状，又不能槁项黄馘老死牖下之间，呜呼，此《水浒》、《三国》之所以竟以时与地见英雄也与！……
>
> 然此谱一出而遂使两书英雄之士，不同时不同地而同谱，则寒烟凉月，凄风苦雨之下，焉必无英雄豪杰之士之相与慷慨悲歌，以共吐其牢骚不平之气耶！而又安在非不得已中之一快哉！故为君者不可以不读此谱，一读此谱，则英雄在君侧矣；为相者不可以不读此谱，一读此谱，则英雄在朝廷矣；经略掌勤王之师，马部主犁庭之役，又不可以不读此谱，一读此谱，则干城腹心，尽属英雄，而沙漠鬼哭之惨，玉门冤号之声，永不复闻于耳矣。此乃余合谱英雄意也，非专以为英雄耳也。①

《英雄谱》将《水浒传》《三国志演义》这两部描写"英雄之士"的小说合刊，使"不同时不同地而同谱"，包括"为君者""为相者""经略掌勤王之师，马部主犁庭之役"等不同社会阶层、不同身份的小说读者阅读这部作品，都可以从中受益。《英雄谱》将《水浒传》《三国志演义》合刊并取名"英雄"，正是为了满足读者的阅读需求，崇祯时雄飞馆主人在其所刊《英雄

---

① ［明］杨明琅《叙英雄谱》，《古本小说集成》据明雄飞馆崇祯刊本影印《二刻英雄谱》卷首。

谱》识语中指出：

> 语有之：“四美具，二难并。”言璧之贵合也。《三国》、《水浒》二传，智勇忠义，迭出不穷，而两刻不合，购者恨之。本馆上下其驷，判合其圭。回各为图，括画家之妙染；图各为论，搜翰苑之大乘。较雠精工，楮墨致洁。诚耳目之奇玩，军国之秘宝也。识者珍之！雄飞馆主人识。[①]

《水浒传》《三国志演义》“两刻不合，购者恨之”，所以雄飞馆主人“上下其驷，判合其圭”，以飨读者。

晚清社会处在剧烈动荡之中，处身于这一时代的有识之士对国家、民族的命运和前途充满深深的忧患意识，对现实社会强烈不满，并寻求变革，这一时期的读者们也往往借助小说命名阐发个人对社会、现实的见解，表达自己对国家、民族前途、命运的关心，例如，晚清陆士谔编述《也是西游记》，小说第八回回末称：“《也是西游记》八回，冕周先生遗著也，笔飞墨舞，飘飘欲仙，如谔弩下，奚敢续貂。第主人谲谏，旨在醒迷，涉笔诙谐，岂徒骂世。既有意激扬，吾又何妨游戏。魂而有灵，默为呵者欤！己酉十月青浦陆士谔识。”[②]另外，以晚清燕南尚生为例，他通过对《水浒传》书名及小说人物命名的阐释，宣扬君主立宪。燕南尚生在《水浒传命名释义》一文中指出：

> 此篇曾在《白话报》载过一段，假为释文，名曰《五才命名考》，避文字狱也。今全书既成，又当预备立宪之时，避无可避，故全录之。想阅者诸君，或不疑为抄袭也。尚生识。
>
> 一、水浒　水合谁是相仿的声音（谐声），浒合许是相仿的样子（象形）。施耐庵先生，生在专制国里，俯仰社会情状，抱一肚子不平之气，想着发明公理、主张宪政，使全国统有施治权，统居于被治的一方面，

---

① ［明］雄飞馆主人《英雄谱》识语，《古本小说集成》据明雄飞馆崇祯刊本影印《二刻英雄谱》卷首。
② ［清］陆士谔编述《也是西游记》，上海改良新小说社 1914 年石印本。

平等自由，成一个永治无乱的国家，于是作了这一大部书。然而在专制国里，可就算大逆不道了。他那命名的意思，说这部书是我的头颅，这部书是我的心血，这部书是我的木铎，我的警钟，你们官威赫赫，民性蚩蚩，谁许我这学说实行在世事上啊！只这一个书名，就质诸鬼神而无疑，百世俟圣人而不惑的意思。外人统说支那人有奴隶根性，这话能以算对吗？^①

燕南尚生将"水浒"解释为"谁许"，认为《水浒传》作者施耐庵生在专制社会中，主张宪政，主张平等自由，他命名"水浒"的意思意在反对专制，"谁许我这学说实行在世事上啊！"对《水浒传》中人物命名的阐释，燕南尚生同样充满很强的现实意识和忧世、救世思想，例如，他对"史进"的解释是：

史是《史记》的意思，进是进化的意思。中国人伸张民权，摧拉君威的，只有孟子一个。孟子以后，专制盛行，什么独夫民贼，个对个为所欲为，变本加厉。更有一般逐臭小儿，只知自利，不识公理，于是乎助桀为虐，长君之恶，逢君之恶，百姓们那儿还敢张嘴？后来司马迁先生犯了罪啦，皇上把他割了老官。哈哈！谁想这一割就割出一个救苦救难的菩萨来。甚么是菩萨呢？就是他那部《史记》了。司马迁先生觉着小脑袋已经丢了，任凭怎么着奴颜婢膝摇尾乞怜，大脑袋也不准保住。他就放开胆子，主了笔政，说人们不敢说的话，无上无下，公是公非，游侠刺客，也为他们列传，于是民气为之一吐，君威为之一剉，真是褒贬予夺，同孔夫子的《春秋》一样，专制君主，那儿还敢任意胡来呢？到了以后，有极诡诈的皇上，知道百姓们愿意看这一类的书，又恐怕看了这书，民权膨胀，不利于自己的行为；想着禁止，又恐怕显背人情，逼出乱来，就想了个斌珷混玉、鱼目混珠的法子，假装着尊敬他这书，

<hr>

① 燕南尚生《水浒传命名释义》，收入朱一玄、刘毓忱编《水浒传资料汇编》，南开大学出版社 2002 年版，第 349—350 页。

并且派人仿造他这书，于是乎一朝一史，一史一朝，一史一史，直堆的有粪堆那么大。起初还是任史臣自行择选，后来愈出愈奇，竟有皇上喜欢的那一个大臣，那一个亲贵，就用强迫手段，教那些无耻的史官，第一排第二排的表表他的功勋，拟一句圣旨纶音呢……就是"宣付国史馆立传"了。应名是信史，其实直成了独夫民贼的喜怒录、百官溜饴工拙成绩表，臭屎不如，那儿还去找史呢？施耐庵说，谁许我这说儿实行，力持公是公非的主义，不准用压制的手段，大行改革，铸成一个宪政国家，中国的历史，自然就进于文明了。所以一大部书，挑帘子的就是史进。①

又如，对"鲁达"一名的解释：

鲁是鲁国的鲁，达是达人的达。鲁国的达人，不是孔夫子是谁呢？孔夫子拿一个百姓，居然提起笔来，评论君主的是非，伸诉百姓的苦楚，还是说赏就赏，说罚就罚，一点私心没有。各位想：一部《春秋》，怎么样的操纵自如呢？时过二千年，君威越盛，文字狱屡兴，若再就实事论事，不等话说完，刀刃已经搁在脖子上了。耐庵先生说，我这胡造谣言，捏出一百八人来，并不是为的我自己，也想着仿行《春秋》的褒贬。但只是用专制的用专制，善逢迎的善逢迎，百姓们越待越愚，越愚越受人愚弄，久而久之，竟是认贼为父，谁许我说的是理呢？咳呀！只有鲁国的孔夫子了，于是乎捏上一个鲁达。②

又如，对"宋江"命名的解释：

宋是宋朝的宋，江是江山的江。公是私的对头，明是暗的反面。纪

---

① 燕南尚生《水浒传命名释义》，收入朱一玄、刘毓忱编《水浒传资料汇编》，南开大学出版社 2002 年版，第 350 页。
② 燕南尚生《水浒传命名释义》，收入朱一玄、刘毓忱编《水浒传资料汇编》，南开大学出版社 2002 年版，第 350—351 页。

宋朝的事，偏要拿宋江作主人翁，可见耐庵不是急进派一流人物。不过要破除私见，发明公理，从黑暗地狱里救出百姓来，教人们在文明世界上，立一个立宪君主国，也就心满意足了。我说两个字的文话："不然。"他就要拿柴进作主了。因为这个缘故，所以知道耐庵是力主和平的。①

另外，燕南尚生对柴进、李逵、关胜、卢俊义、高俅、殷天锡等人名的解释都是如此，充满很强的现实精神。应该说，燕南尚生对《水浒传》书名和人物命名的解释多为穿凿、附会，不过从小说读者接受的角度来看，他的《水浒传命名释义》一文具有鲜明的现实精神和时代色彩。

三、读者崇古心理与小说命名

读者的崇古心理在一定程度上推动了古代小说的创作，晚清吴趼人《两晋演义序》曾经指出：

> 自《三国演义》行世之后，历史小说，层出不穷。盖吾国文化，开通最早，开通早则事迹多。而吾国人具有一种崇拜古人之性质，崇拜古人则喜谈古事。自周、秦迄今，二千余年，历姓嬗代，纷争无已，遂演出种种活剧，诚有令后人追道之、犹为之怵心胆、动魂魄者。故《三国演义》出而脍炙人口，自士夫以至舆台，莫不人手一篇。人见其风行也，遂竞效为之，然每下愈况，动以附会为能，转使历史真相，隐而不彰；而一般无稽之言，徒乱人耳目……吾尝默计之，自《春秋列国》以迄《英烈传》、《铁冠图》，除《列国》外，其附会者当居百分之九九。②

---

① 燕南尚生《水浒传命名释义》，收入朱一玄、刘毓忱编《水浒传资料汇编》，南开大学出版社 2002 年版，第 351 页。

② ［清］吴趼人《两晋演义序》，《月月小说》第 1 年第 1 号，光绪三十二年（1906）九月望日发行，上海书店 1980 年复印本。

吴趼人主要就古代小说的创作而言，他认为，国人具有一种"崇拜古人之性质"，崇拜古人，所以喜欢谈论古代之事，由此创作很多历史题材小说，其中以《三国演义》最为显著；《三国演义》风行之后，后人竞相效仿，进而推动历史题材小说的创作与发展。就古代小说命名来说，也是如此，浴血生《小说丛话》指出：

> 书名往往好抄袭古人，亦是文人一习。小说家尤甚：有《红楼梦》，遂有《青楼梦》；有《金瓶梅》，遂有《银瓶梅》；有《儿女英雄传》，遂有《英雄儿女》；有《三国志》，遂有《列国志》；传奇则《西厢记》之后，有《西楼记》，复有《东楼记》、《东阁记》。他如此者，尚不可枚举。①

古代小说的命名常常"抄袭古人"，存在着明显的崇古心理，小说作者、读者无不如此，成为古代小说创作、传播过程中的一个独特现象。在《聊斋志异》的续仿之作中，也存在这种情况，晚清题古吴靓芬女史贾茗辑《女聊斋》，匪遄《女聊斋叙》称：

> 一言以蔽之，皆中华之奇女子也！皆吾昆仑、峨嵋、长江、大河数千万年所磅礴郁积之奇气也！然则曷为而以《女聊斋》名其书？曰：靓芬贾女史者，素崇拜蒲留仙之著作者也，而尤倾倒于《聊斋志异》一书。故其居恒读书之处，尝自颜其斋曰"女聊斋"，盖所以志慕也。既而辑是编既竟，以其笔致之隽颖，词藻之古艳，叙事之简曲，而能达结构之紧峭而得势，情文兼至。其笔墨直足登"聊斋"之堂，而入其室。而其事迹又均系之于女子，因亦以斋居之名名其书曰《女聊斋》。②

《聊斋志异》的续仿之作《女聊斋志异》之所以模仿《聊斋》之名，是因为作者"素崇拜蒲留仙之著作者也，而尤倾倒于《聊斋志异》一书"。

---

① 《新小说》第 2 年第 10 号（原第 22 号），上海书店 1980 年复印本。
② ［清］匪遄《女聊斋叙》，《女聊斋志异》卷首，齐鲁书社 2004 年版。

　　晚清文坛上出现一种拟旧而翻新之风，在小说创作领域，不少小说以"新"等词语命名，如《新水浒》《新三国志》《新西游记》《新七侠五义》《新石头记》（有吴沃尧和南武野蛮各著一本）、《新镜花缘》《新列国志》（晚清佚名编）、《新野叟曝言》《新孽海花》《新茶花》《新痴婆子传》《新儿女英雄》《新儿女英雄传》《新纪元》《新金瓶梅》《新旧社会之怪现状》《新孽镜》《新上海》《新中国》《新中国未来记》《新中国之伟人》等等，这种现象的出现与读者崇古心理有一定的关联。近代小说作家相当重视读者因素，林纾在翻译柯南达利创作的有关拿破仑题材的小说时，将小说取名为《髯刺客传》，他指出："其以髯刺客名篇，盖恐质言拿破仑遗事，无以餍观者之目，标目髯客，则微觉刺眼。"① 之所以取类似于唐传奇《虬髯客传》的名字作为翻译小说之名，其目的就在于担心直言拿破仑遗事，"无以餍观者之目"；在《〈歇洛克奇案开场〉序》中，林纾指出："命名不切，宜人之不以为意。今则直标其名曰《奇案开场》，此歇洛克试手探奇者也。"② 可见近代小说作家在创作、翻译小说时，相当注重读者心理，以吸引读者为己任。《新水浒》《新三国志》《新西游记》等小说作品在传统小说命名之后加上"新"字，鲜明体现读者的崇古心理。

　　值得我们注意的是，有些近代小说重起炉灶，创作新作，以"新"命名，如《新纪元》《新上海》《新中国》《新中国未来记》《新中国之伟人》等，皆写近代的新事物、新现象，以《新西游记》为例，清代陈景韩《新西游记弁言》云：

　　　　《新西游记》借《西游记》中人名事物，以反演之，故曰"新西游记"。《新西游记》虽借《西游记》中人名事物以反演，然《西游记》皆虚构，而《新西游记》皆实事，以实事解释虚构，作者实略寓祛人迷信之意。

　　　　《西游记》皆唐以前事物，而《新西游记》皆现在事物。以现在事

---

① 林纾《〈髯刺客传〉序》，《髯刺客传》，商务印书馆1908年版，第1页。
② 林纾《〈歇洛克奇案开场〉序》，《歇洛克奇案开场》，商务印书馆1908年版，第1页。

物，假唐时人思想推测之，可见世界变迁之理。^①

《新西游记》的创作虽然袭《西游记》之名，但是"皆现在事物"，"以现在事物，假唐时人思想推测之，可见世界变迁之理"。在近代小说中的物名、人名等方面也出现很多与传统小说创作不同的现象与特点，如刘鹗《老残游记》第一回《土不制水历年成患　风能鼓浪到处可危》提到"千里镜"即望远镜、提到"向盘""纪限仪"^②；清代曾朴《孽海花》第一回《一霎狂潮陆沉奴乐岛　卅年影事托写自由花》提到"哥伦布""麦哲伦"："却说自由神，是哪一位列圣？敕封何朝？铸象何地？说也话长。如今先说个极野蛮自由的奴隶国。在地球五大洋之外，哥伦布未辟，麦哲伦不到的地方，是一个大大的海，叫做'孽海'。"^③第二回《陆孝廉访艳宴金阊　金殿撰归装留沪渎》提到"（比起状元，）那苏东坡、李太白还要退避三舍，何况英国的倍根、法国的卢骚呢？"^④

《新西游记》《老残游记》《孽海花》等众多的近代小说以"新"作为小说标题，或出现诸如"千里镜""哥伦布""麦哲伦"等新的物名、人名，表明在近代拟古翻新风气之下，小说展示出近代处在中西交汇时期特定的社会景况，体现了近代小说读者的求新意识和现实精神。

第三节　读者与小说续书、仿作的命名

古代小说续书、仿作的命名与读者之间关系紧密，清代刘廷玑《在园杂志》卷三《续书》条指出：

---

① 据《中国近代文学大系》第 2 集第 8 卷小说集六点校上海有正书局宣统元年五月刊本，上海书店 1991 年版，第 344 页。

② ［清］刘鹗《老残游记》，人民文学出版社 1957 年版，第 5 页、第 8—9 页。

③ ［清］曾朴《孽海花》，上海古籍出版社 1980 年版，第 1 页。

④ ［清］曾朴《孽海花》，上海古籍出版社 1980 年版，第 5 页。

近来词客稗官家，每见前人有书盛行于世，即袭其名，著为后书副之，取其易行，竟成习套。有后以续前者，有后以证前者，甚有与前绝不相类者，亦有狗尾续貂者。①

刘廷玑进而结合明代"四大奇书"的后续情况进行分析：

四大奇书如《三国演义》名《三国志》，窃取陈寿史书之名。《东西晋演义》亦名《续三国志》，更有《后三国志》，与前绝不相侔。如《西游记》乃有《后西游记》、《续西游记》。《后西游》虽不能媲美于前，然嬉笑怒骂皆成文章；若《续西游》，则诚狗尾矣。更有《东游记》、《南游记》、《北游记》，真堪喷饭耳。如《前水浒》一书，《后水浒》则二书：一为李俊立国海岛，花荣、徐宁之子共佐成业，应高宗"却上金鳌背上行"之谶，犹不失忠君爱国之旨；一为宋江转世杨幺，卢俊义转世王魔，一片邪污之谈，文词乖谬，尚狗尾之不若也。《金瓶梅》亦有续书，每回首载《太上感应篇》，道学不成道学，稗官不成稗官，且多背谬妄语，颠倒失伦，大伤风化。况有前本奇书压卷，而妄思续之，亦不自揣之甚矣。外而《禅真逸史》一书，《禅真后史》二书：一为三教觉世，一为薛举托生瞿家：皆大部文字，各有各趣，但终不脱稗官口吻耳。再有《前七国》、《后七国》……总之，作书命意，创始者倍极精神，后此纵佳，自有崖岸。不独不能加于其上，即求媲美并观，亦不可得。何况续以狗尾，自出下下耶。演义，小说之别名，非出正道，自当凛遵谕旨，永行禁绝。②

刘廷玑认为，小说续书兴盛的原因之一在于借助原书之"名"，一旦某种小说盛行于世，读者熟悉其中的人物和情节，便有人"袭其名"，创作续书，"取其易行"。四大奇书的后续之作以及《禅真后史》等书的命名无不如此。

考察古代小说续书、仿作命名的整体状况，我们发现，续书、仿作常常运

---

① ［清］刘廷玑《在园杂志》，中华书局 2005 年版，第 124—125 页。
② ［清］刘廷玑《在园杂志》，中华书局 2005 年版，第 125 页。

用"续""新""后""补""圆""再""复""广""增补""也是"等字眼命名，明代《花关索传》分前集、后集、续集、别集，当受诗歌结集形式的影响：成化十四年（1478）所刻词话《新编全相说唱足本花关索传》四卷，其子目分别为《前集新编全相说唱足本花关索出身传》《后集新编全相说唱足本花关索认父传》《续集新编足本花关索下西川传》《别集新编全相说唱足本花关索贬云南传》等。关于古代小说续书、仿作命名的情况，笔者不完全统计如下：

一、仿《虞初周说》及《虞初志》

东汉班固根据西汉刘向、刘歆父子的《七略》编成《汉书·艺文志》，他在《诸子略》小说家类著录了十五种小说作品，其中一种是《虞初周说》九百四十三篇，注称："河南人，武帝时以方士侍郎，（号）黄车使者。"应劭曰："其说以《周书》为本。"师古曰："《史记》云：虞初，洛阳人，即张衡《西京赋》'小说九百，本自虞初'者也。"① 可见"虞初"本为人名，是汉武帝时的方士，他在《周说》的基础上创作《虞初周说》，初具小说雏形。"虞初"一词甚至成为小说的代名词，清代梅鹤山人在《萤窗异草序》中称："仰《齐谐》为谭宗，慕《虞初》而志续。如杜牧之寄托风情，李伯时摹绘玩具，亦足以消长日，却睡魔，固不失雅人深致矣。"② 将《萤窗异草》看成是模仿《虞初》而创作的作品。明代佚名撰《虞初志》③，此后续、仿之作不断，题名汤显祖撰《续虞初志》，明代邓乔林编辑《广虞初志》，清代张潮编辑《虞初新志》、钱学纶《虞初新志》、郑澍若编辑《虞初续志》，黄承增编辑《广虞初新志》、尚湖渔父《虞谐志》，清末民初胡怀琛《虞初近志》、王葆心《虞初支志》等等。

---

① ［汉］班固《汉书》，中华书局 1962 年版，第 1745 页。
② ［清］梅鹤山人《萤窗异草序》，《续修四库全书》集部小说类所收《萤窗异草》，第 1789 册第 1 页。
③ ［明］佚名《虞初志》，王穉登《虞初志序》认为是其友人吴仲虚所作，参见署名袁宏道参评、屠隆点阅《虞初志》卷首，中国书店 1986 年版。

二、仿《语林》和《世说新语》

《世说新语》在中国小说史上具有突出的地位和影响，历代续、仿之作甚多，例如：唐代刘肃《大唐新语》、宋代王谠《唐语林》、明代何良俊《何氏语林》、焦竑《明世说》、李绍文《明世说新语》、贺虞宾《广世说新语》、贺虞宾《唐世说》、贺虞宾《宋世说》、贺虞宾《明世说》、赵瑜《儿世说》、林茂桂《南北朝新语》、孙令弘《集世说》，明末清初吴肃公《明语林》，清代严蘅《女世说》、宫伟镠《庭闻州世说》、宫伟镠《续庭闻州世说》、王晫《今世说》、章抚功《汉世说》、江有溶《明世说补》（又名《明逸编》）、张继泳《南北朝世说》、黄汝霖《世说补》，清末民初易宗夔《新世说》等，俱因袭、借鉴《世说新语》之名，并仿照《世说》体例。明代文征明《何氏语林序》云："《何氏语林》三十卷，吾友何元朗氏之所编，类仿刘氏《世说》而作也。"[①]清代纪昀等撰《钦定四库全书总目》卷一百四十三子部小说家类云：

> 《今世说》八卷。国朝王晫撰。晫有《遂生集》，已著录。是书全仿刘义庆《世说新语》之体，以皆近事，故以"今"名。其分类亦从旧目。惟除自新、黜免、俭啬、谗险、纰漏、仇隙六类。惑溺一类，则择近雅者存焉。[②]

清屈大均撰《广东新语》二十八卷。屈大均在《自序》中说道："吾于《广东通志》，略其旧而新是详，旧十三而新十七，故曰《新语》。《国语》为《春秋》外传，《世说》为《晋书》外史，是书则广东之外志也。"[③]《广东新语》之"新语"，是模仿刘义庆《世说新语》之名。清章抚功撰《汉世说》十四卷，仿照《世说新语》体例，分德行、言语、政事、文学、方正等十四门，因是模仿《世说新语》体例而编成，故取名为《汉世说》。

---

① ［明］文征明《何氏语林序》，《四库提要著录丛书》子部所收《何氏语林》，第 112 册第 3 页。
② ［清］纪昀等《钦定四库全书总目》，中华书局 1997 年版，第 1904 页。
③ ［清］屈大均《广东新语自序》，《屈大均全集》第 4 册卷首，人民文学出版社 1996 年版。

在古代文言小说创作中，"世说"体作品众多，这些续书、仿作受《世说新语》的影响深远，这在小说的命名上可见一斑。

三、仿《夷坚志》

明赵弼撰《效颦集》三卷。从赵氏所撰《后序》可知，赵氏之书是仿效宋人洪迈《夷坚志》和同时人瞿佑《剪灯新话》而作[1]。作者以"效颦"为小说取名，带有自谦之意。

四、仿《剪灯新话》

比较典型的事例就是明代李昌祺创作的《剪灯余话》和邵景詹于万历二十年（1592）创作的《觅灯因话》。

明赵弼撰《效颦集》三卷。从赵氏所撰《后序》可知，赵氏之书是仿效宋人洪迈《夷坚志》和同时人瞿佑《剪灯新话》而作，以《效颦集》名书，实含自谦之意[2]。

五、效仿《水浒传》

清初陈忱撰《水浒后传》，清代青莲室主人辑《后水浒传》，正文卷端题"新镌施耐庵先生藏本后水浒传"，假托施耐庵之名。俞万春撰《荡寇志》亦名《结水浒传》，晚清西泠冬青演义《新水浒》，均借《水浒传》书名以扩大影响。

---

① ［明］赵弼《效颦集后序》，《效颦集》，古典文学出版社 1957 年版，第 118 页。
② ［明］赵弼《效颦集后序》，《效颦集》，古典文学出版社 1957 年版，第 118 页。

六、效仿《西游记》

明代佚名撰《续西游记》，明末董说撰《西游补》，是古代小说续书中的一部优秀之作。清初天花才子点评《后西游记》，模仿《西游记》，为小说中人物取名，如花果山石猴孙小圣、猪八戒遗腹子猪一戒、沙悟净的徒弟沙弥等，陪伴唐半偈（即大颠和尚）到西天取经。晚清陆士谔撰《也是西游记》，演述小唐僧、小行者、小八戒、小沙僧师徒重游西天取经之事，均为《西游记》的续书。明清时期出现很多《西游记》的仿作，最为有名的就是《东游记》《南游记》《北游记》等书，清代嘉庆年间将三书与《西游记》（即《西游唐三藏出身传》）一起合刊，取名为《四游记》。《东游记》即吴元泰撰《八仙出处东游记》，全称《新刻八仙出处东游记》，《南游记》即余象斗编《华光天王南游志传》，又名《五显灵官大帝华光天王传》，《北游记》即余象斗编《北方真武祖师玄天上帝出身志传》。清代又有佚名撰《东游记》，一名《西游记释喻》，全称《狐仙口授人见乐妓馆珍藏东游记》，小说命名及创作均受《西游记》影响。

七、效仿元代小说《娇红记》及明代《金瓶梅》

元代小说《娇红记》的命名颇具特色，从小说作品中的女性人物姓名中各取一字组合而成。因为侍女飞红在小说情节结构中具有重要地位和影响，所以《娇红记》作者没有以娇申命名而名之为"娇红"①，足见飞红这一形象在小说情节设置中的重要性。《娇红记》从小说作品女性人物姓名中各取一字组合而成的命名方法，被《金瓶梅》发扬光大，为后世小说广泛借鉴，鲁迅《中国小说史略》第二十篇《明之人情小说（下）》云："《金瓶梅》、《玉娇李》等既为世所艳称，学步者纷起，而一面又生异流，人物事状皆不同，惟

---

① 参见明冯梦龙增编，余公仁批补《增补批点图像燕居笔记》（五）小说类卷六，《古本小说集成》本，上海古籍出版社 1994 年版，第 2073 页。

书名尚多蹈袭，如《玉娇梨》、《平山冷燕》等皆是也。"① 明代后期部分坊刻世情小说、情色小说的取名、情节参照《金瓶梅》，以金陵文润山房崇祯四年（1631）刊《绣像玉闺红全传》为例，此书仿照《娇红记》《金瓶梅》，从小说中三个人物——金玉文、李闺贞、红玉的名字中各取一字，组成书名；小说中无赖之徒如小白狼、吴来子等人结为十兄弟的做法，也模仿《金瓶梅》中西门庆与应伯爵等人之举。才子佳人小说如《平山冷燕》《玉娇梨》《春柳莺》《金云翘》《宛如约》《英云梦》《吴江雪》《引凤箫》《群英杰》《雪月梅》《林兰香》等均糅合小说人物姓名而成小说书名。李梦生《中国禁毁小说百话》一书指出："本书（指《娇红记》）取书中二位女主人公娇娘、飞红的名字作书名，这样的取名法，自从《金瓶梅》袭用后，被后来的才子佳人小说普遍使用，如《玉娇梨》中的白红玉（白无娇）、卢梦梨，《平山冷燕》中的平如衡、山黛、冷绛雪、燕白颔；此外，《吴江雪》、《引凤箫》、《群英杰》、《雪月梅》等皆如此。"②

八、效仿《艳异编》

明代题名王世贞所辑《艳异编》面世以后，万历四十六年（1618）苏州叶启元玉夏斋刊佚名辑《续艳异编》，明代吴大震印月轩万历间刊《广艳异编》，清代俞宗骏辑《艳异新编》，俱仿《艳异编》之名而创作。

九、效仿《聊斋志异》

清代仿效《聊斋志异》之名者很多，如《聊斋志异拾遗》《聊斋续编》《后聊斋志异》《新聊斋》《女聊斋志异》与晚清王韬《后聊斋志异》等等。

---

① 鲁迅《中国小说史略》，上海古籍出版社1998年版，第132页。
② 李梦生《中国禁毁小说百话》，上海书店出版社2006年版，第3页。

蒋瑞藻《小说考证续编》卷四转引《瓶庵笔记》指出：

> 近时坊间有所谓《聊斋志异拾遗》者，托名蒲留仙先生遗著，书凡一卷，计二十七则。虽逢场作戏，聊借孙叔敖之衣冠；而无病而呻，显露东施之迹象。蒲先生书，千篇一律，予向不甚喜之。（瑞藻按：此论实得我心。《聊斋》之书，余仅髫龄时卒读一过，至今十二载，绝未寓目也。）然于行文造句间，时露一种幽秀之致，亦非凡手所能及。（此论亦平。）《拾遗》诸作，笔墨如何？明眼人自能识别。至《陈世伦》一篇，述及某相待姬。《聊斋》原书中，决无如此明显之笔。《解巧璇》、《沂州案》等，尤历来各笔记中所习见，掇拾衍绎而成之者也。①

《聊斋志异》在社会上影响深远，坊间之作《聊斋志异拾遗》假托蒲松龄所撰、模仿《聊斋志异》之名无疑可以扩大小说的影响，促进销售与发行。

十、效仿《红楼梦》

清代《红楼梦》续书达30余种，如逍遥子《后红楼梦》、秦子忱《续红楼梦》、兰皋居士《绮楼重梦》、小和山樵《红楼复梦》、海圃主人《续红楼梦新编》、梦梦先生《红楼圆梦》、归锄子《红楼梦补》、娥媛山樵《补红楼梦》、花月痴人《红楼幻梦》、张曜孙《续红楼梦》、赝叟《红楼梦逸编》、云槎外史《红楼梦影》、南武野蛮《新石头记》、吴趼人《新石头记》等，在沿袭原书书名的基础上，以"后""续""新""重""补""圆""复"等字眼命名。在小说人物命名上，不少续书也沿袭原书人物之名，清代秦子忱《续红楼梦》凡例曾经指出：

---

① 蒋瑞藻《小说考证续编》，《小说考证》附录，上海古籍出版社1984年版，第558—559页。

一、书中所用一切人名脚色，悉本前书内所有之人，盖续者，续前书也，原不宜妄意增添。惟僧、道二人，在大荒山空空洞焚修，若无童子伺应，似属非宜，故添出一松鹤童子，此外悉仍其旧。

一、前《红楼梦》书中如史湘云之婿，以及张金哥之夫，均无纪出姓名，诚为缺典。兹本若不拟以姓名，仍令阅者茫然，今不得已妄拟二名，虽涉穿凿，君子谅之。[①]

秦子忱在撰写《红楼梦》续书时，"所用一切人名脚色，悉本前书内所有之人，盖续者，续前书也，原不宜妄意增添"。秦子忱的做法正如刘廷玑《在园杂志》卷三《续书》篇所言："袭其（按：指原书）名，著为后书副之，取其易行，竟成习套。有后以续前者，有后以证前者，甚有与前绝不相类者，亦有狗尾续貂者。"[②]《红楼梦》的一些仿作也是如此，清代山石老人《快心录》是《红楼梦》的仿作，小苍山房《快心录序》云："此书仿《红楼梦》之作也。"[③]《快心录》中牛姥即仿照刘姥姥。

十一、《官场现形记》等近代小说书名效仿现象

在近代小说创作、传播过程中，效仿书名、人名的现象也相当普遍，以《官场现形记》为例，李伯元《官场现形记》之后，在当时影响极为显著，上海《民立报》1910 年"新出小说三种"广告称："李南亭《官场现形记》出版时，远近传诵，极一时之盛。"[④]在小说创作领域出现很多模仿《官场现形记》书名的现象，笔者根据刘世德主编《中国古代小说百科全书》（中国大百科全书出版社 1998 年版）和陈大康《中国近代小说编年史》（人民文学出版

---

① ［清］秦子忱《续红楼梦》凡例，《古本小说集成》据清嘉庆抱瓮轩刊本影印《续红楼梦》卷首。

② ［清］刘廷玑《在园杂志》，中华书局 2005 年版，第 124—125 页。

③ ［清］小苍山房《快心录序》，收入丁锡根编著《中国历代小说序跋集》，人民文学出版社 1996 年版，第 1286 页。

④ 陈大康《中国近代小说编年史》，人民文学出版社 2014 年版，第 2104 页。

社 2014 年版）等书进行统计，至少有 36 种作品以"现形"或"现形记"命名，即：佚名《官场现形记外传》、佚名《官场之新现形》、佚名《官商现形记》、心冷血热人编《新官场现形记》、咏秋樵子《新官场现形记》、佚名《新官场现形记》、老耘《新官场现形记》、南武野蛮《新官场现形记》、佚名《续官场现形记》、许伏民《后官场现形记》、岑鹤唳《学蠹现形记》、吴和友《学界现形记》、老林《学堂现形记》（即《学堂笑话》）、睡狮《革命鬼现形记》（一名《革命魂》）、玩时子《滑头现形记》、冷泉亭长《后官场现形记》、延陵隐叟《特别新官场现形记》、啸侬《时髦现形记》、嗟予《新党现形记》、治逸《嫖赌现形记》、忧时子《嫖界现形记》、天台完公《嫖界现形记》、漱续《嫖界现形记》、佚名《笔命现形记》、项苍园《家庭现形记》、白莲室主人《绅董现形记》、百业公《商界现形记》、佚名《社会现形记》、冷眼子《和尚现形记》、浪荡男儿《新党嫖界现形记》（一名《上海之维新党》）、佚名《苏州现形记》（一名《断肠草》）、蹉跎子《女界现形记》（即《最近女界鬼蜮记》）、顾曲周郎《女优现形记》（即《九尾鳖》）、抱虎老人《女子现形记》、慧珠《最近女界现形记》、瘦腰生《最近学堂现形记》。除《官场现形记》以外，《二十年目睹之怪现状》《老残游记》等小说也出现不少模仿其书名的现象，刘大绅《关于老残游记》五《〈老残游记〉之仿作》指出：

> 《老残游记》行销既畅，坊间谋利者，窃印之不足，更从而仿作焉。此盖旧有之鄙习，非因《老残游记》而始有也。始作俑者在汉口，名《续老残游记》，仅闻人告，未见其书，亦不知谁家出版。其后上海某书局又仿作，名《老残游记续篇》，未出书前，曾登广告售预约。[1]

正如刘大绅所言，《老残游记》行销甚畅，追求市场利润的书商们由此纷纷策划仿作，其模仿最直接、最有效的方式之一就是模拟原书的书名、人物命名，迎合读者的阅读心理，这样才能引起读者的阅读兴趣，扩大销售渠道。

---

[1] 刘大绅《关于老残游记》，收入魏绍昌编《老残游记资料》，中华书局上海编辑所 1962 年版，第 73 页。

十二、其他小说书名模仿现象

除以上我们列举的十一种小说以外，还有不少小说续书、仿作以"后""新""续""再""补"等命名，如明代郭化《苏米谭史广》，为广《苏米谭史》而作，据《钦定四库全书总目》卷六十史部十六传记类存目二，知其书"广苏轼事为四卷，米芾事为二卷，皆摭拾小说，无他异闻，又皆不著所出，弥难依据"①。明代张帮侗《广玉壶冰》、陈禹谟编辑《广滑稽》、冯梦龙《广笑府》，清代烟水散人编辑《后七国乐田演义》、佚名《后三国石珠演义》，清代小说《孤山再梦》可谓《孤山梦》的续作，清代徐芳《诺皋广志》，郑观应《续剑侠传》仿《剑侠传》，黄虞稷《广孤树裒谈》为广明代李默《孤树裒谈》而作等，清代李调元《新搜神记》、佚名《说唐后传》、仇元善《后会仙记》皆借助原书在读者群体中的影响而为仿作。有些小说的命名在原作书名基础上直接加上数字，如崇祯六年（1633）杭州陆云龙峥霄馆拟刊《型世言二集》，应是《型世言》的续书或仿作②。清代小说《八续彭公案》《英雄大八义》《英雄小八义》等等也是如此。也有些续书、仿作的命名则直接标明"效颦"，如明代文言小说集《效颦集后序》称此书效法洪迈、瞿佑而作，故称"效颦集"③。

蒋瑞藻《小说考证续编》卷四转引张海鸥《海沤闲话》指出：

> 《水浒》之后，有《荡寇志》，其主人则《水浒》中人之还魂也。《红楼梦》之后，有《续红楼》，其主人皆《红楼梦》中还魂也。此等思想，可厌已甚。在作者不过欲借此以便于传尔。究竟传不传，岂在是？二书文字，《荡寇志》尚可；《续红楼》甚恶。《荡寇志》今坊间尚可购得，《续红楼》则稀见矣。于此尤可见传与不传，自有道也。④

---

① 参照［清］纪昀等《钦定四库全书总目》，中华书局 1997 年版，第 838 页。

② 崇祯六年杭州陆云龙峥霄馆刊刻《皇明十六家小品》附征稿启事，参见［明］丁允和、陆云龙编《皇明十六家小品》卷首，北京图书馆出版社 1997 年版。

③ ［明］赵弼《效颦集后序》，《效颦集》，古典文学出版社 1957 年版，第 118 页。

④ 参见蒋瑞藻《小说考证续编》，《小说考证》附录，上海古籍出版社 1984 年版，第 558 页。

张海鸥认为续书、仿作借助于原书书名及人物之名,"作者不过欲借此以便于传尔",其目的很明显,在于利用读者阅读心理,占有市场,扩大发行、销售。

不过值得我们注意的是,不是所有的续书、仿作都希望接续原书人物、情节敷演故事,甚至利用原书书名、人物命名以便于传播,借助原书以扩大影响。也有些小说续书的命名宗旨正好与此相反,它们意在通过取名消除原书对读者的不良影响。《金瓶梅》续书之一《隔帘花影》的编刊者在对原书人名进行修改时,极力摆脱原书影响,希望使读者有新奇之感,清代四桥居士《隔帘花影序》云:

> 《金瓶梅》一书,虽系寓言,但观西门平生所为,淫荡无节,豪横已极,宜乎及身即受惨变,乃享厚福以终,至其报复,亦不过妻散财亡,家门零落而止,似乎天道悠远,所报不足以蔽其辜。此《隔帘花影》四十八卷所以继正续两编而作也。至于(《隔帘花影》中)西门易为南宫,月娘易为云娘,孝哥易为慧哥,其余一切人等,名目俱更,俾阅者惊其笔端变幻,波澜绮丽,几莫识其所自始。其实作者本意,不过借影指点,知前编有相为表里之妙,故南宫吉生前好色贪财等事,于首卷轻轻点过,以后将人情之恶薄、感应之分明,极力描写,以见无人不报,无事不报,直至妻子历尽苦辛,终归于为善,以赎前愆而后已。揆之福善祸淫之理彰明较著,则是书也,不独深合于六经之旨,且有关于世道人心者不小。后之览者,幸勿以寓言而忽之也可。①

清代光绪间文龙《金瓶梅》第七十一回回评也曾经指出:"予幼年见有《隔帘花影》一书,吴月娘改为梦云娘,又有银钮丝、红绣鞋等名色。"②作为续书的《隔帘花影》对《金瓶梅》一书中的人名进行修改,将西门庆易名为南宫吉,吴月娘改名为楚云娘,孝哥改名为慧哥,并将原书中其余角色的

---

① [清]四桥居士《隔帘花影序》,《古本小说集成》据清本衙藏本影印《隔帘花影》卷首。
② 清代光绪间文龙《金瓶梅》第七十一回回评,文龙评《金瓶梅》,今藏国家图书馆。

姓名都一一作了更改，以"俾阅者惊其笔端变幻，波澜绮丽"，让读者在阅读的过程中充满新奇与独特的感受。

为了消除原书对读者的影响而编写续书，最为典型的莫过于清代俞万春创作的《荡寇志》一书。《荡寇志》从金圣叹删改的《水浒传》第七十一回续起，不过它与绝大多数续书为原书"补恨"的目的不同，是为《水浒传》翻案。作者视水浒梁山好汉为寇盗之徒，小说取名"荡寇"，其意相当明显。作者在《荡寇志》卷首《结水浒全传》中指出：

> 这一部书，名唤作《荡寇志》。看官，你道这书为何而作？缘施耐庵先生《水浒传》并不以宋江为忠义。众位只须看他一路笔意，无一字不描写宋江的奸恶。其所以称他忠义者，正为口里忠义，心里强盗，愈形出大奸大恶也。圣叹先生批得明明白白：忠于何在？义于何在？总而言之，既是忠义必不做强盗，既是强盗必不算忠义。乃有那罗贯中者，忽撰出一部《后水浒》来，竟说得宋江是真忠真义。从此天下后世做强盗的，无不看了宋江的样：心里强盗，口里忠义……真是邪说淫辞，坏人心术，贻害无穷。此等书，若容他存留人间，成何事体！……
>
> 他这部书既已刊刻行世，在下亦不能禁止他。因想当年宋江，并没有受招安、平方腊的话，只有被张叔夜擒拿正法一句话。如今他既妄造伪言，抹煞真事，我亦何妨提明真事，破他伪言，使天下后世深明盗贼、忠义之辨，丝毫不容假借……看官须知：这部书乃是结耐庵之《前水浒传》，与《后水浒》绝无交涉也。①

在上述文字中，俞万春将自己创作的小说取名为《荡寇志》的原因阐述得较为透彻，他担心读者误读《水浒传》，希望通过《荡寇志》一书消除《水浒传》对读者带来的影响。清俞龙光撰《荡寇志》识语云："《荡寇志》，所以结《水浒传》者也。"②清代徐佩珂咸丰二年（1852）撰《荡寇志序》也指出

---

① ［清］俞万春《荡寇志》，人民文学出版社1981年版。
② ［清］俞龙光《荡寇志》识语，《荡寇志》，人民文学出版社1981年版，第1044页。

《荡寇志》的创作及命名之意：

> （《水浒传》）其书无人不读，而误解者甚夥，非细心体察，鲜不目
> 为英雄豪杰。纵有圣叹之评骘，昧昧者终不能会其本旨……余友仲华俞
> 君，深嫉邪说之足以惑人，忠义、盗贼之不容不辨，故继耐庵之传，结
> 成七十卷光明正大之书，名之曰《荡寇志》。盖以尊王灭寇为主，而使天
> 下后世，晓然于盗贼之终无不败，忠义之不容假借混朦，庶几尊君亲上
> 之心，油然而生矣……而于世道人心，亦当有裨益云。①

徐佩珂认为，《水浒传》流传广泛，影响深远，出现不少"误解"的情
况，以至读者将水浒人物目为英雄豪杰，俞万春继《水浒传》而作小说，取
名《荡寇志》，宣扬封建正统，歌颂忠孝节义，希望有补于世道人心。

综上所述，读者是我们考察明清小说命名的一个独特视角，前人研究对
此较少关注，在本章论述中，我们从读者与小说命名之间相互产生影响、小
说命名与读者心理、读者与小说续书、仿作的命名三个方面探讨读者与古代
小说命名的关系，希望由此探寻古代小说命名的真实历程与内在驱动力。

---

① ［清］徐佩珂《荡寇志序》，《荡寇志》，人民文学出版社 1981 年版，第 1042—1043 页。

结　语

在中国文化发展史上，命名文化源远流长，博大精深，具有鲜明的中国元素和中国特色，是中华传统文化的重要组成部分。我们在本书绪论部分探讨命名文化的历史渊源及其发展演变时已经提到，早在春秋时期，老子在《道德经》第二十五章中已关注"物"与"名"的问题。此后，孔子强调"正名"的重要性，荀子主张"名定而实辨"，尹文子进一步发挥孔子的"正名"思想，庄子则在《逍遥游》一文中提出不同的看法，认为"名者，实之宾也"，"实"是根本，"名"是次要的。在命名文化发展、演进过程中，"名"的概念、内涵出现明显变化，融入更多伦理道德和社会教化的内容。在中国古代命名文化整体中，尤其值得我们关注的是姓氏文化，它与宗族、血缘、婚姻、伦理关系密切。

中国古代小说的发展同样历史悠久，尤其是文言小说，早在班固《汉书·艺文志》所列诸子十家中，就有对于小说家类的著录。在漫长的中国文化发展史和中国古代小说演变史上，命名文化对中国古代小说（包括文言小说和白话小说）的创作、流传产生了什么影响？

中国古代小说体现了哪些独特的命名方法？

从古代小说创作整体进行考察，小说命名具有什么样的特点？

古代小说创作观念纷繁复杂，蕴涵于小说文本、序跋、凡例、识语、评点等等文献之中，从命名文化这一视角来看，中国古代小说命名体现了什么样的文学观念？

古代小说的书名、人物命名，小说作品中的地名、茶名、酒名、花名、药名、官职名称等反映了什么样的命名文化精神？

中国古代小说创作、流传过程中出现很多改名现象，包括小说人物改名和更改小说书名，为什么会出现众多的改名现象？

古代小说命名具有什么样的文化内涵？如何体现民俗文化、科举文化、避讳文化和出版文化？

在古代小说创作、流传过程中，读者因素相当突出，尤其是在刊刻出版业发达的元明清时期，读者对古代小说命名产生何种影响？

本书试图从纵向和横向两个角度入手，回答上述问题。在全书的框架设计上，共分为十一章，第一章至第四章分别对宋前小说命名、宋元（含辽金）小说命名、明清小说命名与小说创作、明清小说命名的广告意义进行论述，按照历史发展的先后顺序，对不同时代小说命名加以纵向考察；第五章至第十一章则分别对中国古代小说命名的方法、特点，古代小说命名与文学观念，古代小说改名现象，古代小说命名的文化内涵，读者与中国古代小说命名等进行专题研究。在具体论述过程中，本书在对大量小说文本进行细读、分析的基础上，采取微观研究与宏观研究相结合、数据统计、比较研究等方法，试图总结中国古代小说命名的演变历程及其规律。

在中国古代命名文化发展的早期，更多的是强调血缘、氏族等因素，在发展过程中，越发强调劝戒，强调社会教化，尤其是汉代董仲舒在其所撰《春秋繁露》卷十《深察名号第三十五》中主张深察王号、君号，教化百姓，治理国家。汉武帝采纳其"罢黜百家，独尊儒术"思想，将孔子的"正名"思想作为加强统治的基础，强调"以名为教"，这给中国古代小说的创作和流传带来深远的影响，留下深深的烙印。古代小说命名充分体现儒家伦理道德思想，可以说这是中国传统的命名文化精神内涵的鲜明体现。除此以外，中国命名文化尤其是姓氏文化，在排序上，先姓后名，不同于西方的取名方法，体现中华传统文化的宗亲思想、血缘观念和集体意识，这给古代小说命名尤其是小说人物命名带来了影响；古代小说命名实践中，出现很多绰号，像《水浒传》中梁山泊一百零八将都有绰号，这些绰号或诙谐幽默，或讽刺鞭挞，在不同程度上体现了中国传统命名文化中的批判精神和乐观意识；古代小说寓意法、谐音法、数字法、讽刺法、引经据典法等多种多样的命名方法体现了中国古代命名文化深厚的内涵。总的看来，中国古代小说命名所体现的中华传统文化的精神是丰富多样的，值得我们进行深入挖掘。

中国古代小说数量众多，跨越的时代漫长，笔者在研究过程中，虽然阅读了不少小说文本，但是涉及面还是相当有限，尤其是近代出现的大量单行本小说和报刊小说，本书较少论及；另外，对古代小说命名的一些重要个案，尤其是一些小说名著如《水浒传》《西游记》《金瓶梅》、"三言""二拍"、《聊斋志异》《儒林外史》《红楼梦》等的命名，如何在前人大量研究成果的基础上进一步实现创新和突破，也需要在接下来的研究中进一步深入思考。

附录：
20世纪以来中国古代小说命名研究论著集成

一、专著

盛巽昌《水浒绰号黑白谭》，上海辞书出版社2002年版

翟胜健《〈红楼梦〉人物姓名之谜》，学海出版社2003年版

赤飞《红楼梦人物姓名谈》，新华出版社2007年版

李小龙《必也正名——中国古代小说书名研究》，生活·读书·新知三联书店2020年版

二、学位论文

彭在珍《从〈水浒传〉的绰号翻译论文学翻译中译者的主体性》，苏州大学2006届硕士论文

任永安《古代通俗小说命名研究》，河南大学2008届硕士论文

杨战江《沙译（按：指沙博理译本）〈水浒传〉中人物绰号翻译探析》，湖南师范大学2008届硕士论文

胡海义《科举文化与明清小说研究》，暨南大学2009届博士论文

邓进《〈红楼梦〉女性命名研究》，西南大学2009届硕士论文

李静《〈水浒全传〉人物绰号研究》，山东大学2010届硕士论文

杜银萍《〈水浒传〉中的人物绰号及其维译研究》，新疆大学2010届硕士

论文

唐江涛《才子佳人小说题名研究》，暨南大学 2011 届硕士论文

叶姝《魏晋南北朝志怪小说神、怪、人名研究》，暨南大学 2011 届硕士论文

赵丽玲《明清小说作品命名方式研究》，广州大学 2012 届硕士论文

宗立东《古代小说命名因素研究》，黑龙江大学 2014 届硕士论文

张泽如《明清话本小说书名研究》，宁夏大学 2018 届硕士论文

三、单篇论文（截止到 2022 年 12 月）

鲁迅《五论"文人相轻"——明术》，《且介亭杂文二集》，收入《鲁迅全集》第六卷，人民文学出版社 1981 年版

余嘉锡《宋江三十六人考实》，载《辅仁学志》1939 年第 8 卷第 2 期

李拓之《呼保义考——纪念水浒故事流传八百三十年》，载《光明日报》1953 年 3 月 27 日

王利器《水浒英雄的绰号》，载《新建设》1954 年 4、5 月号，收入《水浒研究论文集》，作家出版社 1957 年版

丁一《读〈水浒〉英雄的绰号》，载《新建设》1955 年第 6 期

俞平伯《读〈红楼梦〉随笔——贾政》，收入《红楼梦研究参考资料选辑》第 2 辑，人民文学出版社 1973 年版

张天健《〈红楼梦〉得名一说》，收入赵冈、陈钟毅《红楼梦研究新编》，台湾联经出版事业公司 1975 年版

郑克峰《从"绰号"和"星宿"看〈水浒〉作者的感情》，载《浙江师院》1976 年第 1 期

赵冈《红楼梦里的人名》，原载台湾《联合报》1978 年 1 月 31 日，收入胡文彬、周雷编《海外红学论集》，上海古籍出版社 1982 年版；收入《红楼梦新探》，文化艺术出版社 1991 年版

赵仲邑《悟空可能不姓孙》，载《随笔丛刊》第 1 集，1979 年

金启琮《〈红楼梦〉人名研究》，载《红楼梦学刊》1980 年第 1 辑

傅继馥《〈红楼梦〉人物命名的艺术》，载《红楼梦学刊》1980 年第 2 辑

陈邦炎《〈梅溪词〉与史湘云》，收入《红楼梦研究集刊》第 3 辑，1980 年

陈诏《〈红楼梦〉人名考辨》，载《红楼梦学刊》1980 年第 4 辑

张锦池《论秦可卿》，收入《红楼梦研究集刊》第 6 辑，上海古籍出版社 1981 年版

胡小伟《红楼梦与石头记题名问题辨析》，收入《红楼梦研究集刊》第 6 辑，上海古籍出版社 1981 年版

罗尔纲《水浒真义考》，载《文史》第 15 辑，1982 年

刘梦溪《论〈红楼梦〉的书名及其演变》，收入《红楼梦新论》，中国社会科学出版社 1982 年版

杨世洪《试论〈水浒〉人物绰号的美学意义》，载《华中师范大学学报》1982 年第 4 期

吴树平《罗尔纲先生对〈水浒传〉原本的探索——介绍〈水浒真义考〉》，载《读书》1983 年第 7 期

丘振声《刘备的称号》，收入《三国演义纵横谈》，漓江出版社 1983 年版

曲家源《水浒一百单八将绰号考释（上、下）》，载《松辽学刊》1984 年第 1—2 期

张国光《对罗尔纲先生〈水浒真义考〉一文之商榷》，载《武汉师范学院学报》1984 年第 4 期

［日］伊藤漱平《有关〈红楼梦〉的题名问题》，收入胡文彬、周雷编《红学世界》，北京出版社 1984 年版

许德成、田玉衡《秦可卿与秦钟》，载《红楼梦学刊》1985 年第 1 辑

王利器《〈水浒〉释名》，载《社会科学研究》1985 年第 3 期

龚维英《"短命二郎"考略》，载《社会科学战线》1985 年第 3 期

陈敬夫《情海情天幻情身——略论秦可卿形象的被误解》，载《吉首大学学报》1985 年第 4 期

方东耀《明清人情小说的命名及其范围》，载《南京师大学报》1985 年第 4 期

汪远平《论〈水浒〉的人物绰号》，载《江汉论坛》1985 年第 6 期

林冠夫《〈红楼梦〉的本名和异名》，收入《红楼梦纵横谈》，广西人民出版社 1985 年版

刘知渐《〈水浒〉的书名及其所谓"真义"——罗尔纲同志〈水浒真义考〉质疑》，载《明清小说研究》1986 年第 1 期

邓遂夫《论甲戌本"凡例"与〈红楼梦〉书名》，载《红楼梦学刊》1986 年第 3 辑

鲁歌、马征《金瓶梅书名辨识》，载《云南民族学院学报》1987 年第 4 期

龚维英《石秀绰号考释》，载《明清小说研究》1988 年第 1 期

张天健《〈红楼梦〉得名一说》，载《成都晚报》1988 年 6 月 1 日

蓉生《红楼梦书名漫议》，载《成都师专学报》1988 年第 3 期

吕叔湘《南北朝人名与佛教》，载《中国语文》1988 年第 4 期

王建华《人名与文化》，载《中国语文天地》1988 年第 4 期

文克新《梅香小字——〈红楼梦〉丫环取名谈片》，载《名作欣赏》1989 年第 1 期

林春分《秦可卿别论》，载《苏州大学学报》1989 年第 2、3 期合刊

王绍良《略论〈红楼梦〉人物姓名之间的关连关系——兼评脂批有关人名批语的不足》，载《中州学刊》1989 年第 1 期

于淑敏《人名符号：中国近代小说的文化考察》，载《河南大学学报》1989 年第 2 期

杜贵晨《〈水浒传〉名义考辨》，载《明清小说研究》1990 年第 2 期

邹德祥《于"无心"处见匠心——〈红楼梦〉奴仆名字的群体性及其意义负载》，载《明清小说研究》1990 年第 2 期

舟子《〈西游记〉与泰山地名》，载《地名知识》1990 年第 2 期

傅憎享《〈金瓶梅〉旧诗寻源》，载《辽宁大学学报》1990 年第 4 期

王连洲《〈金瓶梅〉临清地名考》，第四届全国《金瓶梅》学术研讨会会议

论文（1990 年，山东省临清市）

王连洲《〈金瓶梅〉临清地名续考》，收入吉林大学中国文化研究所编《金瓶梅艺术世界》，吉林大学出版社 1991 年版

汪曾祺《"水浒"人物的绰号》，载《文汇报》1991 年 2 月 6 日（含《鼓上蚤和拼命三郎》《浪子燕青及其他》二题）

行余《"无事忙"解析》，载《红楼梦学刊》1991 年第 3 辑

李葆嘉《〈水浒〉一百零八将绰号绎释》，载《明清小说研究》1991 年第 3 期

黄立新《漫谈〈红楼梦〉的本名》，载《上海大学学报》1991 年第 4 期

袁林清《〈金云翘传〉的取名艺术与作者的思想倾向》，载《怀化师专学报》1991 年第 4 期

林斤澜《论武松没有绰号》，载《读书》1991 年第 11 期

马瑞芳《论聊斋人物命名规律》，载《文史哲》1992 年第 4 期

钟扬《孙悟空释名》，载《阜阳师范学院学报》1993 年第 1 期

蒋星煜《〈红楼梦〉书名考释》，载《河北学刊》1993 年第 3 期

李新灿《试论"水浒英雄"绰号体系》，载《咸宁师专学报》1993 年第 3 期

赵秀亭《猴王姓孙的来历》，载《语文月刊》1993 年第 6 期

朱靖宇《"弼马瘟"和"避马瘟"》，收入《文史钩沉》，中国文史出版社 1993 年版

傅憎享《小说人名比较小议》，载《红楼梦学刊》1994 年第 1 辑

王孟蒙《鲁智深绰号质疑》，载《张家口大学学报》1994 年第 1 期

柳金殿、孟建安《人名与社会文化》，载《汉语学习》1994 年第 1 期

郭世谦《从〈金瓶梅〉命名论金、瓶、梅在小说中的作用》，载《丝路学刊》1994 年第 2 期

倪春元、徐乃为《〈红楼梦〉人物姓名的语言艺术》，载《南通师专学报》1994 年第 3 期

刘嘉陵《传统小说的书名类聚现象》，载《社会科学辑刊》1994 年第 3 期

张晓琦《〈红楼梦〉五个书名之谜》，载《龙江社会科学》1994 年第 4 期

唐雪凝《人名的社会文化分析》，载《齐鲁学刊》1994 年第 5 期

王丽芳《形神毕肖　鲜活欲出——谈〈水浒〉人物的绰号》，载《渤海学刊》1994 年第 1—2 期

赵伯陶《〈婴宁〉的命名及其蕴涵》，载《明清小说研究》1995 年第 1 期

严中《〈石头记〉书名解——兼谈"大石"和"通灵宝玉"的原型》，载《南京社会科学》1995 年第 2 期

刘晓林《"冷香丸"的象征意义与薛宝钗的形象》，载《衡阳师专学报》1995 年第 2 期

李作凡《〈红楼梦〉人名中双关语的妙用》，载《抚州师专学报》1995 年第 3 期

石麟《释"一丈青"》，载《明清小说研究》1995 年第 3 期

严安政《"兼美"审美理想的失败——论曹雪芹对秦可卿的塑造及其他》，载《红楼梦学刊》1995 年第 4 辑

许锡强《〈红楼梦〉人物谐音命名法》，载《阅读与写作》1995 年第 4 期

咏文文《〈红楼梦〉中丫环的取名》，载《创业者》1995 年第 6 期

胡渐逵《〈聊斋志异〉人物命名索寓》，载《蒲松龄研究》1995 年纪念专号

李淑芬《人名的民族文化内涵》，载《古汉语研究》1995 年增刊

赵述先《〈聊斋〉的命名艺术》，载《东方论坛》1996 年第 1 期

张晓琦《宝玉等人命名与康熙帝位关系考》，载《龙江社会科学》1996 年第 1 期

李葆嘉《〈水浒〉英雄绰号艺术谈》，载《修辞学习》1996 年第 1 期

林方直《〈红楼梦〉人物的从属符号：紫鹃、雪雁与黛玉的关系》，载《职大学刊》1996 年第 1 期

刘强《中国人姓名的文化印记》，载《淮北煤师院学报》1996 年第 2 期

霍世泓《试说中国小说人物命名的修辞机趣》，载《写作》1996 年第 3 期

钱扬珍、霍世泓《修辞机趣：中国小说人物命名的艺术追求》，载《语文月刊》1996 年第 4 期

吴新雷《惊破红楼梦里心》，载《红楼梦学刊》1997 年第 2 辑

朱奕、王尔龄《〈水浒〉人物绰号材源考论》，载《天津师范大学学报》1997 年第 2 期

胡文彬《红楼梦与中国姓名文化》，载《红楼梦学刊》1997 年第 3 辑

刘孔伏、潘良炽《论〈红楼梦〉书名及其它》，载《青海师范大学学报》1997 年第 3 期

王绍良《〈金瓶梅〉〈红楼梦〉〈儒林外史〉谐音寓意比较》，载《上饶师专学报》1997 年第 4 期

刘治萍《〈水浒〉人物绰号趣谈》，载《文史杂志》1997 年第 6 期

李希凡《"勘破三春景不长"——元、迎、探、惜与〈红楼梦〉的悲剧结构》，收入《红楼梦的艺术世界》，文化艺术出版社 1997 年版

陈维昭《书名的含蕴》，收入《世情写真金瓶梅》，汕头大学出版社 1997 年版

胡新发《〈水浒传〉人物绰号拾零》，载《语文世界》1998 年第 2 期

梁瑜霞《史传传统对唐人小说的影响——兼论唐人小说以"传"、"记"命名现象》，载《唐都学刊》1998 年第 4 期

霍胜健《薛宝钗姓名新解》，载《红楼梦学刊》1998 年第 2 辑

徐景洲《贾宝玉、薛宝钗、林黛玉命名之寓意》，载《阅读与写作》1998 年第 3 期

靳青万《从谐音指义看〈西游记〉的反皇思想》，载《中国人民大学学报》1998 年第 6 期

许锡强《〈红楼梦〉书名的由来》，载《阅读与写作》1998 年第 7 期

周伟《都云作者痴，谁解其中味——〈红楼梦〉中的谐音姓名》，载《文史知识》1998 年第 12 期

郭玉雯《原应叹息说四春》，收入《红楼梦人物研究》，里仁书局 1999 年版

杨世英《〈西游记〉人物命名浅探》，载《湖北广播电视大学学报》1999 年第 1 期

邓骏捷《论〈水浒传〉中性格类绰号》，载《许昌师专学报》1999 年第 2 期

罗书华《章回小说的命名和前称》，载《明清小说研究》1999 年第 2 期

张永军《"白骨精"寓意浅析》，载《名作欣赏》1999 年第 2 期

沈晓静《〈金瓶梅〉人物名的文化蕴涵》，载《学海》1999 年第 3 期

王泉根《中国人名的特点》，载《寻根》1999 年第 3 期

胡文炜《〈红楼梦〉称呼欣赏》，载《红楼》1999 年第 3 期，收入《〈红楼梦〉欣赏与探索》，北京图书馆出版社 2006 年版

袁世硕《读余嘉锡〈宋江三十六人考实〉札记二则》，载《济宁师专学报》1999 年第 4 期

陈永新《〈红楼梦〉人物取名情节摭谈》，载《滁州师专学报》1999 年第 4 期

孔令彬《从人物命名看袭人与紫鹃形象的平面设计及其文化意蕴》，载《红楼梦学刊》1999 年第 4 辑

林澜《略论中西小说的题名》，载《嘉应大学学报》1999 年第 4 期

张锦池《从〈金瓶梅词话〉的命名说开去——〈金瓶梅〉主体结构和主题思想论纲》，载《北方论丛》1999 年第 5 期

荣耀祥《"病关索"没病》，载《阅读与写作》1999 年第 9 期

纪永贵《论〈红楼梦〉书名之寓意》，载《南都学刊》2000 年第 1 期

冉红音《意蕴丰富的命名——评〈蒋兴哥重会珍珠衫〉》，载《涪陵师专学报》2000 年第 3 期

宁稼雨《〈世说新语〉书名与类目释义》，载《文献》2000 年第 3 期

吴义发、吴斌卡《〈红楼梦〉谐音法的巧用、妙用与作用》，载《甘肃社会科学》2000 年第 4 期

杨连民《一字寓褒贬——也谈〈金瓶梅〉的取名艺术》，载《聊城师范学院学报》2000 年第 5 期

楼含松《论历史演义的命名及其界定》，载《浙江社会科学》2000 年第 5 期

韩府《〈红楼梦〉人物命名方法初探》，载《语文知识》2000 年第 8 期

宋淇《薛与雪》，收入《〈红楼梦〉识要——宋淇红学论集》，中国书店出版社 2000 年版

宫业胜《〈红楼梦〉人名寓意》，载《沧州师范专科学校学报》2001 年第 1 辑

沈治钧《从〈风月宝鉴〉到〈红楼梦〉》，载《红楼梦学刊》2001 年第 1 辑

徐学平《试谈沙译〈水浒传〉中英雄绰号的英译》，载《湛江师范学院学报》2001 年第 5 期

张港《〈红楼梦〉的人名密码》，载《语文天地》2001 年第 13 期

许锡强《〈红楼梦〉书名的由来》，载《语文天地》2001 年第 16 期

寿鹏飞《红楼说丛》，收入《红楼梦研究稀见资料汇编》，人民文学出版社 2001 年版

严中《石头城与〈石头记〉》，载《红楼梦学刊》2002 年第 1 辑

蔡一鹏《释"太行春色，有一丈青"》，载《湖北师范学院学报》2002 年第 2 期

王庆云《"诗证香山"：唐诗意象与〈红楼梦〉几个书名的来源》，载《红楼梦学刊》2002 年第 2 辑

程芳银《浅谈〈红楼梦〉人物命名艺术》，载《徐州教育学院学报》2002 年第 3 期

冯文楼《由色生情　自色悟空——〈金瓶梅〉书名试释》，《明清小说研究》2002 年第 3 期

孙轶旻《晚清新小说人物命名初探》，载《上海师范大学学报》2002 年第 4 期

夏传寿《〈红楼梦〉人名戏说》，载《发现》2002 年第 6 期

李明《〈儿女英雄传〉的面称和当时社会文化》，载《语文学刊》2002 年第 6 期

孔令彬《略论〈红楼梦〉中丫鬟人物的命名》，载《韩山师范学院学报》2003 年第 2 期

潘宝明《〈红楼梦〉人物起名艺术》，载《华夏文化》2003 年第 2 期

李胜《〈西游记〉〈红楼梦〉中"石头"的文化隐喻》，载《楚雄师范学院学报》2003 年第 2 期

江尚权、高文普《〈红楼梦〉人物命名艺术管窥》，载《高等函授学报》2003 年第 3 期

俞晓红《从〈红楼梦〉题名的变迁看作品的主题倾向》，载《学语文》2003 年第 3 期

赖振寅《"末世凡鸟"的文学镜像与文化意蕴》，载《红楼梦学刊》2003 年第 3 辑

宋子俊《可人情事　可赞可叹——论秦可卿的形象特征及其在〈红楼梦〉中的地位》，载《甘肃高师学报》2003 年第 4 期

马瑞芳《论甲戌本〈凡例〉为曹雪芹所作》，载《红楼梦学刊》2003 年第 4 辑

杨来胜《〈水浒传〉一百单八将绰号小议》，载《内蒙古煤炭经济》2003 年第 4 期

杨子华《〈水浒〉人物绰号与杭州方言民俗》，载《郧阳师范高等专科学校学报》2003 年第 4 期

陈振东《〈红楼梦〉中的人名》，载《咬文嚼字》2003 年第 4 期

王晓芸《人名与文化》，载《山西煤炭管理干部学院学报》2003 年第 4 期

李洪武《论"孙悟空"名字的佛教内涵》，载《运城学院学报》2003 年第 6 期

俞平伯《红楼梦正名》，收入《俞平伯点评红楼梦》，团结出版社 2004 年版

张洪峰《小说命名姿态解读》，载《武汉大学学报》2004 年第 1 期

胡文炜《〈红楼梦〉命名欣赏》，载《红楼》2004 年第 1 期，收入《〈红楼梦〉欣赏与探索》，北京图书馆出版社 2006 年版

陈志伟《言性小说：对部分古代小说的重新正名归类》，载《图书馆建设》2004 年第 1 期

王齐洲《"四大奇书"命名的文化意义》，载《湖北经济学院学报》2004 年第 1 期

欧丽娟《〈红楼梦〉中的"石榴花"——贾元春新论》，载《台大文史哲学报》第 60 期（2004 年第 5 期）

尚继武《〈水浒传〉梁山好汉绰号的文化审视》，载《学海》2004 年第 2 期

张志《论"石头记"题名》，载《红楼梦学刊》2004 年第 2 辑

邵宁宁《命名的意义及其敞开的世界——〈红楼梦〉人生解读之二》，载《红楼梦学刊》2004 年第 2 辑

郭世繁、尹大春《试论〈金瓶梅〉命名之深义》，载《石河子大学学报》2004 年第 3 期

白艳玲《试论"蘅芜院"的文化意蕴》，载《语文月刊》2004 年第 5 期

孔昭琪《〈红楼梦〉的谐音双关》，载《泰山学院学报》2004 年第 5 期

孔令彬、文白梅《论〈红楼梦〉人物的绰号艺术》，载《南都学坛》2004 年第 6 期

雷江《〈红楼梦〉的命名艺术》，载《今日中学生》2004 年第 14 期

李剑国、占骁勇《主要人物姓名的含义与全书的叙事结构》，收入《〈镜花缘〉丛谈》，南开大学出版社 2004 年版

李剑国、占骁勇《才女名号解》，收入《〈镜花缘〉丛谈》，南开大学出版社 2004 年版

李剑国、占骁勇《唐敖"探花"》，收入《〈镜花缘〉丛谈》，南开大学出版社 2004 年版

林冠夫《〈红楼梦〉的本名和异名》，收入《红楼梦纵横谈》，文化艺术出版社 2004 年版

林冠夫《袭人的名字》，收入《红楼梦纵横谈》，文化艺术出版社 2004 年版

杜贵晨《〈西游记〉"悟空"论：〈西游记〉数理批评之四》，载《南都学坛》2005 年第 1 期

杜贵晨《说"如意金箍棒"》，载《明清小说研究》2005 年第 2 期

陈卫星《〈世说新语〉书名考论》，载《华中师范大学研究生学报》2005 年第 2 期

董寅生《〈官场现形记〉中的人名》，载《语文知识》2005 年第 2 期

孔令彬《红楼梦里绰号多》，载《红楼梦学刊》2005 年第 3 辑

李金坤《〈金瓶梅〉书名寓意探微》，载《古典文学知识》2005 年第 3 期

姜子龙《〈红楼梦〉人物绰号漫谈》，载《沈阳工程学院学报》2005 年第
3 期

李万生《"水浒"书名及相关问题》，载《云梦学刊》2005 年第 6 期

丁维忠《〈红楼梦〉中的五个"秦可卿"》，载《河南教育学院学报》2005
年第 6 期

李金坤《〈金瓶梅〉书名寓意探微》，载《文史月刊》2005 年第 6 期

陈荣昌、申佃才《〈红楼梦〉书名知多少》，载《语文天地》2005 年第 11 期

宋子俊《〈红楼梦〉同书异名的历史文化内涵及其旨义》，载《中国古代小
说戏剧研究丛刊》2005 年

吕步麟《〈红楼梦〉人物的名姓美》，载《运城学院学报》2005 年增刊

贺岩《浅析〈红楼梦〉人物姓名的寓意》，载《陕西师范大学继续教育学
报》2005 年增刊

俞平伯《红楼释名》，收入《红楼心解——读〈红楼梦〉随笔》，陕西师范
大学出版社 2005 年版

徐乃为《宝玉、黛玉、宝钗之人名内蕴揭解》，收入《红楼三论》，中华书
局 2005 年版

徐乃为《黛玉初名代玉考辨》，收入《红楼三论》，中华书局 2005 年版

徐乃为《"情僧录"非〈石头记〉异名辨》，收入《红楼三论》，中华书局
2005 年版

曹万春《匠心独运，奥妙无穷——〈红楼梦〉人名奥秘初探》，载《保定职
业技术学院学报》2006 年第 1 期

李永建《从〈红楼梦〉的几个题名透视其内在意蕴》，载《淮北煤炭师范
学院学报》2006 年第 1 期

赵戎《惊破红楼梦里心——〈红楼梦〉书名新解》，载《桂林师范高等专科
学校学报》2006 年第 2 期

杨子华《〈水浒〉绰号趣谈》，载《菏泽学院学报》2006 年第 3 期

于芳《汉语人名研究述评》，载《南平师专学报》2006 年第 3 期

钟钦《小说人物姓名信息隐义解读》，载《达县师范高等专科学校学报》

2006 年第 3 期

陈文新、毛伟丽《略论晚明白话小说"托名"现象》，载《明清小说研究》2006 年第 4 期

高晓《〈红楼梦〉人物命名的词汇分类及其文化意蕴——以红楼一百零八钗为例》，载《牡丹江师范学院学报》2006 年第 5 期

张朝阳《论〈水浒传〉人物绰号的艺术特色》，载《商丘师范学院学报》2006 年第 6 期

刘伟生《〈世说新语〉书名、类目与编次问题思考》，载《南华大学学报》2006 年第 6 期

韩冬青《试论〈红楼梦〉人物命名隐喻性特点》，载《社科纵横》2006 年第 7 期

胡小梅、许之所《论中国人名的文化内涵》，载《理论月刊》2006 年第 11 期

尹永芳《"红楼"人物名字解读》，载《陕西师范大学学报》2006 年第 35 卷专辑

周汝昌《"红楼梦"解》，收入《细说红楼梦》，蓝天出版社 2006 年版

俞平伯《〈红楼梦〉正名》，收入《细说红楼梦》，蓝天出版社 2006 年版

林冠夫《〈红楼梦〉的本名和异名》，收入《细说红楼梦》，蓝天出版社 2006 年版

马征《孟玉楼的号有什么讲究》，收入《〈金瓶梅〉之谜》，中国广播电视出版社 2006 年版

马征《〈金瓶梅〉采用历史人物人名之谜》，收入《〈金瓶梅〉之谜》，中国广播电视出版社 2006 年版

林冠夫《〈红楼梦〉人物的名字》，收入《正说红楼梦》，蓝天出版社 2006 年版

土默热《红楼三钗名字正解》，收入《土默热红学续》，吉林人民出版社 2006 年版

胡斌《"一丈青"考》，载《中华文史论坛》2007 年第 1 期

陈怡君《石头渡海——近三十年台湾地区研究〈红楼梦〉之硕博论文述

要》，载《红楼梦学刊》2007 年第 1 辑

吴积雷《试论梁山好汉的性格与绰号》，载《电影评介》2007 年第 1 期

齐焕美《〈红楼梦〉人名所见词缀的语言文化审视》，载《红楼梦学刊》2007 年第 2 辑

刘伯茹、邓天中《从贾宝玉对袭人的重命名看袭人》，载《浙江学刊》2007 年第 4 期

李金坤《〈金瓶梅〉书名寓意新诠》，载《南京师范大学文学院学报》2007 年第 4 期

刘红红《"沉酣一梦终须醒，冤孽偿清好收场"——论〈红楼梦〉书名的合理性》，载《晋中学院学报》2007 年第 6 期

张晓琦《〈红楼梦〉五个书名考实》，载《黑龙江社会科学》2007 年第 6 期

朱国伟《〈水浒传〉中几个难解绰号索解》，载《菏泽学院学报》2007 年第 6 期

吴勇《观世音名号与六朝志怪小说》，载《江汉论坛》2007 年第 8 期

马瑞芳《巧夺天工的人物命名》，载《文史知识》2007 年第 10 期

王静镯《〈红楼梦〉奴婢取名艺术趣谈》，载《新作文》（中学作文教学研究）2007 年第 12 期

焦紫玉《〈红楼梦〉人物取名艺术》，载《职业圈》2007 年第 16 期

刘明彰《〈红楼梦〉人物命名艺术探微》，载《语文天地》2007 年第 17 期

乌金《宋江"及时雨"黑幕》，载《杉乡文学》2007 年第 17 期

曾劲《〈红楼梦〉人物取名欣赏》，载《学习月刊》2007 年第 22 期

张国风《〈红楼梦〉的书名》，收入《话说红楼》，广西师范大学出版社 2007 年版

王勇《百花仙女名号详解》，收入《玩·镜花》，广西人民出版社 2007 年版

王勇《唐敖、林之洋、多九公的名字有什么意义？》，收入《玩·镜花》，广西人民出版社 2007 年版

王勇《趣谈〈镜花缘〉中的药名对》，收入《玩·镜花》，广西人民出版社 2007 年版

石继航《趣谈梁山好汉的绰号》，收入《江湖夜雨品水浒》，中国人民大学出版社 2007 年版

杜贵晨《〈水浒传〉的作者、书名、主旨与宋江》，载《南都学坛》2008年第 1 期

刘定富《草根者的名片——谈梁山好汉的绰号》，载《保山师专学报》2008 年第 1 期

任明华《古代小说选本命名的理论批评价值》，载《文艺理论研究》2008年第 1 期

李杰《略论中国古代白话小说人物绰号的文化意义》，载《读书与评论》2008 年第 2 期，又载《现代语文（文学研究）》2008 年第 2 期

李金坤《〈金瓶梅〉书名寓意新诠》，载《文史杂志》2008 年第 2 期

谭姗燕、黄曙光《〈红楼梦〉中的语音隐喻》，载《牡丹江教育学院学报》2008 年第 2 期

张超凡《〈红楼梦〉人物取名的艺术》，载《新闻爱好者》2008 年第 2 期

张春艳、贾德江《从社会符号学翻译法看人物绰号的翻译》，载《南华大学学报》2008 年第 2 期

姚娟《从〈说苑〉看〈汉志〉"小说家"命名》，载《殷都学刊》2008 年第 3 期

阮素芳《试论紫鹃命名取义多层能指的文化意蕴》，载《红楼梦学刊》2008 年第 4 辑

陆建荣《从宋江的绰号看宋江的多元性格》，载《大舞台》2008 年第 4 期

黄红梅《〈红楼梦〉人物字形命名》，载《写作》2008 年第 5 期

姚娟《对〈汉书·艺文志〉中"小说家"命名的思考》，载《海南大学学报》2008 年第 5 期

王少栋《〈红楼梦〉人物绰号的美学意义》，载《科教文汇》2008 年第 6 期

黄红梅《红楼梦人物寓意命名》，载《写作》2008 年第 6 期

裴钰《让外国人发晕的红楼梦人名》，载《大众文艺（快活林）》2008 年第 7 期

黄红梅《红楼梦中的谐音名》，载《写作》2008 年第 8 期

黄红梅《红楼梦人物字形命名》，载《写作》2008 年第 10 期

吴越《〈水浒传〉中的地名》，收入《吴越品水浒（品事篇）》，东方出版社 2008 年版

吴越《〈水浒传〉中的官职及称呼》，收入《吴越品水浒（品事篇）》，东方出版社 2008 年版

吴越《〈水浒传〉中的绰号》，收入《吴越品水浒（品事篇）》，东方出版社 2008 年版

吴越《〈水浒传〉中的"星名"》，收入《吴越品水浒（品事篇）》，东方出版社 2008 年版

陈建平《〈红楼梦〉中茶名寓意》，收入《红楼臆论》，天津社会科学院出版社 2008 年版

刘红旗《论宋传奇小说命名的史传意识》，载《江苏教育学院学报》2009 年第 1 期

高淮生《红楼梦题名研究论略》，载《咸阳师范学院学报》2009 年第 1 期

刘洪强《"一丈青"含义试析》，载《三明学院学报》2009 年第 1 期

袁锦贵《〈红楼梦〉中香菱的三个名字》，载《南京师范大学文学院学报》2009 年第 1 期

何飞《水浒诨号的研究》，载《深交所》2009 年第 1 期

胡以存《谁该是短命二郎——试从绰号变更管窥阮氏三雄亲缘关系的变迁》，载《黄石理工学院学报》2009 年第 1 期

程建忠《匠心独运　含蕴丰富——浅谈〈红楼梦〉的命名艺术》，载《成都大学学报》2009 年第 2 期

束定芳《绰号的认知语言学分析——以〈水浒传〉中 108 将绰号为例》，载《外语学刊》2009 年第 2 期

赵静《试论〈水浒传〉中的个性类绰号》，载《和田师范专科学校学报》2009 年第 2 期

张港《〈水浒传〉中的怪绰号》，载《中华活页文选》2009 年第 3 期

西印《我国四大名著书名的由来》，载《青年科学》2009 年第 3 期

李志琴《红楼一梦悟人生：〈红楼梦〉题名问题小议》，载《内蒙古农业大学学报》2009 年第 4 期

吴微、周晓琳《古代小说书名与公案小说发展之研究》，载《鸡西大学学报》2009 年第 4 期

张黎蕾《秦可卿命名阐释史述论》，载《河南教育学院学报》2009 年第 6 期

胡以存《于细微处别有匠心——漫说宋江的绰号》，载《阅读与写作》2009 年第 11 期

周黎岩《论"红楼梦"题名》，载《学理论》2009 年第 30 期

任永安《古代通俗小说的命名方式及特点》，载《水浒争鸣》第 11 辑，中央文献出版社 2009 年版

刘天振《20 世纪以来〈水浒传〉人物绰号研究述略》，载《水浒争鸣》第 11 辑，2009 年

朱筱新《古人的名与字》，载《国学》2009 年第 8 期

袁锦贵《从香菱改名看香菱的命运——〈红楼梦〉中香菱新解》，载《小说评论》2009 年增刊

牛景丽、平熙《"奔波儿灞"与"灞波儿奔"——〈西游记〉人名拾趣》，收入《西游闲谭》，中国文史出版社 2009 年版

陈桂声《〈金瓶梅〉的书名》，收入《金瓶梅闲谭》，中国文史出版社 2009 年版

李允、彭建武《红楼人物名的认知解读》，载《岱宗学刊》2010 年第 2 期

谈爱年、纪云妮、程贤富《宋江绰号漫谈》，载《黄石理工学院学报》2010 年第 3 期

刘锴《水浒绰号的讹传》，载《新语文学习》2010 年第 5 期

张志宏《方寸之间滋味长——浅谈〈红楼梦〉的人物命名艺术》，载《现代语文》2010 年第 5 期

章新华《〈红楼梦〉的命名艺术》，载《国学》2010 年第 5 期

宁稼雨《趣谈水浒传人物绰号》，载《国学》2010 年第 10 期

张汉锋《〈红楼梦〉的人名密码》,载《语文天地》2010 年第 10 期

张慧强、李延年、张立娟《试论"艳情小说"的命名和文学价值》,载《作家》2010 年第 10 期

曾慧媛《〈红楼梦〉中人物命名的艺术》,载《文学教育(上)》2010 年第 11 期

章新华《〈红楼梦〉的命名艺术》,载《西江月》2010 年第 13 期

章新华《〈红楼梦〉:谁解"名"中味》,载《高中生》2010 年第 28 期

蔡义江《〈红楼梦〉书名知多少》,载《文史知识》2011 年第 1 期

刘锴《这些〈水浒〉人物绰号被理解错了》,载《文史月刊》2011 年第 1 期

憨斋《〈孽海花〉与〈官场现形记〉之人名寓意》,载《阅读与写作》2011 年第 2 期

程国赋《论中国古代小说命名的文体意义》,载《明清小说研究》2011 年第 2 期

孔庆庆《中国古代小说中的意象性人名》,载《太原理工大学学报》2011 年第 2 期

韩刚健《〈红楼梦〉人名拾趣》,载《华夏文化》2011 年第 2 期

李延年《〈歧路灯〉人物命名的独到匠心及其文化意蕴初探》,载《古典文学知识》2011 年第 3 期

严孟春、朱东根《楼有几重,情有几多,梦有几许——从"红楼梦"题名看〈红楼梦〉题旨》,载《江苏科技大学学报》2011 年第 4 期

刘志宏《〈红楼梦〉人物的命名艺术》,载《文学教育(下)》2011 年第 4 期

王宪明《"严老爷"寓意》,载《红楼梦学刊》2011 年第 5 辑

玉指红颜《被误解的水浒人物绰号》,载《课外阅读》2011 年第 7 期

潘冬《绰号的意识形态意义研究——以〈水浒传〉中 108 将绰号为例》,载《黑龙江教育学院学报》2011 年第 8 期

刘锴《水浒绰号讹传千年》,载《上海企业》2011 年第 8 期

程国赋《中国古代小说命名刍议》,载《文艺研究》2011 年第 11 期

杨春泉《〈金瓶梅〉书名的理解及英译问题》,载《时代文学》(上半月)

2011 年第 12 期

张莉莉《从唐传奇命名看传奇和史传文学的区别联系》，载《科技信息》2011 年第 28 期

邓宇英《论中国古代白话小说的命名艺术》，载《名作欣赏》2011 年第 29 期

段振离《从焙茗的名字说起》，收入《红楼说茶——〈红楼梦〉中的茶文化与养生》，上海交通大学出版社 2011 年版

徐景洲《〈金瓶梅〉书名别议》，收入《读破金瓶梅》，浙江古籍出版社 2011 年版

徐景洲《应伯爵姓名多寓意》，收入《读破金瓶梅》，浙江古籍出版社 2011 年版

苏兴《"四大奇书"名称的确立与演变》，收入《苏兴学术文选》，上海古籍出版社 2011 年版

程国赋、廖华《唐五代小说的命名艺术》，载《安徽大学学报》2012 年第 1 期

郭珊敏《从姓名起居及物象寓意探薛宝钗的孀闺命运》，载《湘南学院学报》2012 年第 1 期

钱国宏《破译〈水浒〉里的怪绰号》，载《咬文嚼字》2012 年第 3 期

杨凯《简论宋江的绰号及其文化意义》，载《宝鸡文理学院学报》2012 年第 5 期

陈屈亮《〈婴宁〉人物命名考辨》，载《巢湖学院学报》2012 年第 5 期

朱珂《强烈的讽刺和批判——〈聊斋志异〉人物命名艺术探析》，载《剑南文学：经典阅读》2012 年第 12 期

王开元《〈红楼梦〉姓名文化研究综述》，载《文教资料》2012 年 11 月号中旬刊

石麟《话说"毛头星"》，收入《稗史迷踪——另类中国古代小说史》，中州古籍出版社 2012 年版

石麟《卢俊义的绰号"玉麒麟"究竟是什么？》，收入《稗史迷踪——另类中国古代小说史》，中州古籍出版社 2012 年版

朱珂《〈聊斋志异〉人物命名艺术探析》，载《文学教育》（中）2013 年第 2 期

叶晓庆《〈金瓶梅〉人名探析》，载《黑龙江教育学院学报》2013 年第 2 期

吴锋文、江琼、郑晓诗《〈水浒传〉与〈红楼梦〉人物命名之比较》，载《语文知识》2013 年第 4 期

汤铎《〈水浒传〉中绰号问题浅析》，载《中国——东盟博览》2013 年第 4 期

徐乃为《〈红楼梦〉中几个人名寓意小识》，载《红楼梦学刊》2013 年第 5 辑

雷琼《〈聊斋志异〉人物命名艺术探析》，载《剑南文学：经典教苑》2013 年第 5 期

张建平、蔡强《〈红楼梦〉丫鬟人物命名艺术探析及其英译对比》，载《江西理工大学学报》2013 年第 6 期

刘鹏《梁山好汉的"名片"——浅谈〈水浒传〉中 108 位梁山好汉的绰号》，载《菏泽学院学报》2013 年第 6 期

孙永兰《古人"名"与"字"的文化内涵及现代意义》，载《语文学刊》2013 年第 11 期

孙景鹏《中国古今小说以"红"命名的文化心理透视》，载《陕西学前师范学院学报》2014 年第 1 期

程国赋《元明清小说命名研究的世纪考察》，载《社会科学研究》2014 年第 4 期

冯雪燕《论"官场小说"的命名》，载《短篇小说（原创版）》2014 年第 12 期

熊丹、陆勤、罗凤珠、石定栩、赵天成《基于语料库的明清小说人名与称谓研究》，载《中文信息学报》2015 年第 1 期

郑志勇《浅析〈红楼梦〉中丫鬟人物的命名艺术》，载《时代文学》（下半月）2015 年第 1 期

潘春华《〈红楼梦〉人名之趣》，载《上海企业》2015 年第 3 期

张运全《论〈红楼梦〉女性命名的名物关系》，载《芒种》2015 年第 4 期

许中荣《论"豆棚"场景与"闲话"叙述——〈豆棚闲话〉解题》，载《西华师范大学学报》2015 年第 5 期

李小龙《〈西游记〉小妖命名原则、体例与来源试探》，载《中国文化研究》2016 年第 1 期

程国赋《论明清小说寓意法命名的内涵与特点》，载《文学评论》2016 年第 1 期

程国赋《论明清小说谐音法命名》，载《明清文学与文献》第 4 辑（社会科学文献出版社 2016 年版）

王干《小说的人名——从〈红楼梦〉说起》，载《湖南文学》2016 年第 4 期

程国赋《论明清小说书名的广告意义》，载《暨南学报》2016 年第 10 期

宗立东《评点者对小说命名的影响》，载《商丘师范学院学报》2016 年第 11 期

廖可斌、刘民红《〈红楼梦〉五个书名内涵新论》，载《名作欣赏》2016 年第 17 期

仇洁丽《对〈红楼梦〉人物命名的一些看法》，载《参花》（上）2016 年第 12 期

郭英德《"必也正名乎"——李小龙〈中国古代小说书名研究〉序》，载《励耘学刊》2017 年第 1 辑

刘文瀚《探究〈红楼梦〉人名所见词缀的语言文化审视》，载《中国民族博览》2017 年第 1 期

程国赋《论明清小说书名所体现的文学观念》，载《文艺理论研究》2017 年第 3 期

蔡亚平、程国赋《论读者与明清小说命名的关系》，载《社会科学研究》2017 年第 6 期

张泽如、李淑兰《〈欢喜冤家〉书名探微》，载《名作欣赏》2017 年第 17 期

于兴梅、栾芳《〈水浒传〉中的人名用字浅谈》，载《汉字文化》2017 年

第 23 期

张港《〈水浒传〉里的怪异绰号》，载《读写月报》2017 年第 35 期

程国赋《论明清通俗小说书名的命名特点》，载《南京大学学报》2018 年第 3 期

贾安民《论读者与明清小说命名的关系》，载《中国文艺家》2018 年第 4 期

李小龙《明代艳情小说以"史""缘"二字命名试析》，载《明清小说研究》2018 年第 4 期

程国赋《明清小说命名的方法及其启示》，载《光明日报》2018 年 11 月 6 日

张嘉鑫、李秋果《探析〈红楼梦〉人名中的玉文化——以〈说文解字〉"玉"部字为例》，载《邢台学院学报》2019 年第 1 期

王瑾《从〈聊斋志异〉的篇目命名看蒲松龄的小说文体》，载《明清小说研究》2019 年第 3 期

张传东《魏晋南北朝志怪小说集的命名特征》，载《重庆三峡学院学报》2019 年第 6 期

彭晨《〈官场现形记〉中人名的语音隐喻》，载《海外英语》2019 年第 9 期

雷光高《从〈红楼梦〉看中国的姓名文化》，载《北方文学》2019 年第 29 期

李小龙《中国古代文言小说命名"谱字"考》，载《蒲松龄研究》2020 年第 1 期

宗立东《史传观念对小说命名的影响》，载《玉溪师范学院学报》2020 年第 2 期

李小龙《中西方叙事艺术视野中的小说命名研究》，载《西华师范大学学报》2020 年第 3 期

芮文浩《洪秋蕃的〈红楼梦〉人名训诂与钗黛命运》，载《内江师范学院学报》2020 年第 7 期

顾克勇《试论邸报与"明末清初时事小说"的创作及命名》，载《明清小说研究》2021 年第 2 期

韩琳丽《〈聊斋志异〉的人物命名艺术》，载《蒲松龄研究》2021 年第 3 期

宗立东《教化观念对古代小说命名的影响》，载《湖州师范学院学报》

2021 年第 3 期

　　李小龙《〈红楼梦〉人物命名与〈百家姓〉》，载《文史知识》2021 年第 11 期

　　陈大康、张泽如《中西互置与古今交叠：近代小说书名的编撰策略》，载《编辑之友》2022 年第 2 期

　　王齐洲《〈汉书·艺文志〉著录"说"类小说书目提要》，载《天中学刊》2022 年第 6 期

参考文献 ①

一、古籍

《周易》，上海古籍出版社 1987 年版

［春秋］老子《道德经》，四部要籍注疏丛刊本《老子》，中华书局 1998 年版

［春秋］孔子原著，［宋］朱熹集注《四书章句集注·论语集注》，《文津阁四库全书》经部四书类，第 68 册

［春秋］孔子原著，杨伯峻译注《论语译注》，中华书局 2007 年版

［春秋］晏婴《晏子春秋》，《文津阁四库全书》史部诏令奏议类、传记类，第 152 册

［春秋］左丘明撰，［晋］杜预注，唐孔颖达等正义《春秋左传正义》，上海古籍出版社 1990 年版

［春秋］左丘明撰，杨伯峻编著《春秋左传注》，中华书局 2009 年版

传［战国］列御寇《列子》，文学古籍刊行社 1956 年版

［战国］孟子原著，［宋］朱熹撰《四书集注·孟子》，中华书局 1957 年版

［战国］尹文子《尹文子》，《文津阁四库全书》子部杂家类，第 280 册

［战国］庄子《庄子》，中华书局 2007 年版

［战国］庄子原著，［清］郭庆藩辑，王孝鱼整理《庄子集释》，中华书局 1961 年版

---

① 已列入上文《20 世纪以来中国古代小说命名研究论著集成》中的著作，为避免重复，在参考文献中不再罗列。

［战国］韩非子原著，陈奇猷校注《韩非子集释》，上海人民出版社 1974年版

《黄帝内经》，人民卫生出版社 2013 年版

［先秦］佚名《世本》，《丛书集成初编》据《问经堂丛书》本排印，中华书局 1885 年版

［汉］董仲舒原著，苏舆撰，钟哲义证《春秋繁露义证》，中华书局 2019年版

［汉］司马迁《史记》，中华书局 1959 年版

［汉］许慎《说文解字》，中华书局 1963 年版

［汉］扬雄原撰，汪荣宝撰《法言义疏》，中华书局 1987 年版

［汉］班固《白虎通义》，上海古籍出版社 1992 年版

［汉］班固等《东观汉记》，《丛书集成初编》据聚珍版丛书本排印

［汉］班固《汉书》，中华书局 1962 年版

［汉］郑玄注，贾公彦疏，赵伯雄整理《周礼注疏》，北京大学出版社1999 年版

［汉］郑玄注，［唐］孔颖达等正义《礼记正义》，上海古籍出版社 1990年版

［晋］陈寿《三国志》，中华书局 1959 年版

［南朝宋］范晔《后汉书》，中华书局 1965 年版

［南朝宋］刘义庆原著，徐震堮校笺《世说新语校笺》，中华书局 1984 年版

［南朝梁］刘勰原著，詹锳义证《文心雕龙义证》，上海古籍出版社 1989年版

［南朝梁］萧统编，［唐］李善注《文选》，中华书局 1977 年版

［南朝梁］萧子显《南齐书》，中华书局 1972 年版

［南朝梁］宗懔撰，姜彦稚辑校《荆楚岁时记》，岳麓书社 1986 年版

［北齐］魏收《魏书》，中华书局 1974 年版

［北齐］颜之推撰，王利器集解《颜氏家训集解》，中华书局 1993 年版

［唐］法琳《辩正论》，《中华大藏经》（汉文部分）第 62 册，中华书局

1993 年版

　　［唐］长孙无忌等撰，刘俊文点校《唐律疏议》，中华书局 1983 年版

　　［唐］姚思廉《梁书》，中华书局 1973 年版

　　［唐］魏徵等《隋书》，中华书局 1973 年版

　　［唐］李延寿《南史》，中华书局 1975 年版

　　［唐］释道宣《续高僧传》，中华书局 2014 年版

　　［唐］刘知几撰，［清］蒲起龙释《史通通释》，上海古籍出版社 1978 年版

　　［唐］李白原著，瞿蜕园、朱金城校注《李白集校注》，上海古籍出版社

1980 年版

　　［唐］元稹撰，周相录校注《元稹集校注》，上海古籍出版社 2011 年版

　　［唐］李贺《李贺诗集》，人民文学出版社 1959 年版

　　［后晋］刘昫等《旧唐书》，中华书局 1975 年版

　　［宋］王溥《唐会要》，中华书局 1955 年版

　　［宋］钱惟演撰，胡耀飞点校《钱惟演集》，浙江古籍出版社 2014 年版

　　［宋］欧阳修、宋祁《新唐书》，中华书局 1975 年版

　　［宋］张君房撰，李永晟点校《云笈七签》，中华书局 2003 年版

　　［宋］徐梦莘《三朝北盟会编》，《文津阁四库全书》史部纪事本末类，

第 121 册

　　［宋］罗大经《鹤林玉露》，上海古籍出版社 2012 年版

　　［宋］叶廷珪撰，李之亮校点《海录碎事》，中华书局 2002 年版

　　［宋］曾慥《类说》，《文津阁四库全书》子部杂家类，第 289 册

　　［宋］郑樵《通志》，中华书局 1987 年版

　　［宋］晁公武撰，孙猛校证《郡斋读书志校证》，上海古籍出版社 2011 年版

　　［宋］陆游撰，钱仲联校注《剑南诗稿校注》，上海古籍出版社 1985 年版

　　［宋］陈振孙《直斋书录解题》，上海古籍出版社 2015 年版

　　［宋］周密撰，吴企明点校《癸辛杂识》，中华书局 1983 年版

　　［元］脱脱等《宋史》，中华书局 1985 年版

　　［元］夏庭芝《青楼集》，古典文学出版社 1957 年版

〔元〕陶宗仪《南村辍耕录》，中华书局 1959 年版

〔明〕宋濂等《元史》，中华书局 1976 年版

〔明〕赵弼《效颦集》，古典文学出版社 1957 年版

〔明〕高儒《百川书志》，古典文学出版社 1957 年版

〔明〕张翰《松窗梦语》，中华书局 1985 年版

〔明〕臧晋叔编《元曲选》，中华书局 1958 年版

〔明〕胡应麟《少室山房笔丛》，上海书店出版社 2001 年版

〔明〕陈继儒《国朝名公诗选》，天启间刊本

〔明〕王衡《缑山先生集》，《四库全书存目丛书》集部别集类据吉林省图书馆所藏明万历刊本影印，第 178 册

〔明〕冯梦龙《冯梦龙全集》，凤凰出版社 2007 年版

〔明〕丁允和、陆云龙编《皇明十六家小品》，北京图书馆出版社 1997 年版

〔明〕盛于斯《休庵影语》，开明书店 1931 年版

〔清〕周亮工《周亮工全集》，凤凰出版社 2008 年版

〔清〕顾炎武原著，黄汝成集释，栾保群、吕宗力校点《日知录集释》，上海古籍出版社 2006 年版

〔清〕查继佐《罪惟录》，浙江古籍出版社 2012 年版

〔清〕李渔《李渔全集》，浙江古籍出版社 1991 年版

〔清〕邹式金《杂剧三集》，《续修四库全书》集部戏剧类，上海古籍出版社 2002 年版

〔清〕余怀《板桥杂记》，青岛出版社 2002 年版

〔清〕刘廷玑《在园杂志》，中华书局 2005 年版

〔清〕彭定求等编撰《全唐诗》，中华书局 1960 年版

〔清〕周召《双桥随笔》，《文津阁四库全书》子部儒家类，商务印书馆 2005 年版，第 240 册

〔清〕张廷玉等《明史》，中华书局 1974 年版

〔清〕赵翼《廿二史札记》，《丛书集成初编》据《史学丛书》本排印，中华书局 1985 年版

〔清〕赵翼《陔馀丛考》，中华书局 1963 年版

《昆山新阳合志》，乾隆十六年（1751）刻本

〔清〕顾公燮《销夏闲记》，据孙毓修编《涵芬楼秘笈》本《销夏闲记摘抄》，北京图书馆出版社 2000 年版

〔清〕纪昀等《钦定四库全书总目》，中华书局 1997 年版

〔清〕周中孚《郑堂读书记》，《续修四库全书》史部目录类据上海辞书出版社图书馆藏民国十年（1921）刻《吴兴丛书》本影印

〔清〕昭梿《啸亭杂录》，中华书局 1980 年版

《贰臣传》，都城琉璃半松居士排字本，暨南大学图书馆藏本

〔清〕陈其泰评，刘操南辑《桐花凤阁评红楼梦辑录》，天津人民出版社 1981 年版

〔清〕哈斯宝撰，亦邻真译《〈新译红楼梦〉回批》，内蒙古人民出版社 1979 年版

〔清〕龚自珍撰，刘逸生、周锡馥校注《龚自珍诗集编年校注》，上海古籍出版社 2013 年版

〔清〕俞樾《春在堂全书》，凤凰出版社 2010 年版

〔清〕李慈铭《越缦堂读书记》，上海书店出版社 2000 年版

〔清〕平步青《霞外捃屑》，《续修四库全书》子部杂家类，第 1163 册

〔清〕文龙评《金瓶梅》，今藏国家图书馆

〔清〕王先谦《荀子集解》，中华书局 1988 年版，2013 年版

〔清〕邹弢《三借庐赘谈》，《续修四库全书》子部小说家类，第 1263 册

〔清〕孙家振《退醒庐笔记》，《近代中国史料丛刊》第 800 册，文海出版社 1972 年版

〔清〕邱炜萲《菽园赘谈》，清光绪二十三年（1897）排印本

〔清〕邱炜萲《菽园赘谈》，厦门大学出版社 2018 年版

《清实录》，中华书局 1986 年版

清光绪年间出版《小说林》，上海书店 1980 年复印本

清光绪年间出版《新小说》，上海书店 1980 年复印本

清末出版《月月小说》，上海书店 1980 年复印本

二、古代小说、笔记作品

〔汉〕刘歆撰，〔晋〕葛洪集，向新阳、刘克任校注《西京杂记校注》，上海古籍出版社 1991 年版

〔唐〕戴孚撰，方诗铭辑校《广异记》，中华书局 1992 年版

〔唐〕薛用弱《集异记》，中华书局 1980 年版

〔唐〕李德裕《次柳氏旧闻》，《文津阁四库全书》本，商务印书馆 2005 年版

〔唐〕李肇《唐国史补》，上海古籍出版社 1979 年版

〔唐〕段成式《酉阳杂俎》，中华书局 1981 年版

〔唐〕郑綮《开天传信记》，《文津阁四库全书》本，商务印书馆 2005 年版

〔唐〕韦绚《刘宾客嘉话录》，中华书局 2019 年版

〔唐〕孙棨《北里志》，古典文学出版社 1957 年版

〔唐〕佚名《大唐传载》，据《守山阁丛书》本

〔五代〕王仁裕撰，曾贻芳点校《开元天宝遗事》，中华书局 2006 年版

〔五代〕王定保《唐摭言》，古典文学出版社 1957 年版

〔宋〕李昉等编《太平广记》，中华书局 1961 年版

〔宋〕吴淑《江淮异人录》，《文津阁四库全书》子部小说家类，第 347 册

〔宋〕钱易《南部新书》，中华书局 2002 年版

〔宋〕庄绰《鸡肋编》，中华书局 1983 年版

〔宋〕高承《事物纪原》，《文津阁四库全书》子部类书类，第 305 册

〔宋〕赵令畤《侯鲭录》，中华书局 2002 年版

〔宋〕王谠撰，周勋初校证《唐语林校证》，中华书局 1987 年版

〔宋〕蔡绦《铁围山丛谈》，中华书局 1983 年版

［宋］王明清《投辖录》，上海古籍出版社 1991 年版

［宋］洪迈《夷坚志》，中华书局 1981 年版

［宋］洪迈《容斋随笔》，中华书局 1996 年版

［宋］赵与时《宾退录》，上海古籍出版社 2012 年版

［宋］孟元老原著，伊永文笺注《东京梦华录笺注》，中华书局 2006 年版

［宋］胡仔纂集，廖德明校点《苕溪渔隐丛话》，人民文学出版社 1962 年版

［宋］张邦基撰，孔凡礼点校《墨庄漫录》，中华书局 2002 年版

［宋］周密《齐东野语》，中华书局 1983 年版

［宋］皇都风月主人编《绿窗新话》，古典文学出版社 1957 年版

［宋］灌圃耐得翁《都城纪胜》，文化艺术出版社 1998 年版

［宋］吴自牧《梦粱录》，浙江人民出版社 1980 年版

［金］刘祁《归潜志》，中华书局 1983 年版

［元］俞琰《席上腐谈》，《文津阁四库全书》子部道家类，第 353 册

［元］夏庭芝《青楼集》，古典文学出版社 1957 年版

［明］罗贯中《三国演义》，人民文学出版社 1953 年版

［明］罗贯中《三国志通俗演义》，《古本小说集成》据日本内阁文库所藏万历万卷楼刊本影印

［明］罗贯中撰，清毛宗岗评《三国演义》，上海古籍出版社 1989 年版

［明］罗贯中《三遂平妖传》，北京大学出版社 1983 年版

［明］施耐庵、罗贯中《水浒传》，人民文学出版社 1975 年版

《明容与堂刻水浒传》，上海人民出版社 1975 年据明容与堂刊本影印

［明］施耐庵、罗贯中《水浒传》，作家出版社 2006 年据明容与堂刊本整理

［明］施耐庵、罗贯中《第五才子书：水浒》，线装书局 2007 年版

［明］叶子奇《草木子》，中华书局 1959 年版

［明］瞿佑《剪灯新话》，上海古籍出版社 1981 年版

［明］李昌祺《剪灯馀话》，上海古籍出版社 1981 年版

［明］王锜《寓圃杂记》，中华书局 1984 年版

［明］陆容《菽园杂记》，中华书局 1985 年版

［明］郎瑛《七修类稿》，上海书店出版社 2001 年版

［明］李诩《戒庵老人漫笔》，中华书局 1982 年版

［明］何良俊《四友斋丛说》，中华书局 1959 年版

［明］洪楩辑，程毅中点校《清平山堂话本校注》，中华书局 2012 年版

［明］熊大木《大宋中兴通俗演义》，《古本小说集成》据清白堂嘉靖三十一年（1552）刊本影印

［明］余邵鱼《列国志传》，《古本小说集成》据万历三十四年（1606）三台馆刊本影印

［明］佚名《包龙图判百家公案》，《古本小说集成》据朱仁斋与耕堂万历二十二年（1594）刻本影印

［明］邓志谟《铁树记》，《古本小说集成》据万历癸卯初刻本影印

［明］邓志谟《咒枣记》，《古本小说集成》据建阳萃庆堂刻本影印

［明］吴迁《新民公案》，《古本小说集成》据日本延享元年（1744）甲子抄本影印

［明］梅鼎祚《青泥莲花记》，《四库全书存目丛书》子部据万历三十年（1602）鹿角山房刊本影印，第 253 册

［明］吴承恩《西游记》，人民文学出版社 1955 年版

题［明］汤显祖辑《虞初志》，《四库全书存目丛书》子部第 246 册据清华大学图书馆藏明刊本影印

［明］袁中道《游居柿录》，青岛出版社 2005 年版

［明］袁宏道参评，屠隆点阅《虞初志》，北京市中国书店 1986 年版

［明］陈邦俊编《广谐史》，收入《四库全书存目丛书》子部第 252 册

［明］顾起元《客座赘语》，中华书局 1987 年版

［明］朱国祯《涌幢小品》，中华书局 1959 年版

［明］谢肇淛《五杂组》，上海书店出版社 2001 年版

［明］兰陵笑笑生《金瓶梅》，台北：东大图书有限公司 1979 年印行

［明］兰陵笑笑生原著，秦修容整理《会评会校本金瓶梅》，中华书局1998 年版

［明］吴敬所《国色天香》，《古本小说集成》据万卷楼万历刊本影印

［明］佚名撰，程毅中点校《轮回醒世》，中华书局 2008 年版

［明］潘镜若编次《三教开迷归正演义》，《古本小说集成》据金陵万卷楼万历刊本影印

［明］许仲琳《封神演义》，人民文学出版社 1973 年版

［明］罗懋登《三宝太监西洋记通俗演义》，上海古籍出版社 1985 年版

［明］钱希言《戏瑕》，《续修四库全书》子部杂家类据安徽省图书馆藏明刊本影印

［明］方汝浩《扫魅敦伦东度记》，上海古籍出版社 1996 年版

［明］方汝浩编次《禅真逸史》，《古本小说集成》据本衙爽阁本影印

［明］方汝浩编次《禅真后史》，《古本小说集成》据浙江图书馆藏金衙梓本影印

［明］吴琯编《古今逸史》，文物出版社 2020 年版

［明］佚名《三国志后传》，《古本小说集成》据万历三十七年（1609）刊本影印

［明］沈德符《万历野获编》，中华书局 1959 年版

［明］李中馥《原李耳载》，收入周光培编《明代笔记小说》第 4 册，河北教育出版社 1995 年版

［明］杨尔曾《韩湘子全传》，《古本小说集成》据九如堂本影印

［明］冯梦龙编《情史》，《古本小说集成》据明刊本影印

［明］冯梦龙编《古今小说》，明代天许斋刊

［明］冯梦龙编《喻世明言》，明代衍庆堂刊

［明］冯梦龙编《喻世明言》，人民文学出版社 1958 年版

［明］冯梦龙编《警世通言》，人民文学出版社 1956 年版

［明］冯梦龙编《醒世恒言》，人民文学出版社 1956 年版

［明］冯梦龙辑《古今谭概》，中华书局 2007 年版

［明］冯梦龙增编，余公仁批补《增补批点图像燕居笔记》，《古本小说集成》本，上海古籍出版社 1994 年版

〔明〕天然痴叟《石点头》，上海古籍出版社 1957 年版

〔明〕凌濛初编《拍案惊奇》，人民文学出版社 1991 年版

〔明〕凌濛初《二刻拍案惊奇》，人民文学出版社 1996 年版

〔明〕吴越草莽臣《魏忠贤小说斥奸书》，《古本小说集成》据崇祯元年（1628）峥霄馆刊影印

〔明〕陆人龙《型世言》，中华书局 1993 年据峥霄馆刊本整理出版

〔明〕袁于令《隋史遗文》，《古本小说集成》据崇祯六年（1633）杭州名山聚刊本影印

〔明〕周游《开辟衍绎》，《古本小说集成》据明崇祯麟瑞堂刊本影印

〔明〕雄飞馆刊《英雄谱》，《古本小说集成》据日本东京内阁文库藏本影印

〔明〕于华玉《岳武穆尽忠报国传》，《古本小说集成》据友益斋崇祯刊本影印

〔明〕郑仲夔《耳新》，收入周光培编《明代笔记小说》第 21 册，河北教育出版社 1995 年版

〔明〕董说《西游补》，上海古籍出版社 1983 年版

〔明〕薇园主人述《清夜钟》，《古本小说集成》据路工藏本和安徽省博物馆藏本拼合影印

〔明〕西周生《醒世姻缘传》，清同治九年（1870）刊

〔明〕西周生《醒世姻缘传》，上海古籍出版社 1981 年版

〔明〕张岱辑《夜航船》，中华书局 2012 年版

〔明〕张岱《陶庵梦忆》，中华书局 2007 年版

〔明〕张岱《西湖梦寻》，中华书局 2007 年版

《五朝小说大观》，上海扫叶山房 1926 年石印本

〔清〕东鲁古狂生《醉醒石》，上海古籍出版社 1956 年版

〔清〕谈迁《枣林杂俎》，中华书局 2006 年版

〔清〕佚名《山水情》，《古本小说集成》据日本东京大学藏本影印

〔清〕屈大均《广东新语》，人民文学出版社 1996 年版《屈大均全集》本

［清］华阳散人《鸳鸯针》，《古本小说集成》据大连图书馆藏本影印

［清］名教中人编次《好逑传》，华夏出版社 1995 年版

［清］荻岸山人编次《平山冷燕》，中华书局 2000 年版

［清］钱彩编次，金丰增订《说岳全传》，上海古籍出版社 1985 年版

［清］佚名《生花梦》，《中国古代孤本小说》第 1 册，春风文艺出版社 1995 年版

［清］艾衲居士《豆棚闲话》，中华书局 2000 年版

［清］褚人获辑《坚瓠集》，上海古籍出版社 2012 年版

［清］笔炼阁编述《八洞天》，《古本小说集成》据日本内阁文库所藏原刊本影印

［清］佚名《定情人》，春风文艺出版社 1983 年版

［清］酌元亭主人编《照世杯》，上海古籍出版社 1956 年版

［清］陈忱《水浒后传》，《古本小说集成》据绍裕堂刊本影印

［清］吕熊《女仙外史》，百花文艺出版社 1985 年版

［清］佚名《麟儿报》，春风文艺出版社 1983 年版

［清］丁耀亢《续金瓶梅》，《古本小说集成》据顺治原刻本影印

［清］佚名《隔帘花影》，《古本小说集成》据清本衙藏本影印

［清］蕙水安阳酒民《情梦柝》，《古本小说集成》据啸月轩刊本影印

［清］佚名《炎凉岸》，《古本小说集成》据日本东京东洋文化研究所藏本影印

［清］佚名《快心编》，人民文学出版社 1992 年版

［清］江日昇《台湾外记》（又作《台湾外纪》《台湾外志》），上海古籍出版社 1986 年版

［清］夷荻散人编次《玉娇梨》，中华书局 2002 年版

［清］王士禛《池北偶谈》，中华书局 1982 年版

［清］蒲松龄撰，张友鹤辑校《聊斋志异会校会注会评本》，上海古籍出版社 1986 年版

［清］钮琇《觚賸》，上海古籍出版社 1986 年版

［清］古吴娥川主人编次《世无匹》,《古本小说集成》据金阊黄金屋本影印

［清］佚名《巧联珠》,《古本小说集成》据美国哈佛大学图书馆藏本影印

［清］五色石主人编《快士传》,《古本小说集成》据清刊本影印

［清］刘璋《飞花艳想》,《古本小说集成》据上海图书馆藏本影印

［清］烟霞散人编次《幻中真》,《古本小说集成》据本衙藏板十二回本影印

［清］岐山左臣编次《女开科传》,春风文艺出版社 1983 年版

［清］李绿园《歧路灯》,《古本小说集成》据上海图书馆藏清抄本影印

［清］佚名《铁花仙史》,春风文艺出版社 1985 年版

［清］菊畦子《醒梦骈言》,中华书局 2000 年版

［清］崔市道人《醒风流》,春风文艺出版社 1981 年版

［清］佚名《都是幻》,《古本小说集成》据国家图书馆藏本影印

［清］王应奎《柳南随笔》,中华书局 1983 年版

［清］古吴墨浪子搜辑《西湖佳话》,江苏古籍出版社 1993 年版

［清］袁枚《新齐谐》(一名《子不语》),齐鲁书社 2004 年版

［清］屠绅《蟫史》,人民文学出版社 1992 年版

［清］李百川《绿野仙踪》,人民文学出版社 1987 年版

［清］吴敬梓《儒林外史》,上海古籍出版社 2010 年版

［清］吴敬梓著,陈美林批评校注《清凉布褐批评儒林外史》,新世界出版社 2002 年版

［清］夏敬渠《野叟曝言》,人民文学出版社 1997 年版

［清］曹雪芹、高鹗《红楼梦》,人民文学出版社 1982 年版

［清］曹雪芹《脂砚斋甲戌抄阅重评石头记》,沈阳出版社 2005 年版

《名家汇评本〈红楼梦〉》,北京图书馆出版社 2008 年版

《脂砚斋评石头记》,线装书局 2013 年版

［清］脂砚斋评,邓遂夫校订《脂砚斋重评石头记庚辰校本》,作家出版社 2006 年版

［清］曹雪芹、高鹗撰，脂砚斋评《脂砚斋重评石头记》，人民文学出版社 1975 年版

《红楼梦（三家评本）》，上海古籍出版社 1988 年版

［清］李汝珍《镜花缘》，人民文学出版社 1955 年版

［清］李汝珍《镜花缘》，《古本小说集成》据复旦大学图书馆藏本影印

［清］吴璿《飞龙全传》，《古本小说集成》据清芥子园刊本影印

［清］杜纲编订《娱目醒心编》，上海古籍出版社 1988 年版

［清］沈起凤《谐铎》，人民文学出版社 1985 年版

［清］吴贻先《风月鉴》，时代文艺出版社 2001 年版

［清］佚名《争春园全传》，《古本小说集成》据复旦大学图书馆藏清刊本影印

［清］佚名《善恶图全传》，《古本小说集成》据清颂德轩刊本影印

［清］秦子忱《续红楼梦》，《古本小说集成》据清嘉庆抱瓮轩刊本影印

［清］梦梦先生《红楼圆梦》，北京大学出版社 1988 年版

［清］佚名《五虎平南后传》，《古本小说集成》据启元堂本影印

［清］江洪《草木春秋》，《古本小说集成》据山东大学图书馆藏本影印

［清］花月痴人《红楼幻梦》，《古本小说集成》据国家图书馆所藏疏景斋刊本影印

［清］陆以湉《冷庐杂识》，中华书局 1984 年版

［清］梁绍壬《两般秋雨盦随笔》，《续修四库全书》子部小说家类，第 1263 册，上海古籍出版社 2002 年版

［清］俞万春《荡寇志》，人民文学出版社 1981 年版

［清］文康《儿女英雄传》，《古本小说集成》据光绪四年（1878）聚珍堂刊本影印

［清］文康《儿女英雄传》，上海古籍出版社 1991 年版

［清］邗上蒙人《风月梦》，《古本小说集成》据光绪印本影印

［清］百一居士《壶天录》，《续修四库全书》子部小说家类据华东师范大学图书馆藏清光绪铅印申报馆丛书本影印

〔清〕陈森《品花宝鉴》，时代文艺出版社 2003 年版

〔清〕石玉昆述《三侠五义》，中华书局 1996 年版

〔清〕石玉昆述，俞樾改编《七侠五义》，《古本小说集成》据复旦大学图书馆藏光绪十六年（1890）上海广百宋斋石印本影印

〔清〕潘昶《金莲仙史》，《古本小说集成》据光绪三十四年（1908）翼化堂本影印

〔清〕魏秀仁《花月痕》，中华书局 1996 年版

〔清〕陈康祺撰，晋石点校《郎潜纪闻初笔二笔三笔》，中华书局 1984 年版

〔清〕吴毓恕《仙卜奇缘》，光绪二十三年（1897）上海书局石印本

〔清〕刘鹗《老残游记》，人民文学出版社 1957 年版

〔清〕曾朴《孽海花》，上海古籍出版社 1980 年版

〔清〕李伯元《官场现形记》，人民文学出版社 1957 年版

〔清〕欧阳昱《见闻琐录》，岳麓书社 1986 年版

〔清〕张春帆《九尾龟》，《古本小说集成》据上海图书馆藏本影印

〔清〕孙家振《海上繁花梦》，齐鲁书社 1995 年

〔清〕陆士谔编述《也是西游记》，上海改良新小说社 1914 年石印本

三、现当代研究著作、资料汇编（按出版时间先后排列）

徐珂编撰《清稗类钞》，商务印书馆 1917 年版，中华书局 1984 年版

赵尔巽等《清史稿》，1927 年印行，中华书局 1976 年版

《清史列传》，中华书局 1928 年版、1987 年版

鲁迅《中国小说的历史的变迁》，收入西北大学出版部 1925 年 3 月印行的《国立西北大学、陕西教育厅合办暑期学校讲演录》（二），收入《鲁迅全集》第九卷，人民文学出版社 1981 年版

鲁迅《中国小说史略》，北新书局 1932 年版，上海古籍出版社 1998 年版

鲁迅校录《古小说钩沉》，收入《鲁迅全集》1938年版，大连光华书店1947年版，齐鲁书社1997年版

汪辟疆校录《唐人小说》，上海神州国光社1930年版，上海古籍出版社1978年版

王昆仑《红楼梦人物论》，国际文化出版社1948年版

何心《水浒研究》，上海文艺联合出版社1954年版

郑天挺、孙钺等编辑《明末农民起义史料》，中华书局1954年版

叶德辉《书林清话》，中华书局1957年版

严敦易《水浒传的演变》，作家出版社1957年版

蒋瑞藻《小说枝谈》，古典文学出版社1958年版

阿英《晚清文学丛钞·小说戏曲研究卷》，中华书局1960年版

陈垣《史讳举例》，中华书局1962年版，2004年版

魏绍昌编《老残游记资料》，中华书局上海编辑所1962年版

余嘉锡《余嘉锡论学杂著》，中华书局1963年版

一粟编《红楼梦资料汇编》，中华书局1964年版

俞平伯《红楼梦研究》，人民文学出版社1973年版

《红楼梦研究参考资料选辑》第二辑，人民文学出版社1973年版

钱锺书《管锥编》，中华书局1979年版

叶德均《戏曲小说丛考》，中华书局1979年版

胡士莹《话本小说概论》，中华书局1980年版

阿英《晚清小说史》，人民文学出版社1980年版

吴世昌《红楼梦探源外编》，上海古籍出版社1980年版

《红楼梦研究集刊》第三辑，上海古籍出版社1980年

王利器辑录《元明清三代禁毁小说戏曲史料》（增订本），上海古籍出版社1981年版

《红楼梦研究集刊》第六辑，上海古籍出版社1981年版

刘梦溪《红楼梦新论》，中国社会科学出版社1982年版

柳存仁编著《伦敦所见中国小说书目提要》，书目文献出版社1982年版

孙楷第《中国通俗小说书目》，人民文学出版社 1982 年版

林家溱《花月痕考证》，人民文学出版社 1982 年版《花月痕》附录

郑振铎《西谛书话》，生活·读书·新知三联书店 1983 年版

丘振声《三国演义纵横谈》，漓江出版社 1983 年版

朱谦之《老子校释》，中华书局 1984 年版

蒋瑞藻《小说考证》，上海古籍出版社 1984 年版

胡文彬、周雷编《红学世界》，北京出版社 1984 年版

瞿良士辑《铁琴铜剑楼藏书题跋集录》，上海古籍出版社 1985 年版

周祜昌、周汝昌《石头记鉴真》，书目文献出版社 1985 年版

［马来西亚］萧遥天《中国人名的研究》，国际文化出版公司 1987 年版

［联邦德国］H·R·姚斯撰，周宁、金元浦译《接受美学与接受理论》，辽宁人民出版社 1987 年版

［德］恩斯特·卡西尔著，于晓等译《语言与神话》，生活·读书·新知三联书店 1988 年版

雷梦辰《清代各省禁书汇考》，北京图书馆出版社 1989 年版

卞孝萱校订《刘禹锡集》，中华书局 1990 年版

江苏省社会科学院明清小说研究中心、文学研究所编《中国通俗小说总目提要》，中国文联出版社 1990 年版

王蒙《红楼启示录》，生活·读书·新知三联书店 1991 年版

吉林大学中国文化研究所编《金瓶梅艺术世界》，吉林大学出版社 1991 年版

朱淡文《红楼梦论源》，江苏古籍出版社 1992 年版

费振刚、胡双宝、宗明华辑校《全汉赋》，北京大学出版社 1993 年版

董乃斌《中国古典小说的文体独立》，中国社会科学出版社 1994 年版

曲家源《水浒传新论》，中国和平出版社 1995 年版

杜世杰《红楼梦考释》，中国文学出版社 1995 年版

李劼《历史文化的全息图像》，东方出版中心 1995 年版

丁锡根编著《中国历代小说序跋集》，人民文学出版社 1996 年版

［美国］浦安迪《中国叙事学》，北京大学出版社 1996 年版

宁稼雨《中国文言小说总目提要》，齐鲁书社 1996 年版

张鸿魁《金瓶梅语音研究》，齐鲁书社 1996 年版

张友鹤选注《唐宋传奇选》，人民文学出版社 1997 年版

李剑国《宋代志怪传奇叙录》，南开大学出版社 1997 年版

刘上生《走进曹雪芹——〈红楼梦〉心理新诠》，湖南师范大学出版社 1997 年版

欧阳健《晚清小说史》，浙江古籍出版社 1997 年版

萧相恺《宋元小说史》，浙江古籍出版社 1997 年版

程毅中《宋元小说研究》，江苏古籍出版社 1998 年版

张锦池《红楼梦考论》，黑龙江教育出版社 1998 年版

刘世德主编《中国古代小说百科全书》（修订本），中国大百科全书出版社 1998 年版

石钟扬《性格的命运——中国古典小说审美论》，安徽教育出版社 1998 年版

袁行霈主编《中国文学史》，高等教育出版社 1999 年版

侯忠义主编《明代小说辑刊》，巴蜀书社 1999 年版

程毅中辑注《宋元小说家话本集》，齐鲁书社 2000 年版

陈大康《明代小说史》，上海文艺出版社 2000 年版

孟昭连《漫话金瓶梅》，河北人民出版社 2000 年版

宋淇《〈红楼梦〉识要——宋淇红学论集》，中国书店 2000 年版

陈寅恪《金明馆丛稿初编》，生活·读书·新知三联书店 2001 年版

朱一玄编《红楼梦资料汇编》，南开大学出版社 2001 年版

中国艺术研究院红楼梦研究所、人民文学出版社编辑部编《红楼梦研究稀见资料汇编》，人民文学出版社 2001 年版

朱一玄、刘毓忱编《水浒传资料汇编》，南开大学出版社 2002 年版

朱一玄、刘毓忱编《西游记资料汇编》，南开大学出版社 2002 年版

程国赋《唐五代小说的文化阐释》，人民文学出版社 2002 年版

刘世德《〈红楼梦〉版本探微》，华东师范大学出版社 2003 年版

杨守敬《日本访书志》，辽宁教育出版社 2003 年版

俞平伯《红楼梦研究》，复旦大学出版社 2004 年版

马瑞芳《从〈聊斋志异〉到〈红楼梦〉》，山东教育出版社 2004 年版

林冠夫《红楼梦纵横谈》，文化艺术出版社 2004 年版

李剑国、占骁勇《〈镜花缘〉丛谈》，南开大学出版社 2004 年版

石昌渝主编《中国古代小说总目》，山西教育出版社 2004 年版

詹丹《红楼情榜》，山东画报出版社 2004 年版

俞平伯《红楼心解——读〈红楼梦〉随笔》，陕西师范大学出版社 2005 年版

［日本］佐竹靖彦《梁山泊——〈水浒传〉一〇八名豪杰》，中华书局 2005 年版

欧阳健《古代小说与历史》，山西人民出版社 2005 年版

徐乃为《红楼三论》，中华书局 2005 年版

周伦等选编《周汝昌〈红楼〉内外续〈红楼〉》，东方出版社 2005 年版

周策纵《红楼梦案——周策纵论红楼梦》，文化艺术出版社 2005 年版

朱一玄编《明清小说资料选编》，南开大学出版社 2006 年版

马征《〈金瓶梅〉之谜》，中国广播电视出版社 2006 年版

俞晓红《红楼梦意象的文化阐释》，安徽人民出版社 2006 年版

王进驹《乾隆时期自况性长篇小说研究》，中国社会科学出版社 2006 年版

苏建新《中国才子佳人小说演变史》，社会科学文献出版社 2006 年版

李梦生《中国禁毁小说百话》（增订本），上海书店出版社 2006 年版

程国赋《三言二拍传播研究》，中国社会科学出版社 2006 年版

余嘉锡《古书通例》，中华书局 2007 年版

刘世德《刘世德话三国》，中华书局 2007 年版

詹丹、孙逊《漫说金瓶梅》，人民文学出版社 2007 年版

王勇《玩·镜花》，广西人民出版社 2007 年

陈建平《红楼臆论》，天津社会科学院出版社 2008 年版

吴越《吴越品水浒（品事篇）》，东方出版社 2008 年版

赵瑞民《姓名与中国文化》，中国人民大学出版社 2008 年版

程国赋《明代书坊与小说研究》，中华书局 2008 年版

黄霖编，罗书华撰《中国历代小说批评史料汇编校释》，百花洲文艺出版社 2009 年版

陈桂声《金瓶梅闲谭》，中国文史出版社 2009 年版

陆澹安《说部卮言》，上海锦绣文章出版社 2009 年版

宁稼雨《水浒闲谭》，中国文史出版社 2009 年版

王意如、许蔚《解码金瓶梅》，上海辞书出版社 2009 年版

周振甫《诗经译注》，中华书局 2010 年版

庞朴《中国的名家》，中国国际广播出版社 2010 年版

李汉秋辑校《儒林外史汇校汇评》，上海古籍出版社 2010 年版

王齐洲《稗官与才人——中国古代小说考论》，岳麓书社 2010 年版

盛巽昌《水浒传补证本》，上海人民出版社 2010 年版

刘铄《红楼梦真相》，齐鲁书社 2010 年版

李剑国辑释《唐前志怪小说辑释》（修订本），上海古籍出版社 2011 年版

徐景洲《读破金瓶梅》，浙江古籍出版社 2011 年版

程国赋注评《唐宋传奇》，凤凰出版社 2011 年版

［法国］丹纳著，傅雷译《艺术哲学》，江苏文艺出版社 2012 年版

何晓明《中国姓名史》，武汉大学出版社 2012 年版

《明清笑话集六种》，中州古籍出版社 2012 年版

程树德撰，程俊英、蒋见元点校《论语集释》，中华书局 2013 年版

萧涤非主编《杜甫全集校注》，人民文学出版社 2014 年版

陈大康《中国近代小说编年史》，人民文学出版社 2014 年版

后　记

　　如果把 1991 年跟随南京大学中文系卞孝萱先生攻读博士学位算作自己踏入学术道路的话，那么，到如今算起来，我从事学术研究的时间已接近 32 年。总的看来，前面十年左右的时间，我主要从事唐五代小说研究。1991 年，在卞孝萱先生、郭维森先生、吴翠芬先生和王立兴先生的指导下，我确定了博士论文选题《唐代小说嬗变研究》。此后，在唐五代小说研究领域，我先后完成并出版《唐代小说嬗变研究》（广东人民出版社 1997 年版）、《唐代小说与中古文化》（文津出版社 2000 年版）、《唐五代小说的文化阐释》（人民文学出版社 2002 年版）、《隋唐五代小说研究资料》（上海古籍出版社 2005 年版）等几部小书。自 2000 年左右开始，我转入明清小说研究领域。说是"转入"，其实是一种"回归"，因为我 1989 年跟随王立兴先生攻读硕士学位时，研究方向就是明清小说。记得在拙著《唐五代小说的文化阐释》的"后记"中，我曾经提到："我希望以本书作为自己唐五代小说研究的一个总结，以后打算将研究的重点放在中国古典小说的创作与理论，尤其是明清小说的探讨上。"在明清小说领域，我先后选择了"三言二拍传播研究""明代书坊与小说研究""明清小说命名研究"这三个"点"进行探讨。

　　2008 年，我在中华书局出版《明代书坊与小说研究》之后，即着手进行有关中国古代小说命名的课题研究。2013 年 6 月，我主持的国家社科基金年度项目"明清小说命名研究"有幸获得立项，2018 年 3 月结项时被评为"优秀"等级。十几年间，我在从事这一课题研究的过程中，阶段性成果发表于《文学评论》《文艺研究》《文艺理论研究》《光明日报》《南京大学学报》《明清小说研究》《明清文学与文献》《社会科学研究》《安徽大学学报》《暨南学报》等报刊或集刊。2022年11月，我在国家社科基金结项成果"明清小说命名研究"的基础上进行较大修改、完善而成的拙著《命名文化视域下中国古代小说研究》，有幸入选2022年《国家哲学社会科学成果文库》，衷心感谢以上报刊或集刊的编辑和《国家哲学社会科学成果文库》的评委们对拙著的支持；感谢罗华彤主任对拙著出版的关心和支持，感谢责任编辑吴爱兰老师为拙著的修改、完善提出的宝贵意见以及付出的辛勤劳动；感谢暨南大学外国语学院宫齐教授、王运鸿副教授为拙著的外文翻译所做的工作。

　　笔者在撰写这篇后记的时候，正值全国范围内的新冠疫情刚刚结束不久。2022年12月中下旬到2023年1月是全国新冠疫情高发期。在这一期间，92岁高龄的老母亲不幸于2022年12月中旬感染新冠。母亲在两年多以前，因为脑梗住院，这次没能幸免。后来经过安庆市第二人民医院医护人员的救治，逐渐好转，但新冠带来的后遗症非常严重，给老母亲的心、肺带来严重伤害。2023年1月21日，农历大年三十中午，母亲因肺部感染出现后遗症，病情加重，医生、护士全力抢救，虽暂时脱离危险，但因感染严重，加上年老体弱，于1月28日（农历正月初七）永远离开了我们。谨以此书献给一生勤劳善良的老母亲，愿母亲的在天之灵安息！

程国赋于暨南园

2023年1月31日